黄道十二宫
杀人事件

THE
LUMINARIES

［新西兰］
埃莉诺·卡顿
著
马爱农 于晓红 译

中国友谊出版公司

图书在版编目（CIP）数据

黄道十二宫杀人事件 /（新西兰）埃莉诺·卡顿著；马爱农, 于晓红译. -- 北京：中国友谊出版公司，2024.5
ISBN 978-7-5057-5759-2

Ⅰ.①黄… Ⅱ.①埃…②马…③于… Ⅲ.①长篇小说－新西兰－现代 Ⅳ.① I612.45

中国国家版本馆 CIP 数据核字（2023）第 225617 号

著作权合同登记号　图字：01-2024-1587
Copyright © 2013 by Eleanor Catton

书名	黄道十二宫杀人事件
作者	[新西兰] 埃莉诺·卡顿
译者	马爱农　于晓红
出版	中国友谊出版公司
发行	中国友谊出版公司
经销	新华书店
印刷	嘉业印刷（天津）有限公司
规格	880 毫米 ×1230 毫米　32 开 28.375 印张　714 千字
版次	2024 年 5 月第 1 版
印次	2024 年 5 月第 1 次印刷
书号	ISBN 978-7-5057-5759-2
定价	128.00 元
地址	北京市朝阳区西坝河南里 17 号楼
邮编	100028
电话	（010）64678009

如发现图书质量问题，可联系调换。质量投诉电话：010-82069336

地图

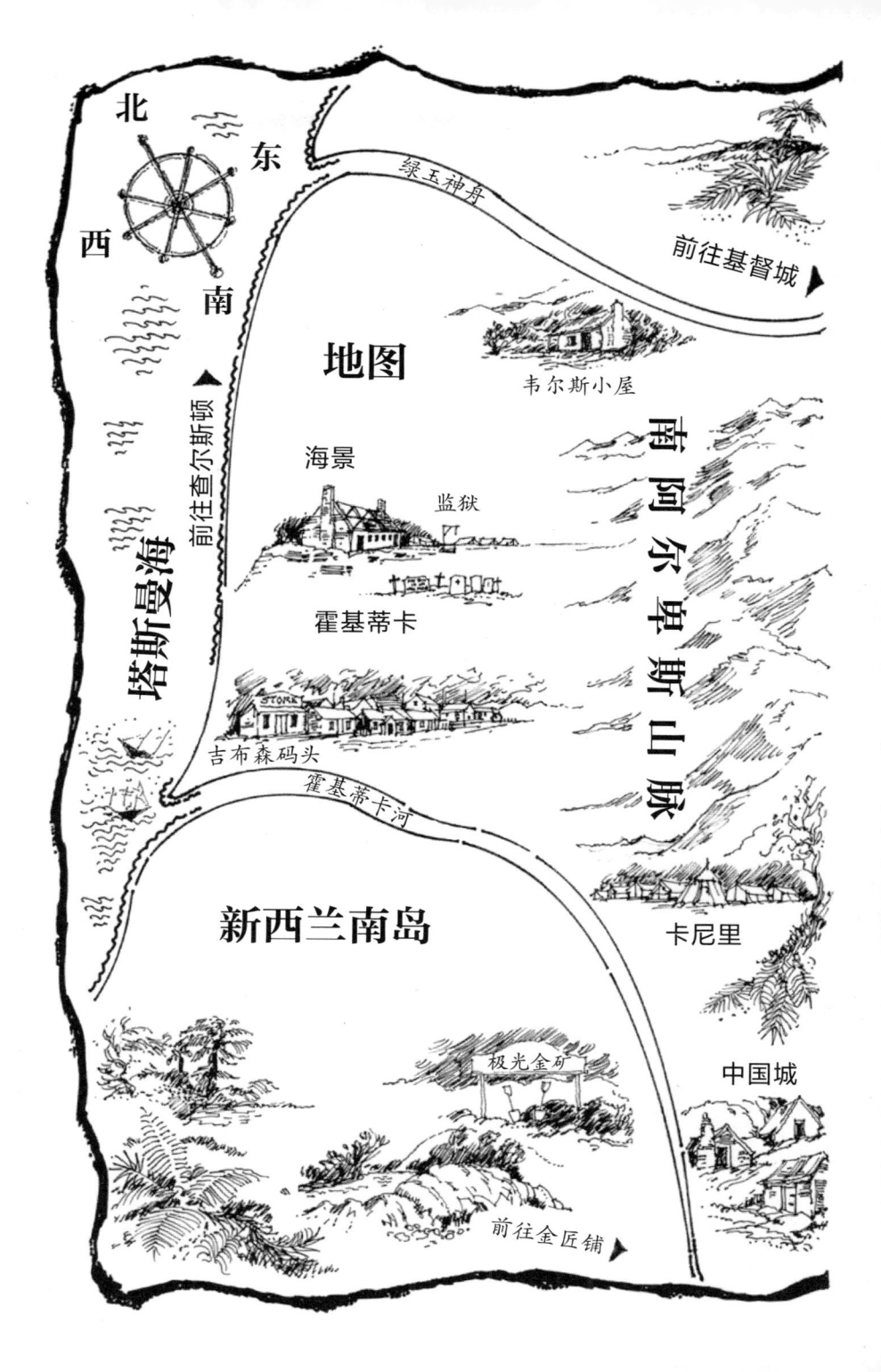

北 东 西 南

塔斯曼海

前往查尔斯顿

绿玉神舟

前往基督城

韦尔斯小屋

南阿尔卑斯山脉

海景
监狱
霍基蒂卡

吉布森码头

霍基蒂卡河

新西兰南岛

卡尼里

中国城

极光金矿

前往金匠铺

八字命盘

人物	星座	相关场所
泰老·老居	白羊座 ♈	采玉人，韦尔斯小屋（绿玉神舟谷）
查理·弗罗斯特	金牛座 ♉	银行经理，储备银行（雷维尔街）
本杰明·洛温塔尔	双子座 ♊	报业人，《西海岸时报》办公室（焊缝街）
埃德加·克林奇	巨蟹座 ♋	旅馆老板，烤架旅馆（雷维尔街）
迪克·曼纳林	狮子座 ♌	金矿大亨，极光金矿（卡尼里）
桂龙	室女座 ♍	金匠，中国城金匠铺（卡尼里）
哈拉尔德·尼尔森	天秤座 ♎	代理商，尼尔森合作公司（吉布森码头）
约瑟夫·普里查德	天蝎座 ♏	药剂师，鸦片窟（卡尼里）

托马斯·鲍尔弗	射手座 ♐	货运商,一帆风顺号（三桅帆船,注册于查默斯港）
奥伯特·加斯科因	摩羯座 ♑	司法文员,霍基蒂卡法院（裁判法庭）
苏永盛	水瓶座 ♒	单帽,游人好运楼（雷维尔街）
考埃尔·德夫林	双鱼座 ♓	牧师,霍基蒂卡监狱（海景）

人物	星体	相关特征
沃尔特·穆迪	水星 ☿	理智
莉迪娅·（韦尔斯）卡弗,闺名:格林韦	金星 ♀	欲望
弗朗西斯·卡弗	火星 ♂	势力
阿利斯泰尔·劳德巴克	木星 ♃	命令
乔治·谢泼德	土星 ♄	限制
安娜·韦瑟雷尔	太阳/月亮 ☉/☾	边缘（从前是中心）
埃默里·斯坦斯	月亮/太阳 ☾/☉	中心（从前是边缘）
克罗斯比·韦尔斯	地球 ♁	已入土

目 录

第一章	球中球	/ 001
第二章	占卜	/ 383
第三章	自我毁灭宫	/ 553
第四章	四月	/ 669
第五章	重量与钱财	/ 773
第六章	寡妇与黑衣	/ 815
第七章	守护宫	/ 843
第八章	极光的真相	/ 859
第九章	变动宫土象	/ 869
第十章	演替事宜	/ 875
第十一章	猎户座落于天蝎座升起时	/ 883
第十二章	残月在新月的怀抱里	/ 889

献给爸爸，他看到了星星

献给嘉德，他听到了他们的音乐

第一章

球中球

1866年1月27日

南纬42°43′0″ / 东经170°58′0″

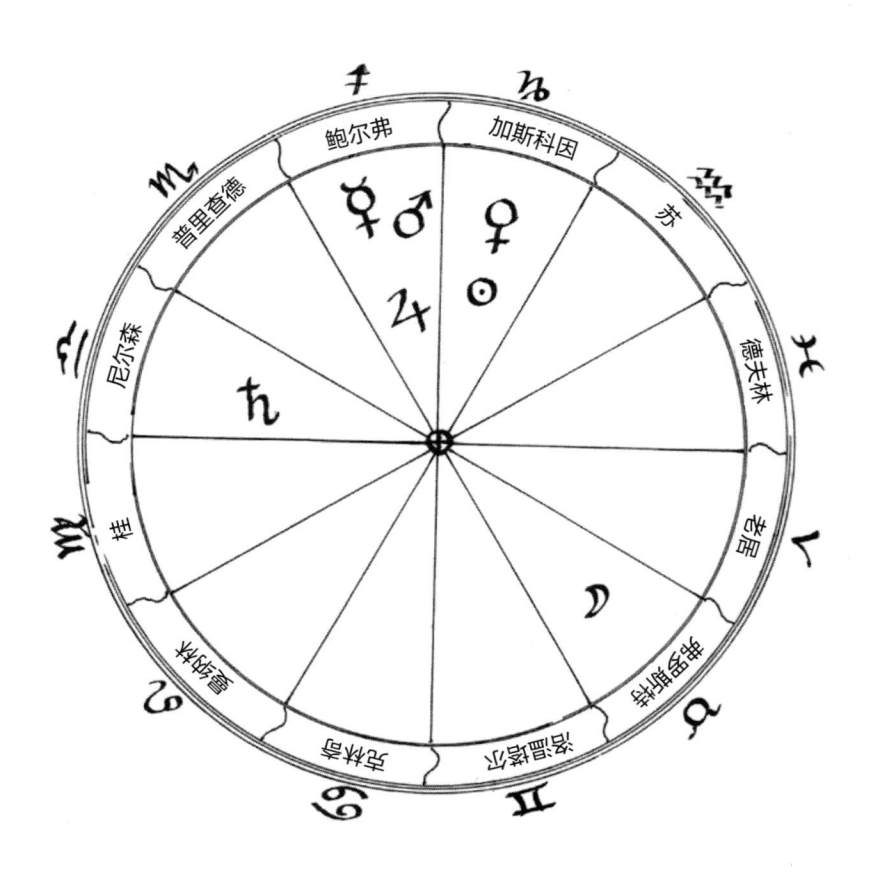

水星在射手座

> 一个陌生人来到霍基蒂卡；一次秘密会议被惊扰；沃尔特·穆迪隐瞒了自己最近的记忆；托马斯·鲍尔弗开始讲述一个故事。

十二个男人聚集在皇冠旅馆的吸烟室，貌似一次偶然的相会。他们的举止与衣着五花八门——工装外套、燕尾服、配兽角纽扣的诺福克夹克、黄鼬鼠皮装、麻布衣，还有斜纹布衣服，看上去很可能是十二个搭火车的陌生人，奔向一个迷雾笼罩、潮汐涨落的城镇，然后各奔东西，走入不同的角落。的确，若单独观察每个人，无论他是在仔细研读报纸，还是倾身向前将烟灰弹入壁炉炉栅内，抑或是将手呈八字展开，架在羊毛台呢桌面上击打台球，这种肢体静止的特定场面，活脱脱是深夜公共火车上的一幕，只不过这里的声音不是被火车的嘈杂声与铿锵声扼杀，而是被大雨的哗哗声淹没。

沃尔特·穆迪先生手扶着门框站在门口，此时此刻他的身心知觉就是如此。他并未干扰任何形式的秘密会议，因为屋里说话的人一听见走廊上的脚步声，便立即缄口不言。穆迪先生把门打开时，十二个男人全都重新开始忙自己手头的事情（那些玩台球的人那么随意地操起球杆，因为他们已经忘记了自己刚才的位置），他们过于刻意地表现出专心致志的样子，以至于穆迪先生走进房间时，居然没有一个人抬起头来。

这些男人动作夸张且步调一致地故意不理会穆迪先生，如果是在穆迪先生身体舒服、心情颇佳的时候，这可能早已唤起他的兴趣。然而此刻，他陷入了头晕恶心与情绪困顿之中。虽然明知道前往坎特伯雷①西部的航程在糟糕的情况下可能会让自己丢掉性命，那些泛着白色泡沫的滔滔巨浪无穷无尽地翻滚着，一直延伸到霍基蒂卡浅滩上被冲毁的墓地才算尽头，但穆迪还是没有料到旅程会恐怖到如此地步，到现在也无法用言语来描述，甚至都不敢回想。穆迪生性不容忍自身的任何缺点——恐惧与疾病使他变得内向，正因如此，他一反常态，走进房间后未能马上觉察出这里的气氛。

穆迪生就一副机智而专注的表情。那双灰色的大眼睛不动声色，柔软而男孩气的嘴巴镇定自若，常常带着礼貌的关切。他有一头紧致细密的鬈发，少年时代曾长发披肩，现在只留着紧贴头皮的短发，偏分头，用了芳香的头油将其抹平，金色逐渐变深而成为油亮的棕色。额头与脸颊方方正正，鼻子直挺，皮肤光滑。他年龄不足二十八，身手敏捷，动作精确，带着一股顽皮劲儿，兼具既不轻信又不狡猾的纯真活力。他的仪态犹如谨慎而头脑灵活的执行大管家，就连最沉默寡言的人都喜欢向他吐露心声，或邀请他为刚见面的人做调解中介。简而言之，他的外貌很少能泄露他的内在性格，是一副能够立刻赢得别人信任的模样。

穆迪并非没有意识到自己无懈可击的典雅所带来的优势。正如

---

① 坎特伯雷（Canterbury）是1853年至1876年使用的地名，当时包括新西兰南岛的东、西海岸。——本书注释如无特殊说明，均为译者注。

大多数过于美貌的人那样，他早就仔细研究过自身的形象，换句话说，他最了解自己的相貌。他总是格外留神通过外表感知自己。他将大量的时间花费在私人更衣室的壁龛中，用那里的镜子映照出他的三面形象——侧面、半侧面与正面，如同凡·戴克①笔下的查理②，只是更加耀眼炫目。这是秘而不宣的，他可能会公开否认——因为关注自我形象会招致我们这个时代的道德先知们何等严厉的谴责啊！仿佛自我与本人毫无关系，人照镜子只能证明他的傲慢；仿佛注重自我的行为，不像是双胞胎之间的心灵感应那样微妙、悸动和瞬息万变。穆迪更痴迷的是掌控自己的容貌，而不是为了追求他人的赞誉。当然，每当他瞥见自己的身影，无论是在房子外的玻璃窗前，还是夜幕降临后室内的窗户前，他都有一种心满意足的快感，而这种感觉，就如同一位工程师发现自己巧妙设计的某个装置能按照他预测的方式顺滑而完美地运作时的感觉一样。

此刻，他能看见自己优雅地站在吸烟室的门口，而且知道自己现在的形象依旧是一个完美的剪影。其实，他已筋疲力尽到发抖的地步，恐惧如铅砣般沉重地压在心头。他感到阴影笼罩，甚至十面埋伏。他的内心充满恐惧，却带着事不关己的礼貌与尊重的神情打量着室内。这个房间看似凭借着陈年旧月的记忆而重建，但许多东西都已被遗忘（柴架、窗帘、壁炉周边像样的地幔），而一些小小的细节却被顽固地保留了下来，比如一幅已故亲王③的画像——从杂志上剪下来的，用鞋钉按在了朝着院子的那面墙上；台球桌中间有一条接缝，桌子在悉尼码头被锯成两半，以便更好地承受海上运输的

---

① 指安东尼·凡·戴克爵士（Sir Anthony van Dyck，1599—1641），比利时弗拉芒族画家，英国查理一世时期的首席宫廷画家。
② 指英国国王查理一世（Charles I，1600—1649），1625年至1649年在位，是唯一一位被处死的英格兰国王。
③ 指维多利亚女王的丈夫阿尔伯特亲王（1819—1861）。

颠簸；写字台上堆着陈旧的大报，报纸已被无数双手摸得变薄，字迹模糊。从壁炉侧翼两个小窗户可以看见旅馆的后院，一块散落着板条箱、生锈桶的沼泽地，只有补丁般的小灌木与矮蕨丛将它与邻居的地盘隔开，北边是一排产蛋鸡的笼子，门上锁着防贼的链条。在这道模糊的边缘外，能看见朝东一条街的房子后面一排排悬垂的晒衣线，原木格子栅、猪圈、废料堆、铁板，以及破旧的摇臂洗砂床和水槽，以及各种各样的废弃物和年久失修的东西。迟暮的钟声敲响，所有的色彩似乎顿时失去了丰富的质感，室外正下着滂沱大雨；透过皱纹玻璃，可以看见后院渐渐地褪色、发白。房间里，酒精灯在傍晚的蓝色暮光中尚未发挥作用，这份苍白使室内原本就很冷清的装潢显得更加惆怅、落寞。

对于穆迪这样习惯于爱丁堡的俱乐部的人——那里红黄色的灯火交织，带有黄铜饰钉的沙发臃肿发亮，与坐在上面的绅士们的宽大腰围十分相称；一进门，就有人递上一件柔软的散发着茴香或薄荷芳香的上衣；接下来，只需稍稍抖一抖服务铃铛的绳子，就能招来一瓶用银托盘托着呈上的波尔多红酒——相比之下，眼前的景象未免粗俗寒碜。然而，穆迪不是达不到标准就郁闷不乐的那种人：此处的粗糙简陋只是令他退守到内心深处，就如同富翁在街上碰到乞丐时那样神情漠然，迅速躲开。当他将目光投向四周时，只是内心有所触动，脸上温和的表情丝毫没有改变，他泰然自若地面对目之所及的每一个细节——这支蜡烛下有一堆肮脏的烛泪，那只杯子上蒙着一层灰土——这些只令他更加默然沉思，腰板越发坚挺地面对眼前的局面。

他的这种内敛，虽是无意识的反应，但并非完全归功于世俗偏见的富贵身世——实际上穆迪只能算手头宽裕。不过，他经常给穷人施舍铜板，并且（必须承认）总是为自己的慷慨解囊感到些许快慰。这种内敛，不如说是源自一种内心的不平衡，而他正在悄悄地、拼命地想要战胜这种心理。毕竟，这是一座黄金之镇，新建于文明世界最南端的丛林与大海之间，他未曾期冀过奢华。

事实上，不到六个小时前，穆迪还在那条把他从查默斯港[①]带到西海岸[②]这片野滩的三桅帆船[③]上，见证了一幕场景，那一幕场景是那么非同寻常，令人震撼，以至于怀疑起一切现实。当时的情景依然历历在目——仿佛一扇大门吱呀一声被打开了一条缝，在他心中的某个角落里出现了一束灰白的光，他便再也不可能希望重回黑暗了。他需要极力克制自己，才能阻止那扇门被继续打开。在这种脆弱的情况下，任何非正统的事情或困难都将构成对他个人的刺激。他感觉眼前这一幕凄惨的情景，仿佛处处提醒着他刚刚遭遇的种种考验，他沉默内敛是为了防止自己的脑子继续进行这样的联想，防止退回到过去。鄙夷派上了用途，给了他一种稳固的分寸感，一种他能够调遣并感到安然的合理性。

他认为这个房间寒酸潦倒，而且沉闷——这么想是为了抵御室内装潢的冲击，然后他转向房间里的十二个人。他想，这是一个倒置的万圣殿，在放纵了自己的狂妄之后，他再次感到更加镇定自若。

这些男人像所有的拓荒者那样，有着古铜色的皮肤，饱经风霜，嘴唇干裂发白，体态无言地述说着匮乏与损耗。其中两个是中国人，穿着一模一样的布鞋与灰色棉袄；他们身后站着一个当地的毛利人，脸上文有蓝绿色的旋涡图案。对于其他人，穆迪无法猜测他们的来

[①] 查默斯港（Port Chalmers）是新西兰达尼丁市的主要港口。

[②] 这里说的西海岸（the Coast）是当地人对新西兰南岛西海岸（the West Coast）的习惯称呼。

[③] 三桅帆船（Barque）在这里特指一种独特挂帆的帆船：最后一根桅杆挂纵帆，其余均为横帆，也有多于三桅的，操作人手少，运作方便，是当时航海运输中的佼佼者。

历。他依然不明白,淘金究竟是如何在数月之内将人催老的;他环顾四周,估计自己是这里最年轻的,而实际上有好几个比他年龄更小或与他同龄,他们青春的光芒几乎消失殆尽。他们将永远满腹牢骚,烦躁,冲动,身体饱经沧桑,将灰尘咳到刻着棕色皱纹的手掌中。穆迪认为他们粗野,甚至古怪,是无足轻重的人,并不奇怪他们为何如此沉默。他希望喝杯白兰地,有个能够坐下的地方,然后闭目养神。

他进门后,在门口稍站片刻,等候着有人来接待他。见无人做出任何欢迎或送客的姿态,他便向前迈了一步,将身后的门轻轻带上。他朝窗户的方向含糊地鞠了一躬,又朝壁炉的方向鞠了一躬,权当是向所有人打了个招呼,然后挪向边桌,用摆在那里专门供自助的酒具为自己调了一杯酒。他挑选了一支雪茄,切好头,将雪茄咬在牙齿间,转身面对室内,再次扫视众人的面孔。似乎无人因为他的存在而受任何影响,这正中他下怀。他在唯一空着的扶手椅上坐下,点燃雪茄,悄然叹息一声,放松下来,他感觉到这种日常的安逸,仅此一次,是自己完全有资格享受的。

可惜穆迪的满足是短暂的。他刚伸展开双腿,交叉起脚踝(裤子上的盐已经干了,留下波纹状的白道道,十分扎眼),他右边的那个男人便朝着他的扶手椅倾过身,用自己手中的雪茄屁股戳着空气,说道:"喂——你在皇冠这儿,有事儿?"

措辞相当冒昧,但穆迪却是一副见怪不怪的表情。他礼貌地点点头,解释说他的确在楼上订了一间房,是当天晚上才来到镇上的。

"刚下船,你是说?"

穆迪再次点头,确认自己正是这个意思。他补充说,他从查默斯港来,是来尝试淘金的。这样一来,那个男人就不会小看他了。

"那好,"男人说,"那好。滩北有新发现——遍地都是金子。黑沙子，那就是你将听到的召唤；北上查尔斯顿①那边的黑沙子；当然，是从这儿向北——查尔斯顿。虽说这峡谷一带照样能捞钱。你有搭档了，还是自个儿来的？"

"只是我自己。"穆迪说。

"无隶属关系！"男人说。

"对，"穆迪说，再次为他的措辞感到吃惊，"我打算自己发财，仅此而已。"

"无隶属关系，"男人重复道，"没关系。根本没关系，怎么会来皇冠？"

真是鲁莽——重复追问同样的信息，但这男人似乎态度和蔼，甚至心不在焉，手指拨弄着他的马甲翻领。穆迪心想，可能是自己说得不够明白。他说："我在这家旅馆的目的只是休息。接下来的几天里，我将咨询淘金方面的事宜——哪些河川产量高，哪些峡谷是干的，让自己熟悉熟悉淘金汉的生活，就这样。我打算在皇冠这里待一个星期，然后向内陆进发。"

"这么说，你以前没有淘过金？"

"没有，先生。"

"从来没见过黄金？"

"只在珠宝店里见过——手表上，或者金纽扣上；从来没见过纯粹的金子。"

"但是你肯定梦见过，纯金！你梦见过——跪在水里，从沙砾中筛出那种贵金属！"

"我想……嗯，没有，实际上，我没有。"穆迪说。他觉得这个男人说话夸张，风格非常奇怪：这里所有的男人看上去都心不在焉，

---

① 查尔斯顿（Charleston）位于新西兰南岛霍基蒂卡以北一百一十三公里处，是在淘金潮时期建立的一个淘金村，于1867年达到淘金热的巅峰。

而他却急切地说话,带着几乎是纠缠不休的劲头。穆迪环顾四周,希望能跟其他人交换一个同情的眼神,但他捕捉不到任何人的目光。他咳嗽一声,补充道:"我想,我梦见过淘到金子后会怎么样,也就是说,金子会带来什么,可能会变成什么。"

男人听了这个回答似乎很高兴。"反向炼金术,我喜欢这么说,"他说,"我是说整个这桩买卖——探金矿。反向炼金术。你看啊——这个转化过程——不是变成金子,而是变出金子……"

"这个观点不错,先生。"很久以后穆迪才想起来,这个概念与他自己最近关于倒置万圣殿的幻想几乎如出一辙。

"你要咨询,"男人边说边频频点头,"你要咨询——我猜你肯定要打听的——用什么样的铁锹,什么样的摇臂洗砂床,还有地图、各种家什。"

"没错,我要按正确的方法做事。"

男人将身体靠回扶手椅椅背上,显然感到这十分有趣。"在皇冠旅馆吃住一个星期——只是为了提问题!"他发出一声短促的大笑,"然后到泥土里滚爬两个星期,再把钱赚回来!"

穆迪再次交叉起双脚。他没有心情去回敬对方的强大精力,他的教养又过度拘泥,不能做出无礼之举。他完全可以道歉说自己不是很方便,承认某种身体不适——那个男人似乎有足够的同情心,手指正不停地拨动着,笑声不断提高,但穆迪不习惯对陌生人开诚布公,更不会向别的男人坦白身体不适。他内心振奋了一下,开始用一种比较明快的声音说话:

"那你呢,先生?我想,你在此功成名就了吧?"

"嗯,是的,"对方回答,"鲍尔弗船运,你肯定见过,过了原料场就是,黄金地段——码头街,你知道的。鲍尔弗,就是我。托马斯是我的教名。在矿区,你需要一个这样的名字,这峡谷里可没有人称呼先生。"

"看来我必须练习使用我的名字。"穆迪说,"我叫沃尔特,沃尔特·穆迪。"

"是的,人们叫你什么都有可能,唯独不会叫你沃尔特。"鲍尔弗一边说,一边敲打着膝盖,"也许是'苏格兰沃尔德',也许是'左右开弓沃尔德',还有'金块沃利',哈!"

"这个名字得靠我挣来。"

鲍尔弗大笑。"谈不上挣来,"他说,"大得像女士手枪,我见过一些,大得像女士的——但是,我告诉你,要想弄到手可不容易呢。"

托马斯·鲍尔弗年约五十,身体结实而健壮。他的头发已经花白,从头顶向后梳,齐到耳边。他留着一副铁锹形的大胡子,感到什么事情有趣时,就会用手掌向下捋胡子——正如现在这样,为自己说的笑话沾沾自喜。他对自己的成功十分安逸满足,穆迪心想,看得出来,这个男人一贯的乐观态度得到成功的正反馈之后,他获得了一种安逸的资格感。他身着长袖衬衫,领巾虽然是丝绸质地,而且是细缎,却沾有肉汁污迹,松松垮垮地绕在脖子上。穆迪将他归类为自由主义者——无害,有叛逆精神,爽快奔放。

"我不胜感激,先生,"他说,"我相信,这只是我完全不知道的诸多习俗中的第一个。我真会在峡谷一带错误地用姓氏称呼别人呢。"

事实上,他脑子里对新西兰淘金的概念极不准确,其信息主要来源于加利福尼亚金矿的素描——圆木小屋,平底峡谷,尘土中的货车——还有一种模糊的印象(不知是从哪里得来的),这个殖民地在某种程度上依然是英伦三岛的影子,是大英帝国管辖与核心的尚未充分发展的、野蛮的对应面。大约两个星期前,他绕过奥塔戈[①]半

[①] 奥塔戈(Otago)位于新西兰南岛东南部,建立于1852年,其中达尼丁是最早的移民点,建于1848年。

岛海角时，惊奇地看到了山丘上的豪宅、码头、街道，还有标绘的花园。此刻，他又惊讶地目睹一位衣冠楚楚的绅士将火柴递给一个中国人，然后在他面前倾身拿回酒杯。

穆迪毕业于剑桥，出生于爱丁堡的中产家庭，家里有三个用人。他的社交圈轨迹，先是三一学院，近些年来是内殿法学院，这些地方都丝毫没有贵族阶级的那种僵硬刻板，贵族之间的历史与背景大同小异，只是程度不同罢了。然而，穆迪所受的教育令他孤立于人群，他的教育经历使他理解任何社会系统的正确方式都要采用居高临下的视角。他与大学密友一道（身披斗篷，莱茵酒喝得醉醺醺），会以青春的所有烦恼与活力去捍卫阶级，但是在实践中遇到同样情况时，他总是感到惊恐。他还不知道金矿是一个充满渣土与危险的地方，每一个家伙对于身旁的人来说都是陌生人，对于这里的土地来说都是外来人。一个杂货商的摇臂洗砂床里可能有金子，而一个律师的摇臂洗砂床里却一无所获。人与人之间没有等级之分。穆迪比鲍尔弗大约年轻二十岁，所以他说话时带着尊重，但是他意识到鲍尔弗的社会地位比他低，同时他也意识到周围这些人组成了奇怪的大杂烩，他无法猜测他们的阶层与来历。他的礼貌因此显得有点呆板，就像是个不常与孩子说话的人，无法把握恰当的交流方法，因而产生距离，变得僵硬，不管多么想表示亲切都无济于事。

托马斯·鲍尔弗感觉到了这种俯就，满心欢喜。他对善于言辞的人抱有一种调侃般的厌恶，认为他们"说得太漂亮"，他喜欢刺激他们——不是惹恼他们，那样太无聊了，而只是将其庸俗化。他似乎将穆迪的生硬看成一种时髦的衣领，以某种贵族风格制作，对于穿它的人来说是一种无法忍受的拘束——他对上流社会的所有规矩都是这种看法，如同毫无价值的装饰——让他感到好笑，觉得此人的优雅只是令自己感到如此不安。

鲍尔弗的确出身卑微，恰如穆迪猜测的那样。他的父亲在肯特的一家马具店工作，若不是鲍尔弗十一岁那年的一场大火烧死了他的父亲、毁掉了马厩，他可能会子承父业。但他是个躁动不安的男孩，穿着磨破袖口的衣服，尽管经常挂着梦幻般的、心不在焉的表情，内心却充满了不安分，死心眼儿地工作不是他喜欢的风格。无论怎么样，马儿跟不上火车的步伐，正如他喜欢说的那样，马具行业经不住时代变迁的风浪。鲍尔弗非常想成为时代的弄潮儿。当他提到过去时，以前的每十年都仿佛是一支粗制滥造的蜡烛，早就烧掉、报废了。他对少年时代的生活——鞣革桶里的深色液体、晒革张架、父亲装钉子和锥子的小牛皮袋——没有丝毫怀旧之情。他很少回忆，除非是拿来与新兴的工业做比较。矿，才是有钱的地方。煤矿、钢厂，还有黄金。

　　他从玻璃业起家。数年学徒后，他创办了自己的玻璃厂，之后又卖掉这个中等规模的工厂，换成了煤矿股份，并适时扩展为竖井式开采网，脱手给伦敦的投资家而获大笔现金。他没有结婚。在三十岁生日那天，他买了一张飞剪式帆船的单程票前往韦拉克鲁斯①，这第一次的航程历时九个月，将他带到加利福尼亚金矿。淘金汉生活的光辉对他来说迅速黯淡，但他对这个领域无休止的冲动与希望并未消失。他用第一桶金购买了一家银行的股份，四年内开了三家旅馆，逐渐发迹。当加利福尼亚被淘干以后，他变卖一切，启程前往维多利亚——一个新目标，一片新疆域。在那以后，他再次听见横跨海洋的召唤，好似罕见的微风中飘来的丝丝缕缕的仙乐，引导他前往新西兰。

　　在艰苦的矿区摸爬滚打的十六年中，托马斯·鲍尔弗遇到过许多类似沃尔特·穆迪这样的人，多亏了他的性格，这些年来，他对初出茅庐、未经历练的初来乍到者依然保持着浓厚的感情与关切。

---

① 韦拉克鲁斯（Veracruz）位于墨西哥中部，东临墨西哥湾。

鲍尔弗欣赏有远大抱负、特立独行的人，作为一个白手起家的人，他有宽宏大量的胸怀。干事业令他高兴，欲望令他高兴。穆迪敢于追求自己显然了解甚少的目标，一定期待着巨大的回报，单凭这个原因，他就对穆迪有了好感。

然而，在这个特定的夜晚，鲍尔弗并非无所事事。穆迪的闯入使聚集在这里的十二个男人颇感吃惊，因为他们事先采取了相当严密的防范措施，以确保不受惊扰。皇冠旅馆的前厅因为当晚的私人活动而关闭，一个男孩被安排在雨篷下看守大街，以防有人想在那里喝酒——虽然那不大可能，皇冠的吸烟室在当地社区不算出名，不是什么大雅之堂，常常空无一人，即使是在周末的晚上，淘金汉们成群结队从山区返回，在镇上的小酒馆里用他们的金矿石换酒喝的时候。负责守望的男孩是曼纳林的人，手里攥着大把顶层楼座的戏票免费发送。当晚演出的《来自东方的风情！》是新编剧目，保证好看。歌剧院的门厅里准备了数箱香槟，是来自曼纳林本人的礼物，以纪念首场演出。这些障眼法都做得很到位，而且相信没有船只会冒险在天气如此恶劣的暗夜登陆（《西海岸时报》航运版预报的船只均已如期到达），聚会者没有想到要对付一个偶然出现的陌生人，他可能已在傍晚之前半小时便登记入住这家旅馆，因此当曼纳林的男孩开始在街上滴水的门廊下站岗时，陌生人已经在旅馆里了。

沃尔特·穆迪，尽管他的面容让人放心，尽管他带着事不关己的礼貌，但说到底依然是个不速之客。男人们实在不知道如何劝他离开，除非直言明说他构成了打扰，但那样一来就会暴露他们集会的隐秘性质。托马斯·鲍尔弗承担起审查他的任务，只因为他们正好靠得最近，都坐在壁炉旁——一个令人愉快的巧合，因为鲍尔弗虽然大言不惭、热情洋溢，但具有穷追不舍的性格，习惯于将任何情形都转为有利于自己的局面。

"对，嗯，"此刻他说道，"一个人很快就能学会习俗，每个人都得从你现在的位置开始。我的意思是：作为新手，一无所知。那么，恕我冒昧，你是如何萌生这种念头的呢？我个人很感兴趣的是，究竟是什么将一个男人带到这里，你知道，带到这天涯海角——是什么擦燃了一个男人的心灵火花？"

穆迪吸了一口雪茄才做出回答："我落得今日，原因复杂，"他说，"家庭纠纷，说来痛苦，这是我独自漂洋过海的原因。"

"嗜，你的境遇绝非孤立事件，"鲍尔弗兴高采烈地说，"这里的每一个少年都在逃脱着什么，这点毫无疑问！"

"的确。"穆迪说，心想这是一种相当令人忧虑的前景。

"每个人都来自他乡，"鲍尔弗接着说，"对，这就是核心。我们都来自他乡。至于家人，在峡谷一带你准能找到许多兄弟与长辈的。"

"多谢您的善意安慰。"

鲍尔弗立刻咧嘴大笑，"这话说的。"他夸张地挥舞着雪茄，以至于羽毛般的烟灰撒遍了他的马甲，"安慰！——如果这也算得上安慰，那你肯定是个十足的清教徒，我的孩子。"

穆迪对这番话无法给出一个得体的回答，便再次颔首，然后，仿佛是否认与清教徒有任何瓜葛，他喝了一大口酒。外面，一阵风打乱了大雨连续不断的节奏，将成片的雨水砸到西窗上。鲍尔弗检查着他的雪茄尾部，仍在咻咻地笑。穆迪将自己的雪茄放在唇间，脸转向一边，轻轻吸了一口。

就在这时，十一个沉默的男人中的一个站了起来，他将报纸对折两次，朝写字台走去，为的是换一份报纸。他身穿无领黑色外套，打着白色领结——穆迪惊讶地意识到这是一身牧师礼服。这就奇怪了，为什么一个牧师会选择在星期六深夜，在一家普通旅馆的吸烟室里看新闻？为什么他会与大家一起保持沉默？穆迪注视着这个神职人士，看他翻动那堆大报，没有理会那几份《殖民者》，而是选择了《灰河英雄》,他发出愉快的咕哝声将报纸抽出来,伸直胳膊举起报纸,赞赏地将它向着光亮倾斜角度。穆迪在心中再次与自己理论:或许这并不是太奇怪,今夜雨特别大,镇上所有的会所与酒馆可能都十分拥挤,也许这位牧师出于某种原因,不得不在这里暂时避雨。

"所以你跟人吵了一架。"只听鲍尔弗说道,似乎穆迪答应了要给他讲一个激动人心的故事,然后又忘记讲了。

"我只是参与了争吵,"穆迪纠正他,"也就是说,争吵不是我造成的。"

"我猜是跟你父亲。"

"说来痛苦,先生。"穆迪朝对方瞥了一眼,希望用严厉的眼神止住他,但鲍尔弗的回应是身体更加前倾,将穆迪的严肃表情当成了鼓舞,更相信他的故事值得一听了。

"啊,快说说!"他说,"放下你的包袱。"

"这不是一个可以放下的包袱,鲍尔弗先生。"

"我的朋友,我从来没有听说过这样的事。"

"请原谅我转换话题……"

"可你已经激起了我的兴趣!你已经唤起了我的注意!"鲍尔弗冲着他嘻嘻笑。

"我恳请能拒绝您。"穆迪说,他努力压低语气,以防整个房间的人都能听到他们的谈话,"我恳请保留我的隐私。我的动机非常单纯,就是不想给您留下一个坏印象。"

"可你是蒙冤的一方,你说了——争吵,不是你造成的。"

"没错。"

"嗯,好!这个没必要隐藏!"鲍尔弗大喊,"难道我说得没道理?没必要避讳另一个家伙的错误!也没必要为另一个家伙的行为感到耻辱,你知道的!"他嗓门儿特别大。

"你想知道的是一个人的耻辱,"穆迪轻声说,"我指的是带给一个家族的耻辱。我不愿意玷污我父亲的姓氏,当然那也是我的姓氏。"

"你的父亲!可我都告诉过你什么来着?你会找到许多父辈,我说过,在这峡谷一带!这可不是随便说说的——这是传统,是必需的——事情的传统就是这样!让我告诉你在矿区什么算得上是耻辱。谎卖假矿区——这个算。争执认领区上的界桩——这个算。抢劫、骗人、杀人——这些都算。可家族耻辱!把这个讲给更夫听一听,在霍基蒂卡街上来回喊一喊——他们会以为多新鲜呢!连家都没有,谈何家族耻辱?"

鲍尔弗结束这番训词的同时,用手里的空酒杯潇洒地敲打了一下他的椅子扶手。他神采飞扬地看着穆迪,举起张开的手掌,似乎表示他那非常有说服力的观点已经表达完毕,没有进一步补充的必要了,可他还是愿意得到某种形式的赞赏。穆迪不由自主地点了点头,回答时的语气第一次流露出了神经疲惫:"您的话很有说服力,先生。"

鲍尔弗依然神采飞扬,挥挥手表示对他的夸奖不以为意。"说服是鬼点子和小聪明。我说话直截了当。"

"我为此感谢您。"

"好,好。"鲍尔弗欣然说道,似乎十分自得其乐,"现在你必须跟我说说你的家庭纠纷,穆迪先生,听完我才能裁断你的姓氏究竟是否被玷污了。"

"请原谅。"穆迪轻声说。他环顾四周,察觉到牧师已经回到自己的座位上,正在聚精会神地看报纸。他身旁的那个男人——服饰华丽,留着帝国八字胡子,红头发——好像睡着了。

托马斯·鲍尔弗没有退让之意。"自由与安全!"他大喊,再次挥舞手臂,"归根结底不就是为这个?你瞧,我已经知道争论什么了!也知道争论的形式!自由高于安全,安全高于自由……供给来自父亲，儿子争取自由。当然，父亲可能会控制过严——这个可能会发生，而儿子可能会铺张浪费……败家子……总是同样的纠纷，无一例外。情人之间也是，"他补充道，穆迪没有插话，"情人之间也是一样。归根结底，总是同样的纠纷。"

但是穆迪没有听他说话。一时间，穆迪忘记了他的雪茄已悄然烧成了灰，变暖的白兰地停滞在杯底。他忘记了自己置身此处，在一家旅馆的吸烟室里，在一座建设不到五年的镇子上，在天涯海角。他的注意力悄悄溜走，重返那一幕：血淋淋的领巾，那只紧攥着的银手，那个在黑暗中挣扎着唤出的名字，一遍又一遍：玛格达莱纳，玛格达莱纳，玛格达莱纳。这一幕突然闯入他的脑海，如同不速之客，好像一道阴影，凄凉地掠过太阳的脸。

穆迪乘"一帆风顺号"三桅帆船离开查默斯港，这艘敦实的小帆船有着弧线精美的船首和涂漆的橡木破浪神——一只雄鹰，代表圣约翰。在地图上看，这段航线迂回，呈发夹形状：帆船向北起航，横穿两海之间狭窄的海峡，然后再向南航行，来到矿区。穆迪能买得起的船票是甲板下的一个狭窄空间，但气味恶臭，令人憋闷，以至于他在整个旅程的大部分时间里不得不待在甲板上，他把湿漉漉的小皮箱抱在怀里，弓腰坐在舷沿下，竖起衣领遮挡着浪花。如此背朝大海蹲伏着，他看不见什么海岸线上的风光——东面的黄色平原，接下来是微微倾斜的更绿一些的山坡，再远处就是群山，因遥远而呈蓝色；再向北，是青翠的峡湾，静水一片安谧；而在西面，纵横交错的小溪汇入大海时，将海滩刻蚀得斑痕累累。

当"一帆风顺号"绕过北方的海岬朝南行驶时，晴雨表的刻度便开始下降。假如穆迪不是病得那么可怜，可能还会感到害怕，并发出毒誓：码头上的男孩们早就告诉过他，溺水是西海岸病，他是否能够自称幸运儿，这个问题早在他到达金矿之前，在他第一次蹲下把淘金盘碰着沙石之前，就得到了回答。路上丢掉性命的人不少于到岸的人。这条船的主人——名叫卡弗的船长——曾经从高甲板的船长台上目睹了太多的"旱鸭子"被冲进大海,一命呜呼,说整条船是一座坟墓都不过分——他说最后这句话时神情肃穆,双眼圆睁。

绿色的大风带来了暴风雨。刚开始人们感到舌根处有一种铜锈味儿,金属般的疼痛随着滚滚涌来的黑云不断加剧,暴风雨袭击时,犹如一个愤怒绝情的巴掌。甲板在沸腾,头顶上噼啪作响与猛然受力的船帆投下诡异的光影,如同一道道鞭子,水手们挣扎着维持帆船的航线,一副惊慌失措的样子——这是一场噩梦,当船越来越靠近金矿时,穆迪有一种噩梦般的感觉,似乎是帆船本身发飙招来这地狱般的暴风雨。

沃尔特·穆迪并不迷信,但觉得别人迷信是很好玩的事,他从不轻易被印象蒙骗,却精心经营自己给别人的印象。这不是因为他聪明,更多是出于经验——在来新西兰之前,他的经验既谈不上广泛,也谈不上多样。生活至今,他所经历过的怀疑都是适度的、安全的。他只知道怀疑、犬儒、概率——绝对不是当一个人不再相信自己的信任能力时的那种恐怖的崩溃感,绝对不是崩溃后的那种心惊肉跳,绝对不是尘埃落定之后的沉闷空虚。幸运的是,上述这些变幻莫测的情形他至今尚未体验过。他的想象力天生缺乏华丽浪漫,除非考虑实际用途,他极少诉诸理论。对于他来说,他本人的死亡观只具有一种知识性的魅力,像干巴巴的亮釉;而且,由于没有宗教信仰,他不相信有鬼魂。

最后这段旅程中发生的所有细节都属于穆迪个人的经历,一定要留给他自己。在这个关口,我们觉得可以说出来的,只是当"一帆风顺号"离开达尼丁①的港口时,船上共有八位乘客,但是当三桅

---

① 新西兰南岛东南岸港市。

帆船到达西海岸时，乘客却变成了九位。这第九位不是在旅途中降生的婴儿，也不是偷渡者，更不是船上的瞭望员发现一个人在水上漂流，死死抓住一片残骸，并大喊着将他拖上船来。但若继续说下去，就是盗窃沃尔特·穆迪的个人故事了——这不公平，就连他自己都无法完整地回忆起那个幽灵，更别说一个叙述者为了第三者的消遣而做解说了。

在霍基蒂卡，连绵的大雨毫不留情地下了两个星期。穆迪第一眼看见的镇子是在迷雾中飘浮的隐约变幻的一抹。在海岸线与突起的阿尔卑斯山脉①之间，只有一条狭窄的平地走廊，无止境的拍岸浪冲打着海岸线，在沙滩上变成了白雾；厚厚的积云剪断高山侧翼，使它变矮，如同灰色天花板一般压在镇子里拥挤的屋顶上，平地似乎显得更平坦，更包容。港口坐落在镇子南面，夹在弯曲的河口处。这是一条富含黄金的河流，在遭遇大海咸涩的边缘时化作了泡沫。海岸口的河水呈棕色，空空荡荡，而上游的水据说凉爽白净、波光粼粼。河口本身是平静的，一个小湖中桅杆林立，蒸汽船成群，在等候着晴朗的日子。他们知道最好不要冒搁浅的风险，水下暗藏着浅滩，并随海潮移动。大量沉没于浅滩上的船舶凄凉地散落着，像幽怨的遗嘱一般提醒着人们水下的危险。这里大约有三十具沉船残骸，有好几艘是最近沉没的。四分五裂的船身筑成一道奇怪的壁垒，似乎在悲戚地守护着镇子，以应付大海的不测。

三桅帆船的船长不敢在天气好转之前让船进港，发信号招来一条平底船，将乘客从翻滚的白浪尖上转运到岸边。平底船上有六

---

① 指的是贯穿整个新西兰南岛的南阿尔卑斯山脉（Southern Alps），终年积雪，大小冰川三百余座，最高峰海拔为3754米。它是整个南岛的天然分水岭，也是西海岸地区与东部坎特伯雷地区的分界线。

名船员——仿佛是人们眼中冷酷的卡戎①,当乘客坐在椅子里从"一帆风顺号"颠簸的侧舷被放下来时,船员们只是瞪眼看着,一言不发。缩在小船里,抬头看帆船上难如登天一般的索具操作,真是恐怖——帆船摇动时投下黑色的阴影,最后绳索终于被捆放停当,他们离开了帆船,进入宽阔的水域,穆迪感到自己的皮肤一阵松快。其他乘客都很快活。他们慨叹天气,慨叹躲过暴风雨的一劫是多么美好。他们惊愕地路过遇难的船舶,读出它们的名字;他们谈论金矿,谈论他们将在那里碰到的运气。他们的欢呼令人憎恨。一个女人将一个挥发盐药瓶按在穆迪的髋关节骨上——"悄悄地拿着,免得人人都想要",但是穆迪将那女人的手推开了。她没有看到他所看到过的一切。

当平底船接近岸边时,暴雨似乎加剧了。海涛激起的浪花高于船舷,大量海水涌入船内,穆迪必须帮助船员排水,一个男人沉默地将一个皮制水桶塞进他手里,这个人除了最里面的臼齿,别的牙齿都掉光了。穆迪甚至没有退缩的力气。他们被白浪推过浅滩,进入平静的河口。他没有闭上眼睛。当平底船停泊后,他是第一个下船的人,落汤鸡一般,头晕目眩,天旋地转,以至于在梯子上绊倒了,导致船身突然剧烈地倾斜后退。他仿佛是一个被追杀的人,摇摇晃晃、半瘸半拐地走下码头,来到坚实的大地上。

他转过身,只能模糊地看见弱不禁风的平底船在码头的一端微微跳动着,似乎要挣脱泊位一般。三桅帆船本身早已在迷雾中消失,大雾如同一片片模糊的玻璃悬挂在空中,遮蔽了沉船、锚地里的蒸汽船,以及远处无垠的大海。穆迪步履蹒跚。他蒙眬地意识到船员们将袋子与提包从船上搬下来,其他乘客都在奔走忙碌,挑夫与

---

① 卡戎(Charon)是希腊神话中冥王哈得斯的船夫,负责将付钱的亡魂渡过冥河。

码头工人在雨中叫喊着指令。眼前的情景如同蒙了一层纱，人物模糊——仿佛整个旅程，以及与旅程相关的一切，都已经被令人神志恍惚的灰雾掳去；仿佛他的记忆遭遇了克星，正在自行退缩，迷雾与暴雨魔术般地现身为幕布、幽灵空间，遮掩住他刚刚经历的过去。

穆迪没有逗留。他转过身，匆匆走上沙滩，路过海岬沿岸一带的屠宰场、厕所、挡风棚，以及被两星期的灰色雨水压得下垂的帐篷。他低着头，紧紧地抱着他的皮箱，根本看不见什么：看不见牲畜围栏，看不见仓库的高山墙，看不见沿码头街的办公室的直棂窗，窗户后面有无形的身影在点灯的房间里移动。穆迪挣扎着往前走，泥浆齐小腿深，当皇冠旅馆的假门脸赫然出现在他面前时，他冲了过去，扔下皮箱，腾出双手扭动门把手。

皇冠属于那一类实用的、没有多余修饰的旅馆，唯一的可取之处是靠近码头。这个特点虽是一种便利，却谈不上是优点：这里距离畜栏太近，屠宰场的血腥味儿与大海的馊咸味儿交织在一起，总是让人联想到一个被遗忘的冰盒子，里面都是未熏制好的臭肉。正因如此，换了平常，穆迪可能会对这种地方不屑一顾，他会继续沿着雷维尔街向北走。那里的旅馆门脸更宽，色彩更明亮，带廊柱的门廊连接着客房，窗户高高的，有精致的镂空工艺，所有这一切，都确保了他作为一个有钱人所习惯的富裕与舒适……但是穆迪将所有挑剔的感官都留在了"一帆风顺号"簸荡的船舱中。他需要的只是一个容身之所，以及独处的空间。

进屋关上门后，空无一人的门厅里的宁静便立刻令雨声遁去，也在他身上即刻产生了生理性的作用。我们已经提到过，穆迪从自身的相貌中获取了极大的个人利益，对这一事实他完全心知肚明：他在一个不熟悉的镇子上第一次露面，不会让自己的模样像个幽魂。他拍掉帽子上的水，用手理了理头发，跺跺脚以停止膝头的抖动，让嘴巴做了几个剧烈的动作，仿佛在测试它的弹性。他快速地完成了这些步骤，毫无尴尬之感。等到女仆出现时，他的脸上已经挂着惯有的善良而淡定的表情，正在鉴赏前台角落里的燕尾榫。

女仆是一个看起来呆滞的女孩，头发黯然无光，牙齿跟她的皮肤一样焦黄。她背诵了食宿的条款，收了穆迪十个先令（钱币被她投入桌子底下一个上锁的抽屉里，发出沉闷的哗啦声），然后疲惫地带他上楼。穆迪意识到留在身后的雨渍，还有他在门厅地板上留下的一大摊水，便塞给女仆一个六便士硬币。女仆可怜巴巴地接过去，想要离开，但随即又似乎想表现得更热情些。她红了脸，停顿片刻后，提议穆迪或许想从厨房叫一份晚餐上来——"把你的身子骨收收干"。她说着，嘴唇向后扯出微笑，露出一嘴黄牙。

皇冠旅馆刚建成不久，依然可见新鲜刨光木料蜂蜜色的痕迹与锯末粉。墙上依然挂着树浆沿每个沟槽结出的宝石般的圆珠珠，没有炉灰与污渍的炉膛依然干净。穆迪房间的家具与哑剧里的布景十分相近，似乎单凭一张椅子就能演绎出奢华的豪宅。床上有一个薄薄的枕垫，里面的填充物像是扭曲的纱布。毯子稍微大了点，边缘皱巴巴地堆积在地板上，使床显得蜷缩了许多，憋屈地摆放在粗糙的斜屋顶下。空荡荡的房间散发着令人心悸的阴气与未完成感，仿佛是透过玻璃碎片看见的属于不同街道、不同时代的景象。但是对于穆迪来说，这种空荡令人舒心。他把湿透了的手提箱放在床边的宝塔架上，把衣服尽量拧干，喝了一壶茶，夹着火腿吃了四片黑面包，然后，透过窗户打量着被大雨模糊得什么都看不清楚的街道，决定把进镇子办事推迟到第二天早上。

女仆将昨天的报纸留在了茶壶底下——作为一份六便士的大报，显得多么单薄啊！穆迪拿起报纸时笑了。他喜欢廉价新闻，并且饶有兴致地看到该镇"最诱人的舞娘"同时登广告说自己是"最持重的助产士"①以招揽业务。报纸用了一整栏专门刊登下落不明的探矿者（若埃默里·斯坦斯读到这条消息，或任何知道他下落的人……），还有一整版的"招聘女招待"。穆迪把报纸从头到尾读了两遍，包括航运通知，住宿与出行的广告，几篇全文照印、十分乏味的政治竞选演讲。他发现自己感到很失望：《西海岸时报》读起来就像教区公报。可他期待的到底是什么呢？期待金矿如同异国情调的幻象，充满了光耀与承诺？或所有的淘金汉都臭名昭著、诡秘狡诈——人人都是谋杀犯，人人都是强盗？

穆迪慢慢叠好报纸，思绪又回到"一帆风顺号"，回到船舱中的那个血腥木桶，他的心又开始怦怦狂跳。"够了！"他大声说，却又立刻感到自己很愚蠢。他站起来，将叠好的报纸扔到一旁。不管怎么说，他心想，日光已经渐渐暗去，他不喜欢在暮色中阅读。

他离开自己的房间，回到楼下。只见那个女仆窝在楼梯下的小隔间里，正在用黑色鞋油擦一双马靴，穆迪问她这里是否有一间客厅能让他消磨这个夜晚。旅行的劳顿使他身心俱疲，他急需一杯白兰地和一个安静的地方闭目安歇。

女仆现在殷勤多了——她得到六便士的机会一定少之又少，穆迪想，这对于日后需要她的时候倒是大有好处。她解释说今夜皇冠旅馆的客厅已被私人晚会预订——"天主教友谊赛"。她进一步说明——又露齿笑了笑——但是如果他愿意的话，她可以为他引路，带他到吸烟室去。

穆迪猛然回到现实中，发现托马斯·鲍尔弗仍然盯着他看，一脸好奇的期待表情。

"请原谅，"穆迪迷惑不解地说，"我想我一定是恍恍惚惚陷入了自己的思绪里——一时间走神了。"

---

① 原文为法语，"Most Discreet Accoucheuse"。

"你在想什么呢？"鲍尔弗说。

他都想了些什么呢？只不过是那条领巾、那只银手、那个名字，在黑暗中喊出的那个名字。那一幕就像一个小世界，穆迪想，拥有它自己的维度。当他的思绪迷失在那里时，任何一段俗世常理意义上的时间都可能飞逝而过。这个大世界有滚动的时间与移动的空间，而那个小世界则是一个充满了恐怖与不安的凝固的世界。两者相互容纳，球中之球。多么奇怪，鲍尔弗一直看着他。与此同时，真实的时间一直在流逝——在他周围旋转。

"并没有特意想什么，"他说，"我经历了一次艰难的旅行，仅此而已，我感到非常疲倦。"

在他身后，一个台球玩家击了一杆球，噼啪两声，球扑通一声落袋，其他玩家发出一片赞赏。牧师大声地抖开他的报纸，另一个男人咳嗽了一声，又一个男人拍打衣袖上的灰尘，在椅子里转动。

"我在问你吵架的事。"鲍尔弗说。

"吵架——"穆迪刚说了一个词就停住了。他突然觉得筋疲力尽，简直连说话的力气都没有了。

"纠纷，"鲍尔弗提示道，"你和你的父亲之间。"

"我很抱歉，"穆迪说，"详情复杂，一言难尽。"

"钱的问题！我说中了吧？"

"请原谅，您没说中。"穆迪用手揉了揉脸。

"不是钱！那就是——爱情问题！你恋爱了……但是你父亲不同意你选择的姑娘……"

"不，先生，"穆迪说，"我没有恋爱。"

"真令人遗憾。"鲍尔弗说，"好吧！我的结论是，你已经结婚了！"

"我没有结婚。"

"你是一个年轻的鳏夫，也许！"

"我从未结过婚，先生。"

鲍尔弗放声大笑，举起双手，表示他觉得穆迪的沉默寡言令人恼火，十分荒谬。

当他大笑的时候，穆迪用手腕撑着抬起身子回头，从椅子的高背上方向身后的房间张望。他有意以某种方式将其他人吸引到他们的谈话中，或许这样就会转移那个男人的意图。但是没有人抬头迎接他的目光。穆迪觉得他们似乎都在主动地回避他。这就奇怪了。但是他的姿势别扭，行为也很粗鲁，所以他不情愿地恢复了先前的姿势，再次交叉起双脚。

"我并不想令您失望。"当鲍尔弗的笑声平息后，他说。

"失望——不！"鲍尔弗大喊，"不，不，你有你的秘密！"

"您错怪了我，"穆迪说，"我的目的不是隐瞒。这个话题令我本人痛苦，仅此而已。"

"哦，"鲍尔弗说，"可历来如此嘛，穆迪先生，一个人年轻的时候——为他自己的过去感到痛苦，你知道——希望能把一切埋在心里——秘不示人。我的意思是，不跟别人说。"

"这是一个睿智的观点。"

"睿智！就没有点儿别的？"

"我不明白，鲍尔弗先生。"

"你决意要挫败我的好奇心！"

"我承认我的确感到有点惊愕。"

"这是一座黄金之镇，先生！"鲍尔弗说，"一个人必须相信他的伙伴——一个人必须信任他的伙伴——真的！"

这就更奇怪了。穆迪首次发现——也许是不断增强的挫败感有助于他集中精力，正视眼前的情形——他的兴趣被激发起来了。房间里这种奇怪的沉默，很难证明他们是分享一切、分担一切的兄弟会……再者，鲍尔弗几乎没有披露自己在镇上的人品与声誉，而有了这类信息穆迪才会更信任他！穆迪将目光转向两侧，看着最靠近壁炉的那个胖男人，他的眼皮因为合眼装睡而轻轻战栗，然后他又看着身后的金发男人，他把台球球杆在双手间来回传递，但似乎已经完全失去了打球的兴趣。

穆迪心想其中定有蹊跷，对此他突然感到十分肯定。鲍尔弗正在扮演一个角色，代表其他人掂量他。但出于什么目的呢？连珠炮一般的问题背后有一套体系，鲍尔弗过分热烈的举止，巨大的同情与魅力，都巧妙地遮掩着一个计划。其他人都在侧耳倾听，他们佯装随意地翻阅着报纸，或者假寐。意识到这点后，房间似乎突然变得明朗了，如同偶然散落的星星在眼前聚集成一个星座。鲍尔弗看起来不再像穆迪刚开始相信他时那样爽快和热情洋溢；相反，他似乎过度紧张，不自然，甚至有些绝望。穆迪暗自猜想，此刻迁就这个男人是否比拒绝他更能达到目的。

沃尔特·穆迪深谙推心置腹的艺术。他知道通过坦白自己的秘密，可以反过来获得听取对方忏悔的微妙权利。一个秘密交换一个秘密，一个故事交换一个故事。含蓄地期待同样的回应，他知道如何运用这种压力。对鲍尔弗吐露真情，比公开怀疑他更能有助于了解情况，如果穆迪将自己的信任全部地、无保留地交给对方，那么鲍尔弗也不得不付出他的信任作为交换。为什么不讲讲他的家庭故事呢——无论这段回忆多么令人烦恼——以求换取他人的信任。当然，他无意泄露在"一帆风顺号"船上发生的事情，也没有必要刻意掩饰，因为那不是托马斯·鲍尔弗要求听的故事。

做了这番思考后，穆迪改变了他的策略。

"我明白我必须赢得你的信任，"他说，"我没有什么可隐瞒的，先生。我会说出我的故事。"

鲍尔弗带着极大的满足感将身子靠回椅背上。"你称它为故事！"他说，再次兴高采烈起来，"这让我感到惊讶，穆迪先生，因为它既不牵扯爱情也不涉及金钱!"

"恐怕唯独缺少这两者。"穆迪说。

"缺少——没错。"鲍尔弗说,依然微笑着。他示意穆迪继续说下去。

"首先我必须让你详细了解我的家族史。"穆迪说完便陷入一阵沉默,他眯起眼睛,噘起了嘴。

他坐的椅子面朝壁炉,所以房间里将近一半的男人都在他身后,他们或坐或站,假装做着各式各样的活动。穆迪故意思索片刻,为自己赢得了几秒钟的时间,以便用目光扫视左右,留意围坐于壁炉旁离他最近的那些听众。

坐得离壁炉最近的,是那个假寐的胖男人。到目前为止,他是这个房间里打扮最张扬的人:厚重的金项链,跟他自己的胖手指一样粗,横挎胸前,挂在天鹅绒马甲的口袋与麻纱衬衣的胸兜之间,链子上间隔均匀地固定着指关节大的金疙瘩。胖子旁边的男人,坐在鲍尔弗的另一旁,扶手椅的侧翼将他遮挡了一部分,所以穆迪只能看见他光滑的前额和闪亮的鼻尖。他的外衣是人字呢做的,用羊毛编织的,厚厚的,对于靠壁炉很近的他来说太热了,一副汗出如浆的样子和他安排自己坐在椅子上故作轻松的姿势非常不符。他不抽雪茄,用双手一遍又一遍地把玩着一个银烟盒。穆迪的左边是另一把翼背扶手椅,这把椅子拉得如此靠近穆迪的椅子,他甚至能听见邻座呼吸时的鼻哨音。这个男人一头黑发,身材纤细,个子非常高,合膝而坐时好像被折叠成了两段似的,鞋底紧贴在地板上。他正在看一份报纸,总的来说,他佯装漠不关心要比其他人装得更逼真,但即便如此,他的眼神依然带有几分呆滞,似乎目光并未聚焦在报纸上,他已经好久没有翻动一页报纸了。

"我是家里两个儿子中的老二,"穆迪终于开口了,"我的哥哥弗雷德里克比我大五岁。我们的母亲在我即将结束学业的时候去世了——我匆匆回了一趟家，只为安葬她。此后不久，父亲再婚。我当时对他的第二任妻子一无所知。那女人的性情是——现在依然是——文静而秀气的，她易受惊吓，体弱多病。细腻的她与父亲正好相反，父亲举止粗鲁，好酒贪杯。

"这一对很不般配。我相信双方都感到遗憾，认为这场婚姻是个错误。说来惭愧，我父亲对待他的新婚妻子非常糟糕。三年前他消失了，把她丢在了爱丁堡。她没有生活来源，有可能变成乞丐，或更糟糕。她就这样身陷突如其来的贫困中。她向我求援——我是说给我写信。我当时身在国外，立刻赶回了家。说句不夸张的话，我成了她的保护者。我为她安排一切，她也都接受了，虽然略带苦涩，因为她的命运经受了这么大的改变。"穆迪尴尬地干咳了一声，"我确保她有口饭吃——有份工作，你明白的。然后，我前往伦敦，目的是寻找我的父亲。我想尽一切办法在那里寻找他，其过程耗费了大量的钱财。终于我开始明白，必须将我的教育转换成某种收入，因为我不能再依靠继承家产作为保障了，而且我在城里的信誉已经变得非常糟糕。

"我哥哥丝毫不知晓我们的继母被抛弃的事：在父亲消失的几个星期之前，他已经离家到奥塔戈金矿寻求发财的机会。他是喜欢异想天开的那一类人——有一种探险精神，我想你们可能会这么说他，然而，自童年之后我们就不曾亲密过，我坦承我对他不甚了解。几个月过去了，甚至几年过去了，他一直没有回来，也没有来自他的任何音信。我写给他的信都石沉大海。确实，我依然不知道那些信是否真的送到了他的手里。最终，我也预订了来新西兰的船票，目的是把我们的家庭变故告诉他，而且——当然，我是说如果他还活着——说不定我可以和他一同在矿区联手创业。我自己已经钱财殆尽，那些永久持有债券的利息早已枯竭，我背负了重债。在伦敦的时候，我曾在内殿法学院求学。我想我可以继续留在那儿，等待日后成为大律师……但是我对法律没有真正的激情。我的兴趣不在那儿。因此，我乘船来到新西兰。

"一个多星期前，我在达尼丁登陆时，了解到奥塔戈的金子已经因为西海岸这里的新发现而黯然失色。我犹豫了，不知道应该先去哪里尝试，我的犹豫以最意想不到的方式奖励了我：我遇到了我的父亲。"

鲍尔弗发出一声轻叹，但没有插嘴。他正凝视着炉火，嘴里叼着雪茄，嘴唇审慎地噘起，一只手松松地拢在酒杯底部。另外十一个人也同样一动不动。台球游戏肯定已被放弃，因为穆迪没再听见身后有球相碰的声音。沉默中带着紧张的气氛，仿佛听众正等待着他揭示某件不同寻常的事情……或者害怕他会揭示。

"我们的相聚很不愉快。"穆迪继续说，他说话声音很大，盖过了雨声，足以让房间里的每个人都能听见，但又没有大到暴露他已意识到他们对他的注意。"父亲喝醉了，他因为我找到了他而感到十分愤怒。我得知他已经变得极其富有，而且又结婚了，娶了一个对他的历史一无所知的女人，确切地说，那女人不知道他与另一位妻子依然有着法律婚约。当时我——现在我依然抱歉地承认，我并不感到惊讶。我与父亲关系向来不好，况且这也不是第一次他在可疑的情况下被我抓住……但不得不说，从来没到这种犯罪的程度。

"当我问起哥哥的情况时，我才真正感到惊愕——我得知哥哥从刚开始就是父亲的经纪人。他们共同导演了遗弃的一幕，并作为合作人一同南下。我也不必等着见弗雷德里克了——我无法忍受看见他们俩在一起——我非走不可。父亲变得气势汹汹，企图把我扣留。我逃脱之后，立刻计划到这里来。我有足够的盘缠直接回伦敦，如果我愿意的话，但那种悲伤真是一种——"穆迪顿住了，用手指做了一个无奈的手势，"我也说不好，"他终于说，"我相信就眼下而言，矿区的筋骨之劳对我身心有益，而且我不想做律师。"

一阵沉默。穆迪摇了摇头,坐在椅子上,身体前倾。"这是一个不愉快的故事,"他说,语气轻快了一些,"我为我的血脉感到耻辱,鲍尔弗先生,但是我不想纠缠过去,我想创造新的生活。"

"的确是不愉快!"鲍尔弗大声说,终于将他的雪茄从嘴里抽出来,拿在手里挥舞着,"我为你感到遗憾,穆迪先生,同时,我也很赞赏你。而且你的行为正是金矿的做法,不是吗?再创造!可以说是——革命!一个人可以重新开始——可以更新自己——脚踏实地,立足现在!"

"这些都是励志的话。"穆迪说。

"你的父亲——我猜想,他也姓穆迪吧?"

"是的,"穆迪说,"他的教名是阿德里安。莫非您听说过他?"

"没有。"鲍尔弗说,随即,察觉出对方的失望后,他补充道,"这当然并不能说明什么。我从事船运行业,我跟你说过,这些日子里我跟矿区的人不怎么见面。我在达尼丁待过。在达尼丁住了差不多三年。如果你爸爸是在矿上发的财,他应该是在内陆,在山区,他有可能在任何地方——图阿皮卡[①]、克莱德[②]——任何地方都有可能。但是——听着——就说眼下吧,穆迪先生,难道你就不怕他来追你?"

"不,"穆迪直截了当地说,"我在离开他的那天,刻意制造了一个立即前往英格兰的假象。在码头上,我发现一个人正在寻求去利物浦的船票。我向他解释了我的情况,经过简短的谈判,我们交换了证件。他把我的名字给了售票员,我也依法炮制。假如我的父亲到海关查询,工作人员可以给他出示证据,证明我已经离开海岛,在回家的路上了。"

[①] 图阿皮卡(Tuapeka,毛利语,意为远方)是奥塔戈地区的一个地名。
[②] 克莱德(Clyde)是一个位于奥塔戈地区中部的小镇。

"但是，也许你的父亲和你的哥哥会为了他们自己来到西海岸——为了淘金。"

"这我就无法预测了，"穆迪表示同意，"但是照我对他们情况的了解，他们在奥塔戈已经有了足够的黄金。"

"足够的黄金！"鲍尔弗似乎又要大笑。

穆迪耸了耸肩。"唉，"他冷冷地说，"当然，我应该有所准备，他们是有来的可能性，但我期望不会。"

"不会——当然，当然。"鲍尔弗说，用他的大手拍了拍穆迪的衣袖，"让我们说一说更有希望的事情吧。告诉我，一旦你聚敛了一笔可观的钱之后，你想要干什么？回苏格兰，是不是？在那儿挥霍你的财富？"

"但愿如此吧。"穆迪说，"我听说，一个人可以在四个月内就获得一定的财力，这可以让我在冬季最恶劣的天气到来之前离开这里。在您看来，这种期望有可能吗？"

"完全有可能，"鲍尔弗说，笑眯眯地看着炉子里的煤，"的确，完全有可能——是的，可以这样期待。那么，你在镇上没有同伴？没有老乡在码头上接你，跟你联手——没有家乡来的伙计？"

"没有，先生。"穆迪告诉他，这是当晚的第三次了，"我独自旅行到了这里，而且，我已经跟您说过了，我打算创造自己的财富，不要其他人的帮助。"

"哦，是的，"鲍尔弗说，"创造你自己的，嗯，用现代的说法，是去追求财富。但是一个淘金汉的伙伴好比他的影子——这是另一桩需要知道的事情——是他的影子，或者他的老婆。"

听了这话，房间里又传来一片感到有趣的慨叹声：不是公开大声发笑，只是安静的出气声，同时发自不同的地方。穆迪扫视四周。他察觉到空气中逐渐松弛的气氛，那些人听完他的故事结局后，都松了一口气。不知道这些男人在害怕什么，他想，他的故事给了他们把恐惧搁置一旁的理由。他第一次感到好奇，他们的不安是否与他在"一帆风顺号"上见证的恐怖有某种联系。这想法莫名地令人感到不快。他不愿相信能向别人解释清楚自己的记忆，更不愿相信别人能替自己分担。（他后来想，苦难，可以夺走一个人的同情心，可以使人变得自私，可以使人轻视所有其他的受难者。这种领悟令他感到惊愕。）

鲍尔弗嘻嘻笑着。"对呀，他的影子，或者他的老婆。"他又说了一遍，冲穆迪感激地点点头，仿佛这个笑话是穆迪说的，不是他自己说的。他用弯曲成杯子形状的手捋了捋胡子，轻声笑了笑。

因为他确实松了一口气。丢失的继承权，婚姻中的欺骗，出身高贵的女人不得不工作，这类背叛属于一个完全不同的世界——鲍尔弗心想——一个有着客厅、名片和礼服的世界。对他来说，这个故事很可爱，这小小的不幸居然被当作悲剧——这个年轻人居然带着严肃的、有节制的尴尬做这番坦白，因为他那个阶层的人从出生起就被教导并且相信自己的地位永远不会改变。讲述这样的故事，在这里，在这个文明世界的先锋站！报纸上说，霍基蒂卡的发展比旧金山还快，而且完全是从无到有……它的发展，出自蛮荒丛林中的凄惨生活，出自潮汐沼泽、移动的沟壑与缥缈的迷雾，出自富含金矿的险峻河川。在这里，当男人们蹲在泥沙中淘洗时，他们不仅是白手起家，而且是塑造自我。鲍尔弗抚摩着自己的翻领。穆迪的故事很可怜，激发了他身上的一种父亲般的、惯纵的感觉，因为鲍尔弗知道自己非常摩登（有创业精神，无牵无挂），而其他人依然深陷于迂腐时代的禁锢中，这一点令他高兴。

当然，这是一项无视阶下囚，仅表明法官意志的裁决。鲍尔弗意志太强而不承认哲理，除非是最具实用价值的一类哲理。他的开朗豁达使他无法理解绝望，对他来说，绝望就像一口深不可测的矿井，有深度而无宽度，因为与世隔绝而窒息，只能靠触摸来寻找方向，任何形式的好奇心都会被扼杀。他对灵魂没有真正的兴趣,只把它看作更活跃、更深刻的幽默与探险之奥秘的托词。关于灵魂的黑夜,他没有任何想法。他常说,在任何程度上,他赋予关注的唯一内在空洞就是他的胃口。他说这话时放声大笑,似乎感到非常开心。确实,在需要同情的场合下,他极少表现出恻隐之心。他对别人未来的开放空间很宽容,但对他们关闭在百叶窗后的历史却很不耐烦。

"无论如何,"他接着说,"记住给你的第二条忠告,穆迪先生——给自己找个朋友。周围有许多人都很愿意多一个帮手。这才是正道,你知道——找个伙伴,然后合伙干,从没听说单打独斗成功的。你有工作服和帆布行囊吧?"

"恐怕我只能祈祷天气发发慈悲了。"穆迪说,"我的行李箱还在船上;今晚天气太糟糕,无法冒险过浅滩,他们说我的行李将于明天下午到达海关。我本人是乘一只平底船过来的——由一小组船员划船,他们非常勇敢地将乘客接了出来。"

"嗯,是的,"鲍尔弗更清醒地说道,"仅在过去一个月里,我们就已经看见三艘沉船,都是在入港时搁浅的。这是件可怕的事。但是,我告诉你,这也是桩有钱可赚的买卖。船舶进港时,无人留意。它们出港时——它们出港时,船上可装着金子呢。"

"我听说,霍基蒂卡这儿的码头是出了名的险峻。"

"出了名的——嗯,是啊。要是一艘蒸汽船卡在一百英尺长的浅水沙洲上,那谁都没辙。蒸汽炉烧到最大也无法强行通过,像是精彩的烟火表演,火花四起。可话又说回来——不仅是蒸汽船,不仅是大船。在霍基蒂卡的浅沙洲上,每个人都得赌一把运气,沃尔特。一旦赶错了潮流,就连水上飞[①]也照样搁浅。"

---

① 水上飞(Schooner)是双桅纵帆船,18世纪流行于北美,速度快,抢风能力强。

"对此我完全相信。"穆迪说,"我们的船是一条三桅帆船——不算太大,非常灵活,坚固得足以抵御最可怕的风暴。即便如此,船长仍然不愿冒险。他选择在锚泊地抛锚,等第二天早晨再说。"

"你那条船的名字叫'滑铁卢号'吗?它常来,在查默斯出出进进。"

"实际上是条私人包船,"穆迪说,"名叫'一帆风顺号'。"

这个船名所产生的惊愕反应,比他从口袋里掏出一把枪来还要震撼。穆迪环顾四周(他的表情依然温和),看见此刻整个房间里的注意力都公然集中在他身上。几个男人放下手中的报纸,打盹儿的人都睁开了眼睛,玩台球中的一个人朝他迈近一步,进入煤油灯的光圈中。

鲍尔弗一听说那条三桅帆船的名字也不寒而栗,但那双灰色的眼睛冷静地注视着穆迪的目光。"说实在的,"他说,一贯热情洋溢、粗声大气的做派似乎在顷刻间消失了,"我向你坦白,我不是不知道那条船的名字,穆迪先生——不是不知道——可我还是想确认一下船长的名字,假如你不反对的话。"

穆迪在对方脸上寻找异样的蛛丝马迹——寻找他不便于说出口的那种神情。他试图弄清鲍尔弗是否心中有鬼。穆迪可以肯定,对方一旦陷入内心活动,或者回忆起穆迪本人在"一帆风顺号"上经历的那种超自然的恐怖情景,那么其结果一定会通过外表流露出来。但鲍尔弗的脸上只有警惕,仿佛一个人听说他的债主回来时,开始在心里盘算着托词与脱身之术——他看上去并没有感到痛苦或者害怕。穆迪可以肯定,任何见证过与他同样经历的人,一定会在表情上留下烙印。不过,鲍尔弗还是有点变化——面容里多了一丝精明,目光中多了一分敏锐。穆迪对这种变化感到兴奋。他激动地意识到自己低估了对方。

"我记得船长的名字叫卡弗,"他慢条斯理地说,"弗朗西斯·卡弗，如果我没记错的话；一个十分强壮的人，神情忧郁，脸颊上有一块白色的伤疤。请问，这番描述符合您说的那个人吗？"

"符合。"这时轮到鲍尔弗打量穆迪的表情了，"我很好奇你和卡弗先生是怎么熟络起来的，"他停顿了一下，说，"当然啦，如果你不嫌我冒昧的话。"

"对不起，我和他并不相识，"穆迪说，"也就是说，倘若他再看见我，我敢肯定他不会认出我来。"

他下定决心，他的战略是对鲍尔弗彬彬有礼，有问必答，毫无保留，以获得他自己问题答案的许可证。穆迪在外交艺术上颇有天赋。小时候他就本能地懂得，心甘情愿地说出部分真相总比以防御性的姿态说出全部真相要好。貌似合作的态度具有重大价值，它能强化互惠，公平来往。他不再环顾四周，而是睁大眼睛，保持一副天真的表情，只冲着鲍尔弗一个人说话，仿佛周围死盯着他看的十一个男人对他没有丝毫影响。

"那样的话，"鲍尔弗说，"我斗胆猜测你的船票是从大副手里买的。"

"钱直接进了他的腰包，先生。"

"你跟那个男人私下交易的吗？"

"这个办法是由船员制定、船长批准的，"穆迪回答，"我想，这是一个很容易赚外快的办法。根本没有什么床位——在甲板下给每人分配一个地方，喝令他当心点，别碍手碍脚。不用说，这种安排完全不理想，但你知道，我因情势所迫，必须立刻离开达尼丁，在我要走的那天，'一帆风顺号'是唯一预定起航的船。我事先不认识跟我做交易的那位大副，也不认识其他船客和船员。"

"这样的安排共招来多少船客？"

穆迪正视着鲍尔弗的目光，"八位。"他将雪茄含在嘴里。

鲍尔弗快速追问："也就是你和另外七位？总共八位？"

穆迪不愿直接回答这个问题。"船客的名单将登在星期一的报纸上，您完全可以自己验证。"他说，稍微带着一些难以置信的表情，仿佛暗示鲍尔弗没有进一步打听的必要，而且那么做也不礼貌。他补充道："当然，我的真名不会被登出来。我旅行用的名字是菲利普·德·莱西，这是我在达尼丁购买的证件上的那个名字。根据官方记录，沃尔特·穆迪此刻正在南太平洋某处——我估计正在向东航行，驶向合恩角。"

鲍尔弗的表情依然冷静，"请允许我再询问一件事，我想知道——仅此而已——你是否有理由对他产生好感或恶感。我指的是卡弗先生。"

"我不敢肯定能否公正地回答您，"穆迪说，"我只有怀疑和如实汇报的权力。我相信此人是在某种胁迫下离开达尼丁的，因为尽管预报有暴风雨即将来临，他仍然急于拔锚起航，但我完全不知道他被迫仓促出发的原因。我从未与他正式见面，只在航程中远远地看见过他，而且这种机会也很少，他大部分时间都待在自己的船舱里。所以您瞧，我的说法没有什么价值。可是——"

"可是——"看到穆迪没有继续说下去，鲍尔弗催促道，等候着下文。

"坦白地对您说，先生，"穆迪转过身直视着对方，"我在船上的时候，发现了船载货物的一些具体情况，怀疑这条船在跑不正当的活儿。有一件事可以肯定，那就是，假如有能力避免的话，我绝对不愿意与卡弗先生为敌。"

穆迪左边的黑发男人身体突然变得僵硬。"你说在货物中发现了某些蹊跷？"他身体前倾，插嘴问道。

"啊哈！"穆迪心想，"那么，现在是发挥我的优势的时候了。"他转身对那个新发言的人说话。"请原谅，我没有把话说清楚。"他说，"我绝没有不尊重您的意思，先生，但你我素不相识，或者更确切地说，您对于我来说是一位陌生人，因为我与鲍尔弗先生今晚的对话已传到不止他一个人的耳朵里。如此说来我便处于劣势，而且不是我的原因，我已经诚实地介绍了我自己；原因在于你们，你们未经介绍就认识了我，没有受到邀请或得到许可就听到了我说的话。关于我的这次航行或其他任何一次航行，我没有什么需要隐瞒的，不过我承认，"他转回身面对鲍尔弗，"被一个毫不泄露自己真实目的的审问者如此无情地责问，难免令人愤愤不平。"

这番话的攻击性远远超出穆迪平时说话的习惯，但他冷静而威严地把话说了出来，并知道自己有理有据。他一双温和的眼睛睁得大大的，一眨不眨地盯着鲍尔弗，等待着对方的回答。鲍尔弗的目光颤颤巍巍地转向侧面那个插嘴的黑发男人，然后又收回来与穆迪对视。他呼出一口气，然后从椅子上站起来，把雪茄的残端抛进炉火里，伸出一只手。"你的酒杯空了，穆迪先生，"他平静地说，"请好心地允许我。"

他在沉默中走向餐具柜，身后跟着那个黑发男人，那人完全挺直站立时，几乎能碰到房间里低矮的天花板。他倾身靠近鲍尔弗，开始在他耳边急切地嘀咕着什么。鲍尔弗点了点头，低声回答了几句。一定是下了某种指令，因为高个子男人随后走向台球桌，向金发男人招招手，示意他靠近，然后轻声向他传达了一条口信。金发男人立刻开始猛点头。穆迪观察着他们，感觉自己渐渐恢复了平时的敏锐。白兰地唤醒了他，他暖和起来，身上不再潮湿，什么都不如一个故事更能令他精神振奋。

事情往往如此，当一个被压迫的灵魂不得不应对另一份与他毫不相干的苦难时，那么这第二份苦难就仿佛一种药膏，以毒攻毒地对付前者。穆迪现在就有这种感觉。自从下了平底船后，他第一次发现自己能够清楚地思考最近的一连串不幸遭遇。面对这个新的秘密，他的内心记忆获得了某种自由。他可以自如地回忆困扰他的那幕场景——爬起来的死人，他那血淋淋的喉咙，他的呼唤——并发现它如同寓言一般，令人触目惊心。虽然依旧很恐怖，却不知怎的变得比较容易解释了。这个故事有了一种新的价值：他可以通过交易，从中获得益处。

他看着消息由一个人耳语传达给另一个人。他听不清具体的专有名词——陌生口音的混杂，使人不可能听清——但很显然，正在讨论的事项与房间里的每个人息息相关。他强迫自己谨慎而理智地评估眼前的局势。注意力不集中已经导致他在当晚有过一次判断失误，他不能重蹈覆辙。他猜测，某种预谋正在酝酿中，或许他们正在形成联盟对付某一个人，说不定就是卡弗先生。他们是十二个人，这使穆迪联想到了陪审团……但是有中国人和毛利人在场，这似乎又不可能。他是否打断了某种秘密会议呢？但是什么样的会议能包含如此众多的种族、收入水准以及阶层呢？

无须指出，沃尔特·穆迪的脸色丝毫没有暴露他的内心活动。他将自己的表情精确地限定在极度困惑与歉意之间，仿佛想表达他完全明白自己造成了麻烦，但不知道这麻烦到底是什么，对于何去何从，他宁愿接受别人的建议，而不擅作主张。

外面，风向变了，潮湿的风顺着烟囱灌进了屋里，余烬复燃，现出通红的火光，一时间，穆迪闻到了大海的咸味儿。壁炉里的动静似乎吵醒了靠火最近的胖男人。他咕哝一声，从扶手椅里挣脱出来，拖着双脚，走到站在餐具柜旁的众人身边。他走后，穆迪发现壁炉前只剩下他自己和那个身穿人字呢西服的男人。这时，那男人凑上前来，开口说话。

"如果您不反对的话，请允许我做个自我介绍。"他说，然后啪的一声，第一次打开了他的银烟盒，挑出一支香烟，他一口明显的法语口音，举止干脆而不失礼貌，"我的名字叫奥伯特·加斯科因。请原谅我已经得知您的名字。"

"嗯，碰巧了，"穆迪说，带着一丝惊讶，"我相信我也知道了您的名字。"

"那么我们幸会了。"奥伯特·加斯科因说，他一直在寻摸火柴，这时，他将手停放在胸兜上，如同一位摆出素描姿势的潇洒上校，"可我感到好奇，您是如何知道我的名字的呢，穆迪先生？"

"我今晚读了您的文章，刊登于星期五出版的《西海岸时报》——我说得对吗？如果我没有记错的话，您代表治安法院[①]表达了观点。"

加斯科因笑了，他掏出火柴。"现在我明白了，我是昨天的新闻。"他抖出一根火柴，把靴帮翘在膝头上，在靴底上划着了火柴。

"请原谅。"穆迪担心自己冒犯了对方，但加斯科因摇了摇头。

"我并不介意。"加斯科因把香烟点着后，说道，"那么，你作为一个陌生人来到一座不熟悉的小镇，你的第一个举动是什么呢？你找一份头天的报纸，阅读法院公告。你一方面知道了违法者的名字，另一方面又了解了执法者，这可真是一个好策略。"

"谈不上什么方法。"穆迪谦虚地说。

加斯科因的名字出现在报纸的第三版，排在一篇简短的布道下面，也许只有豆腐块那么大，论犯罪之罪孽。文章前面是本月所有被捕人的名单。（他记不清名单上的任何一个名字，只记住了加斯科因，其实是因为从前他有个拉丁语老师叫加斯科茵——这种相似性吸引了他的目光。）

"也许吧，"加斯科因回答，"但不管怎么说，它把你带到了我们烦恼的正中心：两星期来人人挂在嘴边的一个话题。"

穆迪皱起眉头，"那些小罪犯？"

[①] 治安法院（Magistrate's Court）是英式法律制度下的最初级法院，负责裁判较轻微的罪行，处理日常法律事务。

"其中一个很特殊。"

"要我猜吗?"看到对方不再说话,穆迪轻声地问。

加斯科因耸了耸肩,"其实无关紧要,我指的是一个妓女。"

穆迪扬起眉毛,试图在心里回想那份被捕名单——是的,也许其中有一个女人的名字。他想知道霍基蒂卡的人对一个妓女的被捕有什么说法。他沉吟片刻,字斟句酌地想做出回答,不料,令他吃惊的是,加斯科因突然大笑起来。"我只是在逗你,"他说,"你不用把我的话当真。那女人的罪行当然没有登出来,但若是你看报时带有一点想象力,就能看见。她自己交代的名字是安娜·韦瑟雷尔。"

"我恐怕不知道如何带着想象去阅读。"

加斯科因再次大笑,喷出一大口烟雾,"可你是个大律师,不是吗?"

"只是通过教育培训,"穆迪生硬地说,"还没有拿到大律师执照。"

"好吧,听我说,裁判官的公告总是有弦外之音。"加斯科因解释道,"韦斯特兰①的绅士们——这是你的第一条线索。耻辱与堕落之罪——这是你的第二条线索。"

"我明白。"穆迪说,其实心里并不明白。他的目光瞟到加斯科因的肩膀上方:胖男人已经移至两个中国人面前,正在他的笔记本扉页上涂写着什么,拿给中国人看。"也许那个女人被起诉是冤枉的?也许正是这点吸引了每个人的注意力?"

"哦,她不是因为卖淫被关进监狱的,"加斯科因说,"警官们根本不在乎那个!只要男人够谨慎,警察们完全乐于睁只眼闭只眼。"

穆迪等待着下文。加斯科因说话的方式有一种令人不安的感觉:

---

① 韦斯特兰(Westland)是新西兰南岛西海岸的分区,霍基蒂卡当时是该地区的中心重镇。

既戒备森严，又推心置腹。穆迪感觉不能信任他。这个司法文员有三十五六岁。浅色的头发已在耳根处开始变成银色，留着灰白色的小胡子，从中间梳向两侧。那套量身定做的人字呢西服十分贴身。

"嘿，"加斯科因片刻后接着说道，"那警官本人还向她寻求服务呢，就在她入狱之后！"

"入狱？"穆迪跟着说了一句，感觉自己显得有些愚蠢。他希望对方说话时少一分神秘，多一点内容。对方带着一种有教养的自信（相比之下，托马斯·鲍尔弗就像门挡一样粗钝），但这种教养不知怎的有些苦涩。他说话时像个失意的人，似乎对他来说，完美只在记忆中存在过，然后便是懊悔，因为完美已不复存在。

"她因企图结束自己的生命而受审，"加斯科因说，"这里面有着一种对称性，难道你不觉得吗？因企图而受审①。"

穆迪无法苟同他的说法，而且他本来就不愿意按照这个思路说下去。为了改变话题，他说："那么，我乘的那条船的主人——卡弗先生呢？我想，他跟这个女人存在着某种关联吧？"

"哦，是的，卡弗是有关联的。"加斯科因说，他看着手里的香烟，似乎突然对它感到厌恶，挥手把它丢进了炉火中，"卡弗残杀了自己的孩子。"

穆迪惊恐地退缩了一下，"你说什么？"

"当然，他们无法证明，"加斯科因神秘地说，"但那个男人是个畜生。你想要避开他是对的。"

穆迪盯着对方，又一次全然不知如何回答。

"每个人都有自己的通用货币，"片刻后加斯科因又说，"也许是金子，也许是女人。安娜·韦瑟雷尔，你明白吧，是个双料。"

就在这时，那个胖男人回来了，拿着重新被倒满的酒杯坐了下

---

① 原文是"Tried for trying"，读起来有对称的感觉。

来，先看着加斯科因，然后又看着穆迪，似乎隐约意识到有必要做个自我介绍。他身体前倾，用力伸出手来，"我叫迪克·曼纳林。"

"幸会幸会。"穆迪说，用的是一种十分机械的声调。他感觉有点晕头转向。真希望加斯科因不是在这个时刻被打断，他本来可以进一步追问有关那个妓女的话题。现在想重拾这个话题只怕有伤大雅，因为加斯科因已经退回他的扶手椅里，面无表情。他又开始把玩起了他的香烟盒。

"威尔士王子歌剧院，就是鄙人的。"曼纳林一边补充道，一边把后背靠在椅子上。

"真了不起。"穆迪说。

"只是小镇上的演出罢了。"曼纳林用手指关节敲着椅子扶手，想方设法寻找话题。穆迪瞥了一眼加斯科因，那位司法文官正闷闷不乐地盯着自己的腿。显然，胖男人的再次出现使他感到非常不快。同样明显的是，他觉得没有理由掩饰自己的不满——穆迪尴尬地察觉到，加斯科因的脸色已经变成了酱紫色。

"刚才我就在不由自主地欣赏你的表链，"穆迪终于开口，对曼纳林说道，"这是霍基蒂卡的黄金吗？"

"上等货色，是不是？"曼纳林说，没有低头看自己的胸前，也没有抬起手指触摸受到赞赏的表链，他再次敲着椅子扶手，"事实上是克卢萨①金块。我在卡瓦劳②和邓斯坦③待过，后来去了克卢萨。"

"我承认我对这些地名比较陌生，"穆迪说，"我猜想它们都是奥塔戈的金矿吧？"

曼纳林表示确实如此，然后就矿采公司以及挖泥机价值的话题

---

① 克卢萨（Clutha）位于奥塔戈南部。
② 卡瓦劳（Kawarau，毛利语，意为灌木丛）位于奥塔戈西北部。
③ 邓斯坦（Dunstan）位于奥塔戈中部山区，是最先发现黄金的地方之一。

大发议论。

"在座的都是淘金汉吗?"对方说完后,穆迪问道,用手指在空中画了个小圈,表示他指的是整个房间里的人。

"一个都不是——当然啦,中国人除外。"曼纳林说,"确切的叫法是跟营客。虽然我们大多数人都是从峡谷里开始的,但金矿的大部分金子是在哪儿找到的呢?在旅馆,在窝棚。汉子们一找到金子就会马上花掉。告诉你吧,你开个买卖可能比进山强。给自己弄个营业执照,开始卖格罗格酒[①]。"

"如果这是您的现身说法,那一定是个高明的建议。"穆迪说。

曼纳林坐回他的椅子里,似乎感觉这句夸赞十分受用。是的,他已经不再挖矿,现在雇人在他的认领区工作,用其产量的一个百分点支付工钱。他来自萨塞克斯。霍基蒂卡是个好地方,但姑娘太少,与如此规模的镇子不相称。他喜欢各式各样的和声,他的歌剧院是仿照伦敦西区的艾德菲剧院设计的。他觉得老式的晚餐演唱会无与伦比。他无法忍受客栈酒馆,淡啤酒令他倒胃口。邓斯坦的洪水太可怕了——实在可怕啊,霍基蒂卡的大雨令人难以忍受。他一再宣称没有什么比四部和声更美妙——美妙的声音如同丝绸中的细丝线。

"精美。"穆迪轻声应道。加斯科因在这段独白的过程中几乎一动不动,只是当他在腿上翻转他的银烟盒时,细长而苍白的双手发出强迫性的节奏。曼纳林眼里似乎根本没有这个文官的存在,事实上,他是冲着穆迪头上方三英尺的地方发表讲话,仿佛穆迪的存在其实也与他无关。

终于,正在四周悄然上演的戏剧开始接近尾声,似乎即将达成某种协议,而胖男人噼里啪啦的讲话声也平息下来。黑发男人回

---

① 格罗格酒(Grog)是一种掺水烈酒。

来了，坐回到先前在穆迪左边的位置上。鲍尔弗跟在他身后，端着两大杯白兰地。他递给穆迪一杯，挥手回答对方的谢意，然后坐了下来。

"我欠你一个解释，"他说，"我刚才质问你的时候态度粗鲁，穆迪先生——你不必提出异议，这是事实。真相是——真相是——唉，真相，先生，足够说书人忙碌的，我只能尽量长话短说。"

"如果您能非常好心地为我们保守秘密。"加斯科因补充道，他在鲍尔弗的另一边，相当粗陋地表演假惺惺的礼貌。

黑发男人突然在椅子上身体前倾，追问道："在场是否有谁持保留意见？"

穆迪环顾四周，眨了眨眼睛，但没人开口。

鲍尔弗点了点头。他又等候片刻，仿佛是将自己的礼貌叠加在加斯科因的上面，然后才继续说话。

"让我一口气告诉你吧，"他对穆迪说，"一个男人被谋杀了。你说的那个浑蛋——我指的是卡弗，我绝不会叫他船长——就是杀人凶手，要是我能告诉你这事的前因后果，那我也是会遭诅咒的。可我就是知道，就像我能看见你手里的酒杯那么肯定。现在，假如你肯赏脸，听我讲一段那个恶棍的历史，那么你可能……嗯，你处于你的位置上，可能愿意帮助我们。"

"对不起，先生，"穆迪说。听到谋杀案，他的心开始怦怦地狂跳起来，也许这归根到底还是跟"一帆风顺号"上的那个幽灵有关系。"我处于什么样的位置呢？"

"他的意思是，你的行李还在那条三桅帆船上，"黑发男人说，"以及你明天下午在海关有预约。"

鲍尔弗看上去有点儿不高兴，挥了挥手，"咱们稍后再说那个，我恳求你先把这个故事听完。"

"我当然会听。"穆迪回答，最后一个字里带着一丝强调，仿佛警告对方不要有太多的期望或过高的要求。他似乎看见加斯科因苍白的脸上闪过一丝嘲笑,但紧接着那个男人的表情又变得闷闷不乐了。

"当然——当然。"鲍尔弗接受了他的观点,然后放下他的白兰地酒杯,十指交叉,娴熟地按响手指,"好,那好。穆迪先生,我会尽我所能让你了解我们集会的原因。"

木星在射手座

> 救济院的功绩被讨论；一个家族的姓氏遭受质疑；阿利斯泰尔·劳德巴克狼狈不堪；船运商说了一个谎。

鲍尔弗的叙述因被打断而变得有些迂回重复。总的来说，被他抒情式的讲话风格拖累，讲述变得十分混乱，过了好几个小时，穆迪才终于彻底明白了事件的前因后果，以及在旅馆吸烟室举行秘密会议的原因。

旁人的插嘴十分讨厌，而鲍尔弗的叙述方式也枝枝蔓蔓，十分啰唆，所以不值得将他的话忠实地全篇记录下来。这部关于船运商混乱思维的措辞焦躁的纪实，我们将在这里为其删除缺陷，加强结构；我们将运用我们自己的灰浆弥补这座建筑的裂缝与缺口，使其重获新生。如若不然，这样的建筑，如果单独回忆起来，只能作为一座废墟而存在。

我们的故事开头和鲍尔弗本人的开场白一样，要从他那天早晨在霍基蒂卡的一次遭遇说起。

Φ

  在西海岸淘金潮的黎明到来之前——当时霍基蒂卡只不过是一个朝海洋张开的棕色小口，黄金在它的沙滩上宁静地闪闪发光，不为人知——托马斯·鲍尔弗住在奥塔戈省，他在达尼丁港口前街的一个瓦片小房子里做生意，房子上方挂着一条白布横幅，上面写着"鲍尔弗和哈奈特船运商"的字样。（哈奈特先生已经放弃了这份他曾拥有三分之一股份的合资企业，此刻正在奥克兰享受殖民地的退休生活，远离了奥塔戈的霜冻，以及黎明前寒冷时分峡谷中凝聚的白色迷雾。）该公司所处地段优越——位于中央码头广场的正面，享受着遥望海港远方海岬的美景，这给它带来了许多尊贵的顾客，其中一位是昔日坎特伯雷省的议会总督，他是个"巨人"，双手大如铁锹，拥有坚定的信念、极强的开拓性以及抱诚守真的信誉。

  阿利斯泰尔·劳德巴克——就是这位政治家的名字——在他的职业生涯中，一直享受着恒定加速度的感觉。他出生于伦敦，在一八五一年漂洋过海到新西兰之前，曾接受过成为律师的正规教育。他这次远航带着两个目标：首先是发大财，其次是翻倍发大财。他的野心非常适合政治，尤其是在一个年轻国家。劳德巴克不但崛起了，而且青云直上。在法律圈里，他是一个以办事有主见、不达成功誓不罢休而备受钦佩的人。凭着这种优良的品质，他在坎特伯雷省议会获得了一个席位，并应邀参加了省议会总督的竞选，以压倒性的、绝大多数的选票获选该职位。在踏上新西兰土地之后的五年里，他的关系网已经铺展到斯塔福德[①]政府部门，包括总理本人。他

[①] 指爱德华·斯塔福德爵士（Sir Edward Stafford，1819—1901），他是一位新西兰政治家，曾任三届新西兰总理。

第一次敲响托马斯·鲍尔弗的门时，扣眼里插着四翅槐①鲜花，立领的领角（鲍尔弗注意到）经女人之手浆熨得平整挺括，那时的他，不再被称为"拓荒者"了。他浑身散发着持久的影响力。

论长相和仪表，劳德巴克的威风多于帅气。他的大胡子如同鲍尔弗的那样浓密而粗钝，几乎水平地从下颌冒出来，给他的脸平添了几分庄重，眉毛下的一双黑眼睛闪闪发光。他个子很高，身材上宽下窄，使他显得更高大。他声音洪亮，在宣布自己的野心与观点时带着一种坦诚，可以称之为傲慢（如果有人对他持怀疑态度的话），也可以说是无畏（如果不持怀疑态度的话）。他的听力稍弱，出于这个原因，他仔细倾听时经常低着头，腰微微地弯着——由此使人产生的印象在政治场上非常有用，仿佛他总是给予别人严肃的、天赐般的关注。

在两人第一次见面时，劳德巴克说话时的能量与自信就给鲍尔弗留下了深刻的印象。当他向鲍尔弗宣布自己的来意时，表现出的激情并非完全圈定在政治范畴内。他同时也是一位船东，从孩提时代起就满怀着对大海的热爱。他总共拥有四条船：两条飞剪式帆船，一条水上飞帆船，还有一条三桅帆船。其中两条船需要船长。迄今为止，他一直将它们以包租的方式租赁出去，但这种做法的个人风险高，他期望将船租赁给买得起合理保险费的正式的货运公司。他滚瓜烂熟地按顺序列出船的名字，如同一个人数点自己的孩子：飞剪式帆船"美德号"与"南冕座号"，水上飞帆船"舞厅淑女号"，三桅帆船"一帆风顺号"。

无巧不成书，"鲍尔弗和哈奈特"当时正迫切需要一条飞剪式帆船，恰好是劳德巴克所描述的大小与容量。鲍尔弗用不上劳德巴克

---

① 四翅槐（kowhai，毛利语，意为黄色）是一种新西兰特有的槐树，开黄花，被认为是新西兰的国树之一。

提供的另一条船——三桅帆船"一帆风顺号",因为它太小了,不符合他的用途。虽然"美德号"有待检查与试航,但将非常适合用于每月一次的航程,往返于查默斯港与菲利普港①之间。是的,鲍尔弗告诉劳德巴克,他会为"美德号"配备船长。他会购买一份保费公平的保险,并按一年的期限租赁这条船。

从年龄上说,劳德巴克是鲍尔弗的同辈人,然而从第一次见面起,鲍尔弗就对劳德巴克言听计从,几乎像儿子服从父亲一样——也许带着些许虚荣,因为鲍尔弗孜孜以求的个人素养,恰恰是在劳德巴克身上体现出的、令他极为欣赏的那些素养。两人之间建立起某种友谊(因鲍尔弗过于崇拜对方而无法发展成亲密关系),在接下来的两年中,"美德号"一帆风顺地往返于达尼丁与墨尔本之间。至于保险条款,经过精心设计一番之后,再没有任何商榷改动。

在一八六五年一月,罗伯特·哈奈特宣布了退休意愿,并将股份卖给他的合伙人,搬到了北边气候更温和的地方。鲍尔弗向来就不是个多愁善感的人,他立刻卖掉海滨的地盘。奥塔戈的繁荣大势已去,他扬帆前往西海岸,在霍基蒂卡河口购买了一块荒瘠的土地,搭起他的帐篷,开始建造仓库。"鲍尔弗和哈奈特"变成了"鲍尔弗船运",鲍尔弗买了一件绣花马甲和一顶绅士帽,眼看着霍基蒂卡镇在他的四周崛起。

数月后,当三桅帆船"一帆风顺号"驶进霍基蒂卡海湾时,鲍尔弗想起这个名字,并认出这条船是属于阿利斯泰尔·劳德巴克的。出于礼貌,他向船长弗朗西斯·卡弗做了自我介绍,此后还与他保持着亲切的关系,这关系是建立在共同关系网的信誉上的。然而在私底下,鲍尔弗认为卡弗先生十分凶残,将他归为恶棍一类。但这

---

① 菲利普港(Port Phillip)位于澳大利亚维多利亚州南岸的菲利普港湾,墨尔本位于该港北岸。

个想法并未给他带来困扰。鲍尔弗不会被意志的力量威慑住——除非是劳德巴克显示出的那种人格魅力，甚至令他痴迷的那一类——他不可能喜欢一个坏蛋。追随着卡弗先生的那些谣言既不会吓倒他，也不会令他心生男孩般的敬意。他就是对卡弗不感兴趣，也不想在他身上浪费精力。

一八六五年下半年，鲍尔弗在报纸上读到，阿利斯泰尔·劳德巴克将竞选国会在韦斯特兰的席位[①]。几个星期后，鲍尔弗收到劳德巴克的一封亲笔信，再次要求与船运商合作。劳德巴克写到，在他努力赢得韦斯特兰的竞选活动中，希望以韦斯特兰人的形象出场。他恳求鲍尔弗为他在霍基蒂卡中心地带选定一个住所，布置得体的家具，并负责运输一个装有个人物品的行李箱——法律书籍和文件等——这在选举期间对他至关重要。每一个事项均用饱满而夸张的字体写就。鲍尔弗心想，这只能来自一个可以在花体书法上浪费墨水的人。（这个想法让他感到好笑：他愿意原谅劳德巴克的诸多奢华。）劳德巴克本人将不随船到达，他要选择内陆旅行，骑马横跨山脉，在绿玉神舟[②]峡谷的尽头登场。他不会以一个坐头等舱、享受舒适旅行的娇生惯养的政治家的面貌示人，而是以身患鞍疮、浑身泥泞、汗迹纵横的人民之子的形象出现。

鲍尔弗根据指示做了相应的安排。他为劳德巴克选定了俯瞰霍基蒂卡海滨的套房，凡是声称有花旗骰和美式保龄球的俱乐部，都注册上了他的名字。他在杂货店里写了订单，预订了梨、洗皮奶酪和牙买加姜蜜饯，征用了一位理发师，在歌剧院租好了二月份与三

[①] 这里指的是新西兰国会第四任期国会议员的普选，于一八六六年二月十二日至四月六日举行，产生了七十名国会议员。

[②] 绿玉神舟（Arahura，毛利语）峡谷中有一条五十六公里长的绿玉神舟河，河口位于霍基蒂卡以北八公里处，河下游在淘金潮中是主要的黄金产地，后来发现也是绿玉产地。

月份的私人包厢。他告诉《西海岸时报》的编辑,劳德巴克的行程将从坎特伯雷出发,翻越阿尔卑斯山关口,建议报社对这种英雄壮举进行善意的报道。反过来,该报纸在劳德巴克未来执政时将得到最有利的推荐。劳德巴克应该能够赢得韦斯特兰席位,这自然是意料之中的事情。然后,鲍尔弗给查默斯港送去消息,指示"美德号"的船长,一旦劳德巴克的行李箱从利特尔顿①运出,就要负责接收,并在飞剪式帆船下次返回西海岸的航行中运回霍基蒂卡。所有的任务都完成后,他在烤架旅馆买了一坛黑啤酒,抬高双腿坐下,将啤酒一饮而尽,这时他想,没准儿他会喜欢搞政治呢——演讲、竞选活动。是的,他可能真的会非常喜欢。

但事与愿违,当阿利斯泰尔·劳德巴克到达霍基蒂卡时,欢迎这个政治家的不是他预料中的大张旗鼓的热烈场面,不是他起初在给鲍尔弗的信中计划的那样。他穿越阿尔卑斯山脉的远征,的确抓住了西海岸每一个淘金汉的注意力,他的名字的确出现在镇上每一份报纸的非常显眼的头版专题报道中——可惜完全不是出于他原本计划的原因。

故事由值班警官记录,发表在第二天早晨的《西海岸时报》上。故事是这样的:距离最终目的地还有约两个小时的行程,劳德巴克和随行的助手们刚好经过一位隐士的住所。距离他们最后一次吃茶点已有好几个小时了,此时夜幕降临,他们停下来,打算要一瓶水(如果住所的主人愿意接济的话),再讨一顿热饭。他们敲响木棚的门,没有听见回音,但煤油灯的灯光和烟囱冒出来的烟都说明里面有人。门没有上闩,劳德巴克便推开门走了进去。他发现住所的主人瘫倒在厨房的桌子上,已经死了——刚刚咽气。他后来告诉警官,

---

① 利特尔顿(Lyttelton)是一个位于新西兰南岛东岸临接班克斯半岛的港口小镇,距离基督城约十二公里,在历史上被称为"坎特伯雷的大门"。

水壶还在炉台上沸腾，尚未烧干。隐士似乎死于醉酒：一只手仍拢在一瓶烈酒的瓶底旁，面前桌子上的酒瓶几乎空了，房间里散发着浓烈的酒味儿。劳德巴克承认，他们三人在继续上路之前，为了给自己补充能量，喝了茶，吃了隐士炉台上的硬面包。他们停留的时间不超过半小时，因为考虑到屋里有死人——幸好死人的头靠在手臂上，眼睛是闭着的。

在霍基蒂卡的郊外，他们一行人的行程再次被延误。当他们向镇子推进时，碰到了一个躺在大路正中央的女人，浑身湿透，完全失去了知觉。虽然她还活着，但只剩下一口气。劳德巴克猜测可能是药物中毒，但是除了女人的呻吟声之外，他无法从她身上搜出任何有效线索。劳德巴克打发助手们去寻找值班警官，自己将女人从泥浆中抱起来，等待助手们返回，同时不禁顾虑他的竞选活动——一开始就这样，恐怕凶多吉少。他在镇上首先见到的三个人物将是裁判官、验尸官和《西海岸时报》的编辑。

劳德巴克在厄运笼罩中到达霍基蒂卡，之后的两个星期里，人们对即将来临的选举并不大在意。一位隐士的死亡和一个妓女（正如劳德巴克很快发现的那样，这就是路上那个女人的职业）的命运，这样的话题似乎无助于一位候选人在竞争中获胜。《西海岸时报》对劳德巴克横跨阿尔卑斯山脉的旅行简单地一笔带过，却用两个版面专门描述了死者克罗斯比·韦尔斯。劳德巴克对此泰然自若。他以轻松镇定的涵养期待着议会选举，如同等待天意的一切行为和一切奖励。他判断自己会获胜，因为他必胜无疑。

沃尔特·穆迪到达霍基蒂卡的那天早晨，也就是我们开始听鲍尔弗讲故事的那天上午，这位船运商与他的老相识坐在雷维尔街宫殿旅馆的餐厅里，侃侃而谈帆船的索具装置。劳德巴克身穿浅黄褐色的羊毛西装，这种颜色受潮之后很难看。他的肩膀部分被雨打湿后还没完全干，所以看上去像是佩戴着肩章一般，翻领颜色发暗，显得毛茸茸的。但是，劳德巴克这种人的风度气质，任何服装缺陷都不可能对其产生负面作用，事实上，情况恰好相反，潮湿的西服只是让他看上去更加出类拔萃。他的手在那天早晨用上好的肥皂搓洗过，头发抹过发油，皮裹腿如同擦亮的铜器一般闪闪发光。他在扣眼里插了一小束某种淡颜色的当地小花，鲍尔弗叫不出这种花的名字。最近横跨南阿尔卑斯山脉的旅程在劳德巴克的脸颊上留下一种健康的红润。总之，他看起来的确气色良好。

鲍尔弗凝视着桌子对面的朋友，只是心不在焉地听着政治家绘声绘色地神侃，说的是他为主力战舰辩护的案例——举起两个手掌作为主桅和后桅，利用盐罐做前桅。鲍尔弗通常会觉得这种辩论引人入胜，但此刻，这位船运商脸上的表情却带着焦虑与游离。他一直用酒杯底敲击着桌子，在座位上挪动身体，每隔几分钟都会抬起手来使劲儿拉拉自己的鼻子。因为他知道，眼前的话题离不开船舶，用不了多久，就会谈到"美德号"的事情，还有它负责运输到西海岸的那批货物。

装着阿利斯泰尔·劳德巴克行李的那个板条箱，已于一月十二日上午到达霍基蒂卡，比劳德巴克本人早到了两天。鲍尔弗看见货物被卸下，就发出指示将板条箱从码头转运到仓库中。据他所知，他的指示都被执行了。但是，真是造化弄人（由于劳德巴克在鲍尔弗心目中地位极高，这种不幸更令人难过），板条箱在转运途中竟然消失得无影无踪了。

鲍尔弗发现板条箱不见后被吓坏了。他立刻全力以赴地寻找它——在码头上来回奔走，敲开每一扇门询问，问遍了每一位码头工人、挑夫、水手和海关官员，但是一切努力都付诸东流。板条箱就是不见了。

劳德巴克在宫殿旅馆楼上的套房里还没有住够两个晚上。在过去的两个星期里，他访问了西海岸上上下下的营地与移民点，向人们介绍自己。这天早晨，他刚刚完成这项最初的巡回宣传计划。因此他有点心不在焉，并认为"美德号"还在从达尼丁过来的途中，他还没来得及询问他的船运问题。但是鲍尔弗知道这个问题早晚会被提起，而一旦问起来，他就必须向对方说实话。他喝了一大口葡萄酒。

面前的餐桌上摆的残羹剩饭是他们的"上午茶"，劳德巴克用这个词泛指非正餐时间吃的一切餐饮与菜肴，无论是早晨还是晚上。他已经吃得饱饱的，并敦促鲍尔弗也多吃，但是船运商一再拒绝他的邀请——他不饿，尤其是面对腌洋葱和煎羊杂①，这两道菜的气味总是让他的舌头打卷儿。由于是对方掏口袋买单，作为对东道主的妥协，他喝掉了满满一大罐葡萄酒，外加一大杯啤酒——借酒壮胆，他可能会这么说，但是用酒来战胜焦虑很不奏效，现在他感觉一阵阵恶心。

"再来一块羊肝吧。"劳德巴克说。

"很棒的东西，"鲍尔弗咕哝着，"很棒，但是我已经满足了——我的体质——非常满足了，谢谢您。"

"这是坎特伯雷的羊羔。"劳德巴克说。

"坎特伯雷——是啊——非常好。"

"高原鱼子酱，汤姆。"

"非常满足了，谢谢。"

劳德巴克低头盯着羊肝看了一会儿。"我自己都有可能赶着一群羊过来呢，"他改变了话题，"上高山，过关口。五英镑一头，十英镑一头——嘿，卖光以后，我没准儿就发了一笔财。你应该事先告

---

① 煎羊杂（lamb's fry）是用洋葱与腌肉煎制的羊内脏，主要是羊肝，常常外加羊脑与睾丸，煎制的睾丸又被誉为"高原鱼子酱"，在后面会被劳德巴克提及。

诉我,这个镇里的每块肉不是腌的就是熏的,我完全可以带来一个月的餐食。只需两条狗,我就能轻轻松松地做到。"

"谈何容易呢。"鲍尔弗说。

"让我自己趁机大赚一笔。"劳德巴克说。

"刨去每一头在急流中摔断脖子的羊,"鲍尔弗说,"刨去每一头迷失的羊,每一头不肯被赶着走的羊,再加上你花在数羊上的那些悲惨的时间——把它们赶上来再追下去,我可不抱这种幻想。"

"无风险就无利润,"政治家回答,"旅程已经够悲惨的了,我至少会在最后赚到一些钱。天知道,那样也许会让我更受欢迎呢。"

"奶牛也许还有可能,"鲍尔弗说,"一群奶牛总是很听话的。"

"还要拜托你呢。"劳德巴克说,将羊肝盘子推向鲍尔弗。

"不行了,"鲍尔弗说,"真的不行了。"

"那你把剩下的吃掉吧,乔克,老家伙。"劳德巴克转向他的助手说。(他称呼两位随从时用的是教名,因为他们同姓史密斯。两个人的教名却无法牵强对称:一个叫乔克,一个叫奥古斯都。)"用一头洋葱堵住你的嘴吧,我们就不必再听你唠叨你那该死的劫匪帆船[①]了——怎么样,汤姆?堵住他的嘴?"

与此同时,他面带微笑,低头转向鲍尔弗。

鲍尔弗又拉拉自己的鼻子,心想这是典型的劳德巴克的做派。劳德巴克鼓励意见统一,哪怕是最微不足道的观点。在达成共识的时机尚未成熟时,他转弯抹角地朝共识推进——你还没反应过来,就已经站在他一边,为他搞宣传运动了。

"是啊——一头洋葱。"鲍尔弗说,然后,为了把谈话从船舶引开,他说,"昨天的《西海岸时报》提到了你在路上的那个女人。"

[①] 劫匪帆船(brigantines)又叫前樯横帆双樯船,是一种两根樯杆的帆船,前樯横帆,主樯纵帆。

"算不上我的女人！"劳德巴克说，"而且，也算不上提到。"

"那个作者胆子够大的，"鲍尔弗接着说，"搞得好像整个镇子都该为了那个女人而遭受谴责——好像每个人都有错似的。"

"谁会相信他的说法呢？"劳德巴克不屑一顾地挥了挥手，"一个来自小额索赔法庭①的不起眼儿的文书，泄泄私愤罢了！"

（劳德巴克如此不大度地提及的那位文书，当然就是奥伯特·加斯科因，他那篇刊登在《西海岸时报》上的简短训诫，在约十小时后也吸引了沃尔特·穆迪的注意。）

鲍尔弗摇了摇头，"搞得好像是我们的错——是我们集体的错。好像我们大家都犯了糊涂。"

"一个不起眼儿的文书，"劳德巴克又说了一遍，"靠在支票上写别人的名字度日。一肚子没人愿听的观点。"

"都一样——"

"都一样，没什么。微不足道地提了一下，辩词很拙劣。不必纠缠。"劳德巴克用他的指关节敲着桌子，好像法官敲木槌表示他的耐心已经用尽。鲍尔弗在政治家有机会开口之前再次说话，想要不顾一切地阻止他们重拾先前的话题。他问："您后来又见过她吗？"

劳德巴克皱了皱眉头。"谁——路上的那个女人？那个妓女？没有，自从那天晚上就没有见过。不过，我倒是听说她又活过来了。你认为我应该去看望她，所以才问我的吗？"

"不是，不是。"鲍尔弗说。

"我这种地位的人可担当不起——"

"啊，是的。您担当不起——当然——"

"我想，这倒让我又想起了那篇说教。"劳德巴克说，换了一种

---

① Petty Courts，一种法庭形式，主要审理争议额不大的消费纠纷。——编者注

反思的口气，"这正是那个文书的观点。在一定措施到位之前——如公共救济院、修道院等——由谁来对类似的情形负责呢？由谁来对类似她这样的女子负责呢？——孤身一人，在这样一个地方？"

这本来是个反问句，但是为了使谈话继续下去，鲍尔弗却做了回答。"没有人负责。"他说。

"没有人！"劳德巴克显得有些吃惊，"你的基督教精神在哪里？"

"安娜企图结束她自己的生命——自我了断，你知道的！除了她自己，没有人能为此负责。"

"你叫她安娜！"劳德巴克责备地说，"你对那个女人已经直呼其名了。那我要说，你应该为照顾她承担一部分责任！"

"直呼其名不等于给她点烟枪。"

"你要将她拒之门外，只因为她是个醉鬼吗？"

"我没有关闭任何门。如果我在大路上看到她，也会照你那样去做，跟你做的一模一样。"

"拯救她的生命？"

"把她交给监狱！"

劳德巴克挥挥手，不理会对方的更正。"然后怎么办呢？"他说，"在监狱里住上一夜——然后怎么办呢？当她再次点燃她的烟枪时，谁在那里保护她？"

"没有人能保护一个跟自己作对的人——连自己的手都管不住，你知道的！"鲍尔弗懊恼了。他不喜欢这类讨论。确实，他想，比起讨论帆船索具装置与操作孰优孰劣来说，这个话题也好不了多少。（话又说回来，劳德巴克在过去两个星期里都算不上健谈，他语调专横，忽而闪烁其词，忽而气势逼人。鲍尔弗将这一切都归咎于焦虑。）

"精神安慰，他的意思是说——精神保护。"乔克·史密斯插话道，打算给劳德巴克帮腔，但劳德巴克举起手掌，他便不作声了。

"不说自杀——那得另当别论，并且是病态的。"劳德巴克说，"谁在那里再给她一次机会，托马斯？这才是我的问题。谁在那里给这个不幸的女人一次体面的重生机会，过一种完全不同的生活？"

鲍尔弗耸了耸肩。"有些人拿到一手坏牌，但是你不能依靠别人的良心过上你想过的生活。你得从自身现有的条件开始，你得奋斗。"

在这番话中，船运商表现出了缺乏慈悲心的偏见，在愉快豪爽的外向气质下，存在着同样程度的倔强。因为，他像众多有魄力的人一样，非常谨慎地保持他的自由，也希望别人能这样。

劳德巴克放松地坐着，上下打量着鲍尔弗的鼻子。"她是个妓女，"他说，"这就是你要说的话，对吗？她只是个妓女。"

"不要误会我，我没有任何反对妓女的意思。"鲍尔弗说，"但我不喜欢公共救济院，也不喜欢修道院。它们都是阴郁沉闷的地方。"

"你肯定是在刺激我！"劳德巴克说，"福利是文明的根本证据——是最好的证据，没错！如果我们要使这里变得文明——如果我们要修路架桥——如果我们要为这个国家的未来奠定基础——"

"那么，我们不妨给我们的筑路人在夜里暖暖被窝，"鲍尔弗替他把话讲完，"那可是艰苦的工作，铲石头。"

乔克和奥古斯都笑出了声，但劳德巴克没有一丝笑容。

"妓女是一种道德上的苦难，托马斯，你必须实事求是。"他说，"你必须坚持一个标准，如果你要立足于尚待开发的边疆！"（最后这句话直接引自他最近的选举演讲）"妓女是一种道德上的苦难。这就是结论。好财富流向了坏阴沟。"

"所以，你的补救措施，"鲍尔弗回答，"就是让好财富找个好去处，反正都是一样的消费，钱就是钱。不要搞公共救济院，不要把我们的女孩子变成修女。那将是该死的耻辱，尤其是眼前女孩子如此稀少的时候。"

劳德巴克哼了一声,"我知道,寡不敌众,力不胜智。"

"为妓女负责!"鲍尔弗摇了摇头,"她们会在下一届议会中占一个席位。"

奥古斯都·史密斯讲了个粗俗的笑话作为回应,他们都开怀大笑。

笑声平息后,劳德巴克说:"别再顺着这条线往下谈了,我们已经从各个角度和方面讨论过那一天——已令我感到疲倦了。"他用手画了一个大圈,表示希望回到他们先前的话题上,"说说船帆索具装置吧。我的论点很简单,一个人如何考虑优势,完全取决于他身处的位置。乔克作为一个称职的前水手,有着自己的视角,而我作为船东与绅士也有我的视角。我在我的脑海里看见船帆设计,而他呢,只看见焦油和麻絮,还有微风。"

对这番嘲讽,乔克·史密斯习惯性乐呵呵地报以回应,大家又恢复了这个争论。

托马斯·鲍尔弗的烦恼也同时降临。他觉得他机智地探讨了救济院的问题——劳德巴克称赞了他的回答!他希望坚持这个话题,说不定能再次抓住机会。关于船帆索具装置及其优点,他没有什么风趣的话好说——他闷闷不乐地想,乔克说不出什么来,奥古斯都也没话了,甚至劳德巴克本人也同样。但根据劳德巴克的习惯,谈话的开头与结尾都得由着他的性子,改变内容只是因为他厌倦了某个议题,或因为他的权威被别人压倒了。那天早上,这位政治家已经三次拒绝引进新话题,却又总是回到他那套关于船舶的专横的胡扯上。每次鲍尔弗开始谈论当地新闻,政治家就会声称,为那个隐士和妓女徒劳担忧简直令他不胜其烦。而事实上,鲍尔弗烦恼地想,他们还没有讨论过这两件事中的任何一个真正的细节,全方位的讨论就更谈不上了。

这种感情的内在表达，遵守着一种从未公开确认的模式。鲍尔弗对劳德巴克高度崇拜，这使他在两人意见不同的时候，宁愿贬低自己也不会批评劳德巴克，甚至私下里也不会有任何微词。但贬低总是伴随着争论，假如争论不成的话，就会变得恼羞成怒。在过去两个星期里，鲍尔弗一直对劳德巴克碰见死人克罗斯比·韦尔斯这个话题保持沉默，尽管隐士死亡的情形已经引起了他巨大的好奇心。他也从来没有讨论过安娜·韦瑟雷尔——路上的那个妓女。他凡事都根据劳德巴克的意愿行动，等待着自己的意愿反过来得到确认——这样的事情需要对方很大程度的关怀，而这关怀是劳德巴克所不具备的，所以还是八字没一撇。但是，鲍尔弗在他如此崇拜的人身上看不到这样的瑕疵，因此他等待着，心里变得焦躁，并开始感到忧郁。

（我们应该用缓和的口气补充一句，他的忧郁只是非常表面的那种，只要劳德巴克说一句好听的话，他的好脾气就能立刻恢复。）

鲍尔弗把椅子推得远离桌子一点，希望用孩子气的方式将他的厌烦显示给他的东道主，他用目光扫视着整个房间。

餐厅里空荡荡的，因为不是正常吃饭的时间，透过服务窗口，鲍尔弗能够看见厨师已经摘下围裙，坐在那儿玩纸牌，两个胳膊肘放在桌上。壁炉前坐着一个大耳朵男孩，正在吸吮一根肉干棒。他显然是被安排在那里看着铁熨斗的，熨斗在煤炭上方的架子上加热，每过半分钟左右，男孩就打湿手指，贴近支架测试热度。在最靠近他们的餐桌旁，坐着一位牧师——一个满脸雀斑的男人，相貌平平，塌鼻子，下嘴唇耷拉着，像个单纯的孩子。他独自一人吃完早餐，此刻正在一边喝咖啡，一边阅读一本小册子——无疑是在排练第二天要宣讲的布道，鲍尔弗想。因为牧师阅读时慢慢地点着头，正如一个人默念演讲词时在打拍子那样。

大耳朵男孩又打湿了他的手指，贴近支架；牧师翻过一页；厨师在砧板的边缘摆正扑克牌；鲍尔弗拨弄他的叉子。终于，劳德巴克停住了抨击，喝了一口葡萄酒，鲍尔弗抓住了插嘴的机会。

"说到三桅帆船，"他说（他们一直在说劫匪帆船），"过去这一年里，我在港口的浅滩外看见过好几次你的'一帆风顺号'。它是你的船，是不是——'一帆风顺号'？"

令他意外的是，这番话之后是一片沉默。劳德巴克只是低下头，仿佛鲍尔弗向他提出了一个具有深刻哲学意义的话题，他希望能够独自沉思。

"它可是装备一流，"鲍尔弗又加了一句，"棒极了。"

两个助手交换了一下眼神。

"这确实验证了我们的论点，劳德巴克先生，"奥古斯都·史密斯终于说话，打破了沉默，"即便是三桅帆船也比劫匪帆船好操作得多，只需要一半人手，一半麻烦就全搞定。他是无法否认这一点的。"

"没错。"劳德巴克从沉思中醒过神来，转向乔克说道，"你不能否认这一点。"

乔克正在嚼东西，他鼓着嘴露齿一笑。"我就是要否认。我宁可索具重量减半，也不要水手减半——是你小题大做了。我任何时候都会取速度、舍索具。"

"折中一下怎么样呢？"奥古斯都说，"三桅轻帆船[①]。"

乔克摇了摇头，"我再说一遍，三根桅杆就是多余了一根。"

"不过速度比三桅帆船快。"奥古斯都碰了碰劳德巴克的胳膊肘，"你的'幻想飞翔号'呢？它的主桅是纵帆，不是吗？"

鲍尔弗没有觉察到这个助手的意图——要把谈话从他引入的话

[①] 三桅轻帆船（barquentine）是三桅帆船与劫匪帆船的折中船型，是只有前桅挂横帆的三桅帆船。

题上岔开——反而以为政治家可能听错了他的话。他提高嗓门儿，又试了一遍。"我说的是你的'一帆风顺号'。它经常出现在这一带，装备一流。我觉得它似乎既有速度又好操作。要我说，它真是一件绝妙的工艺品。"

阿利斯泰尔·劳德巴克叹了口气。他把头往后一仰，眯眼看着上方的椽子，嘴唇颤动着露出一种傻乎乎的微笑——鲍尔弗后来才意识到，这种微笑属于一个不习惯尴尬的人。（在那天早晨之前，他从没听到劳德巴克承认自己有任何弱点。）

终于，劳德巴克说话了，依然眯眼看着上方，"那条三桅帆船已经不属于我了。"他的声音有气无力，似乎那个微笑使声音变薄了。

"是这样啊！"鲍尔弗吃了一惊，"换掉了，是不是——弄了条更大的？"

"不，我把它卖掉了，一了百了。"

"换成了黄金？"

劳德巴克停顿了一下，然后说："对。"

"是这样啊！"鲍尔弗又说了一遍，"原来是这样——你把它卖掉了。谁买了呢？"

"它的船长。"

"噢。"鲍尔弗说，乐呵呵地呼了口气，"我可不羡慕您。我们这一带流传着一些关于那个人的故事。"

劳德巴克没有回答。他依然面带微笑，研究着天花板上暴露的横梁和楼上房间地板之间的缝隙。

"是的，"鲍尔弗又说了一遍，身子往后一靠，双手的大拇指插在翻领下面，"我们这一带流传着一些故事。弗朗西斯·卡弗！直说了吧，不是一个我愿意打交道的人。"

劳德巴克惊讶地低下头。"卡弗？"他说着皱起了眉头，"你是说韦尔斯吧。"

"'一帆风顺号'的船长?"

"对——除非他又把船卖掉了。"

"一个粗大汉——深色眉毛,深色眼睛,断过的鼻子?"

"对呀,"劳德巴克说,"弗朗西斯·韦尔斯。"

"唉,我没有公然与您唱反调的意思,"鲍尔弗一边说,一边眨巴着眼睛,"可那人的名字叫卡弗。也许您搞错了,把他跟那个老家伙——"

"没搞错。"劳德巴克说。

"那位隐士——"

"没搞错。"

"死了的那个——您两个星期前撞见的那个人,"鲍尔弗毫不退缩地说,"那个死人。他的名字叫韦尔斯,你知道,克罗斯比·韦尔斯。"

"没搞错。"劳德巴克说,第三次表示否定,他稍微提高了一点嗓门儿,"我没有把名字搞错。当我签字卖掉三桅帆船的时候,写在文件上的名字就是韦尔斯,一直都是韦尔斯。"

他们望着对方。

"难以理解,"鲍尔弗终于说,"我只希望您没有受骗。奇怪的巧合,是不是——弗朗西斯·韦尔斯,克罗斯比·韦尔斯。"

劳德巴克迟疑了一下。"也不算什么巧合,"他谨慎地说,"我想,他们是兄弟吧。"

鲍尔弗放声大笑,"克罗斯比·韦尔斯和弗朗西斯·卡弗,是兄弟俩?想象不出还有什么比这更不可能的了,肯定只能是姻亲吧。"

劳德巴克又露出那种傻乎乎的微笑。他开始用手指戳一块面包屑。

"可这是谁告诉您的呢?"鲍尔弗看到对方没有说话,又追问道。

"我不知道。"劳德巴克说。

"卡弗提到过什么吗——当他在文件上签字时？"

"也许那时说过。"

"好吧！既然您这么说……可是看看他们的样子，我是绝对不会相信的。"鲍尔弗说，"一个那么高大气派，另一个是典型的浪子——那么一个小人物——！"

劳德巴克颤抖了，手在桌上不由自主地动了动，仿佛要伸去抓什么东西。"克罗斯比·韦尔斯是个浪子？"

鲍尔弗挥了挥手，"您看见他死了。"

"但是只见到死人——从没见过他活着的样子。"劳德巴克说，"说来奇怪，如果没有动作，你就没法看出一个人到底长什么模样。没有灵魂。"

"噢。"鲍尔弗说。他思考着这种说法。

"死人看上去是创作出来的，"劳德巴克继续说道，"正如一座雕塑看上去是创作出来的。它使你惊叹作品的设计，使你想到它的设计师。皮肤光滑、细腻，像蜡，像大理石，但又与它们不同。它抓不住光线，而蜡像可以；它不能反光，而大理石可以。一位画家也许会说，它有一种亚光质地，没有光泽。"突然，劳德巴克似乎感到非常尴尬，草草结束这番话，十分粗暴地质问，"你见过刚咽气的人吗？"

鲍尔弗试图轻描淡写（"问这样的问题很危险——在金矿上——"），但政治家在等待答案，最终他不得不妥协，说自己没有见过。

"不应该说'见过'，"劳德巴克补充道，像是自言自语，"应该说'见证'。"

奥古斯都·史密斯说："乔克把手放在那家伙的脖子上——是不是，乔克？"

"是啊。"乔克说。

"我们刚进去的时候。"奥古斯都说。

"想叫醒他,"乔克说,"还不知道他已经死了,以为他正在睡觉。可情况是——他的衣领潮乎乎的。你知道,被汗水浸湿了——汗还没干。我们估计他的死亡时间不会超过半小时。"

他还想多说一些,但劳德巴克用下巴做了个果断的动作,使他住了嘴。

"真不明白,"鲍尔弗说,"竟然把他的名字签成韦尔斯!"

"我们想的肯定不是同一个人。"劳德巴克说。

"卡弗的脸颊上有一块伤疤,就在这儿,白色的,形状如同——如同一把镰刀。"

劳德巴克噘起嘴唇,然后摇了摇头,"我不记得有伤疤。"

"但他是深色头发?身材粗壮?也可以说是粗野?"

"是的。"

"真是搞不明白,"鲍尔弗又说了一遍,"为什么要改变自己的名字呢?见鬼,兄弟!弗朗西斯·卡弗和克罗斯比·韦尔斯!"

劳德巴克的嘴在小胡子下面蠕动,仿佛在咀嚼自己的嘴唇。他用一种完全不同的声音说:"你认识他?"

"克罗斯比·韦尔斯?根本不认识。"鲍尔弗说,他放松地坐在椅子上,很高兴对方问了一个直截了当的问题,"他建造了一家锯木厂,远在绿玉神舟谷那边——嗯,你见过他的小屋,你去过那儿。他通过我做货运——运送设备什么的,所以我见到他的话能认出他来。愿他的灵魂安息。他有个毛利人做搭档,他们一同办厂子。"

"他让你感觉——是哪一种人?"

"什么哪一种人?"

"随便哪种。"劳德巴克的手又抽搐了一下,他红了脸,把问题修改了一下,"我的意思是,他给你的印象如何?"

"没人抱怨过他，"鲍尔弗说，"他安分守己，你知道。听口音好像是伦敦出生的。"他停顿了一下，然后像要密谋似的探过身子，"当然，现在他死了，人们都在谈论他，说什么的都有。"

劳德巴克依然没有回答。鲍尔弗认为他这个样子很奇怪，这个人张口结舌，甚至脸都红了。仿佛他既希望鲍尔弗回答某个特别的问题，又希望鲍尔弗完全停止谈话。两个助手似乎已失去兴趣——乔克把一块羊肝在盘子里推来推去；奥古斯都把头扭向一旁，看雨水拍打窗户。

鲍尔弗用余光打量着他们。这两个人如同劳德巴克的卫星。他们睡在劳德巴克房间里的垫子上，跟他形影不离。两人在任何时候说话和办事都如出一辙，仿佛他们不但同姓，还共享着同一个身份。在那个早晨之前，鲍尔弗认为他们是令人愉快的朋友，欢乐而机智，他认为他们对劳德巴克忠心耿耿是一件美好的事情，尽管他们总在眼前晃，偶尔会刺激他的神经。但现在呢？他来回打量着他们，意识到自己心里没底。

劳德巴克几乎没有对鲍尔弗谈及他两星期前翻越阿尔卑斯山脉的旅程的最后篇章。鲍尔弗所了解的他抵达那天晚上的情况，大部分来自《西海岸时报》，该报发表了劳德巴克交给法律部门的纪实说明的删节版。劳德巴克没有受到任何怀疑。这两宗死亡案件，一宗是企图未遂，另一宗是已成事实。克罗斯比·韦尔斯死于纯粹的自然原因，验尸官的报告排除了其他怀疑，而医生也能够证明差点让安娜·韦瑟雷尔丧命的鸦片是她自己的。但是，现在鲍尔弗想知道报纸上的报道是否属实。

他看着乔克把那块羊肝推来推去，感觉十分奇怪，劳德巴克似乎突然对克罗斯比·韦尔斯生前的性格产生了如此强烈的好奇心；更奇怪的是，克罗斯比·韦尔斯，一个温和、普通，没有任何影响力的人，竟然与臭名昭著的弗朗西斯·卡弗有亲戚关系或其他任何形式的关系！鲍尔弗简直不敢相信。然后，还有路上那个妓女的事。那件事只是巧合，还是与克罗斯比·韦尔斯的不幸死亡有着某种联系？为什么劳德巴克如此犹豫——直到刚才都在犹豫，不愿意谈论他碰见的这两件事？

鲍尔弗说话了，一半是为了把谈话进行下去，一半是为了阻止自己的想象力飘游，以免他的朋友遭受自己的无端指责。"所以你把那条三桅帆船卖给了卡弗，但你以为他姓韦尔斯。他还告诉你，顺便提一下，他有个兄弟叫克罗斯比，藏在某个地方。"

"我现在记不清了，"劳德巴克说，"那是将近一年前的事情，早就忘了。"

"但后来——一年以后，你又碰上了这个人的兄弟——刚刚咽气！"鲍尔弗说，"而且，恰巧在阿尔卑斯山脉的另一边……在一个你以前从未涉足的地方！这该有多离谱啊，难道不是吗？"

劳德巴克的语气十分倨傲，"只有软弱的人会相信巧合。"——这是他的脾性，每当有压力时，总是采取居高临下的态度。

鲍尔弗没有理睬这句格言。"化名卡弗？"他若有所思地说，"或化名韦尔斯？"他一边说话，一边观察着政治家。

"我们要再来一罐酒吗，先生？"奥古斯都·史密斯说。

劳德巴克敲了一下桌子。"对，再给我们来一罐。好的。"

"'一帆风顺号'约两个星期前起锚，"鲍尔弗说，"它来回跑广州，是吗——茶叶贸易？所以一段时期内我们不会在这一带看见卡弗。"

"别再谈这个话题了。"劳德巴克说，"是我把名字搞错了。一定是我把名字搞错了。这没什么意义。"

"慢着。"鲍尔弗说着，脑子里突然闪出一个新的念头。

"什么？"劳德巴克问。

"也许会有意义。鉴于他的房地产的销售已经受到诉讼。如果克罗斯比·韦尔斯有一个被雪藏的兄弟,对于那个寡妇来说,可能大有意义。"

劳德巴克又颤巍巍地微笑着,"寡妇?"

"对呀。"鲍尔弗语气阴沉,刚要往下说,但劳德巴克急匆匆地开口了:"那小房子里没有女眷的迹象——毫无迹象。从所有的表象来看,他——那个家伙——是独居。"

"的确。"鲍尔弗说。他刚要展开来细说,却又被劳德巴克打断:"你说这可能有意义——关于那个兄弟的消息。可一个人的钱总是要归他的妻子,除非遗嘱另有说明。这是法律!我不明白兄弟怎么就会有意义呢。我不明白。"

他把头朝客人偏过去。

"没有遗嘱,"鲍尔弗说,"问题就在这儿。克罗斯比·韦尔斯从未立过遗嘱,根本没人知道他到底有没有家人。他死了以后,他们甚至不知道往哪里送信——他们只知道他的名字。你瞧,没有家庭地址,甚至没有出生证明,什么都没有,所以他的土地和房屋都归还给了英帝国……当然,国家有权变卖,所以它就进入市场,第二天就卖掉了。我实话告诉你,这一带没有什么东西会滞销。可是后来,这笔销售记录的墨迹还未干,却冒出来一个老婆!而在那天之前,没有任何人知道关于这个老婆的蛛丝马迹,然而她捏着结婚证明——她的签名是莉迪娅·韦尔斯。"

劳德巴克的眼睛暴突。现在,托马斯·鲍尔弗终于完全抓住了他的注意力。"莉迪娅·韦尔斯?"他几乎是耳语般地说。

奥古斯都·史密斯看看乔克,然后又移开目光。

"这是在星期四,"鲍尔弗一边说,一边点了点头,"法院在她的文件上找不出毛病——又把文件送往达尼丁,当然只为了认证。但事情有点蹊跷。这女人这么快就跳出来,要染指克罗斯比的房地产,而克罗斯比从未提到过她。还有一件事令人费解,这位夫人是一等一的典雅高贵。克罗斯比·韦尔斯何德何能，竟然娶了这样一位夫人——嘿！这也太离奇了，我本人都愿意出钱买个谜底。"

"你见过她——莉迪娅——在这里？她在这里？"

这名字从他嘴里说出来感觉很熟悉，这么说他认识那女人，鲍尔弗心想，那么他也一定认识那个死了的男人。"对，"他大声说，小心谨慎地不让自己的怀疑表露出来，"星期四从蒸汽班船上下来的。她打扮得花枝招展，像真正的水手一样从梯子上挤下来。裙子打了结堆在肩膀上，手里提着灯笼内裤。裙箍与扣带通通暴露在外。我真想知道克罗斯比·韦尔斯是怎么把她这样的尤物弄到手的——我真想知道。"

劳德巴克似乎仍然处于震惊之中，"莉迪娅·韦尔斯，克罗斯比·韦尔斯的妻子。"

"是啊——那女人是这么说的。"鲍尔弗仔细研究着他的老相识，随即突然放下酒杯，身体前倾。"听我说，劳德巴克先生，"他说，把手掌压在两人之间的桌面上，"你好像心里憋着什么东西，没法敞亮地说话。你为什么不把它说出来呢？"

这个要求提得如此直截了当，终于打开了阿利斯泰尔·劳德巴克心中的一道闸门。劳德巴克和许多执政的男人一样，习惯于最高质量的、忠心耿耿的服务，极少有个人独处的时候，他往往只从功利角度考虑他的侍从。鲍尔弗无疑是个不错的家伙——生意上精明，性情爽朗放纵，谈笑风生，但他作为一个人的价值只等于他的职能价值，在劳德巴克的心里，鲍尔弗是可以取代的。除了对方身上最直接可见的品质，政治家根本不会花工夫去了解更多。

统治者首次将他的臣民作为人看待，一般都在一个秘密灵魂裸露的时刻——或许还不是作为同等人，但至少是个人，一个不能削减的人，一个拥有脆弱、热情，拥有真实的过去，以及未知的将来的人。阿利斯泰尔·劳德巴克现在感觉到这种裸露，心生愧疚。他看见鲍尔弗献上了友谊，自己却只接受他的帮助；鲍尔弗付出了善意，自己却只利用其中的好处。他转向他的两位助手。

"伙伴们，"他说，"我跟鲍尔弗有些男人之间的话要说。去吧，留我们独自待一会儿。"

奥古斯都和乔克从餐桌旁站起来（鲍尔弗心头闪过一丝竞争胜利的得意——这对他来说很不寻常，他看见他们俩一副垂头丧气的模样），没有说什么就离开了餐厅。他们走了以后，劳德巴克深深地舒了一口气。他给自己又倒了一杯酒，却没有喝，只是用双手的掌跟扶着酒杯，凝视着它。

"你怀念英格兰吗，汤姆？"他说。

"英格兰？"鲍尔弗扬起眉毛，"上一次踏足阳光明媚的英格兰时——唉，当年我头发还没变白！"

"当然，"劳德巴克满怀歉意地说，"你去过加利福尼亚，我忘记了。"他沉默了，暗暗自责。

"在这一带，人们总是谈论自己的家乡，"鲍尔弗说，"总忍不住认为失去的才是快乐的。"

"是啊，"劳德巴克声音很轻地说，"正是如此。"

"为什么，"鲍尔弗继续说，因为得到对方的肯定而深受鼓舞，"其实大部分小伙子都是一只脚踏在船上。一旦淘出些金粒子，马上就回去。他们干什么呢？谋一份生活，找个心上人，安顿下来。然后，他们又梦想什么呢？他们又希望什么呢？他们梦想着矿区！怀念将金色的矿石握在手里的时候！可是在这儿，他们所做的一切就是谈论家乡。他们的母亲、约克郡布丁、地道的腌肉，全是这一套。"他用酒杯底敲了一下桌子，"英格兰——那是家乡。你想念家乡，当然会想，可是你不回去。"

在等候政治家开口的时候，鲍尔弗打量着四周。已经过了上午十点，吃饭的人还没有陆陆续续地到来——他们很快就会来的，因为今天是星期六，下了一周雨之后的星期六。壁炉旁的男孩不见了，把热烙铁的架子也拿走了。厨师收起了他的扑克牌，正在砍骨头。洗碗工从他们的小隔间出来，开始摆放餐具，发出噪声。邻座的牧师依然喝着咖啡，早就凉了的咖啡。他的眼睛盯着手里拿的小册子，因注意力集中而噘起了嘴唇。显然，他丝毫没有注意到他的邻座。即便如此，鲍尔弗还是将椅子拉得更靠近劳德巴克一些，这样政治家就不必那么大声地说话。

"莉迪娅·韦尔斯，"劳德巴克说道，"是达尼丁一家商行的女主人，商行的名字我只能说一遍，如果你不介意的话。那地方叫众愿楼，真是个愚蠢的名字。我估计你听说过的。"

鲍尔弗点了点头，但只是轻轻地，暗示他对此既不是完全熟悉，也不是全然不晓。劳德巴克提到的这家商行是一个最堕落的赌场，以高风险和舞女而声名远扬。

"莉迪娅曾经是——是我在那个地方的相好，"劳德巴克继续说，"不涉及钱的问题。根本没有金钱交易——你必须明白这一点，因为这是实话。"他试图瞪着鲍尔弗，但是船运商目光低垂，"总之，"劳德巴克过了一会儿说，"只要我去达尼丁，就会去拜访她。"

他等候着，激对方说话，但鲍尔弗继续保持沉默。过了片刻，劳德巴克接着说道：

"唉，我最初到你的办公室时，汤姆，你应该记得'一帆风顺号'需要一个船长。你当时不要那条船，在那之后的几个月里，为了找到一个可信赖的人来租它，我遇到了很多麻烦。它那时就停泊在达尼丁。'舞厅淑女号'需要堵缝，我也拿不出钱来修理'美德号'，这你可能还记得。还有各种各样的账单要支付。最后，我当机立断，将'一帆风顺号'私下租给一个名叫拉沃斯的老兄，他要在澳大利亚与奥塔戈矿区之间开设航线。他曾是海军。当然啦，现在他已经退休了。他在克里米亚战争①中指挥过一艘护卫舰——在波罗的海,还把一枚维多利亚十字勋章拿出来显摆呢。他什么地方都去过。他常说,如果他身后拖着一根绳子,那他可以给整个地球打个大花结。他因患痛风而获准离开海军——疾病严重到需要长期离休的程度,他反正也应该退了,但还没有糟糕到完全抛锚的地步。'一帆风顺号'正好适合他——他是一个老派的家伙,而那条船也像个古典的女人。

"之后我回到了阿卡罗阿②,有一阵子没有听到拉沃斯的消息。但我在南岛来来回回跑得很勤,当我再拜访达尼丁时,我发现自己遇上了麻烦——莉迪娅有个丈夫,他在我离开的时候回家了。"

鲍尔弗眯起眼睛,"克罗斯比·韦尔斯?"

劳德巴克摇了摇头,"不是他,是你所说的那个叫卡弗的畜生。对我来说他是韦尔斯,弗朗西斯·韦尔斯。"

鲍尔弗慢慢地点了点头。"但现在,这个女人却声称她是克罗斯比·韦尔斯的妻子,"他说,"肯定有人在说谎。"

"不管怎样——"

"不是在婚姻关系上撒谎,"鲍尔弗说,"就是在名字上撒谎。"

"不管怎样,"劳德巴克烦恼地说,"这不要紧——眼下还不要紧。你必须按事情的顺序听下去。回到当时,我甚至不知道莉迪娅已经结婚。她在赌场的时候,用的是闺名,你明白——她叫莉迪

---

① 克里米亚战争(Crimean War,1853—1856)是俄罗斯帝国与奥斯曼帝国、大英帝国、法兰西帝国以及撒丁王国联军之间的战争,发生在克里米亚半岛、巴尔干半岛、黑海与波罗的海,史称第九次俄土战争。但因其最长和最重要的战役在克里米亚半岛上爆发,所以通常又被称为克里米亚战争,结果为联军获胜。
② 阿卡罗阿(Akaroa,毛利语)是新西兰南岛坎特伯雷省班克斯半岛的一个小镇,位于基督城以东八十四公里处。

娅·格林韦，我从来不知道她的名字是莉迪娅·韦尔斯。当然，一旦她的丈夫出现，我就知道自己错了。我试图立刻退出，试图妥善地解决这件事，但那个家伙要拿我一把。我刚当上总督，是个市议员。我自己也是新婚不久，我得考虑自己的声誉。"

鲍尔弗点了点头，"他玩仙人跳，企图捞几镑外快。"

劳德巴克弯了弯嘴角，"没那么简单。"

"唉——那可是长盛不衰的手段，"鲍尔弗说着，试图表示出一些同情，"玩弄每个人内心深处的恐惧，当然——到头来，搞得你几乎把敲诈勒索当成一种解脱。出血买断，从此两清，无非如此。牵涉到女人，往往如此。我猜他还告诉你那女人怀孕了。"

劳德巴克摇了摇头。"不是这样，"他继续盯着手里的酒杯，"他比这要狡猾多了。他没有张口要钱，或者要别的东西，至少没有立刻就要。他告诉我，他是个杀人犯。"

壁炉台上的座钟敲响了，整点差一刻。邻座的牧师抬起头，拍了拍大腿，从裤兜里掏出他的怀表，校准了指针。他转动发条，扭动表盘，用餐巾擦拭怀表的表面，将它重新放回口袋里。然后他的注意力又回到小册子上，双手做杯状放在眼睛两旁，缩小视野以便更加集中精力，继续阅读。

"他说这话时泰然自若，"劳德巴克说，"甚至很有礼貌。他告诉我有个家伙盯上了他，是被他杀死的那个人的哥们儿。他没有告诉我他杀了谁，或者为什么，只是说他因为杀人而被别人追踪。"

"有没有告诉你什么名字？"

"没有，"劳德巴克说，"完全没有。"

鲍尔弗皱起眉头，"你在这里面扮演了什么角色呢？我听起来就像是别人的纠纷，或者别人吹的牛。但是不管怎样，似乎都跟你毫无关系。"

劳德巴克靠得更近了些。"关键在这里，"他说，"他告诉我，我已经被标记成他的同伙、他的同谋。等那个复仇者追上他，取了他的性命之后……唉，然后，那人就会来找我了。"

"你被标记成同伙？"鲍尔弗说，"怎么个标记法呢？"

劳德巴克耸了耸肩，身体靠在椅背上，"具体怎样我也不知道。当然，我在赌场的时间不少——跟莉迪娅出双入对，东走西逛，可能早就被盯上了。"

"盯上是一回事，"鲍尔弗说，"可一个人怎么可能被打上标记，而自己却一无所知呢？打上标记——像是文身——自己还不知道！快说吧——故事只说了一半，劳德巴克先生！关键的地方在哪儿呢？"

劳德巴克显得有些尴尬。"唉，"他说，"你听说过一种闪光吗？"

"一种什么？"

"一种闪光。它是一片玻璃，或宝石，或一小块镜片，嵌入雪茄的头。雪茄含在嘴里的时候，你还能非常容易地绕着它继续抽烟，就像这样，你根本看不见它。它是赌徒用的东西。赌徒在赌博的时候抽烟，他把雪茄从嘴里拿出来，像这样，手里这样拿着这玩意儿，闪光就能给他照出其他玩家手中的牌。如果玩双打的话，也可以用它把自己的牌透露给同伙。这是一种老千。"

鲍尔弗拿着一支不存在的雪茄，张开食指与中指的指节，把胳膊伸向桌子的另一头。

"唉，"他说，"听起来像是一种低劣的骗术。太容易穿帮了！如果你把一手牌合上了怎么办，嗯？如果你把牌扣在桌上了怎么办？你瞧，如果我把胳膊伸到桌子那头，像这样……你就会把你的牌收回去，是不是？没错——你肯定会缩回去的！"

"不要在意细节，"劳德巴克说，"关键是——"

"危险而愚蠢的做法。"鲍尔弗说，"雪茄头上卡了一小块镜片，他用什么借口来做解释呢?"

"关键是,"劳德巴克说,"唉,不要在意细节,关键是那个韦尔斯——我说的是卡弗,说他在我身上做了闪光。"

鲍尔弗依然弯曲着他的手腕,摆动着胳膊肘,眯眼看着手中无形的雪茄。此刻他停下来,攥起拳头,"意思是说,用某种方法偷看你的牌。"

"但我不知道到底是什么,"劳德巴克说,"我至今不明白。这都快把我逼疯了。"他伸手去拿那罐葡萄酒。

鲍尔弗脸上带着一副怀疑的神情。这是用的什么操纵伎俩呢?隐约提到复仇,没有确切的名字,没有前后关系,一些关于赌徒作弊的胡扯?也算不上敲诈勒索。显然,劳德巴克依然在隐瞒什么。他点头表示劳德巴克可以给他倒酒。

劳德巴克把酒罐放回桌上后,继续讲述。"他离开之前,"他说,"提了一个要求,唯一的要求。拉沃斯的'一帆风顺号'上缺一个人手——已经在报纸上登了广告,韦尔斯得知了这条消息。"

"卡弗。"

"对,卡弗得知了消息。他问我是否愿意替他说句话。他早晨要去码头应聘,直接提出要我帮忙。"

"你照他要求的办了?"

"是的。"劳德巴克语气沉重地说。

"也许你身上又多了个闪光点。"鲍尔弗说。

"你这是什么意思?"

"你们俩之间,嗯,因为那条船,又添了另外一层关联。"

劳德巴克思忖了一会儿,似乎非常懊丧。"是啊,"他说,"可我能怎么办呢?他吃定我了。"

鲍尔弗突然对对方产生了极大的同情,他为自己先前的心情不佳而后悔。"是啊,"他说,态度温和了些,"他吃定你了。"

"从那以后，"劳德巴克继续说，"什么事都没发生。绝对没有。我回到坎特伯雷，我等待着。我一直想着那个该死的闪光，想得心脏都快停止跳动了。我承认我真希望那个卡弗被人干掉——那个恶棍能抓住他，这样我就能在那家伙来找我之前知道他的名字。我每天都看《奥塔戈见证人》，希望能在死人名单上看见那浑蛋的名字，愿上帝原谅我。但什么事都没有发生。

"大约一年以后，也就是将近一年前，大概是去年二月或三月，我收到一封信。一份来自丹福斯船运的年度收据，上面写着我的名字。"

"丹福斯？杰姆·丹福斯？"

"正是，"劳德巴克说，"我从来没跟丹福斯做过船运——没有私人货运，但我当然认识他，他租了'一帆风顺号'的部分船舱运货。"

"偶尔也用'美德号'。"

"是的，偶尔也用'美德号'。好吧，我查看了收据。我发现'一帆风顺号'在劳德巴克名下经常有船运货物，穿梭于塔斯曼海航线。我的名字反复出现在跨越塔斯曼海的西行航线上——每次航行都是那里，发货人丹福斯，载货者'一帆风顺号'，船长詹姆斯·拉沃斯，个人物品，标准体积，由阿利斯泰尔·劳德巴克全额支付。实话告诉你吧，我浑身的血都凉了。我的名字，白纸黑字地写在上面，那一连串的数字，一直往下排。

"应付金额为零英镑，分文不欠。记录显示，每个月的账都是现金付讫。你明白吧，有人利用我的名字策划了整桩买卖，不惜花费。我迅速检查了一下自己的资金，没有任何损失，肯定没有八九十英镑的运输费那样的大笔支出。这类的慢性流失，无论来自什么地方，我肯定会注意到的，可是没有。这里面大有文章。

"我一抽出身来，就立刻前往达尼丁，想亲自探个究竟。那是——大概是四月吧,也许是五月,早秋的某个时候。到达达尼丁时,我甚至没有上岸,直奔'一帆风顺号'。它下了锚,用缆绳固定在码头上,摆放好了舷梯。我上了船,没有碰见一个人。我当然打算跟拉沃斯谈谈,可是哪儿都找不到他。后来在前甲板上,我发现了韦尔斯。"

"卡弗。"

"我是说卡弗。是的,他独自一人,一手拿着警哨,一手握着一把手枪。他告诉我,他能在任何时候吹响口哨。港长办公室离我们站的地方只有五十码远,底舱口大开着。我保持沉默。他告诉我,'一帆风顺号'上有我名下的一只货运板条箱,书面文件证明我的名字与去年一整年每月一次的航运相关。一切合法,一切都有记录。在法律看来,我已经为这项航运支付了一年的费用,不断往返于墨尔本。我找不到任何证据反驳这些事实。好吧,那么箱子里装的是什么呢,我问。女人的时装,裙子,一堆晚礼服,他说。

"为什么是衣服,我问。他冲我一笑——那笑容真可怕,然后说:'哎呀,劳德巴克先生,你过去一年每个月都从墨尔本运来最时髦的时装!你一直宠养着你那可爱的情妇莉迪娅·韦尔斯,一直都是,而且全都记录在文件上。箱子每次运达墨尔本后,便被送到伯克街的一家裁缝店——顶级的,你知道——箱子每次从那里运出,都装满了在地球这一面用金钱能买得到的最精美的绫罗绸缎。你,劳德巴克先生,真是一个非常慷慨大方的人。'"

劳德巴克的声音已经变得苦涩。

"可是,这只货运板条箱怎么会注册在我的名下呢,我问他。他听了大笑一场。他告诉我,达尼丁的每只老鼠都认识莉迪娅·韦尔斯,知道她是靠干什么吃饭的。她只要告诉那个老杰姆·丹福斯我在包养她,但千万不要用她的名字,出于对我那可怜的老婆的尊重!那家伙就相信了她,把货运都注册在我的名下。莉迪娅支付了现金，说那钱是我的——没人跟我提过一个字。他们以为这样做是为了谨慎起见，你知道，以为这是为我做了一件该死的好事，没把他们作为基督徒的判断表露出来。

"但是，这还不到故事的一半呢，事情远远不止那些女人的时装那么简单。这一次，他说，箱子里除了长裙还有别的东西。我问他是什么，他说是横财，偷的，全是金矿石。是从谁那儿偷来的，我问。他回答：'从您的真诚的[①]我这里偷来的，是我自己的老婆莉迪娅·韦尔斯偷来的。'然后他大笑，因为那当然是谎言的一部分，他们两人是串通合谋的。嗯，我问他准备如何处置这大量的金矿石，他告诉我他在北上邓斯坦那里有一块认领区。经申报过吗，我问，他说没有。没有申报就意味着没有交税，意味着这次货运是违法的——至少将会违法，如果'一帆风顺号'第二天如期扬帆起航的话。

"现在，站在前甲板上，卡弗让我好好考虑考虑。我从全局高度考虑整个事情。看上去似乎我长期躲在那个丈夫背后，追求他的妻子做我的情妇。那是有证据的。似乎我从那个男人那里偷了大笔钱财，现在正想法子把金子运出去。看上去似乎是我筹划了这整个勾当，让他家破人亡，人财两空。那是通奸、偷窃，甚至是共谋犯罪。那些没有申报的金子便是铁证。我将面临的罪状涉及违反海关规章、逃税和非法贩运，估计够得上终身监禁了——我这一辈子都要搭进去了，托马斯。一辈子都要搭进去了。所以我问他到底要什么。终于，他亮出了底牌。他要那条船。"

"他当时是个称职的水手吗？"

"是的。他在拉沃斯的手下工作，但他要拉沃斯滚蛋。他已经

[①] 您的真诚的（Yours truly），通常是写信人的礼貌落款，在这里既是说话人的挖苦讽刺，又是一个伏笔。

计划好了一切：我如何在当晚解雇拉沃斯，如何解除船员的合同，将船的拥有权明确地全部签给他。这是一种侮辱，你明白的。我哈哈大笑。我说没门儿。但是他拿着那该死的口哨，假装要把港长叫来。"

"您有没有要求看看箱子里的金子？"鲍尔弗说，"您怎么知道他不是在吓唬你？"

"我当然要求看了，"劳德巴克说，"这些我们都做了。哼，他把一切都准备得很周到——这我倒必须夸他一句！箱子里共有五条裙子，每条都是上个季节的时装，跟他说的故事相符，准备送往墨尔本的裁缝店。可是你听清楚！那金子可不是随意地放在箱子里或被压在裙子底下，而是缝在裙子的接缝中。是莉迪娅本人缝的，毫无疑问，她有双会做针线活的巧手。你根本猜不到，直到你把衣服举起来，才感觉到重量不对。但是你知道，海关人员恐怕不会自找麻烦这么去做，除非有人给他们通风报信，知道在哪里搜查。你打开箱子，甚至动手翻找的时候，只看见一堆衣服，别的什么都没有。是的，这是一个非常狡猾的计划。"

"等等，让我脑子转过这个弯来。"鲍尔弗说，"如果那条船如期起航……"

"那么卡弗就会碰巧看见那只箱子，假装事先根本不知道它的存在。他会把箱子拿给拉沃斯看，假装愤怒，醋性大发，质问缘由，毕竟那都是他妻子的衣服——而文件上写着我的名字。他会以偷窃、通奸、违反海关规定等为理由，让我去吃官司。'一帆风顺号'无法离港，在驶出港湾前就会被勒令掉头，然后法律就会针对我——把我押走。"

"但是……如果真是那样，执法人员被叫上来……您完全可以把一切都推到莉迪娅·韦尔斯头上，"鲍尔弗说，"她肯定会被抓进监狱——"

"嗯，对，她肯定会的。"劳德巴克打断了对方的话，"但我不能拿我的自由冒险，仅仅为了让她得到报应！他们两人一定会联起手来攻击我，如果这桩糊涂官司被闹上法庭，肯定会给莉迪娅赢得极大的同情——因为她弃暗投明，你明白的，因为她悔过自新，站在了她的合法丈夫一边，如此等等。"

"如果那人的确是她的合法丈夫，"鲍尔弗指出，"现在看来，克罗斯比·韦尔斯——"

"是啊，是啊，"劳德巴克没好气地说，"可我当时不知道这个，是不是？别告诉我当时应该做什么，应该怎么做。我无法忍受。游戏自有游戏的玩法。"

"唉，"鲍尔弗说，身子往后一靠，"我被绕晕了。"

"他把我弄得很烦。"劳德巴克摊开双手，做出一个失败的手势，"我把船签给了他。"

鲍尔弗想了一会儿，"那天晚上拉沃斯在哪里？"

"在那该死的赌场里，"劳德巴克说，"享受他一生中最美好的夜晚，毫无疑问，有莉迪娅·韦尔斯在他身旁，给他的骰子吹气，祝他好运！"

"这个秘密他也有份吗？"

"我不这么认为，"劳德巴克说，摇了摇头，"他那天晚上请假上岸休息——有一个海军的活动，官方的事。没有什么可疑迹象，事后我也没有产生过异样的感觉。"

"他现在在干什么？"

"拉沃斯？为那该死的'泰晤士精神号'掌舵，无聊得像一只被关在车厢里的老虎。那人受不了蒸汽船。他很生我的气。"

"他现在知道了吗？"

劳德巴克看上去很愤怒。"我是个公众人物，"他说，"你知道，如果让任何人听闻此事，我就完蛋了。他知道吗？他当然不知道！"

鲍尔弗看得出来，劳德巴克突然为自己的故事感到焦虑。对这件事的叙述，重新唤起了他被愚弄的耻辱。

"可那条船的出售，"鲍尔弗过了片刻说道，"是众所周知的——已经印在报纸上了。"

劳德巴克骂了一句。"嗯，是的，"他说，"报上说，我把那条该死的船卖了个好价钱，纯金支付。当然，我一分钱都没见到。金子就躺在那个该死的箱子里，第二天随'一帆风顺号'起航前往墨尔本，到岸后箱子被提走——过去一年中月月如此。然后，不用说，金子就消失了。我无能为力，眼睁睁看着世界变成地狱。天知道那些金子如今在哪里。另外，他还把那条船弄到手了。"

劳德巴克愤怒地摆弄着调味瓶架子。

"箱子里金子的实际价值是多少——您估计？"

"我不是探矿者，"劳德巴克说，"但根据长裙的重量，我估计值几千英镑。"

"您再也没有见过那些金子？"

"没有。"

"也没听别人提到过？"

"没有。"

"您后来又见过那个女孩——莉迪娅·韦尔斯吗？"

劳德巴克粗暴地大笑，"莉迪娅·韦尔斯不是女孩，我不知道她是什么——反正不是女孩，托马斯。她不是女孩。"

但他没有回答鲍尔弗的问题。

"您知道她就在这里——在霍基蒂卡。"鲍尔弗提醒他。

"你提到过的。"劳德巴克沉着脸说，然后就闭口不言了。

谄媚是一头多么奇怪而顽固的野兽啊！如此突然地昂起它的头，扯断作茧自缚的禁锢缰绳！鲍尔弗对面前这个男人的崇拜——曾经很容易使他感到急躁——而现在猛然间变成了鄙视。失去了这么多——只为了一个情妇！为了另一个男人的妻子！

鄙视，虽然给人吹毛求疵的狂妄，但毕竟是一种可以容纳某种理智的情绪。托马斯·鲍尔弗看着他的朋友喝干了杯中的酒，打响指又要了一轮，他心生蔑视。然后，蔑视转为不信任，不信任变成了敏锐的洞察力。劳德巴克故事中的某些部分依然不合情理。克罗斯比·韦尔斯的不合时宜的死亡是怎么回事？这个巧合劳德巴克还没有做出解释——正如他还没有解释为什么相信卡弗与韦尔斯是兄弟！莉迪娅·韦尔斯冲到霍基蒂卡来要求她的合法继承权，在韦尔斯去世后马上就赶到了，以至于港长半开玩笑地问道，霍基蒂卡的邮局是否已经安装了电报设施。鲍尔弗毫不怀疑对方没有告知事情的全部真相，然而，他不知道这种隐瞒的原因何在。劳德巴克在保护谁？仅仅是他自己？还是另有别人？

劳德巴克的目光变得犀利。他身体前倾，用食指戳着桌子。"你知道，"他说，"我有一个想法，是关于卡弗的。如果他的名字真的是卡弗，那条船的交易便无效了。你不能冒其他人的名字签约。"

鲍尔弗没有回答。他对劳德巴克有了新的评判，有了突然产生的怀疑，这使他们中间拉开了一段距离，他依然在发愣。

"即便他的名字真是韦尔斯，"劳德巴克补充道，神情更加明快了，"即便那是真实的，莉迪娅也不能同时嫁给两个男人，对不对？正如你说的，要么是在婚姻关系上撒谎，要么是在名字上撒谎！"

一个男孩又端上一罐葡萄酒。鲍尔弗拿起来往酒杯里倒。"除非，"他一边倒酒一边说，"不是同时发生。她可能跟那个人离了婚，然后嫁给了他的兄弟。"

他谨慎地用了"兄弟"一词，但劳德巴克对这种新的可能性感到非常激动，没有注意到他的语气。"即便是那种情况，"他说，"如果卡弗的名字真是卡弗，那么他的签名就是假的，帆船的交易就属无效。我告诉你，托马斯，无论哪种情况，我们都拿住了他。无论哪种情况，我们都利用他自己的谎言拿住了他。"

这种宽慰令他变得有些鲁莽。鲍尔弗说："那么——您要出去抓他，现在？"

劳德巴克的眼睛闪闪发亮。"我要揭穿他，"他说，"我要揭穿弗朗西斯·卡弗，把'一帆风顺号'夺回来。"

"那个复仇者怎么办呢？"鲍尔弗说。

"谁？"

"追踪卡弗的那个家伙。那个在您身上装了闪光的家伙。"

"再没听到过任何消息，"劳德巴克说，"估计全是他捏造的。"

"您的意思是他没有杀人？"鲍尔弗轻声说，"您说他不是一个杀人犯？"

"他是个恶棍，没错。"劳德巴克用手捣着桌子，"一个恶棍，骗子！还是个贼！但是我要抓住他，要让他付出代价。"

"那选举怎么办？"鲍尔弗说，"卡罗琳怎么办？"（卡罗琳是劳德巴克妻子的名字。）

"我不必拿这一切去冒险，"劳德巴克轻蔑地说，"我可以私下进行。在合同上抓住他，勒索他——以其人之道，还治其人之身，让他尝尝自己酿的苦药。"

鲍尔弗摸摸自己的胡子，看着对方。"嗯，好吧。"

"卡弗很可能已经把他那份交易合同销毁了，如果那是谎言的证据……我想，为了安全起见，我必须把我那份做个公证。"

"嗯，好吧，"鲍尔弗又说了一遍，"也许我们应该一步步来。"

可是劳德巴克兴奋地向前探着身子。"没有必要——我可以立刻开始！"他激动地说，"我知道那份合同在哪里。收在我的箱子里了，就在你替我照看的那只货运板条箱里。"

鲍尔弗感到胃里紧缩了一下，脸一下子涨得通红，他张开嘴要回答，随即又胆怯地闭上了嘴。

"'美德号'已经到港又离开了吧？"劳德巴克说，"我想，你估计它上个星期到达。"

鲍尔弗的耳朵里突然轰轰地响。他应该在两人刚刚独处的时候，就把丢箱子的事和盘托出。愚蠢！他在内心大喊，愚蠢！他怎么就不能将真相直截了当地告诉劳德巴克呢？货运箱的消失不是哪个人的错——只是个意外事故，很可能是文件弄错了——箱子早晚会出现的，在某种预想不到的情形下……也许外部有点受损，但无大碍。劳德巴克肯定能理解这一点！只要他平静而坦诚地交代一切——只要他承认错误。

可是，鲍尔弗的心脏颤抖了一下。劳德巴克故事中的那只箱子——那只装满女人的裙子，一年中每个月都横跨塔斯曼海航行的箱子——和这只装着劳德巴克个人物品（包括那份欺诈合同），最近刚从霍基蒂卡码头消失的箱子，其中一定有某种关联。一定是这样，因为鲍尔弗从业这么多年，从没有错放过一只货运箱，也没有丢失过！他的心开始怦怦地剧烈跳动。弗朗西斯·卡弗以前敲诈过这位政治家，也许他这是故技重演！也许是卡弗偷走了那只货运板条箱！此人非常熟悉霍基蒂卡的码头，毕竟……

劳德巴克垂下眼睛看着桌子，找一口冷食，他还没有注意到鲍尔弗神情的变化，也不知道鲍尔弗脑海里正在考虑的这种新的可能性。"'美德号'是否已经跨海到达？"他又问了一遍，没有丝毫不耐烦。

"没有。"鲍尔弗说。

房间似乎因这个谎言而变得逼仄。

"还没有到？"劳德巴克说。他在乔克·史密斯留下的盘子里找到一块苍白的洋葱，丢入口中，"也就是说我骑马战胜了自己的飞箭式帆船！我真没有料到！但愿海上没有翻船事故吧！"

他的幽默感几乎全部恢复了，甚至表现得有点轻佻。复仇的希望好似给他精神上打了一针兴奋剂!

"没有。"鲍尔弗又说了一遍。

"也就是说,它还在运输途中?"

鲍尔弗停顿了不到半秒,说道:"对——还在运输途中,是这样的。"

"它是从达尼丁出发向西航行的,是不是?还是往北穿越海峡?"

鲍尔弗浑身冒汗。他看着劳德巴克嚼东西时运动的下颌。最后,他选择了那条费时较长的路线,"北上,穿越海峡。"

"哦,好吧。"劳德巴克说着,把食物咽了下去,"我想,这些事由不得个人意志,尤其是船运行业。但船一旦到港,你就会通知我——对不对?"

"对——当然。是的,我会的。"

"我很期待。"劳德巴克说,犹豫了一下,"我说——汤姆——还有一件事。你必须明白,我今天早上告诉你的事——"

"属于绝对机密,"鲍尔弗脱口而出,"不会告诉任何人。"

"我的竞选正在节骨眼儿上……"

"这不必说,"鲍尔弗摇了摇他的头,"这是不必说的。保守秘密。"

"好样的。"劳德巴克将椅子向后一推,双手在膝盖上拍了拍,"好了,"他说,"可怜的乔克,可怜的奥古斯都。我真是太失礼了。"

"是啊——可怜的乔克,可怜的奥古斯都,是啊。"鲍尔弗说,用手示意劳德巴克可以离开,而劳德巴克从牙缝里哼唱着,早已经伸手去拿外衣了。

托马斯·鲍尔弗的心脏快速跳动着。他不习惯说谎之后产生的那种可怕的压迫感,说谎者逐渐明白,脱口而出的谎言将会永远把他束缚;他必须继续撒谎,在第一个谎言上添加数不清的小谎言,被关闭在自己的错误里,孤独沉思。鲍尔弗将戴着假话的脚镣,直至找回那只货运板条箱。他需要尽快找到它——不能让劳德巴克知道,更别指望他能帮忙。

"劳德巴克先生,"他说,"我想您应该去扮演一阵政治家的角色。去跟人握握手,您知道的,扔扔骰子,玩玩保龄球什么的。在剧场消磨一个晚上,把这一切抛在一边。"

"那你呢?"

"我会到码头上去,到处打听打听,看卡弗要干什么,去了哪里。"

一丝忧虑的阴影在劳德巴克脸上掠过,"你好像说他去广州了。你刚才不是这么说的吗?茶叶贸易?"

"但我们应该确认一下,"鲍尔弗说,"应该有所准备。"他正在想那只丢失的货运板条箱,考虑它可能被弗朗西斯·卡弗偷走的这种新的可能性。(但是,弗朗西斯·卡弗有什么必要对阿利斯泰尔·劳德巴克实施两次报复呢——第一次的勒索不是已经顺利完成了吗?)

"谨慎行事,"劳德巴克说,"谨慎行事——当你四处打听的时候。"

"不必担心,"鲍尔弗说,"吉布森码头的伙计们都认识我,您记得我跟'一帆风顺号'做过很多次货运。不管怎么说,最好是我去而不是您去。"

"是的——最好是你去,"劳德巴克说,"是的,好吧。那么你去吧。"他点了点头。

事实上,阿利斯泰尔·劳德巴克作为一个有手段的人,习惯于用这种方法委派工作,他并不觉得鲍尔弗奉献出星期六来处理他人的事务有什么奇怪。他没有停下来想一想,鲍尔弗将自己与一个通奸、勒索、谋杀和复仇的故事搅在一起,是否会对其名誉有损,也丝毫没有考虑鲍尔弗是否应该得到某种补偿。他只感到松了一口气。一种看不见的秩序得到了恢复，如同每天早晨保证煮鸡蛋被摆上桌、餐具被收走的那种秩序。他用手指将领结弄得丰满一些，从桌子旁站起来，一副精神焕发的样子。

鲍尔弗轻声地说："我想，您应该避开莉迪娅·韦尔斯，只因为——"

"当然，当然，当然。"劳德巴克说，他左手拿起自己的手套，右手伸出去握鲍尔弗的手，"我们会抓住那个浑蛋的，是不是？"

突然间，鲍尔弗意识到，劳德巴克完全知道弗朗西斯·卡弗安插在他身上的闪光是什么性质。他无法解释他是如何顿悟的，但是突然之间，他明白了。

"是的，"他说，非常坚定地握着劳德巴克的手，"我们会抓住那个浑蛋，后会有期。"

火星在射手座

> 考埃尔·德夫林给人留下糟糕的第一印象；泰老·老居开价提供信息；查理·弗罗斯特满腹狐疑；我们得知弗朗西斯·卡弗多年前被判定的罪名。

如果一个烦躁不安的人在受到影响的情况下，受托为他人破解一个谜，这个人会马上欣然地、毫无保留地运用自己的能量。但是，托马斯·鲍尔弗被分配的这个项目不是自己设计的，因此他的能量持续的时间变得很短。他的想象力败给了急躁，乐观变成了极度忽视、怠慢。刚抓住一个想法，顷刻间又把它放弃，只因为这个主意对他来说已不再新颖，他同时朝四面八方出击。这绝不是心浮气躁的标志，恰好相反，这说明这种性情的人习惯于付出最真诚、最好奇的热情，不会接受任何形式的虚伪——然而这样一来，进展就受到了某种阻碍。

鲍尔弗准备从桌子旁站起来，离开宫殿旅馆，这时他突然觉得把那半罐上好的葡萄酒留下实在太可惜了。他把最后的酒全部倒进自己的酒杯，端到唇边——这时，从酒杯口的上方，他看见邻座的那位牧师已经抛开手里的小册子，交叉起了十指。他正关切地注视着鲍尔弗。

好像是个偷窃的孩子被逮了个正着，鲍尔弗放下酒杯。

"牧师。"他说。（反省一下，这个时辰喝醉的确是太早了点。）

"早上好。"神职人员回答道，听他的口音，鲍尔弗立刻知道他是爱尔兰人。他放松下来，允许自己放荡不羁。他重新拿起自己的酒杯，使劲儿地喝了下去。

牧师说："我想，你的朋友是个幸运的人。"

他有一张多么不幸的脸啊——一张永远长不大的娃娃脸，鼓鼓的嘴，向外噘着的下唇，好像发育不良的玉米粒般的牙齿。可以设想他穿着短裤与绑腿，大嚼大咽一块油滴面包[①]，身上背着一捆书，是用父亲的旧皮带捆在一起的，他吃东西的时候，皮带的一头拍打着他的腿。但他已经年过三十，也许四十岁了。

鲍尔弗眯起眼睛，"不记得我们刚才的话是说给你听的。"

男人低下头，似乎自知理亏。"是啊，的确如此，"他说，"也不是说给其他任何人听的。"

"什么意思？愿闻其详。"

"我只是说，不应该让任何人从偷听坏消息中获利，更别说是神职人员了。"

"你称这是坏消息？你刚才好像说他很幸运。"

"因为有你而幸运。"牧师说。鲍尔弗脸红了。

"你知道，"他愤怒地说，"不能因为听起来像个秘密，就把它当成忏悔，而且你是偷听到的。"

"你这样区分十分正确，"牧师依然是一副愉快的口气，"但我不

[①] 油滴面包（bread and dripping）是爱尔兰贫困时期穷人的典型主食，将动物副产品烹制的浮油浇在面包上吃。

是故意偷听你们说话的。"

"至于你是否故意——至于你出于什么意图，谁知道呢？"

"你们说话的声音很大。"

"我的意思是，谁知道你的意图呢？"

"至于我的意图，恐怕你必须相信我的话，或相信我的长袍，如果我的话还不够充分。"

"相信你话里的什么？你长袍里的什么？什么充分不充分的？"

"相信我不是故意偷听，"牧师耐心地说，"相信我能保密，如果要求我保密的话。"

"好，"鲍尔弗说，"确实要求你保密。我现在就要求你，绝对不许提及幸运和坏消息。那是你的说法——不是你听到的话。"

"你说得对，我真心道歉。"

"多此一举，我不领情。"

"我真的很抱歉。我会保持沉默的。"

鲍尔弗挥了挥手指，"你不能再提它了，因为我对你提了要求——而不是因为忏悔规则。要知道，这不是忏悔。"

"是的，是的，我们对此意见一致。"他换了一种语气补充道，"不管怎么说，忏悔只是天主教的做法。"

"你不就是天主教徒嘛。"突然间，鲍尔弗感觉醉得厉害。

"自由卫理公会教徒。"神职人员一点也不气恼地纠正道，但随即作为一种温和的谴责，又补充了一句，"你知道，你无法根据一个人的口音猜出他的来历。"

"是爱尔兰人吗？"鲍尔弗傻乎乎地说了一句。

"我父亲的家乡是蒂龙郡[①]。我来这里之前住在达尼丁，在那之前我住在纽约。"

[①] 蒂龙郡（County Tyrone）位于现北爱尔兰中西部。

"纽约——哈,那可是个好地方!"

牧师摇了摇头:"处处都是好地方。"

鲍尔弗迟疑了。受到这句责备后,他感觉不能再谈纽约这个话题,但又想不起来说些别的什么,除非是他已经禁止这位牧师谈论的话题。他闷闷不乐地坐了一会儿,然后说道:"你逗留在这里?"

"这家旅馆?"

"对。"

"不,事实上我的帐篷被水淹了,我利用吃早餐躲雨。"牧师说,他张开手,指了指面前早就凉透了的残羹剩饭,"你看,我在这里吃了很长时间,尽量利用这个庇护所。"

"你没有教堂可以去吗?"

这是一个很不礼貌的问题,鲍尔弗其实已经知道了答案,因为当时在霍基蒂卡只有三座教堂。但是,他感觉被这个人莫名其妙地挫败了,以一种他说不清楚的方式。他希望夺回优势,确切地说,不是要侮辱对方,只想打击一下他的势头。

牧师只是微笑,显露出那些细小的牙齿。"还没有。"他说。

"从来没有听说过自由卫理公会,我想这是新教的一种。"

"新的实践,新的政体,"这个男人再次微笑,"但是当然啦,依然是那套旧学说。"

鲍尔弗心想,他倒是踌躇满志。

"我想你是来这里传教的,"他说,"要让异教徒皈依。"

"我注意到你做出很多假设,"牧师说,"你总是提出一个问题,又自以为是地给出一个回答。"

但是托马斯·鲍尔弗不会乐于接受这类评论,关于自己的思想形成,他不会接受任何教导。他将椅子从桌旁推开,表示要离开了。

"回答一下你的提问吧,"在鲍尔弗伸手拿外衣的时候,牧师继续说道,"我将担任海景新监狱的牧师,但是要到竣工以后。"他拿起那本小册子，拍在另一只手的手掌里，像是在做解释——"我是一个神学学生，仅此而已。"

"神学！"鲍尔弗把双臂伸进外衣的袖筒里，"知道吗，你应该阅读点儿比那更管用的东西。你即将进入一个地狱般的教区。"

"即便如此，都是神的子民。"

鲍尔弗含糊地点点头，准备离开。突然，一个新的想法涌上心头。

"如果你把它称为坏消息，"他说，"我敢打赌你刚才已经听了很长时间。"

"是的，"牧师谦卑地说，"确实如此。有一个名字吸引了我的注意力。"

"卡弗？"

"不，是韦尔斯，克罗斯比·韦尔斯。"

鲍尔弗眯起眼睛，"克罗斯比·韦尔斯对你意味着什么？"

牧师犹豫了。说实在的，他根本不认识克罗斯比·韦尔斯，然而自从两星期前那个人死了以后，牧师满脑子里想的都是他，一直在琢磨他死亡的详细情形。停顿片刻后，他承认自己有幸为韦尔斯掘墓，当棺材被放入墓穴时，为他主持了最后的仪式——但这个回答并没有令托马斯·鲍尔弗感到满意。船运商对这位新交依然摆出一副不信任的表情，他的眼睛眯得更细，牧师（平常在怀疑的审视下总是泰然自若）突然退缩，垂下了目光。

这个牧师的名字——穆迪约九个小时之后发现——叫考埃尔·德夫林。他乘飞剪式帆船"美德号"到达霍基蒂卡，正是由鲍尔弗船运公司租赁并经营的那条船，除了运输形形色色的船客、木材、铁材、紧固件、许多罐油漆、各类干货、几箱家畜、大批布匹外，还有现在已经失踪了的装运阿利斯泰尔·劳德巴克行李的那只板条箱，那箱子里装着"一帆风顺号"交易合同的副本。"美德号"

比阿利斯泰尔·劳德巴克本人早两天抵达霍基蒂卡,因此,考埃尔·德夫林牧师是在克罗斯比·韦尔斯死亡的两天前首次抵达霍基蒂卡的。

他刚上岸,就到警察营地报到,那里监狱的监狱长乔治·谢泼德马上就给他派了工作。德夫林的公务要等霍基蒂卡的新监狱落成以后才开始,其地址是在海景高坡上,但是,这段时间德夫林可以在警察营地效力,协助临时监狱的日常管理,目前这里关押着两个女人和十九个男人。德夫林要教导他们每个人都敬畏上帝,在他们任性的心灵中灌输对牢不可撼的法律的恰当尊重——至少狱守①是这么说的。(德夫林很快就发现,他与谢泼德对教育学有着截然不同的感觉。)德夫林简单地参观了警察营地,赞扬了它的管理风格,询问他是否可以每天晚上住在监狱里,以便与罪犯同寝同食。狱守对这个提议十分反感。他没有明确拒绝德夫林的询问,但他停顿片刻后,用苍白干燥的舌头舔了一下嘴唇,然后建议德夫林最好在霍基蒂卡的诸多旅馆中找个住所。谢泼德接着警告牧师,他的爱尔兰口音可能会招致英国人的派别歧视,而他的爱尔兰同胞则期望他的天主教的理性愿意对他们网开一面。最后,他建议德夫林选择同伴时要仔细甄别,选择字眼儿时更是要谨慎推敲——大言不惭地讲完这些,他欢迎德夫林来到霍基蒂卡,然后立刻跟他道早安告别。

但是,考埃尔·德夫林没有足够的资金支撑他在旅馆住上几个月,再者,他也不习惯纵容别人对派别表现出的负面情绪。他没有听取谢泼德的建议,也没有留意他的警告。他购买了一顶标准的矿工帐篷,在距离霍基蒂卡沙滩五十码的地方把它支了起来,在帐篷的布口袋里装满石头压重。然后,他回到雷维尔街,在他能找到的最拥挤的旅馆里买了一杯淡啤酒,开始逢人便介绍自己,无论是英

---

① 狱守与监狱长在本书中交替出现,实际均指乔治·谢泼德。

国人还是爱尔兰人，一视同仁。

实际上，考埃尔·德夫林是一个靠自我奋斗成功的人——但是因为这个词极少用来描述神职人员，所以我们应该澄清一下它的用法。牧师眼下陷入了那种想入非非的状态中，脑海里浮现出未来那个无忧无虑的自我，那是他立志有朝一日要实现的画面。他的神学也遵循这个模式，他是个满怀希望的信徒，向许多门徒讲述一个乌托邦的未来，一个没有贫困的世界。他说话的时候，随意地将占卜语言与梦幻语言互相交换，在考埃尔·德夫林心中，在他希望感知的现实与不甚如意的现实之间，并不存在冲突。这种志趣，换在别人身上，可以叫野心，但德夫林的自我形象是坚不可摧的，甚至是神话般的，他很早就确定了自己不是个有野心的人。可以预料，他经常会故意装聋作哑，往往忽视人性中较为严酷的事实，而偏爱浪漫的奇思妙想和丰富想象。要说这两种能力，德夫林真是个高人。他是个优秀的说书人，因此也是一位优秀的牧师。他的信仰，如同他的自我形象一样，是完整、平和的，几乎是心灵感应的表达——这些特性偶尔使他显得踌躇满志，对此鲍尔弗已经观察到了。

一月十四日夜里十一点——阿利斯泰尔·劳德巴克到达霍基蒂卡的那天晚上——考埃尔·德夫林正盘腿坐在霍基蒂卡监狱的地板上，给囚犯们讲圣徒保罗的故事。大约日落时分，天开始下雨，牧师决定晚点回去，希望倾盆大雨只是暂时的——他在霍基蒂卡初来乍到，还不知道西海岸气候顽固的持续性。监狱长仍在私人书房里伏案工作，他的妻子已经入寝。囚犯们大多没睡。他们刚开始是出于礼貌听德夫林布道，然后便有了真正的兴趣。此刻，他们在牧师的鼓励下，正在表达自己的宣言和人生观。

德夫林正在考虑是否应该冒雨离开，回去过夜。突然，院子里传来一声大喝，门上重重地响了一声。狱守被惊醒，从书房里蹿出来，头上戴着亚麻帽，手里端着来复枪，这种搭配应该是十分可笑的，却没有人发笑。德夫林也站了起来，跟着谢泼德来到门口。他们凝视雨中——在狱守的灯笼光圈边缘，看见了值班警官埃利斯·德雷克。他怀里抱着一个女人。

　　谢泼德将门开大，请警官进屋。德雷克是个油光满面、带着鼻音的家伙，脑子有点不够用。听到他的名字，人们不会联想到海军英雄①，只会想到一只普通的公鸭②，而他的模样也酷似一只鸭子。他用消防员的粗暴方式将那个女人搬上来，胡乱地扔在地板上。然后，他用很重的鼻音报告，说这个妓女不是犯了危害社会的罪，就是犯了危害神灵的罪。她被发现的时候，生息全无，一副惨不忍睹的样子，无法区分是吸毒过量还是遭到了故意伤害，但德雷克希望（他同时举帽致礼）让她在监狱里待几个小时，可能有助于澄清事实。德雷克用靴子尖轻轻点了一下她那没有知觉的身体，仿佛是重申自己的观点，并补充说她的犯罪工具可能是鸦片。这个妓女是毒品的奴隶，经常在药物入迷的状态下出现在公共场合。

　　谢泼德监狱长凝视着地上的安娜·韦瑟雷尔，看见她的双手蜷曲着，好像在抓住什么。德夫林不愿抢着做出什么举动，只等待着狱守的决定，虽然他很想跪在地上触摸这个女人，检查她身上有无受伤害的迹象。他为自杀这个说法深感悲痛，认为这是肉体对灵魂最可怕的攻击。三个男人低头看着妓女，一时间没人开口说话。然后，德雷克说道，如果他需要做出明确的起诉，他相信这女人曾企图制造更残暴的罪行；但是狱守说最好等女人醒来之后，亲自向她问个究竟。

　　谢泼德履行职责，抱住韦瑟雷尔小姐的身体，将她的上身靠在

---

① 指的是家喻户晓的英国探险家、航海家弗朗西斯·德雷克（Sir Francis Drake，1540—1596）。
② Drake是姓氏德雷克，也是公鸭的意思，在这里是指名如其人。

墙壁上，给她扣上了脚镣。他确保她能顺畅地呼吸，能勉强维持身体的机能。然后，他看着自己的怀表，说时间已经不早了。德夫林领会了他的暗示，戴上帽子，穿好外套。但他离开监狱时，依依不舍地扭头看了一眼。他希望这个女子能被摆放得更舒适些。但是狱守已经在跟他道晚安，随即就把门关上，并在他身后上了锁。

第二天一大早，德夫林回到警察营地时，安娜·韦瑟雷尔仍然处于昏迷状态。她的头朝一旁耷拉着，嘴巴微微张开。她的太阳穴处有一块青紫色的瘀伤，颧骨处肿胀得厉害。她是自己摔倒的还是被人打了？然而，德夫林没有时间调查或敦促狱守提供更多关于女人被捕详情的信息。迫在眉睫的是一个男人在昨天夜里死了，需要德夫林随同医生到绿玉神舟谷去协助收殓死者遗体——也许需要同时为遗体念几句祷文。谢泼德告诉他，死者的名字叫克罗斯比·韦尔斯。根据谢泼德的说法，他走得很平静，死于年迈、体弱和酗酒。在这个阶段，还没有任何理由怀疑是他杀。谢泼德接着说，韦尔斯在生活中一直离群索居。他给人留下的记忆既不是好人，也不是坏人，他的熟人很少，也没有一个活着的亲人。

牧师和医生驾驶着马车沿海滩北上，刚到达绿玉神舟河口，便立刻转向内陆。克罗斯比·韦尔斯的小房子位于河上游三四英里的地方，搭建得很简单——木箱子上加了个铁皮斜屋顶，好在克罗斯比·韦尔斯买得起一个漂亮奢侈的玻璃窗，就安装在房子的北面。在基督城路上就可以清楚地看见这座小房子，因为它的地势比河岸高出约二十英尺，周围是清理出来的空地。

总的来说，这所住宅看上去是一幅非常孤独的画面——当屋主的尸体裹着毯子被搬出房间的时候，画面显得更为凄凉。每样东西的表面都黏糊糊的，沾满毛茸茸的灰尘。枕垫上染着黄色污渍，枕头上布满霉斑。一块五花腌肉挂在椽子上，干裂而油腻。空酒罐散放在房间各处。死者桌子上的酒瓶也是空的，意味着隐士的最后一个动作是将他的酒一干而尽,然后把头靠在手上,睡着了。这里散发着一种牲畜的气味——是孤独的气味,德夫林带着同情想象着。他蹲在火炉前,拉出炉灰抽屉——打算给炉子生上火,以驱除房间里死气沉沉的气味——他发现了一张纸,正好卡在炉箅子与炉灰抽屉之间。

看上去似乎有人(想必是韦尔斯)企图烧毁这份文件,但是在文件着火之前就关闭了炉门。文件只是一个角被火燎了一下,便漏过炉箅子落入炉灰抽屉里,只略微被烧焦了一点。德夫林把那张纸抬出来,弹掉炉灰。上面的文字依然清晰可辨:

一八六五年十月十一日,现将一笔总额为两千英镑的款项赠予前新南威尔士人安娜·韦瑟雷尔小姐,捐赠人为前新南威尔士人埃默里·斯坦斯先生,见证人及主持人为克罗斯比·韦尔斯先生。

韦尔斯的名字旁边是歪歪扭扭的签字,但另一个人的名字旁只有一片空白。德夫林挑起眉毛。如此说来,该契约是无效的,因为见证人在当事人之前签了字,而当事人根本没有签字。

德夫林记得安娜·韦瑟雷尔这个名字,就是昨天深夜被送进监狱的那个妓女,鸦片中毒。他暂停片刻,皱起眉头,然后突然将契约对折,贴着皮肤,从衬衫的两颗扣子之间塞进衣服里。他继续生火。这时医生回到屋内(他刚才一直在喂马),两个男人坐下,分喝一杯茶,透过平板玻璃窗眺望河对岸烟雾缭绕的群山。外面,马匹一边冲着它们的饲料袋大力咀嚼,一边跺着蹄子。在马车的车板上,覆盖韦尔斯尸体的毛毯因为下雨而蒙上了一层银色的细珠。

考埃尔·德夫林对医生吉利斯隐瞒了这份馈赠契约,他也说不清自己为什么要这么做。也许,他想,他受到了死者房间里寂静的气氛的影响。也许,他想把这种隐瞒当作一种尊重的姿态。也许,安娜·韦瑟雷尔这个名字勾起了他的好奇心——自杀未遂,被发现昏迷在基督城路上——他隐瞒那张纸是出于保护她的朦胧愿望。牧师一边喝茶,一边沉思着种种可能性。他没有跟医生说话,后者也同样沉默着。喝完茶后,他们洗干净杯子,熄灭了炉火,关上门,登上马车,运送那具凄惨的遗体返回霍基蒂卡的警察营地,对死者的验尸工作将在那里进行。

考埃尔·德夫林的个性就是这样,不会将确切的动机附加在存有怀疑的行为上,他更愿意让动机成为一种朦朦胧胧、模模糊糊的东西。他认为并没有义务坦白这个行为,这同样也符合他的个性——他当时没有将盗取的馈赠契约拿给人看,在接下来的两个星期里也没有,直到之后的一月二十七日夜里,他才把它拿了出来。德夫林相信自己是个贤人,在种种自相矛盾面前,他的自我概念坚不可摧。每当他做了什么坏事,或出现什么问题时,他干脆抛弃那段记忆,将心思转向别的内容。在回霍基蒂卡的路上,他用手掌护着紧贴在胸口的那份契约。当白色浪头卷起,冲打着他们身边的海岸时,他只就海浪的力量发表过一句评论。医生始终一言未发。回到警察营地,将克罗斯比·韦尔斯的尸体运进去时,德夫林确实隐约考虑过把契约的事告诉谢泼德监狱长,但是他的注意力被新的骚动吸引过去,失去了这次机会。原来是安娜·韦瑟雷尔渐渐苏醒过来了。

安娜的眼珠在眼皮底下抖动着,舌头在嘴里蠕动,发出微微的咕哝声。她的高烧似乎已经退去,眉间和鼻头上沁出了细细的汗珠,她的橙色丝绸长裙的领子与袖子都变成了棕色。德夫林在她面前蹲下,把她的双手紧紧握在自己的手中——她的手很柔软,摸上去冷冰冰的。德夫林叫谢泼德的妻子拿些水来。

女子终于醒来时,仿佛是从死亡线上挣脱回来的。她的头后仰,眼睛前翻，嘴里发出刺耳的杂音。她似乎知道自己在哪里，但鸦片的残余作用使她备受摧残。显然，她连感到吃惊的力气都没有。她虚弱无力地将手从德夫林握紧的手中抽出来，德夫林往后退了退。他注意到女人的手立刻在紧身胸衣上绕圈抚摩——仿佛她的肚皮被刺破了，德夫林心想，她正在试图给伤口止血似的。德夫林跟她说话，但她没有反应，随即又闭上了眼睛，昏昏然回到睡眠中。监狱里其他地方爆发了纠纷，德夫林被叫过去主持公道，这件事连同其他有关的责任，占据了他当天下午的注意力。

一天快结束的时候，司法文员从法院过来，从能够筹集到款项的恶棍手里收取保释金。韦瑟雷尔小姐听到新来的人的声音，抬起头来，点头打了招呼，发烧出的汗水打湿了她的黑发。（这个文员是镇子上的另一个新面孔，瘦削，衣冠楚楚，名字叫加斯科因。）妓女从她紧身胸衣的寒酸的骨撑之间掏出几枚硬币，把它们一枚一枚地塞进文员张开的手掌中。她颤抖得厉害，脸上一副极为屈辱的表情。保释金够了，谢泼德监狱长便得释放她，他立刻照办。德夫林没有出席第二天女人在治安法院的听证会，因为他被委派了负责为隐士克罗斯比·韦尔斯掘坟的任务。他后来听说女人拒绝辩护，而且没有争辩就交付了向她征收的罚款。

葬礼的第二天，在克罗斯比·韦尔斯的小房子里发现了价值四千英镑的财富——是那份部分烧毁的馈赠契约中所提数额的整整两倍，德夫林一直将契约夹在他的《圣经》里，在《旧约》结束与《新约》开始之间。德夫林依然没有坦白，也没有将它拿给任何人看。他告诉自己，一旦安娜·韦瑟雷尔身体强壮些，且她差点自杀身亡的插曲过去之后，他就会把这张纸拿给她看。但是眼下，他断定将这个消息存在自己心里是谨慎之举。

此刻，在宫殿旅馆的餐厅里，德夫林伸出胳膊，将手放在他那本破旧的《圣经》上，皮封面上除了烫金的坎特伯雷十字架外没有别的标志。他的动作带有保护性，其实他并不知道那张被压平的、不足凭信的、被夹在《玛拉基书》和《马太福音》之间的契约，对于托马斯·鲍尔弗来说至关重要，对于其他各色人等也同样重要，他只是觉得需要把它保护好。他知道这份契约，是一个未赠送出去的礼物的收据，是一个不存在的遗嘱的附录——具有一定价值，而在弄清楚它的真实价值之前，他是不会轻易割舍的。

"掘墓，"鲍尔弗说，从挂钩上取下他的圆顶礼帽，手指绕着帽檐摩挲，"那才是你需要阅读的东西。"

"我对这个主题的阅读材料一无所知。"德夫林说。

"为您的新教区，"鲍尔弗没有理睬对方，兀自说道，"绞刑架正在建。"他把帽子戴上，用大拇指把帽子从前额向后推，转身离开，在门口停住脚步，"我还不知道您的名字，牧师。"他说。

"我也不知道你的。"德夫林回答。一片沉默，然后鲍尔弗会心地放声大笑，摘帽表示他的愉快，阔步离开了房间。

Φ

霍基蒂卡的星期六是充满喧嚣与业务约会的一天。淘金汉们成群结队地拥回镇上，人口暴增至近四千人，雷维尔街边的廉价客栈和旅馆通通爆满。治安法院的文员们忙得不可开交，处理着大量的小额索赔与矿人权的案子，经纪人忙于签约，商人接收有钱人的订单，穷人提出延长借贷的请求。吉布森码头是一个工商闹区，随着每一小时的流逝，似乎都有一个新的门框被敲定到位，一扇新门被竖立起来，一家新店挂出旗帜，在塔斯曼海的海风中猎猎作响，迎风招展。在星期六，幸运巨轮的每根辐条都清晰可见——有人正在上升,有人已经高高在上,有人正在下降,有人已经一落千丈,还有人已经长眠——这一夜,每个淘金汉都在举杯,几家欢喜几家愁。

然而,今天的瓢泼大雨阻碍了人们外出,大街上只有非得上路不可的车辆,霍基蒂卡不见了通常拥挤的人群。鲍尔弗在路上看见几个浑身湿透的人,他们弯腰弓背地站在旅馆的雨篷下,双手拢住燃烧的烟头。就连马儿都带着一种听天由命的郁闷神态。它们的嘴被湿漉漉的饲料袋捂着,呆呆地站在路上的稀泥里,鲍尔弗大步走过时,它们半闭着的松弛眼皮都没有颤抖一下。

鲍尔弗转入雷维尔街,被迎面而来的风雨鞭笞着,不得不用手把帽子按在头上。根据每天发表在《西海岸时报》上令人半信半疑的萨克斯比的天气预报,狂风骤雨将在一到三天内停止——萨克斯比的预报非常粗放,在预测误差上给自己留有慷慨的余地。事实上,他的预报专栏的详细内容很少出现变化:瓢泼大雨是霍基蒂卡的气候特征之一,正如奥塔戈的迷雾与暴晒,以及维多利亚山丘的红色尘埃一样。鲍尔弗加快了脚步,用另一只手将外衣更紧地裹在身上。

十多个男人站在储备银行的廊台上,三三两两聚在一起。他们身后的窗户上覆盖着一层灰蒙蒙的雾气。鲍尔弗扫视众人的脸,在雨帘中眯眼细看,但没有看见一个能认出来的人。一缕飘飘袅袅的烟吸引他的目光向下看去,最后落在了一个独自坐着的人身上:一个毛利人蹲在屋檐下,后背靠着一根桩子。他正在抽雪茄。

他脸上的刺青图案使鲍尔弗联想到地图上的风向图。两个大旋涡使他的脸颊显得丰满,辐条从眉头起向上延伸,连接发际线。鼻孔两侧的一对深螺纹给了他的鼻子一种类似骄傲的特质。他的嘴唇被染成蓝色。他穿着哔叽裤,斜纹布开领衬衫,敞胸露怀,一颗硕大的绿色吊坠贴在棕色皮肤的胸膛上,形状像一把扁斧。他的雪茄快抽完了,当鲍尔弗走近他身边时,他将烟蒂往路上一扔,烟蒂滚到大路的拐弯处,被路边潮湿的草地挡住,停了下来,但依然在冒着烟。

"你就是那个毛利伙计,"鲍尔弗说,"克罗斯比·韦尔斯的伙伴。"

男人移动眼睛与鲍尔弗对视,但没有开口说话。

"能再说一遍你的名字吗?你的名字。"

"泰老·老居是我的名字。①"

"天哪,"鲍尔弗说,"只说名字那个部分。"他将两只手掌贴得很近,表示一小部分,"只是名字。"

"泰老·老居。"

"这我也说不上来。"鲍尔弗说,他摇了摇头,"唉——那么你的朋友们叫你什么呢——你的白人朋友?克罗斯比叫你什么?"

"泰老。"

"也强不了多少,是不是?"鲍尔弗说,"我是傻子才会张开嘴试呢,对不对?那么我就叫你泰德吧?这对你来说是个不错的英文名字,是西奥多或爱德华的简称——你可以挑选一个。爱德华是个很好的名字。"

老居没有回答。

"我叫托马斯,"鲍尔弗说,将手放在自己的心窝上,"你就是泰德。"他弯下腰,在老居的头顶上拍了拍。这个男人退缩了一下,令鲍尔弗吃了一惊,他迅速抽回自己的手,往后退了一步。他感到自己做了蠢事,叉开一条腿,把双手插入马甲口袋里。

"他妈的。"老居说。

"再说一遍?"

"用我的母语说,你的名字叫他妈的。"

"哦。"鲍尔弗说,感到松了口气,他将双手从口袋里拿出来,

---

① 这句话的原文为毛利语。泰老·老居的意思是百年居所。

鼓了鼓掌，然后抱着胳膊，"你会一点英语——很好！"

"我会说很多很多英文单词，"老居说，"有人告诉我，我说你们的语言说得很棒。"

"克罗斯比教了你一点英语，泰德？"

"是我教他，"老居说，"我教他说①毛利语！你说托马斯——我说他妈的。你说克罗斯比——我说可乐乐吗②！"

他咧嘴笑了，露出洁白而方正的牙齿。显然，他刚讲了某种笑话，所以鲍尔弗也报以微笑。

"从来就不是一块学语言的料。"他说着，将裹身的外衣拉得更紧些，"不是英语，就是西班牙语——我爸爸总是这么说。听着，唉，泰德，我为你的伙伴感到很遗憾。我为克罗斯比·韦尔斯感到很遗憾。"

老居的表情立刻变得严肃起来。"在心中纪念③。"他说。

"是的，好。"鲍尔弗说，希望对方停止用他的母语说话，"真是太可惜了，这真是的。现在这一团乱麻——这么多麻烦，关于大笔横财，等等，还有他的老婆。"

他透过大雨，充满期待地凝视着老居。

"如获至宝的同胞④。"泰老·老居说。他用食指与中指触摸戴在脖子上的吊坠。也许这是某种护身符，鲍尔弗想，他们都有这种东西，这些毛利家伙。老居的吊坠几乎跟他的手一样大，抛光得亮铮铮的，用一种深色的绿玉制成，布满云一般的浅绿色条纹，镶嵌在编织绳中，佩戴在他的脖子上，扁斧的细头高悬在两块锁骨中间。

"喂，"鲍尔弗说，打算胡乱猜测一番，"我说，出事的时候你在

---

① 原文为毛利语（korero Maori）。
② 原文为毛利语（korero mai），意思是说话。
③ 原文为毛利语（Hei maumaharatanga）。
④ 原文为毛利语（He pounamu kakano rua）。

哪里，泰德？克罗斯比死的时候你在哪里？"

（也许他能从这个毛利家伙这里找到头绪，也许对方知道点什么。在镇里东问西问当然也不成，只怕会引起怀疑，但是毛利人比大多数人更安全，他的熟人很可能非常有限。）

泰老·老居深色的眼睛转过来看着鲍尔弗，审视着他。

"你听得懂这个问题吗？"鲍尔弗说。

"我听得懂这个问题。"老居说。

他明白鲍尔弗正在询问克罗斯比·韦尔斯死亡的事情，但鲍尔弗没有出席葬礼——还找了那么个可耻的借口，老居想着，心中升起一股愤怒与厌恶。他明白鲍尔弗表现出的同情是最肤浅的表演，甚至没有摘掉他的帽子。他明白鲍尔弗企图以某种方式牟利，因为他一副贪婪相，人们看见一个不用付出就能获利的机会时都是这副表情。是的，老居想，他听得懂这个问题。

泰老·老居年龄不足三十岁。一身健美的肌肉，充满自信，蕴含着蓄势待发的青春能量，他没有公然的傲气，也不忌惮或惧怕任何人的影响和恐吓。他私下里有一副铮铮傲骨，有着坚如磐石的自我肯定，无须证明，也无须解释——虽然他在部落里有勇士的声誉与尊贵的地位，但他的自我信念并不是靠成就塑造的。他清楚地知道自己的优雅与力量无人可比，清楚地知道自己超群出众。

然而，这番评估却令老居感到焦虑，他感觉这指出了他的精神匮乏。他知道任何自以为是的确定性都是浅薄的标志，这类评价不能作为真实价值的指标，但他还无法摆脱对自己的肯定。这令他感到担忧。他担心自己只是一件装饰品，一个没有生命的贝壳，一只空蛤蜊，担心他的自我评估是毫无意义的。因此，他在精神生活里做修行。他探求祖先的智慧，教导自己懂得自我怀疑。泰老·老居试图超越自己意志的次要功能，如同一名僧人试图超越自己肉身的次要功能，但是一个人若想主宰他的意志，就必须将意志表达出来。

老居永远无法在屈服于冲动与战胜冲动之间找到平衡。

老居来自归属于西纳塔胡部落的毛利部落①，他们曾经主宰了南岛的整个西海岸，从南方两面陡峭的峡湾，直到北方的棕榈树和卵石海滩。六年前，英帝国用三百英镑购买了这片广袤大地——只给西纳塔胡部落保留了绿玉神舟河，它的部分河畔，亮水河水域②的一小部分土地，以及格雷河的河口处。西纳塔胡部落当时就感到这项谈判结果很不公平，现在六年过去了，他们知道这种购买是公然的盗窃。从那时起，成千上万的淘金汉拥入西海岸追逐黄金，每人花一英镑购买探矿许可证，以每英亩十先令的价格购买土地。仅此利润就相当可观——这还完全没有考虑黄金本身的价值，金子藏身于河流中，混杂于沙子里，它的总价值如此庞大，具体数额至今难以确定。每当想到本来应该由他的人民掌握的财富，老居胸中就升起一股愤怒之情——这愤怒如此苦涩，如此折磨人，表现为一种疼痛。

因此，克罗斯比·韦尔斯向英帝国，而不是向西纳塔胡部落，缴纳了他的五十英镑，购买了绿玉神舟谷东角处连绵起伏的一百英亩土地——这片土地上生长着茂密的桃柘罗汉松，一种木纹细腻的木材，具有良好的雕刻性，既耐盐腐蚀，又不怕风吹雨打。韦尔斯非常满意这桩交易。他平生有两大喜好，一是苦干，二是苦干后的犒劳——威士忌，只要能买得到，买不到威士忌时，就喝杜松子酒。他自己建造了一座俯瞰河流的单间小屋，清理了一块地做园子，创办木材厂。

泰老·老居比较频繁地出没于绿玉神舟谷，因为他是一个采

---

① 原文为毛利语（iwi）。
② 亮水河水域（Mawhera，毛利语）指的是亮水河河口（又叫格雷茅斯）。亮水河（Mawheranui）是新西兰南岛西海岸的一条约一百二十公里长的河，源于南阿尔卑斯山脉，注入塔斯曼海。1846年，殖民者将其命名为格雷河，河口格雷茅斯是早期殖民移民区。

绿玉①的人，绿玉神舟河里富含这种宝藏：平滑的、乳灰色的石头，劈开后，露出晶莹剔透的绿莹莹的玉石，比钢还坚硬。老居是个雕刻能手，甚至有人说他是个能工巧匠，但他最得天独厚的技巧应该是在河床中发现玉石。绿玉外表特别晦暗、普通，而内部却极为明亮、光润。老居有一双火眼金睛，不必在河岸上刻痕或劈开石头，他只将石头原封不动地带回亮水河一带，让它们在祝福仪式中被劈开。

克罗斯比·韦尔斯购买的土地与西纳塔胡部落的土地相连，或者，正确地说，是与西纳塔胡部落刚被圈封起来的那部分土地相连。不管怎么说，没过多久，泰老·老居就碰上了克罗斯比·韦尔斯——韦尔斯用斧头劈柴火的声音回荡在峡谷里，泰老闻声寻来。他们一见如故，逐渐频繁见面。随着时间的推移，老居每次到附近，都要来探望克罗斯比·韦尔斯。恰好韦尔斯是个热心学习毛利人生活和民俗的学生，所以，老居的到访便成为一种习惯。

泰老·老居喜欢一有机会就用他本人特有的气质去启迪他人，但他从不哗众取宠，不涉及他内心深处存有怀疑的那些品质：他的毛利性②、他的精神、他的信仰和他的深度。在后来几个月的时间里，克罗斯比·韦尔斯穷追不舍地向老居提问：作为一个男人，作为一个毛利人，作为忠于西纳塔胡部落的毛利人，他有着怎样的信仰。他坦承老居是第一个与他谈话的非欧洲人，他表现出如饥似渴的好奇心。必须指出的是，老居在这段时间内对克罗斯比·韦尔斯了解甚少，克罗斯比很少谈及自己的过去，老居也没有盘根究底的习惯。然而，他认为克罗斯比·韦尔斯是个和自己志趣相投的人，并且经

---

① 绿玉（pounamu，毛利语）指特产于新西兰南岛某些地区的玉石，在毛利文化中有着极其重要的意义。
② 毛利性（mauri，毛利语）意思是生命力的一切内涵。

常这样告诉他——如同所有本质上自信的人一样,老居很喜欢将心比心,借此抒发内心最真诚的赞誉。

克罗斯比·韦尔斯死亡后的那天早晨,老居按照他们的习惯,带着食物作为礼物来到他的小房子——他提供肉食,韦尔斯提供酒,一种皆大欢喜的安排。在韦尔斯小房子前的空地上,他看见一辆马车正要离开。控制缰绳的是霍基蒂卡的医生吉利斯,他身旁坐着监狱牧师考埃尔·德夫林。老居不认识他们,但当他的目光转移到马车上时,他看见一双熟悉的靴子,在折叠的毯子下面,有一个熟悉的身体。老居发出一声尖叫,震惊中手中的礼物掉在地上。牧师对他心生怜悯,建议他可以陪伴朋友的尸体回霍基蒂卡,在那里准备葬礼,然后让死者入土为安。驾驶座上没有容纳老居的座位,如果他愿意,可以坐在马车的后沿上,只要他记得把双腿收起来。

当马车嘎吱嘎吱地进入霍基蒂卡,拐弯上了大路时,雷维尔街边的旅馆老板和店主们都站在门口。有人快步上前,想看得更清楚些,抬眼望着泰老·老居——老居瞪眼与他们对视,面无表情,四肢乏力。他的一只手松松地抓着韦尔斯的脚踝。随着马车的每次颠簸,尸体不断地滚动或跳动着。到达警察营地时,老居没有动弹。其他人商量事情时,他就坐在那里等待着,依然抓着韦尔斯的脚踝。

霍基蒂卡的棺材匠同意打一口松木棺材,为葬礼做好准备,并制作一个圆木墓碑,上面写上克罗斯比·韦尔斯的名字和生卒日期。(无人确知他的真实出生年份,但是在他的《圣经》扉页上有一个墨水写的数字:1809。一个合乎情理的出生年代,如此算来克罗斯比·韦尔斯是五十七岁,棺材匠就将这个年份题写在了死者的木头墓碑上。)这两件事情完成后,只剩下掘墓穴了。在此期间,监狱长指示将克罗斯比·韦尔斯的尸体停放在警察营地中他的个人书房里,尸体与地板之间只铺了一块薄纱床单。

当尸体的双手被交叉摆放在胸前之后,狱守将所有人从房间里引出去，拉上门，震得整个走廊都颤动起来。狱守房间的内墙是用花布绷紧了钉在房子木框上形成的，每当木头在风中吱呀作响，或有人重重地走路，或突然摔门，墙壁都会颤抖，布面会荡起涟漪，仿佛一池水面——看着它们如此颤抖，人们的注意力禁不住被吸引到那双层布匹之间的两英寸空间，那木框周围的封闭空间里充满灰尘，房间内移动的身影在那里形成变幻的图案。

老居坚持说，必须有人陪着韦尔斯。不能把躺在地上的韦尔斯单独留下，房间里甚至没有生火，无人祭守他、抚摸他、在他身旁祷告，为他祈祷或为他歌唱。老居试图解释坛吉①的原则——其实不是原则，而是礼仪，神圣得无法解释，神圣得甚至无须捍卫，就是理所当然的办事方法，必须照办。他说，死者入土之前，灵魂还没有完全离开，要有歌声，有祷告……狱守训斥了他，称他为异教徒。老居生气了。他说，必须有人陪伴他，直到葬礼结束。我要陪伴他，直到葬礼结束。克罗斯比·韦尔斯是我的朋友，是我的兄弟。克罗斯比·韦尔斯是个白人，狱守反驳道，除非我鬼迷心窍瞎了眼，他肯定不是你的兄弟。葬礼将在星期二上午举行，如果你想让自己派上用场，可以帮他掘墓。

但是老居留了下来。他一直守夜，先在门廊里，然后在园子里，在狱守小屋与营地之间的小径上——但无论他待在哪里，都被赶走。最终，狱守拿着长柄手枪走出来，他说，在克罗斯比·韦尔斯入土前的任何时候，他若在营地五十码内看见老居，都会一枪崩了他，他对上帝发誓。就这样，老居后退了五十步，一步一步地数着，然后背靠格雷和布勒银行的木门坐下。在这里守护老朋友的尸体，在他精神启航的最后一夜，为他述说爱的话语。

"克罗斯比死的时候，"老居说，"我在绿玉神舟谷。"

---

① 坛吉（tangi，毛利语）是毛利人传统的葬礼。

"你当时在峡谷里?"鲍尔弗说,"他死的时候你在那儿?"

"我正在设套捕木鸽[①],"老居说,"你知道木鸽吗?"

"是一种什么鸟,是不是?"

"对——很好吃,炖得很香。"

"好吧。"

鲍尔弗的圆顶帽开始滴水。他摘下帽子,在大腿上拍打着。他的西服已经由灰色变成了一种湿木炭色。他的衬衣变得透明,露出了他粉红色的皮肤。

"我在天黑前设套,在早晨捉鸟。"老居说,"在山脊上,你能看见克罗斯比的小房子——从山上。那天晚上,有四个人进去。"

"四个人?"鲍尔弗说,重新戴上帽子,"你是想说三个吧?一个人骑着黑牡马,个子很高,另外两人矮一些,跟着他,都骑着枣红色的母马。那是阿利斯泰尔·劳德巴克,还有乔克和奥古斯都,是他们发现了克罗斯比的尸体,你知道的——他们报了警。"

"是的,我看见了骑马的三个人,"老居说,慢慢地点点头,"但在他们到达之前,我还看见一个走路的人。"

"独自一人——嘿!你没看错吧,泰德,嗯?"鲍尔弗说着,突然变得十分兴奋,"对啦——我的天哪,你是对的!"

"我没有警觉,"老居继续说,"因为我不知道克罗斯比·韦尔斯那天晚上死了。我是第二天上午才知道他死了。"

"一个人——进入小房子,独自一人!"鲍尔弗说,并开始踱步,"而且在劳德巴克之前!在劳德巴克到达之前!"

"你希望知道他的名字吗?"

鲍尔弗立刻转身。"你知道他是谁?"他几乎在大叫,"我当然想知道,天哪!快告诉我!"

---

① 木鸽(kereru,毛利语)是新西兰特有的一种野鸽子。

"我们做个交易,"老居立刻说,"我开价,你还价。一英镑。"

"交易?"鲍尔弗说。

"一英镑。"老居说。

"等一等,"鲍尔弗说,"你看见一个人进入韦尔斯的小房子,在他死的那天——他死的当天,两个星期前?你真的看见有人进去过?你知道——没有一丝怀疑——那个人是谁?"

"我知道那个人的名字,"老居说,"我知道那个人。不作弊。"

"不作弊。"鲍尔弗同意,"但是我在付钱之前,要确定你是真的知道他。我要确定你不是在耍我。大块头男人,是不是?头发颜色很深?"

老居抱着胳膊,说:"公平游戏,不作弊。"

"当然是公平游戏,"鲍尔弗说,"这是不用说的。"

"我们交易。我开价一英镑,现在你还价。"

"大块头——他是大块头吗?身材厚实?你看,我只是要确定。我要确定你是货真价实,然后我就开始交易。没准儿你会欺骗我呢。"

"一英镑。"老居固执地说。

"是弗朗西斯·卡弗,是不是,泰德?说对了吧?就是弗朗西斯·卡弗——那个船长?卡弗船长?"

鲍尔弗是在猜测——但猜得很准。老居的脸上掠过一种受伤的表情,他重重地吐了口气。

"我说过不作弊。"他带着谴责的口气说。

"我不是作弊,泰德,"鲍尔弗说,"我只不过是早就知道了,刚才只是忘记了。当然,那天卡弗去了一趟克罗斯比·韦尔斯的小房子。就是他,是不是——卡弗船长,你看见的那个人?你可以告诉我——这不是秘密,因为我已经知道了。"

他捕捉着对方脸上的每一丝表情,以求确证。

老居的下巴刚硬地板着。他不出声地喃喃自语:"不要低下你的头,除非是面对崇高的山[①]。"

"好,泰德,你真是帮了我一个该死的大忙,我不会忘记的。"鲍尔弗说,这时候,他已经浑身湿透了,"你知道——如果我需要办事情,会来找你的,好吗?你会以其他方式赚到你的钱。"

老居挺起下巴。"你需要毛利人。"他说话时不带任何疑问语气,"你需要毛利人,你来找我。我不打杂。但你需要语言,我会教你许多东西。"

他没有提到他的雕刻技艺。他从来没有卖过绿玉。他不会卖绿玉。因为人不可能为一件珍宝定价,正如不能购买玛那[②],不能与神讨价还价。黄金不是珍宝——这个老居知道。黄金像所有资本一样,没有记忆,只是固定地向前漂移,远离过去。

"好吧——那你会握手吧,好不好?"鲍尔弗用自己的湿手抓住老居的干手,使劲儿晃动,"是条好汉,泰德——是条好汉。"

但是老居看上去依然十分不悦,他敏捷地从鲍尔弗握得紧紧的手中抽回自己的手。鲍尔弗感到一丝遗憾,不能跟这个家伙成为敌人,尤其是在眼前事情还没有解决的时候。将来有机会的话,老居可能会被叫来做证,他很有可能知道些什么,关于克罗斯比·韦尔斯与弗朗西斯·卡弗之间的关系,无论他们是什么样的关系——现在想来,也许是这两个人与劳德巴克之间的关系。是的,十分有用,必须安抚好这个男人。鲍尔弗把手伸进衣兜。他身上肯定有点儿零钱,有几个辅币。他们喜欢辅币。他的手指摸到一个先令和一个六便士硬币。他把六便士掏了出来。

[①] 原文为毛利语(Ki te tuohu koe, me maunga teitei.)。
[②] "玛那"(mana,毛利语)一词被广泛使用于整个大洋洲,指一种无人称的超自然之神秘力量。

"给，"他说，"如果你告诉我几句毛利语，这就归你了。就像你教克罗斯比·韦尔斯那样。好吗，泰德？这样我们就完成了交易，就像你希望的那样。好吗？这样我们就成朋友了，这样你就不能抱怨了。"

他把硬币塞进对方的手里。老居看了看。

"好，告诉我，"鲍尔弗说，搓着双手，"那什么……霍基蒂卡是什么意思？霍基蒂卡。就是这个词，我想知道的只有这个。要我说这可是一笔划算的交易——六便士，换一个简单的词！要我说真是太便宜你啦！"

泰老·老居叹了口气。霍基蒂卡。他知道它的意义，但不能翻译出来。这是两种语言之间经常出现的问题，英语与毛利语，一种语言里的词在另一种语言里找不到完全对等的词，正如白人的草本植物名称没有一个能与普哈[①]完美互换，白人的面包名称里没有一个能确切地表达发面粑[②]：无论味道如何相似，总是有些东西被估摸、被想象，或被丢失。克罗斯比·韦尔斯明白这一点。泰老·老居教他讲毛利语时根本无须英语，他们用手指比画，用表情模仿，当泰老·老居说了一些克罗斯比·韦尔斯不明白的事物时，他让语音萦绕着他，如同祈祷，直到它们的意义被澄清，他能够看见字眼儿的内涵。

"霍基蒂卡，"鲍尔弗说，抹去脸上的雨水，"说吧，伙计。"

终于，老居举起食指，在空中画了一个圆。当他的指尖回到原位时，又使劲儿戳了一下，标出那个起始的终点。但是一个人无法在圆上标出一个地方，他想，在圆上标出一个地方就是将圆打破，

---

① 普哈（puha，毛利语）指的是一种新西兰当地的野菜苦苣，毛利人作为家常蔬菜食用。
② 发面粑（rewena pararoa，毛利语）指的是毛利人特有的发酵面包，通常用当地的紫色土豆为原料制作。

循环便不复存在。

"要像这样去理解。"他说，必须用英文、用相似的名词来做解释，他感到遗憾，"绕圈。然后回来，又开始。"

Φ

储备银行在星期六中午总是十分拥挤。淘金汉们站在那里，手里都拿着金子。当金矿石被称重并记录时，天平上下摆动，嘎嘎作响。银行办事员穿梭于档案柜之间，检查认领区文件，记录纳税额，收取费用。面朝大街的一面墙边有四个装着防盗栏的柜台，每个里面坐着一位银行经理，各自上方悬挂着一块镀金框的黑板，上面写着整个一周的金矿石总产量，有每个小区的小计，也有霍基蒂卡作为一整个地区的累计总和。每当一笔金矿石被存入银行或被购买时，粉笔写的数字就会被擦掉，然后写上新的总和——这通常会赢得房间里男人们的一阵轻轻赞叹。如果总和是个很可观的数字，偶尔还会赢得一阵雷鸣般的掌声。

鲍尔弗进入银行时，人群的注意力不在黑板上，而是在对面的长桌上。黄金买家们坐在长桌后，检验金矿石的报价，皮带上佩挂着标志性的闪亮的铜制小挎包。买家的工作进展缓慢，用手掂量不规则的金块，检查划痕，测试金属的杂质，在珠宝商的放大镜下仔细查看。如果是被筛出来的金矿砂，他就会通过垫筛检查，看金矿砂是否被沙砾划伤。有时他会将一把闪亮的金矿砂放在一盘水银上摇动，确保金矿砂能够如预料的那样粘在一起。一旦他宣布金子是纯的，适合进行估值，被验货的淘金汉就拖着步子走上前，报上自己的名字。天平的横梁被矫正到与桌面平行，然后买家将淘金汉的一堆金子放入左边的托盘。买家在右边托盘里添加圆柱形砝码，一个一个地添加，最后天平跳动起来，装着淘金汉财富的托盘颤动着，自由摇摆。

那天早晨只有一个买家在场，一个头发油亮的大亨，身着淡绿色狩猎夹克，打着一条黄色的领带——一副华而不实的组合。如果他独自一人做业务，没有保护，这身打扮倒像是在做广告，十分明显地彰示他是个有钱人。好在有霍基蒂卡的黄金护卫在场。这一小支部队是十名穿军装的步兵，负责监督每一场黄金的买卖。接下来，他们将监视金条被转运到武装押送的货车上，确保它们安全离岸。他们在买家身后，分站在他的桌子两旁——每人都端着一支0.577斯奈德-恩菲尔德步枪，一种现代化设计的闪亮的大型武器。其子弹有一个人的食指那么长，可以把人的脑袋打成见鬼的粉末。当这种型号的斯奈德-恩菲尔德步枪刚被运进来时，鲍尔弗对它充满了敬畏，但是在这样一个封闭空间里看见十个全副武装的人，又使他感到焦虑和不祥。这个房间是如此拥挤，他怀疑卫兵能否找到足够的空间把枪举到肩膀处，更别指望开枪射击了。

他挤过那些淘金汉，来到银行经理的柜台前。房间里大多数人都只是观望者，所以都侧身让他过去。鲍尔弗没费多少时间就站在了有防盗栏的柜台前，面对一个身着条纹马甲、打着整洁领巾的年轻人。

"早上好。"

"我想知道，一个名叫弗朗西斯·卡弗的人是否曾经在新西兰购买过矿人权。"鲍尔弗说。他摘掉帽子，用手向后拢了拢潮湿的头发，这个动作没有产生什么明显效果，因为他的手掌也很湿。

"弗朗西斯·卡弗——卡弗船长？"

"正是这个人。"鲍尔弗说。

"我有责任询问您是谁，为什么打听这信息。"

银行经理不动声色地说，用的是一种温和的语调。

"这个人拥有一条船，我是从事航运业的。"鲍尔弗圆滑地说，重新戴上帽子，"我的名字是汤姆·鲍尔弗。我打算尝试某种合资业务——茶叶贸易，往返广州，目前只是验证这个想法是否可行。我想在我提供业务之前，更多地了解一下卡弗。他的钱都投在哪些方面，他是否曾经破产过，诸如此类的信息。"

"其实，您只需亲自问问卡弗先生。"银行经理回答，依然是一副温和的腔调，因此他的话听起来并不令人感到鲁莽，而只显得随意，不假思索。就好像他在大街上看见一辆抛锚的马车，观察一番，十分热心地提出一种修理轮轴的简单办法。

鲍尔弗解释说卡弗正在海上航行，无法联络。

银行经理似乎对这种解释并不满意。他将食指放在下嘴唇上，打量着鲍尔弗。但是，显然他也找不出更多的理由拒绝鲍尔弗的要求。他点了点头，把注册本拉近自己，以精细而工整的字迹做了一个记录。然后他用一小方块软皮革吸掉字迹上多余的墨水（这有点没必要，鲍尔弗想，因为注册本依然铺开着），吸干他的笔尖。"请在此稍候。"银行经理说。他从一道矮门后消失了，门后好像是个接待室，很快，他就抱回来一大本卷宗，皮革封面，脊背上是大写的字母C。

银行经理解开扣带打开卷宗时，鲍尔弗的手指击鼓一般敲动着。他透过防盗栏的格栅仔细审视这个年轻人。

这年轻人与街上的毛利人有着多么强烈的反差啊！他们年龄大致相同，老居肌肉发达，身体结实，充满骄傲，而这小伙子懒洋洋的，简直像猫一样。他移动时带着休闲般的享乐姿态，仿佛没有必要花力气增加敏捷度，也没有任何理由保存力量。他身材瘦削，一头棕色长发，发梢卷曲，用一根丝带将长发捆扎在颈后，其风格犹如一位捕鲸人。他的脸很大，眼距很宽，嘴唇丰满，牙齿东倒西歪，鼻子也很大。这些特征合在一起，形成一种既诚实又淡然的表情——淡然是优雅的一种形式，需要极大的修养，不显山不露水。鲍尔弗认为他是一个非常优雅的年轻人。

"这里，"银行经理终于开口，指点着说，"您看——卡斯威尔，这里，然后就是卡西迪了。您说的那个人不在这上面。"

"这么说，弗朗西斯·卡弗不持有矿人权？"

"对，在坎特伯雷没有。"他轻轻合上了卷宗。

"有没有奥塔戈的证书呢？"

"恐怕您得去达尼丁查询。"

这条路走不通了。根据劳德巴克的说法，板条箱里的金子来自（当然是据称）邓斯坦，是属于奥塔戈的金矿。

"你没有奥塔戈人的档案吗？"鲍尔弗失望地问。

"没有。"

"假如他是带着奥塔戈的证书来的呢？海关那里会有记录吗——当他首次抵达的时候？"

"海关不会有的，"银行经理说，"但如果他淘到金子，就必须在离开前计数与称重。如果没有事先申报，是不允许他将金子转移到另一个省份或运往国外的。所以他会上这儿来，我们会要求看他的矿人权文件。然后这里的档案就会有记录，他是在奥塔戈的证书的授权下，在霍基蒂卡的认领区开采的。这本档案里没有任何记载，因此，正如我刚才说的，我们完全可以认为他没有在附近任何地方探过矿。至于他有没有在奥塔戈探矿，我就不知道了。"

银行经理说话时带着一副雍容而内敛的官腔，他的部分职责就是应要求解释某些世俗的官僚功能。雍容，是因为作为一名官员，他总是为自己的一技之长感到欣慰；内敛，是因为不得不做些解释，这以某种晦涩的方式削弱了他获得一技之长的那个体系。

"好吧。"鲍尔弗说，"嗯，还有一件事。我需要知道卡弗是否在任何矿业公司中拥有股份,或在私人认领区内拥有股份。"

一丝疑问扰乱了银行经理温和的表情。在那一瞬间,他什么都没说,但似乎又在企图寻找一个理由拒绝鲍尔弗的要求,宣布这种要求不合规矩,或者进一步向鲍尔弗询问其中的具体原因。他带着温和但仍具有穿透力的眼神凝视着对方,而鲍尔弗因为受到审视而感到不舒服,皱着眉头,脸色阴沉。但是,银行经理一如既往地对本职工作尽心尽力。他又在注册本上做了另一项记录,吸干墨水,然后礼貌地告退,去完成这项新的请求。

然而,当他拿着股份记录回来时,看上去明显心神不安。

"弗朗西斯·卡弗在这一带确实有投资,"他说,"也算不上是投资组合,仅仅是一个认领区。看上去像是私人合约。卡弗在每个季度获得矿区百分之五十左右的净收入。"

"百分之五十!"鲍尔弗说,"只有一个认领区——真有你的!他什么时候买入的?"

"我们的记录显示的日期是一八六五年七月。"

"那么早!"鲍尔弗说(六个月之前!但那是在"一帆风顺号"出售之后,不是吗?),"哪一个认领区?是谁拥有的?"

"这个金矿名叫极光金矿,"银行经理一字一顿说得非常仔细,"它的拥有者与经营者均是——"

"埃默里·斯坦斯,"鲍尔弗替他把话说完,点了点头,"是的,我知道那个地方——在卡尼里北面。哈,真是重大消息。斯坦斯是我的好朋友,我要亲自去跟他谈。非常感谢,先生——您贵姓?"

"弗罗斯特。"

"非常感谢,弗罗斯特先生。您帮了我一个大忙。"

但是,银行经理带着一种奇怪的表情看着鲍尔弗。

"鲍尔弗先生,"他说,"也许您还没有听说。"

"关于斯坦斯的事情?"

"是的。"

鲍尔弗怔住了,"他死了?"

"不,"弗罗斯特说,"他消失了。"

"什么?什么时候?"

"两个星期前。"

鲍尔弗的眼睛瞪得很大。

"抱歉由我给您带来这个消息——如果您是他的好朋友。"

鲍尔弗没有注意到银行经理的强调语气中带着刺儿。"消失了——两个星期前!"他说,"没有人说起?为什么我没有听说呢?"

"我可以肯定很多人都在谈论这事,"弗罗斯特说,"这个星期,每天的寻人启事栏目里都登了一份告示。"

"我从来不读私人告示。"鲍尔弗说。

(当然喽,在过去两个星期里,他一直跟着劳德巴克往返于西海岸,推动竞选计划,还没有时间像他平常习惯的那样,晚上流连于科林斯俱乐部,一边和其他跟营客喝啤酒,一边交换一下当地的新闻。)

"也许他撞大运了,"此刻他说,"有这种可能。也许斯坦斯发现了富金带,在林子里的某个地方,他一直在保密——直到矿区归为己有。"

"也许吧。"银行经理彬彬有礼地说了一句,便不再开口。

鲍尔弗咬着嘴唇。"消失了!"他说,"我不明白!"

"我倒是疑惑这个消息对于您的合作伙伴来说是否重要。"弗罗斯特说着,用手掌抚平打开的注册本。

"谁是我的合作伙伴?"鲍尔弗说,带着某种警惕——以为银行经理指的是阿利斯泰尔·劳德巴克,而他一直谨慎地没有提及这个名字。

"怎么——卡弗先生呗,"弗罗斯特说,眨了眨眼睛,"您期待的商业伙伴——是您刚才告诉我的,先生。卡弗先生与斯坦斯先生有一项联合投资,所以说,如果斯坦斯先生死了……"

他耸了耸肩,没有把话说完。

鲍尔弗眯起眼睛。银行经理似乎在暗示什么,无论多么含糊,卡弗在某种程度上要为埃默里·斯坦斯的失踪负责……但这种暗示肯定是没有任何证据的。银行经理的态度很明朗,却从来没有真正表达过任何观点,也不可能有错。他的语气表明他不喜欢卡弗,虽然说出来的话表达了对此人可能遭受的损失感到同情。鲍尔弗感觉到这种模棱两可中的怯懦,几乎愤怒起来,但是他想起了自己撒谎在先。他并没有打算与卡弗共事,不必参与针对他的争论。

不料,年轻的弗罗斯特随即忍住脸上短暂浮现的笑,但鲍尔弗看见了,他突然感到愤慨,这个年轻人竟然嘲讽他。弗罗斯特根本就不相信他编出来的故事!他早就知道鲍尔弗不会跟卡弗做生意,早就知道这个谎言假象是编出来以隐瞒其他的目的,然后,他通过讥笑鲍尔弗,在他败露的伤痛之上,进一步加以蔑视和侮辱!鲍尔弗遭到他人的揣测,十分恼怒,受人讥笑更令他大为光火,尤其对方是一个在三平方英尺办公间里谋生的人,一个在支票上写别人的名字的人。(最后这句话是劳德巴克的原话,上午听了之后还隐约记得,鲍尔弗想起这句话时,就好像是自己说的一样。)他突然间怒火中烧,身体前倾,双手抓住防盗栏的格栅。

"好吧,"他小声地说,"你听着,我并不比你更愿意与卡弗谋事。我认为此人是一个暴徒,一个恶棍,要多坏就有多坏。我是他的死对头,见鬼。我一定要在他身上做个闪光,派上用场。"

"什么是闪光?"银行经理问。

"很愚蠢的——不提也罢。"鲍尔弗迅速打断,"关键是我在想办法围剿他,将他交予法办。我认为他在别人的认领区骗走了大量钱财，数千英镑。但这只是感觉罢了，我还需要可靠的证据。我需要一个切入口，对吗？我刚才给你讲的投资故事是一堆废话，纯属编造。"他透过防盗栏的格栅瞪着银行经理，"什么？"片刻后他说道，"你说怎么着呢？"

"真的没什么。"弗罗斯特说，整理桌子上的文件，露出一个隐晦的、守口如瓶的微笑，"您的事情是您自己的。我只是祝您好运，鲍尔弗先生。"

Φ

关于埃默里·斯坦斯的消息令鲍尔弗感到十分紧张。货运板条箱和敲诈勒索是一码事，但是一个人的失踪却完全是另一码事。这是一桩严重的事情。埃默里·斯坦斯是一个好淘金汉，这么年轻怎么会死？

鲍尔弗站在法院外面，大声喘息了一会儿。外面的一小群人已经散去吃午饭，那个毛利人也离开了。大雨减弱成了淅淅沥沥的小雨。鲍尔弗的目光在大街上来回扫视，茫然不知接下来该去哪里。他垂头丧气。消失了，他心想。但是一个人不会简单地人间蒸发！这个小伙子只能是被谋杀了。没有别的解释——如果已经有两个星期不见踪影。

埃默里·斯坦斯毫无疑问是黑沙滩南面最富有的人。他拥有不止一打的认领区，其中有几个可以下探至少三十英尺的矿井。鲍尔弗十分钦佩斯坦斯，猜想他二十三岁或二十四岁——既不是年轻得配不上这种好运气，也不是老到让人怀疑他是以某种不诚实的手段聚敛了财富。事实上，如此想法从未在鲍尔弗的脑海里出现过。斯坦斯是一位十分温厚、有天赋的雅人，他是那种踏实认真、满怀希望但从不张扬的人；他性情和蔼可亲，乐观、愉快而敏捷。一想到他死了，就让人难受。想到他被谋杀就更让人无法忍受了。

就在这时，卫斯理教堂敲响了十二点半的钟声，惊动鸟儿们纷纷狂飞乱舞，从临时搭建的钟楼里飞出，四处逃窜，在空中成为黑点。鲍尔弗面向钟声，转头时突然感到太阳穴一阵疼痛。他的神志从愚钝转向犀利——早晨喝掉的那些酒在起作用，肩负的责任开始令他感觉沉重。他不想再为劳德巴克打听消息了。

他裹紧外衣，迅速转身离开，朝着霍基蒂卡海湾沙嘴方向走去——对他来说，那里是个习惯的避难所。在这恶劣的天气里，他很高兴站在沙滩上，把外衣紧紧裹在身上，眺望锚地船舶上那些簇集的桅杆，船舶被河水的急流、海浪和狂风等各种力量推动，全都不断地晃动着——呼啸的塔斯曼海风将沙滩边树木的树皮吹掉，把灌木摧残变形。鲍尔弗欣赏暴风雨的残暴和冷漠。他喜欢孤独无人的地方，因为他从未真正感觉到孤单。

当他沿着泥泞的海滨一步一滑地向码头走去时，大风突然停止了。鲍尔弗微笑着透过迷雾凝视。大雨使宽阔的河口没有机会形成倒影，灰浊的河水如同一块锡板。当风减小时，桅杆群的晃动也慢了下来。鲍尔弗看着它们，来来回回，摇摇晃晃，那种沉重的节奏使他心情平静。一直等到几乎风平浪静后，他才继续上路。

码头在河口弯成弧形，跟沙嘴相接，形成一条手指形的狭窄沙洲，一边被宽阔海洋的白浪冲击着，另一边被河水胡乱地拍打着，现在，淘去了金子的河水与海水汇流在一起。在沙嘴安静的一边，埠头伸出一个短短的装运码头。鲍尔弗踏上装运码头，平足落地，码头的结构在他的重压下颤动起来。两个码头工人像他一样浑身湿透，正坐在码头上离他二十英尺远的地方。他们被这颤动吓了一跳，转过身来。

"还好吧，小伙子们？"鲍尔弗说。

"还好，汤姆。"

其中一个拿着铜包头的船钩，刚才一直挥舞着它来打那些钻入下面岩石中觅食的海鸥，现在又恢复了这种消遣，另外一个人给他记分。

鲍尔弗溜达到他们身后，一时间没人开口说话。他们把眼睛眯成一条缝，透过大雨看着那些停泊的船舶来回颠簸。

"你知道麻烦在哪里吗？"鲍尔弗这时说道，"在这里，每个人都可以重新开始，重新做人。化名又算得了什么呢？一个名字里有什么呢？随便捡一个名字，就像捡起一块金子。叫这个韦尔斯——叫那个卡弗——"

一个码头工人扭头看了一眼，"你跟弗朗西斯·卡弗吵架了？"

"没有，没有。"鲍尔弗摇了摇头。

"那你跟一个叫韦尔斯的人吵架了？"

鲍尔弗叹了口气。"不——没有吵架，"他说，"我只是想搞清楚一两件事，仅此而已，但要悄悄地——暗地里进行。"

海鸥回来了，那个码头工人又挥舞船钩，但是没有打中。

"钩子捅穿了它的翅膀，差一点儿，"第二个人说，"这是第五只了。"

鲍尔弗看见他们向下面的沙砾上扔了一块饼干。

第一个说话的码头工人冲鲍尔弗点了点头，说："你是要追查卡弗呢，还是追查另外那个人？"

"都不是。"鲍尔弗说，"算了，算了。我跟弗朗西斯·卡弗没有争执——你记住这点。"

"我会记住的。"码头工人说，然后又开口道，"要我说啊，你要想掏出些见不得人的东西——要想暗地里进行，就应该去问那个狱守。"

鲍尔弗正在观察越飞越近的海鸥,问:"狱守?谢泼德?为什么?"

"为什么?因为卡弗在谢泼德的看守下服过刑。"码头工人说,"在鹦鹉岛①上,整整十年。卡弗在那里挖掘干船坞——他是劳改犯,由谢泼德看管。你要是想挖出卡弗的丑闻,我敢打赌,谢泼德监狱长肯定知道些什么。"

"在鹦鹉岛?"鲍尔弗带着兴趣说,"我不知道谢泼德曾在鹦鹉岛当过警官。"

"以前当过。就在卡弗刑满释放的同一年,谢泼德被调到了新西兰——简直是前后脚!真是造化弄人啊!"

"再糟不过了。"他的伙伴应声附和。

"你怎么知道这些的呢?"鲍尔弗说。

码头工人冲着他的同伙说:"那张脸是我永远不想再看见的——我的狱守,日复一日,整整十年。然后,我一旦恢复自由——"

"你怎么知道这些的呢?"鲍尔弗追问。

"我在那里的船坞上当学徒。"码头工人说,"嘿,好嘞——这个绝啦!"

他的棍子打中了海鸥的后背。

"你不会碰巧知道卡弗为什么进去的吧——你知道吗,小伙子?"

"偷运。"码头工人脱口而出。

"偷运什么?"

"鸦片。"

"什么——运到中国?还是从那儿运出来?"

"我也不知道。"

---

① 鹦鹉岛位于澳大利亚的悉尼港。

"那么，是谁抓的他呢？不是英帝国吧？"

码头工人想了想，然后耸耸肩膀说："我不是很清楚，大概是跟鸦片有关吧。但也许我只是道听途说。"

随后，鲍尔弗跟两人说了再见，继续沿沙嘴前行。他确定四周无人时，便双脚分开站稳，将双手插入衣兜，遥望着海上的白浪——视线越过前方的螺旋千斤顶和涂有润滑脂的辊，越过沙嘴最远端的木质灯塔，越过搁浅暗洲的沉船的黑暗废墟，望向远方。

"这下明白了！"他喃喃自语道，"初见端倪——初见端倪，没错！卡弗一定是那人的真名！他不可能用化名——在霍基蒂卡，在狱守的鼻子底下——他曾在那个男人手下服刑，在监狱里！"鲍尔弗用食指和大拇指捋了捋小胡子，"不过，难就难在这里。究竟是什么原因，使他声称——更有甚者，还有书面证明——他的名字是弗朗西斯·韦尔斯呢？"

土星在天秤座

> 约瑟夫·普里查德概述了他的阴谋论；乔治·谢泼德提出一个精心策划的议案；哈拉尔德·尼尔森用争辩的口吻同意访问阿桂。

就在这一时刻，鲍尔弗作为叙述者的角色结束了——从船运商这方面看，该角色结束的标志无非是又点燃一支雪茄，又斟满一杯酒，并且热情洋溢地丢下一句话："现在，如果我说错了什么，敬请纠正，小伙子们！"

这句告诫显然是针对两个人的。一个是约瑟夫·普里查德，也就是穆迪左边那个黑发男人，穆迪很快就会发现，他沉默时那种窒息般的紧张感，与他慢条斯理说话时那种被压抑的专注完全匹配。另一个人，我们到目前为止还没有机会介绍。穆迪刚进来的时候，这第二个男人正在打台球，鲍尔弗现在介绍了他，用雪茄赞赏地指了指，说他的名字叫哈拉尔德·尼尔森，出生于奥斯陆[①]，后来去了

[①] 奥斯陆（Oslo）是挪威首都，当时已经是挪威最大的城市。

巴斯①，三卡吹牛②之常胜大师，好得要死的神枪手——这时，尼尔森向前一跳，强化了对他的夸奖，并补充说明他携带的是恩菲尔德前装式滑膛枪，是大英帝国最精良的枪支，也是他唯一可以屈尊触摸的武器。从他们的表情来看，这两个人非常欣然地接受了鲍尔弗的建议——尼尔森是出于虚荣，既然已在一个耸人听闻的故事中做主导角色，那就必须在其中做主要演员才行；而普里查德则是出于缜密的原因。

因此，我们就让托马斯·鲍尔弗继续待在装运码头上，双手插在衣兜里，眯眼望雨。我们将把目光向北转移约两百码，落在吉布森码头的拍卖场上——那里，在主席台的背后，有一道未上漆的门通向一间私人办公室，门上写着"尼尔森合作公司，代理商"。

考虑到时间范围的和谐转换，我们将从鲍尔弗退场的那个时刻继续讲我们的故事——地点为霍基蒂卡，时间为一月二十七日，星期六，下午差五分一点。

Φ

在星期六的中午，哈拉尔德·尼尔森通常都会在他的办公室里，坐在一沓合同、遗嘱以及提货单前，每十分钟左右就拍拍他的胸，一再查看那块能放他去享用午餐的银怀表——他每天像吃药一样在固定时间前往极上堂餐馆用餐。尼尔森向每个愿意听他说话的人推荐这家餐馆，坚信深色肉汁、糕点与麦酒的治疗作用。事实上，

---

① 巴斯（Bath）是英格兰西南部的一个古老城市。
② 三卡吹牛（three-card brag）是起源于16世纪的英国扑克牌游戏。

他经常以自己的习惯为例,向欠缺远见的人们大力推荐,说是为了对方好。他从辩论中获得一种特殊的快感,只要命题属于荒谬、假设一类,所以他喜欢在狭小而专一的个人品位的框架下,创造荒谬的抽象理论。这种态度被他的朋友们不断亲切地强化,作为他活泼、有趣的证明,却被诽谤者们蔑视,成为他矫揉造作、自我沉醉的证据——但这后一种声音无法进入尼尔森的耳朵,因为他根本不会浪费工夫去弄个究竟。

哈拉尔德·尼尔森在霍基蒂卡因为衣着时髦而出名。那天下午,他身着一件长及膝盖的木炭色丝质翻领双排扣大衣,一件深红色马甲,佩戴灰色领结,下面是条纹羊绒日装长裤。礼帽是与外套颜色相配的木炭色,挂在他桌子后面的衣帽架上,下面摆放着一根弧形手柄、顶部包银的手杖。为了给这身行头锦上添花(因为这是他对日常着装的感觉:一套完整的戏剧行头,需要达到效果),他吸烟用的是烟斗,一只带着烟嘴的胖葫芦。然而,他对这副道具的感情,与吸烟习惯获得的快感关系不大,更多是因为它能够提供一种强调功能。他经常把没点燃的烟斗咬在牙齿间,像喜剧演员念旁白一样用嘴角说话——这个比喻对他很合适,因为如果尼尔森对自己创造的印象很自负,那是因为他知道自己的形象天衣无缝。然而,今天红木烟锅头是热的,他相当激动地吸着烟嘴。午餐时间已经过了,但他既不考虑他的胃,也不想念极上堂餐馆里那个叫他哈利、总是为他留一块上等馅饼酥皮的脸色红润的女招待。他正皱着眉头,低头看着办公桌上的一张黄色票据,而且,他不是独自一人。

终于,他从牙齿间拔出烟斗,抬起头来与坐在他对面的那个男人对视。他压低声音说:"我没有做错事。我没有干任何违法的事。"

他说话时只带着一点点挪威口音。在巴斯住了三十年,已经使他的语音语调完全英国化了。

"那要看谁是获利者,"约瑟夫·普里查德说,"法官瞄准的就是这个。看来你从此人的死亡中获取了非常可观的利润。"

"通过合法销售他的房地产！我是在他入土之后才接的业务！"

"入土了——但尸骨未寒，我认为。"

"克罗斯比·韦尔斯是自己喝死的，"尼尔森说，"没有理由验尸，没有任何不妥。他是一个醉鬼，一个隐士，当我收到这些文件的时候，我以为他的房地产没有多少。我根本不知道那笔横财。"

"你是说这只是一桩幸运的交易？"

"我是说我没有干任何违法的事。"

"但是有人干了，"普里查德说，"有人在幕后操纵。是谁知道这笔横财呢？是谁一直等到克罗斯比·韦尔斯被埋在六英尺深的地下，就神不知鬼不觉地迅速卖掉他的土地，根本没打算去搞拍卖——是谁把文件交上去的？又是谁把我的鸦片酊栽赃到他床底下的？"

"你说栽赃——？"

"是栽赃，"普里查德说，"我可以为此发誓。我从来没有卖给这个人一打兰①。我认识我的客户的面孔，哈拉尔德。我从来没有卖给过克罗斯比·韦尔斯一打兰。"

"那么，你就不必担心啦！你能证实这一点的！拿出你的记录，还有收据——"

"在这个阴谋中，必须看到我们自己那部分之外的事！"普里查德说，他严厉说话时，不但不提高嗓门儿，反而压低了声音，"我们脱不了干系。追根到底，你会发现一个始作俑者。这是一个整体。"

"你是说这都是设计好的——事先？"

普里查德耸了耸肩，说："在我看来像是谋杀。"

"预谋杀人。"尼尔森纠正他。

---

① 打兰（dram）是英制药衡单位，一打兰液体相当于当时的一茶匙，等于八分之一盎司，也是用于表达极少量的虚数。

"有什么区别？"

"区别在于指控。这应该是预谋杀人——我们定罪是根据意图，而不是行为结果。克罗斯比不是他杀，你知道。"

"我们是这样被告知的。"普里查德说，"你信任那个验尸官吗，尼尔森先生？或者你愿意亲手拿起铁锹，把那隐士的尸体挖出来？"

"别说得这么恐怖。"

"我告诉你吧，你会在墓穴里发现不止一具尸体。"

"别说了，听见没有！"

"那就是埃默里·斯坦斯。"普里查德毫不留情地说，"如果他不是被杀掉了，还会是怎么回事呢？你认为他变成了蒸气？"

"当然不会。"

"韦尔斯死了，斯坦斯消失了。一切都发生在数小时内。韦尔斯两天后被埋葬……还会有什么地方比别人的墓穴更适合藏起一具尸体呢？"

约瑟夫·普里查德总是寻找隐藏的动机、内在的真相。阴谋论令他痴迷。他形成自己的信念，如同别人形成毒瘾一般——信念对他来说如同一种饥渴——他心甘情愿地将狂热的激情馈赠予自己的信念。这种快感延伸到了他的自尊心。无论何时，只要他的心灵深处泛起波澜，他都会一头扎进去，挣扎着向下——奋力踢打，不屈不挠，仿佛要触摸自己黑色幻想的矿藏深处，仿佛希望自己溺水而亡。

尼尔森说："这是徒劳的猜测。"

"同穴而葬。"普里查德说着，往后一靠，"我可以拿我的生命打赌。"

"你猜什么——赌什么，又有什么关系呢？"尼尔森突然脱口说道，"你又没有杀他。你又没有谋杀任何人。这是别人头上的罪过。"

"但肯定有人想弄的看上去是我干的。肯定有人让你看上去像是一个该死的大傻瓜,追逐一条已经熏成了红色的鲱鱼①!"

"你在说表面现象。"

"陪审团在意表面现象。"

"好了,"尼尔森有点底气不足了,"你不会真的认为陪审团——"

"有必要?别当蠢驴了。埃默里·斯坦斯是霍基蒂卡的贵族。听上去挺奇怪。老百姓没法从一群醉鬼中认出谁是特派专员,却都知道斯坦斯的名字。毫无疑问会验尸。如果他摔下楼梯,断了脖子,就算有十二个人当场见证,也会做验尸。哪怕只有一点蛛丝马迹,都会将他与克罗斯比·韦尔斯的事联系在一起——也许是他的尸体,不管什么时候被发现——砰,你就有牵连了。你就是一个同谋,你就会受审。到那时候,你得说什么来为自己辩护呢?"

"就说我不是——我们没有——密谋——"

然而,他知道这么说无济于事,没有继续说下去。

普里查德没有打破沉默。他目不转睛地盯着这里的主人,等待着。终于,尼尔森又开口了,努力让自己的声音显得平静而务实:

"我们绝不能隐瞒任何消息,必须亲自去找司法机关——"

"冒着被指控的危险?"普里查德的声音压得更低了,"我们连一半的参与者都不知道,天哪!如果斯坦斯被谋杀了——看,即便你不相信我说的别的话,也必须承认他消失的时间是一个该死的巧合。如果他被谋杀了——我们假设如此,那么,镇上肯定会有人知道。"

尼尔森试图表现得傲慢,"至少我不会束手待毙,等待着绞索套在我的脖子上——"

"我没有提议我们束手待毙。"

---

① 追红鲱鱼为一种英文修辞,是转移焦点或注意力的意思。

代理商的身体往下一垮,"那怎么办呢?"

普里查德露齿一笑,"你说有一条绞索——嗯,好吧,顺着绳子摸下去。"

"你的意思是,回到那位银行经理身上?"

"查理·弗罗斯特?也许吧。"

尼尔森将信将疑,"查理不是个两面三刀的人。当横财被抖搂出来的时候,他跟其他人一样吃惊。"

"吃惊,那很容易假装。买房地产的那个家伙怎么样?克林奇——烤架旅馆的那个人,他准是得到了一些小道消息。"

尼尔森摇了摇头,"我不相信。"

"也许你应该走出你的思维定式。"

"不管怎么说,"尼尔森说,皱起了眉头,"现在那个寡妇站出来认领了,克林奇一分钱都捞不到。那个寡妇才是你应该担心的人。"

但是普里查德对那个寡妇没有什么看法。"克林奇一分钱都捞不到——从克罗斯比·韦尔斯身上也许捞不到,"他说,"但是往这方面考虑一下。斯坦斯将烤架旅馆租给了克林奇,对不对?"

"你这是想说什么呢?"

"我只是想说,如果一个人的债主死了,他是绝对不会感到难过的。"

尼尔森脸变红了,"克林奇不会要另外一个人的命。他们谁都不会。查理·弗罗斯特?快别说了,乔!那人胆小如鼠。"

"你从相貌上看不出一个人能够干什么,更看不出他已经干了什么。"

"这种猜测——"尼尔森开口说道,但他不知道该怎么提出异议,便再次沉默下来。

尼尔森不认识消失的探矿者埃默里·斯坦斯,可以说素不相识,但若问起来,他会违背事实宣称他们关系亲密,因为尼尔森喜好吹谎能够抬高自己的关系，斯坦斯正是他愿意缔结亲密关系的那一类人。尼尔森喜欢耀眼浮华，最令他眼花缭乱的莫过于他十分崇拜的魅力人物。埃默里·斯坦斯，青春与信念双全，自然是令人羡慕的类型。现在想起他来，尼尔森不得不赞同普里查德的观点，即斯坦斯在深夜自愿秘密离开霍基蒂卡的可能性极小。他的认领区需要密切维护与监督，他手下雇了五十多人——是啊，他若不在，损失的可不是小钱，尼尔森想，债务每天都会叠加。不，普里查德是对的。斯坦斯要么是被绑架了，要么——更有可能是——被杀害了，尸体已经被非常成功地隐藏了起来。

　　根据目前的信息，最后一次看到埃默里·斯坦斯是一月十四日的日落时分，斯坦斯当时正在雷维尔街上向南走，朝着回家的方向。在那之后发生了什么，便无人知晓了。他的理发师第二天早上八点到访，发现他的门没锁。理发师报告说床铺皱巴巴的，仿佛刚有人睡过，但是火炉冰凉。所有的贵重物品都在，没人碰过。

　　埃默里·斯坦斯没有敌人，至少据尼尔森所知是这样。他性格开朗，十分豪爽，难得地既慷慨又谦逊。他非常富有，虽然霍基蒂卡的有钱人很多，但是大多数都远不如他和蔼可亲。不同寻常的是他很年轻，当然，这可能成为年龄稍长、心灰意冷的人嫉妒他的理由——但嫉妒是十分牵强的杀人动机，尼尔森想，如果这个年轻人真的是被杀害了的话。

　　"有什么会驱使一个人与斯坦斯闹纠纷呢？"尼尔森大声说，"这小伙子浑身散发着好运气——他有米达斯的点金术。"

　　"好运气不是一种美德。"

　　"那么就是谋财害命——？"

　　"我们先把斯坦斯放一放，"普里查德身体前倾，"你把克罗斯比·韦尔斯财富中相当可观的一笔收入囊中。"

　　"是的——我告诉过你了，百分之十。"尼尔森说着，转向面前办公桌上放着的那张黄色销售票据,"出售他的动产的佣金,你知道的。但现在遗嘱有了争议,付款无效,我不得不交还一切款项。其财产是不应该出售的。"

他用手指触摸着票据的边缘。两星期前,在同一张办公桌上,他在这份文件及其副本上签了字——当他写下自己的名字时,心情是多么沉重啊。在霍基蒂卡,销售死者地产上的财产向来不是有利可图的买卖,但生意不景气,他饥不择食了。多么令人耻辱啊(他当时心想),不远万里绕地球半圈,却发现自己落魄到这种地步——只是在更有钱、更有好运的人的餐桌下捡些碎屑残渣。票据上的名字——克罗斯比·韦尔斯——当时对他来说毫无意义。他那时只知道韦尔斯是个独来独往的人,一副倒霉相,每天晚上都喝得酩酊大醉,没有任何梦想。尼尔森苦涩而疲倦地签下自己的名字。他还得租一匹马,牺牲一天的工作,骑马上路——去哪儿呢?去那个荒凉的绿玉神舟谷,整理那个死人的遗物,如同一个在阴沟里找东西吃的流浪汉。

然而,嵌在那些面粉罐、粉盒、肉匣子、风箱、破裂的旧马桶中的——到处都是闪闪发亮的东西,沉重,柔软。他的佣金总数为四百英镑出头,他这辈子第一次有了钱。他有可能已经收拾起行装,乘船到了悉尼;他有可能已经回家,有可能已经开始了新的生活,有可能已经结婚。但是,他没有来得及享受这一切。佣金终于到手的那天,也正是韦尔斯夫人到达的日子。不出几个小时,房地产的销售便遭到上诉,遗产成为争议,金子被银行查获。如果上诉得到批准——这自然是预料之中的事——尼尔森就不得不全额交还他的佣金。四百英镑啊!比他整整一年赚的钱还要多。他的手指顺着票据的边缘滑动,感到愤怒刺痛着他,内心一片凄凉。他希望,正如他上个星期多次希望的那样,能够找到一头替罪羊。

但是普里查德正在摇头,他既对死者的遗嘱不感兴趣,也不关心质疑遗嘱的法律意义。"暂且别在意那一切，"他说，"回想一下那个小房子吧。你是亲眼看见那堆金子的吗？"

"我是第一个发现它们的。"尼尔森带着一丝骄傲说，回想当时的情景，他感到放松了一点，"啊——真希望你能看见——我要是能把它们变成薄片，准能把整张台球桌都包起来，把桌子腿和其他所有的地方都包起来。沉得像什么似的，亮得多么晃眼啊。"

普里查德没有笑，接着说："你说过那都不是碎金子，也不是不规则的金块。我没有听错吧？"

尼尔森叹了一口气，说："对，没错，全都被锻打成了金条。"

"冶炼过了，"普里查德说着，点了点头，"那可需要设备，还有技术。那么那个工匠是谁呢？不会是韦尔斯本人。"

尼尔森停顿了一下，这个问题是他从未想过的。普里查德提出论点的方式——自信、傲慢——令他感到不愉快，但是他不得不承认，这个药剂师指出了一些被他自己忽略的联系。他吸着他的烟斗。

尼尔森对金矿的运作算不上非常精通。在淘金方面，他只做过一次尝试，便发现那是一种悲惨的工作——拎着水桶往返于河边，将水倒入洗矿槽里淘洗沙砾，白蛉钻进了外套里，需要不停地拍打，最后被逼得手舞足蹈，像疯了一般。之后是腰酸背痛，手指如针扎，双脚软得像海绵，肿胀数日不消。他拿回家的那一小撮金沙砾，包在手绢的一角，被层层抽税之后，称重的结果只有一盎司的几分之一——终于换成钱，脏兮兮的五先令，刚够支付租一匹马进出峡谷的租金，那真是一种无法言表的失望。尼尔森没有再去碰运气。他的天性和个人风格都让他像一个文艺复兴时期的男人，不管将精力投入哪个领域，都习惯于得到立竿见影的承诺。如果第一次尝试没有掌握诀窍，他就会放弃这一行。（他对这种做法不是没有自嘲。他曾经回忆自己在霍基蒂卡峡谷这一段竹篮打水一场空的尝试，轻松地调侃自己娇生惯养的身体，夸大自己经受的肉体折磨。但是这种解释是他专门为自己保留的，如果别人持同样的看法，或同意他的说法，他便会感到尴尬。）

在一定程度上，约瑟夫·普里查德告诉他的那套理论还是很有道理的。有人——也许不止一个人——一定知道克罗斯比·韦尔斯地产里隐藏着的横财。这笔横财数目太大，而且他的财产出售过于隐秘和迅速，因而无法完全排除上述这种可能性。再者，在死者触手可及的地方发现了一小瓶鸦片酊，表明有人——也许是同一个人——刚好在隐士死亡之前或之后去过那个小房子，想必是企图加害于人。那个小瓶子是普里查德的，是从他的药店买的，瓶子上的标签有他的亲笔签名。因此，拿小瓶子的人肯定是一个往北走的霍基蒂卡人，而不是一个往南走的陌生人。这就排除了首先发现克罗斯比尸体的那位政要和他的助手，是他们将噩耗带进镇子的。

私下里，尼尔森其实相信普里查德对地产购买者埃德加·克林奇的怀疑是正确的，还有那个银行经理，弗罗斯特。尼尔森不像普里查德那样旗帜鲜明地怀疑他们参与了埃默里·斯坦斯的谋杀，但在他看来，克林奇一定是得到了什么内部消息，才如此匆忙地购买了克罗斯比·韦尔斯的房屋和土地——不管是什么样的内部消息，查理·弗罗斯特一定知道内幕。尼尔森也能接受，虽然自己清白无辜，但他受到的牵连在公正的外人看来也肯定是蹊跷可疑的：毕竟，他是发现这笔横财的人；他在分类账上记录了那一小玻璃瓶鸦片酊（他一直在汇编待售遗产清单），而且他在这笔交易中获利四百英镑。

然而，除了承认这些（毕竟，这些只是对怀疑与大概印象的承认），尼尔森仍感到不确定。普里查德已经推断埃默里·斯坦斯的失踪绝非巧合，这是假设；他一口咬定这个人被谋杀了，这是猜测；他还判断尸体已经被埋葬在韦尔斯本人的墓穴中，这是假定；他还提出韦尔斯房地产在法律上的溃败是事先策划的，作为一种蒙蔽或诱饵——这最后一条，尼尔森心想，简直是彻头彻尾的幻想。普里查德无法解释那一小瓶鸦片酊。他想不出犯罪嫌疑人的动机，也指不出一名合情合理的犯罪嫌疑人……但是，这位代理商不能完全低估对方坚持的看法，不管他多么不喜欢对方的表达方式。

尼尔森没有像药剂师一样如痴如醉地深入探究，对真相的追求没有使他如来访者这般走火入魔。每当普里查德谈起他热爱的东西，说他在天花板低矮的实验室里酿制并品尝的酏剂，说他买进卖出的、装在半透明罐子里的树脂与粉末，那时候的他都显得十分怪异。此人具有某种冷酷而严峻的气质，尼尔森想——他像平常那样，把自己的不良感觉转化为一种审美意义上的厌恶。

每当别人的论点显示出尼尔森自身的欠缺时，他总会表现出恼怒的神态，此刻他正带着这种情绪。最后，他从嘴里拿出烟斗，说道："嗯，也许韦尔斯在储备银行有个联系人，基拉尼，或者国有公司的什么人——"

"不。"普里查德叉开手指敲了一下桌子，他料到尼尔森会猜错，而且已经准备好了反驳之词，"这是一个中国人的活儿。我可以出任何价钱跟你打赌。卡瓦劳的香庙里总是挤满了没有许可证的家伙——他们一同分享矿人权。没人能分辨出他们谁是谁，你明白，在那些外国人的口中，一个人名跟另一个人名没有什么差别。在中国城，全都是外包的活儿。如果这是与某个国有公司相关的，那么看上去会——"

"更干净些？"尼尔森的声音里充满希望。

"正相反。当一个家伙要遮掩自己的行踪——当他不得不走旁门左道，而不是正大光明地从大门进来时，他就不得不开始做准备、做牺牲了。你明白了吗？一个圈内人必须去抗衡每个走卒——去对付该系统中的所有棋子，但是一个圈外人可以直接与魔鬼周旋。"

这种表达方式正是尼尔森特别不喜欢的。他再次低头凝视着销售票据。

"中国城金匠铺。"普里查德说,"你记住我的猜测。一个烧熔炉的家伙,他的名字叫桂。"

"你会去问他吗?"尼尔森抬起头来说。

"事实上,"药剂师说,"我本来希望你能去。我眼下懒得跟东方人打交道。"

"我斗胆问一句,为什么呢?"

"哦——都是些下三烂的勾当。商业秘密,鸦片。"普里查德将手掌反转过来,又放在了腿上。

尼尔森皱起眉头,"你从中国运鸦片来?"

"上帝啊,不是,"普里查德说,"从孟加拉运来。"他犹豫了一下,"更确切地说是个人纠纷,因为那个险些丧命的妓女。"

"安娜,"尼尔森说,"安娜·韦瑟雷尔。"

普里查德沉下脸,他本来不想提到这个女人的名字。他转过头去,看着雨点变大,集聚在推拉窗的窗台上。

在对方重新开口前的短暂停顿中,尼尔森为自己的一个转念大吃一惊,他想,也许药剂师爱那个女人——安娜·韦瑟雷尔,那个妓女。他在心中验证着这种可能性,暗暗地乐在其中。那个女人特别引人注目——步态中带着一种疲惫与致命的慵懒,像一只心怀幽怨的天鹅。但是她的情绪变幻莫测,远远超出尼尔森喜欢的那类女子,而她的美丽(事实上,尼尔森不会说她美丽,他将这个词留给处女与天使)太具有挑逗性了,不符合他的口味。她还是个大烟鬼,吸食鸦片的习惯使她脸上浮现出一种永恒的朦胧,体态中透露着深不可测的疲惫——这种强迫性的状态已经够不雅观了,而且她现在还企图自杀。是的,尼尔森心想,她正是普里查德会爱上的那种女子。他们会在黑暗中约会,他们的结合会是激情狂热的,但注定会毁灭。

这一次,代理商没有猜中。尼尔森的猜测总是自我确认的类型:

无论面对什么样的证据，他往往都会偏爱那些最迎合他个人原则的，反之亦然，他坚守那些最能迎合证据的原则。他经常谈论美德，因此给人留下的印象是他的性格是最乐观、最令人鼓舞的，其实他对美德的信念奴役于一个难伺候的、谈不上乐观的主子。拿句通俗的话来说，质疑带来的好处是一种随意的礼物，尼尔森为自己的才智感到骄傲，不愿屈服于假想的力量。在他心中，高度抽象的结晶体被涂上了一层保护釉，他喜欢注视着它们，为它们的光耀而称奇，却从来没有想过要把它们从雕刻的橡木壁炉台上拿下来，比如说，用手把玩它们，体会柔润的感觉。他的结论是普里查德恋爱了，因为咂摸这个观点、验证这件怪事令他感到愉快，然后回到他固执己见的定论上：普里查德是个怪人，安娜是个不可救药的女子，一个人永远不该爱上一个妓女。

"是啊，嗯，"普里查德正在说话，"他们对此极其愤怒，你知道。有个华人在卡尼里经营一个鸦片窟，他叫阿苏，那个妓女病倒以后，阿苏去找过汤姆·鲍尔弗——气恼得不行，你知道。他告诉汤姆他要查看我的航运记录，检查进入我账户的最后一宗买卖。"

"为什么不直接来找你呢？"尼尔森问。

普里查德耸了耸肩，"大概是认为我心怀鬼胎吧。"

"他认为你给那女人下了毒，而且是故意的？"

"是的。"普里查德又扭头看着别的地方。

"那么，汤姆说什么了呢？"尼尔森追问道。

"他给阿苏看了我的记录，证明我是干净的。"

"你的记录是干净的？"

"是的。"普里查德没好气地说。

尼尔森发现自己冒犯了对方，一种不可告人的快感在他心中闪现。他开始讨厌别人暗示他们为同等的合谋者，直到埃默里·斯坦斯可能被杀一案水落石出。在他看来，在这个烂摊子里普里查德似乎比他陷得更深。尼尔森与鸦片无关,他不想与它有任何关系。这玩意儿是毒品,是祸害,它把人变成了傻瓜。

"听着,"普里查德说,把食指放在桌面上,"你必须让桂这个家伙开口跟你谈。如果我能办的话我就自己去了——我已经去鸦片窟试过了,但是阿苏根本不搭理我。桂还行,他还算体面。问问他那堆横财的事——那是不是他的金子,如果是他的,为什么会出现在韦尔斯的地盘上。你今天下午可以去找他。"

被对方这样支使,尼尔森感到十分恼怒,"既然你不满的是另外那个家伙,我不明白你为什么不能亲自跟桂谈。"

"我现在正处在风口浪尖上,就算是回避吧。"

尼尔森心想他这是玩的什么把戏,嘴里大声说出来的却是:"你究竟为什么要招呼一个约翰尼[1]华人跟我说话呢?"——最后他通过发怒给自己解围。他将黄色票据从面前推开。

"至少你是中立的,"普里查德说,"没有给他们中的任何人抓住理由来对你品头论足——是不是?"

"华人?"尼尔森吸着烟斗,烟叶几乎都烧成了灰烬,"没有。"

"你在名字前面加个'阿'字——阿桂,这是他们叫人时的尊称。"普里查德停顿了一下,打量着对方,然后补充道,"不妨这样想一想:如果我们被栽赃了,那么他也许同样会遭殃。"

他说话时,有人敲了一下门,原来是这里的秘书,报告说乔治·谢泼德在外面的办公室等候接待。

"乔治·谢泼德——那个狱守?"尼尔森说,带着一丝不安,朝普里查德迅速地瞥了一眼,"他说了有什么事吗?"

"利润问题,他说,共有利益。"那个职员回答,"我去请他进

---

[1] 约翰尼(johnny)是泛指所有无价值、无意义、无名之辈的贬义词,是扼杀人性的歧视性称呼。

来吗？"

"我要告辞了。"普里查德说着，立刻站了起来，"那么你会去找他——那个叫桂的家伙？你就答应吧。"

"一路跑到卡尼里？"尼尔森说，想起了他的午餐，还有极上堂的女招待。

"只需步行一个小时，"普里查德说，"但是要确定找对了人。你要找的那个家伙比较矮，精瘦精瘦的，脸刮得干干净净。你能通过金匠铺的烟囱认出他的小屋，我等候你的消息。"话音未落，他已经离开了。

Φ

尼尔森的办公室似乎太小，无法接纳乔治·谢泼德进门时那庞大而僵硬的一鞠躬。代理商感觉相比之下自己在椅子里缩小了一圈，为了弥补这一点，他一跃而起，伸出手去，大声喊道："谢泼德先生——是啊，是啊，请。我还从未有荣幸接受过您的业务，先生，但我真心希望能够为您服务——在不久的将来——如果可以的话，您请坐。"

"我当然知道你。"谢泼德回答，在为他提供的椅子上坐下。看见尼尔森的烟斗燃着，他伸手从衣兜里摸出自己的烟斗。尼尔森把他的烟丝袋和火柴递到办公桌对面，谢泼德填满并夯实他的烟锅，划燃火柴，这期间有短短的沉默。他的烟斗是石楠木制成的，浅烟锅，烟嘴和烟管之间有一节精美的琥珀圈。他猛吸了几口，直到烟丝燃到满意的程度，然后放松地坐在椅子上，以一种审视的眼光从左到右扫视了一圈，仿佛在暗暗计算房间的面积。

"久闻大名。"他是个话若说出口就要意思到位的人,他吐出一大口烟,补充道,"刚才走的那家伙,他叫什么名字来着?"

"他的名字是乔·普里查德,先生——约瑟夫,在科林伍德街开药店。"

"当然。"

谢泼德停顿了一下,心中盘算着。苍白的日光倾斜地照在尼尔森的办公桌上,烟斗冒出的烟圈挂在他的头顶,久久不散——盘旋的缕缕青烟固定地悬在空气中,仿佛矿物石英中保存和显示的扭曲的金脉。尼尔森等待着。他心里想:如果我被定罪,这个人就是我的狱守。

乔治·谢泼德成为霍基蒂卡监狱的监狱长,他的委任几乎没有遭到管辖区内居民和挖矿人的任何反对。谢泼德是个凛然可怕的冷血人物,动作缓慢,仿佛在不断强调他双肩的宽度及双臂的重量。他行走时迈着不紧不慢的大步,说话时(他十分寡言)声调是醇厚而威严的低音。他的谈吐缺乏幽默感,毫无讨喜之处,但对于从事这种职业的人来说,严厉可以算是一种美德。他从未被指责持有偏见或成见,选民们一致认为这是他的功德。

如果说谢泼德也当过人们闲言碎语的对象,那些闲言纯属无端的臆想,而且话题几乎总是离不开他与妻子的私人关系。从一切表面迹象上看,他们的婚姻都是在绝对的沉默中进行的,在他这方面是严酷的决心,在他妻子那方面则是恐惧和压抑。这个女人自称乔治太太,她只敢轻声细语地这么称呼自己。她带着茫然的恐惧,如同一头被折磨的野兽,盯着无形的牢笼,任何突发的事情都会令她发抖。乔治太太极少跨出监狱大门,除非是在偶尔的公民集会场合,红着脸跟在谢泼德监狱长的身后,走在雷维尔街上。夫妻俩已经在霍基蒂卡住了四个月,才有人发现乔治太太原来还有个教名——玛格丽特,但是在她面前称呼这个名字对她来说是一种十分可怕的攻击,她唯一的应付办法就是逃离。

"我有事找你,尼尔森先生。"谢泼德开口道,他说话时将烟斗的锅头攥在手中,靠近胸口,"我们目前的牢房不比牲畜栏强多少——就是一个牲口棚。阴森森的,不透亮,也不透气。为了通风,我们打开门,拉上一根链子,我坐在门外,把来复枪放在膝头。说来寒碜,碰到更有经验的犯罪分子,我们就没有能力应付了。更复杂的犯罪,比如说,谋杀。"

"唉——是啊,是啊。"尼尔森说,"当然。"

稍顿片刻后,谢泼德继续说下去:"请你原谅我的悲观,"他说,"我相信霍基蒂卡将面临一个更加黑暗的时代。这座小镇正站在一个门槛上。淘金汉规则依然是山里的王法,是这里的王法——唉,虽说我们仍是坎特伯雷一个落后的角落,但是很快就会成为它皇冠上的宝石。韦斯特兰将分裂,霍基蒂卡将繁荣昌盛起来,但随着它的崛起,它必须调和自己。"

"调和?"

"在野蛮与文明之间。"谢泼德说。

"您指的是本土人——毛利部落?"

尼尔森说话时带着一丝热情,对他所谓的"部落生活"怀着一种浪漫的激情。当毛利人的小舟在布勒峡谷的急流中一闪而过时——他远远地看着他们,内心充满敬畏。对他来说,毛利勇士看上去很恐怖,他们的女人不可知,他们的习俗可怕而原始。他的惊愕与其说是崇敬,不如说是恐惧,但这是一种他渴望重温的惊悚。事实上,尼尔森远航新西兰就是因为一次偶然的刺激,当时他在南安普敦附近的一家廉价旅馆里巧遇一个精干的水手,水手正在吹嘘自己在南海遭遇原始人(其实不大可能)的故事。水手是荷兰人,身穿被剪短的齐臀外套。他用铁钉交换椰子,允许岛上的女人将手放在他皮肤白皙的胸膛上。有一次他给岛上的一个男孩编了一个水手结做礼物。("什么样的结?"尼尔森走上前恳求似的问。那种结叫土耳其头结,尼尔森当时不知道它是什么样的,水手就在空中勾勒出环形花饰的造型。)

但是,谢泼德对尼尔森的质疑摇了摇头。"我用的'野蛮'一词,不是本土意义上的,"他说,"我指的是土地本身。探矿是一种见不得人的行当,迫使人像贼一样思考。而这里的情况更是肮脏,足以令淘金汉们更加绝望。"

"但矿区可以变得文明起来。"

"也许——等到河川被淘干之后,等到探矿者让位给了水坝、挖土机和矿山公司之后——等到森林被砍伐光了之后——也许到那时候吧。"

"您不相信法律的力量吗?"尼尔森说着皱起了眉头,"您知道,韦斯特兰很快就会在议会占有一个席位。"

"我大概没有讲清楚我的意思,"谢泼德说,"请你允许我重新开始好吗?"

"绝对没问题。"

狱守立刻又讲了起来,体态和腔调都没有改变,"当同时有两套司法准则可用时,"他说,"人们总是用一套去抨击另一套。试想一下,一个人认为到法庭上投诉自己的娼妇是一件正义而且正确的事情——他既希望法律发挥效力,同时又想得到法律的豁免。结果他被拒绝了,甚至可能被控与那个女人鬼混,这样一来,他就同时责怪法律和那个女人。法律不会答应这个淘金汉自以为是的理论,于是淘金汉就将法律掌握在自己手里,要掐死娼妇。若在过去,他会立刻挥舞拳头解决争端,大打出手——那是淘金汉规则。那个娼妇也许会毁灭,也许能活下来,但无论哪种结果,他的行为是他个人的。现在——现在他感觉他要求正义的正当权益受到了威胁,而这恰是他行为的准则,因此他加倍愤怒,而且加倍发泄他的愤怒。我每天都在见证这一类的例子。"

谢泼德往后一靠，将烟斗放入嘴里。他态度镇定，但那双淡色的眼睛专注地盯着东道主。

尼尔森从来不拒绝任何一个引发假想的机会。"是的，然而——按照您的论点，"他说，"您肯定不是在暗示偏爱淘金汉规则吧？"

"淘金汉规则是庸俗而卑鄙的。"谢泼德监狱长平静地说，"我们不是野蛮人，我们是文明人。我不认为我们的法律匮乏，我仅仅是想指出当野蛮遇到文明时会发生什么情况。四个月前，我监狱里的男人和女人都是醉鬼和小偷。现在，我看见这些醉鬼和小偷一个个都满腔愤慨，煞有介事、充满正义地说话，仿佛对他们的审判都是不公道的。他们每个人都十分愤怒。"

"可是——还是这样——到了最后，"尼尔森说，"当那个妓女被掐死之后，当淘金汉的愤怒发泄完了之后，想必文明的法律还是要回过头来审判这个男人？想必他最终会受到正义的惩罚？"

"如果他的同伴们团结在他周围，捍卫他作为淘金汉的正当权利，就不会这样。"谢泼德回答，"当他的准则遭受公然侮辱的时候，没有人能比他更强硬地坚守准则，尼尔森先生，没有什么比一群愤怒的人更残酷。我已经当了十六年的狱守。"

尼尔森靠在椅背上。"是的，"他说，"我接受您的观点。这种过渡时期是最危险的，在新旧世界交替的时候。"

"我们必须摆脱旧世界。"谢泼德说，"我不会忍受娼妓，不会忍受那些惯于嫖娼的人。"

谢泼德的自传（如果有朝一日写出来，肯定是一份僵硬、简朴、充满说教的文件）缺乏一个必要的篇章，那就是年少轻狂、风流失足等内容。自从结婚以来，他的想象力就没有超越过乔治太太方形的身材，妻子的性格与行为是如此熟悉、如此规矩，以至于他可以根据她的生活节奏校准自己的怀表。他的行为一直无懈可击，其结果是，他换位思考的余地很小。安娜·韦瑟雷尔的职业对他绝对没有丝毫的吸引力，他没有任何少年时温柔或荒唐的记忆，用来软化他对安娜·韦瑟雷尔职业奥秘的态度。他看着安娜·韦瑟雷尔时，看见的只是一篇概括的目录，一种不稳定的情智，以及她前途的一片灰暗。一个娼妇企图结束自己的生命，这对他来说既不是什么了不起的大事，也不是什么伤心的悲剧。在这个特殊的案例里，他甚至可以说如此结束生命是一种仁慈之举。毕竟，韦瑟雷尔小姐是在按照魔鬼的意志生活，毒品为愚蠢的国王充当管家，永远带着嫉妒的眼光守卫着王座。

公平地讲，关于七美德①，谢泼德监狱长只倾向于四枢德②。他完全熟悉基督教教义中的宽恕，但仅仅是作为研究和服从的一个信条。我们并不想通过讨论宽恕来降低他的宗教性，宽恕是一种必须先请求获得才知道如何给予的东西，而谢泼德监狱长在其一生中还没有遇到过必须请求宽恕的情形。他已经为韦瑟雷尔小姐的灵魂祷告过了，正如他为所有在押的男人与女人祷告一样，但是他的祈祷表达的是责任，而不是希望。他相信灵魂居住在肉体中，因此，对肉体的亵渎就是对灵魂的攻击。一个普通的娼妇，从这种实质神学的角度来判断，的确没有什么好结果，韦瑟雷尔小姐营养不良、饱受虐待，如同谢泼德看见过的任何一幅猥琐的画面。他并不诅咒韦瑟雷尔小姐下地狱，但是他私下里相信，拯救她的灵魂是不可能的事情。

韦瑟雷尔小姐灵魂的命运，以及她所选择的给自己的命运永久定论的方式，都没有激发谢泼德的兴趣。他对韦瑟雷尔小姐肉体方

---

① 七美德（the seven virtues）是天主教里与七宗罪相对应的七种高尚的德行：谦卑、宽容、耐心、勤勉、慷慨、节制、贞洁。
② 四枢德（the cardinal four）是基督教传统伦理道德中的四种基本道德：明智、正义、勇敢和节制。

面的长处也不感兴趣。在这方面，谢泼德与霍基蒂卡的大多数男人不同，他们（正如加斯科因在大约七小时后向穆迪直言不讳的那样）在过去两个星期里，除了她，几乎就没有什么别的谈资。他们对前面一个话题厌倦时，就换成后面这个话题，争来争去使他们的谈话延续了很长一段时间。

尼尔森的烟斗熄灭了。他把烟锅里的烟灰磕在桌上，然后重新往里装烟丝。"我相信阿利斯泰尔·劳德巴克打算做出改变，"他说着，用另一只手解开烟丝袋的带子，"当然，我是说如果他当选的话。"

谢泼德没有立刻回应，过了会儿，问："你一直在关注选举活动？"

尼尔森忙着摆弄他的烟丝袋，没有注意到对方的犹豫。狱守刚进来的时候，尼尔森还为自己感到害怕，甚至存有戒备心，但他很少在尴尬状态中滞留。谢泼德的法律理论唤醒了他的智力，他为之感到欣慰，再一次感觉到能够掌控自己了。往烟锅中填烟丝的这种专心致志的仪式——磨损得薄薄的皮革绳，烟草的干爽香味儿——使他的各种感官恢复了常态。他没有抬头便回答道："是的，确实是。每天阅读演讲稿，带着热切的关注。劳德巴克现在就在这里——在霍基蒂卡，不是吗？"

"是的。"谢泼德说。

"他会得到那个席位的，我认为。"尼尔森说，他用手指揉搓一小撮烟丝，"《利特尔顿时报》支持他的活动。"

"你看重他吗？"

"隧道和铁路，"尼尔森说，"那是他玩的游戏，不是吗？进步，文明，所有这一切。给我的印象是您的思路与劳德巴克的竞选运动倒是一脉相承。"他划着一根火柴。

谢泼德刚要做出回复，却又犹豫了，"我不习惯在别人的办公室里谈论我的政治观点，除非是别人邀请我这么做，尼尔森先生。"

"啊——那就请吧。"尼尔森礼貌地说，将手里的火柴摇灭。

"不过有了你的许可，"谢泼德点了点自己苍白的大脑袋，"我会这么说。我也认为劳德巴克会得到那个席位——议会和总督双席位。他拥有巨大的人格魅力，不用说，他在法律部门及省议会认识的相关人员都高度评价他的人格与能力。"

"当然，这对他来说是重选。"尼尔森插话，他特别习惯在别人的办公室里谈论政治，一时间忘记了已经给予对方抒发己见的许可，"他是个熟脸。"

"他是个熟脸——对于他自己的圈子来说。"谢泼德说，"他忠实于坎特伯雷，还有他的隧道和铁路——用你的话说，但那是利特尔顿的隧道，而预计修建的铁路将连接基督城与达尼丁。作为省总督，他将重新分配尚未被这条隧道和这条铁路套住的资金——当然，他必须如此，以兑现他在选举活动中的承诺。"

"您对总督的说法可能正确，"尼尔森说，"但是作为一名国会议员呢？他将代表韦斯特兰……"

"劳德巴克只在选民区上属于韦斯特兰人。"谢泼德说，"我倒没有因此而挑剔他——他能得到我的一票，尼尔森先生——但是他不懂淘金汉的生活。"

尼尔森看似又要打断他的话，所以谢泼德一口气说下去，并略微抬高了声音："我现在要道出不得不进行这次会见的要务。我得到特派专员的许可，开始建造新的监狱，与警察营地分开，在镇北的山坡上。你还记得最初是一群囚犯清理出了霍基蒂卡的道路吗？我打算在这里如法炮制，利用我的囚犯劳力在海景区建立一座监狱。"

这个想法符合尼尔森的惩罚意识，他脸上露出了微笑。

"然而，正如你说过的，"谢泼德继续说，"阿利斯泰尔·劳德巴克关注的是运输。在他对议会的讲话中,他的观点是赞成用囚徒劳力建筑并维修基督城的道路。跨越阿尔卑斯山脉的道路依然险峻——不宜骑马,更不适合走马车。"

"总督对此事能一锤定音吗?"尼尔森问,"您的囚徒不归您调遣吗?"

"唉,"谢泼德说,"他们只归我看守。"

刚才那位职员进来了,用木托盘端着咖啡。他表现得非常兴奋,因为尼尔森这里不经常有客人,像普里查德(以他的鸦片著称)和谢泼德(以他的妻子闻名)这样神秘莫测的来访者更是从未有过。职员特别精心地把咖啡壶和小碟子摆放在托盘上,他竖起胳膊肘,将托盘端得很高,后背挺得笔直。尼尔森赞赏地点点头。他们没有让职员服侍雇主的习惯,但尼尔森一想到这个场面在来访者心中产生的效果,便感到开心。职员将托盘放在餐具柜上,开始倒咖啡。他希望自己还在房间里的时候,两个男人能重新开始他们的谈话,所以他缓慢地倒着咖啡。看到漂浮的菊苣根颗粒,他感到一阵遗憾,那本是他为了节约而掺入咖啡粉中的,现在,这一层丑陋的颗粒好像是在责备他的装模作样。

谢泼德在他身后说:"顺便提一句,尼尔森先生,你对埃默里·斯坦斯都知道些什么?"

一阵沉默。"我知道他失踪了。"尼尔森回答。

"失踪了,是的,"谢泼德说,"一直没有人看见他,差不多有两个星期的时间了。非常奇怪。"

"我对他不是很了解。"尼尔森说。

"是吗?"谢泼德说。

"他是个熟人,但不是朋友。"

"哦。"

尼尔森似乎要咳嗽,却又突然说道:"你快要倒完了吧,阿尔伯特？"

职员放下咖啡壶。

"要不要我把托盘留下，先生？"

"好的，好的——赶紧走吧，看在上帝的分儿上。"尼尔森说。他接过递来的咖啡杯时摇晃了一下，导致一些咖啡洒在了托碟中，他把杯子咣当一声放在面前。职员将第二杯咖啡端给谢泼德，谢泼德没有起身去接，只是无言地指了指面前的办公桌。

"我将直言不讳，"当失望的职员走出去关上门后，谢泼德说道，"我的意思是，在选举前，立刻开始建筑监狱的工作，这样一来，当劳德巴克上任时，这里的工作已经在进行中了。我意识到在某些人眼里，我好像是在积极地阻挠劳德巴克的选举的成功。我来找你是向你拉业务，同时还想听听你的判断。"

"您需要什么？"尼尔森谨慎地说。

"要建筑所需的材料，还有十到二十位壮劳力开始挖地基。"谢泼德说，伸手从胸兜里掏出建筑计划，"我可以按照你的标准给你支付佣金。地皮已经购买好了，并且获得了批准。这是建筑师的设计。"

"这是原件还是副本？"尼尔森从谢泼德的大手中接过文件，打开卷宗。

"原件，没有副本。"谢泼德说，"当然，我一直将这些文件随身收藏。"

"当然。"尼尔森表示赞同，伸手去拿他的眼镜。

"我之所以来找你，"谢泼德继续说，"不找科克伦，或莫里森，或其他竞争对手，他们的业务——请原谅我这么说——目前远远比你好得多，但我之所以来找你，一部分原因是大家都认为你是个高效率的人。"

尼尔森抬起头来。

"请允许我实话实说,"谢泼德说,"这件事有点失礼,我知道。我会尽可能地谨慎行事。我刚好注意到,你在清理克罗斯比·韦尔斯先生的遗产时,拿到了价值数百英镑的佣金。"

尼尔森吃了一惊,但谢泼德举手示意他别说话。

"在你听完我要说的话之前,不要先开口将自己牵扯进去。"他说,"我会告诉你我到底知道些什么。那个人的尸体在下葬前先运到了警察营地。因为他没有亲人和朋友,我们就在营地守夜。我有幸观察了他的遗体,当医生检查重要脏器是否受到伤害时,我也在场。吉利斯医生的结论是他死于酗酒,而我在这方面知识匮乏,只能同意他的裁决。吉利斯医生仔细检查了死者的胃肠道,却发现不仅含有食物与烈酒,还有鸦片酊的痕迹——虽然我得承认量不够大,不足以做出不适当的猜疑。我相信克罗斯比·韦尔斯的死因不是中毒,只是酗酒。

"然而,就在守夜还没结束的时候,韦尔斯的土地与木材厂就都被卖掉了。正如你所知,土地刚被银行回收,立刻就被埃德加·克林奇先生购买。虽然交易本身完全合法,但房地产如此迅速地倒手,还是令人感到奇怪。我知道你受雇清理死者的房屋,变卖死者的动产,根据总价值获得一笔费用。你接受了雇用,即刻发现了大量囤积的黄金(藏在什么地方来着,面粉罐里?),价值合计四千英镑。一笔'衣锦还乡'之财,借用当地的话讲。现在,尼尔森先生,你应该已经拿着你的提成走人了,在目前看来这可是一笔很肥的油水。然而,当韦尔斯先生的遗孀踏足沙滩,宣布一切归她,整个这桩好事就都成了一场空。那寡妇来参加葬礼是晚了一星期,但若是来质疑死者房地产的销售,以及销售衍生出的一切交易,却一点也不迟。

"正如我说过的,我相信克罗斯比·韦尔斯不是死于中毒,"谢泼德说,"但是我也相信那些囤积的黄金不属于他,更不属于他的遗孀。韦尔斯寡妇出现在这个我已经觉得够离奇的故事里,这也未免太奇怪了。"他停顿了一下,"到目前为止,我说过的话里有哪一句是你不确信或猜测为不真实的吗?你如果不想,可以拒绝回答。"

"您是想敲诈我?"尼尔森勉强地说。

"绝无此意,"谢泼德说,"但是你必须同意这里面有阴谋。"

"是的,我同意。"

"我不是侦探,"谢泼德说,"而且对这个领域没有兴趣。我基本上不关心你知道多少,但是我必须建造我的新监狱,我看见一个双赢的机会。"

"说吧,先生。"

"韦尔斯寡妇已经上诉,质疑已故丈夫遗产的销售。"谢泼德说,"如同所有的法律事务,上诉需要数月才有动静,在此期间,钱将由银行托管。据我预料,如果没有更大的阴谋被暴露出来,最终销售将被取消,寡妇会把那笔横财据为己有。顺便提一句,我在过去几个月里,有幸与克罗斯比·韦尔斯说过几次话,我敢肯定他从来没有提到已婚一说——没跟我说过,也没跟我问过的其他任何人说过。"

尼尔森脑海里出现一幕情景:有一只猫用自己的爪子来回拍弄着一只小老鼠,锋利的爪子勾缩在爪鞘里。他没有犯罪——没有做错什么,然而他感觉自己有罪。他感觉脱不开干系,仿佛是他在睡觉的时候做了一件可怕的错事,醒来时发现他的枕垫上有血迹。他觉得从现在起,监狱长肯定随时都会揭露他,但是犯的什么罪他却不知道。普里查德用的那个词是什么来着?关联。是的,他敏锐地感觉到了这一点。

小时候,尼尔森从表弟的百宝箱里偷走了一颗珍贵的纽扣。那是军装外套上的一颗袖扣,黄铜色,上面刻着一只身体轻盈的小狐狸,向前奔跑时张着嘴,耳朵向后翘起。纽扣是圆拱形的,其中一边更灰暗些,仿佛它的佩戴者喜欢用手指抚摩它的边缘,时间长了,就把光亮磨掉了。表弟马格努斯患有佝偻病，是罗圈腿。他在世的时间没有多久了，所以不必与别人分享他的玩具，但是尼尔森想要那颗纽扣的愿望太强烈了。一天夜里，当马格努斯熟睡时，他潜入房间，打开百宝箱的锁，偷走了那颗纽扣。他在黑暗的儿童房里走来走去，手里捏着纽扣，掂量它的重量，用手指抚摸那只小狐狸的身体，感觉到铜纽扣吸收了他手上的热量。最后，某种感觉突然涌上心头，并不完全是悔恨，但他开始感觉疲倦和空虚，于是将纽扣放回了原来的地方。表弟马格努斯自始至终都不知道这件事。没人知道。但是数月、数年，甚至数十年之后，表弟马格努斯死了很长时间之后，那次盗窃依然是尼尔森心头的一块伤疤。每当提到表弟的名字，他就会看见月光下的儿童房，就会莫名地脸红。回想起这段往事，他有时会掐自己一下，或者咒骂一声。虽说评判他人要看他的行动，看他说了什么、做了什么，但是一个人若要评判自己，则要看自己愿意做什么，可能会说什么，可能会做什么——这种评判必然存在着阻碍，因为它不仅要受到想象力的局限，而且要受到不断变化的自尊和自我怀疑的影响。

"我估计至少要到明年四月，那笔销售才能成功地撤销。"谢泼德说，还是那样一脸严肃，"在此期间——其实是立刻——我提议，你将你的佣金全额投资到我的监狱的建设中。"

尼尔森吃惊地挑起眉毛。"但是那钱不是我的，"他说，这是他那天下午第二次说这话，"即便事实上还没有撤销，但在法律上已经被撤销了。一旦寡妇的上诉被批准，遗产的销售就会宣布无效，我就必须如数归还我的佣金。"

"镇议会将担保你的贷款，连同利息。"谢泼德说，"毕竟监狱是由政府资助。等到你的佣金被撤销时，我能从储备银行提取基金偿还你。我们将制定一份合同，你可以提出你的条件。你的投资是安全的。"

"既然您有公共资金，"尼尔森说，"何必还要向我提出这个建议？您要这四百英镑做什么呢？"

"你的钱是现款，可以作为私人投资。"谢泼德说，"我的议会资金已经获得批准，但还没有支付。如果要等那笔款子摊派下来，存入监狱的账户，就得等三十位银行经理把我的合同在三十张办公桌上推来推去。那就要等到三月或者四月，选举早就成为过去了。"

"那时候囚犯就是劳德巴克的了。"尼尔森说。

"是的，而且他会侵吞更多的地区预算。"

"很好，"尼尔森说，"假设我同意这样做，您得到了您的监狱。您刚才说我们双方都能获益。"

"嗯，是的。"谢泼德眨了眨眼睛，"你将会得到业务，尼尔森先生。你将得到你的标准佣金，无论是劳力、铁料、木料、钉子，还是每一件细小的东西。合法盈利——这就是你将获得的利益。"

尼尔森对此无话可说（当然，在过去的好几个星期内，他都没有得到类似回报程度的签约），但是谢泼德提议的方式让他感觉非常不舒服。狱守用过"谋杀案"一词，声称那种犯罪是"复杂的"；他一直等到阿尔伯特作为证人出现时才问及埃默里·斯坦斯；当他讲述韦尔斯事件时，举止夸张地阻止尼尔森插话，以防这位代理商话说得太多或太早，而将自己牵扯进去——从而假设他可能会以某种方式牵扯到自己。谢泼德对待他的东道主如同对待一个有罪的人。

尼尔森说："如果我拒绝您的提议——那又如何？"

谢泼德嘴唇向后一扯，露出一副罕见的笑容，其效果相当阴森可怕。"你决计要将这个建议看成是敲诈，"他说，"我无法想象为什么会是这样。"

面对狱守的目光，尼尔森无法坚持很久。"我会给您贷款，按佣金提供我的服务。"他最终说道。他的声音很低。他将建筑师的设计拉到眼前。"敬请稍候片刻，"他又说，"我把您需要的材料记录下来。"

谢泼德低了低头,终于拿起他面前办公桌上那杯冷却了的咖啡。他小心谨慎地端起小托碟,瓷器在他的大手里显得格外脆弱,仿佛他的手指一合,就会把杯子捏成粉末。他将咖啡一饮而尽,把杯子放回尼尔森的办公桌上。然后,他把烟斗放回嘴里,十指交叉,等候着。他们之间唯一的声音,是尼尔森的笔在纸上不规律的摩擦声。

"我将在星期一早晨付给您一张支票。"尼尔森写完最后一笔时说道,"我们可以在星期一的报纸上做广告招标——我直接给洛温塔尔送一张便条。我建议劳工们十点整在这里的拍卖场集合,签约——这将使人们有机会阅读报纸、传播消息。等到星期一中午,如果天气允许的话,我们就能破土动工了。"

谢泼德的眼睛眯成一条缝,问:"你提到洛温塔尔?本杰明·洛温塔尔——那个犹太人?"

"是的。"尼尔森说,眨了眨眼睛,"没有报纸我们就没法登广告。如果您愿意,也可以用传单和教区公报,但是人人都读《西海岸时报》。"

"我希望你明白,你那笔佣金的投资绝对是一件私密的事。"

"我们互相理解对方的意思,先生。"然后是片刻的停顿,"我发誓。"尼尔森补充道,随即又立刻后悔说了这句话。

"也许应该根据这个调子,在我们的合同中补充这样一项条款。"谢泼德淡淡地说,"为了彼此安心。"

"您可以信任我的决定。"尼尔森说,再次红了脸。

"我真的希望如此。"谢泼德说着站了起来,伸出了他的手。

尼尔森也站了起来,两人握手。

"谢泼德先生,"谢泼德正要离开,尼尔森突然说道,"您之前说的那一番话——关于野蛮与文明,旧世界与新世界。"

谢泼德面无表情地注视着他,"是的。"

"我很好奇,想听一听,怎么把那套思路应用于所有这一切——房地产、衣锦还乡之财、韦尔斯的遗孀。"

谢泼德停顿了很长时间,才回答道:"一笔衣锦还乡的大财,是一次全面重新开始的机会,尼尔森先生。找到金块,一个人就能买到自己想要的生活。那种承诺不是文明世界可以提供的。"

Φ

谢泼德离开之后,尼尔森独自在办公室里坐了很长时间,一遍又一遍地回味着狱守的议案。他不由得产生了一种怀疑的感觉。他觉得自己不知在什么地方漏掉了某个环节——仿佛他曾经碰到过一条打好结的手帕,被揉成团揣在一件旧马甲的怀表兜里。他拼命地想,却怎么也想不起来那条手帕结在提示他记住什么——是什么差事、什么责任,他甚至不记得是在什么地方给手帕打了个结,然后将它贴着心口收藏起来。他敲击着手指,摆弄着衣领。雨打着窗户。随着太阳在云层后慢慢升高,房间里灰色的影子变换着位置。

他突然站起来,朝门口走去,把门打开一条缝,透过门缝大声喊道:"阿尔伯特!"

"是,先生。"阿尔伯特在外间办公室大声回答。

"克罗斯比·韦尔斯——那个死者。"

"先生。"

"告诉我尸体是谁发现的。"

"是一队人,先生。"阿尔伯特回答。

"你还记得故事情节?"

"报纸上都写着呢——如果您想要,我可以帮您找出来。"

"你只需要把你记得的告诉我。"

"那队人停下来找吃的,发现韦尔斯先生刚死——我就知道这些。韦尔斯先生坐在自己的餐桌旁,报纸上是这么写的。"

"把那个名字告诉我?"但是他已经知道了。他把头靠在门框上,感觉一阵恶心。

"就是那个竞选韦斯特兰席位的家伙,"阿尔伯特说,"那个坎特伯雷人。您上个星期在明星旅馆遇见过他,他的名字是阿利斯泰尔·劳德巴克。"

Ф

大约十分钟后,尼尔森出现在他外间办公室的门口,啪的一声,快速取下他的大礼帽,惊得那位职员从椅子里跳了起来。尼尔森拿着手杖的模样非常野蛮,他紧紧地抓着手杖中部,仿佛要把它作为打人的棍棒。他的脸色十分苍白。

"我要不要告诉来访者到极上堂去找您?"代理商出门的时候,身后传来阿尔伯特大声的询问。

"不——不要打扰我。告诉他们等着,告诉他们星期一再来。"尼尔森厉声地说,他没有转身。出了院子大门,大步走下码头,走到拐角那家他经常光顾的饼屋时,他没有停下来。他将外衣拉得更紧些,转向内陆,朝着卡尼里和金矿区走去。

午夜降临天蝎座

> 药剂师对鸦片刨根问底；我们终于见到安娜·韦瑟雷尔；普里查德变得不耐烦；响起两次枪声。

约瑟夫·普里查德离开尼尔森的办公室后，没有立刻返回他在科林伍德街的实验室。他直奔烤架旅馆，这是雷维尔街那片最拥挤、最热闹的地带的六七十家旅馆中的一家。这家旅馆（有金丝雀装饰与假百叶窗，即便在雨中，门脸看上去也明快诱人）是安娜·韦瑟雷尔小姐平常的居所，虽然在每天的这个时候，她没有招待客人的习惯，但是普里查德也没有遵守任何时间表的习惯，他只按自己的时间我行我素。他踏上台阶，猛地拉开门，甚至没有朝廊台上的淘金汉们点点头。那些淘金汉坐成一排，将靴子挂在栏杆上，为彼此修剪和清理脚指甲，将烟草吐到泥地上。普里查德阴沉着脸进入门厅时，他们饶有兴趣地看着他，门刚在他身后哐当一声关上，他们便议论道，这是一个决心已定的男人，非把某件事弄个水落石出不可。

普里查德已经好几个星期没有见到安娜了。他只是听第三者说安娜自杀未遂,这个消息来自迪克·曼纳林,而迪克只是转述了阿苏的情报,那个华人在卡尼里经营着一个鸦片窟。安娜经常在卡尼里的中国城操持她的业务,出于这个原因,人们习惯叫她"华人的安"——这个绰号在某些圈子里有损她的名声,而在另一些圈子里却使她的人气飙升。普里查德不属于任何一个圈子——他对其他男人的私生活不感兴趣,所以,当得知这个妓女是阿苏的心肝宝贝时,他既不感到兴奋,也不感到厌恶。曼纳林后来向普里查德汇报说,安娜差点死掉,这几乎使阿苏歇斯底里。(曼纳林不会说粤语,但是能看懂一点中文,包括"金属""要""死"——在他那本笔记本的帮助下,可以进行象形文字般的谈话。笔记本密密麻麻地写满标记,并因经常使用而变得斑驳褪色,曼纳林只需翻阅笔记,用手指在页面上指指点点,就能引用非常复杂的修辞典故:某次过去的争执,某个古老的定居点,某桩昔日的买卖。)

让普里查德感到恼怒的是,安娜一直没有亲自跟他联系。他毕竟是一位药剂师,而且至少在格雷河以南,是西海岸所有鸦片窟的独家供应商,在吸毒过量的问题上,他是一位专家。安娜早就应该来找他了,恳求他的指导。普里查德不相信安娜会企图结束自己的生命,他无法相信这一点。他确定安娜是被其他人强迫服药的,并不是出于她自己的意志;要么就是有人在鸦片上做了手脚,想加害于她。普里查德试图从鸦片窟里回收那块鸦片的剩余部分,以便检验下毒的痕迹,但是阿苏太过愤怒,没有迁就他的要求,并且宣布(再次通过曼纳林转述)自己的强硬决定,永远不再跟这位药剂师做生意。普里查德对这种威胁无动于衷——他在霍基蒂卡有大量客户,鸦片的销售只占他收入的很小一部分,但是他对这件事的职业好奇心还没有得到满足,他现在需要亲自审问这个女人。

普里查德走进烤架旅馆的门厅时,旅馆的老板不在,这里有一种空空荡荡的、令人紧张的感觉。普里查德的眼睛适应了昏暗的光线后，看见克林奇的门卫正靠在办公桌上阅读一份过期的《社论报》，指尖滑过每一行字迹，同时嚅动着嘴唇念出每一个字。桌面上有一块油腻腻的污迹，他手指的移动把木头表面磨得闪光发亮。药剂师从他身边走过时，他抬起头来，冲药剂师点了点头。普里查德朝他弹出一枚先令，他干净利落地接住，拍在自己的手背上——"反面向上"。普里查德开始上楼梯时，男孩大声喊道，普里查德从鼻子里笑了一声。当他在精神上感到痛苦时，他会变得很野蛮，现在他就感到自己很野蛮。走廊里很安静，他将耳朵贴近安娜·韦瑟雷尔的门，听了一会儿才把房门敲响。

哈拉尔德·尼尔森猜对了，普里查德与安娜·韦瑟雷尔的关系比他自己的问题更加痛苦纠结，但是他错误地下了结论，以为药剂师爱上了安娜。事实上，普里查德对女人的品位十分正统，甚至幼稚。他宁可爱上一个挤奶姑娘，也不会爱上一个妓女——不管那个挤奶姑娘多么乏味，那个妓女多么风情万种。他看重纯洁与质朴，素色的衣裙、轻柔的声音、温顺的意愿、小小的野心——也就是说，正好与他互补。他理想中的女人应该跟他自己恰恰相反：她是可知的，他是不可知的；她是安详的，而他不是。她是一种从上而下的定位之锚，是一束光，是一种安慰、一种祝福。而安娜·韦瑟雷尔，荒淫无度，酗酒吸毒，太像他自己了。准确地说，他并不因此而恨她——只是怜悯她。

总的来说，普里查德在女性的话题上从来都是三缄其口。他不认为与其他男人谈论女人是一种乐趣，在他眼里，这种做法无非是荒唐滑稽、哗众取宠。他沉默不语，结果同伴们都认为他造诣高、城府深，而在女人的眼里他充满神秘性、高深莫测。他颇有几分帅气，职业也不错，如果他能不那么沉迷于工作，多一点儿社交，可能会被认为是一个非常受欢迎的单身汉呢。但是普里查德讨厌鱼龙混杂的人群，每个男人都必须在众目睽睽之下展示男性的雄风，玩笑般地炫耀他们的优势。他在大庭广众之下感到窒息与烦躁。他更喜欢密友,有那么三五个知己——他对他们非常忠诚,正如他对安娜也很忠诚,当然是以他自己的方式。他和安娜在一起时感到的亲密,其实主要是因为一个男人无须与其他男人讨论自己的妓女:妓女是隐私,是一顿必须单独吃的饭。他在安娜那里寻求的正是这种孤独性,安娜对他来说是一种离群索居。当他与安娜在一起时,他与她保持着距离。

普里查德一生中只真正爱过一次——十六年前,玛丽·孟席斯变成了玛丽·弗金,迁移到佐治亚州,在棉花、红土地(普里查德曾经所想象的)和缓慢的节奏中,追求一种由财富和无云的天空构成的生活。她是否已经殒命——弗金先生是否还活着——她是否有过孩子,是活下来了还是夭折了——她是否随着年纪增长依然面容姣好,抑或不堪岁月的蹂躏——他一概不知。在他心中,她只是玛丽·孟席斯。他最后一次见到她时,她二十五岁,身着简朴的碎花细布裙,两鬓留着细发卷儿,手腕和手指上都没有任何点缀。他们坐在窗台上,互相道别。

"约瑟夫,"她说,"我不相信你会心安理得地做好人。幸好你从未与我做爱。现在你将怀着喜爱之情记住我。否则,就不会是这样了。"(他后来将这话记在自己的笔记本里,为的是永远牢记。)

他听见门里面有急促的脚步声。

"哦,是你呀。"安娜只问候了这么一句。她感到失望,她一定是在期待别的什么人。普里查德没有说话,走进屋里,反身将门关上。安娜移动到窗下的一片亮光中。

她身着丧服,老式风格的长裙(钟形裙,尖腰),褪色的布料,普里查德猜想这不是为她量体定做的新衣服,一定是别人送的,或者更有可能是改旧翻新的。他看见裙子下摆被拆线放边,那两英寸颜色更黑的裙边拖到地板。看着一个妓女在服丧,这感觉真是很奇怪——就好像看见一个牧师打扮成花花公子,或看见一个小孩长着胡子,令人感到一种错乱,普里查德想。

他意识到,除了在灯光或月光下,他极少在其他光线里看见过安娜。她的肌肤呈半透明状,甚至带着一点蓝色,眼睛下面呈深紫色——仿佛她是一幅水彩画,画纸不够厚实而无法吸水,所以颜色四处乱跑。她的面容,普里查德的母亲会说,是由棱角组成的。眉毛很直,下巴颏儿尖尖的。鼻子很窄,甚至是几何形状。一个雕塑家只需四刀便可完成,两旁鼻翼各一刀,鼻梁一刀,鼻子底下一刀。她的嘴唇很薄,虽然天生一双大眼睛,但总是满眼狐疑地看着世界,极少利用它们达到魅惑别人的效果。她的脸颊凹陷,在绷紧的皮肤下,颌骨轮廓清晰可见,如同鼓的边缘。

去年她怀了孩子,那种状态温暖了她蜡黄的脸颊,骨瘦如柴的胳膊日渐丰满——普里查德喜欢她的那种样子:鼓起的肚子、肿胀的乳房隐藏在层层平纹细布与薄纱下面,轻柔的面料使她变得柔软,令她体态轻盈。但是春分后的某一天,当傍晚变得更长、白天更加明亮,猩红色的太阳低垂在塔斯曼海上数小时才终于滑入红色的大海时,胎儿流产了。小尸体被裹上白布,埋葬在海景山坡上一个简陋的坟墓中。普里查德没有跟安娜谈过胎儿死亡的事。他并不经常光顾安娜的房间,他在那里时也没有问过她什么。但是,当得知这个消息后,他曾私底下哭泣过。霍基蒂卡的孩子太少了——也许有三四个。人们期盼看见孩子,正如期盼听见熟悉的乡音,或者看见可爱的船只出现在地平线上,让人想到家乡。

他等着安娜先开口。

"你不能待在这儿,"她说,"我跟别人有约。"

"我不会耽误你。我想问问你身体如何。"

"噢,"她爆发了,"我烦死了这个问题——烦死了!"

他对她激烈的回答感到意外,"我已经有一段时间没来看你了。"

"是的。"

"但是我在路上看见过你——新年刚过的时候。"

"这是一个小镇子。"

他靠近她一些,"你闻上去像大海。"

"不像。我已经好几个星期没有洗海水浴了。"

"那就是像暴风雨的气息。正如从风雪中来的人,携带着寒冷。"

"你想干什么?"

"我想干什么?"

"用这种方式说话——充满诗意。"

"充满诗意?"

(普里查德有个坏习惯,他与女人对话时,总是用一个问题回答另一个问题。玛丽·孟席斯很久以前曾抱怨过这一点。)

"多愁善感,矫揉造作。我不知道。没关系。"安娜猛地扯动她的袖口,"我的身体已经恢复了,"她又说道,"下一个问题你可以不必问了。我丝毫没有主动伤害自己的意思。只是想跟平常那样抽一锅大烟,然后我就睡着了,后来我能记得的就是在监狱里。"

普里查德将帽子放在衣橱上,"从那时起,你就一直受到骚扰。"

"纠缠到死。"

"可怜的你。"

"同情更糟糕。"

"唉,那么,"普里查德说,"我就不给你任何同情了,我还是冷酷地对待你吧。"

"我不在乎。"

在他看来,安娜说话时带着悲怜与冷漠,这令他感到愤怒。他本想把这种情绪表现出来,却又提醒自己是为一桩差事而来的。"谁是你的客户?"他奚落地问她。

安娜正朝窗户走去,听了这话吃惊地转身,"什么?"

"你说你跟人有约,他是谁?"

"没有客户,我要跟一位女士去看帽子。"

他哼了一声。"我听说过娼妇之道,你知道的。你不必撒谎。"

她好像是从很远的距离打量着他——仿佛对她来说他只是地平线上的一个标记,远方的一个小点,正在消逝。然后她仿佛是对一个孩子说话似的,慢慢地说:"当然——你还不知道,我已经有段时间不为娼了。"

他挑起了眉头,然后,为了遮掩他的惊讶,大声地嘲笑她:"你现在成了良家妇女?看帽子,看橱窗,是不是?戴着手套逛街?"

"只是在我服丧期间。"

他感觉这个回答——简单而平静地说出来——使他因为刚才的嘲笑而显得愚蠢,他胸中升起了一团怒火。

"迪克对此有什么说法呢?"他说,他指的是安娜的雇主——曼纳林先生。

安娜转过身去,"他不高兴。"

"我可以想象!"

"我不想跟你说这个,乔。"

他怒气冲天,"你这话是什么意思?"

"没有什么意思,没有什么特别的意思,我只是不愿意想到他。"

"他一直对你禽兽不如?"

"不,"安娜说,"并非如此。"

普里查德了解各类娼妓。假装惊讶、尖声尖气、装腔作势、矫揉造作的类型;四季都穿垂肘袖,称呼男人为"小伙子"的丰满而热心的类型;酗酒、贪婪、爱抱怨、指关节红肿溃烂、眼睛流泪的类型。再者,就是安娜这一类了,这是不可知的一类,时而清澈,时而闪烁，体态间流露出精美的悲楚，其苦情如此完美、如此纯粹，以至于表现为尊严和宁静。安娜·韦瑟雷尔不只是一匹黑马，她还是黑暗本身，是黑暗的披风。普里查德想，她是一位沉默的哲人，知道的不是智慧，而是邪恶——无论一个人做了、说了或见证了什么邪恶的事情，她肯定见证过更糟糕的。

"你为什么不来找我？"普里查德终于说道，意在对她有所指责。

"什么时候？"

"你生病的时候。"

"我在监狱里。"

"但在那之后你也没来。"

"那又会有什么好处呢？"

"可能会省掉你许多麻烦。"他没好气地说，"我应该可以证明鸦片被投了毒，如果你让我做证的话。"

"你早就知道有人投毒？"

"我一直在猜想。不然会是什么呢，安？除非——"

安娜再次躲开他。这一次她走到床头，用手指抓住一个铁把手。安娜走动时，他再次闻到她的气味——大海。这种感觉太强烈了，令他惊讶。他不得不控制住自己想靠近她、跟随她、感受她的冲动。他嗅到了盐、铁，以及恶劣天气的沉甸甸的金属味……低云，他想，还有雨。不仅是大海，是一条船。绳索的焦油味、布满灰尘的潮湿的漂白柚木、油帆布、蜡烛。他的嘴巴开始流口水。

"投毒，"安娜说，凝视着他，"是谁干的？"

（也许这是一种感觉记忆——仅仅是一个偶尔响起的回音，突然涌遍全身，然后又迅速消失。他不愿再想。）

"这种可能性一定在你心里出现过。"他说着，皱起了眉头。

"可能吧，我什么都记不清了。"

"一点都记不清吗?"

"只是拿着烟枪坐下,烧热了烟针。然后,一片空白。"

"我相信你不是自杀——你没有伤害自己的意思。我相信这一点。"

"唉,是啊,"安娜说,"但一个人偶尔会有这种念头。"

"当然——偶尔。"普里查德说,他回答得太快了点。他感觉被击败了,向后倒退半步。

"我对投毒的事一无所知。"安娜说。

"如果我能检查剩下的那块烟土,就能告诉你那东西是否被做了手脚。"普里查德说,"这就是我来这里的原因。我想知道是否能从你这里买一些回去检验。阿苏根本不理我。"

安娜眯缝起眼睛,"你想检验它,还是想把它换掉?"

"你这是什么意思?"

"你可能是想掩盖你的痕迹。"

普里查德恼怒得满脸通红,"什么痕迹?"安娜没有说话,所以他又问了一遍,"什么痕迹?"

"阿苏认为是你投的毒。"安娜终于说了出来,眼睛直勾勾地看着他。

"他认为?如果我想看见你死,怎么会绕这么一个该死的大圈子?"

"如果你想看见他死呢?"

"丢掉他这单生意?"普里查德压低声音,"你听着,我并不宣称跟他们有兄弟般的感情,或类似的好感,但是我与东方人无冤无仇。你听见了吗?我没有任何理由去伤害他们中的任何人。绝对没有。"

"他认领区的帐篷又被人划破了,就在上个月,他所有的药品都被毁坏了。"

"什么——你认为是我干的？"

"不，我不这样认为。"

"那么到底是什么意思呢？"普里查德说，"说出来吧，安。是什么？"

"他认为是你在搞骗局。"

"毒害华人？"普里查德从鼻孔里哼了一声。

"是的，"安娜说，"可人家没有愚蠢到那种地步，你知道。"

"好啊！以他的视角看问题了，是不是？"

"我没有那么说，"她说，"不是我那么认为——"

"你认为我是个赌气的老头。"普里查德说，"我知道，我就是一个赌气的老头，安娜，但我不是个杀人犯。"

妓女刚才的指责突然出现，现在又迅速消失。她又向后退缩，侧身朝窗户走去，一只手摸向衣领上的梭织花边。她开始拉扯花边。普里查德感到心情平静了些。他认出这个姿势：不是她自己的动作，而是属于一个姑娘，任何一个姑娘。

"嗯，无论如何，"他说，试图做出弥补，"无论如何。"

"你也不是那么老。"她说。

他想去触摸她。"还有那个鸦片酊的事——克罗斯比·韦尔斯的灾难，"他说，"我满脑子都是这个。"

"什么鸦片酊的事？"

"一小瓶鸦片酊，在那个隐士的床底下发现的。那是我的。"

"有瓶塞还是没瓶塞？"

"有瓶塞，但只剩下了半瓶。"

安娜似乎很感兴趣，"你的——你是说属于你个人的，还是仅仅从你店里买的？"

"买的，"普里查德说，"但不是克罗斯比买的。我从来没有卖给那个人一打兰。"

安娜把手放在脸颊上,思考着,"那真奇怪。"

"克罗斯比·韦尔斯那老家伙,"普里查德说,试图让气氛变得欢快一些,"他活着的时候,从来没有任何人想到过他——现在可好。"

"克罗斯比——"安娜刚开口,就立刻哭了起来。

普里查德没有朝她走去,没有张开怀抱给她安慰。他只是看着安娜从衣袖里摸出一块手帕,他等待着,双手交叉,背在身后。安娜不是在为克罗斯比·韦尔斯哭泣。她甚至不认识那个男人。她是在为自己哭泣。

当然,普里查德想,这一定是不愉快的经历,在小额索赔法庭上因自杀未遂受审,被形形色色的男人追逐,被《西海岸时报》作为茶余饭后、台球轮换时闲谈的话题,仿佛一个人的灵魂是一种共同财产、一种事业。他默默地看着安娜擤鼻涕,用她单薄的手指摸索着将手帕收起来。这不仅仅是疲惫的表现,这是一种完全不同的悲哀。她受到的骚扰似乎不至于让她产生如此强烈的反应。

"没关系,"安娜情绪稳定后,终于说道,"不用管我。"

"只要我能拿一小块研究一下。"普里查德说。

"什么?"

"大烟。我会从你手里买过来,不是把它换走——你可以只给我一小点,不必放弃那一整块。"

安娜摇了摇头,在她敏捷的动作中,普里查德捕捉到她身上某种不同的东西。他箭步向前,三步两步走到她面前,抓住她的衣袖。

"在哪儿?"他说,"烟土在哪儿?"

安娜挣脱了他,"我抽掉了,昨晚我把最后一点儿抽掉了,如果你一定想知道的话。"

"你没有抽掉——你不可能!"

普里查德紧跟着她,转过她的肩膀,使她面朝着他。他伸手将拇指放在她下巴颏儿上，将她的头托得往后仰，以便看清楚她的眼睛。

"你在撒谎，"他说，"你的体内没有鸦片。"

"我抽掉了。"安娜又说了一遍。她把身体挣脱了出去。

"你是不是把它还给苏了？苏是不是把它拿回去了？"

"我抽掉了，跟往常一样。"

"别扯了，安。不要说谎。"

"我没说谎。"

"你刚抽了一块掺了毒的烟土，眼睛却像黎明一样清澈？"

安娜眯缝起她的眼睛，"谁说它是掺了毒的？"

"即便它没有——"

"你知道它被掺了毒？你能肯定？"

"我他妈的对这桩该死的事一无所知，而且我不喜欢你这种口气。"普里查德厉声骂道，"我只想要一小块回去，好好检验一下，看在上天的分儿上！"

她又来了兴趣，"是谁掺的毒，乔？是谁想害死我？你的猜测是什么？"

普里查德挥了挥胳膊，"也许是阿苏。"

"反过来指控正在指控你的人？"安娜大笑，"这是恶人先告状！"

"我只是想帮助你！"普里查德愤怒地说，"我只是想帮忙！"

"没有什么可以帮忙的！"安娜大喊，"没人帮忙！我再说最后一遍：没有自杀，约瑟夫，而且没有——该死的——投毒！"

"那你给我解释一下，你为什么会半死不活地躺在基督城路的中央！"

"我没法解释！"

普里查德那天第一次在安娜脸上看见了真实的情感：恐惧，

愤怒。

"那天夜里，你拿起烟枪——跟往常一样？"

"从我保释之后，天天如此。"

"今天呢？"

"没有。我昨晚抽掉了最后一块，我告诉过你了。"

"昨晚什么时候？"

"很晚，也许是半夜。"

普里查德想啐一口，"别把我当傻瓜。我见过你抽完大烟后的模样，也见过你缓过劲儿来的时候。此时此刻，你清醒得像一位修女。"

安娜的脸扭曲了起来，"如果你不相信我，那就走吧。"

"不。我不会走的。"

"你真该死，乔·普里查德！"

"你才该死。"

安娜再次泪流满面。普里查德扭过头去。她会把它放在什么地方呢？他朝衣橱大步走去，打开橱门，开始翻找。挂在架子上的衣裙。她的衬裙，她的灯笼内裤，大部分都褴褛不堪，染有污渍。手帕、披肩、裙撑、丝袜，还有带扣的长筒靴，他什么也没找到。他走向梳妆台，台面上有一只破裂的瓷盘，上面放着一盏酒精灯——这就是她的鸦片灯，旁边有一副棉手套、一把梳子、一个针插、一块打开包装的肥皂，各式各样的面霜罐和粉盒。他拿起所有这些物件，然后粗鲁地放回原处。他要将整个房间翻个底儿朝天。

"你在干什么？"安娜说。

"你把它藏起来了——却不肯告诉我为什么！"

"这些都是我的东西。"

他大笑起来，"都是信物，对吗？珍贵的纪念品？古董？"

他猛地把她的梳妆台抽屉拉出来，翻倒在地板上。那些小饰品瀑布一般叮叮当当地散落、硬币、木线轴、缎带、包扣、一把裁缝剪、三个骨碌碌滚动的香槟瓶塞、一把男人刮胡子用的毛刷——准是她从什么地方偷来的、火柴、裙撑、她来新西兰的船票、一堆堆布料、一面银背镜子。普里查德在那堆东西里耙来耙去。那是安娜的烟枪——应该有个配套的小盒子,或许是小口袋,里面装着她那包在一张方形蜡纸里的大烟,就像从店里买来的奶糖。他咒骂着。

"你是个畜生,"安娜说,"你真可恶。"

他不理睬她,捡起那杆烟枪。

这是一杆中国制造的竹烟枪,长度跟普里查德的前臂差不多。烟锅在距离烟枪头的三英寸处,鼓出来像是门把手一般,用金属片固定在木头上。普里查德用双手掂量着它,如同长笛演奏家手持长笛一般。他闻了闻。烟锅边缘有黑色的残留物——看来,有人用过这杆烟枪,而且是最近。

"高兴啦?"她说。

"管好你的嘴。烟针在哪儿?"

"那儿。"她指着地板上那些乱糟糟杂物里的一块方形布头,里面插着一根长长的帽针,针头有黑色污迹。普里查德也闻了一下它。然后,他将帽针插入烟锅的小孔,搅动针头。

"你要把它弄坏了。"

"那倒是帮了你一个忙。"

(普里查德痛惜安娜吸食毒品成瘾——但是为什么呢?他自己也多次吸食过鸦片。他在卡尼里就吸过,事实上,是与阿苏一起吸的,在阿苏那间挂着东方布帘的小屋子里,布帘使空气静止,他那些宝贵的灯不会因空气流动而摇曳。)

终于,普里查德将烟枪抛到一旁——但动作粗蛮,烟锅砸在地板上,摔脱下来。

"畜生。"安娜又说。

"我就是一个畜生,是不是?"

他朝安娜扑过去,不是真的想伤害她,只是想抓住她的肩膀,摇动她,直到她告诉他事实真相。但是他动作笨拙,安娜挣脱了他,这是那天下午的第三次了,普里查德的鼻孔里充满了大海浓郁的海水气味,而且,真令人不敢相信,还有冰冷的金属气味,仿佛风吹打在他的脸上,仿佛一面船帆在他的头顶上方断裂,仿佛一场暴风雨即将来临。他颤抖了。

"退后。"安娜说,她将双手摆在面前,手指半屈成拳头,"我说真的,约瑟夫,我不许你说我是骗子。退后,滚开。"

"我就是要说你是骗子,如果你他妈睁着眼睛说瞎话。"

"退后。"

"告诉我你把它藏在了哪儿。"

"退后!"

"你必须告诉我它在哪儿!"普里查德大声叫喊,"告诉我,你这个没用的该死的婊子!"

在绝望中,他又朝安娜扑上去。他看见安娜的眼睛闪了一道亮光,在接下来的一瞬间,安娜将手伸进胸前,掏出一支女式小手枪,只有单发子弹的那种。一支很小的手枪,并不比普里查德的手指长多少,但在两步之内,依然可以打破他的胸膛。普里查德本能地抬起双手。手枪拿反了,枪口朝着安娜的下巴颏儿,安娜必须掉转枪身,把枪拿正——但是她完全疯狂了,刹那间,三件事情同时发生。普里查德后退时被藤编地毯的边缘绊倒;在他身后,门突然被打开,有人大喊一声;安娜朝着声音发出的方向半转过身,朝前迈步,开枪击中了自己的胸膛。

小手枪的枪声空洞发闷,甚至不怎么引人注意——像是甲板高处的船帆顶部的噼啪声。如同回声的回声,仿佛真正的枪击发生在某个遥远的地方,这里的声音只是一种模仿。普里查德茫茫然地转过身，背朝着安娜，面对站在门口的那个人。他心中有一团迷雾，勉强地认出了刚进来的那个人，他是奥伯特·加斯科因，裁判法庭的新文员。普里查德对加斯科因根本不熟悉。大约三个星期前，这个文员来到他的实验室，抓药治疗肠道不适——说来荒诞，普里查德此刻竟然想起了这个。他想知道，他的酊剂有没有像承诺的那样在这个男人身上发挥药效。

那一刹那，没有人动一下……或许时间完全停止了流逝。然后，加斯科因大声地骂了一句，奔向前，扑倒在妓女的身上。他猛地托住安娜的头，手枪啪的一声落在一旁，但是安娜雪白的脖子上没有伤痕，没有血迹，她正在呼吸。她急切地把双手伸向自己的喉咙。

"你这个傻瓜——你这个傻瓜！"加斯科因大喊。他的声音中含着呜咽。他用双手抓住安娜的梭织衣领，撕开领口。"空心子弹，是不是？蜡丸，是不是？你想再让我们大家虚惊一场？你究竟玩儿的什么鬼把戏？"

安娜把手移动到自己胸前，手指胡乱地触摸与拍打着。她的眼睛瞪得圆圆的。

普里查德说："空的？"他弯腰捡起那支手枪。

枪管发热，空气中弥漫着火药味儿。但是他看不见空弹壳，任何地方都没有弹孔。安娜身后的粉刷墙壁很平滑，跟一秒钟前完全一样。两个男人四处查看——墙壁、地板和安娜。妓女低头看着自己胸前。普里查德把手枪递过去，傻乎乎地让它吊在他的食指上。加斯科因接过手枪，灵巧地打开枪管，凝视着枪膛里面。然后，他转身对着安娜。

"这一膛子弹是谁装的？"他责问道。

"我自己装的，"安娜一脸迷惘地说，"我可以给你看备用子弹。"

"快给我看，给我看看备用子弹。"

安娜从地上爬起来，走向床边的宝塔架。片刻之后，她拿着一个锡盒回来，里面一张牛皮纸上滴溜溜地滚动着七颗子弹。加斯科因用手指触摸着它们。然后，他把手枪递给妓女。"就像你装那颗子弹那样装，一模一样。"安娜默默地点了点头。她向一侧旋转枪管，将子弹装入枪膛。然后，她将枪管扳正，扣上扳机，将上了膛的手枪递还给加斯科因。她看上去吓坏了，普里查德心想，神情呆滞，好像连话也不会说了。加斯科因从她手里接过手枪，后退几步，平举手枪，朝着安娜的床头板开枪。枪声正如刚才那样——这一次，普里查德听见楼下传来一阵警觉的低语声，还有快速的脚步声——他们三个人都盯着刚才开枪的地方。一个完美的枪眼儿，边缘因遇热而稍微变黑，子弹穿过安娜的枕头中央，在他们眼前，一团羽毛粉尘从枕头填料中升腾起来，犹如一层薄纱飘然而下。加斯科因走上前去，把枕头扔到一旁。他用手指触摸床头板的四处，正如安娜触摸自己的脖子检查枪伤一样，片刻之后，他发出一声满意的嘟囔。

"找到了吗？"普里查德说。

"几乎没有痕迹。"加斯科因说，用他的手指尖测试弹痕的深度，"这些女式小手枪，根本不值什么钱。"

"可是究竟——"普里查德被搞糊涂了。他的舌头发木，在嘴里转不过弯来。

"第一枪是怎么回事？"加斯科因追着他的话音问道。他们都盯着第二颗子弹，这一颗清晰可见，躺在他的手中，已经变形。然后，加斯科因看着安娜，安娜看着加斯科因——对于普里查德来说，他们之间似乎心有灵犀。

多么悲惨啊，一个男人看着自己的妓女与另一个男人交换眼神！普里查德想鄙夷安娜，但他不能：他感觉迟钝，甚至迷惘。他的双耳出现耳鸣。

安娜转向他，"你下楼好吗？告诉埃德加我在玩枪，或者擦枪，不小心走了火。"

"他不在服务台。"普里查德说。

"那就告诉门卫,只是要让人知道。我不想让任何人上来,不希望弄得大惊小怪。请照办吧。"

"好吧,我会的。"普里查德说,"可是,然后——"

"然后,你就该走了。"安娜语气坚决。

"我希望得到我来要的东西。"普里查德小声说,侧眼瞥了一下加斯科因,但是那个男人谨慎地低垂着目光。

"我没法帮助你,约瑟夫。我这里没有你要的东西。请走吧。"

普里查德再次看着安娜的眼睛。这是一双绿色的眼睛,在光线下,虹膜边缘有一圈黑暗,瞳孔周围聚集着灰色的卵形斑点。他已经有好几个月没有看见安娜眼睛的颜色了,他曾经看见过安娜的瞳孔像一个圆孔、一块晶体,而不是一个模糊的黑圈,因睡意昏昏而眼神迟钝。她没有抽大烟——他对这一点没有丝毫怀疑,所以,她是个骗子,甚至可能是个贼。她在欺骗他。还有她的约会,这个男人——加斯科因。还有另外一个秘密,另外一个谎言。跟一位女士,去看帽子!

但是,普里查德发现他没法再次升起怒火。他感到羞愧。似乎一直是他侵犯了别人,似乎一直是他在妓女的私人卧房中,打搅了属于安娜与加斯科因之间的亲密温存。普里查德感觉到这种耻辱是非常鲁莽而幼稚的。一股苦涩的感情突然涌遍他的全身,涌上了他的嗓子眼儿。

终于,他迈开双腿,转身离开。在门口时,他伸手抓住门把手,将门在身后拉上。但是他动作缓慢,通过逐渐缩小的门缝看着他们。

门还没有完全关闭,加斯科因就开始有所动作。他奔向安娜,张开双臂,安娜落入他的怀里,苍白的脸颊贴着他的脖子。加斯科因用胳膊用力地搂住安娜的腰,安娜的身体变得酥软;加斯科因抱起她,她的脚趾拖曳在地板上;她紧紧地搂着加斯科因;加斯科因低下头，将脸颊贴在安娜的头发上。普里查德紧咬牙关，睁着眼睛，用鼻孔剧烈地呼吸。普里查德看着门，身心被一种孤独感俘虏。他觉得自己从来没有被爱过，没有一个人曾经爱过他。他尽可能悄悄地关上门，蹑手蹑脚地走下楼梯。

Φ

"我可以插嘴问一个问题吗？"

"可以，当然。"

"你能准确地告诉我韦瑟雷尔小姐是怎么拿着手枪的吗？"

"当然。像这样——她的手掌根部在这里。我就站在她的斜对面，大致是曼纳林先生现在坐着的地方，她的身体半转，像这样。"

"如果枪开火后有预期的效果，韦瑟雷尔小姐会受到什么样的创伤呢？"

"如果她幸运，会伤到肩膀。如果她运气不好——嗯，也许子弹会稍微偏低一点，可能就会射中心脏。是在左边……真正奇怪的是，即便子弹是空的，她依然会受到空弹的冲击，或被火药烧伤，至少会被烫伤。我们无法弄清到底是怎么回事。"

"谢谢。很抱歉打扰你了。"

"您有什么可以告诉我们的吗，穆迪先生？"

"很快就会有的——当我听完整个故事以后。"

"我不得不说，先生——您的脸色看上去很奇怪。"

"我感觉相当不错。请继续。"

Φ

那天下午，普里查德返回他在科林伍德街的药店，时候还早，但他却感觉应该更晚——应该是夜幕降临的时辰，只有这样才能解释他感到的疲惫。他先进入店铺，愚蠢地花了些时间把磨刀皮带在货架的棱角上抻直，整理瓶瓶罐罐，让它们整齐地排列在展示柜的边缘——可是突然间，他再也无法支撑自己。他在店铺的窗户上摆了一张卡片，通知来访者下星期一再来，然后锁上店门，回到他的实验室里。

他的办公桌上有几份需要制作完成的订单，但是他两眼无神地凝视着那些表格，视而不见。他脱去外套，挂在炉台旁边的挂钩上。他习惯性地将围裙系在腰间。然后，他就站着，瞪眼发呆。

玛丽·孟席斯的一席话圈定了他的人生——是对他的预言、对他的诅咒。"我不相信你会心安理得地做好人"——他记得这句话。他将它写了下来，这样做是为了确定他能够实现她说的话。他变成了她拒绝的那个男人，因为她拒绝了他，因为她离开了他。现在，他已经三十八岁了，一直没有恋爱，别的男人都有相好，别的男人都有妻子。普里查德用他那细长的手指抚摩着面前桌上的一个处方药瓶。她当年十九岁，是他心中的玛丽·孟席斯。

他想起父亲的一句话：你给狗起一个坏名字，那条狗一辈子都是坏狗。（"记住这个，约瑟夫。"——父亲一只手搭在普里查德的肩膀上，另一只手将一只新生的小狗崽抱在怀里。第二天，普里查德给那个小家伙取名为克伦威尔，父亲点了一下头。）回忆起这番话，普里查德心想：这就是我对自己、对自己的命运所做的事吗？我就是父亲至理名言中的那条狗，起错了名字？但这不是一个问题。

他坐下，将双手放在实验室的长凳上，手掌朝下。他的思绪又飘回到安娜身上。按照安娜的说法，她根本没有自杀的念头——普里查德相信这个说法是诚实的。虽然安娜生活得很悲惨，但是她自有乐趣，她不是一个喜欢暴力的人。普里查德感觉自己了解她。他无法想象安娜会企图结束自己的生命。然而——她说什么来着？人们的确偶尔会想不开，偶尔。是的，普里查德沉重地想。偶尔，的确有过。

安娜是个老练的鸦片吸食者。她几乎每天都会吸食鸦片，身心都已经非常适应鸦片的效果。普里查德从来不知道她竟然会完全失去知觉，十二个小时内都无法苏醒。他怀疑这种情形是失误造成的。唉，如果安娜真的不想结束自己的生命——就像她所说的那样，那么，只剩下两种可能：一是某个心怀鬼胎的人给她下了毒，然后将她丢弃在基督城路上；二是（普里查德慢慢地点了点头）她虚张声势。是的。她在大烟的事情上说了谎，她也可以很轻易地在剂量过量上撒谎。但出于什么目的呢？她在保护什么人呢？要达到什么目的呢？

霍基蒂卡的医生已经确认，安娜确实在一月十四日那天夜里服用了大量鸦片。在安娜受审的第二天，医生的证词就发表在《西海岸时报》上。安娜能够骗过医生，或者说服医生开出假的诊断吗？普里查德考虑着这一点。安娜待在监狱里的时间超过了十二个小时，这期间被各式各样的男人又戳又捅，而且还有好几十个人目睹。她不可能蒙骗所有的人。真正失去知觉不是那么容易假装的，普里查德心想。即便是妓女，演技也不会那么高明。

好吧，也许鸦片确实被人下了毒。普里查德将手掌翻过来，研究自己的指纹，一只手像是另一只手的翻版。当他把手指尖合在一起时，它们完美地相互交叠着，如同一个人触摸镜子中自己的前额。他弯腰向前看着手指上的旋涡。他本人肯定没有以任何方式在鸦片上做手脚，而且他也没有真的怀疑那个华人——苏——会干出这种事。苏喜欢安娜。不，苏不可能加害安娜。嗯，这就意味着给鸦片下毒是发生在普里查德批发到手之前，或者安娜从阿苏那里购买了供回家吸食的少量鸦片之后。

普里查德的所有鸦片类药物都来自一个名叫弗朗西斯·卡弗的人。他现在开始考虑卡弗了。此人曾是个囚犯，因此声誉很差。然而，他对普里查德总是彬彬有礼、公平合理。普里查德没有理由认为卡弗会希望他——或者他的生意——受到任何形式的损害。至于卡弗是否对华人抱有恶意，普里查德就不知道了，但是卡弗并不把货直接销给华人。他卖给普里查德，只卖给普里查德。

普里查德与卡弗的第一次见面是在雷维尔街的一家赌场，大约七个月之前。普里查德是个热切的赌徒，当时，他在掷骰子游戏之间休整自己，暗自盘算着他的损失，一个脸上有伤疤的男人在他身旁坐了下来。普里查德出于礼貌与之交谈，问这个男人是否喜欢玩扑克牌，他来霍基蒂卡有何贵干。很快，两人就开始深谈。后来，在适当的时候，普里查德提到自己的职业，卡弗的表情敏锐起来。他放下酒杯，说他与一个在孟加拉掌控罂粟种植园的前东印度人有着多年的交情。如果普里查德需要鸦片，卡弗可以保证无限量地提供质量无与伦比的产品。当时，普里查德除了从一个庸医那里买来的一些低纯度鸦片酊以外，没有鸦片存货。因此，他毫不犹豫地感谢了卡弗，并与他握手，答应第二天早晨就回来起草他们的贸易合同。

从那时起，卡弗已经为他提供了总量三磅的鸦片。每次供给普里查德的鸦片都不超过一磅，因为（他自己十分坦率地解释说）他要严密地控制自己的供货，以防普里查德批发给其他商贩，从中牟利。（当然，将鸦片卖给阿苏，普里查德正是充当了中介，但是卡弗对这样的额外安排毫不知情，因为他很少待在霍基蒂卡，普里查德也不会自找麻烦去坦白这件事。）大烟进货时被裹在纸中，压进锡盒里，有点类似储存茶叶的那种盒子。

普里查德从实验室的长凳上拿起一块破布，开始清理指甲里的脏东西——这时，他注意到自己的手指甲已经相当长了。

卡弗真的敢在鸦片批发给药店之前下毒吗？普里查德可能会将大烟打成粉末，制成鸦片酊；可能会一片一片地卖给任意数量的客户，也可能自己吸食。卡弗与安娜有一段不愉快的过往，这的确也是事实，他之前曾严重地伤害过安娜一次。然而，即便他希望用药物过量来置安娜于死地，那也无法保证下了毒的那块鸦片最终能落入安娜手中。普里查德用手指将指甲里的脏东西捏成一个小团。不，竟然设计了一套充满这么多不确定因素的阴谋，想想都觉得不可行。卡弗可能是个畜生，但他不是一个傻瓜。

抛开这个想法后，药剂师开始考虑第二种可能性：阿苏给安娜·韦瑟雷尔一块鸦片，让她拿回家吸食，在此之后鸦片被人下了毒。或许有人潜入安娜在烤架旅馆的房间，在那里下了毒。可是，问题又来了——为什么呢？何苦在鸦片里下毒呢？为什么不用更常规的方式来杀害这个妓女——勒死、闷死或打死呢？

普里查德一筹莫展，便将心思转向他本能地知道是真实的东西。他知道安娜·韦瑟雷尔没有道出一月十四日事件的全部真相。他知道最近有人用安娜藏在房间里的烟枪吸过大烟。普里查德知道安娜本人已经停止吸大烟了，他从她的眼睛与动作判断，毫不怀疑她现在就像从未碰过毒品的人那样干净。在普里查德看来，这些确定的事实只能得出一个结论。

"该死的，"他低声说，"她在撒谎——为了另外一个男人。"

下午就这样过去了。

后来，普里查德拿起没有完成的订单，因为想做一些更能分散心思的事情，便开始工作。他没有意识到时间的流逝，直到实验室响起了轻轻的敲门声，才把他带回现实中。他转过身——带着一丝惊讶，注意到日光已经暗淡，黄昏将至——他看见阿尔伯特，尼尔森的初级职员，屏住呼吸、面带羞愧地在门口徘徊。阿尔伯特带来了一张便条。

"哦——是尼尔森写的便条。"普里查德说着，走上前来。他差点忘记了那天下午与尼尔森的谈话，忘记了他对尼尔森的请求——去找金匠桂，询问在克罗斯比·韦尔斯地盘上发现冶炼过的金条的事。他已经将克罗斯比·韦尔斯完全抛到了脑后——他的横财、他的遗孀，还有消失的斯坦斯先生。当一个人郁闷不乐地独处时，世界是如何默默地运转的啊！

普里查德在围裙里摸索着找一枚六便士硬币，但是脸颊绯红的阿尔伯特结结巴巴地说："不用，先生——"他亮出一双手掌，表示送信的荣耀就足以令他满足了。

事实上，阿尔伯特可以肯定，他一生中从来没有哪个下午像这样令人激动。他的雇主大约半个小时前刚从卡尼里中国城返回，情绪万分激动，几乎把门从铰链上扯下来。他以陷入冥想的交响乐作曲家的那股激情，写完了阿尔伯特现在带来的这张便条。他笨拙地封上便条，不小心把封蜡洒到了自己身上，骂了几句，然后将折叠成块状的便条猛地塞给阿尔伯特，嗓子嘶哑地说："普里查德——给普里查德——越快越好。"在药剂师隐秘的接待室里，在进入实验室之前，阿尔伯特掐住信的两边，将它捏成一个圆筒，眯着眼睛往里看，看到几个字眼儿，在他看来那似乎是最严重的非法行为。他的雇主没安好心，这令他感到非常兴奋。

"很好，那么——谢谢。"普里查德说着，接过了信，"他说过需要回执吗？"

男孩说："不要回执，先生。但他要我留下，在你读完以后，看着你把它烧掉。"

普里查德鼻子里发出一声讥笑，这是典型的尼尔森作风：他先是生闷气，接着抱怨事情太麻烦，然后虚以应付，企图把所有的责任推得一干二净，但是他一旦成为参与者，一旦感觉事情至关重要，充满戏剧性，那么一切都变成了一场哑剧，变成了斗篷与匕首的戏码——他闪亮登场。

普里查德走开几步（男孩看上去很失望），用手指撕开封口，在实验室的台子上把纸抚平。信上写道：

乔：

　　应你的要求，拜访了桂。金子的事，你是对的——是他的活儿——虽然他发誓不知道那些东西是怎么跑到韦尔斯那里的。那个妓女掺和其中——也许你已经知道这一点，但我们还摸不清底细，用你的话说，尚不知谁是始作俑者。似乎每个人都和我们一样被牵扯了进去——处于外围。话长纸短。我提议召开会议，包括东方人。黄昏时在皇冠的后厅聚会。确保我们的会议不受打扰。别告诉任何人——哪怕是你信任的人。他们相互牵连，说不定哪一天就会作为被告站在我们身旁。敬请阅后销毁——

H. N.

月亮在金牛座，渐盈

> 查理·弗罗斯特逐渐有了一种预感；迪克·曼纳林佩上枪支；我们冒险前往上游的卡尼里认领区。

那天早上，托马斯·鲍尔弗在新西兰储备银行的查询，从多方面激起了那个银行经理的好奇心，前者刚一离开银行，弗罗斯特先生便立刻下决心展开一些自己的调查。他手里依然拿着极光金矿的股份档案，拥有并经营这家金矿的是埃默里·斯坦斯，那个失踪的探矿人。极光，弗罗斯特想，用他细瘦的手指敲了敲文件。极光。他知道自己最近见过这个名字——但是在哪儿见过呢？片刻后，他将文件放在一旁，从高凳子上下来，静静地走向他的柜台对面的文件柜，那里有一排皮革书脊上写着"季度产量"的档案。他选择了去年第三季度与第四季度的卷宗，回到桌前检查金矿记录。

查理·弗罗斯特是个名声有限的人，因为名声这种东西只能由他人肯定。弗罗斯特性情安静，衣着普通，貌相温和，无论面对什么样的挑衅，都保持中立。他说话的时候，总是缓慢而谨慎。他极少开怀大笑，虽然他的姿势懒洋洋的，很散漫，但他似乎总是警醒的，仿佛要永远铭记一些其他人早已不再遵守的礼仪规则。他不喜欢宣扬自己的喜好，或长篇大论地发表讲话。事实上，每当谈话中要决定任何事项时，他都会犹豫不决。这绝对不是说弗罗斯特缺乏规划，或他没有多少喜好。事实上，他私生活中的许多仪式都是极其规律的，他的野心也很特别。但是，弗罗斯特貌似懂得谦逊的价值，知道默默无闻的潜在力量（之所以有力量，是因为能引起他人的好奇心），他利用它筹谋伟大的战略，但他极端谨慎地将这种天赋隐藏起来。陌生人与他首次见面时，形成的第一印象无疑都是相同的，认为他是一个被动而非主动的人，在业务上被管理，在爱情上被引诱，在所有的乐趣上都是绝对顺从他人的。

弗罗斯特年仅二十四岁，出生于新西兰。他的父亲曾是现已解散的新西兰公司的高级管理人员，在赫特河口下船后，从事土地分割和出售，从中获得了一笔财富后，立刻寄回去迎娶来一个新娘。弗罗斯特对自己的出身毫无骄傲之感，对于一个白人来说，这种公民身份很罕见，他为此感到耻辱。他没有关于自己童年的故事，他在赫特峡谷的沼泽地里长大，反复阅读父亲那本翻旧了的《失乐园》，它是这个家庭除《圣经》之外唯一的书。（弗罗斯特八岁的时候，可以背诵上帝、上帝之子，以及亚当的所有话语。但从来没有撒旦的，因为他认为撒旦好斗；也没有夏娃的，因为他认为夏娃柔弱而乏味。）这个童年并非不幸福，但当弗罗斯特回忆起童年时，他感觉到不开心。而当他说到英格兰时，仿佛深深地怀念那个地方，迫不及待地想要回去。

随着新西兰公司的解体，老弗罗斯特先生几乎破产，身败名裂。他转向唯一的儿子求援。查理·弗罗斯特在惠灵顿找到一份抄写员的工作，很快就在莱姆顿区的一家银行谋得一职，这个职位使他得到足够的收入，可以保证父母有健康和相对舒适的生活。奥塔戈的金子被发现后，弗罗斯特被调到劳伦斯的一家银行，他承诺通过私人邮递,将更多的薪水寄回家,月月如此——这是一个从不破例的承诺。然而,他没有再返回过赫特峡谷,也从来没有打算回去过。查理·弗罗斯特往往用利润与回报来衡量他的所有关系,一旦认为自己已经尽职尽责,便不再浪费精力去替他人担忧。现在,在霍基蒂卡(他已跟随淘金潮从劳伦斯来到西海岸),除了每个月给父母写信外,他根本不想念他们。写信是一项艰巨的任务,因为父亲的信总是突兀而令人羞愧,而母亲的信呢,则充满沮丧的沉默,虽然这些情绪令查理·弗罗斯特黯然神伤,但瞬间即逝。他写完回信并寄出去后,便将来信裁剪成点雪茄的捻子,纵向切成条,以便把捻子芯完全捏实,然后十分漠然地烧掉捻子。

弗罗斯特翻阅着产量卷宗,直至找到有关卡尼里和霍基蒂卡峡谷的部分。记录按字母顺序排列,极光金矿排在第二,在四季金矿的下面。四季金矿这个认领区的名字,对于西海岸来说显得相当乐观。弗罗斯特凑过身去阅读那些数据,接着,他发出一声惊讶的低语。

在极光认领区被购买的第一个月,金矿的表现十分可观,收入接近一百英镑。然而,到了八月份,认领区的利润便开始急剧下滑。最后,弗罗斯特挑起眉头,基本上停步不前。极光最后一个季度的利润总额只有十二英镑。每星期一英镑!对于有着如此深度与前景的极光金矿来说,这太奇怪啦。每星期一英镑——为什么,这几乎不足以支付开销,弗罗斯特想。他弯腰凑近卷宗。记录表明极光只有一个人在工作。那是一个华人的名字,这么说劳动力很廉价……但即便如此,弗罗斯特心想,淘金汉还是应该得到一份基本的日工资。

查理·弗罗斯特皱起眉头。根据股份资料,埃默里·斯坦斯在去年晚秋首先买断了极光金矿。似乎是在购买后的几个星期内,斯坦斯将百分之五十的股份卖给了那个臭名昭著的弗朗西斯·卡弗。

然而，紧接着这项交易之后，根据这里的记录，这个认领区突然枯竭了。要么是极光突然变成了一个虚假认领区——几乎一文不值，要么就是有人做了高明的手脚，让它表面上看起来如此。弗罗斯特合上卷宗，站了一会儿，思考着。他的目光扫视着人群：戴着宽边软帽的淘金汉，投资者，佩戴编织肩章的押送护卫。突然，他想起了之前在哪里见过那个名字。

他在柜台上放了一张卡片，表明窗口已经关闭。

"你今天都结束了？"一位同事问。

"可能是吧。"弗罗斯特眨了眨眼睛，"我没想到会结束，我本来打算吃过午饭再回来的。"

"我们两点就会关张，今天没有更多的买卖了，只等这一拨做完就歇吧。"那个银行经理说，他伸了伸懒腰，用两只手拍了拍肚皮，"没准儿星期一再见了，查理。"

"好吧！"弗罗斯特喃喃地说，凝视着自己的帽冠，似乎突然发现帽子在自己手里而感到十分不解，"你真是太好了，非常感谢。"

Φ

弗罗斯特敲门时，迪克·曼纳林正独自一人坐在办公室里。听见敲门声，曼纳林的牧羊犬从桌子底下冲出来，爆发出一股欢快的能量。它扑向弗罗斯特，尾巴啪啪地敲打着地板，红红的嘴巴大张着。

"查理·弗罗斯特！我真没想到会看见你。"曼纳林惊呼道，将他的椅子从桌子旁向后推，"进来，进来——关上门。我有一种感觉，无论你要跟我说什么，都不会是能让大家都听见的。"

"坐下，姑娘。"弗罗斯特对那条狗说，他捧起狗的脸，看着它的眼睛，揉揉它的耳朵——狗得到满足后，才四腿着地，快步跑回主人身旁，然后转身坐了下来，将鼻子放在爪子上，抬起眼睛看着弗罗斯特，眼神悲哀。

弗罗斯特按照吩咐把门关上，"你好吗，迪克？"

"我好吗？"曼纳林张开双手，"我很好奇，查理。你知道吗？这些天来，我是个非常好奇的人，对一连串的事情感到好奇。你知道斯坦斯还没有露面——在哪儿都没露面。我们甚至带着霍莉到峡谷一带搜索了一番，虽然霍莉不算是一头警犬。给它一块手帕嗅一嗅，它撒腿就跑，然后跑回来，一无所获。是的，我是个非常好奇的人。我真的希望你能带来一点新闻——如果新闻弄不到的话，哪怕一点丑闻也好。我的天哪——这两个星期过的什么日子啊！把你的外套脱了吧——好——哦，不用担心雨水。不就是水嘛——上天知道，我们现在应该都习惯这种东西了。"

尽管有了这般鼓励，弗罗斯特还是小心翼翼地挂好自己的外套，确保不碰到曼纳林的外套，雨水也不会滴到曼纳林的套鞋上，套鞋摆放在衣帽架下面，每一只里都塞着鞋楦，被擦得又黑又亮。然后，他有些战战兢兢地摘掉帽子。

"多么倒霉的天气。"他说。

"坐下，坐下。"曼纳林说，"来一杯白兰地吗？"

"如果您喝的话，我就喝吧。"弗罗斯特说，这就是他表达食欲与口渴的策略。他坐下，将一双手掌抚在膝盖上，环顾四周。

曼纳林的办公室坐落在威尔士王子歌剧院前厅的楼上，向外看，从剧院条纹图案的雨篷上方可以看到雷维尔街，风景颇佳。眺望远处，对面房子门脸之间的茫茫大海清晰可见，通常是一条条蓝灰色的色带，偶尔呈现绿色。今天，透过大雨看见的是一片泛白的黄色——海水里揉进了天空的色调。

室内装潢是主人财富的证明，曼纳林除了管理歌剧院外，还有他作为妓院老板、出老千的牌主、股份持有者以及金矿大亨的各类收入。他在这些行业上都拥有获得利润的精妙诀窍，特别的是可以坐收渔利的那一种——这个房间的陈设充分证明了这一点。办公室的墙壁上贴着墙纸，橱柜都用油擦得锃亮；地板上铺着厚厚的土耳其地毯；一座古罗马风格的陶瓷胸像被用作一个阴郁的书挡；窗户下面是个标本盒子，里面展示着三只黑色的蝴蝶，每一只都有孩子摊开的手那么大。曼纳林办公桌的后面挂着一幅气派不凡的水彩风景画，镶嵌在金色的画框中：画面中有高高的悬崖，有一道道斜射的阳光，有紫色的枝叶轮廓，在迷雾蒙蒙的远处，还有一道淡淡的彩虹，从云团中探出七彩的弧形。查理·弗罗斯特认为这是一件非常精美的艺术品，是称赞曼纳林品位的最有力证据。每当他想到理由来拜访这个年长的男人，总是感到很高兴，他可以坐在现在这张椅子上，抬头凝视这幅画，想象自己是在某个非常遥远而辉煌的地方。

"是啊，这两个星期可真够呛。"曼纳林说，"现在我最得意的妓女也走了，宣布自己要开始服丧！说实在的，真是一件麻烦事。我不由得觉得她大概是疯了。这是一场灾难。如果她是你最得意的妓女，真是一场灾难。在埃默里失踪的那天夜里，她跟埃默里在一起。"

"韦瑟雷尔小姐——和斯坦斯先生？"弗罗斯特双手握住椅子弯曲的扶手，指尖顺着雕刻的纹路抚摸着。

对于查理·弗罗斯特来说，美女基本上是优雅的代名词。在他的心目中，理想的女人，是致力于提升自身修养的，在女性艺术上有所建树，如绣花、弹钢琴、压叶子做标本，等等；她歌喉甜美地唱歌，安安静静地阅读，对任何观点都保持矜持的态度；她拥有迷人的魅力，是一件无价的珍藏品；她爱别人，更重要的是，被别人所爱。安娜·韦瑟雷尔没有一丝上述的气质，但是承认安娜不符合弗罗斯特梦幻中理想女人的形象，不等于说这个银行经理根本不在乎安娜，或者说他没有像其他人那样获取满足感。此刻，他想象着安娜和斯坦斯在一起的情景，心中感到一阵不舒服——几乎是厌恶。

"哦，是的，"曼纳林说着，拔出水晶醒酒瓶的瓶塞，旋转晃动着瓶中的液体，"那家伙包了她一整夜，让他娘的警官，或者其他敲门的人见鬼去吧！而且是在他自己家里！他不要什么滥交旅馆！他是最挑剔的。必须是安娜，他说了，不要凯特，不要莉齐，必须是安娜。然后，第二天早晨，安娜落得个半死，他则跑得无影无踪。真把我搞得焦头烂额，查理。当然，安娜帮不了忙。她说记不清在监狱里醒来之前他妈的发生了什么事——看她一脸迷迷瞪瞪的样子，我简直要相信她了。她是我最得意的妓女啊，查理——魔鬼拿走她的毒品吧，魔鬼快拿去给自己用吧。你来支雪茄？"

弗罗斯特接受了对方烟盒里的一支雪茄，曼纳林弯腰冲着煤火点燃了一根纸捻子，但是捻子太短，火苗蹿得太快，曼纳林的手指被火燎了一下。他将捻子扔在炉箅上，嘴里骂了一声。他只好用吸墨纸又做了一根捻子，一番折腾之后，两人的雪茄都点燃了。

"但你还只字未提你遇到的麻烦呢。"曼纳林坐下时，继续说道。

弗罗斯特看上去很痛苦，说："我的麻烦，就照您的说法吧——已经控制住了。"

"要照我说其实不然呢。"曼纳林说，"那个寡妇星期四到达，究竟什么来头——现在整个镇子都在议论纷纷！我告诉你从我的立场上看是什么情形。看上去似乎你早就知道那些金子被藏在隐士的小屋里，一旦隐士死去，你就他妈的确保尽快完成有关销售。"

"那不是事实真相。"银行经理说。

"看上去你们是串通一气的，查理。"曼纳林继续说，"你和克林奇，你们看上去是同伙，绝对是同伙。他们会招来一位法官，你知道的。他们会从高级法院派个人来。这样的事情不会自动烟消云散。我们都被牵涉其中——一月十四日那天夜里我们在哪里，等等这类问题。我们最好在这一切落到头上之前统一口径。我不是在指控你。我只是从我的角度描述实情。"

曼纳林说话经常有点儿像君主演讲，因为他的自我认知是不可动摇的，独裁而绝对。他只能从指挥的角度看待世界，喜欢发表他的高见。在这方面，他与他的客人截然不同——曼纳林觉得这种差别令他有些烦躁，他尽管偏爱这个恭敬的追随者，但看到那些觉得自己不配得到他注意的人，他又会心生恼怒。他对查理·弗罗斯特非常慷慨，总是与这个年轻人分享美酒和雪茄，送给他所有最新演出的顶层楼座戏票，但偶尔地，他发现弗罗斯特的安静与拘谨令他感到十分不爽。曼纳林往往给自己的追随者分配角色，给他们一个个贴上标签，正如根据某人的职业称谓，称其为"医生"或者"下士"。他的标签只在心里完成，从未大声说出来，他完全是根据对方与他自己的关系来描述一个人的——他就是这样看待他遇到的每一个人——作为他真实自我的反射或缩减版。

曼纳林，正如前面已经说过的，是个臃肿肥胖的人。他二十多岁时就很肥硕，三十多岁已经大腹便便，到了四十多岁，他的躯体已经基本上达到了球形的比例，令他万分沮丧的是，他上下马的时候都不得不需要别人搀扶。他不愿承认自己的腰围已成为日常生活的障碍，而是怪罪于痛风，一种从未折磨过他的病的名字，但他觉得这听上去有点贵族范儿。他很喜欢被别人误认为是贵族，这种判断错误倒是经常发生，因为他留着络腮胡，肌肤白皙，喜爱高档昂贵的衣着。这天，他的领结由一枚黄金领结夹固定，马甲上带有凹形翻领（可以看出，马甲扣子都绷得紧紧的）。

"我们并没有串通一气。"弗罗斯特说，"我真的不知道您是什么意思。"

曼纳林摇了摇头,"我能看出你们陷入了困境,查理,我能看出来!你和克林奇二人。如果接受审讯——可能会有审讯,你知道的,你就必须解释为什么小屋的销售这么快就完成了。这是一个关键点——这一点你必须同意。我不建议做伪证。我只想建议你必须自圆其说。你在寻求什么呢——帮助?你需要一个不在现场的证明吗?"

"不在现场的证明?"弗罗斯特说,"为什么呢?"

"得了吧。"曼纳林说,像父亲一样晃了晃手指,"别告诉我你没有谋划什么,看看销售完成得有多快吧!"

弗罗斯特抿了一口白兰地,"我们不该这么随意地谈论这件事,尤其还牵涉到别人的时候。"

(这是他的另一个策略:总是表现得不愿泄露秘密。)

"让别人见鬼去吧。"曼纳林喊了起来,"让'该'与'不该'见鬼去吧!到底怎么回事?快说出来!"

"我会告诉您,但没有什么犯法的事。"弗罗斯特暗暗感到开心,因为他非常喜欢声明自己是无可责怪的,"交易完全合法,天衣无缝。"

"那么,你如何解释呢?"

"解释什么?"

"这一切是如何发生的!"

"完全可以解释。"弗罗斯特平静地说,"克罗斯比·韦尔斯死后,本杰明·洛温塔尔几乎立刻得到消息,因为他在那个政客光临小镇的第一时间就去采访过他——为了第二天在报上做特殊报道。而那个政客——他的名字是劳德巴克,阿利斯泰尔·劳德巴克,嗯,他当时刚离开韦尔斯的小屋,正是他发现那个家伙已经死了。自然地,他将一切都告诉了洛温塔尔。"

"狡猾的犹太人,"曼纳林饶有兴味地说,"总是在合适的时刻出现在合适的地点，是不是？"

"大概是吧。"弗罗斯特回答——他不想在这个问题上表明观点，"但正如我说的，洛温塔尔在所有的人之前得知了韦尔斯死亡的消息，甚至在验尸官到达小屋之前。"

"但他没有想到买它，"曼纳林说，"买那块地产。"

"没有。但他知道克林奇一直在寻找投资机会，所以就做了个人情，向他透露了这个消息——我的意思是，韦尔斯的房地产很快就会出售。克林奇第二天一早就带着存款来找我，准备购买。一切就是这样。"

"哦，不，不是这样。"曼纳林说。

"我向您保证就是这样。"弗罗斯特说。

"我能听得出弦外之音，查理。"曼纳林说，"'做了个人情'？出于好心，发慈悲，呢？他才不是呢——那个洛温塔尔！他是通风报信，通报一大笔该死的横财。他们串通一气——洛温塔尔和克林奇，我才不信。"

"如果他们是合谋，"弗罗斯特说着，耸了耸肩，"我敢肯定我是不知道的。我要告诉您的，就是小屋的销售完全合法。"

"合法，这是银行经理告诉我的！可你还没有回答我的问题呢，为什么销售完成得如此之快？"

弗罗斯特从容不迫，"只是因为没有文件需要处理。克罗斯比·韦尔斯一无所有：没有债务，没有保险，没有要解决的问题，没有证件。"

"没有证件？"

"他的小屋里没有。没有出生证明，没有船票，没有执照，什么都没有。"

曼纳林用手指搓动雪茄。"没有证件，"他又说了一遍，"你怎么解释这个？"

"不知道。也许他把证件弄丢了。"

"可是证件怎么会丢失呢?"

"不知道。"弗罗斯特再次说。他不喜欢被迫说出自己的想法。

"也许被什么人烧掉了,销毁了。"

弗罗斯特微微皱起眉头,"谁?"

"那个政客,"曼纳林说,"劳德巴克。他是第一个到达现场的。也许他在某种程度上卷入了这场交易。也许他把小屋里藏的横财告诉了洛温塔尔。也许他看见了那笔横财,告诉了洛温塔尔,然后洛温塔尔告诉了克林奇!可是这也说不通,"他补充道,反驳了自己的假设,"这里头对他没有任何好处,是不是?对犹太人没有任何好处。除非每个人都能分得一杯羹,在这过程中……"

"没人得到什么好处。"弗罗斯特说,"横财被托管在银行里,没人能接触到。至少要等寡妇的事水落石出之后。"

"啊,对了——那个寡妇。"曼纳林饶有兴味地说,"对你来说,这可真是节外生枝啊!你怎么看她呢?她是我的一个熟人,你知道的——熟人,她的娘家姓是格林韦。我一直不知道她是韦尔斯夫人,她对于我来说只是格林韦女士。你对她的感觉如何,查理?"

弗罗斯特耸了耸肩。"她有证件替她说话。"他说,"如果她的结婚证书证明是合法的,那么财产销售就会被取消,那笔横财就归她了。现在一切都掌握在官僚手中。"

"但我是问,你对她感觉如何呢?"

弗罗斯特显得很恼火。"她身材很好,"他说,"我认为她很漂亮。"他把雪茄塞在嘴角,向下咬了咬,脸上的表情带着一丝痛苦。

"她是漂亮没错。"曼纳林高兴地说,"啊,她确实漂亮!玩弄男人就像弹钢琴一样,多么丰富的曲目啊——没错!我想那就是可怜的克罗斯比·韦尔斯的命运:他被玩弄了,跟其他那些男人一样。"

"我根本无法理解这桩婚姻,"弗罗斯特坦言,"像克罗斯比·韦尔斯这样的老头，能够提供给她什么呢？唉，哪怕对方是个长相平平的女人，更别提一个漂亮女人啦！我没法理解她图的究竟是什么，当然，我很容易想象韦尔斯图的是什么。"

"你忘记了他的横财，"曼纳林一边说，一边摇晃他的手指，"那可是最厉害的春药！那女人肯定是为了钱才嫁给老头克罗斯比的。然后克罗斯比将钱财藏了起来，她无可奈何，只能等着他死。还有什么能解释呢？她在他死后这么快就冒了出来——好像是早就计划好的一样。啊，莉迪娅·韦尔斯真是个狡猾的人精！她眼睛盯着便士，手指摸着英镑。除非有利可图，不然，她才不会签下自己的名字。"

弗罗斯特没有立刻回答，因为曼纳林的回答提醒了他，使他想起了来访的目的，他希望在宣布来意之前整理好自己的思路。然而，片刻之后，曼纳林爆发出一阵大笑，用拳头敲打着他的办公桌。

"原来如此！"他带着巨大的喜悦惊呼道，"我就知道嘛！我就知道你陷入了某种麻烦——我就知道我能用烟把你从洞里给熏出来！那么，是怎么回事呢？你犯了什么罪？麻烦在哪儿？你藏不住了，查理。你浑身上下都写着呢，与那笔横财有关，是不是？与克罗斯比·韦尔斯有关。"

弗罗斯特小口喝着白兰地。确切地说，他没有犯罪，然而，确实有一点麻烦，而且的确与那笔横财有关，的确与克罗斯比·韦尔斯有关。他的目光从曼纳林的肩膀滑向窗口，停顿了片刻，面对窗外的景色陷入沉思，心里掂量着如何最好地说明这件事情。

当银行给韦尔斯小屋发现的横财估价之后，埃德加·克林奇献给了弗罗斯特一份十分精美的礼物——总值三十英镑的纸币，感谢他在促成这笔交易中起的作用。这张纸币的接收，对查理·弗罗斯特产生了一种突然而令人陶醉的影响，因为他忠诚地把大部分收入都用于赡养父母，虽然从来不与父母见面，也不爱他们。在兴奋的冲动中，弗罗斯特第一次决定将这笔钱全部花掉，立刻花掉。他不会告诉父母这笔意外的收获，他要把每一分钱都花在自己身上。他将纸币换成了三十枚闪闪发亮的索夫林[①]，用这些钱购买了一件丝质马甲、一整箱威士忌、一套皮革装帧的历史书、一枚红宝石领针、一盒高级进口糖果和一套绣上他自己名字的手帕，他名字的首字母在玫瑰花的衬托下十分抢眼。

在这个败家子铺张浪费地挥霍了几天之后，莉迪娅·韦尔斯来到了霍基蒂卡。她立刻去了储备银行，宣布打算撤销已故丈夫的小屋以及动产的销售。如果这项撤销成功，弗罗斯特知道他就有责任交回那三十英镑。他不可能把马甲原价退回，只能当二手货卖掉；书籍和领针可以典当，但价钱也会打折；那一箱威士忌已经打开，糖果早就吃光；哪个傻瓜会买绣着别人名字的手帕？总的来说，如果能收回已经花掉的一半数额就算幸运了。他将不得不在霍基蒂卡众多放高利贷的人中间找一个，乞求贷款；数月，也许数年，他将负债累累。最糟糕的是，他甚至不得不向父母坦白整个过程。这个前景令他感到十分难受。

然而，他来找曼纳林的目的不是承认自己的屈辱。"我没有遇到麻烦，"他简单地回答，将目光收回来望着他的东道主，"但我猜想某人可能会有大麻烦。您看，我相信那笔横财根本不属于克罗斯比·韦尔斯。我相信那是偷来的。"他身体前倾，想抖掉雪茄头上的烟灰，却发现烟头已经熄灭。

"哦——从谁那里偷的？"曼纳林追问。

"这正是我希望跟您谈的。"年轻的银行经理说，他的马甲口袋里有火柴，便将雪茄换到右手，掏出火柴，"今天下午，我刚产生了

[①] 索夫林（Sovereign）是一种英国发行的黄金铸币，面值一英镑，最早于1489年开始铸造。

一个想法，我想让您判断一下，是关于埃默里·斯坦斯的。"

"哦——毫无疑问他是脱不了干系的。"曼纳林说，猛地向后仰靠在椅背上（弗罗斯特第二次试图点燃他的雪茄），"恰好在同一天失踪！毫无疑问事情与他有关。告诉你吧，我对我们的朋友埃默里的命运不抱很大希望。我们在矿上有个说法：幸运太久就是不幸。你听说过这句话吗？哼，埃默里·斯坦斯是我听说过的最幸运的人。那小子突然就从乞丐变成了富佬，没有任何贵人相助。我敢打赌他被人谋杀了，查理。在河里或在沙滩上被杀死，尸体被冲走了。没有人愿意看见一个小伙子发大财。他还不满三十岁呢。特别是这笔大财还取之有道。我敢打赌，无论杀他的是谁，一定比他大二十岁，而且是内部的人。至少二十岁。拿这个打赌怎么样？"

"请原谅。"弗罗斯特说，微微摇了摇头。

"哦，是的，"曼纳林说，感到失望，"你不会下赌注的，对吧？你是个理智型的人，只会把钱放在钱包里，从来不乱扔一分钱。"

弗罗斯特没有回答，心中却又不安地想起他刚刚荒淫无度地挥霍掉的三十英镑。片刻后，曼纳林大声说："别再让我等着了！"——他感到很尴尬，因为刚才最后那句话听起来像是一种侮辱，他本来没打算这样的，"说吧！你的看法是什么？"

查理·弗罗斯特谈了他那天早上的发现。弗朗西斯·卡弗拥有极光金矿一半的股份，他和埃默里·斯坦斯实际上是合作伙伴。

"是嘛——我想我对此略有耳闻。"曼纳林含糊其词地说，"不过，这个说来话长，而且是斯坦斯自己的事情。你为什么提到这个？"

"因为极光认领区与克罗斯比·韦尔斯的灾难有关系。"

曼纳林皱起眉头，"如何解释？"

"我会告诉您。"

"讲。"

弗罗斯特吸了一阵雪茄。"韦尔斯的横财经过了银行,"他终于说,"经过了我的手。"

"是吗?"

迪克·曼纳林无法容忍别人长久占据舞台,经常会频频打岔,最常见的是鼓励对方像他一样快速而精确地得出自己的结论。

弗罗斯特却是不慌不忙。"嗯,"他说,"蹊跷就蹊跷在这里。金子已经被冶炼过了,而且不是公司的人干的。从外表上看,是私人做的活儿。"

"冶炼过了——已经!"曼纳林说,"这我倒没听说过。"

"是的,您不会听说的。"弗罗斯特说,"经过我们柜台的每一块金子,都必须经过纯化冶炼,即便这个程序已经做过了。为的是防止鱼目混珠,保证质量均匀,所以基拉尼又重新做了一遍。他在估值之前又将韦尔斯的金子冶炼了一遍,当人们看见金子时,它们已经被灌注成金条,盖上了储备的印章。银行以外的人都不知道金子曾经被冶炼过的事——当然啦,除了首先窝藏金子的那个人。哦,还有那个代理商,是他在小屋里发现了金子,并把金子带到了银行里。"

"他是谁——科克伦?"

"哈拉尔德·尼尔森。尼尔森合作公司的那个。"

曼纳林皱起眉头,"为什么不是科克伦?"

弗罗斯特停顿了一下,吸了口雪茄,"我不知道。"他终于说。

"克林奇这是在搞什么名堂,把另一个人扯进了这个勾当?"曼纳林说,"他完全可以亲自去清理那个地方。他这是在搞什么名堂,把哈拉尔德·尼尔森扯进了这个烂摊子?"

"我告诉您,克林奇做梦都没想到小屋里会有值钱的东西。"弗罗斯特说,"当横财被发现的时候,他完全惊呆了。"

"惊呆了,是不是?"

"是的。"

"这是你的话,还是他的?"

"他的。"

"惊呆了。"曼纳林又说了一遍。

弗罗斯特继续说:"嗯,结果对尼尔森来说真是好极了。他把小屋里财物的百分之十拿回了家。那真是他吉星高照的一天。他带回家四百英镑!"

曼纳林依然带着怀疑的表情。"嗯,接着说。"他说,"冶炼过了。你刚才说到,金子已经被冶炼过了。"

"所以我看到了那些金子。"弗罗斯特说,"在银行冶炼之前,我们总是要对金矿石做一个简短的描述——是不是片状之类。即便金子已经被冶炼过了,这种做法依然不变:我们还是有责任记录金子进来时的模样。是为了——"弗罗斯特停顿了一下,他本来想说"安全",但觉得这不能确切地表达意思,"慎重起见。"他勉强把句子说完,"无论如何,在基拉尼把那些金条放入坩埚之前,我检查了一下,看见每一块金条下面都有冶炼者——不管他是谁——刻下的字迹。"

他停顿了。

"噢,什么字?"曼纳林说。

"极光。"弗罗斯特说。

"极光。"

"没错。"

突然间,曼纳林看上去十分警觉。"但后来这些金条——所有的金条——都被重新冶炼了,"他说,"被你们银行里的人压成了金块。"

弗罗斯特点了点头,"然后,就在那天,被锁在银行的金库里——一旦代理商拿走他的佣金,房地产的税额被付清,金子就被锁存起来了。"

"所以，那个名字的证据就不存在了，"曼纳林说，"我说得对吗？那个名字没了，那个名字已经被熔化掉了。"

"没了，是的，"弗罗斯特说，"但是我做了记录，这是不用说的，它被正式记录下来了。正像我告诉您的，写进了我的本子里。"

曼纳林放下酒杯，"好吧，查理。那么，让那一页纸——或者你的整个本子——消失，要花多少钱？为了你的粗心大意要花多少钱？用水，还是用火？"

弗罗斯特吃惊了，"我不明白。"

"只管回答我的问题，你能让那页纸消失吗？"

"我能做到，"弗罗斯特说，"但不止我一个人注意到了那个铭文，你知道。基拉尼看见过，梅休看见过，还有一个买家也看见过——杰克·哈蒙，我想他是叫这个名字。他现在已经去了格雷茅斯。这些人中的任何一个都可能跟无数其他人提到过这事。那些铭文非常引人注目，这是不用说的，不是一个人可以轻易忘记的东西。"

"该死，"曼纳林说，握紧拳头砸在办公桌上，"该死，该死，该死。"

"可我不明白，"弗罗斯特又说，"这到底是怎么回事呢？"

"你的脑子出毛病了吗，查理？"曼纳林突然大声喊道，"为什么——你要等上该死的两个星期才来跟我汇报这个！你一直在干什么——坐在那里发呆？嗯？"

弗罗斯特退缩了。"我今天来看您，是觉得这个信息可能对找到斯坦斯先生有帮助。"他带着尊严说道，"因为这笔钱显然属于他，而不是克罗斯比·韦尔斯！"

"荒唐。你可以在两星期前告诉我，或者那之后的任何一天。"

"但我今天早晨才把它跟斯坦斯联系了起来！我怎么会知道极光的事呢？我并没有统计每个人的资金、每个人的认领区。我没有理由——"

"你捞了块肥肉。"曼纳林打断弗罗斯特,伸出手指点着他,"你从那堆横财里分得了一杯羹。"

弗罗斯特脸红了,"这跟事情没什么关系。"

"你究竟有没有得到克罗斯比·韦尔斯横财中的一份儿?"

"怎么说呢——非正式地——"

曼纳林骂了一声。"所以你就高枕无忧了,是不是?"他靠着椅背坐下,反感地抖了抖手腕,将雪茄烟蒂扔进火炉里,"直到那个寡妇出场,你被逼到了墙角。直到现在,你才开始亮出手里的牌,搞得像是做慈善一样!哼,真他妈的,查理,真他妈的。"

弗罗斯特一副委屈的神情。"不,"他说,"不是这个原因。我今天早上才搞清楚是怎么回事,真的是这样。汤姆·鲍尔弗到银行来,瞎编了一个关于弗朗西斯·卡弗的谎言,要求我查找他的股份档案,结果我发现——"

"什么?"

"在斯坦斯先生购买极光后不久,卡弗买了极光的股份。我今天早晨之前并不知道这个。"

"这关汤姆·鲍尔弗什么事?"

"鲍尔弗先生离开后,我查看了极光的记录,注意到极光的利润在卡弗购买了股份后开始急剧下滑,就在这个时候,我才想起了冶炼金子时的那个名字,将前因后果连在了一起。真的。"

曼纳林提高了声音,"汤姆·鲍尔弗想把弗朗西斯·卡弗怎么样?"

"他要将卡弗绳之以法。"弗罗斯特说。

"以什么理由?"

"他说卡弗从别人的认领区偷走了大笔横财,或者诸如此类的事情。但是他非常谨慎,一张口就是谎言。"

"嗯。"这位大亨说。

"我得到消息直接就来找您了,"弗罗斯特接着说,仍然希望得到表扬,"我提前离开银行,直接来找您。我刚理出头绪就过来了。"

"理出头绪!"曼纳林惊呼,"你根本没有理清所有的头绪,查理,你连一半的头绪都没搞懂。"

弗罗斯特感觉自己受到了冒犯,"这是什么意思?"

但是曼纳林没有回答。"约翰尼·桂,"他说,"该死的约翰尼·桂。"他非常突兀地站起身来,带得身后的椅子向后倒,碰到墙上。那条牧羊犬一下子蹿起来,喜出望外,开始大声喘息。

"谁?"查理·弗罗斯特说,接着他想起来了——桂就是在极光劳作的那个淘金汉的名字。他的名字曾被写进银行的记录里。

"我的中国式难题——现在恐怕也是你的难题了,"曼纳林语气凝重地说,"查理,你是跟随我,还是反对我?"

弗罗斯特低头看着他的雪茄,"当然是跟随您。我不明白您为什么非得问这样的问题。"

曼纳林走到房间的后面。他打开一个柜子,里面有两杆卡宾枪和各式各样的手枪,还有一条巨大的皮带,上面配有两只鹿皮枪套和一溜儿皮革穗子。他将这条十分荒唐的装饰品扣在自己肥硕的腰间。"你应该佩带武器,或者你已经武装好了?"

弗罗斯特的脸色略微发红。他身体前倾,按灭雪茄——不慌不忙地将烟头在烟灰缸上戳了三次,然后又戳了一次,将烟灰研磨成细细的黑色粉末。

曼纳林跺着脚。"喂,我说!你到底有没有武器?"

"我没有,"弗罗斯特终于将雪茄尾巴扔掉,"跟您实话实说,迪克,我从来没有打过一枪一弹。"

"这没什么,"曼纳林说,"跟呼吸一样容易。"他回到那个柜台前,从架子上挑选了两支精致的撞击式左轮手枪。

弗罗斯特看着他。"我当助手肯定不合格，"片刻之后他说，试图让自己的声音保持平静，"如果我不知道你们争执的内容，就没有办法终止它。"

"没关系——没关系，"曼纳林一边说，一边检查着他的左轮手枪，"我刚想说我有一把柯尔特陆军左轮手枪可以给你用，现在又想了想……还要花该死的很多时间去装子弹，而你又不想鼓捣什么子弹和火药，特别是在这样的大雨中。而且你以前根本没有经验，咱们凑合一下吧。咱们凑合一下吧。"

弗罗斯特看着曼纳林的皮带。

"触目惊心，是不是？"曼纳林说，脸上没有笑容，他把两把左轮手枪塞进枪套，穿过房间朝衣服架子走去，从木制衣架上拿下大衣，"不要担心。看，当我穿上大衣，扣上衣扣，没有人会知道的。我告诉你，我的血液在沸腾，查理。那个下三烂的浑蛋！我的血液在沸腾。"

"我不明白为什么。"弗罗斯特说。

"他知道原因。"曼纳林说。

"等一等，"弗罗斯特说，"让我——您把这点给我说清楚。您到底打算干什么？"

"我们要去吓唬一下那个华人。"大亨边说边将双手插进大衣里。

"什么样的吓唬？"弗罗斯特说——他听出对方说的是"我们"，不禁心生忧惧，"因为什么冤什么仇？"

"那个华人在极光工作，"曼纳林说，"这是他的活儿，查理，你说的那个冶炼活计。"

"但是您跟他有什么怨气？"

"很难说是什么怨气，更多的是斗气。"

"噢！"弗罗斯特突然说，"您不会认为是他杀了斯坦斯先生吧？"

曼纳林不耐烦地哼了一声，几乎像是一声呻吟。他将弗罗斯特的外套从衣架上拿下来，抛给他。后者接住外套，却没有往身上穿。

"咱们走吧，"曼纳林说，"不要浪费时间。"

"看在上天的分儿上，"对方大声说，"出于礼貌您也应该简单地跟我说清楚。如果我们要去该死的中国城大闹一场，至少我需要明白是怎么回事吧！"

（弗罗斯特刚说完这番话，马上就后悔了，因为他不想在任何情况下到中国城胡闹——不管是不是知道原因。）

"没有时间了，"曼纳林说，"我路上再告诉你吧，把外套穿上。"

"不，"查理·弗罗斯特说——吃惊地发现他可以鼓起勇气，恰到好处地、坚定地声明自己的立场，"您不是时间紧，只是太激动。现在就得告诉我。"

曼纳林用双手拿着帽子，犹豫不决。"这个华人为我工作过，"他终于说道，"在我把极光卖给斯坦斯之前，他就在极光淘金。"

弗罗斯特眨了眨眼睛，"极光以前是您的？"

"斯坦斯买下极光之后，"曼纳林点了点头，说道，"那个华人留了下来，继续淘金。他是签了契约的，你知道。他的名字是约翰尼·桂。"

"我不知道极光以前是您的。"

"从这里到格雷的一半土地，都曾经在某个时期内属于我。"曼纳林说着，将胸膛挺了一挺，"不去说它了。在斯坦斯出现以前，我和桂有过一点争执。不，确切地说不是争执。我有我的做事方式，仅此而已，而那些华人也有他们的一套。当时的事情是这样的：我每个星期都把桂的总产量收进来，当然是在完成计数之后，然后我再把它们投到那个认领区。"

"什么？"

"我再把它们投到那个认领区。"

"您在自己的土地上作假！"弗罗斯特脸上满是震惊。

查理·弗罗斯特不善于敏锐地洞察人类天性，因此经常感觉自己遭到他人背叛。他说话时一贯语焉不详，自己也完全清楚这会产生什么效果，但他并非刻意为之，相反，这是由于他从本质上对所有外部经验都茫然无知。弗罗斯特不知道如何站在他人立场上倾听自己的声音，也不知道如何用他人的视角看待世界；他不知道如何思考他人的本性，除非是嫉妒地或怜悯地拿别人与自己做比较。他是个人享乐主义者，常年包裹在自己感官的蚕茧中，总是念念不忘他已经拥有的以及他将要获得的东西。他的主观性是全面而完整的。他历来不够豪爽，从来不在公共领域宣布自己的动机。正因为这样，他通常被看成是一个非常客观的思想家，拥有公正与平和的头脑，但实际情况并非如此。他现在表达出来的震惊不是愤慨的体现，甚至不是任何实质性的反对：他只是感到莫名其妙，无法揣摩曼纳林是个什么样的人，只知道他有令人嫉妒的收入和令人怜悯的健康。他的雪茄总是最优质的，他的醒酒瓶从来没有空过。

曼纳林耸了耸肩，"我不是第一个想赚取利润的人，而且也不会是最后一个。"

"可耻啊！"弗罗斯特说。

但是，对于曼纳林来说，羞耻是一种只有失败时才会有的情绪。如果他估计自己没有失败，就没有什么能够令他感到内疚。他继续说下去："好吧，看来你对此有自己的看法。可是，故事是这样的：那个认领区实际上是个废物，只比尾矿堆强一点点。我买了它之后，在沙砾中埋了大约价值二十英镑的金矿石，分撒在各处，然后指挥桂开始淘金。桂很容易就找到了金子。每个星期结束时，他就像其他家伙一样，把金子拿到营地分站去称重。这是在黄金护卫运输之前，你别忘了。那个时候，河边都有银行经理们的收购站，买家们各自为营。所以，轮到我们认领区时，我的金子被称了重，银行经理们问我是否愿意当场存入银行。我说不，暂时不存，我把金矿石拿回去。我的借口是要把金子留下来，卖给一个做大笔出口生意的私人买家。反正就是诸如此类的说法，我现在都记不清楚了。嗯，那些东西被称重、记录价值后，我把它们收集起来，等到夜幕降临，再摸黑来到认领区，把它们抖搂出来，撒在沙砾中。"

"我真不敢相信您的话。"弗罗斯特说。

"信不信随你吧。"曼纳林说，"当然，也多亏了那个华人。这种事有过四五次，每个星期他都带着差不多完全相同的一堆金子回来。他竟然全部都找回来了，不管我是怎么胡乱地掺在沙砾中，不管金子沉淀得有多深，不管天气多么糟糕。他干起活来就像是一匹特洛伊木马。要论做那些单纯而老派的活计，你挑不出他任何毛病。"

"可是您从没有告诉过他您都干了些什么。"

曼纳林感到十分震惊。"当然没有。"他说，"坦白我的罪过？我当然没有！绝对没有。从表面上看，极光似乎每个星期都出产价值二十英镑的金子。没人知道那二十英镑的金子是同样一堆，被淘了一遍又一遍！那个认领区看上去是个优质资源，产量丰富。"

曼纳林开始讲这个故事时态度有些恼火，但是，没有多久，他讲故事时的天然亲和力便流露出来。对于他来说，讲述自己如何足智多谋是一件很受用的事。他讲着讲着便松弛下来，用大礼帽的帽檐拍打着自己的腿。

"但是后来桂醒悟过来，"他说，"他一定是看到我埋金子了，或者自己琢磨出来了。那么他干了什么呢？狡猾的狐狸！他开始在他的小坩埚里冶炼金子，每星期一次，然后将冶炼过的金子带到营地分站，打成了那种一磅的金条，大约这么大。这下就没办法再把它们扔回到石头堆里了！

"没关系，我想。我有很多认领区要卖，其他认领区的金子产量都不错，我可以调换。于是，我开始把桂的金块作为'英格兰之梦认领区'的收益存入银行，我每个星期都一如既往地在极光作假，只不过用的是英格兰之梦的金矿石，不是极光的——你明白了吧？直到那时，极光一直都有二十英镑的产量。它必须保持同样的产量，否则它的利润看上去就在下滑——当我卖掉极光时，就得不到我的收益。

"可是后来桂又有了高招，"曼纳林继续说，在最后一个音节上提高了嗓门儿，"那个该死的魔鬼，开始在他的小金条上刻上产地的名字——极光。我没法拿这个冒充英格兰之梦的金矿存入银行，肯定会引起怀疑的，对不对？你相信吗？那个该死的浑蛋！"

"我真不敢相信。"弗罗斯特说，遭背叛的感觉依然强烈。

"唉，反正就是这样，"曼纳林说，"故事就是这样。这个时候，埃默里出场了。"

"然后？"

"然后什么？"

"然后——发生了什么？"

"你知道发生了什么。我把极光卖给了他。"

"但那个认领区是个假货，您说的！"

"是的。"曼纳林说。

"您卖给他一个假冒的认领区！"

"是的。"

"可他是您的朋友啊。"查理·弗罗斯特话一出口，就后悔了。这听上去多么底气不足——拿友谊来教训一个像曼纳林这样的人！曼纳林正处于他生命中的鼎盛时期：生意兴隆，衣着考究，在雷维尔街上拥有最大、最漂亮的建筑。他的怀表链子上都挂着金块。他顿顿吃肉。他已经睡过上百个女人，甚至可能上千，也许更多。他还在乎什么朋友呢？弗罗斯特发现自己的脸红了。

曼纳林端详了一会儿这个年轻人，然后说："关键就在这里，查理。四千英镑的横财——冶炼过的,每一条都刻有极光的字样——出现在一个死人的家里。我们不知道为什么,不知道是怎么回事,但我们知道是谁,而那个'谁'就是在卡尼里的我的老朋友桂。好了吧?因此,我们必须去中国城,那样我们才可以问他一两个问题。"

弗罗斯特感觉曼纳林依然对他有所隐瞒。"但是那笔横财本身,"他说,"您又是如何解释呢?如果极光是个骗人货,那么所有那些金子都是从哪儿来的呢?如果极光不是骗人货,那么是谁做的假账,使它看上去一文不值呢?"

大亨戴上帽子。"我只知道,"他一边用食指与拇指来回抚摩帽檐,一边说,"我有一笔账要清算。休想让迪克·曼纳林再做一次傻瓜,在我看来,那个人还真的干得不赖呢。一起走吧。怎么,你要认怂,临阵脱逃不成?"

没有人愿意被称作懦夫,尤其是一个感觉自己特别懦弱的人。弗罗斯特用冷冷的声音说:"我一点儿都没害怕。"

"很好,"曼纳林说,"那么,请别见怪。一起走吧。"

弗罗斯特将双手插进外套兜里,说:"我只希望不至于动武。"

"咱们走着瞧,"曼纳林说,"咱们走着瞧。快点,霍莉——快点,姑娘!驾驾!我们要到霍基蒂卡峡谷办事去!"

Φ

当弗罗斯特和曼纳林压着帽子,冒雨走出威尔士王子歌剧院时,在向南约三个街口的地方,托马斯·鲍尔弗正转上焊缝街。鲍尔弗在营盘街的德意志旅馆①度过了刚才的一个半小时，那里的酸菜、香肠和卤汁，火炉前的座位，以及一段不受打扰的沉思，帮助他把思绪重新聚焦于阿利斯泰尔·劳德巴克的事情。他精神焕发地离开旅馆，立刻朝《西海岸时报》的办公室走去。

窗口里面的百叶被拉上了，前门紧闭。鲍尔弗试了一下门把手，门是锁着的。他好奇地绕到房子后面的小公寓前，这是报纸编辑本杰明·洛温塔尔住的地方。他隔着门听了片刻，什么都没有听见，便小心翼翼地转动着门把手。

门很容易就被打开了，鲍尔弗发现自己与双手放在腿上、端坐在桌前的洛温塔尔本人碰了个面对面，好像洛温塔尔一直在等鲍尔弗来把他从恍惚中惊醒似的。他匆忙站起身来。

"汤姆，"他说，"怎么啦，出什么事了？你怎么没敲门呢？"

他面前的那张桌子确切地说是一张实验室的台子，表面坑坑洼洼、破破烂烂，被洒落的墨水和化学品染得斑驳。然而，今天，洛温塔尔干活用的碎杂物品全都被清除干净，台面上铺了一块绣花台布。台子中央放了一个小碟子，里面有一支粗短的蜡烛在燃烧。

"哦，"鲍尔弗说，"对不起，本。你好，啊。对不起，对不起。没有打扰你的意思——我是说，我没打扰你的意思。"

"啊，非常欢迎你！"洛温塔尔说，他察觉到鲍尔弗并非来者不善，只是随意拜访聊天罢了，"快进来吧，躲一躲雨。"

"不想打扰你的——"

"你没有打扰什么。快进来，快进来——把门关上！"

"确切地说，不是什么公务，"鲍尔弗怀着歉意说，他知道洛温塔尔的宗教日就是休息日，"确切地说，跟工作无关。我只是想跟你聊点别的。"

---

① 原文为德语（Deutsches Gasthaus）。

"跟你聊天从来都不是工作，"洛温塔尔大度地回答，然后第四次邀请对方，"但你必须进屋来。"

鲍尔弗终于进了屋，关上门。洛温塔尔坐回自己的座位，十指交叉。他说："我已经思考了很长时间，对犹太人来说，办报纸是最理想的职业。星期天不出报纸，你看——正符合安息日[①]的安排。我对我的基督徒竞争对手们表示同情。他们必须用他们的礼拜天设置版面、铺展油墨，为星期一做好准备。他们没法休息。你刚才走过来的时候，我正是在思考这个问题。好了，把外套挂起来吧。请坐。"

"我本人是英国国教会的一员。"鲍尔弗说——他和同属该宗教的许多人一样，对宗教信仰的那些画像图标感到很不舒服。他带着某种戒心看着洛温塔尔的蜡烛，仿佛他的东道主摆出的是苦行衣或金属刺腰索。

"你在想什么呢，汤姆？"

本杰明·洛温塔尔每个星期遵守的安息日被打扰了，但他没有丝毫不悦，因为他信仰的是一种非常自信的宗教，况且自我怀疑不是他的本性。他经常在小的方面打破安息日誓言，也没有因此惩罚自己——因为他能够理智地分辨什么是出于恐惧的责任，什么是因爱而生的责任；他相信自己敏锐的感知，知道自己无论破坏了什么规矩，都有破坏它们的正当理由。经过两个小时不松懈的祷告之后，他也感到（这是必须承认的）十分烦躁，因为洛温塔尔是个精力充沛的人，不能长时间没有外界的刺激。

"听着，"鲍尔弗说，将手指放在两人中间的台面上，"我刚听说了有关埃默里·斯坦斯的消息。"

---

① 安息日（Shabbat，希伯来语）是犹太教每七天安息的一天，为星期六，是家人团聚和去犹太会堂敬拜的欢庆的日子，也是点燃蜡烛、思考人生的时候。

"啊！"洛温塔尔吃了一惊，"现在才听说？莫非你的脑袋一直被埋在沙堆里了！"

"我一直很忙。"鲍尔弗第二次看着蜡烛——他从孩提时起只要坐在蜡烛面前就无法不去摆弄它，他要将食指在火苗上来回扫动，直到手指发黑，要把蜡烛头温暖而柔软的边缘捏出形状，要把手指尖伸进熔化的烛泪中，然后快速地缩回来，这样蜡液就会在他指尖上形成一个小黄帽，蜡冷却后，小黄帽就会收缩，脱落下来。

"忙得连新闻都顾不上了？"洛温塔尔想逗他开心。

"我有一个朋友来到镇上，是一名政客。"

"哦，是的，尊贵的劳德巴克。"洛温塔尔说，他背靠椅子放松地坐着，"嗯，即便你不读，我希望他一直读我的报纸！报上已经有许多关于他的专题报道。"

"是的——专题报道。"鲍尔弗说，"但是听着，本，我想问你一个问题。我今天早上在银行停了一下，听说某人在报纸上登了通告，代表斯坦斯先生——祈求他回来。我能不能问问通告是谁登的？"

"没问题。"洛温塔尔说，"通告是公开的——反正，她在启事的最后留了一个信箱号，你可能已经看到了。你只要到邮局去，就能查到信箱，就会看见那女人的名字。"

"女人？"

"是的，你肯定会为此而感到吃惊的，"洛温塔尔说，"她是我们的夜女郎之一！你能猜到是谁吗？"

"莉齐？爱尔兰的莉齐？"

"安娜·韦瑟雷尔。"

"安娜？"鲍尔弗说。

"没错！"洛温塔尔说，张开大嘴微笑着——因为他有一种业内人士的敏感，当可以扮演这个角色时，就是他最开心的时刻，"你猜不到这个吧，对不对？斯坦斯失踪不到两天，安娜就跑来找我。我试图劝她再等一段时间——一个男人刚离开两天就登启事叫他回来，似乎是小题大做。我说，他可能只是进了峡谷，或者骑马去了格雷沙滩，没准儿明天就回来了！我是这样告诉安娜的。可是安娜很坚决。她告诉我，斯坦斯没有离开，他是消失了。她对此十分清楚。这是她的原话。"

"消失了。"鲍尔弗跟着说道。

"那个可怜的女子当天早晨去过法院，"洛温塔尔说，"过去这一年里，她的运气多么糟糕啊！她是个可爱的姑娘，汤姆——十分可爱。"

鲍尔弗皱起眉头，他不喜欢别人告诉他安娜·韦瑟雷尔是个可爱的姑娘。"实在无法想象，"他大声说，摇了摇头，"无法想象——他们俩，简直就好像是粉笔与奶酪①。"

"粉笔与奶酪。"洛温塔尔重复了一遍，他喜欢外国成语，"谁是粉笔？我猜想是斯坦斯，因为他与采矿有关！"

鲍尔弗似乎没有听见他的话。"安娜有没有给你透露过什么，关于她为什么要寻找斯坦斯？我的意思是——为什么——"

"当然，她试图联系斯坦斯。"洛温塔尔说，"但我猜想，你问的不是这个问题。"

"我的意思只是——"但鲍尔弗没有继续说下去。

洛温塔尔笑了。"这毫不奇怪，汤姆！如果那小伙子对安娜表示一分一厘的感情——呃。"

"什么？"

这位编辑发出一种咯咯的声音，"唉，你必须承认，站在斯坦斯先生身旁，你和我简直就是白发苍苍了。"

---

① 这是英国成语，粉笔与奶酪（尤其是未加工之前）表面上有某种相似之处，但里面截然不同，表示正好相反的意思。

鲍尔弗沉下脸来。头发花白一点怎么了？头发花白令男人显得有尊严。"还有另外一个问题，"他改变了话题，"关于一个名叫弗朗西斯·卡弗的人，你都知道些什么？"

洛温塔尔扬起眉头，"不是很多。当然，听说过一些故事。人们总是会听说他那种人的一些故事。"

"是的。"鲍尔弗说。

"关于卡弗我都知道些什么呢？"洛温塔尔沉思着，在心里思忖这个问题，"嗯，我知道他在香港有根基。他父亲是某种类型的金融家——与商业买办有关。但他与父亲一定是分家了，因为他与母公司已经没有联系。他是个独家代理，是不是？一个买卖商。也许在他被定罪后，就与父亲分道扬镳了。"

"那么你对他看法如何呢？"鲍尔弗追问。

"我想，总的来说，我对他的印象不好。他是一个有钱人的儿子，这是其一；还是一个罪犯，这是其二。且不管这两者的先后次序，我相信他表现出了最恶劣的品质。他是个暴徒，同时又很阴险。或者换一种说法，他养尊处优，却为人卑鄙。"

（对本杰明·洛温塔尔来说，这样总结人物性格是非常典型的，他思考时，往往将自己放在两个假想敌之间的第三者位置上。洛温塔尔评估他人时，首先在他们身上识别出本质的悬殊，然后再用理论解释悬殊的两极之间是如何合成的，而且这种理论纯粹出于洛温塔尔本人。他注定能看到一切事物固有的双重性——即使他自己关于一切事物双重性的评价也具有双重性，因此，在他认为的这个五光十色、变幻不定的世界里，他有责任采取一套严格的"绝对命令"式的个人法则，作为一种保护措施。这种个人法则是淡定的、深思熟虑的、有高度原则性的。只有坐在这张固定的座位上，他才能考察永无止境的双重性，并完全依赖于它。他在自己的日常事务中往往很放松，在宗教上富有幽默感，做起业务来也很灵活——但是对于他的"绝对命令",他不会犯错,不会退让。)

"卡弗最近给我惹了一点麻烦,"他继续说,"大约两个星期前,他没有遵守日程就离开了泊位,而且是在半夜三更。嗯,那是个星期天,船运新闻已经登了星期六的报纸上。但是因为'一帆风顺号'并未计划那天离港,再加上它是在日落之后很久才离开的,所以竟然没有在海关登记。嗯,没有人告诉我任何有关的消息,所以报纸上根本没有记录它的离港。仿佛那条船从没有离开它的泊位一般!港长对此非常恼怒。"

"上个星期天?"鲍尔弗说,"就是劳德巴克到达的那天。"

"我想是的。十四日。"

"但卡弗那天晚上恰好在绿玉神舟谷!"

洛温塔尔突然抬起头来,"这是谁告诉你的?"

"一个毛利小伙,名字叫泰什么的,很年轻的一个家伙,戴着一颗绿色的大吊坠。我今天早上在街上跟他说话来着。"

"他的可靠性如何?"

鲍尔弗解释说,泰老·老居和克罗斯比·韦尔斯一直是好朋友,老居在隐士死亡那天看见弗朗西斯·卡弗进入了隐士的小屋。至于卡弗进小屋是在韦尔斯死前还是死后,鲍尔弗就不知道了,但是老居向他保证,卡弗是在劳德巴克之前到达的——根据劳德巴克本人的证词,他是在隐士死后不久到达小屋的,因为当他进屋时,那个男人烧开的一壶开水还在炉台上沸腾,没有烧干。因此,站得住脚的推理是,弗朗西斯·卡弗是在克罗斯比·韦尔斯去世前出现在小屋里的,或许(鲍尔弗毛骨悚然地意识到)甚至目击了韦尔斯的死亡。

洛温塔尔抚摩他的小胡子。"这个消息倒十分有趣。"他说,"当天晚上,日落之后很久,'一帆风顺号'扬帆起航。所以卡弗一定是从绿玉神舟谷直接赶回了霍基蒂卡,立刻登船、起锚,一切都发生在黎明之前。看来他离开得非常仓促。"

"我觉得够奇怪的。"鲍尔弗说,他正在想他那只消失的货运板条箱。

"考虑到斯坦斯正是在同一时间消失的——"

"还有安娜,"鲍尔弗打断了他的话,"那正是她昏迷的那天夜里——你记得吧,劳德巴克在路上发现了她。"

"哈,"洛温塔尔说,"又是一个巧合。"

"你可能会说只有弱智才会相信巧合,"鲍尔弗说,"但是我说——我说——一连串的巧合就不可能是巧合。一连串的!"

"对,的确不是。"洛温塔尔含混地说。

鲍尔弗随即说道:"但是年轻的斯坦斯,那真是一种绝对的耻辱,对此优柔寡断是没用的,本,他肯定是被谋杀了。一个人不会无缘无故消失。穷人也许会,但富人绝对不会。"

"嗯。"洛温塔尔说,其实脑子里想的并不是斯坦斯,"我不明白卡弗跟韦尔斯在绿玉神舟谷干了什么。他又是在逃离什么,或者说奔向什么。"编辑又思考了一会儿,然后惊呼道,"我说,劳德巴克该不会是跟卡弗搅在一起的吧,嗯?"

鲍尔弗长舒了一口气。"唉,这才是问题所在。"他说,故意表现得十分勉强,"但是我如果告诉你,就破坏了劳德巴克对我的信任,我就食言了。"他再次看着蜡烛芯,希望他的朋友会提示他继续说下去。

然而,不幸的是,洛温塔尔的道德准则使他不能接受鲍尔弗的提议,不能鼓励鲍尔弗违背信誉。他平心静气地端详了鲍尔弗片刻,把后背往椅子上一靠,改变了话题。"你知道吗?"他说,换了一种更轻快的语调,"你不是第一个来我办公室问我报纸上那则通告的事的人——关于埃默里·斯坦斯的那则通告。"

鲍尔弗抬起头来,既失望又惊讶,"怎么——还有谁?"

"在这个星期中,有一个男人来过,星期三,或者是星期二吧。

爱尔兰人,职业为牧师——但不是天主教。我想他是卫理公会的。他将是新监狱的牧师。"

"循理会。"鲍尔弗说,"我今天早上遇到了他,长得怪怪的,牙齿很可怜。他为什么会感兴趣呢?"

"但我记不清他的名字了。"洛温塔尔喃喃地说,用手指轻轻敲着嘴唇。

"他为什么对斯坦斯感兴趣?"鲍尔弗又问了一遍,因为他也不知道那个牧师的名字,无法提供帮助。

洛温塔尔再次将十指交叉放在台面上。"嗯,这的确很奇怪,"他说,"毫无疑问,他跟着验尸官一起去了克罗斯比·韦尔斯的小屋,去给那个男人收尸。"

"是的——然后又给他下葬,"鲍尔弗说,点了点头,"挖墓穴。"

"德夫林,"洛温塔尔说,用手拍了一下桌子,"这是他的姓,德夫林。但我还没有想起他的名字,再让我想一会儿。"

"这且不去管它,"鲍尔弗说,"我刚才问的是,他跟斯坦斯有什么关系?"

"确切地说,我也不明白。"洛温塔尔坦言,"从我们简短的谈话中,我意识到他非常迫切地需要与斯坦斯先生对话——不知是要谈克罗斯比·韦尔斯的死,还是要谈跟克罗斯比·韦尔斯之死相关的什么事情。除此之外,我就没什么可以告诉你的了。我没有问那么多。"

"真可惜你没有问,"鲍尔弗说,"让它成了个未解之谜,真是的。"

"怎么,汤姆,"洛温塔尔说,脸上突然一笑,"听起来你像是一个侦探!"

鲍尔弗脸红了。"其实不是,"他说,"我只是试图搞明白一点儿什么。"

"搞明白一点儿什么——为了你的朋友劳德巴克,他让你发誓保持沉默！"

鲍尔弗记得那个牧师也无意中听到了劳德巴克的故事，而且就在那天早上，这个念头引起了他的警觉。他想，这可真是拖泥带水。劳德巴克确实应该更谨慎些，不该在公共场所谈论这一类私事！"嗯，"他说，打起了精神，"你说怪不怪？这个家伙——德夫林——"

"考埃尔·德夫林，"洛温塔尔说，"这是他的名字，我就知道我能想起来。考埃尔·德夫林。是的，牙齿很可怜。"

"不管他是谁，我以前肯定没有见过他。"鲍尔弗说，"他为什么这么关心埃默里·斯坦斯——平白无故的？难道这不令你感到奇怪吗？"

"哦，非常奇怪，"洛温塔尔说，脸上仍然笑微微的，"非常奇怪。但你心里好像有点窝火呢，汤姆。"

鲍尔弗的确变得双颊通红，"是劳德巴克——"他话没说完，就见洛温塔尔摇了摇头。

"不，不，我不能让你道破你的机密。"他说，"我只是逗你玩的。咱们换个话题吧。我不会追问。"

其实，托马斯·鲍尔弗非常希望洛温塔尔问下去。他非常愿意泄露阿利斯泰尔·劳德巴克的机密，他只是想假装自己不能把政治家的秘密说出来，希望借此诱惑洛温塔尔恳求他泄密。但是洛温塔尔显然不玩这种游戏。（他也许是不愿意，也许是不知道可以这么做。）鲍尔弗感觉心里堵得慌。他希望从一开始就能坐下来，坦率地、原原本本地讲出劳德巴克的敲诈勒索与筹划报复的故事。现在他只能什么消息都没得到，就离开这里，因为他此刻已经不可能主动讲出这个故事，编辑已经一再声明不需要听他的故事！

我们插进来观察一下，发现这是一个令人遗憾的审查。因为如果鲍尔弗已经原原本本讲出劳德巴克的故事，那么，一月二十七日的事件可能会以完全不同的方式呈现在他面前——呈现在许多其他人面前。洛温塔尔如果得悉劳德巴克在故事中的某些特殊表现，可能会想起数月前的一件事，那件事他当时认为没有特殊理由要记住：这个记忆对鲍尔弗调查卡弗将有巨大的帮助，至少能部分解释此人为何神秘地冒用韦尔斯这个名字。

然而，鲍尔弗没有道出劳德巴克的故事，洛温塔尔的那段记忆也就没有被唤起。随后，鲍尔弗从斑驳的台子旁站起来，他没有选择，只能感谢他的朋友，然后与他道别——感觉两人的谈话令人失望，只是唤起了他的希望，随后又令他万般沮丧，而洛温塔尔也有同样的感觉。洛温塔尔重新沉湎于对信仰的冥思，鲍尔弗则走在雷维尔街的泥泞中。钟声报响了三点半，这一天慢慢逝去了。

但是圆球的外部同样也在运转着——无边无际的当下，包含着有边有际的过去。这个故事正在被讲述给沃尔特·穆迪听，穿插着许多典故和反复强调——而本杰明·洛温塔尔此刻正在皇冠旅馆的吸烟室里，故事中的某些部分他也是第一次听到。突然，他想起发生在大约八个月前的一件事。当托马斯·鲍尔弗像此刻这样停下来喝酒时，洛温塔尔向前几步，绕过台球桌，举手表明他希望打断一下。鲍尔弗请他讲话，洛温塔尔开始叙述他刚刚被唤起的那段记忆，说话时声音低沉，神情凝重，就像在传达非常重要的消息。

他的陈述如下：

一八六五年六月的一天上午，一个脸上有一道疤的黑发男人走进了洛温塔尔在威尔街上的小办公室，要求在《西海岸时报》上刊登一条通告。洛温塔尔同意了，拿出他的笔，问这个男人希望刊登什么。男人说他丢失了一只货运板条箱，里面有一些对他个人极为宝贵的物品。如果板条箱被归还，他将支付二十英镑的报偿——甚至五十英镑，如果板条箱原封不动地还到他手里的话。他没有说板条箱里装的是什么，只说对他个人来说十分珍贵。他说话粗声粗气，用的都是非常直截了当的字眼。当洛温塔尔问他名字的时候，他没有回答，而是从口袋里掏出了他的出生证明，放在办公桌上。洛温塔尔抄下了他的名字——克罗斯比·弗朗西斯·韦尔斯先生——最后问那个男人，如果那只遗失的货运板条箱真的被找回来，他希望找到板条箱的人到哪里去交接。男人给出的是吉布森码头上的一个地址。洛温塔尔记录下来，填写了收据，收了费，然后与那个男人说了再见。

有人会问（是的，穆迪确实如此追问），洛温塔尔为何对这件事的细枝末节如此肯定，要知道这是他刚刚想起的一段记忆呀，事情已经过去了八个月，他没有任何机会核实那些细节。洛温塔尔如何能够肯定：第一，登广告的男人脸上确实有一道疤；第二，这件事发生在去年六月；第三，出生证明上的名字，毫无疑问，就是克罗斯比·弗朗西斯·韦尔斯？

洛温塔尔的回答彬彬有礼，但是话说得很长。他对穆迪解释道，《西海岸时报》创刊于一八六五年五月，大约是洛温塔尔首次登陆新西兰的一个月之后。报纸首印时，印量仅二十份，霍基蒂卡的十八家旅馆各一份，一份给新上任的裁判官，一份留给洛温塔尔本人。（一个月内，随着蒸汽动力印刷机的购置，洛温塔尔的报纸的印刷量已经扩大到两百份；现在，一八六六年一月，他的每版报纸印刷量均接近一千份，他还雇用了两名职员。）为了向订户做广告，洛温塔尔将报纸的第一版用玻璃镶嵌，挂在前办公室里，宣传《西海岸时报》已成为霍基蒂卡的第一份每日公报。他记得报纸创刊的具体日期（一八六五年五月二十九日），因为他每天早上都能看见画框中的报纸。洛温塔尔解释道，那个男人肯定是在六月份来的，因为洛温塔尔是在七月一日收到那台蒸汽动力印刷机的，他记得非常清楚，伤疤男人的广告是用他的老式手动机器印刷的。

为什么他对这一点记得这么清楚呢？嗯，排版的时候，洛温塔尔发现两英寸的版面（这是一栏广告的标准面积，也是伤疤男人付款的面积）不足以容纳整条信息：广告多了一个词，无法挤进可用的空间。除非洛温塔尔把重复性的启事重新洗牌，改变整个版面，否则就只能弄出一个被排版人称作"落单"的格式：广告的最后一个词（即"韦尔斯"）被困在第三栏的顶部，使读者心里产生一种难受甚至混乱的感觉。当洛温塔尔发现这点时，伤疤男人已经离开了他的办公室，洛温塔尔不愿意满大街地去寻找他。他试图找到一个可以去掉的词，终于，决定删除这个男人的中名弗朗西斯。这个省略可以避免产生"落单"，整个版面的格式也不会受到破坏。

《西海岸时报》在第二天一大早出版，还不到中午，伤疤男人就来了。他一口咬定——但没有给出原因——把他的中名印出来是至关重要的。他十分恼怒洛温塔尔竟然没有征得他的同意就改变了广告内容，他发泄着自己的不满，粗声粗气地说话，口气跟第一次来寻求编辑帮助时一样。洛温塔尔拼命道歉，重新印了新的启事——之后又印了五次，因为男人付了一个星期的广告费，在这样的情况下，洛温塔尔为谨慎起见，决定给他免费刊登第七次。

因此，正如洛温塔尔对穆迪解释的那样，他十分确定事件的日子和那个人的名字，克罗斯比·弗朗西斯·韦尔斯。这件事令他难以忘怀：一个企业家总是记得他犯的第一个错误，回顾企业的创始，顾客的不满是不容易忘记的，尤其是当一个人把他的生意放在心里的时候。

现在还剩下一个问题，就是对这个男人相貌的描述——洛温塔尔怎能肯定此人脸颊上的确有一道伤疤？名叫弗朗西斯·卡弗的前罪犯无疑是有伤疤的，而名叫克罗斯比·韦尔斯的隐士肯定没有伤疤。对于这最后一点，洛温塔尔坦率地说他不能肯定。也许在想起这件事时，他将对一个伤疤脸男人的记忆重叠在了这个记忆上。但他希望能补充一点，他通常记性很好，能在脑海中十分清晰地看见这个人的形象；他记得此人双手端着一顶大礼帽，说话时将帽子挤压在两个手掌中，仿佛要把它压成一片毡布。这个细节肯定不是假的！洛温塔尔宣布他愿意出一笔不小的赌注，打赌他记得的那个人脸上确实有一道伤疤，形状像一把镰刀，而且，他还拥有一份出生证明，上面的名字是克罗斯比·弗朗西斯·韦尔斯。然而，洛温塔尔也承认，自己从来没见过那个隐士克罗斯比·韦尔斯，没在活着时见过他，无法想象他的模样，因为死者没有留下任何图像或速写。

很容易想象，这条新的信息在皇冠旅馆的吸烟室中引起了怎样一片感叹与猜测，使叙述者暂时无法继续。不过，暂且把他们留在这里，我们继续在往昔中向前推进。

Φ

往返于卡尼里与霍基蒂卡河口的摆渡服务，没有因为天气恶劣而间断，只是速度相应地放慢了。因为没有顾客，也没有杂活要干，船夫们都坐在码头边敞着门的仓库里，一边抽烟，一边玩惠斯特牌戏。要放下扑克牌冒雨去干活，他们似乎不太高兴，为了表示不满，故意把摆渡费开得很高。曼纳林立刻同意了这个价格，船夫们只好丢下手里的扑克牌，掐灭烟头，将渡船搬运到斜坡上，送入水中。

卡尼里就在上游约莫四英里的地方，如果是回程，这段距离根本不需要多久就能完成，桨手们无须逆水拼命划船。然而，如果往内陆去，则要根据河流的水情、风向以及潮汐的动态，动辄花上一小时的时间。淘金汉们在卡尼里和霍基蒂卡之间往返通常靠马车，或者干脆徒步，但是马车已经出发了，恶劣的天气又不宜步行。

曼纳林付清摆渡费，很快就跟弗罗斯特一起坐在一条涂过漆的小艇尾部（事实上这是一条救生艇，从沉船上打捞出来的），他们中间蹲着牧羊犬霍莉。靠码头一边的桨手们用桨叶把船推离岸边，然后奋力划桨，船很快便逆流而上。

弗罗斯特和曼纳林背朝船尾坐着，与桨手们面对面，俨然是两个超大号的、衣冠楚楚的舵手；桨手们每次身体前倾奋力划桨时，他们之间的距离都会靠得很近。因此，这两个男人没有谈论即将执行的任务，唯恐桨手们会听到他们的秘密。曼纳林开始喋喋不休地谈论天气、美洲、土壤、玻璃、早餐、水闸采矿、原生木材、波罗的海海军战区，以及矿区的生活。弗罗斯特容易晕船，除了不断有规律地抬手擦干帽檐下形成的水珠外，丝毫也不敢动弹。他只是咬紧牙关，哼哼哈哈地回应曼纳林的闲扯。

说实话，弗罗斯特感觉非常害怕——随着一桨又一桨，船划得越来越靠近峡谷，他感觉越来越害怕。苍天啊，究竟是什么让他走火入魔——在害怕得要命时，怎么居然说自己不害怕呢？他本来可以很容易地假装必须如期返回银行！现在他泡在三英寸深的浑水中颠簸，浑身发抖，手无寸铁，毫无准备——不幸被选作他人决斗的助手——这是为了什么呢？他跟叫桂的华人有什么瓜葛呢？跟他有什么恩怨呢？他这辈子都没见过那个人！弗罗斯特伸手抹掉帽檐上的水。

霍基蒂卡河在碎石的谷底蜿蜒流淌，鹅卵石被磨得均匀圆滑。河两岸簇拥着深色的灌木，树叶的颜色被雨水染得更深；远处的山峦在飘移变幻的云中移动。抬头眺望群山，人们对距离的感觉富有层次：在位于前景的绿色的衬托下，高耸的新西兰鸡毛松①在灌木丛中鹤立鸡群，中部是蓝色，山峦的顶部是灰色，与迷雾的颜色融为一体，形成背景。阿尔卑斯山脉被浓雾笼罩，但在天气晴朗的时候（就像曼纳林说的那样），它们便清晰可见，在蓝天的衬托下，一道白色的陡峭山脊分外显眼。

渡船继续逆流而上，与一叶顺流直下的独木舟擦肩而过，独木舟载着一个大胡子测量员和两个毛利向导——他们举帽致礼，一副乐呵呵的样子，曼纳林也举帽回礼。（弗罗斯特不敢冒险动弹。）在那之后，再也没遇见别的人，只有两旁的河岸在颠簸中逝去，雨柱抽打着河水。那些从河口跟出来的海鸥已经失去兴趣，不见了踪影。约二十分钟过去了，渡船转过一道弯，然后，如同一盏油灯突然照亮一个拥挤的房间，他们的周围顿时一片热闹与喧嚣。

卡尼里帆布帐篷移民点设置在霍基蒂卡和内陆认领区之间的中继站。移民点周围的土地十分平整，冲沟和溪流裹挟着石头和碎石，从阿尔卑斯山脉冲下来，纵横交错地流过大地，奔向大海。在这里，水的流动声是永恒的，耳边只听得见遥远的轰鸣声、滴水声、急流涌动声，以及淅淅沥沥声。正如一个早期的测量员所说，在西海岸，哪里有水，哪里就有金子——到处都是水，水从蕨叶上滴下来，水在树枝上凝成水珠，水使挂在树上的青苔变得丰厚，水渗进一个人的脚印里，即刻盈满。

在弗罗斯特看来，卡尼里的营地是一幅十分凄惨的景象。一行行的淘金汉的帐篷歪歪扭扭地排列在阶地上，被连绵不断的雨压弯了腰，有几顶帐篷已经完全坍塌了。帐篷之间绳索交错，沉甸甸地

---

① 新西兰鸡毛松（kahikatea，毛利语）是新西兰的特有树种，树高可达五十五米，笔直挺拔的树干直径可达一米，对毛利人来说是十分重要的资源，用途广泛。

挂着旗帜与晾晒的湿衣服。有几顶帐篷用片岩和黏土临时搭建了壁板，算是改善了居住条件；一个有创新精神的人，在帐篷上方的树上额外挂了一块篷布，作为辅助外帐。各类娱乐与饮料的广告画用钉子固定在树干上。（在矿区，若想开一间卖掺水烈酒的窝棚店，所需要的不过是一张帆布外帐和一瓶酒，但如果突然被执法人员查到，就会被罚款，甚至去坐牢。以这种方式出售的烈酒大部分都是在营地酿造的。查理·弗罗斯特曾经尝过一次卡尼里的烂肠劣酒，恶心得一口吐了出来。这种烈酒带有油性，泛着一股酸味，黏糊糊的，还漂着丝状物。他想，它的气味很像洗照片用的感光乳剂。）

弗罗斯特惊叹这场雨竟然没有把淘金汉们赶进帐篷。事实上，他们的精神头儿似乎丝毫未受影响。他们簇集在河边，一些人站在过膝深的水中晃荡着平锅淘金，另一些人嘎吱嘎吱地摇动着他们的水闸洗砂床，还有一些人在岸上清洗锅碗瓢盆、洗澡、用肥皂洗衣服、编绳子、缝缝补补。他们都穿着淘金汉惯常穿的鼹鼠皮、哔叽和斜纹呢衣服。有的人腰上系着腰带，染成最耀眼的猩红色，是当时流行的海盗风格，大部分人都戴着帽檐向下的宽边软帽。他们一边干活，一边互相大声吆喝，似乎根本没有注意到下雨。在喊声的背后，能听见日常生活中的各种声音——斧头砍伐声、笑声以及口哨声。蓝色的炊烟悬挂在空中，在河上空盘旋着，慢慢地散去。从树林深处传出手风琴独奏的乐声，更远的什么地方响起了一阵鼓掌欢呼声。

"很安静，是不是？"曼纳林说，"即便是星期六，也显得很安静。"

弗罗斯特并不认为这里安静。

"外面几乎没有一个人。"曼纳林说。

弗罗斯特看见了十几个人——也许上百人。

呈现在他们眼前的，就是查理·弗罗斯特对卡尼里的最初印象，而且，也是他对霍基蒂卡外围的第一印象，因为在跨越霍基蒂卡浅滩后的七个月时间里，他还没有去过内陆，也没有沿着沙滩走过海景高坡以外的地方。虽然他曾哀叹周围环境狭小，但在内心深处，他非常清楚自己不是探险的料。现在，他看见一个男人拖着一根树枝，朝河边一小堆奄奄一息的篝火走去，将树枝横放在黑色的灰堆上，随即，一团黑乎乎的烟忽地蹿起来，将他吞没，他开始剧烈地、撕心裂肺地咳嗽，仿佛不久于人世一般。弗罗斯特认为自己的保守完全有道理，他告诉自己，卡尼里是一个猥琐的地方，一个被上帝遗弃的地方。

渡船被拉上浅滩，救生艇的龙骨靠在鹅卵石上。前面的桨手们跳出来，将船拖到离开河水的地方，这样曼纳林和弗罗斯特从船上爬出来时不会把靴子打湿——其实这个礼节完全没有必要，因为他们的靴子早就湿透了。牧羊犬跳过船舷，肚皮朝下，扑通一声落入水中。

"我的天哪，"曼纳林说，他长吁短叹地在石头上站稳，伸了个懒腰，"我应该换一条裤子的。这不是穿好衣服的天气——是不是，查理？花花公子都泡成了土包子。我的天！"

他已经察觉到弗罗斯特没精打采的神情，试图让气氛活跃起来。他感觉让弗罗斯特见证一些江湖混战大有益处（弗罗斯特的镇定带有一点死板的性质，令曼纳林感到十分别扭），但同时也希望能够保留小伙子对他的好感。曼纳林生性好斗，在他每天争夺的那么多假想奖牌中，其中一枚上刻着与他有联系的每个人的姓名。如果他不得不在他人的修养和服从之间选择一项，他肯定会选择后者，无论付出什么代价。他不会对弗罗斯特心软，弗罗斯特本人的心肠已经够软的了，他要确保这个小伙子明白自己的位置，但他还没有骄傲到不愿伸出仁慈之手的地步，尤其是在他人如此明显地渴望得到仁慈的时候。

但是弗罗斯特没有回应。他惊愕地看见一顶A形框架的平布帐篷，大小刚够三个人拥挤着躺下，上面居然有手写的"旅馆"字样；

他更为震惊地看见一个淘金汉解开裤裆的纽扣，当着伙伴们的面，冲着河边的石头小便。弗罗斯特退缩了一下，然后，他敏感地听见了嘲笑声。在距离渡船靠岸处不足十码的地方，有两个淘金汉坐在木结构的雨篷下面，他们一直在观察着救生艇的到来。显然，他们觉得弗罗斯特的恐惧十分有趣，其中一个摘帽致意，另一个戏弄地举手敬礼。

"是来瞧一瞧的？"

"哪儿呀，鲍勃——他是来河里洗衣服的。唯一的问题是，他忘记得先把自己的衣服弄脏了！"

男人们再次大笑。弗罗斯特脸颊绯红，转身而去。他的生活轨迹完全受到责任与习惯这支圆规的圈定，这是事实；他没有旅行经历，不会投机，这也是事实；他的外套在当天早上被刷得干干净净，马甲也很清洁，这还是事实。他并不为此感到耻辱。但是弗罗斯特的童年是在没有其他孩子的环境中度过的，所以他不明白戏弄是怎么回事。如果有人拿他开玩笑，他就不知道如何应付。他的脸变得燥热，嗓子眼儿紧缩，只能不自然地傻笑。

桨手们把船从水中拖出来。他们答应两个小时后将两个客人送回霍基蒂卡（两个小时，弗罗斯特想，心情万分沉重），然后他们抓阄决定哪个男人留下来守船。那个倒霉蛋失望地坐了下去，其余的人手里攥着哗哗响的硬币，消失在树林里。

对面那两个男人还在大笑。

"问他要一撮鼻烟。"第一个淘金汉对同伴说。

"问他多久给家里写一封信——寄到梅费尔[①]。"

"问他知不知道怎么把衣袖捋过胳膊肘。"

[①] 梅费尔（Mayfair）位于英国伦敦市中心，最繁华和昂贵的市区之一，起源于17世纪以来一年一度为期两个星期的五月博览会，并以此而得名。

"问他爸爸赚多少钱,他肯定愿意谈谈这个。"

这简直太不公平了,弗罗斯特心想——何况他从来没有去过梅费尔——何况他父亲是个穷光蛋——更何况他是个新西兰人!(这个称呼听起来就很愚蠢,没有人说"英格兰人[①]"。)每个月的薪水刨去溜进父亲口袋的那一大部分以后,自己的收入便微不足道。至于他现在穿的这身衣服——是用他自己的工资买的;当天早上,他亲手把外套刷得干干净净,而且频繁地将衣袖捋过胳膊肘。他的袖口扣着纽扣,跟淘金汉们一样;他在霍基蒂卡旅行用品店买的衬衫,也跟他们一样。弗罗斯特想把这些话说出来,然而他却跪了下来,伸出双手,摊开手掌,让牧羊犬霍莉舔着玩儿。

"我们可以走了吗?"他压低声音对曼纳林说。

"等一会儿。"

曼纳林把钱包放回衣服内兜,正在小题大做地折腾燕尾服大衣的纽扣——犹豫是否除了最底下一颗纽扣外,将其余的纽扣都解开,这样最方便他掏出手枪;或者,扣上最上面的纽扣,解开其他的,这样最能掩饰他的手枪,不让别人看见。

弗罗斯特又紧张地看了看四周,但躲避着雨篷底下淘金汉们的目光。从渡船登陆处有两条岔路都穿过树林——一条向东,朝着卡尼里湖;另一条向东南,朝着霍基蒂卡峡谷。在河的南岸,分布着许多认领区和矿井区,极光金矿就是众多金矿之一。弗罗斯特对此完全不知。事实上,如果你问他,他可能根本就找不到北。他四处张望,寻找一个能引导他们去中国城的标牌,但没有找到。他在人群中看不见一个华人的面孔。

"往那儿走,"曼纳林说,仿佛看穿了他的心思,把头朝东方点

[①] 新西兰人的英文是New Zealander,而没有Englander这种用法指代英国人或者英格兰人。

了点,"河上游,不太远。"

弗罗斯特把狗夹在两腿之间,开始揉捏它湿漉漉的毛皮,与其说是为了让狗快活,不如说是为了给自己安慰。"我们是不是应该商定——商定一个计划什么的?"他试探着,眯眼向上看着对方。

"不需要。"曼纳林一边说,一边将皮带扣得更紧一点。

"不需要计划?"

"桂没有手枪,我有两支。这就是我需要的唯一计划。"

弗罗斯特没有因此得到任何安慰。他放开霍莉——霍莉立刻从他身旁跑开——他直起身来。"您不会朝着一个手无寸铁的人开枪吧?"

曼纳林已经决定扣上最上面的纽扣。"啊,"他说,"这样最好。"他把身上的外套抻平。

"您没有听见我的话吗?"

"听见了。"曼纳林说,"少安毋躁,查理。你只会吸引别人对你的注意。"

"如果您想减轻我的烦躁,您就应该回答我。"弗罗斯特说,他的声音十分刺耳。

"听着,"曼纳林说,终于转身面对着他,"在过去的五年里,我付钱给华人,雇用他们在我的认领区工作,如果我有什么事情能告诉你,那么就是这个。他们对大烟的追求,就像一个孤独的淘金汉追逐妓女,无一例外。在星期六的这个时辰,阿尔卑斯山山脉这一边的每个人都会软绵绵地躺着,龙在眼前飞舞。你大可走进中国城,一只手背在后面就能把他们所有人都包抄起来。明白吧?没有必要动武,没有必要开枪,武器只是一种装饰。各种因素都对我们有利,查理。当一个人沉醉于鸦片时,他便仿佛是水做的。记住这点。他就不中用了,他就成了个孩子。"

太阳在摩羯座

> 加斯科因回忆他与那个妓女的首次相遇；一把小刀拆开了几条衣服接缝；因虚脱而付出的代价；安娜·韦瑟雷尔提出一个要求。

约瑟夫·普里查德站在门口，透过门缝观察着安娜和加斯科因，他只看见自己最渴望的——爱情，还有真诚的同情。普里查德很孤独，他像大部分孤独的单身汉一样，到处看见的都是幸福的一对儿。在那一刻——当安娜的身体贴到加斯科因胸膛上时，加斯科因将她搂在怀里，抱起她，将脸颊贴在她的头发上——普里查德的手软弱无力地抓住冷冰冰的门把手，即便知道奥伯特·加斯科因与安娜·韦瑟雷尔仅仅是朋友，他也感觉不到一点安慰。孤独感不会因为强弱程度而消失。对于普里查德来说，就连友谊也仿佛是玻璃窗后面的一场盛宴，可望而不可得；即使是最微小的慈善都会润湿他的嘴唇，让他倍加渴望。

普里查德对于加斯科因的假设是根据十分有限的接触而形成的——事实上，仅仅基于一次谈话。从加斯科因傲慢的态度和无可挑剔的礼服来判断，普里查德以为他在治安法院位高权重，拥有一定的影响力，但事实上文员的权力非常有限。他的主要职责是每天到警察营地的监狱收取保释费。除了这项任务，他的时间都花在记录费用、为矿人权开具治安收据、处理矿区投诉上，有时还为特派专员跑腿打杂。这是一个很低的职位，但是加斯科因在镇上初来乍到，他为能找到工作而感到满足，自信拿奴才工资过日子的时间不会太长。

当加斯科因第一次看见安娜·韦瑟雷尔戴着脚镣躺在乔治·谢泼德的监狱的地板上时，他来霍基蒂卡还不足一个月。安娜背靠墙壁坐着，双手放在腿上，那双睁着的眼睛因为发烧而闪闪发亮，她的头发松散开，湿漉漉地贴在脸颊上。加斯科因跪在她面前，一时冲动伸出了手。安娜抓住他的手，将他拉得更近些，避开狱守的视线——狱守正坐在门口，来复枪放在膝头。安娜悄声说："我可以交齐保释费——我能筹齐——但你必须相信我，而且你不能告诉他具体过程。"

"谁？"加斯科因的声音也压低成耳语。

安娜朝着监狱长谢泼德的方向点点头，眼睛却一刻也没有离开加斯科因。她的手抓得更紧了，引导加斯科因的手摸到她的胸部。加斯科因吃了一惊，几乎将手猛地抽开，然后，他感觉到了安娜引导他去感觉的东西。在安娜的衣服底下，她的胸肋周围绑扎着什么东西。加斯科因想，摸上去好像是锁子甲，可是他从来没有摸过锁子甲。

"金子，"安娜悄声说，"是金子。沿着紧身胸衣的骨撑从上到下，还有裙衬里，到处都是。"她用黯然的眼睛搜寻着他的神色，哀求着他，"金子，"她说，"我不知道金子是怎么跑到这里来的。我一醒来就在这里——缝在里面。"

加斯科因皱起眉头，试图理解她的话，"你希望用金子支付你的保费？"

"我没法将金子取出来。"安娜低声道,"这里不行。没有刀子不行,是缝在里面的。"

两人的脸几乎相触。加斯科因能闻到甜丝丝的鸦片余味,就像安娜呼吸中的一缕梅子香味。他悄声说:"这是你的吗？"

安娜脸上闪现出绝望的表情,"有什么区别吗？这是钱,不是吗？"

谢泼德的声音从墙角传来:"这个妓女企图耽搁你吗,加斯科因先生？"

"绝对没有。"加斯科因说。安娜放开了他,他挺直身体,从安娜面前往后退了一步。他假装若无其事,一副公务在身的模样,从衣兜里掏出钱包,把他的小钱袋拿在手里掂量着。

"你要提醒韦瑟雷尔小姐,我们不接受口头承诺的保释。"谢泼德说,"她要么此时此刻掏出钱来,要么在这里等人为她筹集保释金。"

加斯科因端详着安娜。他没有理由倾听这个女人的要求,或相信他在安娜紧身胸衣上感觉到的硬物是她所声称的金子。他知道应该立刻向狱守揭发安娜,理由是她企图妨碍他的公务。他应该用他靴子里携带的猎刀划开安娜的紧身胸衣——如果她身上携带的是纯金,那肯定不属于她。她是个妓女,因在公共场合吸毒被拘留。她的衣服肮脏,身上散发着鸦片的恶臭,眼睛下面有紫色的阴影。

但是,加斯科因满怀同情地观察着她。他的行为规范里有一种天生的骑士精神。他深深地同情走投无路的人,安娜瞪大眼睛,痛苦的哀求已经激起了他的同情心和好奇心,加斯科因相信正义应该是慈悲的同义词,是责无旁贷的。他还相信,仁慈行为首先是一种本能,其次才是符合法律。他突然心生怜悯——这种情绪总是如潮水一般涌来,感动之下,他想要答应安娜的请求,想要保护她。

"韦瑟雷尔小姐,"他说(在狱守叫她的名字之前,他一直不知道她叫什么),"你的保释金定额为一英镑一先令。"他左手拿着钱包,右手拿着账簿。此刻,他作势要把账簿换到左手,却只是用它作为遮掩,从钱包里拿出两个硬币,塞进手掌心里。然后,他把钱包和账簿都拿在右手上,把左手伸了出去,大拇指压在掌心上。"你给我看的藏在紧身胸衣里的钱,能凑够这个数额吗?"他大声而清晰地说,仿佛是在跟傻瓜或孩子说话。

一时间,安娜不明白这是什么意思。然后,她点了点头,伸出手指,顺着紧身胸衣的骨撑摸下去,其实什么都没有掏出来。她将捏在一起的手指按在加斯科因手中。加斯科因松开大拇指,点了点头,仿佛对手里出现的硬币感到满意,在账簿上记下了这笔保释金。他将硬币丁零当啷地扔进钱包,然后挪向下一个囚徒。

这种善意的行为,在乔治·谢泼德的监狱里确实是破天荒了,但对于加斯科因来说,却并非不同寻常。他很乐意跟底层人建立友谊,包括孩子、乞丐、动物、普通妇女,以及受到忽视的男人。他总是彬彬有礼地对待那些不期望被人以礼相待的人,遇到地位比他低的人,他从来不粗暴无礼。而对社会地位比他高的人,他保持若即若离。他并不是无礼,但态度是厌倦、怅惘,甚至是无动于衷的——这种做法尽管在任何真正意义上都不算是策略,却往往为他赢得了极大的尊重,在那些土地与财富的继承者中间获得一席地位,就好像他一门心思要达到这个目的似的。

奥伯特·加斯科因是私生子,母亲是英国的家庭教师。他在巴黎排屋的阁楼里长大,总是捡别人不要的旧衣服穿,永远跟煤桶打交道,不是被责骂就是被忽略。随着时间的推移,他成长为一个财力有限但受人尊敬的人。他摆脱了过去的阴影,然而,可以说他既不是个雄心勃勃的人,也不是个过分幸运的人。

加斯科因身上体现的,是各个阶层的一种奇怪的混合体。他一直用保持个人仪表的那种严谨的自律来培养他的精神修养，也就是说，遵照一种考究但有点过时的方法。他对书籍和学习所抱有的激情，只属于那种真心为自己追求教育的人，因为其动机是个人的，也是纯粹的，所以这种激情容易变得虔诚和愤世嫉俗。他的性情中带有深深的眷念，不是个人的怀旧情绪，而是对逝去年华的怀念。他对眼前的现状愤世嫉俗，对未来充满忧虑，对世界的衰败感到深深的遗憾。总的来说，他给人的感觉是一个保养良好的老绅士（事实上他只有三十四岁），处于一种舒适的但显然开始走下坡路的阶段。他清楚地意识到这种下滑，有时感到好笑，有时感到抑郁，这要看他当时的情绪。

因为加斯科因非常情绪化。他为安娜撒谎遮掩的那份慈悲心，几乎在妓女被释放的同时就烟消云散了：慈悲变成了绝望，他感到绝望，因为自己的帮助毕竟是徒劳的——错位的、错误的，而且最糟糕的是利己的。自私是加斯科因内心深处最大的恐惧。他憎恨自私体现在他身上的所有迹象，就像一个争强好胜的人厌恶阻碍他达到自私目标的一切软弱的痕迹。然而，这是他感到十分自豪的一个性格特点，他喜欢就此展开道德性说教，每当其中的荒谬性变得太明显而令人无法忽视时，他就会陷入因自私而带来的烦恼中。

安娜跟着加斯科因出了监狱。在大街上，他几乎是粗暴地建议安娜跟他去他的宿舍，这样安娜可以私下里向加斯科因做个解释。安娜温顺地默许了，两人一起在雨中行走。加斯科因不再怜悯安娜。他那迅速爆发的同情心已经变成了担忧和自我怀疑，因为安娜毕竟是自杀未遂。他在安娜的释放表上签字时，狱守已经警告过他，安娜可能是疯了。

现在，两个星期之后，在烤架旅馆——他将安娜抱在怀里，他手指张开，紧紧地搂着安娜后腰的弯曲处，安娜的前臂压在他的胸前，呼吸润湿了他的锁骨——加斯科因再次考虑到了这种可能性：

这也许是安娜第二次企图结束自己的生命。然而，那颗本该打中她胸膛的子弹到哪里去了呢？安娜预先知道当她将枪口对准自己脖子、扣动扳机时，手枪会如此离奇地走火吗？她怎么可能事先知道呢？

"每个男人都希望自己的妓女不开心。"这句话是安娜自己说的，就在她从监狱放出来的那天夜里，她跟随加斯科因回到他的宿舍之后，他们在他的厨房桌上拆开了她的裙子。大雨哗哗地下着，石蜡灯的光线使房间的角落变得柔和起来。"每个男人都希望自己的妓女不开心"——他是怎么回答的呢？很可能是一句生硬的话，简练的话。现在，安娜又朝自己开枪，或企图这么做。普里查德关上门后，加斯科因将安娜搂在怀里很长时间，抱得很紧，深深地吸入她头发里的海水味儿。这种气味是一种安慰：他曾在海上待了多年。

他结过婚。阿加特·加斯科因——阿加特·普里多，是他最初认识她时她的名字。她顽皮，反应敏捷，喜欢捉弄人，但患有肺病——他在求婚前就知道这个事实，但当时看来是不重要的，是可以克服的。这似乎更证明了她的精致典雅，而不是预示着灾难的降临。然而她的肺病久治不愈。他们向南旅行，追求温暖气候的疗效，她在公海上溘然去世，在印度海岸的某个地方——可怕啊，他竟然说不出那地方的名字。可怕啊，她的尸体砸到水面时那种扭曲的样子——拍击海水的那种声音。她逼他承诺，万一她在到达停靠港之前死亡，不要订购棺材或诸如此类的东西。她说，如果这种情况发生了，就按水手的方式处理：用吊床的帆布裹身，用双行针脚缝紧。因为那吊床是她的，明亮的鲜红色现在已经变成了棕色——他跪下来，跟她吻别，尽管那一幕是那么恐怖。从那以后，加斯科因继续在海上漂流，直到钱都用光了才停止漂泊。

安娜比阿加特重一些——更加笨拙，更加结实，但也许（他想），对于心里总想着死者的人来说，活人似乎总是更结实一些。他的手在她的后背移动。手指顺着她紧身胸衣的轮廓抚摩着，胸衣有两行扣眼，系着花边丝带。

离开监狱后，他们绕道经过裁判法庭，以便加斯科因把保释金的钱包放在那儿的保险箱里，将保释单存档，为第二天早上做好准备。安娜耐心地看着他做完这一切，但没有感到好奇：她似乎承认加斯科因帮了她的忙，因此作为回报，她默不作声地听从于他。出于习惯，她没有与加斯科因并排走在大街上，只是在后面几步远的距离内跟着他——如果碰到警察的话，加斯科因可以声称不认识她。

当他们来到加斯科因的小屋（房子很小，但归他一人独有；一个带护墙板的单间小屋，离海滩几百米），加斯科因吩咐安娜在前廊的雨篷下等候，自己则在院子里劈柴，打算生火。他干净利落地砍开圆木，因为有安娜的眼睛注视着他，所以他劈柴时感到有一点不自然。趁木头心儿还没有被雨水打湿，他把劈好的柴抱在怀里，返身冲到门口，安娜在门口侧身让他通过。

"不是什么豪宅。"他愚蠢地说——其实如果按照霍基蒂卡的标准，这就是豪宅。

安娜没有说话，从门楣下走过，进入晦暗闷浊的小屋。加斯科因把木柴放在炉边，伸手关上了门。他点燃石蜡灯，把灯放在桌上，跪下来生火——他做这些事的时候，强烈地感觉到安娜在默默地评估这个房间。屋里几乎没有什么家具，唯一的好家具就是那把翼背扶手椅，装饰着粉红色和黄色条纹的厚布料：这是他送给自己的礼物，是在刚刚拥有这个小屋后购置的，它气派地霸占着房间的中心位置。加斯科因想知道从他如此寒酸的生命星座中，安娜得出了什么样的假设，勾起了她什么样的想象。他的毛毯折叠了三层，放在狭窄的床上。阿加特的微型画像用一颗钉子悬挂在床头板上方。窗台上有一排贝壳。锡水壶放在炉台上；他的《圣经》除了《诗篇》和使徒书信外，大部分纸页都没有切开过；格子呢图案的饼干盒，里面装着他保存的母亲的来信、他的证书，还有他的笔。床边有一盒断裂的蜡烛，碎蜡块靠蜡烛芯连接在一起。

"你房间收拾得很干净。"安娜只说了这么一句。

"我一个人生活。"加斯科因用一根细木柴指着床底下的那个木箱，说道，"把它打开。"

安娜解开木箱钩子，用力掀开箱盖。加斯科因指示她拿起一堆黑色的亚麻布，她把它们举起来，阿加特的裙子滑落到她的膝头——一条黑色的裙子，带着加斯科因曾非常厌恶的梭织衣领。

（"人们会以为我是个苦行僧，"她兴高采烈地说，"但黑色显得庄重，每人都应该有一件庄重的礼服。"

那是为了隐藏血迹，掩盖血丝在她袖口上留下的痕迹。他知道这点，但是没有说穿。他高声赞同，说每个人都应该有一件庄重的礼服。）

"穿上吧。"加斯科因说，看着安娜将衣料在腿上抚平。阿加特的个头要矮一点，裙子的下摆必须拆线放长。即便放长了，妓女穿上后依然会露出三英寸的脚踝，裙衬的最后一圈撑子也有可能露出来。那会很难看，但是乞丐不能挑肥拣瘦，加斯科因想，今晚安娜就是乞丐。他转过身去生火，铲炉灰。

加斯科因只保留了阿加特这么一件礼服。别的衣服都装在他们那只散发着樟脑味儿的雪松箱子里，随着那条蒸汽船搁浅而丢失了——先是船舱被洗劫一空，然后是海水灌了进来，最后蒸汽船倾向一侧，被浪花淹没。对于加斯科因来说，这倒是因祸得福。他有阿加特的微型画像：这是他希望保留的一切。他会永远把她珍藏在记忆中，但他是个年轻人，依然血气方刚，他有意重新开始。

安娜换好衣服后，火也生好了。加斯科因斜眼瞟了瞟那身衣服，安娜穿它就像他的亡妻穿它时一样别扭。安娜发现他在打量自己。

"现在我能服丧了。"安娜说，"我从来没有一套黑裙子。"

加斯科因没有问她是在为谁服丧，对方是什么时候过世的。他给水壶添上水，放在炉台上。

奥伯特·加斯科因宁愿率先挑起话头，而不愿跟随别人的话题和节奏；他也愿意沉默地相伴，直到自己感觉有话要说。安娜·韦瑟雷尔以她为娼的本能，似乎察觉到了加斯科因性格中的这一面。加斯科因做着晚上例行的杂事：点蜡烛，往香烟盒里续放香烟，换下泥泞的靴子，穿上室内的鞋，这期间安娜没有给加斯科因施加谈话的压力，也没有盯着他，或者给他打打下手。她拿起缝有金子的裙子，托着它走到房间那头，把它铺展在加斯科因的桌上。裙子很重。安娜猜想，金子给布料增加了大约五磅的重量，她试图计算它的价值。英帝国将以每盎司约三个索夫林的价格购买纯金——一磅是十六盎司，这里至少有五磅。总共是多少钱呢？她试着在脑海里算出一个总数，但是那些数字变得模糊不清。

加斯科因封好过夜的炉火，用小勺舀起茶叶，放入滤茶器中，准备沏茶，这期间安娜检查了她的衣服。把金子藏在衣服里的那个人，显然很擅长做针线活——要么是个女人，要么是个裁缝，她想。活儿干得很细致。金子顺着紧身胸衣的骨撑缝进去，缝进荷叶边，均匀地分布在裙摆里，弄得服服帖帖——她早些时候没有注意到这些多余的重量，因为她经常在衬裙的底圈加铅粒，防止裙子被风吹得掀起来。

加斯科因来到她身后。他掏出那把鲍伊猎刀，将紧身胸衣与裙子分开，但他的动作简直像个屠夫，安娜嘴里发出苦恼的声音。

"拜托，"她说，"你不知道怎么弄——交给我吧。"

加斯科因犹豫了一下，把猎刀递给了她，自己站在一旁观看。安娜慢慢地拆着，打算保留衣服的原型：她先取下裙摆，然后沿着每一条荷叶边，用刀尖从下往上把针线挑开，抖搂出衣缝里的金子。拆到紧身胸衣时，她在每条骨撑的下面割开一道小口，用手指掏出塞在骨撑之间的一块块金子。在监狱的时候，正是这些鼓鼓囊囊的金块让加斯科因联想到了锁子甲。

  从衣服的折缝中抖搂出来的金子散发出耀眼的光芒。安娜将它们收集在桌子中间。她非常小心地不让穿堂风把金箔吹散。每次添加一把金箔或一个金块,她都会用手拢住那堆金子,仿佛用闪亮的金光烤火取暖一般。加斯科因注视着她,眉头紧锁。

  安娜终于忙完,裙子被掏空了。

  "给。"她说,拿起一个约有加斯科因拇指关节大小的金块,把金块从桌上推给他,"一英镑一先令:我没有忘记。"

  "我不会碰这些金子。"加斯科因说。

  "再加上这件丧服的钱。"安娜说着脸红了,"我不需要施舍。"

  "你可能需要。"加斯科因说。他坐在床沿上,伸手到胸兜里摸出香烟。他打开银烟盒,抽出一支香烟,小心地点燃,狠狠地吸了几口,才转身冲着安娜说道:

  "你为谁干活,韦瑟雷尔小姐?"

  "你的意思是——谁经营着这些姑娘?是曼纳林。"

  "我不认识他。"

  "如果你看见他,就会知道是他。他很胖。威尔士王子剧院是他的。"

  "我倒是见过一个胖男人。"加斯科因吸了一口香烟,"他是一个公道的雇主吗?"

  "他有脾气,"安娜说,"但他的条件基本上还算公平。"

  "是他给你的鸦片吗?"

  "不是。"

  "他知道你抽大烟吗?"

  "知道。"

  "那玩意儿是谁卖给你的呢?"

  "阿苏。"安娜说。

"他是谁?"

"只是个华人。一个单帽,在卡尼里开了个鸦片窟。"

"一个做帽子的华人?"

"不,"安娜说,"我用的是当地俗语。单帽就是单独淘金的人。"

加斯科因顿住话头,停下来抽烟。

"这个单帽,"他接着说,"他开鸦片窟——在卡尼里。"

"是的。"

"你去找他。"

安娜眯起眼睛,"是的。"

"独自一人。"他指责地说出这几个字。

"基本如此。"安娜说,眯起眼睛盯着他,"有时我会多买一点,带回家。"

"他是从哪里弄来的呢?我猜是从中国吧。"

她摇了摇头,"乔·普里查德卖给他的。普里查德是药剂师,在科林伍德街上有一家药店。"

加斯科因点了点头。"我认识普里查德先生。"他说,"如果是这样,我就好奇了:如果能直接从普里查德先生手里买到那玩意儿,你为什么还要费心去找华人?"

安娜将下巴颏儿抬高了一点——或许只是微微颤抖了一下,加斯科因无法分辨。"我不知道。"她说。

"你不知道?"加斯科因说。

"是的。"

"为了一口烟,到卡尼里要走很长一段路的,我想。"

"大概是吧。"

"而去普里查德先生的药店——怎么说呢,从烤架旅馆走过去要不了十分钟。如果腿脚利索,用的时间更短。"

安娜耸了耸肩。

"你为什么要去卡尼里的中国城呢，韦瑟雷尔小姐？"

加斯科因尖刻地问，他感觉自己知道这个问题的答案，但希望她能把话说出来。

安娜脸上毫无表情，"也许我喜欢那儿。"

"啊，"他说，"也许你喜欢那儿。"

（老天爷！他到底是怎么了？为什么要在乎这个妓女是否与华人做交易呢？为什么要在乎她去卡尼里是独自一人还是有人陪同呢？她不就是个妓女嘛！他是那天晚上才第一次见到她的！加斯科因感到一阵极度的困惑，随即变成了刺心的愤怒。他在香烟中寻求庇护。）

"曼纳林，"他说，吐了一口烟，"那个胖男人，你能离开他吗？"

"一旦我还清债务。"

"你欠了多少钱？"

"一百英镑，"安娜说，"也许还要多一点。"

被掏空的衣服躺在他们中间，像是剥了皮的尸体。加斯科因看着那堆金子，看着它们闪烁的微光；安娜循着他的目光，也看着金子。

"你将在法庭上受审，这是不用说的。"加斯科因凝视着金子说。

"我只是公众场合醉酒罢了，"安娜说，"他们会要我交罚金，仅此而已。"

"你会受审，"加斯科因说，"罪名是自杀未遂。狱守已经证实了这一点。"

她盯着他，"自杀未遂？"

"你没有企图结束自己的生命吗？"

"没有！"她跳了起来，"这都是谁说的？"

"昨天晚上把你带进去的那位值班警察。"加斯科因说。

"真是荒唐。"

"恐怕这已经被记录下来了。"加斯科因说,"不管怎样,你都不得不为自己辩护。"

安娜一时间没有说话,然后她脱口说道:"每个男人都希望自己的妓女不开心——每个男人!"

加斯科因吐出一股细细的烟雾。"大部分妓女的确都不开心。"他说,"请原谅,我只是陈述一个简单的事实。"

"他们怎么能指控我企图自杀,都没有先问问我是不是——他们怎么能这样呢?有什么——"

"证据?"

加斯科因怀着怜悯端详她。安娜最近与死神擦肩而过,这一点明显地写在她的脸上和身上。她脸色蜡黄,头发油腻腻的,沉沉地贴在头皮上。她神经质地用手指扒拉着衣袖;当文员端详她时,她浑身发抖,仿佛一阵波浪掠过她的身体。

"狱守担心你疯了。"他说。

"我在霍基蒂卡的这几个月里,从来没跟谢泼德监狱长说过一句话。"安娜说,"我们完全是陌生人。"

"他提到你最近流产了一个孩子。"

"流产!"安娜说,声音里充满了厌恶,"流产!这真是一个文明的字眼儿。"

"你想换一种说法吗?"

"是的。"

"你的孩子是被拿掉的吗?"

安娜的脸上掠过一副很刚毅的表情。"从我子宫里被踢掉的,"她说,"而且是被——被孩子的亲生父亲!但我想谢泼德监狱长没有告诉你这个。"

加斯科因沉默了。虽然烟还没有抽完,但他把香烟扔到地上,用鞋跟踩灭,然后又点燃了一支。安娜也坐了下来。她将双手放到桌子上摊着的衣服上。她开始抚摩它。加斯科因抬头看着房梁,安娜看着金子。

这样的情绪爆发,非常不符合安娜的个性。安娜生性细腻敏感,而不是慷慨激昂,她极少谈论自己。她的职业要求她做到谦虚低调,虽然听起来很矛盾。她有责任满怀同情,表现得甜美,即使对方不值得同情,也不配得到她的甜美。跟她做交易的男人们极少对她感到好奇。即使他们说些什么,说的也都是其他女人——他们痛失的心上人,他们抛弃的妻子,他们的母亲,他们的姐妹,他们的女儿,他们的守护者。当他们看着安娜的时候,寻找的是这些女人,但也并非全部,因为他们还在寻找自己:安娜是黑暗的反射,也是借来的亮光。她明白,她的悲惨让别人感到极度欣慰。

安娜伸出一根手指,抚摩那堆金子中的一块黄金。她知道应该以传统的方式感谢加斯科因为她付了保释金:加斯科因冒险对狱守说假话,为她遮掩,还邀请她到家里来。她感觉加斯科因在期待着什么。他奇怪地坐立不安。他提的问题都很突然,甚至粗鲁——这无疑说明他内心希望能够得到回报。安娜说话时,他迅速地瞪她一眼,又马上转移开视线,仿佛安娜的回答令他十分恼火。安娜拿起那块金子,在手掌中滚动着。金块表面起泡,甚至像树的疤节,似乎金子在熔炉中没有经过充分冶炼。

"在我看来,"只听加斯科因说道,"昨天晚上,有人等着你抽那锅烟。等到你失去知觉以后,把金子缝进了你的衣服里。"

安娜皱起眉头——不是冲着加斯科因,而是冲着手里的金块,"为什么?"

"我不知道。"这个法国人说,"昨天夜里谁跟你在一起,韦瑟雷尔小姐?他到底愿意出多少钱?"

"可是,"安娜没有理会这个问题,"难道你是说有人把我的衣服脱下来,这样仔仔细细地把金子都缝进去,然后再给我穿好系好——全身都是金子,只是为了把我丢在马路中央?"

"听起来的确不可能。"加斯科因同意,他改变了策略,"那么,回答我这个问题:你拥有这件衣服多久了?"

"从春天就有了,"安娜说,"我买的打捞货,是从坦克雷德街一个供应商那里买的。"

"你还有几件这样的衣服?"

"五件——不,四件,"安娜说,"但另外几件不是为娼用的。这是我的行娼礼服——因为它的颜色,明白吧。我还有一件单独的罩袍,准备坐月子用的——但是已经被毁掉了,因为——因为婴儿死了。"

他们之间一阵沉默。

"是一次全部缝进去的呢,"加斯科因随后说,"还是在一段时期内分次缝进去的?我想这是没法分辨的。"

安娜没有回答。片刻后,加斯科因抬起头来,与她的目光相遇。

"昨天晚上你跟谁在一起,韦瑟雷尔小姐?"他再次问道,而这一次,安娜无法回避这个问题。

"我跟一个名叫斯坦斯的男人在一起。"她轻声说。

"这个人我不认识。"加斯科因说,"他跟你一起在鸦片窟里吗?"

"不!"安娜说,听上去很震惊,"我不在鸦片窟,我在他家里,在他的——床上。夜里我离开那儿去抽了一锅,后来的事我就不记得了。"

"你离开了他家?"

"是的——回到烤架,那是我住的地方。"安娜说,"那真是一个奇怪的夜晚,我感觉怪怪的。我想抽一锅,我记得我点燃了大烟。

我记得的下一件事就是在监狱里,已经是白天了。"

她颤抖了一下,突然间,双手紧紧抱住自己的身体。加斯科因心想,她说话时带着一种兴奋的疲劳,带着恋爱时第一抹羞怯的红晕,仿佛自己是失去了系泊的小船,在水中沉溺,屈从于一个可怕的浪头。然而,成瘾的不是爱情,也不可能是爱情。加斯科因无法用浪漫的眼光看待她眼睛下面的紫色阴影、她虚弱的四肢和她说话时恍恍惚惚的神情。即便如此,他想,鸦片带来的毁灭竟能如此逼真地反映出爱的狂喜,也真是怪异。

"我明白了,"他大声说,"所以你离开了那个熟睡的男人?"

"是的,"安娜说,"我离开的时候,他还在睡觉——没错。"

"你当时穿的就是这件衣服。"他指着他们中间那堆橙色的碎布。

"这是我的工作服,"安娜说,"我总是穿这一件。"

"总是?"

"我工作的时候。"安娜说。

加斯科因没有回答,只是微微眯起眼睛,抿紧嘴唇,表示他心里有个问题,但有碍风雅而无法问出口。安娜叹了口气。她决定不按传统的方式表达自己的感激之情,准备第二天上午用硬币偿还她的保释金。

"是这样,"她说,"我刚才已经告诉你了。我们睡着了,我醒过来,想抽一锅,就离开了他的房子,回了家,我点燃了我的烟枪,那是我能记得的最后一件事。"

"你回去的时候,注意到自己的房间里有什么奇怪之处吗?比如说,有什么迹象显示可能有人进过你的房间?"

"没有,"安娜说,"门是锁着的,跟平常一样。我用钥匙打开门,走进去,把门关上,我坐下来,点燃我的烟枪,接下来的事情我就不记得了。"

这样的复述让她感到厌倦——在后面的日子里，从埃默里·斯坦斯在那天夜里失踪，从此杳无音信的消息传出去，她就更加不胜其烦。到那时，安娜·韦瑟雷尔会被审讯、交叉审讯、遭到鄙视、被人质疑。她将一遍遍重复她的故事，直到故事听上去不再熟悉，连她自己都开始产生怀疑。

加斯科因本人是最近刚来到霍基蒂卡的，他不认识斯坦斯，但此刻看着安娜，他突然对那个男人有了强烈的好奇心。

"斯坦斯先生会不会希望你受到伤害？"他说。

"不会！"她立刻回答。

"你信任他吗？"

"信任，"安娜轻声说，"就像——"

但她没有把这个比喻句说完。

"他是情人吗？"停顿片刻后，加斯科因说。

安娜脸红了。"他是霍基蒂卡最有钱的人。"她说，"如果你还没有听说过他，很快也会听说。埃默里·斯坦斯，镇子里外的大部分产业都属于他。"

加斯科因的眼神再次滑向桌上那一堆闪亮的金子，但这次他的目光变得锐利。当然，对于霍基蒂卡最有钱的人来说，这堆金子毫不起眼。"他是情人，"他又问了一遍，"还是客户？"

安娜停顿了一下，"是客户。"她终于说道，声音更加微弱。加斯科因毕恭毕敬地垂下头，仿佛安娜刚告诉他那个男人已经去世。安娜急忙往下说道："他是个探矿者，就是靠探矿赚的钱。但他跟我一样，来自新南威尔士。事实上，我们刚来的时候，是乘同一条船跨越塔斯曼海的，'幸运之风号'。"

"我明白，"加斯科因说，"好吧。既然他很有钱，这些金子也许是他的。"

"不，"安娜说，突然警觉起来，"他不会。"

"他不会什么？不会对你撒谎？"

"不会——"

"不会把你当一头牲口，让你浑然不知地走私这些黄金？"

"走私到哪里？"安娜说，"我没打算离开。我哪里都不去。"

加斯科因停顿了一下，使劲儿吸了一口烟，然后他说："你那天夜里离开了他的床——不是吗？"

"我本来打算返回去的，"安娜说，"在那里睡觉。"

"我认为，你是在他不知情的情况下离开的。"

"可我打算返回去的。"

"尽管如此——也许——他包了你，你应该待到第二天早晨的。"

"我不是说了吗，"安娜说，"我只是想离开一小会儿。"

"但是你失去了知觉。"加斯科因说。

"也许我晕倒了。"

"你不相信这个。"

安娜咬着嘴唇。"唉，这真是说不通！"片刻后，她大声感叹道，"金子说不通，鸦片说不通。我怎么会到了那里？在冰冷的外面，孤零零的一个人，在去绿玉神舟谷的半路上！"

"当然，吸了鸦片后发生的事情大多都是说不通的。"

"是的，"她说，"是的，好吧。"

"但是我愿意尊重你在这一点上的看法，"加斯科因说，"因为我本人从来没有碰过毒品。"

水壶开始发出哨声。加斯科因把香烟塞进嘴角，用一块哔叽呢包住手，把热水壶从炉台上拿下来。他把开水倒在茶叶上时，说道："那个华人呢？他碰过那块鸦片，是不是？"

安娜揉了揉脸颊——像一个疲倦的婴儿揉脸一样，动作笨拙。"昨天晚上我没有见到阿苏。"她说，"我告诉过你了，我是在家里吸的大烟。"

"一支装着他的鸦片的烟枪！"加斯科因把水壶放在炉台上方的架子上。

"是的——大概是吧。"安娜说，"但你也可以说它是约瑟夫·普里查德的。"

加斯科因再次坐了下来，"斯坦斯先生发现你半夜突然离开他的床，再也没有回来，一定纳闷你到底出了什么事。不过我注意到他今天没有来给你保释——他没来，你的雇主也没来。"

他大声地说话，想让安娜从疲劳中振作起精神。摆放茶杯托盘时，他把安娜的托盘吧嗒一声放下，从桌上推到她面前，托盘摩擦着桌面。

"那是我自己的事。"安娜说，"我会去道歉的，一旦——"

"一旦我们决定了如何处置这堆东西，"加斯科因替她说完，"是的，你应该那样做。"

加斯科因的情绪再次发生改变：他突然感到极端恼怒。安娜的衣服里为什么塞满了金子，或者，她为什么失去了知觉，这两件事是否确实存在某种联系，对他来说都没有明确的解释。他恼怒自己无法理解，因此，为了平息烦躁的心情，他的态度转为轻蔑，这至少使他表面上显得比较克制。

"这值多少钱？"安娜说，再次伸手抚摩那堆金子，"我的意思是，估计能值多少钱。对这种东西我没有眼力。"

加斯科因把烟头在茶托上捻灭。"亲爱的，我想你应该问的问题，"他说，"不是值多少钱，而是谁，还有为什么。这是谁的金子？来自谁的认领区？要运到哪里去？"

Φ

　　第一天夜里，他们商定把那堆东西藏起来。两人达成一致意见，如果有人问安娜为什么换下平常的衣服，穿上这件新的更严肃的裙子，她就非常诚实地回答，她希望为早先那个腹中夭折的胎儿服丧，她买的这件衣服来自一只被冲到霍基蒂卡沙嘴上的木箱。她说的这些都是实话。如果有人要求看看那件旧衣服，或者追问它被放在了哪里，安娜就会立刻通知加斯科因，因为此人无疑知道藏在她衣服接缝里的金子，如此一来，便可知道金子的来源——也许还能知道它的目的地。

　　做了这样的决定后，加斯科因便把那个格子呢图案的饼干盒腾了出来，两人一起把金子全都收进去，用一条毯子把盒子包裹好，放在一个面粉口袋里，加斯科因用绳子把袋口系紧。他提出，除非得到更多的信息，否则那个口袋将一直存放在他的住所，藏在他的床底下。刚开始，安娜感到怀疑，但加斯科因说服了她，说这堆东西放在他这里是最安全的：他从来没有客人，小屋白天总是上锁的，谁也不会有任何理由想到他能够窝藏一堆金子——毕竟，他在镇子里是初来乍到，既没有敌人，也没有朋友。

　　接下来的两个星期似乎过得糊里糊涂。安娜返回埃默里·斯坦斯的房子时，发现他已经彻底消失；几天之后，她得知了克罗斯比·韦尔斯死亡的消息，并发现这件事也发生在她失去知觉的那段时间。之后，她很快又听说，一大笔尚未确定来源的横财被发现藏在克罗斯比·韦尔斯的房子里，那房子随后被旅馆老板埃德加·克林奇购买——他是烤架旅馆的执行业主，该旅馆是安娜本人目前的住所，其拥有者是埃默里·斯坦斯。

　　加斯科因没有与安娜直接谈论上述这些事件，因为安娜拒绝谈论有关埃默里·斯坦斯的话题，关于克罗斯比·韦尔斯也没有什么可说，只说她从来不认识此人。加斯科因感觉安娜是在为斯坦斯的失踪感到难过，但他无法猜测安娜认为斯坦斯是死了还是活着。为了尊重她的感情，加斯科因索性放弃了这个话题。他们说话时，只谈论一些其他的事情。安娜透过她在烤架旅馆楼上的高窗，看着淘金汉们冒着大雨艰难地行走在雷维尔街上。她待在自己的房间里，每天穿着阿加特·加斯科因的黑衣服。没有人询问安娜为什么换衣服，没有人给出任何暗示，表示他知道那些曾经藏在她紧身胸衣里、现在已经安全地藏在了加斯科因的床底下的金子。不知什么原因，责任方犹豫不决，不肯出来摊牌。

在克罗斯比·韦尔斯下葬后的第二天，正如加斯科因预言的那样，安娜因自杀未遂在法庭上受审。她拒绝认罪，最终以重罪未遂的罪名被处一笔五英镑的罚款，然后又被斥责一通，因为她浪费了裁判官的时间。

Φ

当加斯科因站在烤架旅馆里，将安娜·韦瑟雷尔紧紧抱在怀里，顺着紧身胸衣的扣眼上下抚摩时，他心里想了很多。他曾经以相同的姿势拥抱阿加特——完全相同的姿势，一模一样，一只手五指张开放在阿加特的肩胛骨下，另一只手拢住她的肩头。阿加特的小臂贴在他的胸前，总是这样——她在拥抱的刹那抬起胳膊，好像当作盾牌似的。多么奇怪啊，此时此刻他想起她来。加斯科因想，一个人可能会认识一千个女人，一个人可能年复一年，每天都与不同的女子过夜——但是总有一天，新人只会唤起对旧人的回忆，然后这人便失去了方向，在无止境的相互比较的迷宫中迷失自我，永远都在失望，永远都在后悔。

安娜因手枪走火而受到惊吓，依然颤抖着。加斯科因等到她的呼吸恢复平稳——在普里查德下楼的三四分钟后，他终于感觉到安娜的身体恢复了一些精力，他喃喃地说："你这究竟是怎么啦？"

安娜只是摇了摇头，把脸埋在他的胸前。

"那是一颗空子弹？假子弹？"

她再次摇了摇头。

"也许你跟那个药剂师——也许你们一起设计了什么。"

这句话刺激了安娜。她用两个手掌把自己从他身前推开，用充满厌恶的声音说："跟普里查德？"

看到她兴奋起来，哪怕是在发怒，加斯科因也感到很高兴，"嗯，那么，他在问你要什么呢？"

安娜差点把真相告诉了他，却突然感到一阵羞耻。在过去的两个星期里，加斯科因一直对她这么好，她不忍心告诉他那些鸦片去了哪里。就在昨天，他还因为她决定不再做烟枪的奴隶而表达了他的喜悦：他惊叹她的意志力，夸奖她清澈的眼睛，对她赞赏有加。她当时不忍心反驳他，现在依然不忍心。

"乔·普里查德那老家伙，"她说，把头扭向一旁，"他很孤独，仅此而已。"

加斯科因掏出香烟盒，发现自己也在颤抖。"你还有白兰地吗？"他说，"如果你不介意的话，我想坐一会儿。我需要理理头绪。"

他把没有上膛的手枪小心翼翼地放在安娜床边的宝塔架上。

"事情不断地发生在你身上，"他说，"一些你无法解释的事情，似乎没有人能够解释。我不清楚……"

但是他的话没有说完，安娜走向橱柜去拿白兰地，加斯科因坐在床上点燃香烟——在这一刻,他们被固定在一个画面里,如同那种画在装饰板上作为历史印象在市场上出售的艺术品:他的两个手腕放在膝盖上,低着头,香烟悬在手指间——她的一只手放在臀部,身体重心落在一条腿上,给他倒了一杯酒。但他们不是情人,而且这也不是他们的房间。

加斯科因又深深吸了一口烟,闭上双眼。

安娜想让他高兴起来,说:"我盼着能得到那份惊喜礼物,加斯科因先生。"

安娜告知约瑟夫·普里查德她有个约会——跟一位女士一起去看帽子,其实她并没有对他撒谎。加斯科因与一位时装顾问约定了一次私人咨询。显然是他自己支付了咨询费,但他坚持先不透露这项安排的各种具体细节和那位女士的身份。以前从来没有人让安娜等待一份惊喜,这种期待令她既充满喜悦,又满心恐惧。然而,她十分妩媚地感谢了这个法国人的体贴周到。

加斯科因没有回应,安娜试图进一步追问:"你的那个女人在楼下等着吗?"

加斯科因终于从他的遐想中走了出来,叹了口气。"不,我来接你,带你去找她。她在游人旅馆的私人会客厅里,但她可以等十分钟。她已经等了十分钟了。"他用一只手捂住脸,"你的帽子可以等着。"

"你对什么感到不清楚?"

"什么?"

"你刚才说'我不清楚',但那句话没说完。"

在过去的两个星期里,他们之间谈话的口气已经很随意了,就像共同经历过考验的人们那样——不过安娜仍称呼他加斯科因先生,从来没有叫他奥伯特。加斯科因没有要求安娜使用更随意的称谓,因为他比较喜欢讲究礼节,听到对方称呼他的姓氏,他感到受宠若惊。

"我不清楚到底是怎么回事。"加斯科因终于说。他从安娜手里接过酒杯,但并没有喝。突然间,他感到极度悲哀。

奥伯特·加斯科因对焦虑的感觉比其他男人敏锐得多。当他感到焦虑时,比如面对安娜这种无法解释的手枪走火,他往往会受制于一阵阵强烈的情绪——震惊、绝望、愤怒与悲哀。他紧紧抓住这些情绪,因为它们可以将他的焦虑释放出来,从某种意义上讲,可以调节他内心感受到的压力。他赢得了在危急时刻保持坚强与镇静的荣誉,比如那天下午,但是一旦危机过去或被阻止后,他往往会垮下来。他把这个妓女从怀里松开后,激动的情绪便一拥而上,到现在仍在发抖。

"我需要跟你说点事。"只听安娜说道。

加斯科因晃动着酒杯里的白兰地,"好。"

安娜回到橱柜边,给自己也倒了一杯酒,"我拖欠房租了,欠了三个月。埃德加今天早上给我下了通知。"

突然她不说话了,转过身凝视着他。加斯科因刚吸了一口香烟,一口气吸完,屏住呼吸,胸口膨胀着,他打了一个手势问道:"多少?"

"一星期十个先令,包伙食,每个星期天一次盆浴,"安娜说,(加斯科因吐出一口烟。)"三个多月——就是——多少来着……六英镑吧。"

"三个月。"加斯科因回声道。

"都是因为那笔罚款。"安娜说,"五英镑,给裁判官,对我来说就是一个月的工资啊。我被榨干了。"

她等待着。

"不用说,那个妓院老板会替你付房租的。"加斯科因说。

"不,"安娜说,"他才不会。我直接归埃德加管。"

"你的房东。"

"是的,埃德加·克林奇。"

"克林奇?"加斯科因抬起头来,"就是那个购买克罗斯比·韦尔斯地产的人。"

"他的小屋。"安娜说。

"可他刚刚获得一大笔横财啊!他怎么会在乎六英镑呢?"

安娜耸了耸肩,"他只是说要收房租,立刻就要。"

"也许他担心那场官司,"加斯科因说,"也许他害怕,一旦上诉被受理,他不得不把那笔钱还回去。"

"他没有说为什么。"安娜说,(她还没有听说韦尔斯寡妇星期四下午突然到达之事,所以还不知道克罗斯比·韦尔斯地产的销售已处于被撤销的危险中。)"但他不是故意吓唬我,他说不是的。"

"你不能——以某种方式安抚他吗?"加斯科因说。

"你可以省掉那个'以某种方式'。"安娜昂然地说,"我正在服丧。我的孩子死了,我正在服丧。我不再干那个了。"

"你能找到其他的工作。"

"没有什么工作。我唯一能做的就是针线活儿,在这里没有这种需要。这里没有足够的女人市场。"

"有些缝缝补补的活儿,"加斯科因说,"补袜子,钉纽扣,修修磨破的衣领。在营地里,缝缝补补的活儿总会有的。"

"缝缝补补挣不到钱。"安娜说。

她再次凝视着他——充满期待,加斯科因想,这使他心头升起一团怒火。他再次猛地吸了一口烟作为逃避。她没有钱不是他的责任。她自从那天夜里入狱之后,两个星期都没有上街招揽过一次生意,而卖娼是她的职业——从道理上讲,她的口袋当然是空的。至于服丧这件事!没有人逼迫她这样。她算不上悲恸欲绝——老天在上,孩子夭折已经三个月。工作服也不是什么障碍。穿着阿加特的黑裙子她照样可以赚一个先令,就像穿她平常的那条橙色裙子一样容易,因为她在霍基蒂卡镇上有固定的顾客,西海岸一带的妓女都太少了。其实,加斯科因想,有什么关系呢,在黑暗中,谁都无法辨别颜色。

他突然动怒不是因为缺乏怜悯。加斯科因知道贫困的滋味,从年轻时起,他就曾有过许多次债务。如果安娜以不同的方式请求他的帮助,他肯定会欣然相助。然而,他是一个极端敏感的人,无法忍受别人隐晦曲折、拐弯抹角;当他被要求回答问题时,他需要对方诚实与直率,尤其在他感到愤怒时,更加迫切地需要这些。他看出这个妓女为了达到某种目的而采取的策略。这个策略令他愤怒,因为他能看出这是一个策略,而且,他知道安娜具体要问什么。他喷吐出一口烟雾。

"埃德加总是对我非常和善,"安娜看出加斯科因不想说话,就继续说道,"但最近他一直在发脾气。我不知道为什么。我试过恳求他,但什么用都没有。"她停顿了一下,"但凡我能够——"

"不行。"

"只是最小的一块——我只要一点点,"安娜说,"只在那些金块中拿一块。我可以告诉他,我是在小溪里,或在路上什么地方找到的。或者告诉他别人付我的是黄金——淘金汉们有时候会这么做。我可以说是一个外国男孩给的。我是一个说谎高手。"

加斯科因摇了摇头,"你不能碰那些金子。"

"到底要等多久?"安娜说,"要等多久?"

"直到你弄清是谁把它们缝进你的紧身胸衣为止!"加斯科因厉声地说,"在那之前绝对不行!"

"可这期间我的房租怎么办?"

加斯科因严厉地看着她。"安娜·韦瑟雷尔,"他说,"你不是我的被监护人。"

安娜沉默了,但眼睛里闪烁着不悦。她东张西望,想找点事情做做,找一些杂事让自己忙碌起来。终于,她跪在地上收拾被普里查德撒了一地的小玩意儿——气呼呼地把它们拢到面前,恶狠狠地扔回梳妆台的空抽屉里。

"你说得对,我不是你的被监护人,"她随即说道,"但我会反过来说,那堆金子也不是你的,轮不到你来把持和限制!"

"那些金子也不属于你,韦瑟雷尔小姐!"

"是在我的衣服里,"她说,"是在我的身上,是我冒的风险。"

"花掉它,你要冒更多的风险。"

"那我该怎么办?"安娜大喊,"一朝为娼,永远是娼?我想,这就是我唯一的选择吧!"

他们怒气冲冲地对视。我会给你一块金币,加斯科因心中暗想,如果你在我这里重操旧业。他大声说:"你有多久的期限?"

安娜将一条丝带缠绕成一个难看的圆球,然后回答:"他没有说,他说我必须筹到钱,要么就滚蛋。"

"你愿意我去跟他谈一谈吗?"加斯科因说——要套一套她的话,因为他知道这根本不是她想要的。

"说什么呢?"安娜回答,将绕成球的丝带扔进抽屉,"乞求他再宽限我一个星期——一个月——一个季度?这有什么差别呢?我迟早得付他钱。"

"恐怕,"加斯科因带着冰冷的口气说,"这就是债务的性质。"

"真希望早在两个星期前,我就知道你是这样一个债主,"安娜用尖刻的口吻说,"否则,我永远不会接受你的帮助。"

"也许你的记忆有问题,"加斯科因说,"我想提醒你,我之所以帮助你,是因为你请求我的帮助。"

"这个?这件发霉的衣服?这就是'帮助'?我宁愿把衣服还给你——自己保留那些金子!"

"我冒着极大的个人危险,把你从监狱里保出来,安娜·韦瑟雷尔——也许你还不知道,这件衣服属于我已故的妻子。"加斯科因说。他把香烟扔在地上,用脚跟踩得粉碎,几乎无迹可寻。安娜正要张嘴反驳,他大声地说:"恐怕你这种状态不适合接受我的惊喜礼物。"

"我状态很好,谢谢。"

"这份惊喜,"加斯科因说,进一步提高了嗓门儿,"是我出于最纯粹的善良与好意为你安排的——"

"加斯科因先生——"

"因为我感觉那可能对你有好处,到外面去,让自己享受一下。"加斯科因用不留余地的口吻说,脸色十分苍白,"我会通知那位女士,说你的精神状态不佳,不能去赴约。"

"我的精神很好。"安娜说。

"我认为不好。"加斯科因说,他喝干了白兰地,将酒杯放在安娜枕头旁边的床头柜上,枕头中间依然有一个发黑的洞眼儿,"我现在要离开了。很抱歉你的枪没有按照你的意愿发射,很抱歉你的生活方式超出了你的支付能力。谢谢你的白兰地。"

中天／天底

> 加斯科因提出安娜的债务事宜，埃德加·克林奇没有对他道出秘密。

当加斯科因穿过烤架旅馆的前厅时，大门被猛地拉开，旅馆老板埃德加·克林奇先生急匆匆地走进来。加斯科因放慢脚步，使两人迎面路过时不致靠得太近——克林奇将这个动作误解为一种犹豫。他突然停在门口的中央，挡住了加斯科因的去路。在他身后，大门砰的一声关上了。

"我可以帮助你吗？"他说。

"谢谢你，不用。"加斯科因礼貌地说，停了片刻，等着克林奇从门口让开，这样他离开时不必擦着对方的肩膀。

但是门卫已经被摔门的声音惊动了。"喂——你！"他冲着加斯科因大喊，从楼梯下的柜台后面走出来，"刚才的枪声是怎么回事儿？乔·普里查德像个僵尸似的下楼，好像撞见了鬼。"

"那是误会，"加斯科因简略地说，"仅仅是个误会。"

"枪声？"埃德加·克林奇说，依然没有从门口挪开。

克林奇是个高个子男人，四十三岁，金棕色头发，一副和善、愉快的模样。他留着一副帝国小胡子，胡子尖儿上打过亮蜡，这副漂亮的胡子没有跟随头发的速度一起变白——他的头发中分，也打过发蜡，长度齐到耳垂。他有着苹果形的脸颊，红鼻头，轮廓圆润。他的眼窝很深，笑起来时简直像闭着眼睛一样，他经常这样笑，眼睛周围那些乌鸦脚爪形的皱纹就是见证。然而，他此刻却皱着眉头。

"刚才我在楼下的办公桌旁，"门卫说，"这个男人在场——他看见了。听见喊叫声，他就跑上楼去——他刚进去，枪声就响了。后来还有一次枪声——第二次。我正要上楼去查看，可随后乔·普里查德下楼来了，告诉我不要担心，告诉我那个妓女在擦枪时，意外走火了，但这只能解释第一声枪响。"

埃德加·克林奇将目光溜回到加斯科因的身上。

"第二枪是我开的，"加斯科因说，说话时带着难以掩饰的恼怒，他不喜欢违背自己的意愿被扣留下来，"我发现第一枪出了问题，就试验性地开了第二枪。"

"那喊叫声又如何解释呢？"旅馆老板问。

"事情已经解决了。"

"乔·普里查德——对她动手了？"

"从这里听起来像是那样。"门卫说。

加斯科因恶狠狠地瞪了门卫一眼，然后转身面对克林奇。"没有人对妓女施暴，"他说，"她安然无恙，正如我告诉你的，现在事情已经解决了。"

克林奇眯起眼睛。"真奇怪，会有这么多人擦枪走火，"他说，"真奇怪，会有这么多妓女突发奇想地要擦枪，而周围有的是男人。真奇怪，我的旅馆里竟然发生了这么多次这样的事情。"

"恐怕在这个话题上我不能提供什么意见。"加斯科因说。

"我认为你能。"埃德加·克林奇说。他将双脚分得更开一点，双臂交叉在胸前。

加斯科因叹了一口气。他没有心情应付旅馆老板这种地头蛇般的霸气。

"发生了什么事？"克林奇说，"安娜出了什么事？"

"我建议你自己去问她，"加斯科因说，"节省我们俩的时间。这很容易做到，你知道，她就在楼上。"

"我不喜欢在自己的旅馆里被当成傻瓜。"

"我不知道我把你当成了傻瓜。"

克林奇的小胡子凶险地抽搐了一下，"你们在吵什么？"

"我相信我没有跟任何人吵架。"加斯科因说，"你在说什么呢？"

"普里查德。"克林奇恶狠狠地说出这个名字。

"你别把这些强加于我，"加斯科因说，"普里查德跟我没关系。"他感觉陷入了困境。假装跟一个主意已定的男人理论是没用的，埃德加·克林奇看样子求战心切。

"事实的确如此。"门卫帮腔道，过来替加斯科因解围。他也发现他的雇主有些失态。旅馆老板满脸通红，裤管抖动着，仿佛全身的重量都落在脚跟上，上上下下地颠动——这表明他正怒火中烧。门卫用劝慰的声音解释道，加斯科因只是打断了普里查德与安娜之间的争执，一开始他并不在场。

克林奇即便摆出一副好斗的架势，也不是一个特别吓人的厉害角色，现在就是这样：他看上去只是焦躁，而不是吓人。他的愤怒虽然那么明显，却莫名其妙地显得他无能为力。他被自己的情绪吞噬，成了情绪的奴隶，而不是它的主人。加斯科因看着他，认为他更像一个要撒野的孩子，而不是要作战的斗士——当然，如果遇到同样的挑衅，前者也是一样危险。克林奇依然挡着门口，显然他不会很理智，但情绪被安抚下来是有可能的，加斯科因想。

"普里查德怎么得罪你了，克林奇先生？"他说，心想，如果给此人一个说话的机会，他的怒气自然就会消下去，他的情绪也就可以平复了。

克林奇回答时像被人掐住了嗓子，口齿不清。"是得罪了安娜！"他大喊，"喂她吃那种要她命的毒品——贩毒！"

这个解释很不充分，肯定还有更多的理由。为了劝他，加斯科因轻描淡写地说："对——可是一个人喝醉了酒，你能责怪酒保吗？"

克林奇不理睬这套说辞。"约瑟夫·普里查德，"他说，"如果由着他干，他会亲自喂到她嘴里，就像喂吃奶的婴儿。他能干得出来。你是同意我的看法的，加斯科因先生。"

"啊——你认识我！"加斯科因说，像是松了一口气，然后又说，"我同意吗？"

"你发表在昨天的《西海岸时报》上的那篇说教。顺便说一句，观点倒是不错，他妈的是一篇好文章，"克林奇说（称赞他人似乎让他感到些许安慰，但随即他的脸又阴沉下来。）"他要是读读那篇文章也许就好了。你知道他从哪里弄来的吗？那些肮脏的粪土？大烟？你知道吗，弗朗西斯·卡弗，就是他！"

加斯科因耸了耸肩，这个名字对他没有任何意义。

"该死的弗朗西斯·卡弗，他踢了那女人——踢了她，打了她，那是他的孩子呀！女人肚子里是他的孩子！他杀死了自己的种！"

克林奇几乎是在咆哮。加斯科因突然非常感兴趣，"你在说什么？"他向前迈了一步。安娜曾经向他吐露过，她那未出生的孩子是被亲生父亲杀害的——现在看来，那个人与差点儿使她自己丧命的鸦片有关！

但是克林奇谩骂起门卫来，"你听着，如果普里查德再过来，我若不在，你就要负责把他赶出去。你听见没有？"

他非常恼怒。

"弗朗西斯·卡弗是谁?"加斯科因说。

克林奇清了清嗓子,往地上吐了口痰。"一个下三烂,"他说,"一个凶残的下三烂。乔·普里查德——他只是个恶棍。可卡弗——他简直是恶魔本身,他就是魔鬼。"

"他们是朋友?"

"不是朋友,"克林奇说,"不是朋友。"他用手指捅了一下门卫,"听见我的话没有?如果乔·普里查德踏上那个楼梯一步——踏上第一级台阶,你就另谋高就吧!"

显然,旅馆老板不再把加斯科因看成一个威胁,因为他已经从门口挪开,同时把帽子从头上扒拉了下来。加斯科因现在可以自由离开了。然而,他并没有动地方,他等着旅馆老板讲述详情。旅馆老板用手掌把头发向后梳了梳,把帽子挂在衣帽架上,果然就开始陈述了。

"弗朗西斯·卡弗是个贸易商,"他说,"'一帆风顺号'就是他的船。靠港停泊的时候,你可能已经见过它,一条三桅帆船——三桅帆船。"

"他和普里查德是什么关系?"

"当然是鸦片!"埃德加·克林奇不耐烦地说,他显然不喜欢被提问,再次对加斯科因皱起眉头,似乎心头又产生了新的怀疑,"你刚才在安娜的房间里干什么?"

加斯科因以不失礼貌的惊讶口气说道:"我不知道安娜·韦瑟雷尔是受您雇用的人,克林奇先生。"

"我负责照顾她。"克林奇说,他第二次用手向后抚平头发,"她住在这里——这是协议的一部分,我有权知道她的事,如果发生在我的地盘上,而且还牵涉到手枪。你可以走了,给你十分钟时间。"——最后这句话是对门卫说的,门卫匆忙跑向餐厅,吃午饭去了。

加斯科因抓住他的翻领,"我猜你认为她运气不错,住在这里,由你负责照看她。"

"你错了,"克林奇说,"我不这样认为。"

加斯科因吃了一惊,顿住了,然后他含蓄地说:"你照顾许多像她这样的女子吗?"

"目前只有三个。"克林奇说,"迪克在挑选姑娘方面很有眼力。只要最高级别的——他不会降低标准,他严格控制。你要想找个一先令档次的妓女,得去拍手胡同碰碰运气。跟迪克做买卖,只花零钱可不行,要么有英镑,要么就免谈。是迪克让你来找安娜的?"

这一定是指迪克·曼纳林,安娜·韦瑟雷尔的雇主。加斯科因含糊地咕哝一声作为回答,他不愿讲述他和安娜相遇的故事。

"嗯,如果你想搞这些女人中间的哪一个,应该去找迪克。"克林奇继续说,"凯特,丰满女郎;萨尔,卷发女郎;莉齐,雀斑女郎。问我没用,我不管那些事——预订之类的。她们只是在这里睡觉。"他发现他选择的动词引起了对方的怀疑,便补充道,"我说的睡觉就是睡觉,没别的意思,你知道。我不允许留嫖客过夜,那会害得我丢了执照的。你想过夜,就得在自己名下开房间——在你自己的房间里。"

"这真是一家好旅馆。"加斯科因礼貌地说,把手大幅度地挥了一下。

"这不是我的,"克林奇带着一丝轻蔑说道,"是我租的。这条街的上上下下——从威尔街到斯塔福德街,全都是出租的。这地方属于一个名叫斯坦斯的家伙。"

加斯科因吃了一惊,"埃默里·斯坦斯?"

"奇怪啊,"克林奇说,"从一个年龄只有我一半的年轻人手里租房,真的感觉很奇怪。但这就是现代的方式:一切都是倒过来的,每个人都有自己的活法。"

在加斯科因看来，克林奇说话的方式有一种强迫性：他的话似乎是鹦鹉学舌来的，说出来很不自然。他用词很谨慎，甚至很紧张，似乎在防范加斯科因对他有不好的看法，不过他的这种打算显然无法实现。他不信任我，加斯科因心想，那么，哼，我也不信任他。

"我想知道，如果斯坦斯先生不回来了，这个地方会怎么办？"他大声说。

"我会待下去，"克林奇说，"也许会把它买下来。"他在办公桌下面的一个抽屉里摸索了一会儿，然后说，"听着，我还是要再问一遍——你在安娜的房间里干什么？"

他似乎是在哀求了。

"我们谈了点儿有关钱的问题。"加斯科因说，"她口袋空了。但我相信你已经知道这点了。"

"口袋空了！"克林奇讥讽道，"这词儿用得好！她口袋够多的，相信我的话吧。"

这是暗示缝在安娜衣服里的金子吗？还是针对这个女子的职业的一种粗俗的俚语？加斯科因突然警觉起来。"为什么我会相信你——超过相信安娜？"他说，"根据她的说法，她名下一分钱也没有，而你却认为可以逼她交出六英镑，一次付清！"

克林奇瞪大了眼睛，这么说安娜已经向加斯科因透露了她拖欠房租的事。这么说安娜抱怨过他，而且怀着怨恨，这从法国人敌视的语调中可以判断得出。这个想法令他感到伤心。克林奇不喜欢安娜跟其他男人谈论他。他小声地说："这不关你的事。"

"恰恰相反，"加斯科因说，"安娜特意对我提出这件事。她求我。"

"为什么？"克林奇说，"为什么呀？"

"我想是因为她信任我。"加斯科因说，带着一丝残忍。

"我的意思是,求你做什么用?"

"让我帮助她。"加斯科因说。

"但为什么是你呢?"克林奇又问道。

"这是什么意思,为什么是我?"

克林奇几乎是在大喊:"安娜为什么要求你?"

加斯科因的眼睛闪了一下,"我想,你是要我定义我们之间的确切关系吧?"

"这个不需要问,"克林奇说,发着一声嘶哑的大笑,"这个答案我知道!"

加斯科因感到胸中一团怒火,说:"你出言不逊,克林奇先生。"

"出言不逊!"克林奇说,"谁出言不逊?这个妓女在服丧——这就够了,这你无法否认吧!"

"正是因为她在服丧,所以才不能偿还眼前的债务。然而,你还在执意虐待她。"

"虐待——!"

"我得到的印象,"加斯科因冷冰冰地说,"就是安娜非常怕你。"其实,这完全不是真的。

"她才不怕我呢。"旅馆老板说,一脸震惊。

"你怎么会在意那六英镑呢?你怎么会在意安娜是明天付清还是明年付清呢?你刚往腰包里揣进一大笔横财。你在银行里有好几千英镑!却在这里斤斤计较,逼一个妓女付房租,就像一个伦敦郊区的奸商!"

克林奇大怒,"借债还钱。"

"胡说,"加斯科因说,"不如说是小人斗气,耿耿于怀。"

"你这是什么意思?"

"我暂时还不知道,"加斯科因说,"但我琢磨着,为了安娜,我应该想办法搞清楚。"

克林奇脸又红了,"你不该这样跟我说话,"他说,"你不该——在我的旅馆里!"

"你口口声声说是她的保护者!今天下午她处于危险中的时候,你在哪里?"加斯科因说,他开始觉得自己有点鲁莽,"当她躺在基督城路中央差点儿死掉的时候,你又在哪里?"

但是,克林奇这一次没有像以前那样在指责面前退缩。相反,他似乎硬下心来,咬紧牙关转眼看着加斯科因。"关于安娜的事,我不需要别人指点我。"他说,"你不知道安娜对我意味着什么。我不需要指点。"

两个男人盯着对方,仿佛是站在一个土坑两头对视的两条疯狗,然后,每个人都表达了对彼此的认可,心照不宣地承认他们棋逢对手。因为加斯科因和克林奇的性情差异不大,即便是在那些差异上,也表现出某种和谐——加斯科因是高八度,声音更清晰、更响亮,而克林奇则是低音部,是一种单调的轻弹。

埃德加·克林奇有点像一个怪圈。他既殷勤热情,又自我怀疑——这是两种互相对抗的性格,所以他身上会有一种不断波动的焦虑的状态。他为所爱的人提供帮助,只要求对方充分认可他的照顾,而这种要求反过来令他感到羞辱,因为他对自己行为的细微之处十分敏感,充满怀疑;于是,他撤销索求,加倍施予,如此循环中,却发现他需要的认可也随之翻倍。就这样,他永远处于波动之中,正如一个女人受月亮周期的制约,总在波动一样。

他与安娜·韦瑟雷尔的关系正是这样开始的。安娜从达尼丁初来此地时,克林奇就被她征服了:她是他这辈子认识的最稀罕、最命运多舛的人,他发誓要让她得到百般宠爱。他确保把最好的房间给她住,尽自己所能,想方设法地疼惜她。如果安娜没有注意到他付出的努力,他会感到非常伤心——如果安娜没有注意到他的伤心,他就会变得愤怒。然而他的怒气是不可持续的,总是维持不了多久;

有的男人会被自己的愤怒滋养，他却没有因此而变得坚强。相反，情绪只使他变得更加渺小，令他感到更加空虚，因此，他准备投入更多的爱。

安娜初到霍基蒂卡时，怀有身孕，虽然肚子还没有开始变大，身段也没有暴露妊娠的秘密。克林奇在吉布森码头遇见她，三桅帆船"一帆风顺号"在离岸数百码的地方抛锚，安娜被平底船摆渡到码头。那是一个明媚而清新的日子，带着一丝凉意。河口波光粼粼，空中鸟儿啭鸣。克林奇似乎至今都能回忆起当时的每个细节。他仍能看见安娜那顶户外软帽的宽檐，她的丝带末梢在风中飘扬；还能看见她的踝靴、带纽扣的手套和她的小手袋。他能看见她的裙子闪烁着紫光，后来才发现这套衣服是从经理人迪克·曼纳林那里租来的，安娜按日付费，直到买得起自己的衣服为止。扎眼的颜色不适合她，将她的脸色衬得蜡黄，掏干了她眼睛里的灵气。埃德加·克林奇认为安娜光芒四射。他笑容满面地用双手握住安娜瘦削的手，热烈地摇晃着。他欢迎她来到霍基蒂卡，伸出胳膊肘让她挽着，建议陪她逛一逛，她接受了邀请。克林奇指挥挑夫们把安娜的木箱送到烤架旅馆，然后他挺起胸膛，如同护送女王的亲王，陪伴着安娜·韦瑟雷尔走在雷维尔街上。

当时，埃德加·克林奇来霍基蒂卡还不满一个月。他还不认识迪克·曼纳林，只听说过他的名字。那天下午他碰见安娜的小船时，并没有与那位大亨或这个妓女有预先安排。（曼纳林被滞留在达尼丁，要下一个星期才能到达霍基蒂卡，而且，他宁愿乘坐蒸汽船，而不是帆船。）天气晴朗的时候，克林奇经常站在沙嘴上，欢迎下船来到沙滩的淘金汉们。他与每个人握手、微笑，邀请他们下榻烤架旅馆，并随意提及可提供丰厚的折扣，但只能给在接下来半小时内愿意入住的人优惠。

从吉布森码头走过来没多远，这期间，克林奇敏感地意识到安娜的手贴着他的胳膊肘。来到烤架旅馆的前门时，他发现自己已经完全不可自拔了。他请求年轻女人在他的餐厅吃午饭，她接受了，这使他心里产生了一种救世主的感觉，结果，他向安娜提供了旅馆里最好、最大的房间。

安娜用曼纳林的一张期票付了住宿费，克林奇因一阵突如其来的慷慨而毫无异议地接受了。当他意识到安娜肯定是那种陈腐行业的一员时，他的感情已经完全彻底、不可逆转地交付了出去。一个星期后，曼纳林到达霍基蒂卡，他向克林奇介绍自己是安娜的雇主，此后，双方谈判达成协议，每星期付费一次，妓女可得到的福利包括庇护、暗中监视、一日两餐，以及每星期一次的盆浴。这最后一项是昂贵的奢侈享受，一旦这个女人在镇上站稳脚跟，它就会被撤销（这是曼纳林私下里说明的）；而在刚开始雇用她的几个星期，有必要迎合她对奢侈的欲望，满足她的品位。

每个星期天，克林奇乐此不疲地给铜浴缸加满水，其实这是个耗费体力的差事。他喜欢瞥见安娜站在楼梯口，头发湿漉漉的，显得清新干净。星期天晚上，他喜欢在餐厅里经过安娜身旁，捕捉她皮肤上肥皂的奶香味儿。他喜欢把浑浊的洗澡水倒入路边的排水沟，看着白花花的水慢慢流走，希望安娜会从楼上的窗户向下看见他。

克林奇爱的付出总是母爱型的，因为人性的特点就是给予对方自己最渴望得到的东西，而埃德加·克林奇最渴望的是母爱——他的母亲在他褴褓时期就去世了。从那时起，母亲在他心中就成了光芒四射的美德女神，这位女神面目模糊，如同在夜雾中透过窗户看见的那样。然而，他所有爱的付出都很不幸，因为这需要受惠者拥有敏感细腻的直觉，而这样的直觉连他本人都不具备。埃德加·克林奇是个无药可救的浪漫主义者，但按常理，无论怎么讲，他都是个失败者：尽管他每天细心服侍，安娜·韦瑟雷尔依然不知道旅馆老板怀着一颗孤独与绝望的心，满腔激情地爱着她。她对他彬彬有礼，将自己的房间保持体面和整洁，但她从来没有邀请他陪伴自己，她将两人的谈话限制在最琐碎的话题上。不必说，她的冷漠只是给这个男人痴情的心加了温——炉火封得越紧，燃烧的时间越长，火焰越红。当一个月后曼纳林建议结束安娜每星期一次的奢侈的盆浴享受时，克林奇只是停止在安娜的月账单上列出这项服务。每个星期天，他照常布置好铜浴缸，铺好浴巾，倒好热水。

在最初的几个月里，似乎什么都不能削弱克林奇对安娜的爱慕。他没有因为安娜的职业而退缩，然而令他苦恼的是，他知道安娜经常处于受伤害的危险中。当他得知安娜是个鸦片瘾子，几乎每天都吸毒时，他同样只感到悲痛和恐惧，而并没有回避。（他推测这种药物非常时髦，他本人在难以入眠时也服用鸦片酊。是啊，制成酊剂的鸦片和烧成烟的鸦片有什么不同呢？）安娜生活中的种种困窘不幸，不会使他离开，只会引起他的悲伤，其结果是，他更加渴望安娜得到幸福。

当克林奇发现安娜怀着其他男人的孩子时，他的悲伤中增添了一份焦虑。他开始怀疑是否应该在这个时候向安娜表白。也许他应该求婚。也许，当婴儿出生后，他可以把小家伙作为自己的亲骨肉来收养和照顾；也许他们可以组成一个家庭，一个特殊家庭。

克林奇在一个隆冬的下午思考这个问题，突然听见旅馆廊台上扑通一声，还有一声压抑的喊叫。他打开推拉窗往下看（他一直在楼上的房间里生火），看见安娜摔倒在通向前门的台阶上。就在他张望时，安娜缓缓地抬起手臂，费力地想抓住栏杆。

克林奇跑下楼，穿过前厅，为安娜打开大门——这时候安娜已经支撑着站了起来，走过了廊台。克林奇走出门时，安娜刚好伸手来开门，一下子撞进了他怀里，为了阻止自己摔倒，她将沉重的双臂绕在他的脖子上。她的脸转向他的衣领处，鼻子和嘴唇刚好贴在他喉咙的皮肤上。她似乎融化在了他身上。克林奇惊喜地咕哝一声，然后一动不动地站着。他感觉如果他开口说话，或者动作太快，可能就会破坏这一时刻，这个妓女就会逃离。他越过安娜的肩膀看着外面。这是一个苍白、明亮的星期天下午，街道上十分宁静。没有人看着他们。克林奇用双手搂住安娜的腰，呼吸一下，再呼吸一下。然后，他用一个突如其来的动作将安娜横着抱起来，搂在怀里，把嘴紧紧压在她的脸颊上。他的双唇贴着她的下巴，停留了很长时间。然后他将她抱得更高一些，退回前厅，用脚把门关上，转动锁眼里的钥匙，抱着安娜上了楼。

安娜的浴缸就在楼梯口对面的房间里，火边的架子上排着一些盖着盖子的铁罐，里面装着准备好的热水。克林奇依然将安娜抱在怀里，在浴缸旁的沙发上坐下。他的心快速地跳动着。他身体往后靠了靠，端详着安娜。安娜闭着眼睛，四肢如糖浆一般瘫软。

好几个月前，安娜把租来的紫色礼服还给了迪克·曼纳林，因为她已经买了几件更合身的衣服。可是，今天她没有习惯性地穿那件标榜自己职业的艳丽的橙色礼服——霍基蒂卡的妓女们工作时都穿色彩明亮的衣服，不工作时就换成柔和的色调。她此刻穿的是一件奶油色薄纱罩衫，剪裁成骑行夹克的式样，纽扣一直扣到颈部。她肩膀上围着一条蓝色的三角形披肩。根据这些线索，再加上鸦片把她麻醉到这种程度，埃德加·克林奇推断她刚去过中国城：她去那个地方时总是隐姓埋名，穿戴着色泽暗淡的服饰。

克林奇用颤抖的手指，轻轻褪掉安娜肩头的披肩，让它落在地板上，然后慢慢地、不急不缓地解开裙子后面的蝴蝶结，松开紧身胸衣上的丝带。他的手指摸到她的一个个暗扣，逐一解开扣环。安娜顺从地躺在他怀里，当他轻轻地将连衣裙剥离她的肩膀时，她像幼小的孩子那样举起手臂。接下来他分开裙撑，将安娜抱出最上面的裙箍，整个裙撑的框架便落下来，砸在地板上，搭扣与木板相碰发出一串响声。他再次轻轻地把安娜放在沙发上——这时她身上只剩一条衬裙，他把她的披肩叠好并盖在她身上。然后他站起来，开始往浴缸里加水。她脸颊靠着手背躺在那里，乳房随着睡眠中抽搐的呼吸上下起伏。洗澡水准备好后，克林奇回到安娜身旁，喃喃地说着安慰的话。他把安娜的衬裙撸到头顶上方，抱起她裸露的身体，跪下来，将她放入浴缸。

当身体与水接触时，安娜发出温柔的呻吟声，但没有睁开眼睛。克林奇调整她的身体，让她的颈背靠着铜浴缸的边缘，确保她不会滑进水里，将自己溺亡。他拂去落在她脸颊上的头发，用大拇指抚摩她的下巴。刚才将她放入水中时，他的衣袖一直湿到了肩膀处；现在他站直身体，低头看着她，胳膊悬在身体两侧，以免滴水的衣袖碰到身体。在感到十分满足的同时，他也感到极大的孤独。

片刻之后，旅馆老板跪下来，从地上捡起薄纱裙，想把它抖平，放在沙发背上叠好。可这条裙子比他想象的要重得多——为什么？衣服只是用薄纱与细线做成，而且现在裙撑已经拿掉，灯笼内裤和衬裙也去除了！为什么这件衣服这么沉重？他用手指捏着布料，就在这时，他的手指尖摸到了什么奇怪的东西。他把裙子从里到外翻过来——这是什么？沉甸甸的，夹在衣服的接缝里？感觉像是一排石头。他轻轻地将手指伸到一个针脚下面，感觉到线被绷断了，然后他拇指和食指在裙边内蠕动，也许里面塞了什么东西。他拔出手指，顿时大吃一惊，手里捏着的是一小撮未冶炼过的金子。

安娜还在睡觉，脸颊靠着浴缸的边缘。克林奇心跳飞快，他触摸着衣服的接缝，沿着荷叶边向上摸到上衣。这里一盎司，那里一盎司——也许有好几磅——都藏在衣服的布料里。这些都是未冶炼过的金子！安娜究竟在中国城做了什么，被鸦片祸害得神魂颠倒，衣服里还缝满了金矿石？她一定是在什么地方倒卖那玩意儿——看样子是在走私。把金子带入中国城？这也说不通呀。她一定是把金子带出来，也许是换鸦片用！克林奇的脑子飞快地转动。他想起来了，把金子藏在衣服衬里，是在海关逃税时的常用手法，也是一件非常冒险的事，因为一旦被抓住，将面临重罚，甚至坐牢。而安娜本人不是淘金汉——看在老天的分儿上，她是个女人！金子不可能是她的。肯定有人十分信任安娜，把金子藏在了她的衣服里。安娜也一定信任那个男人，愿意替他担当这个风险。

然后他想到了曼纳林。迪克·曼纳林几乎控制着卡尼里的每一个华人，他们全在他的认领区工作，换取某种报酬。曼纳林也是安娜的雇主。哼，当然！曼纳林是个肮脏的交易人，臭名昭著——哪个妓院老板不是呢？难道他不曾三番五次地宣布安娜·韦瑟雷尔是所有妓女中最棒的一个吗？

克林奇转向安娜，惊讶地看见她睁开了眼睛，正盯着他看。

"水怎么样？"他问了句蠢话，同时抖开裙子的皱褶，遮掩住手里捏着的金子。

安娜快活地哼哼着，同时因为羞怯而移动膝盖，把双臂交叉放在乳房前。她隆起的腹部是一个完美的球面，浮在浑浊的水面上，像一个苹果浮在水桶里。

"你是走路回来的——从卡尼里一路走回来的吗？"克林奇问。当然她刚才不可能走了四英里——要知道她连头都抬不起来！连站都站不稳！

她又哼了一声，把调子截成两段，表示否定。

"那你是怎么回来的？"克林奇说。

"迪克刚好路过。"她喃喃地说，说话时仿佛嘴里含着糖浆。

克林奇凑近了些，"迪克·曼纳林——他路过中国城了？"

"嗯。"她又闭上了眼睛。

"他把你捎回来的，是吗？"

但是安娜没有回答，她又睡着了，脑袋仰靠在浴缸的边缘，交叉的手臂从胸前滑开，拍在水面上，沉下去，又浮上来。

克林奇手指仍捏着那一小撮金子。他小心翼翼地把衣服搭在椅背上,然后把那一小撮金子放进了自己的口袋,并搓了搓拇指和食指,确保每片碎金子都落进口袋里,就像往炖肉里加盐那样。

"那我走了,你洗澡吧。"他说,然后退出了房间。

但是他没有下楼,而是快速穿过楼道,朝安娜的房间走去,把万能钥匙轻松地插入锁眼。他步入安娜的房间,大步走向衣橱,安娜的衣服都放在里面。她一共有五套衣服,全是买的打捞货,来自一条在浅滩失事的货运蒸汽船。克林奇首先瞄准那套卖娼用的衣服。他的手指沿着每一条接缝一边迅速移动,一边轻轻敲击,用手抚摩裙撑的里面。这套衣服跟那套薄纱裙一样,也密密实实地塞满了金子!他又转向下一套衣服——再下一套——再下一套,每套衣服都一样。天哪,克林奇在脑子里计算了一下,这五套衣服加起来,安娜·韦瑟雷尔窝藏了一大笔实实在在的财富。

他在安娜床上坐下。

安娜从来不穿橙色衣服去中国城,这一点克林奇可以肯定,可是那套衣服也跟其他衣服一样塞满了金子。所以,事情不是他刚开始以为的那样,不会是与东方人之间达成的协议!这个行动超出了中国城的范围,也许还超出霍基蒂卡的范围。克林奇想,有人正在策划一次前所未闻的浩劫。

他考虑着其他的可能性。会不会是曼纳林把安娜当成运输的骡子,将金子运出峡谷,而安娜自己却蒙在鼓里?啊,克林奇心想,这任务倒是很容易完成:只需给她吸上一锅大烟,等她进入梦乡,然后把金子缝进她的衣服,一次缝一点。也许……但不是,如果曼纳林不知道妓女做事是否谨慎就冒这天大的风险,那也太荒唐了。老天在上,安娜身上携带着价值数百英镑的金子呢!——也许数千英镑。她必须是知情的才对。在钱的问题上,曼纳林可不是傻瓜。他不会把一大笔财富交给一个普通妓女看管而没有任何保障。安娜肯定向他提供了某种保险——克林奇想，也许是一些债务，某种契约。但是安娜有什么可以提供，可以作为纯金财富的安全保证呢？

克林奇突然感到愤怒，用双手的掌根捶打着被子。曼纳林！假定是他——设计了这样的骗局，而安娜住在克林奇的屋檐下，吃在克林奇的餐桌上！如果警察来敲门怎么办？如果他们搜查安娜的房间怎么办？到那时谁来负责呢？是啊，克林奇心想，最起码，他应该得到利润的一部分——他应该得到一个解释！毫无疑问，那些华人也是知道这个秘密的。这真是令人恼火。也许整个霍基蒂卡都知道了。克林奇骂了一声。他恶狠狠地想，迪克·曼纳林，真他妈的该下地狱。

他听见隔壁有溅水的声音，安娜一定是醒过来了，他迅速盘算着是否应该没收衣橱里的衣服。也许，他可以利用它们向曼纳林要赎金。他可以等安娜恢复知觉，问她到底是怎么回事。他可以逼她坦白，逼她道歉，然而他没有勇气。埃德加·克林奇总是被不良情绪困扰着，他虽然敏锐地感觉到自己的悲哀，却只能在心中默默无声地表达。他怀着沉重的心情离开了安娜的房间，回到楼下，打开前厅大门的门锁。

"请接受我诚挚的道歉。"加斯科因说。

克林奇眨了眨眼睛，"为什么道歉？"

"因为我暗示你并不是一心只考虑安娜·韦瑟雷尔小姐的最大利益。"

"哦，"克林奇说，"是的。好吧，谢谢。"

"再见。"加斯科因说。

克林奇对这个告别感到失望。他很希望加斯科因再待一会儿——至少待到门卫吃完午饭回来——好好谈谈这件事。将谈话搁置在不大和气的基调上，总是令他感到不舒服。事实上，他的确是想与加斯科因讨论安娜债务的问题，不管他初次提及这个问题时心里有多大的敌意。昨天下午，他本来没打算对安娜发脾气，但是安娜对他撒谎——说自己一个先令都没有，而其实她有上百甚至上千英镑的金子，都缝在她衣橱中的那些衣服里！那些衣服还在那里，他定期检查它们，确定那些金矿石还没有被取走。他凭什么要为安娜的日常花销埋单，而她触手可及如此庞大的一笔财富呢？他凭什么要为她排忧解难，而她却密谋跟他作对，甚至当着他的面说谎呢？几个月的沉默使他内心充满怨恨，他的怨恨在顷刻间变成了恶意。

他向前走一步，甚至伸出了手，想阻止加斯科因离去。他想哀求加斯科因不要离开。突然间，他不想孤独一人，但是他有什么理由劝加斯科因留下来呢？为了拖延时间，他说："你要去哪里？"

这问题令加斯科因感到恼火。边疆的生活多么沉闷啊！每个人都想探知别人的私事。这里不是巴黎或伦敦，那里的人在每个角落都能享受那种奢侈的陌生感，能够真正地孤身独处。

"我有个约会。"他生硬地说。

"跟谁约会？为什么约会？"

加斯科因叹了口气，被追问真的是太烦人了。克林奇看上去一脸闷闷不乐——似乎加斯科因的离开令他烦恼！可是，他们十分钟前才见面呀。

"我要陪一位女士去看帽子。"加斯科因说。

升交点在室女座

> 桂龙三次被打扰；查理·弗罗斯特保持自己的立场；苏永盛提到一个犯罪嫌疑人，令每个人都大吃一惊。

就在加斯科因离开埃德加·克林奇，十分粗鲁地将烤架旅馆的大门重重关上的同时，迪克·曼纳林和查理·弗罗斯特走下渡船，踏在卡尼里河边的石头上。代理商哈拉尔德·尼尔森也在快速地徒步接近此地，他刚路过一个木制的标志，上面写着距离移民点只有半英里路程，他精神一振，加快速度，大踏步地前进，但还是继续用手杖抽打路旁湿漉漉的野草。当然，这三个人的目的地都是卡尼里中国城，要在那里与那个华人——金匠桂龙——面谈。桂龙此刻正感到惊愕，因为刚刚来了一位不速之客，之后他还会再次感到惊愕。

"中国城"这个名字有点容易让人产生误会，那其实不过是在卡尼里认领区的河上游几百码处的几座稀稀拉拉的帐篷和石头小屋，那里的所有人都来自广东省，大部分来自广州，但这些全部加在一起也很难凑成一个"城"：在那个时代，对于仅有的十五个男性华人来说,"中国城"是家。在这个小据点中,桂龙的住所因其由煅烧的黏土建成的引人注目的烟囱而闻名。烟囱下面的这个砖窑是专为小金铺修建的,高高的黏土台子下放着一口铸铁炉膛,位于这个单间住所的正中央。这个土台子就是桂龙晚上睡觉的炕,砖头还留着白天烧火的余温,温暖着他的身子。当他冶炼一个星期采集的金矿时,会在燃烧室里填上木炭,这种燃料虽然昂贵,但烧起来比焦炭更热;然而,今天他的坩埚和风箱都闲置一旁,燃烧室里架了一堆缓缓燃烧的木柴。

桂龙是个肩宽腰圆的男人,显得孔武有力。他一双三角眼,脸形几乎是正方形。他笑起来的时候,露出一副稀稀拉拉的牙齿——两颗门牙已经缺失,下颌的前白齿也没了。他的笑容中显露的牙缝使人觉得他是个正在换牙的孩子——桂龙本人也会用这个比喻,因为他有挑剔的眼光和机智的头脑,喜欢讽刺挖苦,言辞犀利,尤其擅长自嘲。每当说到自己,他就描绘出一副凄惨的、弱不禁风的形象,本意是为了幽默,但其实也算是掩饰他过分脆弱的自我认识。在内心中,桂龙用完美的个人标准来衡量自己的一切行为,为了达到这个标准,他付出了艰辛的劳动。结果,他对自己的努力和成果从来都没有真正感到满意过,总的来说,他倾向于失败主义的论调。桂龙性格中的细腻微妙之处,在大英帝国的臣民身上算是完全浪费了,他只能用八十到一百个英文单词和他们交流,但是对于他的同胞来说,他那玩世不恭的幽默、感伤的气质,还有他为不可实现的理想而努力的顽强毅力,都为他赢得了赫赫名声。

他是订了契约前往新西兰的。为了换取往返广州的船票,桂龙同意按照比例,把自己在金矿的盈利大部分上缴企业。桂龙被这个既不灵活也不仁慈的契约弄得十分贫困,但不管怎样,他都一直勤奋地工作。他的梦想——唉,实现的可能性不大,就是兜里揣着七百六十八个先令返回广州。他认为,有了这笔钱他就能安度晚年了。(之所以选择这个数目,一是为了图个吉祥——用粤语说,听起来就像是"财禄发";二是因为他自己喜欢——对桂龙来说,如果能看清要实现的具体目标,他工作起来劲头更高。)

桂龙的父亲桂壮,曾经在广州当守城人。他的全部工作就是在城墙上来回巡逻,监督城门关卡,确保守门人换岗没有差错。这个差事虽然单调,却很重要,桂龙小的时候一直为父亲的职位感到骄傲。然而,在近些年的战争中,桂壮职位的相应权威已经变得黯然逊色。一八四一年,广州遭受猛烈攻击时,人们曾寄希望于它的防御工事——结果大失所望。英国士兵一拥而上,冲破了堡垒,清朝的军队寡不敌众,中国的防御彻底溃败。英国占领了这座城市,桂壮和数百名伙伴一起被俘——后在广州同意开放港口贸易的条件下得到释放。

不用说,桂龙为自己城市的节节溃败感到耻辱(在接下来的二十年中,广州被英国士兵攻克了不下四次),这种耻辱又因为他替父亲感到的耻辱而放大了一百倍。桂壮几乎被自己蒙受的羞辱摧毁,老人在第二次战争结束后不久便告别人世。在他死前,他曾经三次勇敢地面对英国来复枪的枪管。

桂龙不愿意想象,如果父亲看见现在的他会做何感想。桂壮为了捍卫中国抵抗英国的无理要求,奉献了自己的荣誉与生命——现在,他死后还不到八年,桂龙却在这里,在新西兰,睡在异国的土地上,辛苦地淘金(是金,不是银),将每日获利的大头拱手让给英国公司,而公司的管理阶层是他永远无权参与的。他想到这种种背叛时,心中的不爽有一部分是不孝的耻辱,更多的是一种被彻底剥夺权利的耻辱。回首一生中漫长的危机时期(他就是这样认为的,仿佛他的自我总是取决于某个选择点,但这个选择是什么呢?他不知道,因为这种矛盾心理没有真正地开始,也没有可感知地结束),桂龙只有脱离的感觉:脱离自己的工作,脱离父亲的愿望,脱离国家和家庭蒙受耻辱的现实局面。他觉得自己不知道如何去感觉。

但有一点，桂龙始终听从父亲的训诫。他不会碰鸦片，也不能容忍别人当着他的面吸食鸦片，不能容忍他所爱的人吸食鸦片。鸦片对桂龙来说是一种符号，标志着不可饶恕的西方野蛮主义在方方面面对他本国文明的践踏，对中国人生活方式的蔑视，鸦片象征着西方对利润和贪欲的灭绝人性的追逐。鸦片是中国的警钟，是西方扩张的阴暗面——黑暗的互补色，正如阴阳互补。桂龙经常说，一个没有记忆的人，是没有远见的——对此他幽默地补充道，他之前多次引用这句格言，决心继续一字不差地引用它。在桂龙看来，任何一个用手触摸烟枪的中国人，都是叛徒，都是傻瓜。每当路过卡尼里的鸦片窟时，他都会扭过头去，朝地上啐一口。

如此说来，当我们认出此刻与桂龙说话的男人不是别人，而是苏永盛时，就不由得感到惊讶了——苏永盛就是那个在卡尼里开鸦片窟的人。正是他在两星期前把那块鸦片卖给安娜·韦瑟雷尔，差点儿要了她的命。（桂龙的鸦片禁忌没有用在安娜·韦瑟雷尔身上，安娜在卡尼里鸦片窟吸完一锅烟后，经常会来看他，她除了呻吟之外说不出别的话来，身体因毒品而变得酥软、温柔。桂龙从来没有看见过安娜的毒品与烟枪，却从她吸毒的结果中获得了极大的好处。如果安娜在他面前拿出毒品，他一定会将它从她手里打掉。至少他是这样告诉自己的。在这个含混的说法下，是另一个更加无法表达的信念：在安娜不幸成瘾这件事上，似乎有一种宇宙间的正义在起作用。）

苏永盛和桂龙不是朋友。那天下午早些时候，当苏永盛敲响桂龙的门，恳求同胞的帮助与接待时，桂龙诚惶诚恐地接待了他。据桂龙所知，这两个男人只有三个共同点：出生地，语言，喜欢洋妓女。桂龙猜测苏永盛要谈的内容与第三个共同点有关，因为这些日子安娜·韦瑟雷尔已成为许多人议论和猜测的话题。然而，令他更加吃惊的是，来客声明他带来的消息与两个男人有关：一个名叫弗朗西斯·卡弗，另一个名叫克罗斯比·韦尔斯。

苏永盛大概比桂龙年轻十岁。他的眉毛很淡，微微往下弯，仿佛在表示些许惊讶。他眼睛大，鼻子宽，嘴唇精美地勾勒出丘比特弓箭的形状。他说话时手舞足蹈、活灵活现，但是他倾听的时候，往往保持安静，面无表情，正因为这个习惯，人们经常认为他很有智慧。他也把脸刮得干干净净，还留着一根长辫子。但事实上，苏永盛对清王朝毫不在乎。他的发型不是隶属关系的象征，而只是一个从孩提时代沿袭下来的习惯。他的衣着也和东道主一样，一身灰色的棉布长褂，简单的裤子，外加一件系着腰带的黑色羊毛外套。

桂龙既没有听说过弗朗西斯·卡弗，也没有听说过克罗斯比·韦尔斯，他只是站在一旁，严肃地点着头，欢迎苏永盛进入他的家，并坚持让客人坐在靠炉火最近的尊贵位置上。他摆出他能买得起的最好的食物，灌满一壶水烧开沏茶，为寒酸的招待而道歉。鸦片贩子在沉默中等待着，直到东道主做完了所有这些事，然后，他深深地鞠躬致谢，称赞了阿桂的盛情款待，品尝了摆在他面前的每一盘菜肴，并逐一给予夸奖。当客套的程序走完后，苏永盛开始解释他此次造访的真实目的——他秉承着一贯的说话风格，言辞充满活力，夸张而充满诗意，其间还点缀着格言警句，它们的意境总是很美，但经常有些含义模糊。

比如说，他一张口就说，树大必有枯枝，最好的战士绝不好战，好柴火也能毁炉子——连珠炮似的一大串，缺乏实质内容，桂龙听得摸不着头脑。桂龙不得不机智地应付，用尖刻的话语反唇相讥，他说秤不离砣——借助另一个谚语，暗示来客还没有开始连贯地说话。

因此，我们应该干预一下，将苏永盛希望公开披露的事件，以符合其意图的准确方式重现,而不是按他的讲述风格来复述。

Φ

阿苏很少进入霍基蒂卡镇。他基本上总是待在卡尼里的棚屋里,屋内装饰得像个沙龙,每一面墙边都摆着沙发床,上面散放着靠垫,周围挂着布帘子,以保护和控制从烟枪、暖锅、酒精灯、火炉冒出的缕缕浓烟。鸦片窟给人一种刀枪不入的强烈感觉,这种印象因温暖而闭塞的气氛加剧,成为阿苏赖以依靠的慰藉。然而,在过去两个星期里,他已经去了河口不下五次。

一月十四日的那天早上(大约在安娜·韦瑟雷尔奄奄一息的十二个小时前),阿苏收到约瑟夫·普里查德捎来的口信,说期待已久的一批鸦片已送至他的药店,可供购买。阿苏自己的鸦片存货已经不多,他立刻戴上帽子,前往霍基蒂卡。

在普里查德的药店,他买了一块半磅的烟土,用金子支付。他将纸包的那块东西安全地放在帆布包底部,走在大街上,感到一阵夏日的冲动,霍基蒂卡的早晨极少在他身上产生这种效果。阳光明媚,塔斯曼的海风给空气平添了一丝海洋的清新。街上的人们似乎都喜气洋洋,他跨过排水沟时,一个路过的淘金汉向他脱帽致意,朝他微笑。这个偶然出现的举动给阿苏壮了胆,他决定先不返回卡尼里。他要花一小时左右的时间,在坦克雷德街看看那些打捞起来的板条箱,作为送给自己的特殊礼物。他想,接下来他甚至会到肉店买一块带骨肉,拿回家炖汤喝。

但是在坦克雷德街角处,他停住了脚步,欢快的心情顿时烟消云散。站在街另一头的,是阿苏十多年都没有见过的一个男人,此前阿苏曾相信永远不会再见到他了。

自从他们最后一次相遇，这个老熟人已经变化了很多。他踌躇满志的脸被破了相，十年的牢狱生活，使他胸膛和肩膀的肌肉发达了不少。然而，他的体态依然未变：站立时稍微有点含胸弯腰，双手的手背叉在臀部，如同早年间一样。（多么奇怪啊，阿苏后来想，一个人的姿态总是保持不变，即便身体发生了变化，饱经风霜，容颜随岁月流逝而苍老——仿佛身体的姿态才是真正的容器，是存放身体之花的花瓶。没错，那百分之百就是弗朗西斯·卡弗，他站在那里，髋部微微向前挺着，肩膀耸起——若换了别人，这个姿势可能会显得涣散，但是卡弗的外表看上去严肃、阴沉、咄咄逼人，使他可以不理会别的男人因为平庸而必须遵守的规矩。）卡弗半转过身，注视着街道这头。阿苏跳到路旁，躲避他的视线。阿苏靠在杂货店粗糙的松木墙壁上，等候了片刻，直到心跳缓慢下来。

桂龙还不知道苏永盛与弗朗西斯·卡弗过去的恩恩怨怨，在这个时候，阿苏还没有重述那段故事的全部内容。他只是向他的东道主解释了弗朗西斯·卡弗是个杀人犯，而他，苏永盛，已经发誓要报仇雪恨，结束卡弗的性命。他几乎是漫不经心地说出这条信息，仿佛这样发誓报仇是完全司空见惯的。然而事实上，这种轻描淡写源自内心的痛苦，因为他不喜欢详谈过去那些悲哀的细节。阿桂感觉现在不是插嘴的时候，只是点点头，但是他将有关事实保存起来，决心牢牢记住。

阿苏继续讲他的故事。

他把前额靠在杂货店粗糙的包层墙上，等了几秒钟。当呼吸平稳后，他沿着墙根挪到房角，再看卡弗一眼——他终于看见了这副面孔，这副曾出现在他最激烈的复仇梦里的面孔，它令人产生一种最奇异、最刺激的快感，差不多有十五年了，阿苏在睡梦中想象着卡弗的模样。他对这个人的仇恨无须更新，但是，此刻看见卡弗，他突然感到一种陌生而不可控制的愤怒：他从来没有像此刻这样痛恨这个人。如果他手里有枪，一定会立刻朝他背后开枪射击。

卡弗正在跟一个年轻的毛利人说话，阿苏从他们各自的姿势判断，他们应该是互不熟悉的：两人站的距离稍微宽了一点，像是从属关系，而不是朋友关系。他听不清他们的谈话，但从他们你来我往的对话性质，他猜想他们正在谈交易。毛利人的手势非常坚决，并且不断地摇头。终于，似乎商定好了一个价格，卡弗拿出钱包，数出几枚硬币，放在毛利人摊开的手中。他显然购买了什么信息，只见毛利人开始详细地解说，并伴随着夸张的动作。卡弗将信息重复了一遍，以便记在心里。毛利人点头表示肯定，又补充了几句。随后他们握手，分头离去，毛利人向东，朝着山区，卡弗向西，朝着河口和码头。

阿苏考虑在安全距离内跟踪卡弗，但随即否定了这个决定：他不希望被迫与此人重逢，除非他为此做好了准备。现在他手无寸铁，而他猜想卡弗身上至少有把刀，可能还有其他武器——在处于劣势的时候与他对话是件愚蠢的事。因此，阿苏转身去追那个毛利人——他正要回绿玉神舟谷，准备下套捕鸟，他刚从霍基蒂卡干货店买了几码结实的渔线，还有一小块硬面包，可以弄碎了做诱饵。

阿苏只过了一个街口就追上了他，抓住他的衣袖。他央求毛利人告知他与卡弗谈话的内容，并拿出一枚硬币，表示如果有必要，他会花钱购买这个信息。泰老·老居费解地看了他一会儿，然后耸了耸肩，拿过硬币，给他做了解释。

老居说，在几个月前，弗朗西斯·卡弗提出给他一笔钱，换取关于一个名叫克罗斯比·韦尔斯的男人的任何消息。在做出悬赏后不久，卡弗就回达尼丁了，老居则来到格雷茅斯——两人的轨迹没有再次交叉。但碰巧的是，老居后来遇到了卡弗要找的那个男人，克罗斯比·韦尔斯成了他十分要好的朋友。老居补充道，韦尔斯先生住在绿玉神舟谷,他曾经是个探矿者,最后放弃了那种生活,最近投身于建设木材厂的项目。

(老居说话很慢,带着很多手势;他显然习惯于用手势和表情交流,每说完一句话,他都会停顿一下,确保对方理解无误。阿苏发现他能十分清楚地听懂对方的意思,虽然他们俩的母语都不是英语。他轻声重复着这些名字:绿玉神舟谷、泰老·老居、克罗斯比·韦尔斯。)

老居解释说,他一直没有再见到卡弗,直到那天早上——一月十四日的早上。不到半小时前,他发现卡弗在霍基蒂卡海滨,并且想起了船长在几个月前提出的交易,发现这是一个赚钱的好机会。他接近卡弗,声称如果卡弗的提议依然有效,他可以按价格提供克罗斯比·韦尔斯的信息——显然,提议依然有效。他们商定了价钱(两先令),硬币一到手,老居就告诉对方克罗斯比·韦尔斯住在哪里。

按照当时对老居的故事的理解,阿苏并没有发现对自己直接有用的东西,但他非常礼貌地感谢老居为他提供信息,随即与他道别。然后他返回卡尼里——发现安娜坐在他前门旁的一片阳光下,正在等他。他心中油然产生对她的一股柔情(凡是能让阿苏想起往日生活磨难的,都会使他怀着极大的救赎情感对待当下),他送给安娜半盎司新鲜烟土作为礼物,是从早上刚在普里查德店里买来的那块烟土上切下来的。安娜用一块方纱布将礼物包好,塞进帽子的卷边里。然后,阿苏点燃了他的灯,他们一同躺下,当黄昏降临,气温变得凉爽时才醒过来,这时安娜便离开了他,阿苏开始考虑准备晚餐。

金匠阿桂听着对方快节奏地讲述上面的故事,发现他对客人的印象迅速发生了改变。阿桂对阿苏从来没有多少尊重,阿苏总是被笼罩在臭烘烘的烟雾中,躲避与他人的接触,将蝇头小利挥霍在赌场上,他默默地摇动手里的骰子,毫无修养地随地吐口水。然而,看着眼前的阿苏，阿桂觉得自己一直错看了他，不该如此全盘否定这个"单帽"的人格。坐在他面前的这个男人现在似乎——怎么说呢？有德行？有原则？这些词都不大到位。他言语激烈高昂，但激情中不失可爱，几乎有点儿天真。阿桂惊讶地意识到，他并不是一点儿都不喜欢阿苏。他感到受宠若惊的是，那天下午阿苏跑来找他——讲述自己的秘密，这种愉悦使他产生了同情心；再加上他还没有猜出对方到访的目的，便更是入迷地听他讲故事。此刻，他忘记了自己厌恶这个男人的营生，以及他衣服上、头发里那种令人恶心的烟臭味。

　　阿苏停了停，吃了一口豆腐。他又把这道菜称赞了一番，然后继续讲故事。

　　在一月十四日夜里，也就是在弗朗西斯·卡弗与克罗斯比·韦尔斯会面之后，"一帆风顺号"起航了——阿苏在很长时间内不知道这件事。他一直待在卡尼里，忙于他将要进行的犯罪活动的准备工作。他有极强的仪式感，非常希望以恰当的方式置卡弗于死地。然而，他没有手枪，而且据他所知，同胞中也没有任何人有手枪。他不得不小心谨慎地购买一支，并且要学会怎样使用。他刚在普里查德的药店里买了鸦片，用掉了手头的全部金子，已经没钱可花。他应该向某个同胞借钱吗？就在他考虑这个难题时，从霍基蒂卡又传来一个意想不到的消息：安娜·韦瑟雷尔企图结束她的生命，但没有成功。

　　阿苏为这个消息感到十分痛苦，但回想起来，他发现当时自己并不相信这个消息是真的。他判断普里查德的最后一批鸦片肯定是被下了毒。安娜的体质已经非常习惯这种药物，一盎司的几分之一不足以让她失去知觉这么长时间，以至于几个小时不能苏醒。第二天早晨，阿苏来到霍基蒂卡，立刻要求与普里查德的船运商——托马斯·鲍尔弗——会面。

十分凑巧的是，就在那天早上（一月十六日），鲍尔弗发现装运阿利斯泰尔·劳德巴克私人财物的货运板条箱在霍基蒂卡的海滨消失了；正是因为这个，船运商态度生硬，一副心烦意乱的样子。是的，鲍尔弗船运公司跟普里查德签了合同，可是，鲍尔弗与货物本身没有什么关系。也许阿苏最好联系一下普里查德的供应商，一个看上去十分野蛮的男人，身材粗壮，性情粗鲁，脸上有一块伤疤。他的名字是弗朗西斯·卡弗。阿苏有没有听说过这个人呢？

阿苏竭力掩饰自己的震惊。他问，卡弗和普里查德互为生意上的伙伴有多久了。鲍尔弗回答说不知道，自从去年春天起，卡弗就时常出现在霍基蒂卡，他想象这两个人的关系至少也有那么长时间了。说来奇怪，鲍尔弗继续说，如果他们相互认识的话，阿苏怎么从来没有碰到过卡弗呢！（因为从阿苏的面部表情判断，这是十分明显的事实。）但也许并没有那么奇怪，因为卡弗极少进入内陆地区，而阿苏极少到镇上来。他在广州的那些年就认识卡弗了吗？是的？嗯，如果那样的话，他们错过对方真是太可惜了！是的，错过了对方——卡弗最近已启程离开。事实上就在两天前。真可惜！因为他很可能是去广州了，如果真是那样，就不可能在短期内回到霍基蒂卡。

水壶里的水开始沸腾时，阿苏的故事讲到了这里。阿桂从炉台上拿起水壶，把开水倒进茶碗，开始泡茶。阿苏停顿了一下，看着茶叶漂浮着沉入碗底，聚集在那里。过了很长一段时间，他才继续讲下去。

对于鲍尔弗的假设——卡弗已经离开霍基蒂卡去了广州，数月内不会回来，阿苏信以为真，他再次返回卡尼里去思考下一步行动。他从毛利人老居那里得知，卡弗在即将离开之时，查问了一个名叫克罗斯比·韦尔斯的男人的消息。也许，他可以联系这个克罗斯比·韦尔斯问个究竟。根据与老居的简短谈话，他记得韦尔斯住在绿玉神舟谷——在海岸上游大约数英里的地方。他去了那里，却更加失望地发现，小屋空无一人——那位隐士已经死了。

接下来的一个星期，阿苏密切关注着有关韦尔斯横财的故事——他有理由相信隐士之死与卡弗的离开有某种联系。这件事花费了他将近八天的时间——事实上，直到一月二十七日这天早上，他才得到了着实令他吃惊的两个发现。

阿苏正要宣布他来访的理由，就在这时，一声枪响划破天空——他大为惊骇，随之从阿桂门外空地上传来了叫喊声：

"滚出来，你这个下三烂！你给我滚出来，像条汉子似的站起来！"

阿苏与阿桂面面相觑。谁？他不出声地问，阿桂撮起嘴唇表示厌恶：曼纳林。但他眼睛里充满恐惧。

在接下来的瞬间，麻布门帘被掀到一旁，曼纳林填满了整个门框。他手里拿着手枪。"坐在熔炉边，是不是——搞阴谋诡计，是不是？你们俩串通一气？我早该料到你会这样，约翰尼·苏！在这肮脏的大粪堆里鬼混！遭天杀的！"

他大步迈进小屋，但实际上并没有他希望的那么威风凛凛，因为门框很低，他不得不弯腰才能进来——他用一只强壮的胳膊抓住阿桂的身体，用一把史密斯-韦森制造的手枪顶住阿桂的太阳穴，阿桂立刻僵住不动了。

"好吧，"曼纳林说，"我正听着呢。你跟克罗斯比·韦尔斯有什么勾当？"

一时间，阿桂一动不动。然后，他摇了摇头——动作幅度很小，因为他意识到枪口抵着他的颅骨。他不认识一个叫克罗斯比·韦尔斯的人，只是刚听了阿苏告诉他的故事，说此人是个隐士，住在绿玉神舟谷，最近死了。在曼纳林的身后，脸色煞白的查理·弗罗斯特溜进房间。然后，没过多久，牧羊犬霍莉蹦蹦跳跳地跟在他后面进来。狗的皮毛湿漉漉的。它在小屋里四处乱跑，得意地气喘吁吁，发出几声嘶哑的狂吠，但没有人费心呵斥它闭嘴。

"那好，"曼纳林看阿桂没有回应，又说，"我得反过来问，是不是？约翰尼·桂，告诉我这个：克罗斯比·韦尔斯拿那四千英镑的极光金子做什么了？"

阿桂困惑地嘟囔了一声。极光金子？他想。根本没有什么极光金子！极光是个废矿区。在所有人中，曼纳林最清楚这一点！

"塞进面粉罐，"曼纳林咆哮着，"楔入风箱，藏在茶壶里，藏在肉类储藏箱里。你明白我的话吗？价值四千英镑的纯金！"

阿桂皱起眉头，他对英语的理解能力非常有限，但他明白"金子"，也知道"极光"，他听得懂"千"。很显然，曼纳林希望找到他失去的什么东西。他一定是指安娜衣服里的那些金子，阿桂想——那些他碰巧发现的金子。一天下午，他掀起安娜裙子的荷叶边，发现很沉，矿石一般，被石头坠着似的。他抽取出来那些金子，一星期又一星期，拆开缝线，一次一条接缝，而安娜躺在眼前这张砖炕上睡觉，怀着身孕的半圆形肚子随着每次呼吸上下起伏，只有当他拆线的针触到她皮肤时，她才发出咕哝的声音。他在这个发现之后的几个星期和几个月里，把那些金子冶炼出来，在每块金条上都烙上他签约的认领区的名字——极光，之后这些金块被送到卡尼里的营地分站……

"四千英镑！"曼纳林大喊大叫（霍莉开始狂吠），"极光是个该死的废矿——是个该死的废渣堆！我知道这个！斯坦斯知道这个！极光是空矿，一直是这样。你跟我说实话，你是不是在极光发横财了？是不是找到了富金带？你是不是找到了富金带，然后冶炼成金条，藏在克罗斯比·韦尔斯的小屋里？告诉我，你这该死的！安静，霍莉！安静！"

阿桂跟极光金矿签了独家契约。除了从这块地盘捡到的金矿石，契约不允许他获得其他利润。他把安娜衣服里的金子冶炼之后，将每块冶炼好的金条都烙上极光的字样，然后将金子送到营地分站储存和称重。然而，在一月份的第一个星期，当极光的季度收益公布时，阿桂十分震惊地发现那些金子并未储存在该认领区的名下。有人把它从营地分站的金库中偷走了。

曼纳林把枪对准阿桂的太阳穴戳得更狠一些，再次命令他开口讲话，并骂了几句太难听而无法写在这里的脏话。

阿桂舔湿嘴唇。他的英语不够用，无法坦白事情的来龙去脉。他吐出几个他知道的英文字眼儿。"倒霉，"他终于说，"太倒霉。"

"没错，你他妈活该倒霉，"曼纳林大喊大叫，"你马上还要变得更倒霉呢。"他用左轮手枪的枪柄打阿桂的脸颊，然后再次把枪口捅在阿桂的太阳穴上，粗暴地把他的头推向一边，"你最好开始想想你的运气，约翰尼·桂。你最好开始想想怎么让自己转运。我要毙了你。我要在你脑袋上打一个窟窿，有两个人见证。我会的。"

查理·弗罗斯特变得非常激动，他终于开口说话了："你住手。"

"闭嘴，查理。"

"我不会闭嘴。"弗罗斯特说，"你把枪放下。"

"给我个非洲都不干。"

"你把他搞糊涂了！"

"胡说。"

"真的是这样！"

"我这是在说他唯一能够听懂的话。"

"你不是有你的笔记本嘛！"

这倒是实情。片刻后，曼纳林仿佛是让步了，他将左轮手枪从阿桂的太阳穴上拿开，但他没有把枪放回枪套。他停了片刻，掂量着手里的枪，然后又举起来，水平地瞄准——不是瞄准阿桂，而是瞄准阿苏，在这两个男人中间，阿苏的英语要好一些。曼纳林将枪口对准阿苏的脸，说道："我想知道极光是不是掘到了富矿带，我要知道真相。问他。"

阿苏用粤语把曼纳林的问题转述给阿桂，阿桂详细地回答了。金匠讲述了极光金矿的整个历史，被曼纳林作假，随后被斯坦斯购买；他解释了他最初为什么把每星期的盈利冶炼成条，并在金条上烙刻他签约的认领区的名字；他向阿苏保证，据他所知，极光实际上一文不值——六个月了，根本掘不出什么值钱的金矿石。曼纳林的两只脚来回倒腾着，脸色阴沉。与此同时，霍莉在房间里转着圈，龇着牙，宽大的尾巴砰砰拍着地。查理·弗罗斯特把手伸下去让它舔。

"没有金块，"阿桂说完后，阿苏替他翻译，"没有富矿带。阿桂说极光是个废矿认领区。"

"那么他是个该死的骗子。"曼纳林说。

"迪克！"弗罗斯特说，"你自己说过极光是个废矿！"

"当然是废矿！"曼纳林大喊大叫，"那么所有那些金子究竟是哪儿来的呢——全被这个肮脏的异教徒冶炼过，就在这间屋子里？他是不是跟克罗斯比·韦尔斯串通一气？问他！"

他朝阿苏晃动着手枪，阿苏跟阿桂核实了答案，说道："他不认识克罗斯比·韦尔斯。"

阿苏本来可以很容易把自己知道的告诉曼纳林——把他那天下午带到阿桂小屋来的信息摆出来，征求他的建议，但是，他很反感曼纳林的审问方式，感觉这位大亨不配得到有用的答案。

"那么，斯坦斯是怎么回事？"曼纳林对阿苏说，他简直有点恼羞成怒了，"埃默里·斯坦斯是怎么回事？啊哈，你知道这个名字，是不是，约翰尼·桂——你当然知道！快说，他在哪儿？"

阿苏还跟刚才一样把问题转述给阿桂。

"他不知道。"阿桂说完后，阿苏再次说道。

曼纳林怒不可遏地吼道:"他不知道?他不知道?他不知道的事太多了,约翰尼·苏,你不觉得吗?"

"你这样问他,他是不会回答的!"弗罗斯特大喊。

"你闭嘴,查理。"

"我不会闭嘴的!"

"这不关你的事,该死的。你别碍手碍脚。"

"如果出了流血事件,那就是我的事。"弗罗斯特说,"把枪放下。"

可是曼纳林又用枪推了一下阿苏。"怎么?"他咆哮着,"快让你脸上这副蠢相消失,不然我会帮你抹掉。我现在问你——不是问他,不是约翰尼·桂,我问的是你,苏。你知道斯坦斯是怎么回事吗?"

阿桂的目光在他们俩之间来回移动。

"斯坦斯先生是个很好的人。"阿苏愉快地说。

"很好的人,是吗?你能不能说说这个好人究竟失踪到哪里去了?"

"他走了。"阿苏说。

"他走了,啊?"曼纳林说,"拍屁股走人了,是不是?撇下了他所有的认领区?抛弃他认识的每个人?"

"是的,"阿苏说,"报纸上都写着呢。"

"告诉我为什么,"曼纳林说,"他为什么这样做?"

"我不知道。"阿苏说。

"你们都在装疯卖傻——你们俩都是。"曼纳林说,"我再问你最后一次,我会慢慢地、一字一句地说,让你听明白。最近有一大笔横财冒了出来,藏在一个死人家里。所有的金子——小到一片金箔——都被冶炼过,并烙上了'极光'的字样。那是我的这位老朋友桂的签章,如果他敢抵赖,就让他下地狱。现在,我想知道的是这个：这些金子是不是真的来自极光？你问问他，是，或者不是。"

阿苏把问题转述给阿桂，阿桂看到形势严峻，决定以事实作答。是的，他发现了一大笔财富。不，不是来自极光，但是他冶炼那些金子并烙上金矿的名字，是为了确保那些利润，至少其中一部分会回报给他。他解释说，可能听上去很奇怪，但那些金子是他在安娜·韦瑟雷尔身上发现的，缝在她衣服的每条接缝中。第一次发现这个是在将近六个月前，他经过一番考虑后，断定安娜是在为别人走私金子。他知道安娜·韦瑟雷尔是曼纳林雇用的女子，他还知道曼纳林之前曾伪造过自己的财政报告。因此，合理的推断是曼纳林利用了安娜·韦瑟雷尔，使她成为将金子运出峡谷的工具，目的是逃避银行税收。

"他在说什么？"曼纳林说，"他的回答是什么？"

"他在讲一个长得要命的故事。"弗罗斯特说。

确实如此——这次轮到阿苏听得入迷了。安娜·韦瑟雷尔一直藏着一大笔财富？曼纳林连安娜身上揣个钱包都不允许，生怕被贼偷了。这怎么可能？他无法相信！

阿桂继续说着。

他无法忘记早些时候对迪克·曼纳林的怨恨，显然是曼纳林的一手操办，使他现在被迫卖身于一个废矿认领区。这次机会既能让他报仇雪恨，又能给他争得自由。阿桂每星期都邀请安娜·韦瑟雷尔到他的茅屋来，那时她总是处于被鸦片麻醉的状态，因为离开阿苏的棚屋后，她总是很困倦，迷迷瞪瞪的。阿桂的炉子温暖舒适，她经常一来就马上睡着了。这正中阿桂的下怀。一旦安娜舒服地躺在烧暖的砖炕上，他就用针线把她的衣服拆开。他用铅块把裙边里的小金块置换出来，安娜醒来后，就不会注意到衣服突然轻了许多；如果安娜睡得不安稳，他就会拿起一杯烈酒送到她唇边，哄着喂她喝下去。

阿桂试图描述那些金子是怎样藏在安娜衣服的荷叶边里的，但是曼纳林仍然用胳膊夹着他，他无法用手势强调自己的叙述。因此，为了描述金子怎样被缝进安娜的紧身胸衣和小撑裙中，他只好求助于比喻——"像一套盔甲"，他说。阿苏笑了，他总是欣赏充满诗意的表达。安娜共有四套衣服，阿桂说，据他估计每一套都有价值约一千英镑的纯金。阿桂如法炮制，直到每套衣服里的金子都被掏空，然后颗粒归仓，全都冶炼成他特制的金块，每个金块都烙上他签约的认领区的名字——就好像是他在极光的沙砾坑中老老实实掘出来的，完全合法。他补充说，有一段时间他感到非常高兴：一旦还清了保证金，他就终于可以回广州了，衣锦还乡。

"嗯？"曼纳林对阿苏说，不耐烦地跺着脚，"怎么回事？他在说什么？"

但是，阿苏忘记了自己的翻译角色。他万分惊讶地盯着阿桂。这个故事在他听来实在难以置信！数千英镑……几个月来，安娜身上一直藏着数千英镑！这么一大笔财富，足以让十几个人荣华富贵地安度晚年。安娜可以用这笔横财买下整个海滨……即便是这样大手大脚，她仍然还会剩下许多钱！但是这笔财富现在在哪儿呢？

在接下来的瞬间，阿苏明白了。

"藏金[①]。"他压低声音说。如此说来，阿桂从安娜衣服里掏出来的金子，不知怎么阴错阳差地到了隐士克罗斯比·韦尔斯手里。然而，是谁在幕后操纵——这事儿该怪谁呢？

"说英语！"曼纳林大喊大叫，"说英语，该死的！"

阿苏突然非常激动，他问阿桂那笔横财最后是怎么藏到韦尔斯的小屋去的。阿桂苦涩地回答，他不知道。在今天下午之前，他从来没听说过克罗斯比·韦尔斯这个名字。据他所知，最后一个接触

---

① 原文为粤语。

冶炼好的金子的人，是极光目前的主人，埃默里·斯坦斯——当然，这个斯坦斯已经消失得无影无踪。阿桂解释说，斯坦斯在每个月的月底，将极光的收益从营地分站拿到储备银行——显然，他一直没有履行这个职责。

"我听到的都是噪声和胡言乱语。"曼纳林说，"如果你不告诉我是怎么一回事，约翰尼·苏——我就警告你——"

"他们刚说完，"弗罗斯特说，"再等一等。"

阿苏皱起了眉头。埃默里·斯坦斯真的从自己金库中偷走那些冶炼好的金子，只是为了把它们藏在十二英里之外的隐士小屋里吗？这样做是什么道理呢？为什么斯坦斯盗取自己的财富，只为了送给另一个人呢？

"我给你倒数五个数。"曼纳林说，他的脸憋成了猪肝色，"五！"

阿苏终于看着曼纳林，叹了口气。

"四！"

"我告诉你。"阿苏说，举起两个手掌。但是要说的东西太多……而要把事情解释清楚，他拥有的词汇是多么匮乏啊！他思考了一下，为了保存阿桂充满诗意的比喻，试图想起"盔甲"用英文怎么说。终于，他清了清喉咙，开始说话：

"富矿带不是来自极光。安娜穿着秘密盔甲，金子做的。桂龙发现安娜穿的秘密金盔甲，桂龙想把盔甲金子当成极光金子存进银行，然后斯坦斯偷了桂龙。"

迪克·曼纳林自然产生了误解。

"这么说横财根本不是来自极光，"他重复了一遍这句话，"埃默里在别的地方发现了富矿带，但他一直保密，后来被桂发现了。然后，桂企图将埃默里的金子储存在极光名下，所以斯坦斯先生把它拿了回来。"

这真是一团糟！阿苏开始用粤语与阿桂快速交谈——曼纳林显然认为这是同意的迹象。"斯坦斯先生目前在哪儿？"他质问，"别再问其他问题，就问他这个。斯坦斯先生目前在哪儿？"

阿苏顺从地打住话头，转述了这个问题。这一次，阿桂回答的声调中带着明显的痛苦。他说自从去年十二月份起，就一直没有跟埃默里·斯坦斯说过话，其实他非常希望再次见到他，因为直到今年一月初极光季度收入被公布后，他才意识到自己上当受骗了。他在安娜衣服里发现的财富，根本没有如他所愿储存在极光的名下，阿桂相信斯坦斯先生对这个错误负有责任。然而，当他搞清楚这些时，斯坦斯先生已经失踪。至于斯坦斯先生去了哪里，阿桂一无所知。

阿苏转身冲着曼纳林，第二次说道："他不知道。"

"你听到了没有，迪克？"查理·弗罗斯特站在墙角说，"他不知道。"

曼纳林不理睬他。他继续用左轮手枪对准阿苏的脸，说："你告诉桂，除非他老老实实地跟我玩，不然我就打死你。"他抖了抖手枪，强调他的意思，"你告诉他：要么约翰尼·桂说话，要么约翰尼·苏死。快告诉他。现在就说。"

阿苏将这个威胁忠实地传达给阿桂，阿桂没有回答。一阵停顿，每个人似乎都在期待别人说话，然后，曼纳林突然做出一个迅雷不及掩耳的动作，猛地伸出右手，将阿桂脸朝地击倒，又一把抓住他的辫子，拼命地往后拽。他的手枪依然瞄准阿苏。阿桂没有出声，但是眼睛里立刻充满了泪水。

"少了一个华人，谁也不会察觉，"曼纳林对阿苏说，"更不用说是在霍基蒂卡了。你的这个朋友会怎么跟特派专员解释呢？'倒霉，'他会说，'苏死了——太倒霉了。'特派专员会说什么呢？"曼纳林恶狠狠地拧着阿桂的辫子，"他会说，约翰尼·苏？那个抽大烟的

'单帽'，是吗？几乎每个下午都是两眼迷糊地躺着，把有毒的烟土卖给华人和没用的妓女的那个人？他死了？嗯，好吧！你凭什么以为我会在乎呢？"

曼纳林与阿苏一向都是平等相处的，这番恶毒攻击可以说是前所未有的，但阿苏即便感到愤怒，或者屈辱，也没有表现出来。他面无表情地盯着曼纳林，眼睛一眨不眨，眼神也毫不退缩。阿桂的脖子依然朝后仰着，喉部的肌肉在皮肤下绷得紧紧的，身体一动不动。

"没有毒，"片刻后阿苏说道，"我没有给安娜下毒。"

"我告诉你吧，"曼纳林说，"你每天都在给安娜下毒。"

"迪克，"弗罗斯特不顾一切地说，"这不是要点——"

"要点？"曼纳林喊道。他将左轮手枪对着距离阿苏头部一英尺的地方，扣动了扳机。啪的一声枪响——阿苏惊得大喊一声，举起胳膊，然后一阵窸窸窣窣，粉状的碎末从枪口流出来。"这就是要点。"曼纳林咆哮，"安娜·韦瑟雷尔瘫倒在这个男人的肮脏铺子里，（他用枪指点着阿苏）七天里有六天都是这样。这个男人（他使劲儿拧了一下阿桂的头皮）说斯坦斯是个贼。他显然是发现了什么秘密，与金子有关，与那一大笔横财有关。我知道一个事实，在埃默里·斯坦斯失踪的那天夜里，安娜·韦瑟雷尔和斯坦斯在一起——顺便提一句，就在那天夜里，那笔横财出现在一个十分离奇的地方，而安娜却他妈的疯了！妈的，查理，别跟我说什么要点不要点！"

在接下来的一瞬间，四个人同时开口说话。

阿苏说："这到底是怎么回事[1]——"

弗罗斯特说："如果你对极光这么肯定——"

---

[1] 原文为粤语。

阿桂说:"我没做错事①——"

曼纳林说:"有人把那些金子给了克罗斯比·韦尔斯!"

这时,查理·弗罗斯特身后响起另一个人的声音:"究竟出了什么事?"

原来是代理商哈拉尔德·尼尔森。他在低矮的门楣下弯腰进入棚屋,环顾四周,感到惊愕不已。牧羊犬往他身上扑,嗅他的外套下摆和袖口。尼尔森弯下腰,双手抓住狗的耳根。"怎么回事?"他又问了一遍,"看在上天的分儿上,迪克——我从五十步开外都能听见你的声音!华人都把脑袋探出窗口张望呢!"

曼纳林把阿桂的辫子拉得更紧。"哈拉尔德·尼尔森,"他大叫,"诉讼的证人!你来得正好。"

"静一静,"尼尔森说,让霍莉趴在地上,用手抚摩它的头顶,让它平静下来,"静一静!再过一会儿你就要把警察招来了,你这是在干什么呢?"

"你去过克罗斯比的小屋,"曼纳林继续说,并没有把声音降低,"你看见那些金子都是被冶炼过的——是不是?这个人把我们当傻瓜耍!"

"是。"尼尔森说,他想把外衣上的雨水甩掉,动作有点儿滑稽,"我看见那些金子已经被冶炼过了。事实上,这正是我来这里的原因,但你完全可以心平气和地问我。你有不少听众呢,你要知道!"

"看!"曼纳林对阿桂说,"这又多了个人,来让你开口说话!这又多了个人拿枪对准你的脑袋!"

"对不起,"尼尔森说,"我不是来拿枪对准任何人脑袋的。我不介意再问你一次,你这究竟是在干什么?不管是怎么回事,看上去

---

① 原文为粤语。

都不太雅观。"

"他什么道理都听不进去。"弗罗斯特说,他非常焦虑,不愿被牵扯到这种丑事中。

"要允许一个人为自己说话!"尼尔森厉声喝道,"究竟怎么回事?"

我们将省略曼纳林对这个问题的回答,因为它既不准确,又充满火气。我们还将省略接下来的讨论,曼纳林和尼尔森在其中发现他们来中国城的目的完全相同,而弗罗斯特一直阴郁地保持沉默,因为他本能地知道,这个代理商在韦尔斯房地产的销售一事上对他存有某种怀疑。他们花时间做了一些解释,大约十分钟后,谈话终于转向金匠阿桂,他的脖子依然被抓住,身体仍是一副非常难受和屈辱的姿势。曼纳林建议把他的辫子彻底剪掉,以便让他感到事情多么紧迫。曼纳林说这句话时,使劲儿拽动阿桂的头,显然从这个动作里得到某种享受,仿佛是在掂量一件赃物。然而,尼尔森的道德准则不能容忍这样的羞辱,正如他的审美原则不能容忍丑陋一样。他再次表明了他的反感,引发与曼纳林的争执,进一步耽误了阿桂的释放,却刺激得霍莉兴奋不已,到了得意忘形、失去控制的地步。

查理·弗特罗斯一直非常成功地不惹任何人注目,此刻他终于提议,也许这两个华人只是没听懂曼纳林要问的问题。他建议说,这次与其再向阿苏提问,不如将问题写下来,这样就能保证在翻译过程中不丢失意思。尼尔森觉得这个办法有道理,表示赞成。曼纳林很失望,但他是少数,只能被迫同意。他松开阿桂,将左轮手枪放回枪套,从他的马甲里掏出笔记本,以便把问题用中文写出来。

曼纳林的笔记本是他理应感到骄傲的法宝。笔记本的页面设计得像一本字母入门书,中文写在相应的英文意思下面。曼纳林设计了一套索引,可以将中文放在一起,构成较长的句子,没有语音上的翻译,因此,笔记本有时候不能帮助理解,反而让人更加困惑。

但总的来说，它是一个巧妙而有用的交流工具。曼纳林把舌尖儿抵在嘴角，他阅读或写字时总是这副模样，然后开始翻查笔记本。

但是，没等曼纳林找到他的问题，阿苏已经做了回答。这个"单帽"从炉子旁边他坐着的地方站起来，随着他的起身，棚屋顿时显得很小，他清了清喉咙。

"我知道克罗斯比·韦尔斯的秘密。"他说。

这是他当天上午在卡尼里发现的情报，也是他来到阿桂的住所要讨论的消息。

"什么？"曼纳林说，"什么？"

"他在邓斯坦待过，"阿苏说，"奥塔戈矿区。"

曼纳林彻底失望了。"这有什么用呢？"他厉声说，"这算是什么秘密？克罗斯比·韦尔斯——在邓斯坦！什么时候在邓斯坦？两年前——三年前！哼——我还在邓斯坦待过呢！霍基蒂卡所有的人都在邓斯坦待过！"

尼尔森对曼纳林说："你没在那里碰到过韦尔斯吧——有没有？"

"没有，"曼纳林说，"从来不认识他。不过，我认识他的老婆，在达尼丁的时候就认识。"

尼尔森似乎吃了一惊，"你认识他的妻子？那个寡妇？"

"是的，"曼纳林简单地说，不想进一步细谈，他翻了一页笔记本，"但从来不认识克罗斯比。他们分居了。好了，你们都闭嘴吧。我必须安静一会儿，才能听见自己的想法。"

Φ

"邓斯坦。"沃尔特·穆迪说。他用食指和拇指抚摩着自己的下巴。

"那是一个奥塔戈矿区。"

"奥塔戈中部。"

"现在已是明日黄花了,邓斯坦。这些日子全是公司的挖泥船,但它曾经有过辉煌的过去。"

"今天晚上这个金矿已经被第二次提到了。"穆迪说,"我说得对吗?"

"你说得很对,穆迪先生。"

"慢着,他怎么会很对呢?"

"用来敲诈勒索劳德巴克的那些金子,就来自邓斯坦矿区。劳德巴克是这么说的。"

"劳德巴克是这么说的,没错。"穆迪说,他点了点头,"我不知道是否应该相信劳德巴克先生的意图,他今天早上轻描淡写地向鲍尔弗先生提到这个金矿的名字。"

"你说这话的意思是什么,穆迪先生?"

"难道你不相信他吗?——我是指劳德巴克。"

"如果我不相信劳德巴克先生,未免太不符合逻辑了,"穆迪说,"因为我这辈子都没见过这个人。我十分清楚,这个故事的相关事实都是转述给我的,是二手的——有时甚至是三手的。就拿提到邓斯坦金矿来说吧,弗朗西斯·卡弗显然向劳德巴克先生提到了这个金矿的名字,劳德巴克先生再把那次见面的事讲给鲍尔弗先生听。今晚,鲍尔弗先生再把那段谈话复述给本人!你们都会同意,我如果把鲍尔弗先生的话全当真,就是个地道的傻瓜。"

然而，穆迪先生错误地估计了他的听众，他竟然对这么敏感的话题的真实性质疑。房间里发出一片愤慨的声音：

"什么——你不相信一个人讲的他自己的故事？"

"我是尽可能做到实话实说的，穆迪先生！"

"除了他听到的，他还能告诉你什么？"

穆迪感到困惑与惊讶。"我并不认为你故事中的任何部分被篡改了，或有所隐瞒。"他回答，这一次比较小心谨慎了，他轮流看着每一个人，"我只是希望说明，一个人永远不要把别人的真话当成他自己的。"

"为什么不呢？"房间的几个地方同时传来发问声。

穆迪停顿片刻，思考着。"在法庭上，"他终于说，"一个证人宣誓要说真话：这指的是他自己的真话。他接受了两个限定因素：他的证词必须全是真话，他的证词必须没有任何假话。只有这第二个限定因素才是真正的制约。当然，第一个限定因素主要是判断力的问题。当我们说的全是真话时，更精确地说，是指跟事情有关的所有事实和印象。而所有无关的事实和印象，则不仅不重要，而且在许多情况下是一种故意误导。先生们（房间里人员组成这么混杂，这个统一的称呼听着有点儿奇怪），我认为，没有全部的真话，只有相关的真话，而你们必须同意，相关性始终是一个视角问题。我不认为今晚你们中的任何人以任何方式做了伪证。我相信你们对我讲了真话，每句都是真话。但是你们看问题的角度是多元的，如果我没有全盘接受你们的故事，还请你们谅解。"

这番话后，一片沉默，穆迪发现自己冒犯了大家。"当然，"他找补道，口气更加和缓，"我恳求你们，因为你们的故事还没有讲完，"他依次看着每个人，"我不应该打断你们。再说一遍，我没有蔑视任何人的意思。请你们继续。"

Φ

查理·弗罗斯特好奇地看着阿苏。"你为什么这样说,苏先生?"他说,"你为什么说你知道克罗斯比·韦尔斯的一个秘密?"

阿苏将目光转向弗罗斯特,打量着他。"克罗斯比·韦尔斯在邓斯坦发了大财,很多大大的金块。运气很好的人。"

尼尔森转身,"克罗斯比·韦尔斯发了大财?"

曼纳林也抬起头来,"什么?发大财?多少?"

"在邓斯坦,"苏永盛又说道,依然盯着弗罗斯特,"运气很好的人。大横财。暴富。"

尼尔森向前走了一步——这让弗罗斯特感到很恼火,因为是他挑头儿开始了这轮新的询问,但尼尔森和曼纳林似乎都忘记了弗罗斯特也在场。

"多久以前?"尼尔森质问,"什么时候?"

"二。"阿苏举起两根手指。

"两年前!"曼纳林说。

"多少?多少金子?"尼尔森说。

"几千。"

"多少——四?"尼尔森举起四根手指,"四千?"

阿苏耸了耸肩,他不知道。

"你是怎么知道的呢,苏先生?"弗罗斯特说,"你是怎么知道韦尔斯先生在邓斯坦发了大财的呢?"

"我问了黄金护卫。"阿苏说。

"不信任银行!"曼纳林说,"你对此有何感想,查理?不信任银行!"

"哪一家护卫——吉利根,还是格雷斯伍德-斯皮尔斯?"尼尔森说。

"格雷斯伍德-斯皮尔斯。"

"这么说克罗斯比·韦尔斯在邓斯坦发了大财,然后雇了格雷斯伍德-斯皮尔斯把横财从金矿运了出来?"弗罗斯特说。

"是的,"阿苏说,"很对。"

"这么说韦尔斯一直坐在金山上——一直!"尼尔森说,摇了摇头,"那些钱都是他自己的!我们谁也不敢相信。"

曼纳林指着阿桂问:"那他呢,他一直知道吗?"

"不。"阿苏说。

曼纳林大为光火,"那这究竟有什么关系呢?记得吗,这一切都是他干的——他干的,在克罗斯比·韦尔斯的小屋里!被约翰尼·桂亲手冶炼!"

"也许克罗斯比·韦尔斯跟他是同伙。"弗罗斯特说。

"是这样吗?"尼尔森说,他指着阿桂,"他跟克罗斯比·韦尔斯是不是同伙?"

"他不认识克罗斯比·韦尔斯。"阿苏说。

"哦,看在基督的分儿上。"曼纳林说。

哈拉尔德·尼尔森盯着两个华人的脸,来回察看——仔细搜索着,仿佛他们的面容可能会暴露他们狼狈为奸的某种证据。尼尔森并没有接触过华人,但觉得他们很可疑。他的这种看法不是根据经验,而且经常被事实断然否定,但是没有任何反证足以使他改变观点。他在很早以前就如此断定,无论他遇到什么样的反证,都改变不了这种看法。现在尼尔森凝视着阿桂,想起那天下午早些时候约瑟夫·普里查德告诉他的阴谋论:"如果我们被陷害了,那么也许他也逃不了。"

"幕后还有别人,"他说,"还有别人参与其中。"

"是的。"阿苏说。

"谁？"尼尔森急切地说。

"你从他身上敲不出什么道理来的。"曼纳林说，"别浪费口水了，我来告诉你吧。"

然而这位"单帽"做了回答，他的答案令房间里的每一个人都感到意外。"泰老·老居。"他说。

金星在摩羯座

> 寡妇分享她的财富观；加斯科因希望破灭；我们得知了克罗斯比·韦尔斯的一些新情况。

离开烤架旅馆后，奥伯特·加斯科因直奔游人旅馆。一块手绘的标志牌，用两条短链挂在一根突出的圆木上。这个标志没用文字做广告，而是画了一个男人走路的轮廓，男人下巴颏儿挺得高高的，胳膊肘翘起来，肩上挑着迪克·惠廷顿式的包裹。人物的轮廓轻松愉快，据此可以合理地推测这是一个仅限男性入住的旅馆；的确，这地方总的来说似乎严重缺少女人味儿，下面一些迹象就说明了问题：廊台上的铜制痰盂，巷子里靠墙搭建的披屋厕所，窗帘的匮乏。但实际上，这些只是节俭的象征，而不是规章制度——游人旅馆不但没有性别歧视，而且严格规定不得过问住客任何问题，也不做任何承诺，只收取极少的过夜费用。在这样的条件下，客人自然准备付出高度的忍耐性——这大致是目前的住客莉迪娅·韦尔斯夫人选择这里的理由，因为她在节俭方面颇有天赋。

莉迪娅·韦尔斯似乎总能让自己摆出雍容的体态，以便有人走过时,她可以假装被惊扰,发出朗朗的笑声。在游人旅馆的客厅里,加斯科因发现她身体舒展地躺在沙发里,拖鞋随意地吊在脚尖上,一只胳膊耷拉着,头向后仰,靠在一只枕头上;另一只手里捧着一本袖珍小说,这本书真像是一个小道具。她那涂抹胭脂的脸颊和风情万种的神情,都是在加斯科因进门前的一刹那做出来的,但加斯科因并不知道。眼前的一切都向他暗示,这个女人正在全神贯注地读一本非常放荡的小说,其实这都是她刻意设计的。

加斯科因敲了敲门框(只是出于礼貌,因为门是开着的),莉迪娅·韦尔斯假装惊醒,瞪大眼睛,发出一阵银铃般清脆的笑声。她啪的一声合上小说——把它抛到圆脚凳上,确保男人能清楚地看见小说的封面与书名。

加斯科因鞠躬行礼。直起身后,他让自己的目光在女人身上流连,玩味着所看到的一切——莉迪娅·韦尔斯是一个十分漂亮的女人,秀色可餐。她也许有四十岁,不过也可能是略显老相的三十岁,或风韵犹存的五十岁。她是不会披露自己的准确年龄的。她已经进入中年的不确定时期,似乎总是吸引别人关注自己的不确定性,当莉迪娅表现得像个少女时,这种青春稚气会因为她的年龄而显得更引人注目,而当她表现睿智时,这种智慧会因为来自一个如此年轻的人而更令人钦佩。她长相中带着狐狸精的特点:眼睛微微上挑,鼻子朝天弯曲的样子令人想起某种警惕而好奇的动物。她嘴唇丰满,露出来的牙齿形状优美,排列均匀。她的头发是明亮的古铜色,男人称这种头发为红色,而女人称之为赤褐色,像火焰一般,随着运动而变化明暗。此刻,莉迪娅的头发拢到脑后,编成辫子,盘成发髻,这种精致的发型盖住了她的后颈和头顶。她穿着一套丝绸质地的灰色条纹长裙——色调暗淡,但还不能叫丧服,正如莉迪娅脸上的表情,既不能定性为妇人,也不能定性为少女。这套衣服有系纽扣的高领,带皱褶的裙撑,羊腿形泡泡袖,其气球般的造型更突显了她丰满的前胸，使柳腰显得更加苗条。在这对庞大衣袖的末端，是她的一双手——现在紧握在一起，以表达她看见站在门口的加斯科因时的狂喜心情——这双手看上去很小，很脆弱，像玩具娃娃的手。

"加斯科因先生[1]，"她说，拖长了音调，似乎在品味这个名字，"可是只有你一个人！"

"我深表遗憾。"加斯科因说。

"你深表遗憾——的确令我感到深深的遗憾。"莉迪娅上下打量着他，"让我猜一猜，头疼了？"

加斯科因摇了摇头，尽量简单地讲了安娜手枪走火的故事。他讲的是真话。莉迪娅惊惶地叫了几声，问了他许多问题，他都详尽地回答了，但是他颤抖的喉音表现出极度的疲劳。终于，她对他起了怜悯之心，给了他一把椅子和一杯饮料。他松了口气，连忙接受了她的这两项款待。

"恐怕我只有杜松子酒。"她说。

"杜松子酒加水就很好。"加斯科因在最靠近沙发的扶手椅上坐下。

"这东西很差劲儿，"莉迪娅说，带着饶有兴味的口气，"你得咬牙担待着。我应该从达尼丁带一箱酒过来的——真是愚蠢，事后才想起来。在这个镇上，我还没能找到一丁点儿像样的酒。"

"安娜在她的房间里放着一瓶西班牙白兰地。"

"西班牙？"莉迪娅看上去感兴趣的样子。

"赫雷斯-德拉弗龙特拉[2]，"加斯科因说，"安达卢西亚。"

---

[1] 原文为法语。
[2] 原文为西班牙语，赫雷斯-德拉弗龙特拉是西班牙南部安达卢西亚大区加的斯省的第一大城市，是雪梨酒发源地，受产地名保护。

"我相信我会喜欢西班牙白兰地。"莉迪娅·韦尔斯说,"不知道她是怎么弄到那瓶酒的。"

"很抱歉她本人不能在这里亲口告诉你。"加斯科因说,几乎是下意识地,但是当莉迪娅悠闲地把脚放回拖鞋里,撩起裙子,露出穿着袜子的圆润小腿时,加斯科因又觉得他实际上并不感到特别遗憾。

"是啊,我们要是在一起,肯定会享受最美妙的时光。"莉迪娅说,"好在推迟出行是很容易的事情,我喜欢对出门远足的那种期待。除非你愿意代替安娜,陪我一起去买东西?说不定你对女人的帽子怀有激情呢!"

"我可以假装有激情。"加斯科因说。莉迪娅再次大笑。

"激情,"她用低沉的声音说,"可不是假装得出来的。"她从沙发上站起来,走到橱柜旁,一个木托盘上放了一瓶酒和三个酒杯,"你知道,我并不感到惊讶。"她补充道,把两个酒杯翻转摆正,第三个酒杯依然倒扣着。

"你指的是——手枪的事?你对她再次企图结束自己的生命不感到惊讶?"

"哦,天哪,不——不是这个。"莉迪娅顿了顿,手里握着酒瓶,"看见你一个人来,我并不感到惊讶。"

加斯科因脸红了。"我是按你的要求做的。"他说,"我没有透露你的名字,我告诉她这是一个惊喜,跟一个女人一起去看帽子,我说。她喜欢这个主意。她本来要来的,只是因为出了手枪这档子事,她受了惊吓——后来身体不太舒服。"

他发觉自己在喋喋不休。她是个多么标致的女人啊——韦尔斯的这个寡妇!她那皱褶裙撑是多么巧妙地烘托出她身材的曲线啊!

"你总是对我这么好,迁就我的无理要求。"莉迪娅·韦尔斯讨好地说,"我告诉你,当一个女人接近我这个年龄时,就喜欢时不时地扮演一下神仙教母，喜欢挥舞魔杖，变个魔法，让年轻的姑娘们变得更美好。不，不——我知道你没有把我的惊喜搞砸。我只是早就料到安娜不会来的。我有预感，奥伯特。"

她给加斯科因端来酒杯，她身上散发出新鲜柠檬清新而暧昧的香味儿——她那天早晨用柠檬汁漂洗过她的皮肤与指甲。

"我没有辜负你的信任，我发誓我不会的。"加斯科因又说了一遍。出于某种模糊的原因，他想继续得到她的赞赏。

"当然，"莉迪娅同意，"当然，你不会的！"

"但是我敢肯定，如果她知道是你——"

"她肯定会来的——迫不及待！"

"她肯定会来的。"

（加斯科因这句话说得底气不足，相信安娜会来，是因为莉迪娅一再保证她与安娜曾经是最好的朋友。正是有了这种保证，加斯科因才同意筹划莉迪娅的"惊喜"，让这两个女人团聚，再次重温她们的亲密关系——这不是加斯科因的一贯作风。他极少为别人操持他们自己可以承担的事务，总的来说，任何形式的社交策略都令他感到不舒服：他宁愿被别人安排，而不愿自己行动。但是现在已经很明显，加斯科因有点爱上了莉迪娅·韦尔斯——恋爱中的愚蠢，不仅足以使他做出违反本性的行动，而且还会改变自己的好恶。）

"可怜的安娜·韦瑟雷尔，"莉迪娅·韦尔斯说，"这个女人真是厄运缠身啊。"

"谢泼德监狱长认为她疯了。"

"谢泼德监狱长！"莉迪娅·韦尔斯说，快活地笑了，"嗯，在这个话题上，他是个名副其实的专家。也许他是对的。"

加斯科因对谢泼德监狱长没有什么明确的看法，因为他并不算真的认识他，或他那个疯癫的太太，他根本不认识那个女人。他的心思转回到安娜身上。刚才在烤架旅馆安娜的房间里，他跟安娜说话时语气尖刻，他已经为此感到后悔了。加斯科因从来不会长时间生气：只要稍有停顿，就足以让他产生自责。"可怜的安娜，"他大声地表示同意，"你说得对，她总是很悲惨。她交不起房租，房东要把她赶出去。但她不愿打破服丧的戒律，回到街上去拉客。她不愿对她不幸夭折的孩子有任何轻慢，所以，这样一来，她进退两难。真是悲惨啊！"

加斯科因的口气同时带有钦佩与怜悯。

莉迪娅一跃而起。"哦，她一定要来跟我住在一起——一定！"她大声地说，就好像这个想法她已经跟加斯科因提出很长时间了，而不是此刻刚刚冒出来的，"她可以像姐妹一样，在我的床上睡觉——也许她有一个姐妹，在某个遥远的地方。也许她会想念她。哦，奥伯特，她一定要来，你去恳求她吧。"

"你觉得她愿意吗？"

"可怜的安娜崇拜我，"莉迪娅毫不含糊地说，"我们是最亲密的朋友。我们就是一对鸽子——至少去年在达尼丁的时候是这样。只要真正关系好，时间与地点都算不了什么——我们会再次找到对方。必须好好安排一下。你必须请她过来。"

"你的慷慨着实令人赞赏，但也许有点过头了。"加斯科因说，宽厚地朝她微笑，"你知道安娜的职业。她会把她的职业也带过来的，你知道，但愿仅仅是肮脏的名声。而且，她没有钱。"

"哦，瞎说。守着金矿，钱总是可以赚到的。"莉迪娅·韦尔斯说，"她可以为我工作，我巴不得有个女仆。就像女士们说，找个女伴。再过三个星期，淘金汉们就会忘记她曾是个妓女！你不会使我改变主意的，奥伯特——你不会的！一旦我对什么事打定了主意，我会非常固执，而现在我已经对这件事打定了主意。"

"好吧，"加斯科因低头看着酒杯，感觉有点儿疲惫，"我应该穿过大街走回去——问她吗？"

她满意地喘着气说:"没有什么应该不应该的,除非你自己愿意。我自己去吧,今晚就去。"

"可如果这样的话,就没有什么惊喜了。"加斯科因说,"你本来兴致勃勃地盼望着你的惊喜。"

莉迪娅按住他的衣袖坚定地说:"不,这个可怜的小宝贝已经受够了惊吓。该是让她有理由放松一下的时候了,该是让她受到照顾的时候了。我要把她护在我的翅膀下。我会宠着她!"

"你对你负责的人都这么好吗?"加斯科因微笑着说,"我能想象出你的一幅画面:一位手持油灯的女士,从一个人的床边移到另一个人的床边,施舍仁爱——"

"你这个词用得真好。"莉迪娅说。

"仁爱?"

"不,画面。啊,奥伯特,这么多消息,把我憋得都快爆炸了。"

"关于遗产的消息?"加斯科因说,"这么快!"

加斯科因还没有准确了解莉迪娅·韦尔斯与她亡夫克罗斯比的关系。他觉得奇怪的是,两个人居住在相距几百英里的地方——莉迪娅在达尼丁,而克罗斯比在绿玉神舟谷的深处,那地方莉迪娅·韦尔斯从来没有去过,直到现在——她丈夫过世近两个星期后。加斯科因仅仅是出于礼貌,尚未直接询问莉迪娅有关她婚姻的问题——其实他很好奇,因为莉迪娅没有表现出任何悲伤,至少表面上没有丝毫悲伤的迹象。每当提到克罗斯比的名字,她就变得含含糊糊、迷迷瞪瞪。

但是莉迪娅摇了摇头说:"不,不,不,跟那个没关系!你一定要问问我自从上次看见你之后都在干什么——其实是今天早上我在干什么。我等不及你问我啦。真不敢相信你到现在还没问我。"

"那就告诉我吧。"

莉迪娅挺直身体坐着，灰色的眼睛睁得老大，散发着奕奕神采，说："我买了一家旅馆。"

"一家旅馆！"加斯科因惊讶地说，"哪一家？"

"这一家。"

"这——？"

"你认为我反复无常！"她将双手一拍。

"我认为你有魄力，有勇气，而且非常漂亮，"加斯科因说，"另外还有数不清的优点。告诉我，你为什么买下了这整个旅馆？"

"我打算改造这个地方！"莉迪娅说，"你知道我是个俗女人，我在达尼丁有一个生意，将近十年了，之前在悉尼也有生意。我是个不错的企业家，奥伯特！你还没见过我游刃有余的样子呢。如果见过，你就会发现我确实很有魄力。"

加斯科因向四周望了一下，"你想做什么样的改造？"

"我们终于转回来说我的'画面'了。"莉迪娅说，往前探着身体，"你有没有看见今天早晨报上的通灵会①广告？日期和地点还没确定。"

"噢，快别——不！"

莉迪娅挑起眉头，"噢，快别什么？"

"转动桌子，装神弄鬼？"加斯科因微笑着说，"通灵会是一种可笑的蠢事，但不是生意！你不应该试图靠小魔术牟利啊！乡亲们认为他们诚实挣来的钱被骗走会很愤怒的。再说，"他补充道，"教会也不赞成。"

"瞧你说话的样子，好像这种艺术不是艺术！好像这整个领域都不过是骗术。"莉迪娅·韦尔斯说——加斯科因说教会不赞成，让她感到很心烦，"超自然领域不是小魔术，奥伯特。以太不是骗术。"

---

① 原文为法语（Séance）。

"你听我说,"加斯科因再次说,"你说的是娱乐,不是占卜。我们不要再谈什么超自然领域了吧。"

"这么说你是个犬儒派!"她假装感到失望,"我可能永远都看不出你这点——也许看破红尘,也许心存怀疑,但骨子里很温柔。"

"即便我是个犬儒派,也是个目光敏锐的犬儒派。"加斯科因傲慢地说,"我参加过几次通灵会,韦尔斯夫人。如果我认为它们是迷信,绝不是随口瞎说的。"

她迟疑了,然后突然伸出丰满的手,放在他的衣袖上。

"原谅我失礼了,这个话题是你比较迷恋的。"加斯科因说,意识到了自己的身份。

"不是这样。"她抚摩了一会儿他的袖口,然后又突然把手缩了回去,"你不会再叫我韦尔斯夫人了——很快就不会了。"

加斯科因浅鞠一躬,问:"你现在希望别人称呼你的娘家姓吗?"心里暗想,如果真是这样,这个愿望是很不合体统的。

"不,不,"莉迪娅咬着嘴唇,然后凑近身体,悄声说,"我要结婚了。"

"结婚?"

"是的——一旦我敢走这一步。但这是个秘密。"

"秘密——瞒着我?"

"瞒着每个人。"

"我能不能知道你爱人的名字?"

"不,你不能,谁都不能。这是我的秘密恋情。"莉迪娅说,咯咯地笑着,"你看看我——像一个十三岁的少女,准备私奔!我甚至不敢戴上他的戒指——虽然那戒指很精美:一颗邓斯坦红宝石,镶嵌在邓斯坦的黄金环上。"

"我想我应该献上我的祝贺。"加斯科因说——语气很亲切,但带着新的保留态度,他的希望已经因这个消息而破灭。

他感到一条可能的路被堵死了，一束光被熄灭了，一扇门被咣当一声关闭。实际上，从看见莉迪娅·韦尔斯的第一眼起，加斯科因就一直幻想着这个女人有朝一日会成为他的情人。他在自己的小屋里幻想着她，仿佛看见她坐在他的床边，散开她的棕红色卷发，看见她早上起来在炉子前扇火，裹着绒布长袍；他幻想他们热恋时激动人心的日子，共同建造属于他们俩的房子，一同走过流年岁月。加斯科因幻想这一切时毫无羞耻与尴尬，甚至没有意识到自己是在胡思乱想。一切似乎简单而自然：她是寡妇，他是鳏夫。两人都是一个不熟悉的镇子里的陌生人，他们一见如故。这种事并非没有可能，他们没准儿会相爱。

然而现在，加斯科因知道莉迪娅·韦尔斯已经订婚，他不得不放弃自己的幻想，而要放弃幻想，他不得不首先承认这种幻想的存在，看见这种幻想的愚蠢之处。刚开始他为自己感到遗憾，但一旦正视自己的悲哀，他就发现这种幻想的浅薄令他感到滑稽。

"我真是别提多幸福了。"寡妇说。

加斯科因笑了，"如果不能叫你韦尔斯太太，我该怎么称呼你呢？"

"哦，奥伯特，"寡妇说，"我们是最好的朋友。你不必问。当然啦，你一定要叫我莉迪娅。"

（我们简单地插入一个更正，其实奥伯特·加斯科因与莉迪娅·韦尔斯根本不是最好的朋友。事实上，他们只认识了三天。加斯科因第一次遇见这个寡妇是在星期四下午，莉迪娅到治安法院询问亡夫的财产问题——一大笔横财被别人发现，存在了银行里。加斯科因把韦尔斯夫人要求撤销小屋销售的诉求归档，在这过程中两人开始交谈。寡妇星期五上午再次来到法院，加斯科因看到她对自己明显表现出兴趣，便有了底气，请求陪她一起吃午餐。她带着妩媚的惊讶接受了他的邀请，加斯科因帮她撑着小阳伞，陪她穿过大街，来到麦克斯韦餐厅，要了两盘薏仁汤，挑选了店里最白的面包和一瓶没有甜味的雪梨酒，然后把她安排在窗边最尊贵的座位上。

莉迪娅·韦尔斯与奥伯特·加斯科因迅速地发现，他们俩气味相投，还有很多共同之处。韦尔斯夫人非常好奇，想了解丈夫去世后发生的一切，这个话题自然使加斯科因提起了安娜·韦瑟雷尔，提起安娜在卡尼里大路上与死神擦肩而过的离奇经历。莉迪娅·韦尔斯听了这个消息，再次震惊了，因为，她解释说安娜·韦瑟雷尔是她的熟人。这个女人在去年独自来霍基蒂卡金矿闯荡之前，曾在达尼丁她家里住过几个星期，那段时间，两人变得非常亲密。谈话进行到这里，莉迪娅设计了她的"惊喜"。午餐桌被清理干净后，她立刻派加斯科因到烤架旅馆去通知安娜·韦瑟雷尔，邀请她在第二天下午两点，参加一次神秘的外出购物。)

"既然你有了未婚夫——还有一项新的事业，"加斯科因说道，"那么，我希望你在霍基蒂卡就不是短暂小住了，对吗？"

"抱有希望总是对的。"莉迪娅·韦尔斯说——她肚里存着一大堆五花八门的修辞技巧，如同这句，而且她喜欢在妙语出口之后，留一个戏剧性的停顿。

"你的投资得到了你未婚夫的帮助，我猜得对不对？也许他是一位大亨！"

但是寡妇笑了起来。"奥伯特，"她说，"你别想套我的话！"

"我倒认为你希望我做这个尝试。"

"是的——但只能尝试，"寡妇说，"不能成功！"

"我猜想这就是一种女性特点吧。"加斯科因干巴巴地说。

"也许，"寡妇回答，小声地笑了一下，"但是女性是有独特鉴赏力的——我认为你不会有不同意见吧。"

接下来是甜得发腻的相互恭维，这是寡妇与鳏夫二人都得心应手、旗鼓相当的游戏。我们不愿照抄这些打情骂俏，而是选择超越他们肤浅的谈话方式，更好地描述细节，否则读者会误认为这个法国人在性格方面带有严重弱点。

加斯科因完全被莉迪娅·韦尔斯的音容笑貌吸引住了，非常欣赏她的谈吐和仪态，但他不信任她。他没有背叛安娜·韦瑟雷尔的信赖，在向莉迪娅讲述安娜的故事时，没有提到上个星期在安娜的橙色衣服里发现的金子，现在那些金子被裹在一个面粉口袋里，塞在他的床底下。加斯科因还讲述了一月十四日的事件，仿佛他真的相信安娜要结束自己的生命——他感觉最好谨慎一些，不要让对方注意到那天晚上的诸多蹊跷之处，直到出现更好的解释。他十分清楚，安娜根本不知道那天午夜究竟是怎么度过的——或者，换一种说法，究竟是谁把那些时间偷走了——他不希望将安娜置于任何危险的处境。因此，加斯科因一口咬定"官方"的故事，也就是安娜想要自杀，在路上被发现时已失去知觉，情状非常凄惨。他与别的男人讨论这件事时也采用这个视角，所以在这里并不需要付出太多努力。

加斯科因被莉迪娅·韦尔斯的音容笑貌所吸引，没有立刻怀疑到她的许多任性多变的做法，这一点我们无法轻松地替他辩解。我们确实发现，早在他知道莉迪娅为什么要去法院查询之前，甚至在寡妇开口说出她的名字之前，这种吸引就已经形成了。但现在加斯科因知道莉迪娅和其亡夫的关系十分蹊跷，还知道在死人小屋里发现的那笔神秘财富目前处于争议之中。他知道不该信任她，但他深知，与她在一起时，一种单纯而冲动的爱意充满了他的心田。理智敌不过欲望：当一个人感觉到纯粹而强烈的欲望时，这欲望本身就变成一种理智。莉迪娅拥有罕见而幽古的魅力——加斯科因知道这点，仿佛这是经过逻辑证明的事实。他知道莉迪娅灵猫般柔滑的相貌特征，是从更古老、更美好的时代原封不动地保留下来的。他知道她手腕与脚踝的形状举世无双，而且她的声音——

但是我们的观点已经被阐明，应该回到眼前的场景中了。

加斯科因放下酒杯。"我认为，"他说，"你结婚是一件好事。你太迷人了，不适合做寡妇。"

"可是，"莉迪娅·韦尔斯说，"也许我太迷人了，不适合做另一个男人的妻子？"

"绝对不是。"加斯科因回答，"你的迷人魅力恰好适合做另一个男人的妻子：多亏有了你这样的女人，男人才应该结婚。你使结婚这件事变得似乎非常容易忍受了。"

"奥伯特，"她说，"你嘴真甜。"

"我还想继续奉承你，请你讲一讲你擅长的、我刚才无意中贬损过的那个话题。"法国人说，"快吧，莉迪娅，给我讲讲神灵，讲讲太空的各种力量，我一定要尽自己的最大努力，保持天真和乐观，丝毫不抱怀疑态度。"

她是多么可爱啊，下午柔和的阳光落在她的肩膀上，仿佛面纱一般！她嘴唇下那道凹槽里的阴影多么美丽啊！

"首先，"莉迪娅·韦尔斯边说边挺直了身躯，"你错误地认为普通百姓不愿出钱为自己占卜。面对高风险时，人会变得非常迷信，而金矿是个高风险、高回报的地方。淘金汉们肯定愿意付大价钱讨个好彩头——是啊，他们几乎整天都把'财运'这些字眼儿挂在嘴上！如果他们认为有什么能让他们在矿区得到一点优势，就愿意试试运气。投机者是什么人，不就是穿着不同衣服的吉卜赛人吗？"

加斯科因大笑。"我不能肯定投机者会欣赏这样的比喻。"他说，"但是，是的，我同意你的观点，莉迪娅小姐：男人总是愿意花钱买忠告。但是，他们会相信你的忠告有效吗？我是说有实用效果吗？恐怕这将是巨大的压力——你必须承担起举证的任务！你怎样保证不把人引入歧途呢？"

"多么沉闷的问题啊。"莉迪娅·韦尔斯说，"我想，你是怀疑我对求卜人的亲和力。"

加斯科因被说中了，但出于礼貌，他选择掩饰这点。"我并不怀疑，"他说，"但我对此一无所知。我感到很好奇。"

"我拥有一家赌场，已经有十年了。"寡妇说，"整整十年间，我赌场的轮盘只在头奖上停过一次，那还是因为进了沙子，转针在枢轴上卡住了。我在轮盘的重量上做了调整，让转针总是停在大奖附近的箭头处。作为二级预防措施，头奖的刻度两边都抹上了润滑油。箭头总是会在最后一瞬间滑过去——就差那么一点点，十分诱人，男人们禁不住跳起来，抛出他们的先令再摇一次轮盘。"

"哎呀，莉迪娅小姐，"加斯科因说，"这可真是天大的不公道啊！"

"绝对不是。"莉迪娅说。

"当然是！"加斯科因说，"这是欺骗行为！"

"回答我这个问题，"莉迪娅·韦尔斯说，"一个杂货商把最好的苹果放在货车后面，让有瑕疵的水果先被选中，你能说这位杂货商是个骗子吗？"

"这没有可比性。"加斯科因说。

"瞎说，这绝对有可比性。"寡妇说，"杂货商是为了确保他的收入：如果他把最好的苹果放在前面，有瑕疵的就不会有人买，直到发霉腐烂，最后被扔掉。他鼓励顾客接受那些稍微有点——只有那么一点点——瑕疵的水果，保证了自己稳定的收入。如果我要继续营业的话，也必须确保我的收入，就得按照同样的方法做事。当一个赌徒带回家一个小奖，比如说五英镑，感觉离大奖只差一根头发丝那么一点距离，他就像带着一个有瑕疵的苹果回家一样。他得到了一个小奖，得到了一个美好夜晚的愉快记忆，还有那种差点一夜暴富的神奇感觉。他是高兴的——多多少少是高兴的，而我也一样。"

加斯科因再次大笑,"但赌博是一种恶习,一个有瑕疵的苹果不是恶习。请原谅,我并不想令人扫兴,但你举的例子似乎——就像你赌场的轮盘——是做了手脚的,完全有利于你自己的立场。"

"赌博当然是一种恶习,"寡妇轻蔑地说,"当然,这是一种可怕的罪恶,一种灾难,它能摧毁人,摧毁一切。可我为什么要在乎这个呢?告诉一个杂货商你不喜欢苹果!没关系,他会告诉你——有的是其他人喜欢它们!"

加斯科因以军人的方式向她行礼致敬。"你的说服力令我心服口服。"他说,"你的力量不可小觑,莉迪娅小姐!我对那个赢头奖的可怜家伙深表同情——他中奖后不得不来找你,要求兑现他的奖金。"

"哦,是的……但我一直没付那笔钱。"莉迪娅·韦尔斯说。

加斯科因感觉难以置信,"你违约了——你自己设的头奖?"

她扬了一下头,"谁违约了?我只是给了他第二种选择。我告诉他,他可以拿走价值一百英镑的纯金,也可以要我。不是作为妓女,"看到加斯科因脸上的表情,又说,"而是作为妻子。傻瓜,他就是克罗斯比,他做出了选择。你知道他选择的是什么!"

加斯科因吃惊地张大了嘴,"克罗斯比·韦尔斯。"

"是的,"寡妇说,"我们当天晚上就结了婚。什么,奥伯特?我当然没有一百英镑可以送人。我做梦都没想到轮盘会停在那笔大奖上——我已经调整了重量,确保这样的事永远不会发生!我根本付不起。我差点儿就完蛋了,差点儿就破产了。你不会是受了惊吓吧!"

"坦白地说,确实有点。"加斯科因说,然而他受惊吓是出于钦佩,"天哪——你以前根本不认识这个男人吗?"

"当然不认识,"莉迪娅·韦尔斯说,"你这都是些什么新鲜想法啊。"

加斯科因脸红了。"我不是这个意思。"他说,然后急忙补充,"当然,如果你是防止自己破产,就像你说的……"

"当然啦,我们根本不般配,一个月不到,就连看对方一眼都没法忍受了。这是意料之中的。是的,鉴于当时的情形,这是我们俩所能期待的最好结果。"

加斯科因纳闷儿这一对为什么不安排离婚,但他无法在不冒犯寡妇的情况下提出这个问题,便只是点了点头。

"你瞧,我在这方面是非常现代的,"莉迪娅补充道,"你肯定赞成我在这点上的慎重——坚持分居,而不是离婚!你是结过婚的,加斯科因先生。"

他注意到她娇媚地说出他的姓氏,便朝她露出微笑。"是的。"他说,"但咱们别再谈过去,而是说说现在,还有将来,以及未来的一切。告诉我,你打算怎么改造这家旅馆。"

莉迪娅很高兴有了表现的机会。她一跃而起,双手紧握在胸前,摆出唱诗班歌手的姿势,绕过圆脚凳走向前。她以脚跟为中心旋转,将目光投向客厅四周——看着直棂窗,抹了薄薄一层石灰的墙壁,破旧的英国国旗。国旗无疑是从沉船上打捞上来的,垂直地固定在朝向窗户的墙壁上。

"当然,我会给它改个名字。"她说,"不再是游人旅馆,要改成游人好运楼。"

"这名字带有音乐感。"

这话令她感到得意。她从沙发旁走出几步,伸展开双臂,"我要布置窗帘——我没法住在一个不挂窗帘的房间里——还有躺椅,现代风格的那种。会客厅里要有带门的隔间,很像是一间忏悔室——非常像忏悔室。前客厅类似于一间等候室。当然,我将在那里举办通灵会。啊,我有五花八门的主意。我要解读运势,画出宇宙星宫图,还要玩塔罗牌。楼上……可这又怎么了?你仍然持怀疑态度,奥伯特！"

"我不再心存疑虑！我已经放弃了。"加斯科因说，伸手去握她的手——他之所以这么做，一部分是为了忍住自己的笑意（他仍然是个彻头彻尾的怀疑论者，听见她卷着舌头发塔罗里的r音时，他忍不住大笑出来），他捏紧她的手，补充道，"我非常希望因为改变想法而获得奖赏。"

"在这方面，我是专家，你是个门外汉。"莉迪娅·韦尔斯说，"你应该记住这一点——不管你对太空领域多么不看好。"

她的胳膊酥软地伸在两人中间，像一位女士伸出手上的戒指让人亲吻，加斯科因强忍着内心的冲动，没有抓起它来亲吻。

"你是对的，"他说，再次捏紧她的手，"你完全正确。"

他松开她的手，她移到了壁炉旁。

"我会用一个事实奖励你，"她说，"但条件是你必须非常认真地对待我——非常认真，像你对待其他男人一样。"

"当然。"加斯科因喃喃地说，变得非常严肃，坐了下来。

"是这样，"莉迪娅·韦尔斯说，"下个月是一个没有月亮的月份。"

"天啊！"加斯科因说。

"我的意思是，月亮一直不会完全变圆。二月份是短月。满月正好是二月一日之前，下一个满月正好是在二十八日之后，所以，二月份没有圆月。"

加斯科因朝她微笑，"这样的情况——每年都有吗？"

"绝对不是，"莉迪娅说，"这种现象十分罕见。"她用手指抚摩着壁炉的石膏压纹。

"罕见就意味着价值，对不对？或者意味着危险——？"

"每二十年才发生一次。"莉迪娅一边继续说，一边把座钟扶正。

"这预示着什么呢,莉迪娅小姐——一个没有月亮的月份?"

莉迪娅·韦尔斯朝他转过身,双手叉在腰上,说:"如果你给我一个先令,我就告诉你。"

加斯科因大笑,"且慢,我还没有得到你专业知识的证明。在我掏钱,或掏出属于这个时空领域的任何东西之前,我必须测试测试你。今晚有云,但我会查看星期一的报纸,观察潮汐。"

寡妇凝视着他,目光深不可测,说:"我不会错的,我有一本历书,我很擅长解读它。在云层之上,月亮现在正渐渐变圆。到星期一夜里就是满月了,从星期二开始变亏。下个月是一个没有月亮的月份。"

合相

> 糟糕的印象得到了改善；邀请倍增；过去向前滚动，跟当下相接。

牧师考埃尔·德夫林在宫殿旅馆的餐厅里一直待到下午三四点钟，感到头昏脑涨，思维迟钝，已经读不进去什么。他认为自己需要呼吸一些新鲜空气，便喝干咖啡，收起小册子，付了账单，竖起衣领挡住雨水，沿着海滩向北走去。下午的太阳明亮地悬在云层上方，为整个大地涂抹了一层银色的光芒，清晰地过滤出大海的颜色，沙滩上的白色光点斑斓耀眼，就连雨点本身似乎都在空中闪烁微光。海风送来凉意，并带来愉快和质朴的气息。所有这一切确实驱散了德夫林的倦意，没过多久，他便双颊红润，面带笑容，用手掌把宽檐帽紧紧按在头上。他决定充分利用这次漫步，在返回霍基蒂卡时绕道去一趟海景高坡：霍基蒂卡未来监狱的地址，德夫林自己的未来居所。

爬上山坡时，他稍微有点气喘，转过身，惊讶地发现有人在身后追他。一个年轻人，正在通向坡顶的小路上快步攀登，只穿着斜纹衬衫和裤子，衣服都湿漉漉地贴在身上。男人低着头，让人无法一眼认出他是谁；他走到二十码之内，德夫林才认出了他。啊，他想，这是绿玉神舟谷的人，就是那个毛利人，已故的克罗斯比·韦尔斯的朋友。

考埃尔·德夫林没有受过传教的训练，来新西兰也不是为了这个目的。他非常惊讶地发现，大约在他来这里的二十年前，《圣经·新约》就已被翻译成毛利语了。更加令他吃惊的是，那个译本在达尼丁乔治街的文具店里有售，价格十分公道。德夫林把译本拿在手中翻阅，想知道神圣的信息如何被简化，以什么为代价。字母经过裁剪，成为他不熟悉的话语，看上去似乎很幼稚，由重复的音节和胡言乱语构成——面目全非，如同一个孩子牙牙学语。但接下来，他严厉地批评了自己，他自己的《圣经》是什么呢？不也是另外一种语言的译文吗？他不该如此草率，或者如此骄傲。为了忏悔自己没有说出口的疑问，他拿出了笔记本，从毛利语版本上仔细抄下一些重要的经文。神就是爱。我们爱他，是因为他先爱我们。我就是道路、真理、生命。《约翰福音》第十四章第六节[1]。他写下来，然后，满心敬佩地写道，选自《保罗书信》[2]。译者甚至连名字都做了相应的改变。

毛利人抬起头来，看见德夫林站在他上方的路坎上，便停了脚步。两人相隔几码的距离，默默无言地对视。

突然刮起了一阵风，把德夫林周围的草丛吹倒，把他鬓角的头发吹向脑后。"下午好。"他喊道。

"下午好。"对方回答，微微眯起眼睛。

"我看我们俩都没有因为天气恶劣而却步！"

---

[1] 原文为毛利语。
[2] 原文为毛利语，将保罗的英文名字 Paul 相应地改写成毛利语 Paora。

"是啊。"

"这美景被狠狠地打了折扣,这是唯一可惜的。"德夫林补充道,挥舞着他的胳膊,指点他们面前云雨笼罩的景色,"当云雾降临时,我们似乎可以是在地球上的任何一个地方——你不觉得吗?我想象着,当云开雾散时,我们会发现自己在某个完全不同的地方!"

海景高坡这个名字很合适,它前面是一望无际的大海,从这个高度看,海洋辽阔无垠,像一条颜色均匀的宽条带,海天同色,只不过天的颜色更浅一点。在这个高台上,看不见海岸线,因为下面的绝壁太陡峭——悬崖脚下突然变成碎石和黏土构成的缓坡,这景象的空白处被等分为土、水、空气三个部分,没有树木打破层次,没有物体缓冲大地的形状,空茫茫的一片,令人感到紧张,迫使人们很快就转过身,背朝海洋,面向东方的山峦。而今天,白云如同移动的幕布,将高山遮蔽。在坡顶下面,看不见霍基蒂卡的一簇簇房顶,只见霍基蒂卡河口宽阔的棕色平原和灰色的沙嘴弧线;河的远方是向南的海岸线,因阴霾和距离而变得模糊,直到完全被迷雾吞噬。

"这是个很好的制高点。"毛利人说。

"绝对是的。不过我还是得说,在这个国家,我还没碰到过我不喜欢的风景。"德夫林朝坡下走了几步,伸出了手,"来,我叫考埃尔·德夫林。我恐怕不记得你的名字了。"

"泰老·老居。"

"泰老·老居。"德夫林严肃地重复道,"您好吗?"

老居不熟悉这句习惯用语,停下来苦苦思索。与此同时,德夫林继续说话:"你是克罗斯比·韦尔斯的好朋友,我记得。"

"他唯一的朋友。"老居纠正道。

"啊,即便只有一个好朋友,也应该认为自己是幸运的。"

老居没有立刻回答。停顿片刻后,他说:"我教他讲[①]毛利语。"

德夫林点了点头,"你教他你的语言,你跟他讲你们民族的故事。建立在这种磐石般的基础上的友谊非常美好。"

"是的。"

"你称克罗斯比·韦尔斯为你的兄弟,"德夫林继续说,"我还记得,你说过这个词,那天夜里在警察营地——在他尸体下葬的前一天夜里。"

"这是个比喻。"

"是,没错,但它背后的情感非常美好。你为什么会这么说呢?只能说明你在乎这个人,并且爱他,如同你爱自己的兄弟一般。我认为,'兄弟'是爱的同义词。我们愿意给出这份爱,并且是心甘情愿的。"

老居思考着这段话,然后说:"某些兄弟是由不得你选择的。"

"啊,"德夫林说,"的确如此。我们不能选择我们的血缘,对不对?不能选择我们的家庭。是的,你画了一条清楚的界线,很好。"

"而在一个家庭里,"老居得到赞扬,深受鼓舞,说道,"兄弟俩可能会是非常不同的人。"

德夫林大笑,"又说对了,兄弟可以截然不同。我只有姐姐,四个姐姐——都比我年龄大。她们都很宠着我。"他停顿了一下,意在给老居一个机会,让他主动谈谈自己的家庭,但老居只是又一次重复了他关于兄弟的观点,似乎为自己的洞察力感到得意。

"我想知道,泰老,我能不能问你一些关于克罗斯比·韦尔斯的问题。"德夫林突然说。

因为他没有忘记今天上午在宫殿旅馆餐厅里,他无意中听到的那个故事。政治家阿利斯泰尔·劳德巴克出于某种神秘的原因,坚

[①] 原文为毛利语(Korero)。

信已故的克罗斯比·韦尔斯与敲诈勒索的弗朗西斯·卡弗是兄弟俩，尽管二人并不是同一个姓。然而，劳德巴克为什么会这样认为，却不肯说出原因。老居是韦尔斯的好朋友，也许知道一些情况。

老居皱着眉头，"不要问我关于横财的事，我不知道什么横财。已经有人问过我了，裁判官、警察、监狱的看守，我不想再回答了。"

"哦，不——我对横财不感兴趣。"德夫林说，"我想向你打听一个名叫卡弗的人，弗朗西斯·卡弗。"

老居的身体突然僵住了，"为什么？"

"我听说他是韦尔斯先生的老相识，显然他们俩之间还有未竟的事宜，某种——犯罪行为。"

老居什么都没说。他的眼睛眯了起来。

"你都知道些什么呢？"德夫林说。

在一月十四日上午，泰老·老居以两先令的价格，把克罗斯比·韦尔斯的住处告诉了弗朗西斯·卡弗，当时他没有意识到自己可能会将朋友置于危险的处境。买情报本身倒是很平常的事，这种表达方式也没什么。人们经常花钱买消息，为了寻找在金矿上失踪的伙伴——不仅是兄弟，也可能是父亲、叔伯、儿子、债务人、合作伙伴，以及搭档。当然，报纸上有寻人启事专栏，但不是每个淘金汉都认识字，而且很少有人有时间和闲情去及时了解每日新闻。因此，提供一笔悬赏，口耳相传便是一种更廉价、有时也更有效的方法。老居十分高兴地收了两先令。就在那天晚上的晚些时候，他看见卡弗走近韦尔斯小屋，敲门，走了进去，当时他根本没有想到有什么可疑的。他决定在山坡上捕鸟的罗网旁过夜，为卡弗和韦尔斯的团聚留下空间。他以为卡弗是韦尔斯当年在达尼丁时的合伙人，除此之外便没做任何别的猜想。

然而，第二天早上，韦尔斯就被发现已经死了。葬礼的当天，在他床底下发现了一小瓶鸦片酊。几天后,有消息披露,卡弗的船"一帆风顺号"于一月十四日晚在夜幕的掩护下,不经申报便起锚离港。老居吓坏了。所有的证据似乎都指向一个事实:弗朗西斯·韦尔斯在隐士的死亡中扮演了一个角色。如果这是真的,那么正是老居明确地告诉他在哪里能找到韦尔斯,为他提供了必要的信息!更可怕的是,老居还为自己的告密收了钱。

老居的自我克制是他自我评价的一部分,他不允许自己做出愚蠢的举动。得知自己为了钱而背叛了朋友,他感到深深的耻辱,这种耻辱升级为令他厌恶的愤怒,同时产生内向和外向爆发。在韦尔斯葬礼之后的日子里,他一直处于极强的抑郁情绪中,咬牙切齿,拉扯自己的头发,每走一步都会诅咒弗朗西斯·卡弗。

德夫林的询问重新勾起他的恶劣情绪。老居的眼睛闪闪发光,下巴颏儿挺起来。"即使他们之间有未了的事情,"他愤怒地说,"现在已经了结了。"

"当然,"德夫林说,举起两个手掌来安抚对方的情绪,"但是,我从某个地方听到传言,说他们是兄弟,克罗斯比·韦尔斯和卡弗。这可能只是一种比喻,如同你说的,但我想搞清楚。"

老居被这个说法搞糊涂了,为了掩饰内心的迷惑,他脸色非常阴沉地看着牧师。

"你知道些什么吗?"

"不。"老居说,狠狠地吐出这个字眼儿。

"韦尔斯从来没对你提过一个名叫卡弗的人吗?"

"没有。"

德夫林觉察到老居的情绪变坏了,便决定尝试另外一种方法,"克罗斯比·韦尔斯当时进展如何——学习毛利语?"

"不如我的英语这么好。"老居说。

"对此我不怀疑!你的英语说得棒极了。"

老居抬起下巴,"我陪测量师旅行过。我带领过很多人翻山越岭。"

德夫林面露微笑,"你知道吗,我认为我在你身上找到了知音的感觉,泰老。我认为我们并没有多大的差别,你和我——互相讲自己的故事,交流各自的语言,在对方身上发现兄弟之情。我认为我们其实没有多大的差别。"

德夫林随心所欲地说话,而不是站在理性的角度。他当牧师多年,经验使他知道,谨慎的做法总得从某种关系入手,如果关系不存在,就必须创造一个。虽然确切地说,这种做法不算是不诚实,但事实上,如果受到追问,德夫林便只能泛泛而谈,说不出两人之间有什么明显的相似之处了。

"我不是个信上帝的人。"老居皱着眉头说。

"但你的身上充满了神性,"德夫林回答,"我相信你一定有祷告的本能,泰老——你今天来到这里,来到你亲爱的朋友的墓地,向他表示敬意——为他祈祷,的确如此。"

老居摇了摇头,"我不为克罗斯比祈祷,我把他牢记在心中。"

"那很对,"德夫林说,"那很好。铭记是一个非常好的开端。"他带着微微的笑意,十指合拢,然后将合拢的手掌向下倾斜——他的牧师姿势,"祈祷往往从回忆开始。当我们记住我们爱的人,想念他们的时候,自然希望他们安全和幸福,无论他们在什么地方。这种希望变成愿望,当这个愿望说出来时,哪怕是无声的,甚至是没有形成文字的,都会变成祈祷。也许我们不知道自己在对谁倾诉,也许我们在真正明白谁在倾听时,甚至在相信那位倾听者真的存在之前,就已经懂得祈求了。但我认为这是一个好的开端,把思念自己所爱的人变成常态。当我们怀着爱想念别人时,我们祝愿他们健康、幸福,以及所有美好的一切。这就是一个基督徒的祈祷。这个基督徒向外看,泰老,他首先爱别人,然后爱自己,所以这个基督徒有许多兄弟。不管彼此相像或不相像。因为如果从整体来看，我们并没有太大的不同——你同意这一点吗？"

（我们利用这个整体的视角，的确观察到泰老·老居和考埃尔·德夫林在很多方面非常相似。然而，其中最有相关性的，却既没有被观察到，也没有被标识出来。他们俩都没有足够的好奇心去打扰对方傲然的平静，或真正企图吸引对方敞开胸怀；他们将永远近距离地守望对方。对一方来说，这是一种表现自我的行为；对另一方来说，则是为了证明自己。）

"当然，祈祷不必总是祈求，"德夫林又说道，"有些祈祷是喜悦的表达，有些是感激的表达，但所有美好的感情中都带着希望，泰老，甚至在怀念过去的感情里。虔诚的人，好人，永远都是怀着希望的人，永远都是乐观主义者。一个人通过祈祷而充满希望。"

老居只是点头，心怀疑惑地接受了这些布道。"这些是有智慧的话。"他说，对说话者的怜悯之情油然而生。

总的来说，老居对祈祷的看法，仅限于仪式化和演讲式的类型。仪式演讲①在他身上产生的恭敬尊重的效果，如同所有的演讲和仪式，是一种内心平衡与平静的感觉，是他不可能独自创造，也不愿意独自创造的。这种感觉截然不同于他对家庭的爱：一种内心的悄然跳跃；也不同于他为自己感到的骄傲：一种高压的兴奋，一种扬眉吐气的信心，认为别人都无法比拟，甚至不敢与之相比。这种感觉比他善良的天性更加深厚，看着母亲在海岸上剥开贻贝，将滑溜溜的贝肉放入大篮子里，他看着她时，知道他的爱是美好的，是完全纯洁的；劳动一天，堆叠储藏坑②，拖木材，或编结亚麻③用品，

---

① 原文为毛利语（whaikorero）。
② 原文为毛利语（rua kumara）。
③ 原文为毛利语（harakeke）。

直到手指被扎破和擦伤,他的爱比这种勤勉的体力疲劳更加厚重。泰老·老居以爱的实际行动作为真正的宗教,这种宗教的祭台上没有偶像的位置。

"我们一同去墓地吧?"德夫林说。

标出克罗斯比·韦尔斯坟墓的木头墓碑,已经屈服于海岸性气候。隐士死亡两星期后,木碑已经膨胀,表面出现了一层黑色霉斑。桶匠雕制的压痕变软了,字迹上一层薄薄的白漆已经褪成晦暗的黄灰色,虽然他的死亡年代写得很清楚,但怎么也无法驱散他已经死了很久的那种印象。这块地皮还没有被地衣和野草覆盖,尽管雨水充裕,却仍是贫瘠不毛的样子——不是土地被翻耕后的形态,而是土地已经停作,不会再被耕种了。

这里受青睐的墓志铭,主要来自《马太福音》的天国八福,或来自《诗篇》中经常被引用的诗句。然而,长眠和安息之类的祝愿,无法像在家乡一样,像在万里之外那个有树篱和鹅卵石路的教区那样,给人带来安慰。在迷失与溺水的灵魂陪伴下,克罗斯比·韦尔斯躺在这个永恒的安息之地。目前在海景墓地只有少数几座墓碑,大部分都是为纪念在海上失事或失踪的船只而修建的纪念碑:"格拉斯哥号""达尼丁城号""新西兰号"——仿佛所有的城市,所有的国家,都向西海岸涌来,只是为了搁浅、沉没或失踪。在隐士的右边,是一条名叫"橡树号"的双桅帆船的纪念碑,它是在霍基蒂卡河口沉没的第一条船,一块发绿的石头上刻下了这个严酷的事实;在韦尔斯的左边,有一块只比小牌匾大一点儿的木头墓碑,死者无名无姓,只有一节未注明出处的经文:我终身的事在你手中[①]。离墓地不远的地方,就是乔治·谢泼德未来监狱的地址,地基已经测量完毕,地上用铅白涂料标出了尺寸。

---

① 引自《圣经·诗篇》。

自从韦尔斯下葬之后，这是老居第一次来到海景。虽然那天下着瓢泼大雨，但葬礼仍在那几个虚以应付的出席者面前举行。由于这些因素，再加上传统祈福所需要的大致速度，韦尔斯的葬礼似乎体现了各种不便和万般的凄惨。不用说，没有人邀请泰老·老居为葬礼做任何贡献。事实上，乔治·谢泼德气势汹汹地摇动着他那关节粗大的手指，专门叮嘱老居在整个过程中保持沉默，只许跟着牧师说"阿门"二字，而在这个仪式中，泰老·老居没有在和声里加入自己的声音，因为德夫林的赐福祈祷基本上被倾盆大雨淹没了。不过，泰老·老居得到许可，协助把韦尔斯的棺材放到泥泞的墓穴中，之后在棺材上回填了三十、四十、五十铁锹的湿土。他宁愿自己一个人做这件事，因为那伙人将墓穴草草填满，让老居觉得一切似乎结束得太快。男人们把衣领竖在耳旁，扣紧外套的纽扣，拿起沾满泥土的工具，一行人鱼贯而行，绕下泥泞而蜿蜒的山坡，回到霍基蒂卡镇上温暖而明亮的室内，脱下大衣，擦干脸，将湿透的靴子换成室内的便鞋。

老居在沉默中来到朋友的墓前，德夫林跟随着他，双手交叉，表情平静。老居在离木头墓碑五六英尺的地方突然停下，看着墓地，就像从房间门口看着临终的人一样——仿佛不敢让自己的身体步入那个房间。

老居从未在绿玉神舟谷之外见过克罗斯比·韦尔斯。当然也没在这里见过他，在这被遗弃的高坡上，被天空蹂躏的地方。这个男人不是说过无数次，希望隐居在绿玉神舟谷中度过余生吗？真是没有道理，他怎么会被安葬在这里，在不是他兄弟的人们中间，在他没有工作过的土地上，在他不爱的地方，而他亲爱的小破屋空在那里，被遗弃在约十二英里远的地方！那一方土地才应该是他的归宿。那一片土壤才应该将他的骨殖化成肥沃的生命。老居想，绿玉神舟谷才应该是韦尔斯最终的葬身之地。也许在林中空地的边缘……或他的小园子里……或小屋朝北的一面,在一片阳光下。

泰老·老居靠上前——进入幽灵的密室,走到幽灵的床脚边。一阵愧疚难以自持。他是不是应该向牧师忏悔——是他,老居,导致了克罗斯比的死亡?是的,他要忏悔。德夫林会为他祈祷,就像为一个基督徒祈祷。老居蹲在地上,小心翼翼地把手掌罩在克罗斯比心脏位置的湿土上,按住不动。

"一宿虽然有哭泣,早晨便必欢呼[①]。"德夫林说。

"人去世了,但大地万世长存[②]。"

"愿上帝保佑他;愿上帝保佑我们,我们为他祈祷。"

老居的手掌在土壤上按出了印记。他发现后,把手抬起来一点,用指尖将印记抹去。

Φ

在威尔街《西海岸时报》的办公室里,本杰明·洛温塔尔的安息日即将结束。查理·弗罗斯特发现他坐在厨房桌子前,刚吃完晚餐。

洛温塔尔看见弗罗斯特,远不如下午早些时候看见托马斯·鲍尔弗时么高兴,因为他已经准确无误地猜到弗罗斯特是来谈克罗斯比·韦尔斯地产的事——而这个话题他早已厌倦。不过,他还是礼貌地欢迎弗罗斯特进入他的厨房,并邀请这个年轻的银行经理入座。

---

① 引自《圣经·诗篇》。
② 原文为毛利语。

弗罗斯特没有因为打扰洛温塔尔的灵修而道歉，因为他不谙世事，不懂得什么是灵修。他在墨迹斑斑的桌子旁坐下，心想这可真奇怪，洛温塔尔竟然自己做了一顿丰富的晚餐，只供他自个儿享用。他认为那支蜡烛有点古怪，他瞥了它一眼。

"是关于地产的事。"他说。

洛温塔尔叹了口气，"看来是坏消息，我应该已经猜到了。"

弗罗斯特把那天下午中国城发生的事简单说了一遍，描述了曼纳林与阿桂先前结怨的某些细节。

"哪儿有坏消息呢？"对方说完后，洛温塔尔说。

"恐怕你的名字被提到了。"弗罗斯特含蓄地说。

"在什么样的语境中？"

"有人提出，"他说得更加含蓄了，"十四日的夜里，也许这个叫劳德巴克的家伙把你当成了棋子。我的意思是，他在隐士死亡的那个夜晚，直接来找你，告诉你一切。可能——只是可能——他来找你是个阴谋。"

"这真是荒唐，"洛温塔尔说，"劳德巴克怎么知道我会直接去找埃德加·克林奇呢？我肯定没有对他提过埃德加的名字……他也没有对我说什么不寻常的事。"

弗罗斯特摊开双手，"嗯，我们正在列一个嫌疑人名单，仅此而已，劳德巴克先生的名字在名单上。"

"你的名单上还有谁？"

"一个名叫弗朗西斯·卡弗的男人。"

"啊。"洛温塔尔说，"还有谁？"

"当然还有那个寡妇韦尔斯。"

"当然。还有谁？"

"韦瑟雷尔小姐，"弗罗斯特说，"还有斯坦斯先生。"

洛温塔尔的表情深不可测。"真是形形色色的人都有啊。"他说,"继续说。"

弗罗斯特解释说,夜幕降临后,一小组男人将在皇冠旅馆召开会议,汇集信息,仔细讨论这件事。这组人包括那天下午出现在桂龙棚屋的每一个人,还有埃德加·克林奇——韦尔斯地产的购买人,以及约瑟夫·普里查德——韦尔斯死后,在隐士小屋里发现了普里查德的鸦片酊。哈拉尔德·尼尔森为普里查德的人格做了担保。弗罗斯特则担保了克林奇。

"你担保了克林奇?"洛温塔尔说。

弗罗斯特肯定了这点,并补充说,如果洛温塔尔愿意出席,他也很高兴为洛温塔尔做担保。

洛温塔尔把椅子从桌子旁推开。"我会出席的。"他边说边站起来,走到门旁的一个架子前拿了一盒火柴,"但我认为还有一个人应该出席。"

弗罗斯特警惕地问:"那是谁呢?"

洛温塔尔挑出一根火柴,在门框上擦燃。"托马斯·鲍尔弗,"他说,把火柴侧过来,看着小火苗爬上火柴梗,"我相信他的信息对我们讨论的话题会有相当大的价值——当然,不知他是否愿意说出来。"他把火柴放低,小心翼翼地伸进桌子上方的壁灯里。

"托马斯·鲍尔弗。"弗罗斯特重复了一遍。

"托马斯·鲍尔弗,船运商。"洛温塔尔说,他转动旋钮,调大油灯的孔眼,油灯发出嘶嘶声,壁灯现出橘红色,"他今天上午去找过你,对不对?我想,他提到他在银行里见到了你。"

弗罗斯特皱起眉头。"是的,他去了银行。"他说,"可是他问了一些特别奇怪的问题,说实在的,我不是很清楚他的目的。"

"正是如此。"洛温塔尔说,摇灭了他的火柴,"整个这件事还有另一个层面,而且汤姆也知道。他今天下午告诉我,阿利斯泰尔·劳德巴克有个秘密——天大的秘密。当然,他可能不愿辜负劳德巴克的信任（他跟我相处得不错），但如果我在这次会议上向他提出这个问题……嗯，他可能会自己决定他的选择。他可以自己做主。也许，他听到每个人都说出自己知道的信息，也会把他知道的说出来，因为受感动而一吐为快。"

"一吐为快。"弗罗斯特跟着重复了一遍，"好吧。但是，他可信吗——能让他听到我们要谈的事情吗？"

洛温塔尔停顿了一下，把烧焦的火柴头捏在食指与拇指间。"如果我说错了，你可以纠正，"他冰冷地说，"但是我从你的邀请中理解，这是一个清白者参加的会议——没有阴谋家、同谋者或任何类型的罪犯。"

"当然没有。"弗罗斯特说，"可即便是——"

"而你却问是否能信任汤姆来参加会议，"洛温塔尔继续说，"你确定你没有藏着某个惹火烧身的信息？你确定你没有什么不愿大声说出来的话？当着一群为了共同目标而聚在一起的清白者的面？"

"当然没有。"弗罗斯特说，脸红了，"但我们依然需要当心——"

"当心？"洛温塔尔说，他松开手指，让火柴落在柴堆上，搓揉了一下手指，"我开始怀疑你究竟在担心什么，弗罗斯特先生。我开始考虑这是不是一个阴谋。"

他们的目光对峙了很长时间，但弗罗斯特的意志无法与洛温塔尔相比，他低下头，脸颊绯红，点了点头。

"你应该邀请鲍尔弗先生——当然，"他说，"当然应该。"

洛温塔尔弹了个响舌。当他的道德准则受到冒犯时，他的态度很像学校的班主任：他的训斥总是很严厉，而且总是奏效。此刻他带着恨其不争的表情，凝视着这个岁数比他小的年轻人，这使弗罗斯特绯红的脸颊烧得更烫，好像一个毁坏书本的学生被抓了个正着。

为了挽回局面，弗罗斯特有点慌不择言地说："然而，的确有一些关于小屋销售的事还没有公开——我的意思是，克林奇先生不愿意把它们公开。"

洛温塔尔的目光几乎在喷火了。"让我把这点讲讲清楚。"他说，"我相信你的判断力，你也相信我的，而我们俩也都相信克林奇先生的判断力。但是判断力与保密不是一回事，弗罗斯特先生。我不认为我们中间有谁在法律意义上隐瞒消息。你认为呢？"

弗罗斯特用假装随意的语气说："嗯，我想，我们只能希望克林奇先生的想法跟你一样。"这意味着赞赏洛温塔尔的论点，讨他的欢心，不过做得有点笨拙，然而洛温塔尔摇了摇头。

"弗罗斯特先生，"他说，"你太不慎重了。我不建议你这么做事。"

本杰明·洛温塔尔来自汉诺威[①]，他离开欧洲后，这座城市便陷于普鲁士[②]的统治。（洛温塔尔留着一副海象小胡子，发际线严重后退，模样与奥托·冯·俾斯麦[③]有几分相似，但这种相似不是模仿来的：洛温塔尔绝不会采用模仿的方式设计自我造型。）他是一个纺织品商人的长子，父亲一辈子的野心就是让两个儿子接受良好的教育。令老人无限欣慰的是，他的心愿实现了。然而，儿子们刚完成学业，双亲均染上了流感。洛温塔尔后来才得知，父母去世的那天，正是汉诺威王国授予犹太民族的正式解放日。

这件事成为年轻的洛温塔尔的人生分水岭。然而他不迷信，这些事件的同时发生，并没有为事实增添任何价值，但不管怎样，在

[①] 汉诺威（Hanover）位于莱纳河畔，是现德国下萨克森州的首府，位于北德平原和中德山地的相交处，工商业发达，历史丰富而悠久。
[②] 普鲁士（Prussia）王国（1701—1918）曾经是欧洲中北部的一个地域广泛、多政治变迁的邦国。
[③] 奥托·冯·俾斯麦（Otto von Bismarck, 1815—1898）是普鲁士王国首相（1862—1890），德意志帝国首任宰相，以"铁血宰相"著称。

他心里它们还是互相关联的：这两件事竟然恰好发生在同一天，这使他对其中任何一件事都有一种深刻的游离感。当时，他得到在伊尔默瑙的《亨纳日报》①做见习记者的机会。他的父母如果活着，一定会鼓励他抓住这个机会，但由于图林根州尚未正式解放犹太公民，他感觉接受这份工作是对记忆中父母的不尊重。他内心备受煎熬。洛温塔尔怀有居安思危的心态，倾向于缜密思考、过度分析。他的每个行动都有充分的理由，把理性发挥到了极致。我们将略去这些理由，只说洛温塔尔既没有选择去伊尔默瑙，也没有选择留在汉诺威。父母双亡后，他立刻告别欧洲，不再回头。弟弟海因里希接管了父亲在汉诺威的生意，本杰明·洛温塔尔手里握着学位，乘船穿越大西洋，前往美国——数月、数年、数十年之后，每当回忆起这段历史，他总是用同样的话语、同样的方式述说。

　　重复是最好的强化方式。随着时间的推移，洛温塔尔对往事的记忆已经固定，并且（凭借其固定性）变得不可动摇。除了按照既定的模式，他不能以其他方式谈自己的生活：他是个有道德的人，是个面对矛盾的人，是个行得正坐得直的人，过去如此，将来也会如此。在他的心里，他所有的选择都是明辨是非的选择。他不再能够区分个人喜好和道义责任，不再接受这种区分的可能性。正是因为所有这一切，他此刻才这样肆意地斥责了查理·弗罗斯特。

　　弗罗斯特的目光低垂下去。"我能做到谨慎行事，"他轻声地说，"你不必为我担心。"

　　"我要亲自去跟汤姆谈谈。"洛温塔尔说，两个箭步穿过房间，替银行经理拉开门，让他离开，"感谢你的邀请。我们今晚在皇冠再见。"

---

① 《亨纳日报》（*Die Henne*）是德国图林根州伊尔默瑙的日报，发行于1843年至1945年期间。

Φ

迪克·曼纳林从卡尼里回来后，立刻前往烤架旅馆，他发现埃德加·克林奇独自一人在他的私人办公室里，坐在办公桌后面。大亨未经邀请就坐下来，就下午发生的事聊了一会儿，又快速地描述了当天晚上将要举行的会议。为审慎起见，男人们决定在中立地点聚会，即皇冠旅馆的吸烟室，那是整个霍基蒂卡最不引人注意的旅馆中最不受欢迎的房间，与会者似乎都认为这是一个非常明智的选择。曼纳林兴致勃勃地说着，因为他非常喜欢召开秘密会议的想法。他一直渴望成为一个行会的成员，具有神秘历史、封建等级、清规戒律的那种行会。然而，他意识到旅馆老板似乎并没有专心听他说话。克林奇将一双手按在面前的办公桌上，仿佛是在大风中稳住自己的身体，在曼纳林冗长的讲话中，一直没有改变过这种姿势，但他的眼神却焦虑地瞟向四周。他那张通常红润的脸庞十分苍白，小胡子不住地抽搐着。

"你看上去像有什么心事——我敢断言。"曼纳林终于说道，口气十分不快。因为他敢断定，无论对方脑子里在想什么，总不会比他今天下午在中国城的遭遇更激动人心，也无法与讨论一个富豪失踪之谜的秘密会议相提并论。

"那个寡妇来过这里，"埃德加·克林奇说，神情恍惚，"她说她找安娜有事。她上了楼——不到半小时就下楼了，安娜跟在后面。"

"莉迪娅·韦尔斯？"

"莉迪娅·韦尔斯。"克林奇应声道。她的名字在他嘴里像一个诅咒。

"什么时候？"

"刚才，"克林奇说，"她们一起离开的，就在你进门之前。"他再次沉默。

曼纳林不耐烦地嘟囔了一声,"有话就痛快地说。"

"她们早就相互认识!"克林奇一口气说道,"她们相互认识——莉迪娅和安娜!她们是最要好的朋友!"

这件事对曼纳林来说并不是新闻,因为他是达尼丁众愿楼的常客,以前在那里见过这两个女人在一起。事实上,曼纳林最初正是在众愿楼雇用了安娜·韦瑟雷尔为他干活。他耸了耸肩。"好吧,"他说,"有什么问题吗?"

"她们是死党,"克林奇悲哀地说,"狼狈为奸,迪克,实际上就是奸贼。"

"谁是奸贼?"

"她们串通一气!"克林奇喊道。

真是的,曼纳林想,克林奇愤怒的时候实在是令人心烦,他变得完全语无伦次。曼纳林大声地说:"这跟寡妇的申诉有关吗?"

"你知道我在说什么,"克林奇说,"你知道的。"

"什么?"曼纳林说,"是关于那笔横财吗?什么?"

"不是韦尔斯的横财,是另外一笔横财。"

"什么另外一笔横财?"

"你知道的!"

"恰恰相反,我根本就不知道。"

"我说的是安娜的衣服!"

这是克林奇第一次提到他去年冬天在安娜衣服里发现的金子——他把她抱上楼,放入浴缸,捡起她的长裙,感觉到接缝处的重量,弄断裙边的细线,用手指头摸出一小撮闪亮的金子。这件事长期压抑在心里,使他现在的爆发几乎带有一点疯狂。他仍然相信这位大亨卷入了某种阴谋,虽然他还不清楚这个阴谋具体是什么。

但是曼纳林似乎只是一头雾水。"什么?"他说,"这到底是怎么回事？"

克林奇气急败坏地说："不要装蒜。"

"对不起，我不会做装蒜的事。"曼纳林说，"你到底在说什么，埃德加？一个妓女的时装跟什么钱到底有什么关系？"

克林奇端详着对方，感到一阵突如其来的疑虑。曼纳林的迷惑似乎完全是真实的。他不像是一个秘密被揭发的人。难道他真的不知道藏在安娜衣服里的金子？难道安娜一直与另一个男人勾结——背着曼纳林？克林奇也感到迷惑了，他决定改变话题。

"我说的是那件丧服。"他笨拙地说，"带着愚蠢的衣领，她过去两星期一直穿着的那件。"

曼纳林一挥手。"她只是做做样子，"他说，"装腔作势。会过去的。"

"我可没那么肯定。"克林奇说，"你知道吗，上个星期，我对她说，还是先上街拉点生意，等把债还清了再说——我们吵了起来，我想我当时很生气，威胁要把她赶出旅馆。"

"这跟莉迪娅·韦尔斯有什么关系？"曼纳林没耐心地说，"就算你发了脾气，这又跟别的事有什么关系呢？"

"莉迪娅·韦尔斯刚替安娜把债还清了。"克林奇说，他终于把两只手从办公桌上拿了起来，他的手下躺着一张崭新的钞票，因为他手掌的按压而有点潮湿，数额为整整六英镑，"安娜搬到游人旅馆去了，无限期的。她说，有了新的职业，不会再被人称作妓女了。"

曼纳林看着钞票，好一阵子没说话。

"可这笔债是她欠你的，"他终于说，"只是房租。她还欠我一百英镑呢——后来又欠了一些！她到处借钱——欠了一屁股债，她得向我交差，该死的！不是你，更不该是该死的莉迪娅·韦尔斯！但是你那话是什么意思——不再被人称作妓女了？"

"就是这样，"埃德加·克林奇说，"她不再干这一行了。她就是这么说的。"

曼纳林的脸变成了猪肝色，"不能这样说不干就不干，我不管你是妓女、屠夫，还是该死的面包师！不能一走了之——还有债务没还清呢。"

"那是——"

"她说她在服丧！"曼纳林大喊，跳了起来，"她说是暂时的！真是得寸进尺！休想在我眼皮底下搞鬼！她名下还欠着一百英镑呢！休想！"

克林奇冷冷地看着大亨，"她说要告诉你，奥伯特·加斯科因有钱付给你，那钱就藏在加斯科因的床底下。"

"这个奥伯特·加斯科因是何许人？"

"他是治安法院的一名文员，"克林奇说，"他负责整理寡妇申诉克罗斯比·韦尔斯横财的档案。"

"啊哈！"曼纳林说，"这么说还是绕到这个上面来啦，是不是，嗯？真他妈的该死！"

"还有一件事，"克林奇说，"加斯科因先生今天下午在安娜的房间里时有人开枪，开了两枪。我事后问过他——他反过来提到债务。我上楼查看，安娜的枕头上有一个洞眼，从中间穿过，填充物都掉出来了。"

"两个洞眼？"

"只有一个。"

"那个寡妇也看见了？"曼纳林说。

"没有，"克林奇说，"她是之后才来的。但是加斯科因先生离开时，的确说过要去与一位女士谈话……然后，大约两个小时后，那个寡妇就出现了。"

"另外一笔横财是什么？"曼纳林突然说，"你说过还有一笔横财。"

"我以为——"克林奇垂下目光,"不,没什么。我搞错了,不提也罢。"

曼纳林皱起眉头,"莉迪娅·韦尔斯有什么义务,要替安娜付清债务呢?她能从中得到什么利益?"

"我不知道。"克林奇说,"但是今天下午她们俩似乎很亲密。"

"亲密——又不等于利益。"

"我不知道。"克林奇又说了一遍。

"她们勾肩搭背,她们兴致勃勃,是吗?"

"是的,"克林奇说,"她们挽着对方的胳膊——寡妇说话时,安娜凑上去听。"

他沉默了,陷入回忆中。

"你就让她走了!"曼纳林突然咆哮起来,"你就让她走了,没有问一问我,没有把我叫过来?她是我最得意的姑娘,埃德加!你知道这点,不用我告诉你!其他姑娘远远不如安娜的一根毫毛!"

"我根本没有办法留住她,"克林奇说,看上去一副酸楚的样子,"我能怎么办呢——把她锁起来?而且,你当时在卡尼里。"

曼纳林从椅子里跳了起来。

"这么说,华人的安不再是所有男人的安了!"他用帽子抽打着自己的大腿,"她把一切弄得好像很简单——是不是?放弃她的职业!仿佛我们都能一觉醒来就决定……"

但是埃德加·克林奇不愿再听这样的修辞表达。他陷入了郁闷的沉思。明天就是星期天,几个月来,他第一次不再期待为安娜准备洗澡水。他大声说:"也许你应该去跟加斯科因先生谈谈钱的事。"

"你知道什么让我感到愤怒吗,埃德加?"曼纳林说,"二手消息让我感到愤怒,给别人擦屁股让我感到愤怒。从你这里听到这一切——让我感到愤怒,安娜到底要我怎么办?去敲一个我不认识的男人的门?我该说什么呢?'对不起,先生,我相信你床底下有一大堆钱，那是安娜·韦瑟雷尔欠我的钱！'这太失礼了。真是太失礼了。不，对于我来说，这姑娘仍然受我雇用。她仍然是个十足的妓女，而且她欠我的债仍没还清。"

克林奇点了点头。他的能量已经消耗殆尽，现在只想独自待着。他拿起钞票，叠好，放进自己的钱包，贴着心脏。"你刚才说今晚的会议是什么时间？"

"日落时分。"曼纳林说，"但可能你要稍微早一点或晚点到，以免我们大队人马同时拥进去。你会发现这件事牵扯了不少人，感觉矛头指向某人。"

"我其实谈不上喜欢皇冠。"克林奇半是自言自语地说，"我认为他们用玻璃太抠门。门脸的窗户应该更宽一些——门廊上面应该加个顶。"

"嗯，那里很安静，那是最重要的。"

"是的。"

曼纳林戴上帽子，说："如果你上个星期问我谁该为这个烂摊子负责，我会猜测是那个犹太人。如果你昨天问我，我会猜测是那个寡妇。今天下午，我会告诉你是华人。现在呢？唉，埃德加，我他妈的要把赌注押在这个妓女身上。你记住我的话：安娜·韦瑟雷尔清楚地知道为什么那笔钱出现在克罗斯比·韦尔斯家里，清楚地知道埃默里·斯坦斯到底出了什么事——上帝让他的灵魂安息，不过我这话说得早了点。自杀未遂，鬼才信呢。服丧，鬼才信呢。她跟莉迪娅·韦尔斯狼狈为奸——串通一气，她们在合谋干什么勾当。"

Ф

苏永盛和桂龙迈着沉重的脚步走在卡尼里路上，前往霍基蒂卡，同样的宽檐毡帽、呢子披肩、帆布套鞋。夜幕正在降临，气温随之迅速下降，路旁的积水从棕色变成烁烁闪光的蓝色。路上几乎空无一人，只有偶尔路过的马车，或一个孤独的骑手，赶往前方温暖而有亮光的镇子——还有大约两英里的路程，不过耳畔已经响起大海的喧嚣，一种沉闷的、没有音调的声音，偶尔被海鸟的叫声打破，雨声中鸟叫声听上去轻渺单薄。

两个男人在用粤语交谈。

"极光没有金子。"阿桂说。

"你敢肯定吗？"

"那个认领区是不毛之地，土地就像已经被翻过一遍似的。"

"被翻过的土地也会给人惊喜，"阿苏回答，"我就知道有很多人在废渣堆里挣饭吃。"

"你知道的是许多华人在废渣堆里挣饭吃，"阿桂纠正道，"然后他们被殴打，甚至被杀害，被那些眼睛不如他们尖的人。"

"金钱是负担。"阿苏说。这是一句他经常引用的谚语。

"是穷人感触最深的负担。"阿桂说着瞟了一眼身旁的人，"最近，你的行当也不景气。"

"是的。"阿苏不紧不慢地说。

"那个妓女对吸大烟没了兴趣。"

"是啊，我不明白是怎么回事。"

"也许她找到了别的供货人。"

"也许吧。"

"你不相信这点。"

"我不知道该相信什么。"

"你怀疑那个药剂师。"

"是的，他是怀疑对象之一。"

阿桂沉思了片刻，然后说："我认为，我发现的那笔金子从来就不属于安娜本人。"

"是的，"阿苏同意，"很有可能。毕竟，她没有发现金子被窃。"

阿桂瞥了他一眼，"你认为我的行为是偷窃吗？"

"我不想攻击你的名誉。"阿苏说，但随后又迟疑了。

"你的含沙射影违背了你的愿望，苏永盛。"

阿苏低下头，"请原谅我。我很无知，我的无知盖过了我的本意。"

"即便是无知的人也能发表观点。"阿桂说，"告诉我，我在你眼里是一个贼吗？"

"是不是贼，要看是否希望保密。"这个"单帽"终于开口，说得有点牵强。

"这么说来，你攻击的不仅是我一个人的名誉！"

"如果我说的不属实，我就收回我的话。"

"你说的不属实。"阿桂厉声说，"当一个人在金矿上发现金子时，不会大声宣布。他会把它藏起来，不告诉同伴。在这里的矿上，每个人都希望保密。只有傻瓜才会大声宣布自己发现了什么。如果你碰上一堆金子，苏永盛，你也不会有什么不同的。"

"可你说的金子不是在矿上发现的，"阿苏说，"你在一个女人的口袋里发现了财富。你是从她身上拿走，而不是在地上捡起来的。"

"那个女人对她携带的东西毫不知情！她就像一个在富含金矿的河畔露营的人，什么都看不见，什么都没觉察。"

"但是河里的金子不属于任何人，也不属于那条河。"

"你自己刚说过，那些金子不属于安娜！"

"不属于安娜，但如果那个裁缝来索取它怎么办呢？那个裁缝把这么大一笔金子藏在一个女人的衣缝里，究竟是什么目的呢？"

"我对那个裁缝一无所知。"阿桂情绪激动地说，"当你拿着一枚银便士硬币，你会问是谁铸造的吗？不会！你只会问谁是最后一个摸它的人！我不是贼，我只是拿了别人丢失的东西。"

"丢失？"

"丢失。"阿桂说，"那笔财富一直无人认领，在我之前就被偷窃了，一直是失窃的东西。"

"请原谅我，"阿苏说，"我接受指正。"

"妓女不是姘妇，"阿桂说，他越说越激动，显然早就想在这个话题上为自己辩护了，"妓女不会有什么体面。妓女不会成为富人。一切声誉和利润都归妓院老板，从来不属于妓女。是的，唯一在这一行当中获得切实利益的，就是站在她身后的男人，一手捏着钱包，一手握着手枪。我没有从安娜身上偷什么！我能偷什么呢？她一无所有。那些金子根本不是她的。"

他们听见身后响起马蹄声，便转过身。是两个骑马赶路的人，两人都压低身体坐在马鞍上，马儿一溜小跑奔向霍基蒂卡。两匹马都已大汗淋漓，两个骑手依然肆意地挥动着手里的鞭子，鞭笞马儿跑得更快些。两个华人站在路旁，让他们过去。

"请原谅我，"当骑马的人过去后，阿苏再次说道，"我弄错了。你不是贼，桂龙。"

他们继续往前走。"斯坦斯先生才是真正的贼，"金匠说，"他故意盗窃，然后毫无愧意地逃之夭夭，我愚蠢地信任了他。"

"斯坦斯和弗朗西斯·卡弗是一路货色。"阿苏说，"极光的报告就是证明。这种联合就足以令人怀疑他的人格价值。"

阿桂瞥了一眼同伴，"我不认识你说的这个弗朗西斯·卡弗，在今天之前，我从没听说过他的名字。"

"他是个贸易商，"阿苏面无表情地说，"我小时候还在广州时就认识他。他背叛了我的家人,我早就发誓要他偿命。"

"这个我已经知道了,"阿桂说,"我想知道更多一些。"

"这是个悲惨的故事。"

"那我就怀着怜悯来听。背叛我的同胞就是背叛我。"

阿苏皱起了眉头,"这个背叛应该由我来报仇雪恨。"

"我的意思只是我们必须互相帮助,苏永盛。"

"你为什么要说'必须'呢?"

"在这个国家,华人的生命太不值钱了。"

"在金矿上,所有的生命都不值钱。"

"你错了。"阿桂说,"今天你看见一个人打我、拽我的头发、侮辱我,以死来威胁我——肆无忌惮,却不用承担任何后果。霍基蒂卡的每个人迟早都会站在曼纳林一边,而不是我这一边,为什么呢?因为我是华人,他不是华人。你和我必须互相帮助,阿苏,必须。法律联合起来对付我们,我们必须想办法联合起来对付法律。"

这种情绪表达是阿苏从没有听到过的,他沉默了一会儿,领会它的意思。阿桂摘下帽子,用手掌拍打几下,然后又戴到头上。在附近树林中的某处,一只铃鸟精力充沛地展开歌喉,引起了一只又一只铃鸟的共鸣,一时间,周围的树林里鸟儿鸣啭,歌声悠扬。

苏永盛生活与工作都独来独往,这是出于他的喜好,而不是因为必须如此。他不是个性情粗暴的人,事实上他与人交朋友并不困难,而且友谊一旦形成,他也允许友谊的进一步加深。不过他宁愿独处。他不喜欢任何形式的责任和负担,尤其是别人期待的或强加于他的责任——在他的经验中,友谊几乎总是会沦为债务、内疚,以及期待。他选择成为亲密朋友的,总是那些从不索取,只是一味付出的人。因此,在阿苏过去的生活中,有过许多慷慨仁慈的人,但他很少对人表示出特别的喜爱。他有领导者的那种敏感性,独立,充满信念,至少这是他自己的看法,但几乎常常遭到误解。随着时间的推移，这种不断被整个世界低估的感觉，便发展成为一种自我煽动；他对自己丰富开阔的眼界充满信心，极少感到有跟别人解释的必要。总的来说，他的信仰是一个更简单、更美好的世界的投影，他喜欢幻想自己居住其中——他宁可要自己孤独而完美的热情，而不要任何社会责任。因此，若有旁人在场，他往往显得很清高。对于这种倾向，他不是完全没有意识到，因为他具有高度的反省能力，并且善于做最严厉、最深刻而广泛的自我剖析。他分析自己的思想时，如同一个先知解剖自己的奇怪幻象——满怀敬意，总是相信自己注定是宇宙存在、全球计划的先驱者。

"我与弗朗西斯·卡弗的故事，"他终于说道，"有许多种开头，但我希望只有一个结尾。"

"说说吧。"阿桂说。

Φ

哈拉尔德·尼尔森关上他码头办公室的门，坐在办公桌旁，没有摘下帽子、脱掉外衣，就匆忙给约瑟夫·普里查德写了一张便条。便条上的语气很狂躁，甚至写得很草率，但尼尔森无意再做任何修改，也没有再读一遍，就吸干墨迹，折叠起便条，在封蜡上加盖尼尔森合作公司的环形图案印章。然后，他叫来阿尔伯特，指示男孩将便条加急送往科林伍德街的药店，交给普里查德。

阿尔伯特离开后，尼尔森挂起帽子，换掉被雨浸透的外套，穿上一件干爽的长袍，伸手拿出了烟斗，但即便他点燃烟丝，稳坐下来，跷起双腿，交叉两脚，还是觉得缺乏安全感。他感到凉飕飕的，皮肤摸上去很潮湿，心跳的节奏慢不下来。他把烟斗塞进嘴角——

他经常喜欢这样，将注意力转到令他坐卧不安的问题上：这天早些时候他对乔治·谢泼德——霍基蒂卡监狱的监狱长——做出的承诺。

尼尔森不知道他是否应该打破保持沉默的誓言，在晚上的会议上讲出谢泼德那个建议的细节。这件事肯定与大家的讨论相关，主要是因为它涉及克罗斯比·韦尔斯横财的一部分，还因为尼尔森怀疑谢泼德对政治家劳德巴克的反感，不局限于劳改犯、监狱和筑路。考虑到政治家阿利斯泰尔·劳德巴克是第一个发现克罗斯比·韦尔斯尸体的人——嗯，尼尔森想，显然谢泼德监狱长跟其他人一样，也被牵扯进了克罗斯比·韦尔斯的阴谋中！但是谢泼德到底知道多少呢——除了他自己的利益外，他还为谁服务呢？他已经知道藏在克罗斯比·韦尔斯小屋里的横财了吗？劳德巴克已经知道了吗？尼尔森心事重重地重新交叉起双脚，重新摆正叼在嘴里的烟斗，食指和拇指贴在烟斗锅上。无论从哪个角度看，他想，都无法否认乔治·谢泼德已经掌握大量信息，远远超出他所透露出来的。

哈拉尔德·尼尔森习惯于得到公众的关注，通过睿智、口才和引人发笑的自我造型，他成功建立了一种权威。不知什么原因，当他必须站在一个拥挤房间的外围时，他很快就会感到非常无聊。他的虚荣心需要不断刺激，不断证明他的自我创造是由他自己掌控的一个项目。现在，他感到恼怒，认为被当成傻瓜耍了，不是因为他认为自己不该遭此待遇（尼尔森非常清楚他是容易受影响的一类人，而且经常调侃这个事实），而是因为他无法看透谢泼德这样对待他的动机。

他吸着烟斗，脑海里想象着计划中的监狱、救济院，以及建立在悬崖高坡上的绞刑架的支架。所有这一切，都将在他的许可下，用他的佣金投入建设。绞死谢泼德监狱长，他突然在心里想。他没有替谢泼德保密的义务——是啊，确切地说，他甚至不知道这个秘密到底是什么！他会在晚上的会议上说出谢泼德的请求，除此之外，他还会说出自己对这个男人的怀疑。他没有签订保密合同。没有在任何文件上签字。而且，这有什么关系呢？监狱又不是私人财产。它属于霍基蒂卡的所有人。监狱是由政府修建的——代表守法的人民。

这时，尼尔森听见外间办公室的门被打开，然后又关上了。他一跃而起。是阿尔伯特，他刚从约瑟夫·普里查德的药店返回。阿尔伯特的夹克湿透了，他走进尼尔森的办公室时，带来了雨水的土腥味儿。

"他把信烧掉了吗？"尼尔森焦虑地说，"你看着他烧掉的吗？你手里拿的什么东西？"

"普里查德的回信。"阿尔伯特说着举起一张折叠的纸。

"我说过不要回信！我说过！"

"是的，"阿尔伯特说，"我告诉他了，可他不管怎样还是写了一个。"

尼尔森看着阿尔伯特手里的信件，问："他至少把我的信烧掉了吧？"

"是的。"阿尔伯特说，可随即又犹豫了。

"什么？什么？"

"嗯，"阿尔伯特说，"当我说必须把信烧掉的时候，他大声笑了起来。"

尼尔森眯缝起眼睛，"他为什么要笑？"

"我不知道，"阿尔伯特说，"但我想还是应该把他大笑的事告诉你。也许，这没什么要紧的。"

尼尔森眼睛下面的肌肉开始颤抖，"他是在读信的时候大笑吗？当他读到那些话的时候？"

"不是，"阿尔伯特说，"只是在读信前笑了笑——在我说他必须把信烧掉的时候。"

"他觉得好笑，是不是？"

"因为你告诉他要把信烧掉。"阿尔伯特说着,点了点头。他用手指抚摩着回信的边缘。他很想问问老板所有这些事都是因为什么,但他不知道如何发问而不遭到训斥。他大声地说:"您想看看回信吗?"

尼尔森伸出手来说:"拿来。你没有偷看吧,有没有?"

"没有,"阿尔伯特说,一副受伤害的模样,"信是密封的。"

"哦,是的,是的。"尼尔森从阿尔伯特手里接过便条,把它翻转过来,用手指拆去封蜡,"你还在等什么?"他在展开信之前问道,"你可以走了。"

"回家?"阿尔伯特说,口气里透出深深的遗憾。

"是的——回家,你个傻瓜。"尼尔森说,"回家前你可以把钥匙留在办公桌上。"

但是男孩磨蹭着不肯走。"在回来的路上,"他说,"我路过威尔士王子剧院,看见今晚有一场新戏首演,国外的演出。曼纳林先生在发放免费票——因为是首场,我给你拿了一张。"他飞快地说完这些话,皱起眉头,扭脸看着别处。

尼尔森还没有打开普里查德的信,问道:"什么?"

"《来自东方的风情》。"男孩说,"是顶层楼座——前排,正中。最佳位置,我特意要的。"

"你自己用吧,"尼尔森说,"你自己去吧。我不想要戏票。好了,走吧。"

男孩在地板上蹭着他的鞋子。"我给自己也拿了一张。"他说,"我以为——因为是星期六——赛马又推迟了——"

尼尔森摇了摇头,"我今晚不能去剧场。"

"哦,"阿尔伯特说,"为什么?"

"我感到不舒服。"

"只看第一幕。"男孩说,"应该还有香槟酒。如果您不舒服,香槟酒对您有好处。"

"你带亨利·富勒一起去吧。"

"在演员门旁,我看见一位打着小阳伞的女士。"

"带亨利去吧。"

"她是个日本人,"阿尔伯特哀怨地说,"看上去不像是油彩画的。看上去她真的是日本人。亨利·富勒在北沙滩呢。您为什么不去呢?"

"我病得厉害。"

"您看上去没病。您还在抽烟。"

"我敢肯定你能找到人跟你一起去。"尼尔森说,感到越来越不耐烦,"到明星旅馆去,挥舞着票走一圈。怎么样?"

阿尔伯特盯着地板看了一会儿,嘴唇嚅动着。终于他叹了一口气,说:"嗯,那我期待星期一再见到您啦,尼尔森先生。"

"对,我想你会的,阿尔伯特。"

"再见。"

"再见。到时候好好给我讲讲这场表演,好吗?"

"也许我们可以一起再去,"阿尔伯特说,"只是这张票是今晚的。但也许我们能下次再去。"

"是的,"尼尔森说,"也许下个星期,等我身体恢复了。"

他等着失望的下属悄然离开房间,并轻轻地关上房门。然后,他打开普里查德的信,走向窗口光线较好的地方。

H:

可以认定。但听着:今天下午安娜住所发生了怪事。涉及手枪。详情面谈。法院文员 A.G. 目睹了此事。如果你要扮演侦探,也许应该跟他谈谈。不管安娜搞什么鬼,我敢肯定 A.G. 知道内情。你信任他吗?我可不敢肯定:是的，就像俗话说的，尚无定论。阅后销毁！

J.S.P.

Φ

　　下午晚些时候，托马斯·鲍尔弗回到宫殿旅馆，想找考埃尔·德夫林——早上无意中听见他与劳德巴克谈话的那位牧师。他希望为自己先前的粗鲁道歉，但也（更加迫切地）要询问牧师与失踪的探矿家埃默里·斯坦斯的关系。他可以肯定，德夫林在《西海岸时报》办公室的问询，多多少少与克罗斯比·韦尔斯的事件有关。

　　然而，德夫林不在宫殿旅馆。厨房工作人员告诉鲍尔弗，德夫林已在几小时前离开了餐厅。他不在海滨的帐篷里，不在警察营地的监狱中，不在任何一所教堂、任何一家商店或台球厅，也不在码头上。鲍尔弗在霍基蒂卡转悠了几个小时，垂头丧气，正当他打算放弃寻找，转身回家的时候，却发现了德夫林。牧师正走在雷维尔街上，帽子与外套都湿透了。他身旁有另一个男人，比他高大许多。鲍尔弗穿过大街。他伸手招呼德夫林停下来的同时，认出了德夫林身旁的同伴，就是当天早些时候和他说过话的那个毛利人，他当时对待他的粗鲁态度也是不可原谅的。

　　"嗨，你好，"他叫道，"德夫林牧师。你相信吗，我正想找你呢！你好，泰德，我也很高兴再次见到你。"

　　老居没有跟他打招呼，德夫林倒是露出了微笑。"看来你知道了我的姓，恐怕我还不知道你的。"

　　鲍尔弗伸出手去，笑容可掬地说："我叫汤姆·鲍尔弗。"于是两人握手，"是的，我去看了本杰明·洛温塔尔，在《西海岸时报》

那儿，我们谈到你。事实上，在过去的几个小时里，我一直在寻找你，想问你一些事情。"

"看来我们的见面是双重的偶然。"德夫林说。

"是关于埃默里·斯坦斯的事。"鲍尔弗说，打断了对方的话，"我听说你打听过他的消息，想知道是谁在报上登了那条寻找他的启事。本告诉我，你去过他那里。我想知道你为什么要打听他的消息——我指的是斯坦斯，你跟这个男人有什么关系？"

考埃尔·德夫林犹豫了。当然，事实上埃默里·斯坦斯是写在馈赠契约上的三个名字中的一个，那份契约是隐士死亡后的第二天他从克罗斯比·韦尔斯的炉灰抽屉里拣出来的。他一直没有给任何人看过契约，而且决定不拿给任何人看，直到获悉更多相关信息之后。他应该对鲍尔弗撒谎吗？他不喜欢说假话，但也许能说出部分真相。他咬着嘴唇。

鲍尔弗观察到牧师的犹豫，以为是在表示谴责。他举起双手，大声惊叹道："你看看我，竟然在大街上问问题，而且在这种天气——一直被雨浇着，越来越湿！这样吧，咱们一块儿吃顿饭怎么样？吃点儿热乎的。在户外谈话真是没道理，特别是两旁都是温暖的旅馆，有美酒佳肴在等着咱们。"

德夫林瞟了一眼老居，老居虽然不喜欢鲍尔弗，但想到有饭吃便高兴起来。

鲍尔弗咳了一声，然后用拳头捶胸，瑟缩了一下，说道："我今天早上失态了——状态不佳，失态了。很抱歉——我想弥补一下——对你们二位。我想给我们大家买点吃的，再一起喝一杯——都是朋友嘛。拜托，给心怀歉意的人一个道歉的机会吧。"

三个人很快就在麦克斯韦餐厅的角落桌子旁落座。鲍尔弗总是非常喜欢扮演慷慨的东道主的角色，他点了三碗清汤，还有面包、肥血肠、硬奶酪、油浸沙丁鱼、热黄油胡萝卜，外加一锅炖牡蛎和一坛烈性黑啤酒。他颇有先见之明，在两位客人都酒足饭饱之前，没有急着谈论克罗斯比·韦尔斯和埃默里·斯坦斯的事，只是大聊特聊捕鲸，这是三个男人都觉得最为浪漫的话题，有很多共同语言。大约四十五分钟后，当本杰明·洛温塔尔发现他们时，他们正聊得热火朝天。

"本！"鲍尔弗看见洛温塔尔朝他们走来，大声喊道，"你不是要守安息日的吗？"

他已经喝得酩酊大醉，这是那天第二次喝醉了。

"星星出来就结束了。"洛温塔尔简单地回答，他对着老居说，"我相信我们素未谋面。我是本杰明·洛温塔尔。我出版了《西海岸时报》。"

"我是泰老·老居。"毛利人回答，十分坚定有力地跟他握手。

"他也被叫作泰德，"鲍尔弗说，"是克罗斯比·韦尔斯很要好的朋友。"

"真的？"洛温塔尔对老居说。

"是他最好的朋友。"德夫林说。

"胜似兄弟。"鲍尔弗说。

"嗯，如果是这样，"洛温塔尔说，"我的事跟你们三个人都有关。"

本杰明·洛温塔尔其实没有权利扩大皇冠旅馆会议的邀请范围，把德夫林和老居也拉进来。但是正如我们已经发现的，当洛温塔尔的道德准则受到冒犯时，他会变得十分令人生畏。这天下午，查理·弗罗斯特建议皇冠会议应局限于很少几个人，已经冒犯了他。洛温塔尔感觉有必要校正他观察到的弗罗斯特的道德错误，因此他把邀请扩大到老居和德夫林，作为一种隐晦的谴责。

"妙极了。"鲍尔弗说，"拉张椅子过来。"

洛温塔尔坐下，将手掌合在一起，用低沉的声音解释了当晚会议的目的——鲍尔弗立刻对此予以默许，老居也严肃地表示同意，考埃尔·德夫林经过长时间的、谨慎的沉默，也认可了。牧师想着他从隐士炉子里拿出来的那张馈赠契约，此刻契约夹在他的《圣经》里，在《旧约》与《新约》之间。他决定把《圣经》带到晚上的会议上，如果时机成熟就把契约拿出来。

Φ

加斯科因的烟囱里冒出炊烟，曼纳林刚一敲门，门便立刻被打开，加斯科因朝外张望。他手里拿着一支刚点燃的香烟，身上已经换下那件正装夹克，穿上了长袖衬衫和羊毛马甲。

"什么事？"他说。

"我得到可靠消息，你把持着一笔钱，"迪克·曼纳林说，"那笔钱是我的，我来取钱。"

奥伯特·加斯科因看着他，然后把香烟放进嘴里，吸了一口，把一缕烟从曼纳林肩头吹进雨中，温和地问道："你的可靠消息是听谁说的？"

"安娜·韦瑟雷尔小姐，通过埃德加·克林奇先生转述的。"曼纳林说。

加斯科因倚靠着门框，说道："通过埃德加·克林奇先生的转述，安娜·韦瑟雷尔小姐想象你得到这条可靠消息后会采取什么行动呢？"

"别跟我耍小聪明，"曼纳林说，"少来这套。我只告诉你一次：我一点都不喜欢小聪明。安娜说钱就藏在你床底下。"

加斯科因耸了耸肩，"好吧，如果我为安娜保存一笔钱，我就要遵守诺言，没有理由打破这项承诺，把钱交给别人——就因为此人声称钱是他的。安娜绝对没有告诉过我会有人来找我。"

"钱的确属于我。"

"怎么会呢？"

"这是一笔债务，"曼纳林说，"是安娜欠我的。"

"债务是私事。"加斯科因说。

"债务很容易被公开。如果我把你窝藏价值一百多英镑的纯金的消息传播出去，你觉得会怎么样？我来告诉你吧。不到半夜，你的门就会被打破；不到天亮，强盗就已逃到了五十英里以外；不到明天这个时候，你就已经一命呜呼了。是啊，没有比这更容易的了，尤其是你独自一人居住，没有其他人对你效忠。"

加斯科因的表情阴沉下来，"我是那些金子的监护人，没有韦瑟雷尔小姐的同意，我不会把它们交出来。"

曼纳林微笑着说："我可以凭此认为你认罪了。"

"我可以凭此证明你缺乏逻辑。"加斯科因说，"晚安。如果安娜想要她的钱，她可以自己来取。"

他作势要关门，但是曼纳林向前一步，伸出手阻止了他。

"很奇怪，是不是？"他说。

加斯科因皱起了眉头，"奇怪什么？"

"奇怪一个普通妓女怎么突然间变出一笔金子，足以付清她的全部债务，然后将所有的金子都藏在一个男人的床底下。那个男人在霍基蒂卡初来乍到，连知道这个妓女名字的时间都没有。"

"这的确是太奇怪了。"

"也许我应该做个自我介绍。"

"我知道你是谁，"加斯科因说，"而且知道你是干什么的。"

曼纳林解开外套的纽扣，露出他的手枪，问道："你知道这些是什么吗？你知道它们能干什么吗？"

"知道，"加斯科因冷静地说，"这是两把撞击式左轮手枪，每把枪都能在六秒钟内发射六颗子弹。"

"实际上是七颗子弹。"曼纳林说，"史密斯-韦森的第二代产品。每膛七颗子弹，但六秒钟说得没错。"

加斯科因又深深地吸了一口烟。

曼纳林把双手放在枪套上，脸上露出笑意，"我必须要求你请我进你家门，加斯科因先生。"

法国人没有回答，但片刻之后，他把烟头在门框上捻灭，松开手让烟头落在地上，站到门的一旁，用夸张的礼貌把曼纳林让进屋。曼纳林扫视房间的四角，故意让目光停留在加斯科因的床上。

加斯科因关上房门后，曼纳林逼近东道主面前，说："你对谁忠诚？"

"我好像不明白你的问题。"加斯科因说，"你希望我列出一张我的朋友的名单吗？"

曼纳林怒视着他，说："我的问题是，你忠诚于安娜吗？"

"是的，"加斯科因说，"当然，在一定程度上。"他坐在条纹翼背扶手椅上，没有做出给客人让座的姿态。

曼纳林将双手交叉背在身后，"那么，即使你知道她在搞什么鬼名堂，也不会告诉我的。"

"嗯，当然，这要看具体情况。"加斯科因说，"你指的是什么样的'鬼名堂'？"

"你在替她撒谎吗？"

"我同意为她藏一笔钱，"加斯科因说，"我把钱藏在了我的床底下。可这个你已经知道了，所以，我想我的答案是否定的。"

"她为什么得到你的忠诚？在一定程度上？"

加斯科因轻松地把一双手腕搭在椅子的扶手上，他坐得很随意，就像国王坐在宝座上。他解释说，安娜两个星期前被释放后，他曾经照顾过安娜，因此获得了她的友谊。他怜悯安娜，因为他相信有人居心不良地在利用她，但他谈不上与安娜有过任何特殊的亲密关系，也从来没有付钱享受她的陪伴。他补充道，那件黑衣服属于他已故的妻子。他出于好心把衣服送给妓女，因为安娜卖娼的衣服在监狱里被损坏了。他没有料到安娜得到那套衣服后会开始服丧，事实上，他对这件事的发生感到非常失望，因为他认为安娜是一位非常美丽标致的女性，非常希望自己能以传统方式获得那种享受。

"你的故事不能解释你床底下的那些金子。"曼纳林说。

加斯科因耸了耸肩。他感觉太疲倦、太愤怒了，不想撒谎。"克罗斯比·韦尔斯死后的那天早上，"他说，"安娜在监狱里醒来，身上藏着大量的金子。金子缝在她的紧身胸衣里。她根本不知道是怎么拥有这么多金子的，自然感到非常害怕。她请求我的帮助。我认为最好的办法是把金子藏起来，因为我们不知道是谁在她身上藏了金子，出于什么目的。我们还没有给金子估价，但我敢打赌总价值肯定超过一百英镑——很可能远远高于这个数目。曼纳林先生，这就是全部真相——至少就我所知是这样。"

曼纳林没有说话，这个解释在他听来根本说不通。

"我必须说，"加斯科因补充道，"你对我恶意中伤，在质疑我的清白之前就假定我有罪。我感到非常愤慨，你居然以这样咄咄逼人的方式侵犯我的时间和隐私。"

"你可以打住这副腔调了。"曼纳林说，"咄咄逼人！我是否端起枪对准你的脸？是否对你使用暴力威胁？"

"你还没有——不过，如果你解下皮带我倒更高兴些。"

"解下？"曼纳林一脸的轻蔑，"把它放在桌子中央，我猜测——让我们俩的距离平等——然后你突然动手，我慢了半拍！我才不会落入这个圈套呢，我见过这样的诡计。"

"那么，我再提另一个要求。"加斯科因说，"我要求你在我家里停留的时间越短越好。如果你还有问题，不妨现在就提出来，但我已经把我知道的关于那些金子的事都告诉你了。"

"听着，"曼纳林断然地说（他不明白自己怎么这么快就失去了优势），"我并没打算我们一见面就打架。"

"你肯定是故意的，"加斯科因说，"也许你现在感到后悔了，但你是故意的。"

曼纳林骂了起来，"我不后悔！"大喊道，"我根本就一点儿也不后悔！"

"难怪你这么平静。"

"我告诉你一件事……"曼纳林说，但他没能把话说完。因为就在这时，又传来了清脆的敲门声。

加斯科因立刻站起身。曼纳林似乎突然警觉起来，向后退了几步，从枪套里拔出一支手枪。他把枪紧贴在大腿旁，避开来人的视线，然后朝加斯科因点头，示意他打开门的插销。

门槛上站着一个人，拿手杖的姿势吊儿郎当，帽子推向额头后面，原来是哈拉尔德·尼尔森。他鞠了个躬，正要向加斯科因介绍自己，眼神越过他的肩头看见了曼纳林，曼纳林尴尬地站着，一只胳膊僵硬地放在身体一侧。尼尔森放声大笑。

"嗨，"他说，"看来我总是比你落后两步，迪克。我今天每到一处——都有你在，都被你抢了先！

"您好，加斯科因先生。我叫哈拉尔德·尼尔森，认识您非常荣幸。我真的希望没有打扰你们。"

加斯科因礼貌地鞠躬，但表情依然冷漠，"完全没有，请进。"

"我本来想跟你谈谈安娜·韦瑟雷尔的事，"尼尔森一边兴高采烈地说，一边擦了擦靴子，"但我明白有人抢先了！"

加斯科因关上门，说："安娜的什么事？"

与此同时，曼纳林说："慢慢说，尼尔森先生。"

尼尔森回答了加斯科因："嗯，这涉及一件十分特别的事情，所以，也许不能让大家都听见。但是听着，我不想打扰你们，我可以在你没事的时候再来。"

"不，请留步。"加斯科因说，"曼纳林先生正要离开，他刚才亲口告诉我的。"

就这样被下了逐客令，曼纳林感到很恼怒。"究竟是怎么回事？"他对尼尔森说。

尼尔森微微鞠了一躬，"情况很微妙，我真的很抱歉。"

"让微妙见鬼去吧。"曼纳林说，"你不必对我隐瞒什么，看在上帝的分儿上，我们都是一伙的！是关于那个寡妇的事呢，还是关于那些金子？"

尼尔森一头雾水地说："韦尔斯的横财？"他转身朝着加斯科因，"这么说，你也被卷进来了？"

加斯科因突然显得很感兴趣地说道："我似乎同时遭到四面八方的审问。你也带着手枪吗，尼尔森先生？如果带了，真的应该坦白。"

"我没有携带手枪。"尼尔森说，他瞥了一眼曼纳林，看见了他手里的左轮手枪，"你拿那个做什么？你在干什么？"

但是曼纳林没有回答，他一时间左右为难，既不愿暴露他想对尼尔森隐瞒的一切，也不愿暴露他想对加斯科因隐瞒的一切。他迟疑着，后悔刚才不该提到寡妇和金子。

"曼纳林先生刚刚为我展示了他的史密斯-韦森第二代产品，"加斯科因像聊天一样随意地说，"这种枪膛显然可以同时装七颗子弹。"

"噢。"尼尔森说，仍是将信将疑，"可是为什么呢？"

曼纳林想解释，但又一次说不出话来。他不希望尼尔森知道藏在加斯科因床底下的那些金子……也不希望加斯科因得知克罗斯比·韦尔斯、阿桂、阿苏、鸦片，以及当天晚上将在皇冠旅馆讨论的一切。

"情况很微妙。"加斯科因说，为这个老人解了围，他探身向尼尔森靠近，"我所能告诉你的，就是曼纳林先生有一条来自安娜·韦瑟雷尔小姐的可靠消息，而这条消息又是通过埃德加·克林奇先生转述的。"

"你说得够多的了。"曼纳林说，终于找回了自己的舌头，"尼尔森，关于安娜你有什么消息？你有何贵干？"

但是尼尔森误解了曼纳林的用意，以为曼纳林逼他在加斯科因面前谈论这个话题。他记得普里查德在信里提到过手枪、安娜，还间接地提到埃德加·克林奇，因为普里查德说，那天下午在烤架旅馆安娜的房间里发生了一件非常奇怪的事。当然！尼尔森突然想到，他们的"情况微妙"肯定是指同一件事。

"听着，"他说，举起了他的手，"我相信我们说的其实是同一件事。如果加斯科因先生也卷入这个秘密，那么最好等每个人都到会以后，我们再把自己的故事讲出来，省得每件事都要讲两遍。我将在皇冠再次见到二位？"

曼纳林呼出一口气。

"恐怕我不知道什么秘密，"加斯科因随后说，"我也没有被邀请参加在皇冠召开的会议。"

一片沉默。加斯科因看着尼尔森，然后又看着曼纳林。曼纳林看着加斯科因，然后又看着尼尔森。尼尔森看着曼纳林，脸上的表情充满歉意。

"你得逞了。"大亨诅咒了一句，收起手枪，然后用手指指着加斯科因，"好吧，没有什么好说的了——不过，我他妈的希望你的出席受人欢迎，我要一直盯紧你，直到今晚的会议结束，永远盯着你。穿上你的外套，跟我们一起走。"

水星在射手座

> 沃尔特·穆迪思索眼前的神秘案件；我们了解到他从达尼丁过来的路上发生了什么；一个信使带来了令人意外的消息。

沉默降临皇冠旅馆的吸烟室——这种沉默似乎在片刻内将每个人的呼吸凝固，只有来自烟斗、香烟和各种雪茄的一圈圈烟雾在盘旋上升。

时间已过午夜。黑暗笼罩了房间的角落，酒精灯投下的光柱显得明亮而温暖，而之前则是昏暗而寒冷的。星期六晚上的热闹声从街上传进来——手风琴的乐声，远方的叫喊声，偶尔的欢呼声，以及马蹄的奔腾声。雨已经停了，但乌云还没有散开，凸月[①]在低空中只显示出一丝补丁般的微光。

"就是这样，"托马斯·鲍尔弗说，"就是这样。这就是我们要

[①] 凸月，天文学术语，指满月前后的月相。月球圆面一半以上是明亮的，故称凸月。

说的。"

　　穆迪眨了眨眼睛，环顾四周。鲍尔弗的故事虽然零散而混乱，但的确解释了房间里每个人来这里的缘由。窗户旁的那个是毛利雕刻师，泰老·老居，是克罗斯比生前忠实的朋友，但后来无意中背叛了他。最远的角落里的是查理·弗罗斯特，银行经理，负责策划销售韦尔斯的房子与土地。他对面的是报业人士本杰明·洛温塔尔，他在死亡事件发生的数小时内便得知了消息。埃德加·克林奇，韦尔斯房地产的购买者，坐在台球桌旁的沙发上，用食指和拇指捋着他的小胡子。坐在壁炉旁的是迪克·曼纳林，妓院老板兼剧场老板，埃默里·斯坦斯的亲密伙伴。他身后的是阿桂，他的敌人。手里拿着台球杆的是代理商哈拉尔德·尼尔森，他在克罗斯比·韦尔斯的小屋里不仅发现了一大笔横财，还发现了一小瓶空了一半的鸦片酊，那是从普里查德的药店购买的。普里查德，当然，是坐得靠穆迪最近的那个人。穆迪的另一旁是托马斯·鲍尔弗，政治家劳德巴克的哈巴狗，劳德巴克的货运板条箱最近失踪了。坐在鲍尔弗近旁的翼背扶手椅里的，是奥伯特·加斯科因，他替安娜缴纳了保释金，意外发现了另一笔数额较小的、藏在安娜橙色卖娼衣服里的横财。他后面是阿苏，鸦片贩子，卡尼里鸦片窟的店主，弗朗西斯·卡弗从前的伙伴，他在当天下午发现克罗斯比·韦尔斯曾经发过大财。最后，双臂交叉在胸前，靠着台球桌的，是牧师考埃尔·德夫林，他把隐士的尸体安葬在了海景高坡。

　　据穆迪估计，这是一个非常外围的聚会。十二个男人通过他们与一月十四日事件的瓜葛而联合起来，在那天夜里，安娜·韦瑟雷尔差点死了，克罗斯比·韦尔斯已经死了，埃默里·斯坦斯消失，弗朗西斯·卡弗启程离开，阿利斯泰尔·劳德巴克来到了镇上。此刻穆迪想到的是，上述的几个人没有一个在场。同样缺席的还有诡计多端的寡妇莉迪娅·韦尔斯和那位管理监狱的谢泼德监狱长。

另一个思绪浮现在穆迪的脑海里：一月十四日那天夜里，正是他首次踏上新西兰土地的时刻。他乘坐邮包蒸汽船从利物浦来到达尼丁，下船后，他将目光投向夜空，第一次对自己所在的地方产生了陌生感。天空是倒置的，星象完全陌生，北极星在他脚下，差点被吞食掉。起初，他试图寻找它，然后又愚蠢地希望凭借胳膊与之形成的角度，测量自己所在的纬度，他童年时在地球的另一面就是这样做的。他找出猎户座——形象完全颠倒，箭囊在下，宝剑朝上挂在皮带上；大犬座——像是一条挂在屠夫挂钩上的死狗。这似乎令人十分伤心，穆迪想。似乎亘古以来的星象图在这里没有任何意义。他好不容易找到了南十字座，企图回忆确定极点方位的规则，但没有同等的星体做参照，在这颠倒的黑暗中，一切都是倒置的、未形成的。是横着看？还是竖着看？他记不清楚了。有某种公式：指关节的长度，一些方程式，用英寸计算。他感到极度困扰的是，没有星星标出极点在哪儿。

穆迪凝视着壁炉中的火，煤炭早就烧成灰烬。托马斯·鲍尔弗杂乱无章地讲了他的故事，他的叙述因为无数次的中断、澄清，以及附和，而变得更加扑朔迷离——周而复始，循环往复，绕来绕去。这是多么令人费解的一幅画面啊——要纵观全貌多么困难啊！穆迪将思绪转向他今晚听到的那些信息。他试图把讲述的事件按照发生的顺序整理清楚。

大约在九个月前，前囚犯弗朗西斯·卡弗成功地把阿利斯泰尔·劳德巴克的帆船"一帆风顺号"骗到了手。在之后的某个时间，由于某种未知的枝节，卡弗丢失了那只他用来要挟那位政治家的货运板条箱。这只板条箱里藏有大约价值四千英镑的纯金，这一大笔财富被精心缝入五套衣裙的接缝里。那个裁缝是一个名叫莉迪娅·韦尔斯的女人，她当时冒充弗朗西斯·卡弗的妻子。

四千英镑是一大笔钱，卡弗一旦发现箱子丢失，自然希望把它追回。他启程来到霍基蒂卡，猜想板条箱大概是被错误地交送到了这里，便在《西海岸时报》上登了一则启事，悬赏寻找板条箱。他以克罗斯比·弗朗西斯·韦尔斯的名字刊登启事——拿出韦尔斯的出生证明来确认身份——虽然无论过去还是将来，他的名字一直都是弗朗西斯·卡弗。依然不清楚的是，为什么卡弗敲诈勒索劳德巴克时需要他（或激发他）使用化名。另一个模糊点是，克罗斯比·韦尔斯的出生证明——如果真是原件的话——当时为什么会在卡弗的手里。

真正的克罗斯比·韦尔斯（或许是另一个克罗斯比·韦尔斯，穆迪想）独自住在霍基蒂卡以北许多英里之外的绿玉神舟谷。韦尔斯不是个臭名昭著的人，他的熟人很少。在他死之前，他在霍基蒂卡几乎无人知晓，即便是认识他的人也从来不会想到他是个富人或重要人物。还是阿苏在九个月后调查他的死因时，才发现韦尔斯几年前曾在邓斯坦的金矿上发了大财，收入了数千英镑的财富。显然，不知出于什么原因，韦尔斯希望对此保密。

弗朗西斯·卡弗六月初在《西海岸时报》上登了他的启事（具体月份已经由本杰明·洛温塔尔核准）。他在霍基蒂卡的时候，曾向泰老·老居私下悬赏寻找一个名叫克罗斯比·韦尔斯的男人的消息。然而，老居当时不认识叫这个名字或符合其相貌特征的男人，货运板条箱也没有被找到。卡弗空手返回达尼丁。

安娜·韦瑟雷尔也乘坐"一帆风顺号"到达霍基蒂卡，穿着从她的新雇主迪克·曼纳林那里租来的卖娼的紫色衣裙。在她到达的几个星期后，听说一只装有女士衣服的箱子从沉船中被打捞上来，她便把那五套衣裙都买了下来。

似乎有理由推测，安娜完全不知道这些衣服里的财富，也不知道它们的来源。她从来没有对任何人讲过隐藏的金子，也似乎从来没有尝试以任何方式取出金子。穆迪思考着这个问题。她真的什么都不知道吗？作为一个吸食鸦片的人，也许在注意身上衣服的重量方面，她不如一个清醒的女人那么敏感；另外，正如加斯科因确认的那样，她是莉迪娅·韦尔斯的老相识，也许她认出了那些衣服是莉迪娅的。嗯，穆迪想，无论何种情况，安娜从那时起就一直把整笔财富穿戴于身——当然，一次只穿一部分，除了九月和十月之间的一个月，当时她处于妊娠后期，不得不穿一套特制的产妇装。

当安娜的房东埃德加·克林奇发现隐藏在衣裙中的财富时，他得出的结论是，妓院老板迪克·曼纳林肯定在利用安娜将未冶炼的金子从金矿上走私出来，作为逃避银行税收的手段。想到这样的阴谋，克林奇极度悲伤，但他没有理由强迫双方解释，他也没有这么做。

然而，克林奇不是唯一的无意中发现安娜衣裙中所藏财富的人，也不是唯一误解了其可能意义的人。淘金汉桂龙也发现了隐藏在安娜衣服接缝里的秘密——事实上大约就是同时——并快速地得出与克林奇完全相同的结论。桂龙有第一手的经验，知道曼纳林特别擅长欺骗作弊，因为桂龙自己就曾被这位大亨骗过。阿桂决定在曼纳林设计的游戏中击败他。他开始抽取安娜衣服里的金子，将碎金冶炼成金块，并把每一块金块都烙上极光金矿的名字——以保证金子存储在他工作的认领区名下，从而获得利润，这时，该认领区已被一个名叫埃默里·斯坦斯的年轻探矿家购买。

从安娜衣服内抽取金子的计划，历时几个月才完成。不管安娜什么时候拜访卡尼里中国城的阿桂，她都因为鸦片而变得神志不清，因此，阿桂能在她完全不知晓的情况下，趁她睡觉的时候，用针线取出金子。安娜去中国城的时候，从来没有穿过她卖娼的橙色衣裙。正是由于这个原因，那套橙色衣裙仍然携带着金子，而另外四套衣服里的财富早就被阿桂取走了。

没有人知道，阿桂冶炼的金块是怎么，或为什么，从营地分站的金库里被偷走的。根据目前所有的信息,最有可能的盗贼就是失踪了的探矿家斯坦斯,但他显然缺乏动机。这个年轻人是一位富豪,至少民众都认为他财运亨通。他为什么要从自己签约的工人那里偷窃呢?为什么要选择将金子窝藏在另一个男人的小屋里,远离自己的认领区呢?嗯,无论这个年轻人的理由是什么,穆迪想,至少有一件事是肯定的:他从来没有将阿桂的所得,按照他在法律上应该遵守的原则储存在极光的名下。这令人感到十分不解,因为那些被冶炼的金子一旦存入银行,极光金矿就会从一个废矿一夜之间变成一个大宝库。

而且,埃默里·斯坦斯奇怪地被牵连到考埃尔·德夫林在克罗斯比·韦尔斯的炉子里发现的那张馈赠契约中——契约上虽然没有他的签名,但有他的名字。这份契约似乎意味着埃默里·斯坦斯与克罗斯比·韦尔斯之间有某种关系,出于某种原因,窝藏在那里的金子是打算作为埃默里·斯坦斯赠送给安娜·韦瑟雷尔的礼物。但这就更令人困惑了,因为不管从哪个方面看,那些金子都不归斯坦斯去支配赠送!

安娜在来霍基蒂卡之前就有孕在身——卡弗的孩子,春天时终于开始显露怀孕的身段。然而,她的妊娠没有持续到生产的时候,十月中旬,卡弗回到霍基蒂卡,对安娜挑起事端,暴打了她。未出生的胎儿在劫难逃。安娜后来向埃德加·克林奇描述当时的情形时,暗示是卡弗残忍地杀害了胎儿。

穆迪暂停整理事件的顺序,而开始思索这件不幸的事。虽然今晚胎儿的夭折被顺口提了几次,但似乎在座的人都不十分清楚那场致命的口角是如何发生的。出于自然而微妙的原因,穆迪没有进一步要求男人们提供信息,而他现在感到奇怪的是,安娜与卡弗的关系在这个故事的大拼图中属于哪一个板块呢?他奇怪胎儿之死是否真的属于故意,若果真如此,弗朗西斯·卡弗犯下如此滔天罪孽的动机会是什么呢？当然，在座的十二个男人没有一个能带着客观的必然性回答这个问题，他们只能描述别人告诉他们的真相。

（不在场的那些男人与女人，他们的头脑是多么难以看透啊！他们的动机是多么难以捉摸啊！弗朗西斯·卡弗可能残忍地杀害了自己的孩子，但那是出于仇恨、为防后患，还是纯属意外事故，除非直接问这个男人，否则无法做出判断。甚至安娜·韦瑟雷尔，她虽指出卡弗是凶手，但也可能会有许多理由撒谎。）

考虑过这点之后，穆迪继续思考。

泰老·老居在一月十四日早上巧遇卡弗，想起了这个男人去年曾经提过的悬赏。老居以两先令的价格，为卡弗提供了克罗斯比·韦尔斯的居住地址。两个男人握手成交，老居指引方向，卡弗在同一天进入绿玉神舟谷——那将是韦尔斯在世的最后一晚。也许卡弗见证了隐士的死亡，或许他是在隐士咽气前离开的，但无论哪一种情况，他带着一小瓶鸦片酊来到小屋，后来尸检过程中发现克罗斯比·韦尔斯的胃里有鸦片酊的残迹。两人碰面之后，卡弗返回霍基蒂卡，召集"一帆风顺号"的船员，起锚，早在黎明到来之前就离港而去。离开霍基蒂卡后，卡弗没有前往广州（鲍尔弗曾猜测他可能会去那儿），而是前往达尼丁，这个事实穆迪本人可以证实，因为十二天后，穆迪在查默斯港口登上了同一条船。

阿利斯泰尔·劳德巴克在卡弗离开后到达韦尔斯小屋，发现隐士趴在厨房桌子上死了，头枕在胳膊上。劳德巴克继续前行，来到霍基蒂卡，接受编辑本杰明·洛温塔尔采访，洛温塔尔打算在星期一出版的《西海岸时报》上刊登一篇政治特刊。洛温塔尔从劳德巴克口中得知了克罗斯比·韦尔斯死亡的消息，推断韦尔斯的地产将随后上市出售。第二天早上，他便把这个可能的商机告知了旅馆老板埃德加·克林奇，因为他记得克林奇一直在伺机做土地投资。克林奇立刻拿出存款来到银行，银行经理查理·弗罗斯特协助办理了购买死者遗产的具体事宜。

然后，克林奇委托哈拉尔德·尼尔森清理死者的小屋，出售其动产。尼尔森执行任务，却大为震惊地发现了一大堆金子，隐藏在这座单间住宅中每个可以想象的犄角旮旯儿。那些金子，被银行提纯后，价值四千英镑多一点；支付了尼尔森百分之十的佣金后，还剩下三千六百多英镑；刨除死亡税、费用，以及各种苛捐杂税，包括赠送给银行经理查理·弗罗斯特的三十英镑，剩下的——仍然是名副其实的一大笔财富——目前被存放在储备银行，归第三方托管。然而，克林奇不大可能见到这笔钱中的一分一毫，莉迪娅·韦尔斯在隐士葬礼的几天之后神秘地从达尼丁来到这里，立刻提出撤销克林奇购买的上诉，理由是死者的房地产和动产在法律上都是属于她的。

当然，在克罗斯比小屋里发现的金子，并不是所涉及财富的总和。阿桂只从安娜五套衣裙中的四套抽取了金子。最后一部分被缝进安娜那件卖娼时穿的橙色衣裙里，是两个星期前安娜自己发现的，当时她经历了鸦片吸食过量的危机，在监狱中苏醒过来。她有充足的理由认为那些金子是刚刚被放在她身上的，因为她处于极度迷惑的状态中，对于被捕前十二个小时内到底发生了什么，丝毫没有记忆。她请求加斯科因的帮助，他们一同从橙色衣裙中取出所有的金子，藏在加斯科因床底下的一只面粉口袋里。

安娜随后返回烤架旅馆，穿着属于加斯科因已故妻子的黑色衣服，埃德加·克林奇过去的怀疑又死灰复燃。他感觉——这一次的感觉是正确的——安娜换衣服肯定与那些隐藏的金子有关，他苦涩地注意到她那件卖娼时穿的橙色衣裙现在已经失踪。他感到十分愤慨的是，安娜声称自己无力偿还欠他的债务，而他明明知道她拥有大量的金子；他的愤慨令他失去了理智，他恶狠狠地对她说话，给她下了驱逐令。

但是克林奇的威胁没有达到预期的效果。安娜·韦瑟雷尔已经把她的债务一笔付清，但用的不是她衣裙里的金子，也不是她依法所得的收入。她的债务是那天下午向克罗斯比的遗孀莉迪娅·韦尔斯借了六英镑支付的；她欠曼纳林的债务，据大亨估计远远超过一百英镑，用她与加斯科因从橙色衣裙中发现的金子偿还是绰绰有余的。安娜从此彻底离开了烤架旅馆。从那以后，她受莉迪娅·韦尔斯邀请到游人好运楼居住，在那里她将不再称自己为妓女。

莉迪娅·韦尔斯是否知道，卡弗遗失的货运板条箱最后落在了霍基蒂卡，那些衣服被安娜·韦瑟雷尔购买，而克罗斯比·韦尔斯小屋里的财富，正是约十个月前卡弗用来敲诈政治家劳德巴克的那笔财富呢？这个问题完全取决于安娜。安娜对自己在这个环环相扣的事件里扮演的角色知道多少呢？对于这件事，她愿意向莉迪娅·韦尔斯披露多少呢？很可能安娜并不知道那些衣服曾经是莉迪娅的。既然这样，韦尔斯夫人可能也不知道这个事实，因为安娜仍然穿着曾属于加斯科因亡妻的黑色衣裙，发誓要服丧一段时间。当然，穆迪想，安娜只需打开她房间里的衣橱，寡妇就会认出那些衣服……但是现在那些衣服都被金匠阿桂缝进了迷惑人的铅块，韦尔斯夫人单凭看一眼、摸一下，不可能意识到原先的一大笔财富已经被换成了毫无价值的替代品。克林奇就是这样被蒙蔽的。穆迪想知道，那天下午那个寡妇是不是就因为这个虚假的保障，而为安娜偿还债务的。

然而，如果安娜知道那五套衣裙曾经属于莉迪娅·韦尔斯，那么她肯定一直知道那一笔隐藏的财富，因此，她也知道十个月前劳德巴克遭敲诈勒索，被迫卖掉"一帆风顺号"的事。鉴于这种情况，穆迪心想，安娜胎儿夭亡时的情形突然似乎与眼前的神秘案件直接相关，因为安娜与弗朗西斯·卡弗的关系，正如她与莉迪娅·韦尔斯的关系一样，都是在座男人根本不知道的。

穆迪心不在焉地用手指抚摩着酒杯的边沿。所有这一切都不仅仅是机缘巧合的相关意外，应该有比这更好的解释。鲍尔弗几小时前是怎么说的？"一连串的巧合就不可能是巧合"，什么是巧合呢？穆迪心想，不就是有待解释的一连串事件中的某个特定时刻吗？

"至少，这是我们在其中的角色。"鲍尔弗用有些歉疚的口气补充说，"谈不上是答案，穆迪先生，但解释了我们今晚为什么聚在这里，也就是我们开会的目的。"

"也许有点超出了他的意料。"迪克·曼纳林说。

"总是这样——如果是真相的话。"鲍尔弗回答。

穆迪逐一看着每个人的脸：没有一个人可以真的被称为"有罪"，也没有一个人可以真的被称为"清白无辜"。他们都是——相关？涉及？被卷入？穆迪愁眉不展。他感觉没有确切的字眼儿来描述他们彼此之间的关系。普里查德用了"阴谋"这个词……但这个词不太合适，因为每个人的卷入都是这样偶然，每个人与事件的关系都是这样明显不同。不，真正的肇事者，真正的阴谋家，肯定是那些不在场的男人与女人——他们各自都有企图隐藏的秘密！

穆迪考虑那些缺席的人。

弗朗西斯·卡弗，正如这天晚上被多次断言的那样，肯定"操纵"了某些事件。至少根据劳德巴克的说法，卡弗是个喜欢敲诈勒索的大阴谋家；而且，他在克罗斯比·韦尔斯死亡那天访问过他，甚至可能是看着韦尔斯咽气的。卡弗的这种名声不该忘记，但也不该过分相信，穆迪想。卡弗不可能同时"操纵"每一件事，肯定不可能设计出如此缜密而规模庞大的阴谋，竟能同时指控十二个男人。

还有那个莉迪娅·韦尔斯，据称是韦尔斯和卡弗两人的妻子，阿利斯泰尔·劳德巴克昔日的情妇，而现在（如她最近向加斯科因透露的）又成为一个不知名男子的秘密未婚妻。韦尔斯夫人像卡弗一样，证明自己有能力进行最心狠手辣的敲诈勒索，说出最精致的谎言。她以前曾与卡弗搭档。她认领克罗斯比·韦尔斯财富的有效性将在适当时候受到法律裁定……穆迪想，即便她的申诉是有效的，她认领的方法往好处说不够礼貌，往坏处说，简直就是无情无义。穆迪感觉他对莉迪娅·韦尔斯的不信任要强过对卡弗的——当然，这说起来没有道理，因为他与莉迪娅素未谋面，他只是从报告中听说她，而且这是一份各执一词、五花八门的报告。

穆迪现在转向另外两个人，安娜·韦瑟雷尔和埃默里·斯坦斯——一月十四日晚上，在安娜陷入昏迷、埃默里失踪的数小时前，他们一直在一起。那天晚上到底发生了什么？他们在克罗斯比·韦尔斯事件中扮演了什么角色？无论是知情还是不知情，从表面上看，好像是埃默里·斯坦斯集所有的好运于一身，安娜却处处倒霉，然而安娜与死神擦肩而过，活了下来，而斯坦斯则大概没有。穆迪突然想到，在场的每个人，都以自己的方式，非常羡慕斯坦斯，非常猜忌安娜。斯坦斯作为探矿家，将好运气一人独揽；而安娜作为营地妓女，是一种共同财产，被大家共享。

还剩下政治家和狱守。穆迪将他们放在一起考虑。阿利斯泰尔·劳德巴克，如同他的对手乔治·谢泼德，是发号施令的人，是受到豁免的，无须对其行动的影响负全部责任，因为他们的突发奇想往往由别人贯彻执行。他们还有其他相似之处。劳德巴克很快就要获得韦斯特兰国会议员的席位；谢泼德很快就要在海景高坡上开始建设他的监狱和救济院。劳德巴克与莉迪娅·韦尔斯有私交，莉迪娅曾是他在赌场的情妇，谢泼德与弗朗西斯·卡弗也有私交，卡弗曾是悉尼监狱里的囚徒。

穆迪在脑海里把这些外围的人排成三对：寡妇与贸易商；政治家与狱守；探矿家与妓女。这种安排令穆迪高兴，因为他的思维是秩序井然的，任何类型的规律都会让他感到欣慰。在这个关系错综复杂、尚未解决的奇怪纠纷中，他突发奇想地开始琢磨自己扮演了什么角色。他想知道自己是否也有一个对应者。也许是克罗斯比·韦尔斯？他的对应者是那个死者吗？突然，穆迪想起了三桅帆船"一帆风顺号"上的那个幻影，不由自主地打了个寒战。

"说说你在想什么吧。"哈拉尔德·尼尔森说，穆迪意识到房间里的人等他开口已经有一段时间了。他们或多或少地带着期待的表情凝视着他——这些人因为个性不同，有的流露出自己的情绪，有的能够控制，有的则明明白白地写在脸上。穆迪想，这么说，我是解密人。侦探，这就是我要扮演的角色。

"不要催他，"哈拉尔德·尼尔森又对整个房间的人说——其实正是他在催促穆迪打破沉默，"让他按自己的节奏说。"

但是穆迪发现自己说不出话来。他逐一看着每个人的脸，不知道该说些什么。

片刻之后，普里查德身体前倾，将一根长长的手指按在穆迪的椅子扶手上。"听着，"他说，"你说过你在'一帆风顺号'的货物中发现了什么东西，穆迪先生——那种东西令你怀疑它的货运是否正当。那到底是什么呢？"

"可能是货运板条箱吧？"鲍尔弗说。

"鸦片？"曼纳林说，"跟鸦片有关的东西？"

"不要催他，"尼尔森又说了一遍，"让他自愿回答。"

沃尔特·穆迪这天晚上进入吸烟室的时候，并未打算泄露从达尼丁来的一路上发生的事情。他自己都几乎无法说清楚当时到底目睹了什么，更何况要讲给别人听，并且让他们听得明白。不过，在他刚刚听到的这个故事的上下文中，他看到自己最近的经历似乎为故事提供了某种解释。

"先生们，"他终于说，"我今晚荣幸地得到你们的信任，感谢你们讲的故事。我有一个故事回报你们。我认为我的故事中有几点是你们感兴趣的，虽然我所能做的，恐怕只是把你们现在的问题换成不同的问题。"

"好，好。"鲍尔弗说，"舞台是您的，穆迪先生，您请吧。"

穆迪顺从地站起来，转身背朝着壁炉。然而，他立刻感到这样做很愚蠢，后悔自己没有坐着不动。他将双手交叉背在身后，把身体重心放在脚后跟上，身体前后摇动几次，才开口讲话。

"我想在一开头就告诉大家，"他终于说，"我相信我有埃默里·斯坦斯的消息。"

"是好消息还是坏消息？"曼纳林说，"他还活着？你见过他？"

每当曼纳林张嘴说话，奥伯特·加斯科因的脸色都变得更难看，他还没有原谅大亨今天下午的鲁莽，也不打算原谅。加斯科因受了侮辱会耿耿于怀，记仇的时间很长。对于曼纳林的插话，他反感得咬牙切齿，嘴里发出嘶声。

"我不能完全肯定。"穆迪回答，"我必须警告你，曼纳林先生，我也要警告你们所有人，我的故事里包含某些特殊枝节，不能（我该如何解释呢？）使我立刻得出理智的结论。希望你们原谅我没有在今晚早些时候讲述我的整个旅程。坦白地说，当时我自己都没理清头绪。"

房间立刻变得非常安静。

"你们会记得，"穆迪说，"我从达尼丁来西海岸的旅程非常艰难。我希望你们还会记得，我在百般仓促中购买的船票，居然没有为我提供一张真正意义上的床铺，而只是统舱中的一个狭小空间。这个空间黑得伸手不见五指，散发着恶臭的气味，根本不是人待的地方。当暴风雨来临时，先生们，我在甲板上，因为我几乎整个旅程都待在那里。

"暴风雨最初似乎只是天气特别恶劣，只是一阵风雨吹打。然而，当它不断凝聚力量时，我变得越来越警觉。有人警告过我，前往西海岸附近的海域十分凶险，每一次前往矿区的旅程，都是死神跟噩梦女神的博弈。我开始感到害怕。

"我手里拿着手提箱。我希望把它送回舱内，那样的话，如果我被冲进海里，我的文件能保存下来，我可以用自己的真实名字得到一个像样的葬礼。因为我在码头时对水手说的是一个假名，你们还记得吧，我给他们看的是另一个人的证件。想到在我的葬礼上用一个假名——"

"可怕。"克林奇说。

穆迪鞠躬致礼。"您能理解。嗯，我在甲板上挣扎，紧紧地抱着手提箱，万分艰难地去开前舱门，因为风大极了，船体摇晃得很厉害。我终于勉强地推开舱门，把我的手提箱扔进黑洞……可是我的准头太差了。箱子砸到舱内甲板的边缘，箱盖被砸开了，箱子里的东西撒了出来。我的物品全部散落在货舱内，我必须摇摇晃晃地走下楼梯，把它们捡拾起来。

"我花了一些时间才爬下楼梯。舱内一片昏暗，然而，随着船身的摇晃和改变方向，从敞开的舱门投下的光照到货舱里，移动不定，转瞬即逝。这里有一种恶魔的气息。手提箱的扣带与链条摩擦着发出呻吟，这声音似乎直接来自地狱。货舱内有好几笼子鹅，还有很多山羊。这些可怜的动物嘎嘎、咩咩地叫着，用各种方式喊出它们的悲楚。我尽量手脚麻利地捡拾我的物品，因为除非绝对必要，我不愿在这种地方多待一会儿。虽然周围噪声四起，但我依然注意到另外一个声音。

"一种敲击声，是从靠我最近的一只货运板条箱里传出来的——一种狂怒的敲击声，很响，盖过了其他喧嚣声。"

鲍尔弗看上去十分警觉。

"听上去，"穆迪继续说，"仿佛有个人被困在里面，用四肢拼命捶打着。我大喊一声'喂'，打了个趔趄走过去——船晃动得厉害，从箱子里传出一遍又一遍地呼唤一个名字的声音：玛格达莱纳，玛格达莱纳,玛格达莱纳。于是我知道被困在里面的是一个男人,不是老鼠或任何其他动物。我挪过去,用最快的速度撬箱盖上的钉子,终于,箱盖被撬开了。我认为那大约是下午两点钟,"穆迪补充道,语气里带着微妙的强调,"反正,大约是在我们到达霍基蒂卡的四五个小时之前。"

"玛格达莱纳,"曼纳林说,"那是安娜。"

加斯科因看上去怒火中烧。

穆迪看着曼纳林,说:"请原谅,恐怕我没听明白。玛格达莱纳是安娜·韦瑟雷尔小姐的中间名吗?"

"这是给妓女的名字。"曼纳林解释道。

穆迪摇了摇头,表示依然不明白。

"就像每条狗都叫菲多,每头母牛都叫贝丝。"

"哦——是的,我明白了。"穆迪说,心里想,此人自己就是从事娼妓业务的,完全可以举两个更吸引人的例子。

"也许,"本杰明·洛温塔尔慢悠悠地说,"也许我们可以说——当然啦,带着合理的怀疑——那个在货运板条箱里的男人就是埃默里·斯坦斯。"

"他喜欢上了安娜,那是肯定的。"曼纳林同意。

"斯坦斯是在卡弗起锚的当天失踪的!"鲍尔弗说,身体前倾地坐着,"我的箱子也是那天丢失的!对了,原来如此!斯坦斯钻进了那只箱子——卡弗偷走了箱子——卡弗启程离开!"

"但出于什么目的呢?"普里查德说。

"你没有碰巧看一眼码头对接条?看一眼提货单?"

"没有。"穆迪简短地说。他的故事还没有讲完,他不喜欢在演讲中被打断。但房间里原本全神贯注的观众再一次发出一片杂乱无章的窃窃私语,每个人都表达自己的假设,抒发自己的惊讶。

"埃默里·斯坦斯——在卡弗的船上!"只听曼纳林说道,"当然，问题在于，他是自己钻进去的——这是一种可能，还是被意外带上了船——这是另一种可能，还是卡弗抓获了他，决定把他锁在货运板条箱里，对这一切完全知情——这是第三种可能。"

尼尔森摇了摇头，"那么，他当时说了什么——要知道盖子是被钉上的！人从里面是没法做到这点的！"

"你干脆说它是一口棺材吧。人怎么呼吸呢？"

"是松木板条——有缝隙——"

"肯定不够呼吸的！"

"汤姆，你的货运板条箱里面的空间足够容纳一个成人吗？"

"货运板条箱究竟有多大？"

"千万不要忘记卡弗与斯坦斯是生意上的合作伙伴关系。"

"大约跟运货板车那么大。你肯定见过的，沿码头堆放着。一个男人可以舒舒服服地躺在里面。"

"废矿认领区的生意合作伙伴！"

"说来奇怪，从达尼丁返回的旅途中，他仍然在板条箱里。这是不是很奇怪呢？这似乎可以说明，卡弗并不知道他在箱子里。"

"我们应该让穆迪先生把话说完。"

"你就是这么对待生意伙伴的吗——把他锁起来，让他自生自灭！"

唯一没有参与这番七嘴八舌讨论的，就是那两个华人，桂龙和苏永盛，他们正襟危坐，眼睛严肃地盯着穆迪——整个晚上他们都是这样。穆迪碰到阿苏的眼光——虽然后者的表情没有变化，穆迪却觉得他表达了一种同情，似乎非常理解穆迪不耐烦的感觉。

因为说的不是同一种语言，阿苏无法把他与弗朗西斯·卡弗打交道的故事完整地讲给当晚的与会者听。结果，除了卡弗犯了谋杀罪，阿苏决心报复外，讲英语的人对他的这个昔日伙伴的详情依然一无所知。此刻穆迪看着阿苏，用自己淡色的眼睛对视着阿苏黑色的眼睛。他想知道阿苏与卡弗两人之间共同的历史。阿苏只是吐露自己小时候就认识卡弗了,他没有披露其他任何消息。穆迪猜测阿苏的年龄为四十五岁,这意味着他出生于十九世纪二十年代初。那么,他与卡弗也许是在中国战争[①]期间认识的。

"穆迪先生,"考埃尔·德夫林说,"我们想问你这样一个问题:你相信货运板条箱里的那个人可能是埃默里·斯坦斯吗?"

整个房间立刻安静下来。

"我从来没见过斯坦斯先生,所以不会认出他来。"穆迪僵硬地说,"不过,是的,据我猜测是他。"

普里查德在心里计算着。"如果从卡弗前往达尼丁开始,斯坦斯就一直待在那只货运板条箱里,"他说,"那就一共是十三天没有水和空气。"

"不吉利的数字。"有人嘀咕道,这使穆迪想到目前聚集在吸烟室里的人也是十三个——他自己就是那第十三个。

"有这种可能吗——十三天?"加斯科因说。

"没有水?几乎不可能,"普里查德抚摩着下巴颏儿,"但没有空气,当然……不可能。"

"但他可能不是在离开霍基蒂卡之后就在箱子里的,"鲍尔弗指出,"他可能是在达尼丁时被放进去的——不知是出于他自己的意愿,还是被人强迫——"

"我的故事还没有说完。"穆迪说。

"对,"曼纳林说,"安静!他还没有讲完,闭上你们的嘴。"

人们停止了各种猜测。穆迪再次把重心放在后脚跟上摇晃,片刻后,重新开始说话。

"一旦我确定困在板条箱里的是一个人,"他说,"就赶紧帮助他

[①] 这里指的是中英第一次鸦片战争(1840—1842)。

出来——费了九牛二虎之力，因为他非常虚弱，呼吸极度困难。他似乎在敲打中耗费了所有的力气。我松开他的衣领——他戴着领巾，恰好在这个时候，他的胸口开始流血。"

"你是不是弄伤他了？"尼尔森说。

但是这次穆迪没有回答，他闭上眼睛，继续说下去，仿佛陷入一种恍惚状态："鲜血涌了上来——冒着泡泡，像抽水泵一样；那人抓住自己的胸口，试图把血止住，同时抽泣着呼唤那个名字，玛格达莱纳，玛格达莱纳……我惊恐地看着他，先生们，我说不出话来。那音量——"

"他是在箱子上划伤自己的吗？"尼尔森固执地再次问道。

"鲜血无疑是从身体内部涌出来的，"穆迪说，睁开了眼睛，"绝对不是划伤，先生。我不可能划伤他，除非是用指甲，而你们可以看到，我的指甲总是很短。我重复一遍，他从箱子里出来，坐直了身体以后，鲜血才开始迸涌而出。我想或许他的领巾上别着领带夹，但他没有戴领带夹，他的领巾系成一个结。"

普里查德皱起眉头，"那么在你打开箱子前，他一定已经受伤了。也许他划伤了自己——在你到来之前。"

"也许吧。"穆迪说，不置可否，"恐怕我对这件事的理解不那么……"

"什么？"

"嗯，"穆迪说，整理自己的思路，"让我换种方式说吧。他的伤似乎——非自然。"

"非自然？"曼纳林说。

穆迪显得尴尬。他对理智的分析抱有信心：他相信逻辑，并以同样平静的信念相信自己对逻辑的感知能力。对于他来说，真理是可以被完善的，一个完善的真理总是全然美丽、完全清楚的。我们已经提到穆迪没有宗教信仰，因此，他感知的真理没有神秘感，不会难以言表或无法解释，不会像物质性的乌云遮蔽霍基蒂卡的天空那样，让疑惑的迷雾模糊他的科学认识。

"我知道这听起来非常离奇，"他说，"但我甚至完全不能肯定板条箱里的男人还活着。通过船舱里的光线——和阴影——"他的声音逐渐消失，然后，他用更加严峻的声音说，"让我这么说吧，我甚至不敢肯定那个东西可以称之为人。"

"还能是什么呢？"鲍尔弗说，"如果不是人，还能是什么呢？"

"一个幻影，"穆迪回答，"某种幻觉，一个幽灵，我知道这听上去很荒唐。也许莉迪娅·韦尔斯能描述得比我强一些。"

接着是短暂的平静。

"接下来发生了什么，穆迪先生？"弗罗斯特说。

穆迪转身对银行经理说："恐怕我的下一个行动有点像个懦夫。我转过身，抓住我的手提包，手忙脚乱地爬上梯子。我撇下他在那里——仍然在流血。"

"我想，你没有看见提货单吧——在板条箱上？"鲍尔弗又问道，但穆迪没有回答。

"这是你最后一次见到这个人吗？"洛温塔尔说。

"是，"穆迪沉重地说，"我没有再进入船舱——到达霍基蒂卡时，乘客们都被平底船运送到岸上。如果那个男人的确是真人——如果他就是埃默里·斯坦斯，那么就在我们说话的这会儿，他仍然还在'一帆风顺号'上……当然，弗朗西斯·卡弗也是。他们俩都在海上，就在河口外面，等候着潮汐。不过也许这都是我的想象。那个男人，那些鲜血，所有的一切。我以前从未有过幻觉，可是……唉，你们知道，我不能完全确定。然而在当时，我相信自己看见的是幽灵。"

"也许确实如此。"德夫林说。

"也许是的，"穆迪说着，点头致礼，"如果有令人信服的证据，我会承认这个解释就是真相。但是请您原谅,在我头脑中,我知道这个解释是荒诞不经的。"

"不管是不是幽灵,我们似乎终于有了某种解决方案。"洛温塔尔说——他看上去相当疲倦了,"明天早上,当穆迪先生去码头领取他的行李——"

但洛温塔尔的话被打断了,吸烟室的门突然被推开,门猛烈地撞在墙上,房间里所有的人都大吃一惊。他们同时转过身,看见站在门口的是曼纳林手下的那个男孩,他气喘吁吁,紧紧地按着腰的一侧。

"灯。"他上气不接下气。

"怎么啦?"曼纳林说,费力地抬起身子,"什么灯?出什么事了?"

"沙嘴上的灯。"男孩说,依然捂着身体的一侧——呼吸急促而困难。

"快说!"

"我不行——"他开始咳嗽。

"你究竟为什么要跑成这样?"曼纳林大叫,"你现在应该在门外站岗!一动不动地站岗,该死的!我花钱雇你不是为了让你锻炼身体的!"

"是'一帆风顺号'。"男孩好不容易说了出来。

突然间,房间里异常安静。

"'一帆风顺号'?"曼纳林吼道,两个眼球暴突着,"它怎么了?快说,你这傻瓜!"

"沙嘴上的导航灯,"男孩说,"灯灭了——刮着大风,还有——潮水——"

"发生了什么事?"

"'一帆风顺号'触礁了,"男孩说,"在浅滩里沉没——它翻了，不到十分钟前。"他抽搐着吸了口气,"主桅杆断了——然后它又翻了一次——接着大浪冲进船舱,把它拖下了水。它完蛋了,先生。它完蛋了。它失事了。"

第二章

占卜

1866年2月18日

南纬42°43′0″／东经170°58′0″

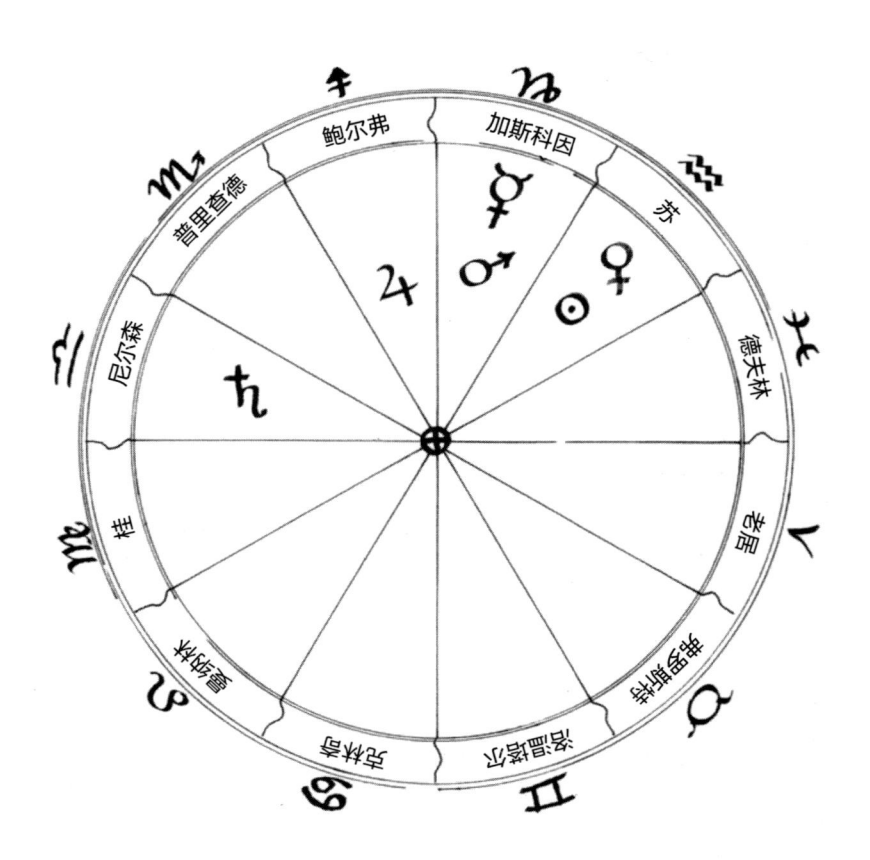

黄道

> 我们的忠诚已经转移,如我们的面容所昭示。

自从沃尔特·穆迪首次踏上沙滩,皇冠旅馆会议秘密召开,以及三桅帆船"一帆风顺号"加入浅滩沉船的行列之后,已经过去了三个星期。现在,十二个男人每次互致问候,心中均怀有灵犀——正如一个石匠在日光下遇见其行会成员,会向对方投去严肃而意味深长的目光。迪克·曼纳林在卡尼里的大路上冲着考埃尔·德夫林点头;哈拉尔德·尼尔森两次对托马斯·鲍尔弗脱帽致礼;查理·弗罗斯特与约瑟夫·普里查德在六便士酒吧排队吃早餐时,互致早安问候。对于新生的友谊,心照不宣的秘密总会产生加强的效果,大家会将怀疑的矛头指向圈外人:我们观察到,皇冠旅馆会议的男人们团结一致,与其说是因为共同的信念,不如说是因为共同的疑虑——这主要是针对圈外人的。在他们五花八门的分析中,谈到阿利斯泰尔·劳德巴克、乔治·谢泼德、莉迪娅·韦尔斯、弗朗西斯·卡弗、安娜·韦瑟雷尔,以及埃默里·斯坦斯,参加了皇冠旅馆会议的男人们话里的提示性越来越明显,虽说事实上没有任何确证，没有人被提审，没有任何新的信息再曝光。他们的信念更趋于幻想化，假设变得更不切实际，咨询变得更不贴题。未经证实的怀疑随着时间的流逝往往变得执拗、荒谬，成为情绪波动的牺牲品——沾染了普通迷信的所有特性——参加了皇冠旅馆会议的男人们被忠诚的纽带连接在一起，毕竟，在时间和运动的闪亮丝线内，他们如同所有的人一样，没有抵御影响的免疫力。

因为行星已经改变了在旋转星图中的位置，太阳已经沿着它在黄道路径的倾斜滚轮前进了十二分之一，伴随这种运动而来的是一个崭新的世界秩序，一个崭新的总体视角。随着太阳进入摩羯座，我们沉吟着、精算着，保持着我们的高远距离。当我们注视人类时，我们寻求修复他：我们为他的失败感到悲哀，衡量着他的天赋。我们无法想象他会是什么状况，他是否受到诱惑而背叛了本性，或者，更糟糕的是，他无须诱惑就主动地背叛了自己。但绝对的真相是不存在的，只有相对的真相，而天际的相对关系是由运动中的轮圈、倾斜轴和转动刻度盘组成的；它是一种发条编排，每分钟都在改变，绝不重复，永不静止。我们不再受庇于与世隔绝的往事回忆中。透过自己信念的幻象，我们现在向外观望：以希望完善这个世界的眼光看世界，想象自己生活在那里。

白羊座在第三宫

> 泰老·老居寻找工作；洛温塔尔的建议被拒绝。

到了焊缝街的报社办公室，泰老·老居发现房门被帽架撑开着，里面还传出口哨声。老居没有敲门就进了屋，穿过作坊进入后面的工作室，报纸编辑本杰明·洛温塔尔正坐在他的工作台旁，为星期一的《西海岸时报》排设版面。

洛温塔尔的左手握着一方约为学童直尺大小的不锈钢排字盘，右手选择微小的字块，麻利地将它们拼在一起，刻字面朝外，沿排字盘的边缘摆放——这项任务不仅需要他能从右往左阅读，而且要会看反着的字，因为小样文字既是反着的又是逆向的。一行文字被摆设好之后，他就将它们置入印版中，这是一个比大张报纸稍大一点儿的扁平不锈钢活版托盘；他在每一行字的下面塞入一条条细铅条，形成每行字之间的空隙，偶尔使用凸起的黄铜直尺，印刷出来便是字下面的实线。当最后一行字置入印版后，在活版托盘的四周插入版楔，再用一把木槌敲击它们，确保每个字块紧贴在一起；然后他用一块二英寸宽、四英寸长的平板拍平印版表面，保证每个字块高度相同。最后，他将手压辊在墨盘中蘸上油墨，将整个印版滚上一层乌亮的薄膜——操作迅速，使油墨来不及变干，然后将一张颤巍巍的新闻纸平铺在上面。洛温塔尔总是手工印制他的首样，以便能在将印版交付印刷之前检查是否有错误——他极少出现疏漏和错误，因为他生性追求完美。

他非常热情地与老居打招呼。"我相信自从'一帆风顺号'搁浅的那夜起，我就没再见过你，老居先生。"他说，"果真如此吗？"

"是，"老居带着一副漠然的神态说道，"我一直在北面。"他将目光投向对方的工作台：活字盒、油墨罐、碱液罐、刷子、镊子、木槌，各式各样的铅模块和铜模块，一碗有斑点的苹果，还有一把削皮刀。

"刚回来，是吧？"

"今天早上。"

"嗯，好，我相信我能猜出你为什么要回来。"

老居皱起眉头，"你怎么能猜出来？"

"怎么——因为寡妇的通灵会呗！我猜中了吗？"

老居一时间什么都没说，但依然皱着眉头。然后，他带着疑惑的口气问："什么是通灵会？"

洛温塔尔呵呵一笑，放下手里的排字盘，穿过房间，从盥洗台旁边拿起一份折叠好的星期六的报纸。"这儿。"他说，将报纸翻到第二版，用染着墨渍的手指点着一则广告，然后将报纸递给老居，"你应该一起去。通灵会去不了，那个你需要特殊的门票，而且要去参加场前聚会。"

这则广告占用了两栏多的版面，选用了十八磅的粗体字——那本是洛温塔尔专门为刊头和重磅头条保留的字号，四周为宽粗的黑边。游人好运楼将于当晚首次对外开放，楼主及经营人是达尼丁市前居民、克罗斯比的遗孀莉迪娅·韦尔斯夫人。为了纪念这一盛事，赫赫有名的通灵人韦尔斯夫人将屈尊举办霍基蒂卡的首场通灵会。这场通灵会仅限于精英观众,遵照"先来先得"的原则售票。正式开场前的晚上将举办"预测酒会",向眼睛雪亮的公众开放——鼓励大家共同以解放思想的心态参加。

最后这项训谕恐怕说起来容易做起来难,因为正如报纸上所说,这次通灵会的目的是通过韦尔斯夫人这个格外敏感的载体,探测灵魂的某种震颤,并对其进行研究,以打开这个时空境界与另一个时空境界之间的通道,从而建立与过世者的某种联络。韦尔斯夫人做出她的选择时,面对数目庞大的过世者人选,既过分挑剔,又过于自信:她计划召唤埃默里·斯坦斯先生的阴魂,而斯坦斯先生至今都没有返回霍基蒂卡,他的肉身,在缺席了五个星期之后,依然未被发现。

寡妇还没有明说她打算问斯坦斯先生的阴魂一些什么问题,但人们普遍认为,她肯定会问他是如何死亡的。任何一个值得尊重的通灵人都会告诉你,一个被谋杀的冤魂比一个平安离世的人的灵魂更令人津津乐道——莉迪娅·韦尔斯夫人是一位声名显赫的通灵人,这个自不必说。

"什么是通灵会?"老居再次问。

"是一个愚蠢透顶的把戏。"洛温塔尔兴致勃勃地说,"莉迪娅·韦尔斯向整个霍基蒂卡宣布,她要与埃默里·斯坦斯的灵魂交流,一大半的霍基蒂卡人竟然相信了她的话。通灵会本身只是一种表演。韦尔斯夫人会进入一种恍惚状态——仿佛是歇斯底里,或者癫痫发作,然后她会用一个男人的声音说几句话,或用你意想不到的方式让窗帘晃动,或给一个男孩一分钱让他爬上烟囱,冲着管道向下喊话。都是廉价的把戏表演。当然,每个人回家的时候都相信自己与幽灵有了接触。你刚才说你去过哪里?"

"亮水河,"老居说,"格雷茅斯。"他依然冲着报纸皱眉头。

"我猜，那里没有关于斯坦斯先生的消息吧？"

"没有。"

"这里也没有。说来遗憾，我们都快失去希望了，但也许今天晚上会得到一些线索。使我们产生怀疑的真正原因，你看，就是韦尔斯夫人一口咬定斯坦斯先生已经死了。既然她知道这点，那么她还知道些什么，她是如何知道的呢？啊，在过去的这两个星期里，众说纷纭，谣言四起，老居先生。说什么我也不会错过这场聚会。多么希望我手头能够有一张入场券啊。"

因为寡妇决定将通灵会的参加者限制在七个人——七是一个具有魔力的数字，听上去充满黑暗的神秘韵味。大约上午九点差一刻，洛温塔尔来到游人好运楼，极为遗憾地发现七个位置均已售罄。（在皇冠旅馆会议的男人中，只有查理·弗罗斯特和哈拉尔德·尼尔森成功地争取到了入场券。）洛温塔尔和另外几十个失望的人一起，只能满足于出席"预测酒会"这个前期聚会，不得不在通灵会正式开始之前离开现场。他企图花双倍的价钱从七位幸运者之一的手中买票，但无济于事。弗罗斯特和尼尔森均断然拒绝他的提议，事后，弗罗斯特提议，洛温塔尔或许愿意协助他事先制定一套侦查策略。

"门口要收取三个先令的门票。"洛温塔尔明确地说，生怕老居不识字，并隐瞒自己是个文盲。

"三个先令？"老居说，抬头望了望，这么一大笔钱，就为了一个晚上的娱乐，"为什么呢？"

洛温塔尔耸了耸肩，"她知道她能随心所欲地漫天要价，这就是她的做派。如果你喝酒喝得快，喝掉的白兰地或许还能把本捞回来：她实行无限续杯的做法，不按杯计价。可你说得对，这是强盗行为。当然，每两个人里面就有一个按捺不住想跟安娜说话的。安娜才是真正的卖点——真正的吸引力！你要知道，在这三个星期内，她就几乎没有在游人好运楼大门外露过脸，天知道那里面到底发生了什么。"

"我希望在你的报纸上刊登一条广告。"老居说。他将报纸扔在办公桌上,动作颇为粗鲁,报纸滑到了洛温塔尔的印版上。

"没问题。"洛温塔尔说,心中隐隐不快,他伸手拿起铅笔,"你把广告词准备好了吗?"

"毛利向导,经验丰富,英语流畅,当地知识渊博,为测量师、淘金汉、探险家等提供服务。保证成功,保证安全。"

"测量师、淘金汉、探险家,"洛温塔尔一边重复一边记录,"成功与安全。是的,非常好。然后,我写下你的名字,对不对?"

"对。"

"我还需要一个地址。你会在镇上住一阵子吗?"

老居犹豫了。他打算当晚返回绿玉神舟谷,在克罗斯比·韦尔斯废弃的小屋内过夜。然而,他不想把这个事实向洛温塔尔披露,因为洛温塔尔与埃德加·克林奇是密友,而这个居所从法律上讲是属于克林奇的。

自从三个星期前的皇冠旅馆会议之后,埃德加·克林奇就一直是老居沉思时频繁出现的人,尽管毛利人与帕克哈[①]之间的各种交易都发生在十年之前,但泰老·老居依然将绿玉神舟谷看成自己的领地,每当西海岸的土地被买去谋利,而不是加以运用时,他就会变得非常愤怒。据老居所知,克林奇在购买房地产之前,根本没有在绿玉神舟谷待过多长时间;买卖成交之后,也没有费心到目前法律上已经属于他的土地边缘走一走。克林奇购买土地的意义何在?他打算在那里定居吗?打算在那里耕耘土地吗?还是在那里砍伐原始森林?在河上筑坝?打矿井,也许,开金矿?当然,他除了将克罗斯比·韦尔斯小屋里能够变卖的东西掏光之外,根本没有再碰过它,即便是上述

---

① 帕克哈(Pakeha,毛利语)是当地人对本地白人的称呼。

买卖，也是请他人代理的。这纯粹是空心红利，无须技术，无须感情，也无须耐心工作的时间投入：这样的红利只会被浪费，因为它来自浪费，其下场必然是浪费。老居无法尊重一个将土地仅仅看作某种货币的人。土地不能铸造出来！土地只能用于生活，受人们的爱戴。

在这方面，泰老·老居绝不是表里不一。他游遍西海岸的每一寸土地，无论是徒步跋涉，还是借助马车、马背，或是轻舟。他将整个西海岸的全貌都装在心里，如同一幅丰富的绘画地图：在遥远的北方，在亚麻秆大筏子①和先人教导②，那里的苔藓肥厚而湿润，那里的植物叶片光亮如蜡，那里的灌木丛纠结在一起发出泥土的气味儿，那里的手掌棕榈树③叶子从树干上脱落下来，如同庞大而沉重的鲸鱼尾鳍一般躺卧在地上；向南方走，齐心合力④的青铜色树漆，普纳凯基⑤的千层岩，如皱褶的煎饼堆成的宝塔一般，霍基蒂卡北部的沼泽平川，总是笼罩在似雨非雨的迷雾中；接着是群山怀抱的湖泊；继续向南是沉默的峡谷，绿茵茂密；然后是蜿蜒的冰川，蓝色与灰色纹理交织的脉络；再向南是高耸的阿尔卑斯山脉蜂窝般的群峰；然后，终于来到最南端的匕首鞋⑥和热爱劳动⑦——宽阔的卵石海滩

---

① 亚麻秆大筏子（Mokihinui，毛利语）是新西兰南岛西海岸北部亚麻秆大筏子河口的一个小镇。
② 先人教导（Karamea，毛利语）是新西兰南岛西海岸最北的居民点。
③ 手掌棕榈树（Nikau，毛利语）是新西兰特有的地区性棕榈树，树高最多十五米，其红色果实是当地咯噜噜（野鸽子）喜欢吃的食物。
④ 齐心合力（Taramakau，毛利语）位于霍基蒂卡东北部齐心合力河一带。
⑤ 普纳凯基（Punakaiki，毛利语）是西海岸的一个小镇子，以千层石岩地貌著称，在涨潮时分海水通过大量垂直的喷水孔喷发。毛利语的意思是泉水堆岩。
⑥ 匕首鞋（Okahu，毛利语）是西海岸一带最南端的海湾，又名杰克逊海湾，北朝塔斯曼海，背靠南阿尔卑斯山脉，南方是险峻的峡湾地带。
⑦ 热爱劳动（Mahitahi，毛利语）属西海岸西南部热爱劳动河流域。

上散落着大树的朽树干，海浪永不停息地拍打着海岸，狂风无休止地咆哮。过了匕首鞋之后，海岸线变得陡峭而不可逾越。再向南，老居知道那里是南部峡湾的深水航道，傍晚时，太阳会突然落入陡峭的山后，使海水变成银子发乌时的那种熏黑色，阴影如同油腻的池塘。老居从来没有见过鸫鹩哀歌峡湾①，但听人说过，他同样爱着它，因为它是西海岸的一部分。

如此的一整条海岸带啊——其心脏之所在，就是绿玉神舟河，宝库，毛利人的圣地，历史最悠久的疆域②！如果说绿玉神舟谷是老居的赤道，将西海岸的土地分成两半，那么大致位于群山与海洋之间的克罗斯比小屋就是他的子午线。然而，老居不能宣称这土地是属于他的；他的家庭③不能宣称这是属于他们的，他的部落不能宣称这是属于他们的。早在克罗斯比·韦尔斯的尸体被安葬之前，绿玉神舟谷这上百亩起伏的大地就被一个利欲熏心的帕克哈购买了，此人曾以他的荣誉发誓，他是诚实地获得这片土地的，没有违反任何规则，他说，他敢肯定没有破坏任何法律。

"一家旅馆？"洛温塔尔说，"或一个小客栈？只要一个名字就成。"

"我没有地址。"老居说。

"嗯，这样吧，"洛温塔尔说，想法子帮助他，"我就写'查询由焊缝街的编辑转交'。怎么样？你可以在这个星期的晚些时候来找我，看是否有人询问过。"

"那好。"老居说。

---

① 鸫鹩哀歌峡湾（Piopiotahi，毛利语）又名米尔福德峡湾（Milford Sound），根据新西兰鸫鹩得名，可惜这种鸟今天已经灭绝，这里的峡湾险峻、绚丽，堪称自然景观之奇迹。
② 原文为毛利语。
③ 家庭（hapu，毛利语）。

洛温塔尔等着对方表示感谢，但老居什么都没说。"很好。"在一阵停顿后，洛温塔尔声音冷漠地说，"六便士，登一个星期。十便士两个星期，一先令六便士一个月，当然是要预付的。"

"一个星期。"老居说，把他钱包里的东西小心翼翼地抖进手心。一小堆零散的小钱，形象地说明他需要工作。自皇冠旅馆会议那天晚上起，他唯一的收入就是一枚银先令，还是在两个星期前的一次搏击游戏中赢来的。付完了洛温塔尔的广告费，他就所剩无几，连第二天吃饭的钱都不够了。

洛温塔尔看着老居数便士，看了一会儿之后，他用更和气一些的声音说："我说，老居先生，如果你手头缺钱，或许愿意走下沙嘴去。吉布森码头正在招劳力呢。你可能还没有听见一小时前响起的铃声。'一帆风顺号'终于要被打捞出水了，你看，他们需要人手清理货物。"

在过去的三个星期里，这条三桅帆船已被两条大拖船拖到较浅的水域。在浅水区，船体被拖到滚轮上，与岸齐平。早上退潮时，船终于被一组格士德大马和绞车拖出了海浪冲击区。它现在停靠在干沙嘴上——沉船被毁坏得如此严重，与其说像是一头躺在沙滩上的水怪，不如说更像是一头从天而降的妖兽。洛温塔尔早上绕道路过沙嘴，他觉得这条船是从高处掉下，被摔散在那里的。三根桅杆全部在根部断掉，没有船帆与索具的船身几乎像是被剃净的光头。在继续上路前，洛温塔尔盯着它看了好一会儿。一旦船上的货物被搬下来，配件被拆除，船身就将被化整为零地一件件卖掉，用于回收利用和零件修复。

"既然说起这事儿，我告诉你，"洛温塔尔继续说，"在货物被清理期间，如果我们中间有个人在现场，可能会对我们大有好处。我的意思是，关于汤姆的货运板条箱——不管穆迪先生认为他在船舱下面看见的东西是什么。你可以充当我们的耳目，老居先生。你有完全站得住脚的借口，如果你缺钱，就需要诚实的工作，没有人会质问你任何前因后果。"

但老居摇了摇头。他已经暗自发誓，永远不再跟弗朗西斯·卡弗打交道，无论在什么样的情况下。"我不干杂活。"他说，将六枚一便士硬币放在台面上。

"去吧，去'一帆风顺号'那里看看吧。"洛温塔尔坚持道，"没有人会问你任何问题。你有完全站得住脚的借口。"

但老居不喜欢采纳别人的建议，无论是多么好的意图。"我要等测量的工作。"他说。

"你可能会等很久的。"

老居耸了耸肩，"可能吧。"

洛温塔尔恼怒起来，"你怎么就不明白道理呢，除了为你自己考虑，这还是你给大家帮个大忙的好机会。如果你没有入场券，就没法参加寡妇的聚会，如果你钱包空空，就买不起入场券。到吉布森码头去吧，干一天活，为我们大家行个方便。"

"我不想参加那个聚会。"

洛温塔尔感到难以置信，"究竟为什么呢？"

"你说过那是愚蠢的，不过是一场耍把戏的表演。"

两人之间出现了一片沉默，然后洛温塔尔说："你知道他们调来了一位大律师吗？名叫约翰·费罗斯先生，来自格雷茅斯警察局。他被调来解决克罗斯比·韦尔斯事件。"

老居耸了耸肩。

"咱俩说话的这个时候，他正在进行调查，"洛温塔尔继续说，"搞清楚这个案件是否值得深究。他正在给最高法院的法官打报告。最高法院意味着谋杀案，老居先生，一起谋杀案的审判。"

"我跟谋杀案没关系。"老居说。

"也许没关系，但我们俩都明白，你跟我们大家一样卷入了这场混乱。快点吧！穆迪先生在'一帆风顺号'船舱里看见了某样东西，你有一个绝好的机会弄清他究竟看见了什么。"

然而老居不在乎穆迪先生看见了什么，或没有看见什么。"我要等一份诚实的工作。"他又说了一遍。

"你可能应该表现出一点忠诚。"

老居听到此话，大怒道："我没有打破自己的誓言。"

洛温塔尔把手放在工作台那一堆便士上，将硬币扫入他的围裙口袋。"我指的不是对皇冠旅馆会议的那伙人，"他说，"我的意思是对你的老朋友韦尔斯，毕竟我们说的是他的遗孀嘛。他的遗孀、遗产，还有对他的记忆。当然，你如何处世，悉听尊便。但如果我是你，我就会把出席今晚的聚会当成自己的一项任务。"

"为什么？"老居轻蔑地吐出这几个字。

"为什么？"洛温塔尔说，重新拿起他的排字盘，"为什么要对你的好朋友韦尔斯表示忠诚呢？我认为你亏欠了那个男人，因为你把他出卖给了弗朗西斯·卡弗。"

木星在射手座

> 托马斯·鲍尔弗一时不够谨慎,旧话重提;阿利斯泰尔·劳德巴克提笔写投诉信。

星期三早上,阿利斯泰尔·劳德巴克就离开了霍基蒂卡,主要原因是他在宫殿旅馆楼上的套房中,对"一帆风顺号"的残骸一览无遗,他触景生情,感到苦涩不堪。当他得到在格雷茅斯镇大厅演讲的机会,并受邀到红薯镇①附近的竖井开采矿区剪彩时,便立刻欣然地接受了这两项邀请。此刻,让我们跟随他的身影——劳德巴克正在快速穿越红薯镇湿地,肩头扛着一支夏普斯制造的运动来复枪,手里提着满满一包子弹。与此同时,老居离开了洛温塔尔。陪伴在劳德巴克身旁的是他的朋友托马斯·鲍尔弗,同样的武装,同样因健康运动而红光满面。两人花了一上午的时间打猎,此时正在返回歇马的地方,两匹马被拴在峡谷的边缘,他们从这个距离能够看见马儿,它们衬在蓝天下,像一白一黑两块补丁。

---

① 红薯镇(Kumara,毛利语),霍基蒂卡东北部二十七公里处的一个小镇。

"绝妙的一天！"劳德巴克惊叹，既是对鲍尔弗也是对自己说，"真是伟大绝妙的一天！嘿，连下雨都可以原谅了，难道不是嘛——雨过天晴，太阳终于露出脸来了。"

鲍尔弗大笑，"原谅，也许吧，但不会忘记。我可忘不掉。"

"真是山河壮丽。"劳德巴克说，"看看这些颜色吧！这是新西兰的颜色，经过了新西兰甘雨的洗礼。"

"而我们是新西兰的爱国者。"鲍尔弗说，"这景色都是我们的，劳德巴克先生。尽收眼底。"

"的确是的，"劳德巴克说，"大自然的爱国者！"

"没有必要打出一面旗帜。"鲍尔弗说。

"我们是多么幸运啊，"劳德巴克说，"想一想，有多少人见过这幅风景。想一想，有多少人踏上过这片土地。"

"我相信多于我们的预料，"鲍尔弗说，"因为这些鸟儿已经学会了看见我们就飞向四方。"

"你过高评价它们了，汤姆，"劳德巴克说，"鸟是非常愚蠢的。"

"我应该记住你的话，留着你下一次提着一对鸭子回家，长篇大论地描述你是怎样诱捕它们时用。"

"你随便说，不过我依然会给你讲整个故事。"

对于托马斯·鲍尔弗来说，这种友好的交流非常受欢迎。在过去的三个星期里，劳德巴克一直是个过分的损友，鲍尔弗早已厌倦了他那反复无常的情绪——时而脆弱，时而凶狠，时而尖酸刻薄。每当希望破灭时，劳德巴克便退回幼稚的行为模式，"一帆风顺号"的失事使他身上出现了与自己不相称的变化。他变得非常嫉妒有众人陪伴的人，总是需要前呼后拥，受人照顾。他不愿独自一人待着，无论时间长短，总要设法阻挠独处的场合，即便是在不得已的情况下。他的公开举止没有变化，依然精力旺盛，在讲台上演讲时充满说服力，但他的个人行为变得十分暴戾，最轻微的刺激都会让他立刻大发脾气。他公开蔑视自己的两个忠实助手，而这些情绪的变化被他们归因于政治生活的压力，他们也不会提出抗议。这个星期天，由于来复枪的短缺，再加上劳德巴克不愿将自己的好处与人分享，两个助手暂时无须陪伴劳德巴克了。遵照劳德巴克的指示，主人不在时，他们要待在红薯镇小教堂里，思考他们的罪孽。

阿利斯泰尔·劳德巴克是个极度迷信的人，他感觉自己的运势突变应该追溯到他抵达霍基蒂卡的那天晚上，从他撞上隐士克罗斯比·韦尔斯的尸体时算起。当他纠结于从那天起他遭遇的所有不幸时，尤其是"一帆风顺号"的失事，他对整个韦斯特兰都感到寒心，仿佛这整个荒凉地区都在同谋策划跟他作对，阻挠他实现愿望。"一帆风顺号"的残骸就是一个证据，在他的脑海里，这个地方正在诅咒他。（这个想法并非假设的那么不理智，因为霍基蒂卡浅滩移动的主要原因，是从霍基蒂卡河上游认领区冲下来的淤泥和砾石堆积在河口，肉眼无法辨别，只因潮汐而永恒变化的模式：从本质上讲，"一帆风顺号"的葬身之地就是数千个认领区的废渣堆，每一个霍基蒂卡人都会说，它是沉船的部分原因。）

"一帆风顺号"失事几天之后，托马斯·鲍尔弗向劳德巴克坦白，事实上装有劳德巴克文件及其个人财务的货运板条箱已经从吉布森码头失踪，由于提货单的错误，似乎找不出一个被问责的人。劳德巴克听到这个消息感到非常沮丧，但并无真正的兴趣。反正"一帆风顺号"已经毁了，他没有理由敲诈弗朗西斯·卡弗，之所以想那样做，也只是为了赢回他心爱的帆船：那条三桅帆船的销售票据，连同他的其他财物一起，存放在了那只箱子里，这对于他来说已经失去了影响力。

最近每天晚上，劳德巴克都在掷骰子，赌博是他的一个弱点，每当感到耻辱或倒霉的时候，他便会沦为赌博的牺牲品。他自然要求乔克和奥古斯都也染上这种恶习，因为他无法忍受独自坐在赌桌旁。两个助手尽职尽责地履行义务，但下赌注的时候总是小心翼翼，而且早早就退场。劳德巴克下注时脸色严峻，对于他来说，获胜意味着异乎寻常，他对待自己的筹码如同他的威士忌一样小心谨慎，他缓慢地饮酒，只为了撑过一夜，坚持到黎明。

"你没打算今天下午就骑马回去，对吧？"此刻他对鲍尔弗说，带着表示遗憾的强烈口吻。

"我本打算如此，"鲍尔弗说，"是的，确实如此。我打算在下午茶之前回到霍基蒂卡。"

"推迟一天吧，"劳德巴克恳求道，"今晚一起去根西楼玩花旗骰吧，你自己骑回去没有意义。我必须住下来，因为明天早上要剪彩，而明天正午前我就会回到霍基蒂卡。确切地说，是中午。"

但鲍尔弗摇了摇头，"没办法。我明天早上的第一件事就是接收货物，星期一准点准时。"

"你肯定没有必要在场——为了接货！"

"哦，但我需要时间处理财政验收。"鲍尔弗露齿一笑，"跟上个星期三比，我的赤字又多了十二英镑，也就是说十二英镑落入了你的腰包。你知道，骰子的每一面都是一英镑。"

（鲍尔弗隐瞒了他匆忙离开的真实原因，那就是他希望出席当晚寡妇在游人好运楼前厅举办的"预测酒会"。自从政治家在宫殿旅馆的餐厅中坦白之后，他就没有跟劳德巴克提过韦尔斯夫人，为慎重起见，他决定最好让劳德巴克自己在他认为适当的场合下，主动提起这个话题。然而，劳德巴克也一直避免提到韦尔斯夫人，不过鲍尔弗感觉他的沉默中带着紧张甚至绝望的性质，仿佛任何时刻都可能号啕大哭，呼唤她的名字一般。）

"这使我想起我的学生时代，"劳德巴克说，"我们要为骰子上的每一点挨一鞭子——如果被他们抓住的话。每一枚骰子上有二十一点，这个琐细的事实我是永远不会忘记的。"

"我不会一直待到丢掉我的二十一英镑,如果那就是你的愿望。"

"你应该住下来,"劳德巴克坚持道,"只是多住一夜,应该住下来。"

"瞧这美妙的蕨叶。"鲍尔弗说——的确美妙极了:完美的曲线,如同小提琴的琴头卷轴。鲍尔弗用枪口触摸它。

最近劳德巴克脾性的改变,已经对他与托马斯·鲍尔弗的友谊造成了非常恶劣的影响。鲍尔弗相信,劳德巴克没有将他与弗朗西斯·卡弗和克罗斯比·韦尔斯曾打过交道的真相告诉他,这种排斥使鲍尔弗非常不愿意盲从劳德巴克。当劳德巴克表达自己的不满时,无论是针对韦斯特兰方面的,还是针对浅滩、冷盘晚餐、一次性衣领、假冒产品、德国芥末、首相、鱼肉中的鱼刺、吹牛、劣质靴子,还有雨,鲍尔弗的回应比一个月前更加冷淡。坦白地说,劳德巴克已经失去了自己的优势,这点他们俩都心知肚明。政治家不愿意承认他们的友谊已经降温,他坚持用与过去完全一样的方式对鲍尔弗说话,也就是说,语气总是慷慨激昂,偶尔带着白眼儿,极少卑微谦逊。而鲍尔弗呢,只要一心一意认定一个目标,他本人也能做到目空一切,那个目标就是坚持怨恨着劳德巴克。

此刻,他们取回了马,备鞍上马,马儿缓慢小跑,前往红薯镇。他们骑马上路没有多久,劳德巴克再次挑起话头。

"我们说过一起到海景停一停——在回去的路上,"他说,"看一看监狱的地基。"

"是啊,"鲍尔弗说,"你得把你看见的一切告诉我。"

"看来我只好独自一人去了。"

"独自一人——跟乔克和奥古斯都一起!三人行中的独自一人!"

劳德巴克在马鞍上挪动了一下,似乎感到不满,随后他说:"那个狱守叫什么名字来着——谢菲尔德？"

鲍尔弗目光锐利地瞥了他一下，"谢泼德，乔治·谢泼德。"

"谢泼德，是的。我想知道他是否瞄准了裁判官的职位。他把特派专员的预算做得非常好——一切都进展得如此顺利，他的确干得很漂亮。"

"我想是的。你瞧这个！"鲍尔弗用马鞭的一头指着另外一片蕨叶，比第一次指的那片带着更多橙色，更加毛茸茸，"多么可爱的形状啊，"他补充道，"它在运动？仿佛在运动中静止定格了。奇妙的想法！"

但劳德巴克没有被形状可爱的蕨叶分心。"他当然瞄准了特派专员的口袋，"他说，继续谈论着乔治·谢泼德，"我猜想他是裁判官的老朋友。"

"那么，也许他们是肥水不流外人田。"

"他的野心很令人怀疑。你不觉得吗？我指的是那个监狱。谢泼德对这个项目的奉献，对整桩事情的投入。他干得真是十分出色。"

劳德巴克作为一个有抱负的人，很容易怀疑别人的野心。然而，鲍尔弗只是哼了一声。

"什么？"劳德巴克说。

"没什么。"鲍尔弗说。（但其实不是没什么！某个人在道德方面获得赞誉——无论多么不相干——又不相配，都会令他感到讨厌。）

"什么？"劳德巴克追问道，"你发出了一点儿声音。"

"嗯，算一算开销，"鲍尔弗说，"绞刑架的木材、栅栏的铁料、地基的石头，每天都开工资的二十个壮劳工。"

"什么？"

"特派专员的预算鬼才信！"鲍尔弗大喊，"那笔钱一定是来自另外某个地方——另有来源！你在心里算一算吧！"

劳德巴克侧头看着他，"私人投资？你的意思是？"

鲍尔弗耸了耸肩。他完全知道乔治·谢泼德建造监狱的资金来自哈拉尔德·尼尔森处理克罗斯比·韦尔斯遗产所获得的佣金，但他在皇冠旅馆会议上已经发誓要保密，他不喜欢食言。

"你是说私人投资？"劳德巴克又追问道。

"听着，"鲍尔弗说，"我不想打破我的誓言，不想踩任何人的脚指头。但我告诉你，你应该在海景停留一下，应该四处嗅一嗅。这就是我要说的一切。四处嗅一嗅，你可能就会搞清楚一些名堂。"

"这就是你要早回家的原因吗？"劳德巴克质问，"为了回避谢泼德？你们两人之间有什么猫腻吗？"

"不！"鲍尔弗说，"不，不。我得到了小道消息，仅此而已。"

"小道消息？谁呢？"

"我不能说。"

"得啦，汤姆！不要拿骄傲的态度对付我。你到底是什么意思？"

鲍尔弗想了一下，眯起眼睛，越过谷底朝东面起伏的山坡上眺望。鲍尔弗的坐骑比劳德巴克的黑牡马稍微矮一点儿，而且自己的个头也比劳德巴克略矮，因此，他的肩膀比对方整整矮了一英尺——即便此刻他挺直了腰板。"这只是常识，不是吗？"他说，"二十个壮劳力同时打地基？所有的材料都是现金支付？那不是政府议会资金的支付方法。你自己知道这个！谢泼德一定在用现款交易。"

"到底是什么？"劳德巴克说，"是常识，还是小道消息？"

"常识！"

"这么说你没有得到小道消息喽？"

"有，我有，"鲍尔弗激动地说，"但我同样可以琢磨出来。这就是我要说的，我同样能够自己琢磨出来。"

"这到底能起到什么作用呢？"

"指什么?"

"给你提供小道消息!"

鲍尔弗皱着眉头,"我不知道你在说什么,你的话没有任何道理。"

但劳德巴克说得完全有道理,对此鲍尔弗心知肚明。"没有任何道理,汤姆,"劳德巴克说,"关键是那个泄露有关监狱事务的人就是你!鲍尔弗货运怎么会在乎什么公共基金的花费?你又怎么会在乎什么私人投资?除非这种投资被包在其他的包裹中。"

鲍尔弗摇了摇头,"你错怪我了。"

"也许与其中的一个重犯有关,"劳德巴克说,"私人投资,用来交换。"

"不,不,"鲍尔弗说,"不是那样。"

"那是怎样?"

看鲍尔弗不能立刻回答,劳德巴克又说道:"听着,如果这与私人基金有关,那就是竞选运动的事了,而我有必要搞清楚。马上就要选举了,匆忙交到特派专员办公桌上的任何东西都值得搞清楚——显然这个名叫谢泼德的人正在匆忙干着什么。在我看来,他似乎有政治上的企图,我想知道那究竟是什么。如果都是常识问题,那你为什么不干脆把你知道的都告诉我呢?如果有人问起,我就假装都是我自己琢磨出来的。"

对于鲍尔弗来说,这似乎足够合理。他对劳德巴克的情谊在过去一个月中还没有完全烟消云散,尽管他脑海里可能已经产生了一些新的看法,但仍然想保留这位政治家对他的好感。把谢泼德钱款的来源告诉劳德巴克也不会有什么害处——如果劳德巴克假装是他自己琢磨出来的,那就没事!

劳德巴克话语中突然呈现出的敏锐,这个年长者为了获取消息而表露出的热情,也使鲍尔弗为之感到高兴。他不喜欢劳德巴克闷闷不乐，政治家情绪的这种突然变化，令鲍尔弗想起昔日的劳德巴克，达尼丁岁月的劳德巴克，言如将军，行如国王。他发了大财，然后又翻了一倍，进入了首相的社交圈。绝对不会因为不想孤身一人带着忧愁去赌场，就去哀求他人在红薯镇上多住一夜。鲍尔弗同情眼前衰老的劳德巴克，依然非常喜欢他，此刻劳德巴克恳求从他这里得到消息，令他感到受宠若惊。

所以，在长长的停顿之后，鲍尔弗把他所知道的关于监狱的事情告诉了这个老相识：监狱的建造得到了克罗斯比·韦尔斯小屋中发现的一部分横财的资助。他没有说这种安排的前因后果和操作过程，也没有说是谁告诉他的。他说这项投资是在乔治·谢泼德的教唆下发生的，在克罗斯比·韦尔斯死亡两个星期之后，而且狱守十分希望对此事保密。

但劳德巴克的法律修养也是相当了得：他是一位精明的检察官，如果对方没有完全说出真相，他是从来不会被蒙蔽的。他问了款项的数额，鲍尔弗回答投资总额略多于四百英镑。劳德巴克迅速质问为什么这项投资是小屋中发现横财总价值的十分之一，当鲍尔弗保持沉默时，他以更加惊人的速度猜中了，百分之十是标准的佣金利率，也许这笔投资代表了代理商的所得。

劳德巴克如此迅速地琢磨出其中的奥秘，令鲍尔弗感到震惊，他抗议说，这不是哈拉尔德·尼尔森的错。

劳德巴克大笑，"他同意了！他交出了他的佣金！"

"谢泼德把他逼到了死角。他不应该受到责怪。那种提建议的方式，只差一点儿就算是敲诈勒索了——真的。你不该落井下石。你不该，看在尼尔森先生的分儿上。"

"一笔私人投资，在最后一刻冒了出来！"劳德巴克惊叹（他对哈拉尔德·尼尔森没有什么特殊兴趣，只是一个多月前在霍基蒂卡的明星旅馆遇见过一次。尼尔森给他的印象是井底之蛙，满足于三四个忠实听众,一喝起酒来就废话连篇。劳德巴克将他简单地归类为一个讨厌的人,总是自我满足,永远成不了大器。)他在马镫上站起来,"这是政治,汤姆——啊,这是政治,好吧!你知道谢泼德想干什么吗?他想在韦斯特兰获得席位之前就把监狱建造起来,他一直在用私人投资发展他自己的事业。啊哈!对此,我有话要在《西海岸时报》上说——放宽心吧!"

然而,鲍尔弗对此忧心忡忡,怎么也无法感到安宁。他提出抗议,经过简短的谈判后,劳德巴克同意略去尼尔森的名字不提——"但我不会给乔治·谢泼德同样的礼遇。"他补了一句,再次放声大笑。

"我猜,你认为他担任区裁判官的希望不大。"鲍尔弗说——他想知道劳德巴克本人是否计划谋取这个显赫的职位。

"我对区裁判官的职位不屑一顾!"劳德巴克回答,"这是个原则问题:这就是我所坚持的立场。"

"原则在哪里?"鲍尔弗说,一时被搞糊涂了:劳德巴克其实是在乎区裁判官这一职位的。是他首先提及这件事,而且带着一种非常粗暴的态度。

"那家伙是个贼!"劳德巴克大喊,"那笔钱属于克罗斯比·韦尔斯——无论是死还是活。乔治·谢泼德没有权利按照他的个人喜好去花别人的钱,我不管他用来干什么!"

鲍尔弗没有作声。在此之前,劳德巴克从来没有提到过韦尔斯小屋里发现的那笔横财,或表示出对于如何处置它有过任何兴趣。他也从来没有提及围绕寡妇认领亡夫遗产的法律混战。鲍尔弗假设这种沉默是牵涉到莉迪娅·韦尔斯的缘故,因为劳德巴克依然为过去的耻辱而感到尴尬,不愿提到莉迪娅的名字。但是现在看来,劳德巴克几乎是跳起来为克罗斯比·韦尔斯辩护。仿佛劳德巴克一直把克罗斯比·韦尔斯横财的问题深深地藏在心里,有着自己尖锐的看法。鲍尔弗瞥一眼对方，然后扭过头去。莫非劳德巴克已经猜到，在韦尔斯小屋里发现的那笔横财就是一年前他遭敲诈勒索的那笔钱？鲍尔弗的兴趣被激起来了。他决定刺激一下对方。

"这到底有什么关系呢？"他轻描淡写地说，"嗨，那笔财富很可能一直是从别人那里偷来的，根本不属于克罗斯比·韦尔斯。像他这样的人，拿着四千英镑干什么呢？他是个废物，这不是什么秘密，废物与贼，确实只有一步之遥啊。"

"那没有证据——"劳德巴克开口道，但鲍尔弗打断了他。

"如果有人在他死了之后再把横财偷回去，又有什么关系呢？这就是我要问的问题，说不定这钱一开始就是肮脏的呢。"

"有什么关系？"劳德巴克暴跳如雷，"这是个原则问题——正如我说的，这是原则！你不能通过犯罪来破获罪案。从贼那里偷窃——这依然是犯罪，无论你说得怎样冠冕堂皇！不要太荒唐了！"

如此说来，劳德巴克是克罗斯比·韦尔斯的辩护人——看样子还是个丧心病狂的辩护人。这很有趣。

"可你会得到你想要的公立救济院。"鲍尔弗说——口气依然轻描淡写，仿佛他们在讨论非常微不足道的小事，"那笔钱又没有被挥霍掉，它被用来建设公共设施。"

"我不管谢泼德监狱长是把钱揣进自己腰包，还是用来建设祭坛，"劳德巴克断然地说，"那是一个借口，那是用目的为他的不择手段辩护。我不能接受那样的做法。"

"不是随便哪项公共设施，"鲍尔弗继续说，仿佛劳德巴克什么都没有说似的，"你毕竟会得到你的救济院的！好啦，你还记得我们在宫殿旅馆的谈话吗？'女人的出路是什么'？'对另一种生活的自由选择'——以及所有那些谈话？嗯，我们很快就会有一次自由选择！乔治·谢泼德已经这样行动了！"

劳德巴克看上去怒气冲冲。三个星期前他谈论救济院的功绩时曾经说过的话，他记得非常清楚，但不喜欢别人将他的话引用给他自己听，除非是出于赞同的目的。

"这是不尊重死者，"他断然地说，"这就是我要表达的意思。"

但鲍尔弗不是那么容易被劝阻的。"我说，"他突然惊呼起来，仿佛一个念头刚刚闪过他的脑海，"弗朗西斯·卡弗用来要挟'一帆风顺号'的那些金子——它们已经被缝进衣服衬里了……"

"怎么讲？"

"嗯——你再也没有见到那些金子，是不是？杳无音信。然后，仅仅一年之后，同样一笔钱——差不多的数额——在韦尔斯的小屋里冒出来。四千英镑多一点儿，也许那是同一堆金子呢。"

"非常可能。"劳德巴克说。

"人们不禁要问它是怎么跑到那里去的。"鲍尔弗说。

"的确如此。"劳德巴克说。

他们在金狮旅馆分手——劳德巴克显然放弃了让鲍尔弗在红薯镇多待一天的愿望，他跟他的朋友草草道别，内心毫无遗憾。

鲍尔弗在十分不舒服的状态下朝霍基蒂卡出发。他承诺过要为尼尔森保密，就像他对皇冠旅馆会议中每一个人做出的承诺那样，可现在他打破了这项承诺。为了什么呢？他背弃了自己的誓言，获得了什么呢？鲍尔弗对自己感到厌恶，用脚跟踢母马的侧腹，刺激它慢跑起来。他让马儿一路小跑，一直来到绿玉神舟河口，在这里他必须下马，牵着它走下海滩，小心翼翼地蹚过浅水，湍急的河流在这里如同扇子般流散在沙滩上。

劳德巴克没有停下来目送朋友策马离开。他已经开始在心里酝酿自己要写的信。他集中精力，噘着嘴，眉头间竖起一道皱纹。他把马牵到马厩，把六便士塞到养马人手中，旋即退回楼上自己的房间里。他进屋后，立刻锁上门，将写字桌拖进窗户下一片菱形的阳光里，取来一把椅子，坐下，掏出一张白纸，然后将笔压在嘴唇上，经过最后一番沉思，胸有成竹之后，俯下身子写道：

一笔死后的投资？——给《西海岸时报》的编辑

阁下：

乔治·谢泼德先生最好在该报公布一个人员名单，列出在海景高坡建设霍基蒂卡监狱所任命的人员姓名，同时发表一份声明，公开签订建筑合同的双方，揭示投入每项工作的资金数额、至今垫付补贴的款项，以及完成各项施工或各项设施所需的额外费用（若有发生）。

我相信谢泼德先生有严重的违规行为，这份报告有助于澄清我的认识。我认为，霍基蒂卡监狱的初级建设由私人捐款资助，未经省议会、韦斯特兰公共工程委员会、市政委员会的同意，甚至实际上未经投资者本人的同意，因为这笔投资是在他死后约两个星期完成的！我在这里略微提一句，克罗斯比·韦尔斯先生的房地产一直是贵报频繁炒作的热门话题。根据我的理解，这笔资金（如果可以这样称呼这笔钱）是在韦尔斯先生死后从他的住所提取的，未向公众披露，便被部分用来营造未来监狱。如果这种理解是错误的，我愿接受纠正。与此同时，我要求谢泼德先生本人立即对此事予以澄清。

我认为，谢泼德先生最好在这件事情上保持其行为的透明度，这不仅因为他希望建造的设施具有特殊性，这笔资金的起源存在问题，还因为公共资金管理的财务透明度极其重要，尤其是我省拥有如此丰富的黄金，却是个发展欠缺的地区，容易悲哀地沦为腐败原始诱惑的牺牲品。

阁下，我对谢泼德先生的意图保持高度重视，在发起这个建设项目时，我相信他的行为依然是怀着对殖民地法律应有的尊重，出于为普通移民谋利益的初衷。但为了广大人民的利益，我只恳求重申我的信念，所有私人支持的公共工程必须具备透明度。

向阁下以及韦斯特兰省的广大人民顺致敬意——

阿利斯泰尔·劳德巴克，省议员，国会议员

一八六六年二月十八日

他身体后倾地坐着，大声朗读起这份文件，仿佛在为一个重要的公共演讲做彩排；然后，他满意地折好信纸，把它放入信封内，在信封上写下《西海岸时报》编辑的地址，注上"收后即阅"和"紧急"两个标记。当信被封好以后，他伸手到马甲里查看时间，现在差不多两点钟了。如果奥古斯都·史密斯立刻出发，直接去霍基蒂卡，就可以在星期一版《西海岸时报》出校样前赶到洛温塔尔那里。赶早不赶晚，劳德巴克想，便起身去找他的助手。

水星在摩羯座

加斯科因重复他的理论；穆迪谈论死亡。

沃尔特·穆迪接到通知，说"一帆风顺号"的货物已经清理完毕，他的箱子已被送到皇冠旅馆他的房间里，他当时在麦克斯韦餐厅，刚要吃完午餐。

"好！"他感叹道，递给信使两便士的小费，那个男孩蹦蹦跳跳地跑了，"这终于给我那个所谓的幽灵画上了句号，是不是？如果埃默里·斯坦斯的确在船上，他们肯定已经在货物中发现他的尸体了。"

"我不相信一切会是这样直截了当。"加斯科因说。

"你的意思是他的尸体可能尚未被报告？"

"我的意思是他的尸体可能还没有被发现，"加斯科因说，"一个人，哪怕是一个受伤的人，都有可能挣扎着走向舱门……沉船可能没有完全被水淹没，我认为更有可能的是他被海浪卷走了。"

在过去的三个星期里，穆迪与奥伯特·加斯科因结下了非常亲密的友谊，随着逐次面谈，穆迪在后者的性格中发现了越来越多的优点——因为加斯科因非常善于调整自己,适应各种各样的社交场合,一旦他下定决心,锁定目标,就能够成功地获得他人的青睐。加斯科因决心笼络穆迪,他的野心很大,如果穆迪知道是这样的话,可能会引起警觉。但穆迪认为自己是一个久经世故的人物,很高兴能遇见一个智慧相当的人,一个他可以从容交谈的人。他们几乎每天都在一起吃午餐,晚上在"明星和吊袜带"酒吧抽雪茄,在那里一起玩惠斯特牌。

"你坚持自己最初的看法,"穆迪说,"抛入海里,无影无踪。"

"要么如此,要么他的遗体已被销毁。"加斯科因说,"也许他曾呼救,却招致被害,被绑在重物上扔进大海里。卡弗已经摇轻舟到残骸那里去过好几次,正如你知道的——溺水的机会多得很。"

"也有这种可能,"穆迪说,将收到的通知对折起来,然后再对折,用拇指的指甲将它的折缝捋平,"但问题仍然是,我们无法确切地知道是哪一种情况。即使你是对的,斯坦斯已经溺水身亡,无论是偶然,还是有预谋,我们也永远不得而知。这是多么差劲的犯罪案件啊——既没有尸体,也没有杀人凶手!"

"这的确是非常差劲的犯罪案件。"加斯科因同意。

"而我们都是非常差劲的侦探。"穆迪说,打算以此作为某种结束语,但加斯科因伸手拿起船形的卤肉碗,丝毫没有希望谈话到此为止的迹象。

"我敢说,如果斯坦斯被发现躺在一条山沟里,脖子断了,身体其他部位丝毫无损,我们会感到极其荒唐。"他说,将卤汁浇在还没有吃完的菜上。

穆迪将他的刀推得更靠近叉子,"恐怕我们都非常愿意斯坦斯先生已被谋杀——包括与此人素昧平生的你我,我们不会满足于摔断脖子之说。"

穆迪的夹克依然挂在他的椅子背上。他知道伸手拿夹克穿上有失礼貌，因为他的朋友还没有吃完午餐，但他知道自己的箱子终于被追了回来，还是想迫不及待地离开这里，去查看箱子。他不知道自己的物品是否在沉船时遭到损坏，而且，他已经三个星期没有换过外衣和裤子了。

加斯科因呵呵一笑。"可怜的斯坦斯先生，"他赞同道，"韦尔斯夫人该如何嘲弄他啊！如果我的灵魂被传唤到一个廉价的通灵会上……哎呀，我准会惊得目瞪口呆的。我不知道应该如何应付这样的邀请。"

"如果我的灵魂被传唤，我应该感到被解放了。我会立刻接受邀请。"穆迪说，"我敢说，来世是个很沉闷的地方。"

"你怎么会有这样的想象呢？"

"我们花费毕生的精力思考死亡。如果没有这个话题给我们解解闷儿，恐怕我们都将不胜无聊，无可逃遁，无可预防，也没有什么可以令我们感到好奇。时间不会产生任何结果。"

"然而，窥探活着的人将是一种消遣。"加斯科因说。

"正好相反，我认为那会是非常孤独的图景。"穆迪说，"俯视世界，知道历来如此的一切，曾经的一切，却无法触及它，无法改变它？"

加斯科因往他的盘子里撒了点盐，"我听说在新西兰的本土习俗中，当一个人死亡后，灵魂就变成一颗星星。"

"这是我听到过的最佳建议——皈依本土人。"

"你会在你的脸上刺青——穿上草裙吗？"

"也许我会。"

"那我很想看一看。"加斯科因说，再次拿起他的叉子，"我想看到你的那副样子，甚至胜过我想看到你戴上宽边软帽，穿上过膝长靴，搜寻黄金！我连这个都还不相信呢，你要知道。"

穆迪已经买了一只帆布行囊，一个摇臂洗砂床，一套淘金汉穿的鼹鼠皮和哔叽的工装，但他只是在卡尼里漠然地尝试了几次，并没有真正将心思花费在淘金的计划中。他还没找到当淘金汉这种新生活的感觉，于是决定暂缓行动，直到埃默里·斯坦斯和克罗斯比·韦尔斯的案件水落石出——他打着有这种必要的幌子做出了决定，但在现实中，除了像加斯科因一样等待新信息，继续对已经拥有的信息进行臆想猜测，他根本无所事事。

他在皇冠旅馆的住宿已延长了两次，到了二月十八日下午，他准备再做第三次延期。埃德加·克林奇已经邀请他迁至烤架旅馆，建议他住在安娜·韦瑟雷尔曾经住过、现在空着的那个房间。房间朝东的窗户景色优美，目光越过霍基蒂卡的屋顶，可将阿尔卑斯山脉的白雪群峰尽收眼底，这对普通淘金汉来说算是浪费了，而穆迪作为一位绅士，能够在自然的和谐中找到其他人或许领会不到的快感。但是穆迪毕恭毕敬地谢绝了。他已经喜欢上皇冠旅馆了，虽然旅馆略显寒酸，但他无论如何不喜欢与埃德加·克林奇过于亲密地打成一片，因为克罗斯比·韦尔斯窝藏黄金一案仍有很大的可能性对簿公堂，如果那样的话，克林奇——连同尼尔森、弗罗斯特，还有形形色色的其他人物——肯定会被提审询问。在皇冠旅馆会议上，虽然十三个男人均以自己的名誉宣誓保密，但穆迪不喜欢依赖其他人的名誉，不管别人怎样表达他们的诚信，他都不抱太大的信心。他预料，随着时间的流逝，另外的十二个人中至少有一个会食言，考虑到这种可能性，他决定与他们保持若即若离的关系。

穆迪把自己介绍给阿利斯泰尔·劳德巴克，由于双方在法律方面的背景，他们发现了共同认识的几个熟人：在伦敦的数位律师和法官。劳德巴克对他们逐一抒发了敬仰、谴责或不满的评论，当他就这些自信的观点夸夸其谈时，既不愿被打断，也无须对方回答。穆迪礼貌地听着，但他对劳德巴克的印象很差，当他离开他们第一次会见的地方时，他就打定主意，不想再见到此人。他发现，劳德巴克这种人一旦认为某人对他没有益处，就不在乎是否获得这个人的好感。

令穆迪感到十分意外的是，他发现自己内心对监狱长乔治·谢泼德的同情，实际上竟然远远超过了对政治家劳德巴克的同情。穆迪只是在雷维尔街的公众集会上偶尔碰到谢泼德，但他由衷地敬佩这位狱守，作为一个有自制力的男人，他总是恪守礼节，不过他的礼貌可能会表达得冰冷而僵硬。皇冠旅馆会议对谢泼德人品的总结一直是带有批评性的，对劳德巴克则始终怀有同情之心，穆迪想，这一切只能表明，永远不能信任其他人对第三者的品行评估。因为人类气质是一种因观念和环境而改变的挥发性化合物，穆迪现在明白，他不能根据尼尔森的观点而提炼出一个真正的谢泼德，反过来，也不能从谢泼德的人物描述中得到一个真正的尼尔森。

"你知道吗，"此刻他说道，用手指弹了弹叠好的信纸，"直到今天下午，我都隐约怀疑斯坦斯还活着。也许我很愚蠢……但我的确相信他在沉船上，的确相信他会被发现。"

"是的。"加斯科因说。

"但现在看来，他只能是死了。"穆迪弹着手指，陷入了沉思，"一去不复返，毫无疑问。蒙在鼓里的感觉真别扭！我愿意出任何价钱买今晚寡妇通灵会的一个座位。"

"不仅是寡妇的呢，"加斯科因说，"别忘了她还有一个助手。"

穆迪摇了摇头，"真难以相信这种营生是韦瑟雷尔小姐的本意所为。"

"她的名字都登在报纸上了。"加斯科因指出，"不仅仅是名字，还特意指出了她扮演的角色。她是寡妇的助手。"

"嗯，她的见习期可真够短的，"穆迪说，语气里带着一些尖酸刻薄，"令人十分怀疑训练的质量，或者科目的质量。"

加斯科因对此露齿一笑，"难道妓女的生活实践不具备原始的神秘性吗？也许她一直在生活中接受训练呢。"

穆迪总是为这类谈话感到尴尬。"说实在的，她以前的生活实践确实是神秘的。"他坦承，同时挺直了腰板，"但女性的魅力是天然的，不能与幽灵召唤术相提并论。"

"哦，我相信这两种职业多少有异曲同工之妙。"加斯科因说，"妓女掌握着蛊惑别人的秘诀，而女巫也必须具有说服力，如果想要对方信以为真……你千万不要忘记美丽与自信总是具有说服力的，放之四海而皆准。是啊，安娜的状态没有发生多大的变化。你完全可以继续叫她玛格达莱纳！"

"玛丽，玛格达莱纳没有千里眼。"穆迪僵硬地说。

"是的。"加斯科因赞同道，脸上依然笑嘻嘻的，"然而，她是第一个来到被打开的墓穴的人[①]。她是第一个发誓那块大石头被推开了的人。值得一提的是，复活升天的消息首先来自一个女人的誓言，而这个誓言刚开始是遭人质疑的。"

"嗯，今晚安娜·韦瑟雷尔将在另一个人的坟墓上发誓，"穆迪说，"而我们无法到场质疑。"他抖动着刀叉，把它们摆放得更整齐一些，希望侍者会过来清走他的餐具。

"我们可以期待那个开场前的聚会。"加斯科因说，但声音里兴高采烈的情绪荡然无存。他一直感到十分失望，自己竟然也被寡妇排斥在即将举行的与死人通灵的圈子之外。这种排斥激怒了他，令他比穆迪更加感到苦涩，作为莉迪娅·韦尔斯在霍基蒂卡的第一个朋友，他感觉应该有一个位置保留给他。可是莉迪娅·韦尔斯自从一月二十七日起，就再也没有来拜访过他，也从来没有邀请过他，哪怕只是喝喝茶呢。

穆迪至今尚未正式会见过这两个女人中的任何一个。他只是

[①] 这里援引的是耶稣复活的圣经故事。

瞥见她们在先前旅馆的窗户后面挂窗帘那幽暗的侧影，仿佛是贴在纸后面的剪纸娃娃。他观察着她们，感到一种莫名其妙的渴望的激情——这对他来说异乎寻常，因为他没有羡慕女人之间关系的习惯，甚至没有抱很大的兴趣去考虑她们。但是当他在游人好运楼门前的阴影前走过，看见她们因窗格而变得扭曲的身体在移动时，他非常希望能够听见她们在说什么。他希望知道是什么令安娜脸颊绯红，让她咬住嘴唇，举起手掌跟去抚摩自己的颧骨，仿佛在试探脸颊的温度；他希望知道是什么让莉迪娅面露微笑，拍一拍手上的灰尘，转身离开——将怀抱窗帘布料的安娜留在那里，安娜的衣服前面别满了圆头别针。

"你怀疑安娜在这里面扮演的角色——至少想知道其中的蹊跷，我认为你是对的。"加斯科因继续说道，"当我第一次跟安娜谈起斯坦斯的时候，我得到一种印象，似乎她对这个小伙子怀着极大的尊重，我甚至幻想安娜可能喜欢他。可是现在根据种种迹象来看，安娜居然要利用他的死亡牟利！"

"我们不能确定韦瑟雷尔小姐在多大程度上充当了同谋，"穆迪说，"这完全取决于她对藏在衣服里的财富是否知情，以及，对劳德巴克遭到敲诈勒索的事是否知情。"

"没有人再提到橙色衣服的事——无论哪一方。"加斯科因说，"按理来说，如果安娜告诉韦尔斯夫人衣服就藏在我床底下的话，韦尔斯夫人应该更加积极地追回它才是。"

"假设韦瑟雷尔小姐相信那些金子已经遵照指示，支付给了曼纳林先生。"

"是的——假设，"加斯科因说，"但是在那种情况下，难道你不假设韦尔斯夫人会去拜访曼纳林先生，询问追回金子的事情吗？他们之间绝无爱意，韦尔斯夫人和曼纳林从赌博时代起就是老朋友了。不，我认为更有可能的是韦尔斯夫人对橙色衣裙全然不知情——对其他衣服也一无所知。"

"嗯。"穆迪说。

"曼纳林不会去动它,"加斯科因说,"害怕招致后果,而我肯定它不会被交到银行去,所以就一直待在那里——在我的床底下。"

"你有没有给它估估价?"

"估过,但不是正式的。弗罗斯特先生过来看过,他认为在一百二十英镑左右。"

"嗯,为了韦瑟雷尔小姐,我希望她还没有告诉韦尔斯夫人。"穆迪说,"想想都害怕,在关着的门背后,韦尔斯夫人得知了这样的事情会作何反应,她会因为丢失的财富而责怪安娜的——我敢肯定是这样。"

加斯科因突然放下叉子。"我刚闪过一个念头,"他说,"衣服里面的钱变成了小屋里的钱。所以,如果寡妇的申诉成功了,她将以遗产的形式获得那笔财富,讨回所有的一切——当然要减去橙色衣服里的。她终究会回到她的起始点上。"

"根据我的经验,人们回到起始点后极少有感到满足的。"穆迪说,"假如我对莉迪娅·韦尔斯的印象是准确的,我认为她对安娜拥有这些衣服的事,一定会耿耿于怀,不管安娜是什么意图,不管结果如何。"

"但我们相当肯定,安娜甚至不知道自己一直携带着金子——至少到最近都是如此。"

"加斯科因先生,"穆迪说,举起了他的手,"尽管我年轻,但我对异性还是有足够的见解,我可以断然地告诉你,女人不喜欢别的女人未经允许就穿她们的衣服。"

加斯科因大笑起来。他为这个笑话欢呼,然后带着新的能量,以及良好的心情,精神抖擞地吃完自己的午餐。

穆迪道出这个真理,虽然如他说的那样必须归功于他所拥有的见解，但实际上只能说来自经验，也就是凭借密切观察他的亡母、继母，还有他的两个姨妈所获得的经验，说白了就是这些，穆迪从来没有找过情人，对女人也不是很了解，只知道如何恰当地称呼她们，如何作为一个外甥和儿子去爱她们。穆迪尽管青春年少，血气方刚，但仍像只井底之蛙，世俗经验不比一个钥匙孔大多少，他透过这个小孔窥视，打个比方说，他只瞥见未来成年之后布满阴影的卧室。事实上，他有充足的机会拓宽他的视野，是的，甚至推开这扇大门，跨过门槛，进入最隐私和孤独的房间……但是他拒绝了这些机会，带着不适与拘谨的礼貌，如同他应付加斯科因花言巧语的调侃时一样。

　　他二十一岁那年，有一次在伦敦狂欢作乐到深夜，按照平时的习惯和路径来到了距离史密斯菲尔德市场不远处的一个灯火通明的庭院里。根据穆迪大学密友的权威介绍，这个庭院是最时髦的妓女经常出入的地方——她们的识别标志是加里波第红色夹克，黄铜纽扣，这是当时巴黎时尚的最高标配，因此引起了英国淑女们的警觉。虽然妓女们的夹克带着军事范儿，却使她们有了一种蓄意的厚颜无耻的做派，她们假装羞怯，转身而去，然后回眸一瞥，踮着脚尖，从曲线柔美的酥肩上扭头看着男人，送出秋波，媚笑。看着她们，穆迪突然感到心酸。他不禁想起自己的父亲——少年时期的穆迪，曾经多少次撞见房间某个阴暗角落里的父亲，意识到在父亲的腿上，不是也坐着一个完全陌生的人吗？她会不自然地喘息，或像猪一样尖叫，或假模假样地尖声说话，她的身后总会留下同样的脂粉味儿：剧院的气味。穆迪的大学密友总是将他们的零钱凑在一起，然后切秸秆抽签，决定谁第一个挑选。他默默地退出庭院，叫一辆恒盛出租马车，回去睡觉。对他来说这是一件引以为傲的事，他不愿步入父亲的后尘，不愿沦为父亲的罪孽的牺牲品，他要成为一个更好的人。然而，那一切是多么容易啊——掏出一枚一英镑的金币，抽一根麦秸,挑选一个红衫女人,跟着她走进教堂暗处鹅卵石铺地的凹室!他的大学密友还以为穆迪已经将目光瞄准了神职。数年之后,当穆迪就读于内殿法学院开始学习法律时,他们都感到非常惊讶。

因此,当穆迪与加斯科因、克林奇、曼纳林、普里查德等人谈话时,当他们谈论起安娜·韦瑟雷尔,把她当作妓女百般推崇时,他都巧妙地掩饰了自己的无知。穆迪恰到好处地轻声附和着,"当然""那是自然""完全如此"。每当安娜的名字被提及,他都会出现全身僵硬的姿势,而这在其他男人看来,只是暗示穆迪对更加赤裸裸的人性本质感到别扭,如同大部分社会地位较高的人一样,他宁愿将自己的世俗隐私秘而不宣。我们观察到,谨言慎行的一大好处就是它能掩饰一切最普通、最低俗的无知,而沃尔特·穆迪是绝对可以做到谨慎的人。事实上,他从来没有跟安娜·韦瑟雷尔这一行的女人说过一句话,几乎不知道该如何称呼这种女人——或和她们谈论什么内容——即便有这样的机会。

"当然,"此刻他说道,"有一个事实我们应该感到高兴,就是安娜·韦瑟雷尔的箱子没有跟着她一起去游人好运楼。"

"没有吗?"加斯科因说,感到惊讶。

"没有。那些缝入铅条的衣服依然在烤架旅馆,还有她的烟枪、她的鸦片灯和其他杂物。她一直没有派人去取。"

"克林奇先生也没有提过这事?"

"没有。"穆迪说,"我认为,这是令人高兴的。无论韦瑟雷尔小姐在斯坦斯先生失踪案中扮演的是什么角色,无论她在今晚荒唐的通灵会上将要扮演什么角色,我们至少可以断言,她绝对没有向韦尔斯夫人坦白一切。对此我深信不疑。"

他四处张望,寻找侍者,因为加斯科因已经吃完午餐,他希望尽快付账,返回皇冠旅馆,他终于可以打开他的箱子了。

"你急于离开。"加斯科因边说边用餐巾擦着嘴。

"请原谅我的无礼。"穆迪说,"我不是厌倦了与你为伴,而是迫不及待地想去整理我失而复得的东西。我有几个星期没有换衣服了,而且不知道我的箱子经受暴风雨后的情况如何。很可能我的衣物和文件都已完全毁坏了。"

"我们还等什么?赶快走吧。"加斯科因说,在他听来,这个解释不仅完全合理,而且令他松了一口气。加斯科因十分担心自己的交际圈开始厌恶他,每当他尊重的人跟他在一起时表现出无聊,他就会十分焦虑。他坚持独自一人付账,像一个霸道的女家庭教师一样发出嘘声阻止穆迪。结完账后,两个朋友步入喧嚣的雷维尔街,一群淘金汉兴高采烈地蜂拥而过。他们身后响起一声大喊,一个骑马的测量师紧勒缰绳;他们上方是卫理公会教堂的孤钟,正在敲响报时的钟声,一声,两声。四下里一片喧嚣——双轮马车轮子吱吱作响,帆布在风中猎猎鼓动,笑声、锤子声、一个女人呼喊男人的尖叫声——两个朋友提高嗓门儿互致午安,非常热情地握手,各自上路。

小凶星

> 某些关键事实存在争议；弗朗西斯·卡弗失礼；洛温塔尔被激怒，抒发己见。

根据洛温塔尔的惯例，如果《西海岸时报》接到一封具有煽动性的指控信，他会在报纸付印之前接触有关各方。他认为，正确的做法是向那个将被骂得狗血淋头的人提出公平的警告，因为霍基蒂卡公众舆论法庭是一个严厉的审判法庭，一个人的声誉可能会因此毁于一旦，不管是谁受到这样的威胁，他都会邀请对方做出回复。

阿利斯泰尔·劳德巴克那篇有关谢泼德监狱长渎职行为的杂乱无章的长信，也毫无例外要遵循这个规则。洛温塔尔读完这封信后，立刻坐下来，抄写了一份副本。他将副本用于排版，把原件带到警察营地，亲自交给狱守过目——因为谢泼德肯定希望在诸多方面为自己辩护，时间还早，仍来得及把谢泼德的答复作为对劳德巴克的回应，一同刊登在星期一的《西海岸时报》上。

洛温塔尔摆出他的书写工具，紧皱着眉头。他知道，有关谢泼德的私人投资的信息，只能是由皇冠旅馆会议十二个男人中的一个泄露的，这意味着某人可耻地打破了保密的誓言。据洛温塔尔所知，唯一与阿利斯泰尔·劳德巴克有交情的，就是他的朋友托马斯·鲍尔弗。这位报人怀着沉重的心情，取出一张白纸，拧开墨水瓶，将笔尖蘸上墨水。汤姆，他想，带着些许责备，汤姆。他摇摇头，叹了一口气。

洛温塔尔抄写完劳德巴克信件最后一个段落时，门铃突然响了。他立刻起身，将笔放在吸墨纸上，穿过工作间，脸上已经放松地露出欢迎的微笑。可是当看见站在门口的人是谁时，他的笑容凝固了，不过这变化非常轻微，几乎不易被察觉。

来人穿着一件灰色长大衣，衣服上有配套的天鹅绒翻领和天鹅绒外翻袖口。大衣是用一种有光泽的密织面料制作的，当他转动方向时，衣服会像海豹皮一样闪烁着一种油性色泽。他的领巾在脖子上堆得很高，披肩领坎肩的翻领直立在两侧，使他的肩膀显得浑厚滚圆，脖子显得格外粗壮。他的面相中带着一种沉重的气质，仿佛他是用某种矿物凿成的，因为材料原始、颗粒粗糙而无法被擦亮抛光。他的嘴很宽大，鼻子扁平，额头方正而前突。他的左脸颊上有一道细细的、弯弯的银色伤疤，从外眼角一直弯到下巴颏。

洛温塔尔只犹豫了一刹那。在接下来的瞬间，他连忙迎上前，用围裙擦擦手，张开大嘴微笑着。手擦干净后，他向客人张开一双手掌，说道："韦尔斯先生！非常高兴再次见到您，欢迎回到霍基蒂卡。"

弗朗西斯·卡弗眯起眼睛，但没理会这些。"我要登一条启事。"他说。他没有步入另一个男人手臂可以触及的范围内。他停留在门口，使两人之间保持着八英尺的距离。

"当然，没问题。"洛温塔尔说，"而且我可以说，您第二次寻求我的报纸为您服务，我是既荣幸又感激。如果因为我个人的错误而失去任何业务，我将感到万分遗憾。"

卡弗依然没有说什么。他还没有摘掉帽子，看来也没有这种打算。

但是洛温塔尔并没有被卡弗的傲慢吓倒。他带着灿烂的微笑，说："但是我们先不要谈论过去了，韦尔斯先生，说说今天的事吧！您一定要告诉我如何为您效力。"

卡弗感到一阵恼怒，他终于沉下脸来。"我的名字是卡弗，"他纠正道，"不是韦尔斯。"

洛温塔尔十指交叉，感到心满意足。他右手的拇指和食指被墨水染得很黑，当他将双手的手指交织在一起时，产生了一种奇怪的条纹效果——仿佛两只手属于两个不同的生灵，一只是黑色的，另一只是驼色的。

"也许是我的记忆出了问题，"他说，"但我感觉非常清楚地记得您。您大约在一年前来过这里，是不是？您有一份出生证明。您刊登了一则关于遗失的货运板条箱的启事，还为它提供了悬赏。我记得您的名字出了一点儿纰漏。我在印刷中犯了个错误——省去了您的中间名，您第二天早上返回来，指出错误。我相信您出生证明上的名字是克罗斯比·弗朗西斯·韦尔斯，但是——我是不是错把您当成另外一个人了？"

卡弗依然不予回答。

"我一直听别人说，"洛温塔尔片刻之后补充道，"我的记忆力超强。"

他冒着风险，出言不逊⋯⋯但这也许会把卡弗引出蛇洞。洛温塔尔的表情依然是愉快和自然的。他等待着对方说话。

洛温塔尔知道卡弗目前住在宫殿旅馆，在那里安排把"一帆风顺号"残骸拖上岸的烦人事务。如果卡弗想隐瞒沉船上某个被谋杀的人，一定会谨慎行事，拖船计划就必须在暗中进行，局限性很大。但是根据所有的报告——包括船运商托马斯·鲍尔弗的，卡弗对自己的项目是完全公开的。他向港长递交了货物清单，会见了霍基蒂卡每个船运公司的代表，与他们结账，有几次还亲自摇轻舟去查看沉船，身边伴有造船商、打捞厂商等行业人士。

"我的名字不叫韦尔斯。"卡弗终于说，"以前我是代表别人，现在没关系了。"

"很抱歉，请您原谅。"洛温塔尔圆滑地说，"那么说，是克罗斯比·韦尔斯先生丢失了一只货运板条箱，您是在帮他把它找回来？"

对方停顿片刻，然后说道："是的。"

"哦，那好，我真心希望您成功实现了目的！我相信那个板条箱最终归还给他了吧？"

心绪烦乱的卡弗抽搐般地摇了摇头，"那事不重要了，我告诉你了。"

"我可能怠慢了，"洛温塔尔说，"还没有向您致以深切的慰问，卡弗先生。"

卡弗仔细地打量着洛温塔尔。

"我非常悲痛地得知韦尔斯先生已经去世，"洛温塔尔继续说道，"我从未与他谋面，但根据所有的报告，他是一位正派的公民。啊——我真希望不是我将这个噩耗告诉你的——你的朋友不幸去世了。"

"不是。"卡弗又说了一遍。

"我很高兴是这样。你们是如何相识的？"

对方再次显露出恼怒的神情，"老朋友。"

"也许是在达尼丁认识的？或许更早？"

卡弗看上去不想回答这个问题，于是洛温塔尔继续说："嗯，他死得非常平静，想必这对您来说是一个很大的安慰。"

卡弗嘴巴抽搐。片刻之后，他突然质问："什么是平静？"

"寿终正寝——在自己的家中，我敢说这是我们任何人都希望的最佳方式。"洛温塔尔感觉自己略微占了上风,又说道,"不过他去世时妻子不在身旁,这是极大的遗憾。"

卡弗耸了耸肩。刚才不知是什么刺激他突然发火,现在这股火气又迅速地熄灭了。"婚姻是一个人的私事。"他说。

"我非常赞同您的意见。"洛温塔尔说,脸上露出微笑,"您认识韦尔斯夫人吗?"

卡弗嗓子里发出了一点儿神秘莫测的声音。

"我有幸见过她,但时间仓促。"洛温塔尔无所畏惧地继续说,"今晚,我打算附庸风雅,到游人好运楼去——作为一个怀疑论者,当然,带着解放思想的心态。我会在那里见到您吗?"

"不,"卡弗说,"你不会。"

"也许您对通灵会的怀疑甚至超过了我呢!"

"我对通灵会没有任何看法,"卡弗说,"我有可能去,也有可能不去。"

"无论如何,我相信韦尔斯夫人会十分高兴地欢迎您回到霍基蒂卡。"洛温塔尔说——他的对话开始变得含糊,"是的,我相信,她知道您已经回来了,一定非常高兴!"

卡弗现在似乎已经不再掩饰他的恼怒了,"为什么?"

"为什么?"洛温塔尔说,"当然是因为有关死者遗产的一切纷争!法律程序暂停的确切原因正是韦尔斯的出生证明!它不翼而飞了!"

洛温塔尔的声音比他原本打算的要高很多,他稍微有点担心戏演得过火了一点儿。他说的全是事实,再说,这些都是众所周知的。韦尔斯夫人要求撤销韦尔斯遗产销售的申诉一直没有被裁判法院听证,因为死者没有留下任何文件作为他真实身份的证据。莉迪娅·韦尔斯是在亡夫下葬的数天之后才来到霍基蒂卡的,没有辨认他的尸体,似乎没有别的办法证明死在绿玉神舟谷的隐士与签署韦尔斯结婚证书的克罗斯比·韦尔斯是同一个人，除非开棺验尸（裁判官恳求寡妇放弃这一要求）。考虑到有疑问的遗产数额巨大，裁判官认为稳妥之计是延迟法院诉讼，直到得出更加明确的结论——听了裁判官的话，韦尔斯夫人恰如其分地感谢了他。她向裁判官保证，她的耐心是女性中最坚定的那种，无论需要等多久，她都会等待欠她的债务（她这样形容这笔遗产）最终归还给她。

但是卡弗没有被激怒，只是上下打量着这位编辑，然后开口说话，声音粗暴而冷漠："我要在《西海岸时报》上登一条启事。"

"是的，当然。"洛温塔尔感到心脏剧烈跳动着，拉过来一张纸，问道，"您希望卖什么东西呢？"

卡弗解释"一帆风顺号"的船体即将被拆解，在此之前，他希望在星期五拍卖会上出售其零部件，由格拉森-罗利打捞公司负责打理。他十分生硬地提出指示：拍卖前不受理任何销售，不授予任何优先权，不建立任何通信联络；所有查询均通过邮件寄给宫殿旅馆弗朗西斯·卡弗先生。

"您看，我在仔细记录呢。"洛温塔尔说，"我不会重蹈覆辙，再省略您的部分名字了——这一次不会啦！我说——我猜您跟克罗斯比不会是亲戚吧？"

卡弗的嘴角再次抽搐，"不是。"

"弗朗西斯是一个十分常见的名字，这倒是真的。"洛温塔尔说着，点了点头。他仍然在写卡弗所在旅馆的名字，几秒钟没有抬头。当他抬起头时，发现卡弗的表情更加难看了。

"您的名字叫什么？"卡弗质问道，强调他之前并没有用过对方的名字。听了洛温塔尔的回答，卡弗缓慢地点了点头，仿佛要把这个名字牢记心中似的，然后他说："闭上你的嘴！"

洛温塔尔大为震惊。他收了广告费用，沉默不语地为卡弗写了收据——非常缓慢而仔细地写出每个字，笔迹稳健。这还是他第一次在自己办公室里被侮辱，他太震惊了，未能立刻做出回应。他感觉自己胸膛中积蓄起一种激愤，一种压力，一种激动、咆哮的声音。洛温塔尔是那种遭受侮辱时会变得更加雄辩的人。他感觉胸中升起一股带着火药味的冲动，这里面包含着胜利，甚至喜悦，仿佛等候已久的呐喊发自近在咫尺的某处，只有他一个人感觉到了那隐秘的共鸣，如战鼓在他的胸腔中擂响，在他的血液里敲击。

卡弗拿起收据。他既没有感谢洛温塔尔，也没有与他告别，兀自转身，要离开工作室——这个无礼的举动，使洛温塔尔胸中激增的愤怒瞬间爆发。他无法再控制自己，他发作了："你要为自己的行为负责，竟敢在这里露脸！"

卡弗停下来，手依然握着门把手。

"在你那样对待安娜之后，"洛温塔尔说，"你要知道，我就是发现她的那个人。她当时血肉模糊。不能这样对待一个女人。我不管她是谁。不能这样对待一个女人，尤其是她当时还怀着身孕，很快就要生产！"

卡弗没有回答。

"仅毫厘之差就是双重谋杀罪。你知道这个吗？"洛温塔尔感觉自己的愤怒积蓄到了疯狂的程度，"你知道她当时看上去是什么样吗？当她的瘀伤慢慢恢复时，你去看过她吗？你知不知道她在两个星期内必须拄着拐杖，才能勉强走路？你知道这个吗？"

卡弗终于说："她的手不干净。"

洛温塔尔几乎狂笑，"什么——她让你躺在血泊里了吗，你说？她对你拳打脚踢，打得你死去活来了吗？那句话怎么说来着——以牙还牙？"

"我没有说这话。"

"她杀了你的孩子吗？她杀了你的孩子——所以你也要杀了她的？"洛温塔尔几乎大喊大叫，"说出来呀！有种你就说呀！"

但是卡弗不为所动,"我的意思是,她不是一个懂得羞耻的女人。"

"懂得羞耻的女人!现在我想你会告诉我是她咎由自取——是她活该!"

"是的,"弗朗西斯·卡弗说,"她罪有应得。"

"你在霍基蒂卡没有什么朋友,卡弗先生,"洛温塔尔说,用墨水染黑的手指指着对方,"安娜·韦瑟雷尔虽说是个普通妓女,但她被这个镇上的许多男人珍惜,那些男人不管是否拿着武器,人数都超过了你能对付得了的,这点你千万不要忘记。如果安娜·韦瑟雷尔受到一丝一毫的伤害——我警告你——如果受到任何伤害——"

"我不会动手的,"卡弗说,"我跟她没有关系了。我的账已经算清。"

"你的账!"洛温塔尔往地上啐了一口,"你的意思是那个胎儿?你自己的孩子——死了,还没有在世上喘过一口气!这就是你说的账!"

突然间,卡弗带着一种饶有兴趣的表情看着他。

"我自己的孩子?"他重复了一句。

"虽然你还没有问,但是我告诉你吧,"洛温塔尔喊道,"你的孩子已经死了。你听见我的话了吗?你自己的孩子——死了,还没来得及喘一口气!而且是你亲手干的好事!"

然而卡弗大笑起来——声音十分粗暴,仿佛是在清理嗓子眼儿里的什么东西。"那个妓女怀的孩子怎么会是我的?"他说,"这是谁告诉你的?"

"安娜本人,"洛温塔尔说,第一次感到一丝不安,"你否认这一点吗?"

卡弗再次大笑,"即使是用一根长长的钩杆,我都不会去碰那个女人一下。"他说,没等洛温塔尔来得及回答,他已经抽身离去。

太阳在水瓶座

> 苏永盛再次出乎意料地前去拜访；莉迪娅·韦尔斯产生一个最具预言性的念头；安娜发现自己有了独处的时刻。

自从一月十四日下午起，安娜·韦瑟雷尔再也没有光顾过卡尼里的鸦片窟。那天下午苏永盛送给安娜半盎司刚买来的烟土，根据安娜通常的消耗速度，按理说不会维持两个星期以上。但是现在一个多月过去了，安娜一次都没有光顾卡尼里，与她的老伴侣分享一锅大烟，或者再补充些家用存货——阿苏对这种现象找不到任何合理的解释。

这个"单帽"十分怀念妓女的到访。每天下午他都在徒然地等候，期盼她出现在卡尼里中国城边界外一块开阔地的边缘，她的那顶户外软帽悬挂在身后，然而，每天下午他都感到非常失望。他猜想安娜一定是完全戒掉大烟了，或者她已经决定直接从药剂师那里购买药品。后者对阿苏来说更令人伤心，因为他仍然怀疑，在造成十四日夜里安娜吸毒过量的阴谋中，约瑟夫·普里查德难辞其咎。

虽然有许多相反的断言，他仍然相信出于某种原因，普里查德企图结束安娜的生命。所以在现实中，这种可能性对阿苏来说更加苦涩难咽。他简直不能相信——不愿相信——安娜竟然已经完全彻底地摆脱了自己的毒瘾。

阿苏非常喜欢安娜，并相信她也喜欢自己。然而，他知道他们在一起享受的亲密，并非常人那种肌肤的相亲相近，而更多的是分享一种与世隔绝的亲昵，因为没有任何关系比成瘾者与毒品之间的关系更隐蔽，他们俩都敏锐地体会到这种与世隔绝的感觉。阿苏厌恶自己成为鸦片的奴隶，但越是厌恶，他的毒瘾就越强，他的心灵和脑子都被令人作呕的恶魔占据。安娜也对自己的习惯感到厌恶。当怀孕的身体开始凸显时，她对毒瘾更加深恶痛绝，她在霍基蒂卡的业务开始下滑，在暮光中吸烟的日子已经不多，以星期计算，以日计算，这段时光轮廓模糊，暧昧不清；后来胎死腹中，安娜的毒瘾飙升到了让人绝望的程度，就连阿苏都无法理解。他并不知道胎儿是如何死掉的，也一直没有问过。

他们在卡尼里的鸦片窟里从来不说话——点灯的时候不说话，躺下的时候不说话，等待烟土变软、在烟锅里冒泡的时候还是不说话。有时，安娜会先为阿苏的烟枪装上烟土，当阿苏把烟雾吸进身体时，安娜为他端着烟枪，阿苏呼吸着，渐渐迷糊过去——后来醒过来，才发现安娜在他身旁躺着，身体柔软，汗涔涔的，头发潮湿地贴在脸颊上。点燃烟锅的时刻，什么都不说是很重要的，阿苏很高兴他们恪守这种习惯，无须任何形式的谈判与要求。这和夫妻同床的行为不能大声说出来是同样的道理，它既神圣又粗俗，烟枪的礼仪对于这两个人来说，就是一种既不可言喻又带着羞愧感的神圣仪式，只因为它既令人欣喜若狂，又使人超凡脱俗。其神圣性在于其极度的亵渎性，而其亵渎性又以神圣的面貌出现。这是多么庄严的喜悦啊，在沉默中等待着烟土融化；羞耻地、微妙地、痛楚地渴望着，甜蜜的气味儿飘进鼻孔。用细针挑动烟土，切割火苗，然后躺下，让烟雾慢慢渗入身体，感受它奇迹般地涌遍你的全身和四肢、你的手指、你的脚趾，还有你的头顶！他们醒过来时，他看着她的眼神是多么温柔啊！

寡妇举行通灵会的下午（这是一个星期天——这样的时间安排分明是韦尔斯夫人在公然挑衅，她对此完全清楚），阿苏坐在他的棚屋里，坐在门口照进来的一片矩形的阳光下，正准备把鸦片枪的烟锅刮干净，一边从牙齿缝里哼唱着小曲，一边心里想着安娜。在将近一个小时里，他完全沉浸在这套程序中，其实烟锅早就被刮得干干净净，他的小刀早就刮不出烟土燃烧后留下的淡红色粉渣，烟锅的长槽也早就被清理干净。但是拖沓的动作恰好与他那剪不断理还乱的思绪合拍，使他得到些许安抚。

"阿桂发生了什么事呢？"①

童威是一个脸面光滑的年轻人，三十岁左右，正从空地的对面观察着阿苏。阿苏没有回应。他已经做出承诺，不谈论皇冠旅馆会议的内容或之前发生的事件，对任何人都不说。

年轻人穷追不舍，"他是不是遭人打劫了呢？"②

阿苏依然缄口不言，随后童威只好作罢，嘴里咕哝着表示不悦，朝着河边走下坡去。

年轻人离开后，阿苏又坐了好一阵，然后，他突然挺直腰板，骂了一声，折叠并收起他的小刀。整天这么等候她、想念她，猜想到底发生了什么，真是像在地狱里煎熬一般。他再也无法忍受了。当天下午他就要前往霍基蒂卡，要求与她见面。说走就走。他把烟枪与工具卷起来收好，站起身，从屋里拿出外套。

---

① 原文为粤语。

② 原文为粤语。

在三个星期前皇冠旅馆的吸烟室中，阿苏只听懂了谈话内容的一部分。他的困惑没有得到解答，因为他的同胞无法提供任何帮助，阿桂的英语比他的更有限，他也没有得到皇冠旅馆中其他男人的任何答疑解惑，他们的耐心已经因阿苏需要解释的要求而变得不耐烦了。在一个外国人的耳朵听来，鲍尔弗的讲述实在太快、太富有诗情画意了，不容易听懂，阿苏和阿桂离开皇冠旅馆会议时，只理解了所有讨论内容的一部分。

他没搞清楚的主要有以下几点：首先，阿苏不知道安娜·韦瑟雷尔已经不住在烤架旅馆，而是去跟莉迪娅·韦尔斯住在一起了。其次，他不知道弗朗西斯·卡弗是"一帆风顺号"——那条沉没于霍基蒂卡浅滩的帆船——的主人。皇冠旅馆会议解散后，刚过午夜，阿苏没有跟随其他人到霍基蒂卡沙嘴观看沉船。海难事件激不起他的兴趣，他不喜欢天黑后走在霍基蒂卡的大街上。相反，他返回了卡尼里，并且没有离开那里。因此，他仍然相信弗朗西斯·卡弗几乎在一个月前去了广东，短时期内还不能回到霍基蒂卡。托马斯·鲍尔弗差不多已经忘记先前将这个错误信息告诉过阿苏了，也没有想到要纠正自己的说法。

钟声敲响三点半的时候，阿苏登上烤架旅馆廊台的楼梯。他在前台要求与安娜·韦瑟雷尔小姐见面，用严肃而满足的语气报出她的名字，仿佛这次会面是几个月前就安排好的。他拿出一枚先令，表明他愿意用钱购买与这个妓女交谈的权利，然后深深地鞠躬致礼，以表尊重。他记得埃德加·克林奇也在那次秘密会议上，根据他当时的判断，克林奇是一个体面而理智的人。

然而，克林奇只是摇头。他一遍遍地打着手势，指着坐落于雷维尔街对面的、刚被洗刷得焕然一新的游人好运楼，嘴里呜噜呜噜地说出一大串话。看到阿苏还是不明白，克林奇拉着他的胳膊肘，把他带到外面，指着对面的旅馆，语速更加缓慢地解释说，安娜眼下住在那里了。终于，阿苏瞥见前面旅馆的窗户后面有一阵动静，看出玻璃后面的人影是安娜。他这才明白了，第二次向克林奇鞠躬，从对方手里取回他的那一枚先令，放回口袋里。然后他穿过大街，走上游人好运楼的廊台楼梯，精神十足地敲门。

安娜肯定一直在前厅里，因为在几秒钟内她就把门打开了。她出现了，穿着悼服，动作像是一个心烦意乱的女仆，显露出满腹的烦恼与不满，一只手搭在门框上，一副准备随时关门的架势。（在过去的三个星期里，她接见了数不清的来访者，大都是如饥似渴的淘金汉。他们在夜色中的金粉与金块酒吧见不到安娜，感到十分想念。他们苦苦哀求着要为她买一杯香槟、白兰地或一小杯啤酒，想在雷维尔街一家灯光明亮的酒吧里"聊聊八卦"，但是他们的央求丝毫没有效果。安娜只是摇摇头，关上门。）然而此刻，当她看见站在门口的人是谁时，立刻把门打开，惊呼了一声。

阿苏也感到惊讶，一时间只是盯着她看。在这几个星期里，他一直在心里回忆安娜的身影——此刻她近在眼前！她真的发生了如此巨大的改变吗？还是他的记忆有了缺陷？因为站在门口的安娜，似乎完全是另一个女人。曾经与他共同度过许多销魂的下午的那个女人在哪里？那些下午，冬天清冷的光线从方形窗户斜射而入，烟雾萦绕着他们的身体，一圈又一圈。此刻，她身穿完全不同的衣裙：黑色，剪裁风格非常严肃。但不仅是衣裙的缘故，阿苏想。这是一个完全不同的女人。

她没有吸毒。她的脸颊焕发着新的光彩，眼睛更大，更加明亮，而且更加警醒。她动作中的那种暧昧特质消失了，随之一起消失的，还有她的脸上总是笼罩着的梦幻般的气息，仿佛一层轻薄的面纱。她那含混的似笑非笑、嘴角的颤抖，以及令人敬畏的困惑——仿佛她总有一些别人无法窥及的私密的小小困惑，通通消失了。在接下来的瞬间，阿苏的震惊变成了苦涩。这么说是真的了。安娜本人已经摆脱了鸦片的魔爪。她治愈了自己，而阿苏用了十年多的努力，企图达到同样的效果，却依然并将永远是那个无形恶魔的奴隶。

安娜伸手做出抓扶的动作，似乎希望依靠门框稳住自己。她悄声地说："可你不能进来——你不能进来，阿苏。"

阿苏过了片刻才鞠躬致意，因为他相信自己的第一印象，希望将这个印象牢记下来。安娜比他记忆中的消瘦了许多，脸颊深陷下去，他能清晰地看见她手腕的骨头。

"下午好。"他说。

"你要干什么？"安娜悄声地说，"是的——下午好。你知道我不再吸鸦片了。你知道这个吗？"

阿苏凝视着她。

"三个星期了，"安娜补充道，似乎要劝说他，"我已经三个星期没有抽大烟了。"

"怎么会呢？"阿苏说。

安娜摇了摇头，"你必须明白这一点，我已经不是从前的我了。"

"为什么你不再来卡尼里了？"阿苏说。他不知道怎样诉说对她的思念。从前，在她到来前的每个下午，他总习惯把榻上的靠垫摆成特殊的格局，把他的房间整理干净，确保自己衣服清洁，辫子扎好。当他看着安娜熟睡时，经常因为喜悦而几乎哽咽。有时他会伸出手，让手在安娜胸脯前一英寸的地方盘旋，仿佛在他们肉体之间那层充满烟雾的空隙中，他能感触到她柔软的皮肤。有时，安娜吸过大烟之后，他会等一会儿才开始吸烟，就为了能够看着她，将她的模样描绘在心里，牢牢记住。

"我不能再去看你了。"安娜说，"你不能待在这里。我不能过去。"

阿苏悲哀地端详着她，"不吸大烟了？"

"不吸了，"安娜说，"不吸大烟了，也不去卡尼里了。"

"为什么？"

"我没法解释——没法在这里解释。我已经戒了，阿苏，完全戒了。"

"没钱了吗？"阿苏说，试图理解她。他知道安娜因为欠了一大笔债而工作。她欠迪克·曼纳林一大笔钱，而且数额每天都会增加。也许她买不起鸦片片了。也许她没有时间去卡尼里，无法吸大烟了。

"不是钱的问题。"安娜说。

就在这时，一个女人的声音呼唤着安娜的名字，那声音从内院的角落里传来，带着不耐烦的、居高临下的质问口气，想知道门口的来访者是何许人，有何贵干。

安娜把下巴颏转向屋里，但是目光没有离开阿苏的脸。"只是我过去认识的一个华人，"她大喊道，"没什么。"

"那，他要干什么呢？"

"没什么，"安娜再次喊道，"他只是想卖给我点儿东西。"

一片沉默。

"我给你送来——送到这里？"阿苏说。他双手捧成杯状，向她递去，表明他愿意亲自将烟土送来。

"不，"安娜悄声说，"不，你不能这样做。没有用。我只是——事实上是，我对它没有感觉了。"

阿苏不明白这个。"上次那块，"他说，指的是他那天下午送给安娜，差点要了她命的那一盎司烟土，"上次那块——不吉利？"

"不——"安娜话没说完，过道里就传来了快速的脚步声，紧接着，安娜身旁已经出现了一个女人。

"下午好，"她说，"你要向安娜兜售什么呢？行了吧，安娜。"安娜立刻从门口退缩回去。

阿苏也向后退了一步，但他是因为震惊而不是顺从，这是他近十三年来第一次见到莉迪娅·格林韦。他最后一次看见她还是什么时候呢？——在悉尼法院，她在台廊里，他在被告席上。她脸蛋红扑扑的，用一把刺绣檀香扇给自己扇凉，檀香的香味儿飘下来，钻入他的鼻孔。回忆涌入脑海，他的胸中升起无限激情，想起了他家在广州的海滨仓库，想起了战前商人们存放丝绸布匹的檀木箱子。她当时穿着一身淡绿色的衣裙——这个他记得非常清楚，戴着一顶镶饰花边的软帽。在整个审讯过程中，她都保持着一副十分严峻的表情。当她作为证人时，她的证词简短并且击中要害。阿苏一个字都听不懂，只有她用手指直接指着他的时候，才明白她是在法院上辨认他。当阿苏的谋杀指控被宣布不成立，他被无罪释放时，她依然没有显露任何表情，只是默默地起身，没有回头看一眼，就离开了法院。从那天起，时光已经流逝了十二年多！十二年多，然而此刻她近在眼前，诡异地出现，诡异地一点没变！她古铜红色的头发依然那么光亮，她的皮肤依然那么娇嫩，几乎没有皱纹。她的丰满妩媚与安娜的瘦骨嶙峋形成了鲜明的对比。

下一刻，她的表情也阴沉下来——这十分不同寻常，因为莉迪娅的表情通常都是非常刻意地摆弄出来的，她不喜欢显露出惊讶，可这时，她的眼睛瞪得很大。

"我认识这个人。"她说，口气惊讶，用手按着喉咙，"我认识他。"

安娜的目光从阿苏转向韦尔斯夫人，又转回阿苏。

"怎么会呢？"她说，"不会是在卡尼里吧！"

阿苏的上唇已经冒出一层薄薄的汗。然而，他什么都没有说，只是鞠了一躬。也许她们会以为他听不懂她们的话。他转身朝着安娜，感到自己不能继续与莉迪娅·格林韦对视，唯恐她回忆起曾经见过他。他依然可以用余光感觉到莉迪娅正盯着他看。

安娜也皱起了眉头。"也许你在想另外一个人，"她对韦尔斯夫人说，"华人长相难分，这是常事。"

"是的——也许吧。"韦尔斯夫人说，但她依然盯着阿苏看。她是否已经认出他来，他无法判断。他想找点话跟安娜说，但是脑海里一片空白。

"你要干什么，阿苏？"安娜说，语气并不苛刻，但含着渴望。她眼睛里有一种几近恐惧的哀求。

"你叫他什么来着？"年纪大些的女人迅速问道。

"阿苏，"安娜说，"我该叫苏先生吧。他是卡尼里的鸦片经销商。"

"哈！"寡妇的目光立刻锐利起来，"鸦片！"

这么说她想起他来了，她已经记得他是谁了。

立刻，阿苏决定改变策略。他转身向着安娜，大声说道："我买你。最好价。"

寡妇大笑。

"哦，"安娜说，脸色变为绯红，"不，你不能这样。大概还没有人告诉你，我现在已经不做娼妓了。我不再为娼，不卖，不出售。"

"你现在是什么？"阿苏说。

"韦瑟雷尔小姐是我的助手，"韦尔斯夫人说，但是阿苏听不懂这个词，"她现在住在这里。"

"我现在住在这里，"安娜跟着说了一句，"我不再吸鸦片。你明白吗？不吸大烟了。我——我已经戒了。"

阿苏迷惑了。

"好啦，再见。"安娜说，"谢谢你的来访。"

说时迟那时快，韦尔斯夫人的手腕突然闪出，她用粉嫩的手抓住阿苏的前臂，掐得紧紧的，说："你必须来参加今晚的通灵会。"

"他没有门票。"安娜说。

"一种东方气氛，"韦尔斯夫人说，没有理睬安娜，"就是这种感觉！你叫他什么来着？"

"阿苏。"安娜说。

"哦,是的,"韦尔斯夫人说,"刚刚产生的灵感:一种东方气氛,用在今晚的通灵会上!"

"通灵会是一种东方的习俗吗?"安娜怀疑地说。

阿苏不明白这些字眼儿,但他听懂了"东方"二字,猜想自己不仅是她们谈论的主题,可能也是导致莉迪娅突然显露贪婪表情的直接原因。他感到非常惊讶的是,在过去十几年中她几乎没有任何变化,而安娜在最近一个月里,则发生了翻天覆地的改变。他低头看着寡妇紧紧抓住他前臂的手,震惊地发现她手指上的金戒指。

"卡弗夫人。"他说,指着那个戒指。

那个女人露出微笑——这次的笑容更灿烂些,"我幻想他的身上带点儿预言家的气质,"她对安娜说,"这个想法如何?"

"你说'卡弗夫人',这话是什么意思?"安娜对阿苏说,皱起了眉头。

"卡弗的妻子。"阿苏的话等于没说。

"他认为你是卡弗的妻子。"安娜说。

"他只是猜测。"韦尔斯夫人回答。

她冲着阿苏说:"我不是卡弗夫人。我丈夫已经死了。我现在是个寡妇。"

"不是卡弗夫人?"

"是韦尔斯夫人。"

阿苏的眼睛瞪大了,"韦尔斯夫人。"他重复了一遍。

"他的英语这么差,真是太好了。"寡妇对安娜说,用的是聊天般的口气,"这样他就不会不集中精力。他的神态就不会出现波动。他是不是很英俊呢?我认为,他将对我们大有好处。"

"他认识卡弗。"安娜说。

"我相信是的。"韦尔斯夫人说,带着轻松活泼的口气,"卡弗船长有很多东方的关系，我猜想他们可能在霍基蒂卡做过生意。快进客厅里来，阿苏。"她把阿苏的胳膊抓得更紧些，"来吧，只待一小会儿。不要像个孩子似的，我又不会伤害你！进来吧。"

"弗朗西斯·卡弗——在广东？"阿苏说。

"或许是广州。是的，这很可能。"韦尔斯夫人说，错误地将阿苏的问题当成了陈述，"卡弗船长的总部曾经设在广州，他在那里待过许多年。快到客厅里来。"

她领着阿苏进入客厅，指着房间最里头的一个角落。"你就坐在一个坐垫上——那儿。"她说，"你将观察周围每个人的面孔，为我们神秘的通灵会增添一份裁判官般的冷静气氛。我们将称你为东方神谕——或者东方活雕像——或者王朝精神——或者这一类的名字。你喜欢哪一个，安娜？是雕像，还是神谕？"

安娜说不出喜欢哪个。她很清楚莉迪娅·韦尔斯与阿苏都认出了对方，他们有过一段与弗朗西斯·卡弗相关的历史，寡妇不愿把它说出来。安娜知道最好不要追问此事，然而，她还是问道："用他的目的是什么呢？"

"只是观察我们！"

"是的，但要达到什么目的呢？"

寡妇挥了一下手，"你没有看过威尔士王子的舞台场面吗？稍微带点东方风格，就能让门票销售火爆。"

"他在霍基蒂卡不是没有认识的人，你知道，"安娜说，"他会被认出来的。"

"你不也同样会被认出来嘛！"韦尔斯夫人指出，"这一点儿关系都没有。"

"我不知道，"安娜说，"我心里没底。"

"安娜·韦瑟雷尔，"韦尔斯夫人说，装出一副烦恼的神情，"你还记得上个星期四，当我建议把魔术师的素描挂在楼梯顶上的时候，你反对来着,声称画像会因为阁楼的楼梯口而产生阴影,可我还是不顾一切地挂上了,结果光线正如我保证的那样完美,是不是?"

"是的。"安娜说。

"好啦——你瞧。"韦尔斯夫人说,朗声大笑。

阿苏对此一个字也没听懂。他转向安娜,微微地皱起眉头,表示她必须解释一下。

"通灵会。"安娜徒劳地说。

阿苏摇了摇头,他听不懂这几个字。

"让我试一试。"韦尔斯夫人说,"来——到这个角落来。安娜,给这个男人一个坐垫,让他坐下。也许,坐在一张圆凳上会更显得清心寡欲?不,要一个坐垫,这样他能像东方人那样盘腿坐着。是的,到这儿来——再往前——再往前。好了。"

她把阿苏按在坐垫上,快速后退几步,从房间的另一头打量他。她高兴地点了点头。

"好。"她说,"你看见没有,安娜?你不认为这样很好吗?他显得多么庄严啊!我不知道是不是要让他抽个烟斗什么的——烟雾缭绕着他的头,肯定会有蛮不错的效果。但是在室内抽烟会让我难受。"

"他还没有表示同意呢。"安娜提醒道。

韦尔斯夫人看上去稍微有点烦躁,不过,她没有对这句话提出抗议。她朝阿苏走去,脸上带着微笑,双手叉在腰上,低头凝视着阿苏。"你认识埃默里·斯坦斯吗?"她说,清晰地吐出一字一句,"埃默里·斯坦斯?你认识他吗?"

阿苏点了点头,他知道埃默里·斯坦斯。

"好,"女人说,"我们将把他带到这里来。今晚,跟他说话。埃默里·斯坦斯——到这里。"她用散发着柠檬香气的手指着地板说。

阿苏脸上显出一副恍然大悟的神情。好极了,肯定是这位探矿家终于被找到了——活着被找到的！这是个好消息。

"很好。"他说。

"今晚，"韦尔斯夫人说，"在这里，在游人好运楼，在这个房间里。聚会将在七点开始。通灵会，十点。"

"今晚。"阿苏说，盯着她看。

"正是。你要在这里。你要来。你会坐着，就像现在这样，好吗？啊，安娜——他明白吗？我简直无法判断。他的脸是一尊如此完美的雕像。你看明白了吧，我是怎么想出了这个主意的——活雕像！"

安娜慢慢地给阿苏解释，说莉迪娅要求他出席当晚与埃默里·斯坦斯的会面。她几次用了"通灵会"这个词。阿苏以前不可能接触过这样的字眼儿，只能根据上下文推断它指的是某种念稿子的聚会或会议，埃默里·斯坦斯将被邀请出席。他点头表示明白。然后，安娜又解释道，当晚要邀请阿苏回来，坐在角落里的这个坐垫上，就像现在这样。还有其他人也被邀请出席。他们会坐成一圈，埃默里·斯坦斯站在房间的中央。

"他明白这些吗？"韦尔斯夫人说，"他明白了吗？"

"明白。"阿苏说，然后向她演示，"与埃默里·斯坦斯的通灵会，今晚。"

"好极了。"韦尔斯夫人说，她弯腰朝着阿苏微笑，那模样就像人们微笑着听一个早熟的孩子朗诵一首十四行诗，也就是说，赞赏中夹杂着怀疑，有点扭捏做作。

"一个服丧的妓女和一个东方的神秘人，"她继续说，"这真是太完美了！我想想都会起鸡皮疙瘩！通灵会当然不是东方传统，"这是回答安娜先前的问题，"但是在过去的两个星期里，我是不是每天都在说，在这一行当里，气氛是成功的一半？阿苏对我们会大有好处。"

安娜扭过头去，然后轻描淡写地说："当然，他一定会得到报酬的吧。"

寡妇带着冷冰冰的神情转向安娜，但安娜没有看她，所以没有理会她的脸色。在接下来的片刻中，寡妇的表情又明朗起来，漫不经心地说："当然！可你应该问一问他，这么容易的一件事，他认为自己值多少。问问他吧，安娜，你毕竟是他的一位特殊朋友。"

安娜照办了，对阿苏解释说，寡妇愿意为他在今晚通灵会上所做的贡献付费。阿苏还不明白埃默里·斯坦斯将仅仅以幽灵的形式出现，还以为这是一桩美妙的好事。他自然对付费感到十分疑惑，并把自己的疑惑说了出来。接下来是非常荒唐的谈判，阿苏终于同意了，接受了一先令的费用，他这么做是为安娜着想，而不是为自己。

阿苏不是傻瓜，他十分清楚自己并未真正理解当晚要发生的事情。他感到非常奇怪的是，安娜重点强调了埃默里·斯坦斯会站在房间的正中央，其他人都会围绕着他；更奇怪的是，寡妇居然愿意付工钱让自己无所事事地待着。他得出的结论是，他将在某种有脚本的戏剧中扮演一个角色（当然，这个猜测还真算是八九不离十呢），但他跟自己辩解，无论将遭受什么样的侮辱，只要有机会跟斯坦斯先生说说话，肯定是值得的。他接受了寡妇的邀请以及她付款的承诺，他相信，拿不准的事到时候总会船到桥头自然直。

就这样，他们的谈判结束了。阿苏看着安娜。两人互相凝视了好一阵子，阿苏眼神坚定，而安娜——却似乎——带着一种冷眼，令这个"单帽"根本无法理解。可这算是冷眼吗？或者他只是还不习惯她表情中的明晰，因为她现在的面容已不再被鸦片厚厚的面纱遮盖？她的变化太大了。若不是阿苏对她十分了解，可能会说她表情傲慢。——仿佛她幻想自己的社会地位要高华人一等。

阿苏决定将安娜的冷漠表情看作自己应该离开的暗示，便从坐垫上站起身。他估计有足够的时间徒步回卡尼里,再在日落前走回来。他希望告诉他的同胞桂龙,埃默里·斯坦斯将于今晚出现在雷维尔街上的游人好运楼。他知道,阿桂早就想跟斯坦斯见面,希望质问年轻的探矿家关于极光金条的事。阿桂若发现斯坦斯还活着,肯定会很高兴的。

阿苏向寡妇鞠躬,再向安娜鞠躬。安娜给阿苏微微回了一个屈膝礼,既没有渴望,也没有懊悔,然后立刻转身,去摆正沙发扶手上的花边。

"你今晚要回来——参加通灵会。今晚,"莉迪娅·韦尔斯说,"说好六点钟吧。"

"六点钟。"阿苏跟着说了一遍,指着刚才坐过的坐垫,表示他明白。他朝安娜瞥去最后一眼,然后莉迪娅·韦尔斯抓住他的胳膊,将他引入门厅。她伸手把他身旁的门拉开,日光突然涌入房间。

"再见。"阿苏说,跨出了门槛。

但是他出门后,寡妇并没有如预料的那样把门关上,而是伸手拿起她的披肩,裹在肩膀上,跟着阿苏来到了廊台。她对安娜说:"我出去一会儿,过一个小时左右回来。"

安娜在客厅里,惊讶地抬起头来。随后,她的表情又恢复了平静。她木然地点点头,穿过客厅,来到门口,准备在韦尔斯夫人离开后插上门闩。

"午安,韦尔斯夫人,"她说,手扶着门框,"午安,阿苏。"

他们走下台阶后步入大街,然后分头而去:阿苏向南,朝河边走去;莉迪娅·韦尔斯向北。走了几步后,韦尔斯夫人扭头向后看了一眼,仿佛是站在大街上审视那些建筑。安娜匆忙退回来,关闭了大门。

安娜的手一直握着门把手,却并没有转动。片刻之后,她又一次把门打开,悄悄地、小心翼翼地,从门缝向外张望。莉迪娅此刻正飞快地走着，一直没有转身。安娜本以为她会转身去追阿苏，要求与他私下谈话。安娜把门拉得更开一些，莉迪娅会折返吗？她这么匆忙离开肯定就是为了这个——为了跟她清清楚楚认出来的那个男人私下交谈！但这时，阿苏已经转过了吉布森码头的拐角，消失了。而几乎就在同时，莉迪娅·韦尔斯跨越路旁的明沟，踏上台阶，安娜眯起眼睛——那是哪一座房子呢？那是一座两层楼的建筑——在泰格林五金杂货店旁边。也许是一家酒吧？显然有人在门廊里，因为莉迪娅·韦尔斯耽搁了一会儿，跟对方打招呼，然后她打开大门，进了里面——当门被打开时，安娜瞥见淡蓝色的油漆一闪，认出了那座建筑。如此说来，莉迪娅·韦尔斯是去做一个社交性的拜访。但是去见谁呢？安娜诧异地摇摇头。嗯，她想，不管是谁，从任何角度上看，都不会是一个普通的淘金汉。他一定是个重要人物，因为他住在宫殿旅馆。

土星在天秤座

> 哈拉尔德·尼尔森违背条约；圣书被打开；考埃尔·德夫林措手不及；乔治·谢泼德拟定计划。

哈拉尔德·尼尔森刚沏上四点钟的下午茶，准备享用座位旁摆放着的一盘甜饼干，看一本书，就在这时，他收到了便士邮递送来的召见信。邮件来自乔治·谢泼德，上面写着醒目的"紧急"字样，但狱守没有具体说明要求会见的原因。毫无疑问，肯定是些无关紧要、鸡毛蒜皮的琐事：监狱地基上的碎石啦，监狱蓝图上的咖啡渍啦……尼尔森心想，不由得感觉一阵心烦。一声叹气之后，他给茶壶裹上一个绗缝保温套，脱下紧身套衫，换上一件夹克，伸手拿起他的手杖。在星期天下午这般打扰别人，真是一种非常糟糕的恶习。唉，他已经工作了七天中的六天。他完全应该休息一天，没有乔治·谢泼德用收据、工资记录或残值报价来打扰他。这封便士邮件更是一种火上浇油式的侮辱——谢泼德居然不愿自己跑一趟，从警察营地到吉布森码头只不过短短五个街口的路程；他竟然要求尼尔森去见他，像个仆人去见封建君主！尼尔森锁上办公室的门时，憋着一肚子的火气，他阔步走在雷维尔街上，帽子歪戴，衣服后摆舞动着。

在警察营地，乔治夫人应声开门。她带着一副非常抱歉的表情，将尼尔森带入餐厅，没等尼尔森说出礼貌的客套话，她就已逃之夭夭了。她拉上房门时的动作如此坚定，连平纹布的墙壁都跟着打了个寒战，尼尔森刹那间恍如在大海上。

狱守坐在餐桌的一头，正在迅速解决他的冷餐，包括肉冻，质地均匀的各种冷布丁，某种又黑又粗、质地密实的面包。他笔直地端坐着，用叉子戳食物，没有请尼尔森坐下。

"看来，"门被关上后，他吞咽了一口饭，说道，"你向某人透露了我们的协议，你食言了。你告诉谁了呢？"

"什么？"尼尔森说。

谢泼德把他的问题又重复了一遍。尼尔森在停顿片刻之后，又提出了自己的疑惑，音调稍微高了一点。

谢泼德表情冰冷，"不要对我撒谎，尼尔森先生。阿利斯泰尔·劳德巴克明天早上要在《西海岸时报》上发表一封信，对我的人格进行攻击。他宣称他发现克罗斯比·韦尔斯地产上的财富的一部分被用于投资霍基蒂卡的监狱建设。我不知道他是怎么得到这个信息的，但我希望知道。越快越好。"

尼尔森迟疑了。阿利斯泰尔·劳德巴克怎么可能知道他的佣金呢？一定是某个皇冠旅馆会议的与会者食言了！也许是鲍尔弗？鲍尔弗与劳德巴克是亲密至交，尼尔森从来没见过其他人与劳德巴克在一起过。但是鲍尔弗会出于什么原因背叛他呢？尼尔森从未对他起过任何歹心。有可能会是洛温塔尔吗？也许——如果那封信将在报纸上发表。但是尼尔森不相信洛温塔尔会食言，正如他不相信鲍尔弗会这么做一样。他看着谢泼德叉起一串肉冻、一块酸黄瓜，还有油炸的土豆肉丁杂烩，他自己嘴里莫名其妙地（其实尼尔森根本不饿）开始流口水。

"你告诉过谁？"谢泼德说，"请注意，我的耐心已经达到了极限，我不会再问你第二遍。"他把嘴凑近叉满食物的叉子，把食物从上面咬下来，咀嚼着。

尼尔森不知道如何回答。当然，事实上他告诉过十二个男人——沃尔特·穆迪再加上十一个被召唤到皇冠旅馆吸烟室里的人。他无法承认自己已将谢泼德的秘密泄露给了十二个人！他应该谎称没有告诉过任何人吗？但是很显然，他向某人泄露了秘密——劳德巴克已经知道了！他的脑筋飞速地转动着。

"我想不出这是怎么可能发生的，"他在绝望中说道，"我想不出。"

谢泼德忙着叉起另一串食物，目光炯炯地盯在他的晚餐上，"你去找过劳德巴克吗？或者去找过其他人——这个人又去见了劳德巴克？"

"我一辈子都没有跟劳德巴克说过五个字。"哈拉尔德·尼尔森说，十分愤慨。

"那么，是谁？"谢泼德抬起头，餐具松松地握在手里。

尼尔森什么都没说，开始冒汗。

"你在维护淘金汉的荣誉，我明白了。"谢泼德不以为然地说，"嗯，至少某人还能让你忠心耿耿，尼尔森先生。"

他转向自己的晚餐，一时间没有说话，这让尼尔森感觉度日如年。谢泼德穿着星期天的黑色燕尾服，当他坐着吃饭时，将燕尾后摆垂在椅子两旁，以免把衣服弄出皱褶。他的高腰裤子和无领马甲带着一种不满的、葬礼般的色彩，他的宽领巾——有些过时了，尼尔森带着一丝居高临下的优越感注意到；他自己的领巾很薄，依照最新潮流松弛地系着，而宽领巾似乎进一步强调了狱守训斥的态度。甚至连他的冷晚餐都是节制的典范。尼尔森在自己的晚餐上享用了半只水煮鸡，配餐是黄油萝卜泥和许多白酱，此外，他还喝了半罐高级葡萄酒。

从房子的某处传来一刻钟的报时声。乔治夫人在单薄的墙外面晃动,悄没声儿地在各个房间走动。谢泼德依然不紧不慢地吃饭。尼尔森等候着,直到谢泼德清理干净盘子里的每一块碎屑,他希望狱守一旦吃完晚餐,便能开始讲话。当他的这种希望显然已经落空时,他有气无力地说:"嗯——你打算怎么办呢?"

"我的第一个行动,"谢泼德回答,用餐巾擦着嘴,"就是解除你在监狱建筑方面的一切职责。我不会接受一个食言者的服务。"

"把投资归还给我?"尼尔森说。

"绝不。"谢泼德说,把餐巾扔进他的盘子里,"事实上,考虑到工作早已开展,我觉得你这是最不合理的要求。"

尼尔森嘴唇嗫嚅着,过了会儿,终于说道:"我明白。"

"你不愿破坏你的淘金汉准则。"

"是的。"

"真是难以置信。"

"对不起。"

谢泼德将他的餐盘推开,变得神气活现起来,"劳德巴克先生的信将发表在明天的《西海岸时报》上,我这里有一份预发件。"

尼尔森看见桌上狱守的餐盘旁边有一封开口的信。他走上前,伸出手,"可以吗?"

但是谢泼德没有理睬他。"这封信,"他继续说,稍微提高了一点嗓门儿,"没有对你提名道姓。你要知道,我今晚会给编辑亲自写封信,专门更正这项遗漏。我的回信将作为正式答复,发表在劳德巴克先生的来信下面。"

尼尔森又试了一次,"我可以读一下吗?"

"你可以跟韦斯特兰的每个人一起,在明天的报纸上读到。"谢泼德带着恶狠狠的强调语气说出这句话。

"好吧,"尼尔森说,缩回了他的手,"我明白你的意思了。"

谢泼德停顿了一下,又补了一句:"当然,除非你还有什么愿意告诉我的事情。"

尼尔森带着令人厌恶的沮丧口气,说道:"有。"

"有?"

"有——有点儿事。"

可怜的哈拉尔德·尼尔森!他还以为通过第二次违反誓言来重新获得狱守的信任,似乎再来一次不忠行为,就可以逆转第一次不忠这个事实!他在恐慌中缴械投降,因为被别人瞧不起这件事打垮了尼尔森的精神。他不能忍受自己不被别人喜欢,对于他来说,不被别人喜欢和不令别人喜欢之间没有真正的区别,他遭受的每一次伤害,都是对自身人格的打击。正是出于这种自我保护的原因,尼尔森穿着最时髦的时装,说话带着热忱,把自己摆在每个故事的中心——他用为自己塑造的社会形象作为盾牌,因为他十分清楚自己的承受能力有多弱。

"愿闻其详。"谢泼德说。

"这是关于——(他的目光四处扫视)韦尔斯夫人的。"

"果然。"谢泼德说,"怎样呢?"

"她曾经是劳德巴克的情人。"

谢泼德挑起眉头,"阿利斯泰尔·劳德巴克让克罗斯比·韦尔斯戴了绿帽子?"

尼尔森把这句话回味了一下,"是的,我想是的。嗯,当然,这要取决于克罗斯比和莉迪娅是什么时候结婚的。"

"继续。"谢泼德说。

"事情是——事情是——他被敲诈勒索——我说的是劳德巴克——克罗斯比·韦尔斯把赎金拿回了家。就是那笔横财,你知道——在克罗斯比的小屋里。"

"这敲诈勒索是如何发生的呢？你又是怎么知道的呢？"

尼尔森犹豫了。他拿不准狱守的表情，觉得他瞬间变得非常贪婪和激烈。

"你是怎么知道这个的？"谢泼德质问。

"有人告诉我的。"

"谁？"

"斯坦斯先生。"尼尔森说——选定一个短期内可能造成最小伤害的人。

"他就是那个敲诈者吗——斯坦斯？"

"我不知道，"尼尔森说，一时被弄糊涂了，"我的意思是，也许是的。"

"你是顶他，还是反他？"

"我——我不知道。"

谢泼德看上去不耐烦了。"那么，你掌握了他的什么信息呢？"他说，"即使你对你的效忠对象没有把握，也一定掌握了有关他的什么信息。"

"有一张馈赠契约，"尼尔森无奈地说，"在克罗斯比的炉子里——有一部分烧焦了，似乎有人想销毁它。是那个牧师发现的。克罗斯比死后第二天，他去小屋收尸的时候。他没有把这事告诉你，独自把契约扣押了下来，也没有告诉吉利斯医生。"

谢泼德情绪镇定，脸上没有丝毫表情，"什么样的馈赠契约？"

尼尔森简单描述了契约的细节。他的目光一直盯着狱守面部左上方约三英尺的地方，奇怪地眯着眼睛——因为他的胸膛内升起一种绝望的情绪，压迫着他的胸骨。他本想通过出卖这个机密，换取狱守对他的忠诚和信任，却发现这样一来，反而进一步坐实了自己的不忠、自己的一文不值。然而尽管他很无奈，但是这样大声说出皇冠旅馆会议的机密，令他感到一种莫名的轻松。他感觉压在肩头的沉重压力被解除了，取而代之的是一种可怕的失重感。他迅速瞟了一眼狱守，然后扭过头去。

"德夫林是你的人吗？"谢泼德说，"你告诉了德夫林有关这项投资的事情，然后他告诉了劳德巴克？"

"是的，"尼尔森说，"正是这样。（他是怎样一个猥琐之人啊——居然指控一位牧师。但是这只能算半个谎言，当然……指控一个人要比指控十二个人强一些。）我的意思是，"他补充道，"我只是假设他告诉了劳德巴克。其实我并不知道，我从来没有跟劳德巴克说过任何事情，这我已经告诉过你。"

"这么说德夫林是劳德巴克的人？"谢泼德说。

"我不知道这个，"尼尔森说，"我根本不知道这个。"

谢泼德点了点头。"嗯，尼尔森先生，"他说，从桌子旁站起来，"我想，我们的讨论到此为止吧。"

就这样被打发回去，尼尔森更加惊慌失措。"关于那份契约的事情，"他说，"只是——如果你跟牧师提起来——"

"我想我会的，是的。"

"嗯——你能不提我的名字吗？"尼尔森说，满脸的悲惨相，"是这样，我能告诉你他把它藏在哪里——我指的是那张契约，这样你就能自己找到它，我这头也不会得罪人。你能做到吗？"

谢泼德毫无同情心地端详着他，"他把它放在了哪里？"

"我不会告诉你，除非你向我保证。"尼尔森说。

谢泼德耸了耸肩，"好吧。"

"你能发誓吗？"

"我以我的名誉发誓，不会对监狱牧师说出你的名字。"谢泼德断然地说，"他把它放在了哪里？"

"夹在他的《圣经》里，"尼尔森万分悲哀地说，"夹在他的《圣经》里，在《旧约》与《新约》之间。"

Φ

  自从监狱建设全力开展以来，考埃尔·德夫林和乔治·谢泼德就没有太多机会见面，除非在晚上，谢泼德从海景建筑工地回来，写信和打理财务。德夫林发现，谢泼德不在的时候，临时警察营地的气氛有所改善，便一直没有寻求进一步深化两人的亲密关系。如果他不得不对狱守的性格做出评判，他可能会在很长的停顿之后，坦承他怜悯谢泼德的死板，哀叹谢泼德对周围世界怀有不满的心态；再做一番停顿之后，他可能会补充说祝愿谢泼德一切都好，但不期待他们之间的关系发展到超越现状的程度，而现在的关系是绝对公事公办的，没有任何温度可言。

  这一天是星期天，高坡上的建筑因此暂停。谢泼德的上午是在小教堂里度过的，下午一直待在警察营地他的书房里。此刻哈拉尔德·尼尔森非常迅速地离开警察营地，而德夫林刚从卡尼里营地返回，正在临时监狱里，向重刑犯们宣导有关背诵祷告的内容。他一直带着他那本饱经风霜的《圣经》，只要离开他的帐篷，便一如既往地随身携带，即便那天下午的布道性质使其完全没有打开《圣经》的必要。当谢泼德步入监狱时，圣书是合上的，放在德夫林身旁的一张椅子上。

  谢泼德等待着他们的谈话中出现一个安静的空隙，无须久等，这个机会就来了，这要归功于他在房间里令人瞩目的伟岸身影。德夫林转身抬头，面露询问的神色，谢泼德说："下午好，牧师。请把您的《圣经》递给我。"

  德夫林皱起眉头，"我的《圣经》？"

  "如果您不介意的话。"

  牧师将手掌压在圣书上。"您需要查询什么，也许可以直接问我。"他说，"我将我的经文记得滚瓜烂熟，这是我引以为傲的。"

"对此我毫不怀疑。然而翻阅经书对我来说是一种享受。"谢泼德回应。

"可你肯定有你自己的《圣经》！"

"当然。"谢泼德同意，"不过，现在是我夫人灵修的时刻，我不愿打扰她。"

一时间，德夫林考虑抽出那张他盗取的契约，可是它被烧焦的样子肯定无法逃脱狱守的评论，不管怎么说，他身边整天围绕着罪犯。他能把它藏在哪里呢？

"具体地说，你要查找什么呢？"他说，"一节经文，还是一个典故？"

"作为一位神职人员，您对您的《圣经》非常吝啬呢。"谢泼德断然地说，"天哪，唉！我只是想随意浏览浏览！您难道要拒绝我吗？"

德夫林不得不交出了《圣经》。谢泼德感谢了他，拿起书走回私人宿舍，关上了门。

接下来的半个小时，德夫林关于背诵祷告的布道倒是对他很合适，因为重复性的内容使他可以走神，他的注意力不断飘向狱守的书房。那里面的人将会坐在桌子后面，用他那庞大而苍白的手翻动圣书的薄页。德夫林没有猜到谢泼德或许已经知道他藏在新旧约之间的契约，因为他的本性并不多疑，不会像某些人那样，在相信自己遭背叛中得到快感。随着时间的缓慢推移，他希望谢泼德将他的阅读局限于较为古老的那部分文字。他希望把他的圣书还给他的时候，那纸被烧焦的契约依然未被发现，未被触碰。德夫林十分清楚谢泼德的信仰是十足的利未支派，因此希望他只限于翻阅《摩西五经》，或者《历代志》和《列王记》，这并非没有道理。谢泼德不大可能关注那些次要的先知……但福音书是肯定要看的，尤其是在星期天。不管他的信仰是什么，他非常有可能翻阅到那里，那样一来，便几乎肯定会碰到隐藏的那页纸。

下午的讨论终于结束了，德夫林怀着忐忑不安的心情离开了犯人们，将他们留在他的精神财富里。正在捂嘴打哈欠的值班警官向他点头告别。监狱四周静悄悄的，德夫林跨过门槛，穿过庭院，踏上狱守小屋门廊前的台阶，敲了敲门。

谢泼德浑厚的声音在屋里响起，请他进屋。德夫林照办，穿过平纹布墙面的过道进入狱守的书房。门是开着的，德夫林立刻看见他的《圣经》被摊开放在狱守的办公桌上，烧焦的纸条躺在上面，一览无遗。

> 一八六五年十月十一日，现将一笔总额为两千英镑的款项赠予前新南威尔士人安娜·韦瑟雷尔小姐，捐赠人为前新南威尔士人埃默里·斯坦斯先生，见证人及主持人为克罗斯比·韦尔斯先生。

谢泼德十指交叉，等候他的客人说话。

"这是我发现的，"德夫林说，"但是对任何人都没有用。"

"对任何人都没有用？"谢泼德质问，口气是愉快的，"你为什么会这么说？"

"它是无效的，"德夫林说，"委托人没有签字，因此是不合法的。"

考埃尔·德夫林像所有不愿承认自己错误的人一样，讨厌对别人承认错误。每当他被指控做错事情时，他都会变得非常桀骜不驯，一副居高临下的气势。

"的确如此，"谢泼德说，"这是不合法的。"

"它不具有约束力——这就是我的意思。"德夫林说，微微地皱着眉头,"在法律意义上,它不具有约束力。"

谢泼德没有眨一下眼睛,"这真是相当可惜,你不认为吗?"

"为什么呢?"

"真希望埃默里·斯坦斯已经签字——啊,在克罗斯比小屋里发现的横财就有一半属于安娜·韦瑟雷尔!那就是一场重大变故,是不是?"

"但是隐士小屋里的财富从来就不属于埃默里·斯坦斯。"

"是吗?"谢泼德说,"请原谅,对这个事实你似乎比我确定得多。"

考埃尔·德夫林十分清楚克罗斯比·韦尔斯小屋里的金子来自四套衣裙,是莉迪娅·韦尔斯缝进去的,后来衣服被安娜·韦瑟雷尔购买。他知道,那些金子被金匠桂龙抽取,然后冶炼,却被斯坦斯偷走,在后来的某个时间里,隐藏在韦尔斯的小屋里。然而,他不能告诉谢泼德这一切。于是,他说:"没有理由认为那笔财富属于斯坦斯先生。"

"事实上,斯坦斯先生是在韦尔斯先生死亡那天消失的,而且,根据普遍的理解,韦尔斯先生不是一个有钱人。"谢泼德用他的食指戳着那份契约,"如此看来,牧师,这肯定与我们手头的案件有关。这份文件似乎表明那笔财富来自斯坦斯,而斯坦斯有意将其一半——恰好一半——送给一个普通娼妓。我斗胆猜测,克罗斯比·韦尔斯,作为斯坦斯的证人,为他保存着那笔财富,直到他死。"

这是一个合理的假设。也许谢泼德后面这个观点是正确的,德夫林想,不过他前面的观点肯定是错误的。他大声地说:"你说得对,这似乎是有关联的。然而,正如我已经告诉过你的那样,这份合同是无效的。斯坦斯先生没有签名。"

"我假设你是在克罗斯比·韦尔斯的小屋里发现的这份契约,在你去为他收尸的那天。"

"正是如此。"德夫林说。

"既然你一直这样小心谨慎地保管着它,"谢泼德说,"我敢说你认为这份契约可能会非常有价值,对于某些人来说,比如安娜·韦瑟雷尔。根据这份文件的权威性,她可能会变成南阿尔卑斯山脉这一边最富有的女人!"

"不可能,"德夫林说,"这份契约缺少签名。"

"如果它被签上字的话。"谢泼德说。

"埃默里·斯坦斯死了。"德夫林说。

"他死了?"谢泼德说,"我的天。你的这个断言我也不敢苟同。"

但是考埃尔·德夫林不是那么容易被吓唬住的。"许诺巨额财富是一件危险的事。"他说,以牧师的方式将双手交叉放在肚脐前,"这种诱惑无可比拟,是一种显赫身份和极多机会的诱惑,而这些是我们所有人的欲望。如果告诉韦瑟雷尔小姐这份契约的事,她就会自欺欺人地燃起希望,开始梦想得到显赫的身份和更多的机会,她将不再满足于之前的生活。这就是我担心会发生的情形。因此,我决定将这条消息秘而不宣,至少保密到埃默里·斯坦斯被找回来,或者被确认已经死亡的时候。如果他被确认死亡,我将销毁这张契约。如果他还活着,我会去找他,给他看这份文件,问他是否希望在上面签字。那个选择将取决于他自己。"

"如果斯坦斯永远也找不到呢?"狱守说,"那怎么办?"

"我是本着一颗慈悲心做出的决定,谢泼德先生。"德夫林坚定地说,"我十分担心,一旦这张契约公布于众,或者落入坏人之手,可怜的韦瑟雷尔小姐可能会遭遇不测。如果斯坦斯先生永远也找不到了,那么也就不会出现希望破灭、鲜血白流、信仰丧失的情形。我认为这是个不小的慈悲。您说呢?"

谢泼德淡色的眼睛变得湿润,这是他认真思考的一个迹象。"见证人及主持人为克罗斯比·韦尔斯先生。"他咕哝着。

"不管怎么说,"德夫林补充道,"一个人将这么一笔巨款赠给一个娼妇,这种可能性是不大的。没准儿是一个玩笑,或者某种骗局。"

谢泼德似乎突然来了兴趣,"你怀疑这个女人的吸引力?"

"你理解错了。"德夫林平静地说,"我的意思只是说,任何男人送给一个妓女两千英镑,都是极不可能的事情。我是说作为礼物——一次性的馈赠。"

突然,谢泼德啪的一声将《圣经》合上,那份盗取的文件被夹在书页之间。他将圣书递还给牧师,另一只手已经伸出去拿他的笔,仿佛对这件事完全失去了兴趣。

"谢谢你把你的《圣经》借给我。"他说,点头表示德夫林可以离开了。然后他俯身看着他的账本,开始核计各项账目。

德夫林迟疑地徘徊了一会儿,《圣经》握在他的手里。被烧焦的文件从书页里露出一角,把书的侧面分成不等的两半。

"但你是怎么想的呢?"德夫林终于说,"你对此是怎么看的呢?"

谢泼德没有停止书写,"你指的是什么?"

"这份契约!"

"我想象你是对的,这一定是一个玩笑,或者某种恶作剧。"谢泼德说。他把一根手指放在账本上,记住自己写到哪里,然后伸手把笔蘸入墨水瓶里。

"哦,"德夫林说,"是的。"

"就像你说的,这份契约是无效的。"谢泼德轻松随意地说。他把笔尖贴着墨水瓶口轻轻地碰了碰。

"是的。"

"证人肯定是死了,委托人对此几乎可以肯定。"

"是的。"

"如果你想得到一个权威的答案，今晚也许应该和其他异教徒一起去一趟游人好运楼。"

"去跟斯坦斯先生说话？"

"去跟安娜说话。"狱守说，腔调中带着极端的不满，"好了，如果你不介意的话，牧师，我还有很多工作要做。"

德夫林出门并关上房门之后，谢泼德放下笔，走到书架前，拿出一本卷宗，从里面抽出一张纸：三个星期前，他与哈拉尔德·尼尔森签订合同的唯一副本，代理商曾承诺不会将四百英镑的投资透露给任何人。谢泼德在柜子边上划着一根火柴，点燃了那张纸，然后轻轻拎住纸的一角，变换着倾斜的角度，直到文件轰地一下燃烧起来，签名变得模糊不清。最后，他再也没法继续拿着，便将纸扔在地板上，眼睁睁地看着它缩成一团灰色的粉末，用靴子头把灰烬踢向一旁。

他回到书桌后面坐下，从账本下面抽出一张白纸，提起笔，把笔尖蘸足了墨水。然后，他以缓慢而斟酌的手笔，开始写道：

一份良心馈赠——给《西海岸时报》的编辑

先生：

我提笔回应省议员、国会议员阿利斯泰尔·劳德巴克先生，他对在下恶意诽谤中伤，同时也诽谤了与他相关的所有人员，包括韦斯特兰公共工程委员会、市议会、专员办事处，以及霍基蒂卡管理部门。纠正劳德巴克先生的错误是我的职责：有理有节，用事实说话。

事实上，霍基蒂卡未来监狱的建设大部分依靠一位韦斯特兰人——尼尔森合作公司的哈拉尔德·尼尔森先生的捐助。他根据个人旨意，本着为公众谋利益的心愿，向镇议会捐赠了约四百英镑的金额。这笔款项属于他诚实工作所获得的一笔佣金。正如劳德巴克先生认证的那样，这是从克罗斯比·韦尔斯先生房地产中发现的一部分财富，是尼尔森先生作为代理商提供满意服务后的合法所得。劳德巴克先生会愉快地回想起，在法律的术语中，"捐赠"与"投资"是不同的，因为捐赠不产生债务人和债权人的关系。简而言之，捐赠无须偿还。应该把尼尔森先生的捐赠理解为最贤德和最无私的慈善行为，劳德巴克先生会进一步承认这既没有破坏任何法律，也没有违背任何规定。

我认为，文明进步最深刻和最持久的见证就是公共工程的建设，我相信，霍基蒂卡监狱在各方面都符合这一定义。如果劳德巴克先生认为这种解释还不够透明，我诚挚地邀请他向投票公众披露他之前隐瞒的事实：他曾经与克罗斯比的遗孀莉迪娅·韦尔斯夫人有过一段暧昧的关系。我期待着劳德巴克先生全面披露这一事实。

顺致敬意！

乔治·M.谢泼德

一八六六年二月十八日

谢泼德写完信，用吸墨纸吸干墨迹，伸手拿出一张白纸，将全文抄写了一遍——得到了一份完全相同的复制件，事实上，若是有人拿着它们做比较的话，需要花很大工夫才能察觉出极细微的一点点差异。然后，他将两封信分别折叠起来，封好口，费尽心思地写上各自的地址。等封蜡干了以后，他摇铃铛叫来乔治夫人，要她传呼便士邮递的邮递员，这是一天中的第二次了。乔治夫人立刻照办了。

便士邮递的邮递员是一个满头金色鬈发、一脸雀斑的家伙。

"这一封给《西海岸时报》的洛温塔尔,"谢泼德说,"先送这一封。这一封送往吉布森码头拍卖场的哈拉尔德·尼尔森。明白了吧?"

"有口信吗?"年轻人边说边把两封信揣起来。

"只有给尼尔森先生的。"谢泼德说,"你告诉尼尔森先生,我希望明天早上他照常工作。你能记住这个吗?告诉他别有抱怨,心里别存疙瘩,别问问题。"

火星在摩羯座

> 加斯科因发现了与弗朗西斯·卡弗的共同话题；苏永盛根据一个假象做出行动；桂龙给复仇者一些建议。

奥伯特·加斯科因对船舶怀着一种人们常说的新水手的痴爱。在过去三个星期里，他数次来到霍基蒂卡的沙嘴，为的是默默敬仰"一帆风顺号"断裂的船体，当沉船被逐渐转移方向，越来越近地被拖向岸边时，他密切地跟踪着它的打捞进展。现在沉船终于被拖到了沙滩上，他有了更好的机会仔细研究它，用他那双痴迷的眼睛，揣度它遭受的损害程度。他离开穆迪后，就直接来到这里——这是星期天下午，他没有其他事情，报纸已经读过了，他也不觉得口渴，况且天气如此明亮而欢快，不能憋在房间里。

他已经背靠灯塔坐了好几个小时，观看帆船打捞的进展，手里把玩着一块有绿色斑点的石头。他在身旁搭建了一个小城堡，将扁平的鹅卵石按入沙堆，堆砌成城墙。五点钟过后，风突然改变了方向，将他的衣领吹得贴在脖子上，加斯科因感到脊梁骨那儿有一阵潮湿的寒气，便决定回家。他站起来，掸掉身上的沙土，正在考虑是把他搭建的城堡踢散，还是让它完整地保留在那里，突然，他察觉约五十码之外站着一个人。这个人双脚分得很宽地站着，双臂交叉抱在胸前，仿佛在表示不满。总的来说，他的体态传达着一种最庄严的冷漠无情，他那晦暗的衣着也传递着同样的信息。他的头微微转动，一刹那间，加斯科因瞥见一道玻璃般闪光的伤疤。

加斯科因和弗朗西斯·卡弗从来没有正式见过面，但加斯科因却非常熟悉后者的声誉，这种印象主要来自安娜·韦瑟雷尔一个多月前讲的故事，有关她腹中胎儿被杀害的经过。这样的叙述足以令人完全避免与这位前船长打交道，但是加斯科因的怨恨之情只需要在内心肯定，无须公开展示。结交一个被他私下里鄙视的人，会令他获得一种真正的乐趣，因为他非常享受揣度别人的那种感觉，把别人看作他专用的泉眼，是一口水井，他可以饮用清水，或搅浑井水，一切都按他自己的议程安排，充分享受他自己随意处置的快感。

他走到卡弗面前，举帽行礼。

"请原谅，先生——你就是这条船的船长吗？"

弗朗西斯·卡弗看了他一眼，过了片刻，点了点头，"我曾经是。"

他脸颊上白色伤疤的一端微微撅起，如同裁缝结束一天的活计时，把缝衣针别在布料上那样。那枚虚构的缝衣针被别在他嘴唇的边缘外，似乎将嘴角向上拉扯，要把他那严厉的表情变成一个微笑——但没有成功。

"请允许我做一个自我介绍：奥伯特·加斯科因。"加斯科因说着，伸出了他的手，"我是裁判法院的一个文员。"

"文员？"卡弗又看了他一眼，"哪一种文员？"他十分犹豫地与加斯科因握手——通过疲软而短促的握手表示他的犹豫。

"级别很低，"加斯科因说，态度十分谦卑，"大多是小额索赔——没有什么太大的来头，但是我们的办公桌上偶尔也会出现保险索赔，比如说那条船。"他指着一条失事的蒸汽船，那条船侧身躺在紧靠河口外的水域里，离他们站立的地方约五十码，"我们设法给那条船勉强抹平了。船主非常满意，他本来面临着五百英镑的债务。"

"保险。"卡弗说。

"是的，还有其他业务。我个人对这种业务也比较熟悉，"加斯科因一边补充道，一边掏出他的香烟盒，"因为我已故妻子的父亲是一名海洋保险人。"

"哪一家公司？"卡弗说。

"劳埃德公司——在伦敦。"加斯科因啪地打开银烟盒，"过去这几个星期，我一直在跟踪'一帆风顺号'的进展。我很高兴看到它终于被拖离了海浪。这么浩大的一个项目！请允许我称赞全体工作人员的这种努力……还有您，先生，指挥和调动这一切，功不可没。"

卡弗盯着他看了片刻，然后将目光转回到"一帆风顺号"的甲板上。他的眼睛死死地盯着沉船，说："你想干什么？"

"我当然不想冒犯你。"加斯科因说，轻松地将香烟夹在手指间，停顿片刻，将一双手掌朝上张开，"我绝对无意以任何方式侵犯你的隐私。我一直在观察打捞这条船的进展，仅此而已。这是一种难得的机会，在陆地上看到这样一条船，人们可以真正地感受它。"

卡弗的眼睛一直盯着帆船，"我的意思是，你是否打算对我推销什么东西？"

加斯科因点燃他的香烟，片刻之后才回答："绝对不是，"他终于开口，扭头朝后面喷出一口白色的烟雾，"我不属于任何保险公司，可以说只是个人兴趣，好奇心罢了。"

卡弗什么都没说。

"当天气晴朗的时候，我喜欢在星期天坐在沙滩上。"加斯科因补充道,"但是如果我的个人兴趣冒犯了您,请尽管对我明说。"

卡弗猛地甩了甩头,"我刚才没有不礼貌的意思。"

加斯科因对这个道歉挥了挥手,未予理会,"人们总是不愿意看见一条精美的船沦落到地面上。"

"它很精美,没错。"

"真是美妙。护卫舰式快速帆船,是不是?"

"三桅帆船。"

加斯科因喃喃地表示赞赏,"英国制造?"

卡弗点了点头,"你也看见了,是铜制船底包板。"

加斯科因心不在焉地点了点头,"是的,精美的船……我真希望它上过保险。"

"如果没有保险,都不能在港口下锚。"卡弗说,"每一条船都一样,没有保险就不允许靠港。如果你真的对保险略知一二,我认为你应该知道这个的。"

他说话的声调平平,充满了蔑视,似乎不在乎自己的话会被对方怎样理解、记忆或应用。

"当然,当然。"加斯科因轻松地说,"我的意思是很高兴你的腰包没有遭受损失——为你着想。"

卡弗哼了一声,"等到一切都尘埃落定之后,我将损失一千英镑。"他说,"你现在看见的一切都需要钱——出自我的腰包。"

加斯科因停顿了片刻,问道:"那么保赔呢?"

"不知道。"

"保护和赔偿,"加斯科因解释道,"应对非常债务。"

"不明白。"卡弗又说了一遍。

"你不属于船东协会吗?"

"不。"

加斯科因神色沉重地低下头。"唉,"他说,"所以你不得不为这一切承担债务。"——他的手一挥,扫向面前搁浅的船身、螺旋千斤顶、马匹、拖船、滚筒,以及绞车。

"是的,"卡弗说,依然声色不改,"包括你能看见的一切。而且我必须白白地多付每个男人一几尼,出钱让他们干站着,系鞋带,解鞋带,开会讨论诸事宜,直到每个人都瞎忙得气喘吁吁时,我的一千英镑也没了。"

"我很抱歉。"加斯科因说,"你来一支香烟吗?"

卡弗看了一眼他的银烟盒,沉吟片刻后,说:"不,谢谢。我不喜欢香烟。"

加斯科因自己深深地吸了一口香烟,站了一会儿,兀自思索着。

"你看上去绝对是想卖给我什么东西。"卡弗再次说道。

"是一支香烟吗?"加斯科因大笑,"这种供应是完全免费的。"

"我估计谢绝了还是会让我更舒服些。"卡弗说。加斯科因再次大笑。

"告诉我,"加斯科因说,"你是多久以前买下这条船的?"

"你的问题真多。"卡弗说,"你问这些的目的是什么?"

"嗯,我想这并不重要,"加斯科因说,"但你必须是一年内购买的才行。请别介意。"

但他已经勾起了卡弗的兴趣,对方仔细地打量着他,然后说:"我是十个月前买的。五月份。"

"哈!"加斯科因说,"嗯,很有意思。要知道,这对你可能有利呢。"

"何以见得?"

而加斯科因没有立刻回答,他眯起眼睛,假装沉思,"那个卖船给你的人,他有没有将常规保险条款过继给你?也就是说,你有没有继承原有条款,或者你有没有主动取消什么条款?"

"我没有取消任何东西。"卡弗说。

"供应商是个专业的船东吗？比如说，他是否不只拥有'一帆风顺号'？"

"他还有其他几条船。"卡弗说，"飞剪式帆船，包租。"

"不是蒸汽船？"

"是帆船。"卡弗说，"怎么了？"

"你当时搁浅的时候，你说你是从哪里来的？"

"达尼丁。你必须告诉我，所有这些问题都出于什么目的。"

"只是从达尼丁来。"加斯科因说，点了点头，"是的。好吧，请最后一次原谅我的鲁莽，我想知道是否可以问一下沉船发生时的情形，造成帆船搁浅的原因，我相信不存在失职之类的问题吧？"

卡弗摇了摇头，"潮水很低，但我们离岸很远。我抛下六十五英尺的链子，它固定住了，所以我抛下两只锚，又放出了二十英尺的链子。我决定让它保持在合理的范围内，等到早上再说。接下来我们才知道，我们是在沙嘴突出的一个大坡上。当时下着大雨，月亮也被乌云遮住，风把导航灯吹灭了，没有人为因素，没有任何可能失职之处，都不是我所能控制的。"

这番话，对于弗朗西斯·卡弗来说真算是长篇大论了。话说完了，他将双臂交叉在胸前，恢复了木然的神色。他眉头紧锁地看着加斯科因。

"听着，"他说，"你为什么对这个感兴趣？你最好明明白白地告诉我，我不喜欢狡猾的经销商。"

加斯科因想起这个人杀害了自己的孩子，他不由得感到一阵莫名的心悸。他不动声色地说："我考虑了一些事，可能对你有所帮助。"

卡弗的眉头皱得更深了，"谁说我需要帮助了？"

"你说得对，"加斯科因说，"是我鲁莽了。"

"那就说说吧。"卡弗说。

"嗯，是这样的，"加斯科因说，"正如我刚才提到过的，我已故妻子的父亲在船运保险领域工作。他的专业是保赔——保护和赔偿。"

"我告诉过你，我没有这东西。"

"是的，"加斯科因说，"但是，说不定卖给你船的那个人——他的名字叫什么来着？"

"劳德巴克。"卡弗说。

加斯科因故作惊讶地停顿了一下，"不会是那位政治家吧？"

"正是。"

"阿利斯泰尔·劳德巴克？可他目前就在霍基蒂卡——为竞选韦斯特兰席位奔波呢！"

"接着说你刚才说的，保赔。"

"好。"加斯科因摇了摇头，"嗯，如果劳德巴克先生拥有多条船舶的话，他很可能属于某种类型的船东协会，很可能已经交付了某种共同基金的年费，作为额外保险，那就是保赔，其覆盖的保险性质与你我可能知道的常规保险略有不同。"

"保护货物？"

"不。"加斯科因说，"保赔的运作更像是公共基金的集资，所有的船东都交付一份年费，如果发现自己要承担常规保险公司拒绝负担的损失，就会从保赔基金中得到赔偿。你现在面临的正是这样的亏损。比如说沉船打捞，即便船舶的所有权发生了变更，'一帆风顺号'可能依然在保险期内。"

"怎么讲？"卡弗说这话时毫无好奇心。

"嗯，如果保赔是数年前开始购买的，而这条船是第一次遭遇重大事故，那么劳德巴克先生可能依然享有'一帆风顺号'的信用经费。你看，保赔与普通保险的运营方式不同——这里面没有股东，没有公司，真的。没有人企图从任何人身上获取利润。相反，这是一个合作集体,所有成员都是船东本身。每人每年付一次费用,直到有足够的储备金。之后,这些船一直享受保护——直到发生了事故,然后某人不得不出于某种原因动用这笔储备金。差不多就是'信用经费'这个概念吧。"

"对于'一帆风顺号'来说,"卡弗说,"就像一个私人账户。"

"正是如此。"

卡弗想了想,"我怎么才能知道呢?"

加斯科因耸了耸肩,"你可以打听一下。这种协会肯定有注册,船东的名字也会列在名单上。当然,这是假设劳德巴克属于这样一个组织——恕我冒昧,我认为这很有可能。"

事实上这不仅可能,而且是肯定的。阿利斯泰尔·劳德巴克拥有的每一条船都确实拥有保赔,而且每一条船都有将近一千英镑的信用经费,卡弗在法律上有权从这笔资金中获得赔偿,帮助支付沉船从霍基蒂卡沙嘴中打捞出来的费用,只要他在五月中旬之前立案——那是购买这条船一周年到期的时间,过期之后劳德巴克对"一帆风顺号"的法律责任就会终止。加斯科因对这一切有确凿的把握,因为他事先已经做过调查,首先在鲍尔弗货运公司,然后查找了《西海岸时报》新闻档案,还有港长办公室,以及储备银行。他已经知道劳德巴克属于一个名叫加里蒂社团的船东小合作协会,这个协会是根据其最著名的成员约翰·辛切尔·加里蒂命名的,他是(加斯科因发现)航海黄金时代的热心推崇者,虽然这个时代目前已经日薄西山。加里蒂是来自东部希思科特选民区的现任国会议员,同时也是劳德巴克非常要好的朋友。

我们应该澄清的是,加斯科因所做的这些研究,是他调查其他项目时的副产品,那些项目与海洋保险,或与约翰·辛切尔·加里蒂没有丝毫的关系。自从一月二十七日之夜起,他便将大量时间耗费在港长办公室里,钻研旧日志和航运新闻档案。他一直和洛温塔尔一起查阅旧报纸,《社论报》《奥塔戈见证人》《南十字座日报》,以及《利特尔顿时报》上所有的政治公告。他翻遍了法院的所有档案,阅读了有关乔治·谢泼德任命、临时警察营地,以及未来监狱的所有资料。他一直在寻找一条十分特殊的线索:连接谢泼德和劳德巴克,或劳德巴克和克罗斯比·韦尔斯,或克罗斯比·韦尔斯与谢泼德,抑或连接所有这三个人的证据线索。加斯科因非常肯定,至少其中一对关系对破解眼前的奥秘至关重要。然而,到目前为止,他的研究还没有获得任何实质性的进展。

"一帆风顺号"存在意外损失保险这一发现,无非也属于"非实质性"的信息,因为劳德巴克的保险历史与克罗斯比·韦尔斯的案件无关,与乔治·谢泼德也没有任何关联,与眼下已经开始施工的监狱也没有关系。但是加斯科因的确在海洋保险方面有一些经验,正如他向弗朗西斯·卡弗承认的那样,而且他说自己对这个话题感兴趣也不是撒谎,这确实是他前岳父的职业,因而在过去许多年中都是会客厅的谈话主题。他饶有兴趣地留意到劳德巴克与加里蒂社团的联系,将这条信息记在心里,以便日后更加详细地加以研究。

奥伯特·加斯科因知道弗朗西斯·卡弗是个野蛮人,因此并不在意获取他的友谊。然而,他感到把卡弗拉拢到自己一边具有某种价值,那天他在沙嘴主动吸引此人的注意时,脑子里打的就是这个主意。

卡弗依然在思忖保护和赔偿。"我想,要申报那项索赔,我需要征得劳德巴克的同意。"他说,"我想我需要他签个字什么的。"

"也许需要,"加斯科因回答,"但是'一帆风顺号'换船主只过了十个月,这个事实可能带来一定价值。可能有空子可钻。(的确有空子。)你继承了劳德巴克的标准保险条款,这个事实可能也有价值,是啊,如果你继承了整个保险,也就继承了它的附加保险,对不对?"(事实确实如此。)加斯科因一边总结,一边做着手势,"只要像你说的那样，是在新西兰水域航行，你不存在失职的行为，那么就很可能有权利申领这类资金。"

他事先已经做过透彻的研究。卡弗点了点头，似乎心服口服。

"不管怎么说，"加斯科因说，感觉到他已经将好奇的种子播撒好了，"你应该查询一下。你可能会为自己省下一大笔钱呢。"他将手里的香烟头掉转过来，检查烟头上的烟灰，使卡弗有机会悄悄地把他细细打量一番。

"你从中可以捞到什么好处？"卡弗随后说。

"我已经告诉过你了，我绝无所求，"加斯科因说，"我在裁判法院工作。"

"也许，你有朋友做保赔这一行。"

"不，"加斯科因说，"没有。不是那么回事儿——我已经告诉过你了。"他把烟头抛到灯塔下面的石头堆上。

"你只是个告诉别人有空子可钻的人。"

"我想我的确如此。"加斯科因说。

"然后一走了之。"

加斯科因举帽致礼。"我把这话当作你对我的告别暗示。"他说，"那么午安，船长——贵姓？"

"卡弗。"前船长说，这次与加斯科因的握手非常坚定有力，"我的名字是弗朗西斯·卡弗。"

"我叫奥伯特·加斯科因，"加斯科因提醒他，脸上带着愉快的微笑，"如果你什么时候需要我的话，到法院就能找到我。嗯——祝你的'一帆风顺号'吉星高照。"

"好吧。"卡弗说。

"真是一条精美的船。"

加斯科因漫步而去，心里不由得产生一阵惊喜。他昂首向前走，没有回头张望——知道卡弗的目光会跟随着他走下沙嘴，绕过码头边缘，一直到雷维尔街的南端，他在那里转过拐角，从卡弗的视野中消失。

Φ

苏永盛正在返回卡尼里与他的同胞桂龙面谈的途中，此刻他陷入了沉思，双手交叉背在身后，眼睛无神地盯着前方的地面。他对周围的一切几乎都视而不见，路旁经过的路人、吱吱呀呀的载货平板车，以及偶尔前往峡谷的骑马人——没人戴帽子，都穿着短袖衣服，享受着夏日苍白的阳光，因为这样的阳光很稀罕，似乎闪耀着一种天赐的、慈悲的光芒。卡尼里沿途的气氛欢快活泼，偶尔会有赞美诗的歌声穿过树林而出，无伴奏、步调一致的合唱声来自内地营地临时搭建的某一所小教堂。阿苏对周围的一切都漠然无睹。这天上午他又一次见到了莉迪娅·格林韦——现在是莉迪娅·韦尔斯了，这令他感到极度不安，为了缓解内心的焦虑，他在脑海里回顾着自己的过去——事实上，那就是他在三个星期前给阿桂讲述的故事。

弗朗西斯·卡弗第一次见到阿苏一家人时，年仅二十一岁，而阿苏还是个十二岁的男孩，自然非常敬佩卡弗。卡弗出生于香港一个英国商人家庭，在海上长大，是一个性情生硬、喜欢沉思的年轻人。他说着一口流利的粤语，对祖国谈不上丝毫的热爱，打算一旦拥有了属于自己的船就立刻离开——这是一个常常被他挂在嘴边的愿望。卡弗受雇于邓特合作公司的商行在广州的分行，他的父亲是总公司的高级官员，负责监督沿珠江一带中国产品与出口货栈之间的来往运输。其中一家仓库的主人就是苏永盛的父亲苏春运。

苏永盛对父亲的商业财政运转了解甚少。他知道苏家货栈是买家的联络点，那些买家绝大部分都是英国的商行。他知道邓特合作公司是当时所有这些公司中最杰出、关系网最强大的一家，父亲为这种关系感到非常骄傲。他知道父亲的所有客户都用银子为货物付款，这是苏春运感到骄傲的另一个原因。他还知道父亲憎恨鸦片，对钦差大臣林则徐有很高的评价。虽然阿苏并不知道这些细节的具体意义，但他是一个孝顺的儿子，毫无疑问地接受了父亲的信仰和衣钵，相信它们既是美德，也是智慧。

一八三九年二月，苏家货栈成为清朝政府调查的对象——这是一种十分常规的做法，但却极度危险，因为根据当时林总督的法令，任何窝藏鸦片的中国商人都将被就地正法。苏春运亲切地欢迎清军进入他的货栈——他们发现茶叶里藏着三十至四十箱烟土，每一箱重约五十磅。苏春运的抗议毫无效果，他遭斩首处决，未经审判，立刻执行。

阿苏不知道该相信什么。他对父亲诚实的信任使他相信父亲是遭人陷害了，但他同时也自然而然地信任父亲的智慧，这又使他怀疑别人的陷害是否能够得逞。他被这两种念头折磨着，但是他没有更多时间思考这个问题，就在父亲受刑的一个星期后，战争在广州爆发了。阿苏担心自己的安全，还有母亲的安全。母亲当时因为过度悲伤，精神几近失常。阿苏求助于他知道可以信任的唯一的人：来自邓特合作公司的年轻代表弗朗西斯·卡弗。

据说卡弗先生非常高兴地将苏家生意当成自己的产业，亲自接受了所有组织与管理的任务——他说，至少管到阿苏的悲哀随时间削弱、战乱平息或偃旗息鼓之后。为了表示对这个男孩的好意，卡弗建议他或许愿意继续从事出口贸易方面的工作，以纪念自己已故的父亲，即便对父亲的记忆已经受到了玷污。如果阿苏愿意，卡弗可以让他干一份商品包装的工作——一份体面、光荣的工作，说来是体力活,但是能帮他熬过战争这段时间。这个提议令阿苏感到十分欣慰。这次谈话的几个小时之后,他就成了弗朗西斯·卡弗的雇员。

在接下来的十五年里,阿苏的工作内容是把瓷器包装在秕糠里,给印花丝绸布匹裹上纸,把茶叶盒撂进箱子,上货,卸货,给货运板条箱敲进钉子封口,在纸板箱上贴标签,将那些被称为中国风[①]的精心制造但似乎并无实际用途的物件,逐项列在商品库存簿上。这期间,他很少见到卡弗,因为卡弗常常在海上,但他们之间偶尔存在的交往总是亲切的。他们习惯于一同坐在装运码头上,分享一瓶烈酒,凝视着河口的河水由褐色变成蓝色,再变成银色,最后变成黑色,这时卡弗就会站起来,用手拍一拍阿苏的肩膀,将空酒瓶抛入河中,然后离开。

一八五四年的夏天,卡弗在离开广州数月之后返回,通知阿苏——此时阿苏已经年近三十岁——他们之间的约定终于要结束了。他希望有朝一日统率一条贸易船的毕生愿望终于实现了,邓特合作公司要建立往返于悉尼和维多利亚金矿之间的贸易航线,他的父亲已经替他包租了一条漂亮的飞剪式帆船"帕麦斯顿号"。这是一次重大的提升,卡弗不可能无动于衷。他说,他来向苏家道别,向他生命中的这一篇章说再见。

阿苏悲哀地接受了卡弗的告别。这时,他的母亲已经过世,鸦片战争已经被广州的新起义所取代——一场血腥的、满腔怒火的起义:战争迫在眉睫,甚至有可能结束清朝的君主统治。空气中酝酿着变革。一旦卡弗离开,货栈被卖掉,与邓特合作公司的关系被切断之后,阿苏就与他以前的生活完全一刀两断了。他冲动之下,恳求卡弗能把他一起带走。这样他就可以在维多利亚的金矿上试试运

---

① 原文为法语。

气，他的许多同胞已经前去。阿苏说，也许自己能和他们一样，在那里为自己开创新的生活。他在中国已经一无所有。

卡弗毫无热情地默许了阿苏的提议。他觉得阿苏可以一同前往，但需要为自己购买一张船票，并且不能碍手碍脚。"帕麦斯顿号"行程中计划在悉尼暂停，用两个星期的时间在杰克逊港[①]装卸货物，然后继续向南前往墨尔本。在这两个星期里，阿苏必须一声不吭，不能以任何方式打扰——从此被称为"船长"的——卡弗。当"帕麦斯顿号"停靠菲利普港[②]时，他们将作为陌生人友好地分手，互不亏欠，互不惦记，从此老死不相往来。阿苏同意了。在一阵心血来潮中，他放弃了所剩无几的家当，将微薄的积蓄换成英镑，以标准价格购买了一张卡弗允许他乘坐的最高级别的舱位票（三等）。但很快，他就发现自己是船上唯一的乘客。

到悉尼的旅程一帆风顺。回顾这段旅程，阿苏只记得一片静止的、令人恶心的阴霾，然后慢慢地明亮起来，像是偏头痛的发作过程。船慢慢地接近港口宽阔而较浅的水域，阿苏在海上漂泊几个星期后变得虚弱、营养不良，终于挣扎着从舱内爬出来，冒险来到甲板上。对于他来说，这里的日光似乎非常陌生，他感觉中国的日光更淡、更白、更洁净。澳大利亚的日光很黄，亮度中带着一种加厚的特质，仿佛太阳总在日落时分，哪怕时间正值早晨，或者中午。

船刚刚停靠在达令港[③]的泊位上，船长立刻将他不晕船的步态换成陆地上更稳定的步伐。他走下"帕麦斯顿号"的舷梯，沿着码头，根本不屑回头看一眼，便进入一家码头妓院。他的船员们紧紧地跟在他的身后，就这样，一眨眼全都不见了踪影，阿苏发现只剩下他

---

① 杰克逊港（Port Jackson）就是现在的悉尼港，是位于澳大利亚悉尼的天然港口。
② 菲利普港（Port Phillip）位于澳大利亚维多利亚州的墨尔本。
③ 达令港（Darling Harbour）是澳大利亚悉尼的一个港口，北接杰克逊港。

独自一人。他下了船,将泊位记在心里,立刻向内陆走去——虽然有点天真,他还是决心考察一下自己即将赖以谋生的国家。

阿苏的英语很糟糕,因为他和卡弗之间的对话总是用粤语进行的,也不认识其他说英语的人。他想在码头上寻找一个中国面孔,但是没有找到,于是便冒险深入内陆,在街上走了好几个小时,寻找他看得懂的东西——一个符号,甚至是一个中文字。可是他一无所获。随后他步入海关,把折在帽子带里的纸币抽出一张,举了起来。他不能说话,也许钱能说话。那个海关人员挑起眉毛,但是还没等他说出一个字,阿苏手里的帽子就被抢走了。他一转身,看见一个小男孩,光着脚,飞速地从他身旁跑开。阿苏怒火中烧,大喊一声,拔腿就追,但是男孩跑得飞快,而且对码头附近的大街小巷了如指掌,几分钟内他就跑得无影无踪。

阿苏到处寻找那个男孩,直到夜幕完全降临。当他终于作罢,返回海关时,那些海关人员只是摇了摇头,摊开他们的手。他们手指着内陆,叽里咕噜说了一通。阿苏不明白他们在指什么,也听不懂他们在说什么。他感觉喉咙哽咽。帽带里藏着他所有的钱,除了他另一只手里拿着的那张纸币:他现在几乎是一贫如洗。他满腔悲愤,脱下自己的靴子,把最后一张纸币垫在凹陷的靴子跟部,然后重新穿上靴子,返回"帕麦斯顿号"。他想,至少悉尼还有一个会说粤语的人。

阿苏谨慎地接近那家妓院。他能听见里面传来钢琴声——这是一种他不熟悉的音色,但听上去高雅而悦耳。他在门槛前徘徊,不知道是否应该敲门,后来,门被打开了,一个男人出现在门口。

阿苏鞠躬致礼。他尽可能礼貌地试图解释,希望跟一个名叫卡弗的人说话,此人是"帕麦斯顿号"的船长。门口的男人不知所云地说了一串话作为回答。阿苏很固执,他非常缓慢而谨慎地重复卡弗的名字。得到的回答还是一样。接下来,他试图用自己的手掌表明，他希望绕过男人的身旁，进入室内，以便亲自找卡弗说话。这是一个错误的决定。那个男人用一只巨大的手抓住阿苏的衬衫领子，把他拎起来，扔到了大街上。阿苏痛苦地摔在地上，撞伤了手腕和臀部。男人撸起衣袖，走向台阶。他狠狠地吸了最后一口雪茄，手腕一抖，侧身将烟头抛向码头。然后，他龇牙咧嘴地笑着，举起双拳。阿苏变得非常紧张。他也举起双手，表明自己不希望打架，恳求对方发发慈悲。男人回头喊叫着什么——也许是一种指令，片刻之后，一个脸更瘦、鹰钩鼻更大的男人出现在妓院门口。这第二个男人冲过来，绕到阿苏背后，把他拽起来，将他的双手反剪在背后——这个姿势让阿苏的脸和躯体完全暴露在外，毫无防御能力。那两个人叽里咕噜地对话。阿苏奋力搏斗，却无法挣脱对方的手腕。第一个男人端起两只前臂至脸前，双脚轻盈地来回移动。他凑近来，又退缩回去，反复几次，步伐非常轻捷。然后他冲向前，开始用拳头击打阿苏的脸和肚子。他身后的男人得意地说了些什么。第一个人哼了一声作为回应，退回去，却只是为了以同样的方式再次出击，爆发第二轮拳头风暴。很快，妓院中的狂欢者们被惊醒了。他们涌上大街，将聚会的喧嚣带到了外面。

弗朗西斯·卡弗出现在妓院的门口。他已经脱掉外套，穿着一件百褶袖的衬衫，那条蓝色领带邋遢地打着四手结。他双手松弛地叉在腰上，带着恼怒的神情审视现场。阿苏的眼神与他的相遇。

"请你帮我，"[①]他含着满口鲜血大喊，"请你帮我！"

弗朗西斯·卡弗似乎一眼看透了阿苏。他没有表示能听懂阿苏的话。人群中的一个狂欢者说了点什么，卡弗用英语作答，然后移开了他的目光。

---

① 原文中阿苏这时候说的话均为粤语。

"朋友！好朋友！"①

但是卡弗没有再看阿苏一眼。一个红棕色头发的女人出现在门口，站在卡弗身旁，挽着他的手臂。卡弗搂着她的腰，将她的身体贴近自己。他贴着女人的头发喃喃地说着情话。女人大笑，然后他们一同回屋了。

很快，第二个男人无法支撑阿苏瘫软沉重的身体。他抛下阿苏，嘴里抱怨着，显然血迹溅在了他的外套和袖口上。第二个男人开始踢躺在地上的阿苏，但似乎没有刚才的动作那么富有娱乐性，那群人很快就失去了兴趣，作鸟兽散。第一个男人用靴子头冲着阿苏的肋骨踢了最后一脚，随即也进屋了。他走进妓院时，里面升腾起一阵狂笑声，然后钢琴又开始演奏一首新的曲子。

阿苏用自己的胳膊肘和膝盖爬行，将散了架的身躯拖进了小巷子，避开众人的视线。他躺在阴影里，每一次呼吸，都感觉到刺骨的疼痛。他看着船舶的桅杆前后晃动。太阳落下了。过了一会儿，听见点灯人在码头上的脚步声，离他很近，煤气灯被点燃时发出嘶嘶声和噗噗声。黑暗变成了灰色。他感觉自己所有的肋骨好像都断了。他能感觉到发际线以上黏糊糊的，像海绵一般。左眼肿胀得完全睁不开了。他不知道是否还有足够的力气站起来。

随后，妓院的后门被打开了，黄色的光洒在石头路上。快速的脚步声悄然地在小巷子里响起。阿苏听见锡碗放在鹅卵石路面上的叮当声，然后感觉到一只凉爽的手触摸他的额头。他睁开右眼。一个脸颊窄瘦、牙齿暴突的年轻女人正跪在他身旁。她喃喃地说着他听不懂的话，拿一块布蘸着温水，抹去他脸上的血迹。阿苏任凭她的声音抚慰着自己。女人系着浆洗的围裙，像是女招待的式样。她一定是在里面工作的，阿苏想。这个猜测很快就被证实了，片刻后，

---

① 原文为粤语。

里面传来了吆喝声，女人咕哝着，放下抹布，跑了回去。

　　几个小时过去了。钢琴演奏的声音停止了，里面的喧嚣也渐渐平息。阿苏睡了一会儿，醒来时发现万籁俱寂，那个女招待又回来了。这次她的一只胳膊下面夹着一个盒子，几件工具卷在一块包裹布里，还有一盏手提酒精灯。她跪在阿苏身旁，把手提灯小心翼翼地放在鹅卵石路上，扭动旋钮，让灯芯燃出白色的火焰。阿苏把头扭转过去，动作尽量谨小慎微，他惊讶地发现，女人拿的那个盒子上印着他家姓氏的中文印章。阿苏全身震动了一下，女人对此却有奇怪的理解。她微笑着点点头，将手指压在嘴唇上，表示保密。然后她打开盒子，在茶叶里面摸索着，掏出一个包在纸里的小方块。女人朝着阿苏笑，阿苏糊涂了。他把头痛苦地转向右边，想看清女人打开的包裹中的器具——他看见一支样子不雅的短烟枪，旁边摆着一根针、一把小刀，还有一只锡碗。他转向女人，面带疑问，但女人忙着调节灯芯，组装烟枪，准备烟土。当鸦片终于开始冒泡时，一缕弯弯的白色烟雾从烟锅细细的小孔中飘逸出来，女人将烟枪的烟嘴压在阿苏的嘴唇上。阿苏精疲力竭，连拒绝的力气都没有。他把烟雾吸进去，含在嘴里。

　　他胸口泛起黎明的曙光，如同液体的光流。一种绝对的宁静涌遍他的全身。头疼和胸痛悄然消遁，就像水渗过丝绸那么简单而迅速。鸦片，他模模糊糊地想。鸦片，真是了不起。这种药物真是了不起。它是奇迹，是灵丹妙药。女人再次把烟枪递过来，阿苏贪婪地嘬吸着烟嘴，就像乞丐讨到了一勺饭。他不记得自己失去了知觉，但是当他再次睁开眼睛时，天已经亮了，女招待已经离开。他被摆放在房子后面，躺在两只肮脏的板条箱之间，身上盖着一条毯子，另一条毯子折叠着垫在他的脸颊下面。一定是有人——也许是那个女招待？——把他拖到这里来的，或者是他自己爬过来的？阿苏没有记忆。他头痛欲裂，胸口的疼痛又开始发作。他能听见房间里传来喷溅的水声和厨房用刀的声音。

然后,他想起了那一罐鸦片,埋在茶叶盒的中间。邓特合作公司一直用鸦片购买他们的货物——因为英国没有银子了,而中国不需要金子。他怎么这么愚蠢呢?弗朗西斯·卡弗一直将毒品偷渡进入中国,把苏家货栈作为联络地点。弗朗西斯·卡弗背叛了父亲。弗朗西斯·卡弗抛弃了他,假装听不懂他的呼救。阿苏侧身躺在小巷子里一动不动,他心里产生了一种极端的想法。

在接下来的一个星期,那个龅牙女人给他饭吃,给他水喝,给他减缓疼痛。她每天好几次来看望阿苏,总是假装出来喂猪,倒洗碗水,或将洗好的衣服晾在低垂的晾衣绳上。夜幕降临后,她拿着烟枪来,给阿苏吸大烟,直到疼痛减弱,阿苏进入梦乡。女人默默无言地照顾阿苏,阿苏看着她的时候也默不作声。阿苏对她感到好奇。一天夜里,女人出来的时候,有一只眼圈青紫。阿苏抬起手来触摸她的伤,但是她皱起眉头,转过身去。

几天后,阿苏能站起来了,虽然这个过程疼痛难忍;一星期后,他可以在院子里缓慢行走。他知道"帕麦斯顿号"只计划在悉尼停留两个星期,很快就要启航,向南前往维多利亚金矿。阿苏已经不在乎自己能否到达墨尔本,只想在飞剪式帆船启航前找卡弗当面理论。

自从"帕麦斯顿号"停泊后,卡弗一次都没有回船上过夜。在那个红发女人的陪伴下,他每晚都在码头旁的妓院里度过。阿苏每天晚上都看见他过来,甩着胳膊,沿着码头阔步行走,衣服后摆飘动着。他一直在妓院里待到快下午才离开,大部分情况下,那个红发女人都会陪他走到小巷子口,单独跟他告别。阿苏两次看见这对男女一起沿着码头散步,直到日落之后,久久不忍分离。他们甜甜蜜蜜、卿卿我我。一个人说话时,另一个人就会凑上去倾听,女人的手总是插在卡弗的臂弯里,两人贴得很近。

阿苏挨打后的第八天，一个星期天的夜晚，根据宵禁令，妓院的笙歌在午夜之前就已平息。阿苏悄悄地绕到妓院的前面，看见卡弗的身影出现在楼上正中央的窗户里，前臂靠在窗楣上，凝视着楼下的黑暗。阿苏瞪眼看着，红发女人从卡弗的身后走近他，用手拉他的衣袖，将他拖出了阿苏的视线，进入房间的深处。阿苏一直藏在阴影里，蹑手蹑脚地回到房子后面。在厨房砧板上方的推拉窗前，他打开窗户，爬了进去。房间里空荡荡的。他环望四周，寻找武器，经过一番斟酌，终于从砧板上方挑了一把骨柄斩斧。他从来没有对任何人挥舞过武器，但此刻斩斧握在手里沉甸甸的，给了他自信。他暗中摸索着走向楼梯。

楼上的楼梯口处有三扇门，都是关着的。阿苏伏在第一扇房门上倾听（里面一片寂静），然后是第二扇门（里面窸窸窣窣，但没有人说话），接下来是第三扇门，他能听见门后有一个男人低沉的说话声，一张椅子吱吱呀呀的声音，然后是一个女人低声的回答。阿苏试图估算房子边缘到他刚才看见卡弗站立的那个二楼窗户的距离。这第三扇门后是中间那个房间吗？——房子是正方形的吗？是的，因为他现在离楼梯口有十英尺的距离，他在脑子里回想妓院的正面，认为正中间的窗户很可能距房子的一边有十二英尺。当然，除非第二扇门通向一个更大的房间，那么这第三扇门就是通向一个小房间的。阿苏将耳朵贴在门上。他听见男人提高嗓门儿，说了几句英语——语气严厉，话音短促，仿佛很不高兴似的。这一定是卡弗，阿苏想，只能是卡弗。阿苏突然怒火中烧，猛地把门扭开——然而不是卡弗，而是那个一个多星期前殴打过他的人。那个龅牙女人坐在他的腿上，他一只手搂着她的脖子，另一只手平摊在她的乳房上。阿苏惊讶地后退一步——那个男人暴跳如雷，把女人从怀里推开，跳了起来。

他嘴里迸出一串阿苏听不懂的话，伸手拿起他的左轮手枪，这把枪刚才就放在床边的床头柜上。与此同时，龅牙女人伸手从胸口掏出一把女式小手枪。男人举起他的枪，扣动扳机——阿苏退缩了一下，但是手枪出了故障，废弹壳卡在枪的后膛里。当男人歪一下左轮手枪，退出废弹壳时，女人已经冲到他面前，将她的枪口戳在他的太阳穴上。男人一怔，试图推开她，啪的一声，男人瘫倒在地。他的左轮手枪从手里滑落，咔嗒一声落在地板上。阿苏一直没有动弹。龅牙女人冲向前，从死人手中拿走了左轮手枪，将自己的女式小手枪塞进他的手里。然后她把沉重的左轮手枪交给阿苏，将他的手指握住枪膛，示意他离开，快速离开。阿苏如在云里雾里，他转过身，一手拿着左轮手枪，一手提着斩斧。女人抓住他的肩膀，猛地把他拉回来，为他指路，示意他朝相反的方向，走通道另一头的仆人楼梯——阿苏听着主楼梯上响起了脚步声和喊叫声，他下楼后就消失了。

到了外面，阿苏把两种武器都抛入水中，看着它们迅速下沉，消失得无影无踪。里面传来了尖叫声，还有低沉的喊声。他转身开始奔跑。没等跑到码头的另一头，就听见身后传来了脚步声。然后，他感觉什么东西打中了他的后背，他嘴啃泥扑倒在地上。阿苏痛苦地哼了一声——他的肋骨尚未愈合，感觉到自己的双手被非常粗暴地铐在背后。当他被揪起来时，他没有抗议，大步走向拴马桩，被推到了桩子上。抓他的人用第二副手铐将他铐在桩子的铁环上，他在那里一直待到警察的马车到达，将他投入监狱。

面对英语提问，阿苏完全摸不着头脑，长时间的审讯后，审问者们对他感到绝望。他没有资格配备一个翻译，当他说出"卡弗"这个名字时，警察们只是摇头。他被收容在已关押了五个犯人的拥挤牢房里。他的案子如期地得到了法院受理，法官判定该案将接受庭审，日期定在约六个星期之后。到那时，"帕麦斯顿号"早就离开了，卡弗完全有可能就此销声匿迹。在接下来的六个星期里，阿苏处于极度的焦虑与沮丧中，在庭审那天早上醒来时，仿佛面临斩头一般。他该如何为自己辩护呢？他一定会被定罪，不出这个月，就会被处以绞刑。

案件是用英语审理的，阿苏坐在被告席上，实际上什么都听不懂。在数小时的讲话与宣誓之后，他惊讶地看见弗朗西斯·卡弗戴着手铐被押了上来。阿苏不明白为什么这个证人是唯一戴手铐的。当卡弗接近台子的时候，阿苏站起来，用粤语大声喊他。他们的眼神对视着——在突然的沉默中，阿苏镇定而清晰地发誓，一定要为父亲之死报仇。卡弗面对他的羞辱，首先将目光移开了。

很久以后，阿苏才知道庭审中到底发生了什么事情。他后来才知道，他被指控谋杀的那个男人，名叫杰里米·谢泼德，那个照顾阿苏恢复健康的龅牙女人是他的妻子玛格丽特。棕色红发的女人是莉迪娅·格林韦，她是达令港妓院的女老板，该妓院又名白马酒吧。在庭审期间，阿苏根本不知道这些人的名字。直到被无罪释放的第二天早晨，他买了一份《悉尼先驱报》，出钱请一个广东商人为他翻译了法院专栏的报道——这个故事实在是耸人听闻，报道长篇大论，洋洋洒洒，几乎占据了整个版面。

据《悉尼先驱报》说，案件原告有三大起诉依据：首先，阿苏完全有理由对杰里米·谢泼德怀恨在心，因为后者在一星期前曾将阿苏打得昏迷不醒；其次，在枪响后的片刻之内，阿苏在逃离白马酒吧时被抓获，自然被列为最有可能的犯罪嫌疑人。

面对这些指控，辩护律师一副无精打采的样子。这位律师辩论说阿苏不大可能是凶手，因为他的身高和体重都跟谢泼德不是一个量级，根本无法靠近对方并将手枪的枪口戳在其太阳穴上。因此，自杀的可能性是不能排除的。这时起诉人提出抗议，断言说，根据死者的朋友们的证词，自杀行为与杰里米·谢泼德的本性极端不符，而辩护人进一步表达他的观点，说地球上不存在完全不可能自杀的人——这个假设遭到了法官的严厉训斥。那位律师请求法官的原谅后，一般性地总结道，也许苏永盛只是想逃离白马酒吧去报警，毕竟当时有枪声响起。律师坐下来时，起诉人毫不掩饰对他的嘲笑，法官的叹息声音之大，足以让人听见。

最后，起诉人召唤证人玛格丽特·谢泼德，杰里米·谢泼德的遗孀——正是从这时开始，庭审出现了惊人的转折。玛格丽特·谢泼德站在证人席上，断然拒绝配合起诉人的询问。她坚持苏永盛没有谋杀她的丈夫。她知道这是真相，理由非常简单：她见证了谢泼德的自杀。

这番令人震惊的表白，引得法庭爆发了一阵剧烈的骚乱，法官不得不敲着木槌，命令肃静。而所有这些事情，都是事后经过翻译，阿苏才得知的，他做梦都没有想到，这个女人为了救他的性命会全然不顾自己的安危。当允许继续讯问玛格丽特·谢泼德时，起诉人问她为什么将如此重要的情况隐瞒至今，玛格丽特·谢泼德回答说，她生活在对丈夫的极度恐惧中，因为丈夫每天都在虐待她，对此不止一个人可以做证。她的精神完全垮了，好不容易鼓起勇气说出了这件事。在这番凄美的证词之后，庭审宣布解散。法官别无选择，只能宣布对阿苏谋杀案的审判为无罪释放。根据法庭定性，杰里米·谢泼德是自杀死亡，愿上帝安慰他的灵魂——虽然这个前景从神学上讲是完全不可能的。

从监狱被释放出来后，阿苏做的第一件事就是寻找卡弗的消息。他吃惊地得知了事情的真相：在大约几星期前的一次常规检查中，"帕麦斯顿号"被悉尼港扣押。弗朗西斯·卡弗暴露了自己的违法行为，被指控走私、违反海关法、逃税等罪名。根据海洋警察的报告，船舱内发现了来自广州的十六个年轻女子，她们全部极度营养不良，极度恐惧。"帕麦斯顿号"已被扣押，那些女子全部被遣返中国，卡弗被判入狱，他与邓特合作公司的关系已经正式解除。卡弗被判处十年苦役，在鹦鹉岛监狱服刑，即时生效。

除了等待卡弗刑满释放，没有什么事情可做，阿苏启航前往维多利亚，开始淘金。他学会了一些英语，尝试过学习多种手艺，他的梦想变得越来越清晰：要取卡弗的性命，报杀父之仇。一八六四年七月，他寄信到鹦鹉岛，要求了解卡弗刑满释放后的去向。他在三个月后接到回信，通知他卡弗已经乘坐蒸汽船"斯巴达号"前往新西兰的达尼丁。阿苏也买了一张船票前往——在达尼丁，卡弗突然消失了。阿苏百般寻觅，却一无所获。终于，阿苏带着一种挫败感，心灰意冷地放弃了追逐。他购买了矿人权和前往西海岸的单程船票——在这里，八个月后，冤家路窄，仇人相遇：卡弗脸上有一块新的伤疤，胸膛更加厚实，站在大街上，将硬币数到泰老·老居的手中。

Ф

在极光的东南角，离地界楔子几英尺的地方，阿苏找到了盘腿坐在一堆碎石上的阿桂。金匠双手端着一只探矿者使用的平底盘，正在有节奏地晃动盘子，抖动手腕的动作体现了一个人长期练习某种技巧所获得的自信。他嘴角叼着一支点燃的香烟，但似乎并不是在吸烟，当他晃动时，烟灰变成细粉撒落在他的长衫上。他面前是一条木质水槽，身旁放着一只扁平嘴的铁坩埚。

他的节奏恪守着一种循环模式。首先，他保持不变的节奏，把平底盘中最大的石块和土块摇出去，把较细的沙子渐次滚落到盘底；然后他身体前倾，用平底盘的边缘打上一些浑浊的水，将平底盘精确而快速地朝自己的身体倾斜，按顺时针方向小心翼翼地旋转盘中的液体，产生一种旋涡效果。金子比石头重，便渐渐沉到底部，一旦撤去表面的一层湿沙砾，留下来的就是金子，湿乎乎地闪着亮光，小小的亮点被黑暗衬托着，分外醒目。阿桂用手指将这些闪光的碎片拣出来，小心地放入他的坩埚里。然后，他又在平底盘中装满土和沙砾，重复这个步骤，丝毫不变，直到太阳落到西方的树梢下面。

　　极光离河和海都有相当一段距离，这方面的困难可以解释它为什么是个不讨人喜欢的金矿，至少这是其中的部分原因。每天早上，阿桂都必须将自己需要的河水运到认领区，因为没有水是不可能完成他的工作的。但是水一旦因为污垢和淤泥变得浑浊之后，就很难看清金子，他必须拖着沉重的脚步去河边，再用水桶打水。本来可以修一条从霍基蒂卡河引水的水道，或者用机轴钻一口井，但是金矿的主人从一开始就讲得很清楚，绝不会在极光上浪费任何资源。没有任何意义。极光这两英亩矿区充其量只能不赔不赚，只是一片枯燥乏味、布满碎石的不毛之地。阿桂身后的废料渣，长长的一条洼地，见证了他在这个孤独行当里的长时间作业。这是一座坟墓，只不过地底下还没有真正埋过死人。

　　阿苏走近时，阿桂抬起头来。

　　"你好。"①

　　"你好，你好。"

　　两个男人既无敌意又无善意地互致问候，但目光对视的时间很长。过了一会儿，阿桂拔出嘴角的烟头，把它摔在石头堆上。

　　"今天的产量很低。"他用粤语说。

　　"万分同情。"阿苏回答，说的也是他的母语。

　　"每一天的产量都很低。"

　　"你应该得到更好的回报。"

---

① 原文为粤语。

"我配吗？"阿桂说，带着暴躁的脾气。

"配。"阿苏说，"勤奋应该得到回报。"

"以什么比例？以什么货币？这些全是空话。"

阿苏双手合十，"我带来了好消息。"

"好消息加上拍马屁。"阿桂敏锐地说。

"单帽"对这个纠正不予理睬，说道："埃默里·斯坦斯已经回来了。"

阿桂身体僵住了，"哦，你看见他了吗？"

"还没有。"阿苏说，"有人告诉我，他今晚会在霍基蒂卡，在雷维尔街的一家旅馆里，那里筹划了欢迎他回归的庆祝会。我已经收到邀请了，为了表示我的诚意，我也邀请你一同参加。"

"谁是你的东道主？"

"安娜·韦瑟雷尔，还有那个死人克罗斯比·韦尔斯的寡妇。"

"两个女人？"阿桂说，带着疑惑。

"是的。"阿苏说。他犹豫了，随后坦承了当天早上发现的事情：事实上，克罗斯比的遗孀与当年在达令港开白马酒吧的女人是同一个人，她曾经在阿苏的法庭审讯中作为指控阿苏的证人出庭，而且她曾是他的仇敌弗朗西斯·卡弗的情人。她从前名叫莉迪娅·格林韦，现在名叫莉迪娅·韦尔斯。

阿桂用了片刻时间消化这个信息。"这是一个陷阱。"他终于说。

"不。"阿苏说，"我是主动来这里的，没有任何人的指示。"

"我敢肯定，这是一个针对你的陷阱。"阿桂说，"否则为什么会这样特意要求你出席今晚的庆祝会呢？你与斯坦斯先生又没有任何联系。你会在欢迎他回归的聚会上起到什么作用呢？"

"我将在一个舞台戏中扮演角色。我坐在一个坐垫上，假装是一座雕塑。"这让阿苏自己听起来都觉得愚蠢，便连忙说，"这是一种戏剧，我作为参演者能得到一笔费用。"

"你还会得到钱？"

"是的，作为表演者。"

阿桂仔细地打量着他，"如果那个姓格林韦的女人仍然跟弗朗西斯·卡弗是一伙的怎么办？他们曾经是情人。也许那女人已经给卡弗捎话，说你将出席今晚的聚会。"

"卡弗在海上。"

"即便如此，那女人也会尽快通知他。"

"到那时候，我就准备好了。"

"你怎么准备好？"

"我会准备好的。"阿苏固执地说，"现在还没有关系，卡弗在海上。"

"那女人对他忠心耿耿——你已经发誓要报复卡弗，那女人一定会记得的。她不会希望你好的。"

"我会有所戒备。"

阿桂叹了口气，站起来，掸一掸身上的土，停顿了一下，深深地吸了一口气，朝着阿苏走了几步，双手紧紧地抓住他的肩膀。

"你满身都是那种臭气。"他说，"你自作自受，苏永盛。我从二十步以外都能闻到你的臭气！"

阿苏在卡尼里确实是绕道回家的，像平常一样抽了下午的一锅烟，其后果显而易见。但他不喜欢受别人教训，便从阿桂手里挣脱出来，说道："我是有一个弱点。"

"一个弱点！"阿桂大喊，往地上啐了一口，"这不是弱点，这是说一套做一套。你应该为自己感到羞耻。"

"不要把我当小孩子来教训。"

"一个成瘾的男人就是一个长不大的孩子。"

"那我就是一个长不大的孩子。"阿苏说，"这与你无关。"

"这对我至关重要，如果我今晚和你一起去。"

"我不需要你的保护。"

"如果你是这样认为的，你真是受蛊惑了。"阿桂说。

"你说我受了蛊惑——还说我口是心非！"阿苏说，假装震惊，"你两次侮辱我，而我对你始终彬彬有礼！"

"你活该遭受侮辱。"阿桂说，"你沉溺于害死你父亲的那种毒品，还竟然大言不惭地冒充你父亲的辩护人！你一口咬定他遭人背叛，其实是你在背叛他，每当你点燃你的烟灯时！"

"弗朗西斯·卡弗害死了我的父亲。"阿苏说着，向后退了几步。

"鸦片杀害了你的父亲。"阿桂说，"看一看你自己吧。"——阿苏刚好绊在树根上，差点儿摔个大跟头——"你真是一个很棒的复仇者，苏永盛，一个甚至连双脚都站不稳的人！"

阿苏恼羞成怒，伸出一只手稳住自己，站住脚挺直身体，反驳阿桂，他的瞳孔变得黑暗而幽深。"你知道我的历史，"他说，"我第一次服药是为了治疗。我没有自愿碰它。我没法抵抗它的力量。"

"你有充分的时间戒掉你的毒瘾。"阿桂说，"你在庭审前被关押了几个星期，是不是？"

"那个间隔不足以戒掉我的毒瘾。"

"瘾！"阿桂说，语气充满蔑视，"这是一个多么可怜的字眼儿。难怪你在给我讲述身世时没有出现过这个字眼儿。难怪你喜欢这样大言不惭，说什么荣誉、责任、背叛、复仇。"

"我的身世——"

"你的身世，正如你告诉我的那样，更多地沉溺于你自己遭受的伤害，而不是你的家庭蒙受的耻辱。告诉我，苏永盛。你要报复的，是杀害你父亲的那个人，还是在白马酒吧外面拒绝帮助你的那个人？"

阿苏震惊了，"你怀疑我的动机？"

"你的动机不是你自己的,"阿桂说,"不可能是你自己的!看一看你自己吧,你简直站都站不直。"

他们之间一片沉默。从邻近的山谷传来一声沉闷的枪响,然后是一声遥远的喊叫。

终于,阿苏点了点头,"再见。"

"为什么跟我道别?"

"你已经将你的观点说得很清楚了。"阿苏说,"你不赞成我,对我很反感。但不管怎么说,我要去参加寡妇今晚的庆祝会。"

虽然阿桂的脾气说来就来,但他绝不愿意在任何争执中充当小人。他摇了摇头,使劲儿用鼻孔吸气,然后说:"我会跟你一起去。我很想跟斯坦斯先生说话。"

"我知道。"阿苏说,"我是带着诚意到这里来的,桂龙。"

阿桂再次开口说话时,声音已经平静了,"每个人都知道自己的心。我不该怀疑你的动机。"

阿苏闭了闭眼睛,说道:"当我们到达霍基蒂卡时,"他睁开眼睛,"我就会清醒了。"

阿桂点了点头,"你必须清醒。"

本位宫土象

> 沃尔特·穆迪有了惊人发现；几个疑点被澄清；一种对称性自然体现出来。

沃尔特·穆迪与加斯科因告别后，立刻返回皇冠旅馆，他的箱子已经被送到这里。他转动门把手，打开门，快步穿过前厅，一步两个台阶迅速地上楼。到了楼上的楼梯口，他手忙脚乱，钥匙没有立刻插进钥匙孔，嘴里大声地骂了几声。他突然莫名地沉不住气，想马上看到他那箱东西——仿佛昔日生活中的珍贵物品失而复得，会在一定程度上修复过去与现在的脱节，因为自从"一帆风顺号"沉没以后，他就有一种非常不真实的感觉。

最近，穆迪的思绪飘忽不定，越来越频繁地回想起他在达尼丁与父亲的团聚。他为自己仓促地逃离当时不愉快的情形而感到遗憾。父亲背叛他是事实，哥哥背叛他也是事实。但即便如此，自己或许已经原谅他们了，他或许应该留下来，听一听弗雷德里克方面的故事。他在达尼丁的时候没有见到哥哥，因为在弗雷德里克被召回来之前，他就已经匆忙逃离了与父亲重逢的地方，所以不知道弗雷德里克是否安好，是否已婚，是否幸福。他不知道弗雷德里克如何看待奥塔戈，是否打算在新西兰过一辈子。他不知道父亲和哥哥是合伙淘金，还是分别与他人合伙，或是各自探矿。每当穆迪沉溺于思索这样的不确定性时，就感到黯然神伤。他应该听一听哥哥的说法。但是弗雷德里克会有同样的心愿吗？穆迪就连这个都不知道。自从来到霍基蒂卡之后，他曾屡次坐下来给哥哥写信，但写完问候语和日期之后，就一动不动地干坐着。

　　终于，他的钥匙转动了门锁。穆迪推开门，阔步走进屋里，却停住了脚步。房间的中央确实有一只箱子，却是一只他从来没有见过的箱子。他自己的箱子是长方形的，漆成红色。而这只箱子是黑色的，带着铁皮条，有长方形搭扣，一条水平的杠条穿过搭扣，将箱子关得更牢。箱子盖是圆拱形的，就像侧身躺着的板条圆桶那种式样。半桶盖子上贴着几条行李标签，其中一个标签是"南安普敦"，一个是"利特尔顿"，还有标准的"无须途中开箱"。穆迪立刻判断这只箱子的主人总是坐头等舱旅行。

　　穆迪没有犯下摇铃通知女招待这个错误，反而关好身后的门，上了锁，走上前，跪在那只不熟悉的箱子前。他解开搭扣，掀开箱盖——看见一张方形的纸条，贴在箱子盖的内侧，上面写着：

　　　本财产属于省议员、国会议员
　　　阿利斯泰尔·劳德巴克先生

　　穆迪呼出一口气，蹲在地上。啊，这可真是一场误会！如此说来，正如鲍尔弗怀疑的那样，劳德巴克的箱子一直在"一帆风顺号"上。那只货运板条箱果真在霍基蒂卡码头因为出差错而被搬走了。穆迪的箱子，如同劳德巴克的一样，没有在外面印上主人的名字，也没有特别的辨认标记，只是在箱子内部，将他的名字和地址都印在一块方形的皮革上，缝在盖子的内衬上。想必这两只箱子被调换了：穆迪的箱子被送到宫殿旅馆劳德巴克的住处，而劳德巴克的箱子到了皇冠旅馆。

穆迪考虑了片刻。劳德巴克目前不在霍基蒂卡，据《西海岸时报》报道，他正在北方做竞选宣传，明天下午才能返回。穆迪突然变得果断起来，他脱去夹克，身体前倾跪在地上，开始搜索劳德巴克的行李。

沃尔特·穆迪既没有责怪自己侵犯他人隐私，也并不感觉有任何理由需要如实坦白。他的头脑属于极端沉着冷静的类型，在私下里也很镇静，动作敏捷，过度理智。然而，他拥有高智商人的一个通病，那就是往往将自己的聪明天赋当成一种许可证，在任何情况下，不管他的行为有什么毛病，都会受到这种特权的保护。他认为他的道德义务属于一种完全不同的档次，远非那些小男人能比，所以他极少感到羞耻或内疚，除非从非常笼统的意义上讲。

他迅速而有条不紊地审视劳德巴克的箱子，检查每一件东西，然后分毫不差地放回原位。箱子里装的主要是文具——书信复写工具、印章、记事簿、法律书籍，以及装备一位国会议员办公桌的一切必需品。劳德巴克的衣物和个人用品肯定被打理在别处，因为在这只雪松木箱内，唯一的穿戴物品是一条羊毛围巾，用来包裹一只相当难看的猪形黄铜镇纸。箱子散发着一股大海的气味——一种咸腥味儿，酸馊味儿多于咸味儿，好在箱子里的东西几乎没有潮湿。劳德巴克运气不错，箱子一定是逃过了完全被水浸泡的厄运。

在箱子的底部，有一只皮革公文包。穆迪打开它，拿出一扎文件，全是合同、收据，以及销售票据。经过几分钟的搜查，他发现了三桅帆船"一帆风顺号"的销售契约，便将文件抽了出来——动作非常仔细，法人印章没有被弄皱或被蹭得模糊不清。

正如劳德巴克三个星期前对鲍尔弗声称的那样，这份合同上有一个弗朗西斯·韦尔斯先生的签名。销售日期也符合政治家所说的故事：这条船的拥有权于一八六五年五月转移，至今已有九个月。

穆迪倾身凑得更近，细看购买者的签名。"弗朗西斯·韦尔斯"豪迈地签下了自己的假名字。签名人在大写字母"F"的左边画了一个巨大的圆形花体，那个圆圈很大，其视觉效果像是一个单独的字母。穆迪眯起眼睛，侧身看着它。嘿，他想，事实上那个花体很容易被看成字母"C"，以草书的形式与下一个字母连在一起。他再靠近一些细看，在C和F之间甚至有一个小圆点的墨迹，如果不经心地瞟一眼，可能会认为那是墨水飞溅形成的——这似乎表明卡弗签名时故意含糊暧昧，以至于那个名字可以读成"弗朗西斯·韦尔斯"，或者"C. 弗朗西斯·韦尔斯"。签名写得很慢，笔迹颤颤巍巍，这是想刻意达到某种特定效果时经常会出现的情况。

穆迪皱着眉头。在去年六月份，弗朗西斯·卡弗依然持有克罗斯比·韦尔斯的出生证明，这份文件证明（如同本杰明·洛温塔尔所称的）克罗斯比·韦尔斯的中间名是弗朗西斯。啊，穆迪心想，事情够显而易见的了：弗朗西斯·卡弗偷走了克罗斯比·韦尔斯的出生证明，其意图就是要冒充这个人。这份销售票据上的签名故意写得含混不清，一定是精心筹划的。如果卡弗被控告假冒他人而被带上法庭，他完全可以抵赖这根本不是他的签名。

两人都叫弗朗西斯这个名字，这纯属幸运的巧合吗？还是韦尔斯的出生证明被事后篡改了呢？中间名是很容易添加到任何文件中的，穆迪心想，一个人很容易用浅一些的墨水，或者想办法让那些字褪色，以掩饰后来添补的事实。但是卡弗为什么要伪造自己的身份——特别是用在销售票据上面呢？盗用他人的名字，会给他带来什么样的优势呢？

穆迪开始回顾他所知道的有关事实。弗朗西斯·卡弗在六月份与本杰明·洛温塔尔在《西海岸时报》办公室说话时，用的是克罗斯比·韦尔斯的身份……但是在那之前一个月,他敲诈阿利斯泰尔·劳德巴克时,却没有使用克罗斯比·韦尔斯的名字。对劳德巴克,他一直称自己是弗朗西斯·韦尔斯……然后又刻意含糊暧昧地签下他的名字。穆迪记得劳德巴克不知为何相信克罗斯比·韦尔斯和卡弗是两兄弟,他只能假设卡弗在与劳德巴克打交道时一直冒充克罗斯比·韦尔斯的兄弟。然而,至于他为什么要这么做,穆迪不得而知。

他将这张销售票据研究了很长时间,将其细节全部记在心里,然后把它塞回公文包,再将公文包按原样放回箱子里,继续他那有条不紊的调查。

仔细搜索之后,他认为箱子里已经没有更多对他有用的线索,于是,他以半悠闲的姿势,用手指抚摩着箱盖的四周。突然,他喃喃地发出一声惊叹。在平纹布内衬里面,塞着一个方形的扁平小包裹,包裹非常巧妙地藏在雪松木与布衬之间。他倾身靠得更近一些,手指在布料上摸到一个整齐的切口,与他的手掌差不多宽,精心地锁了边,以防磨损起毛。内衬平纹布印有格子呢的图案,切口巧妙地伪装在格子呢的垂直条纹中,与箱子的边缘走向平行。穆迪蠕动着他的手指,从豁口里抽出他摸到的那个方形的东西。这是一摞信件,用一根绳子捆扎着。

总共约有十五封信,每一封都是写给劳德巴克的,字迹简单而质朴。穆迪用片刻时间记住绳结的形状,以及两旁绳子的长度。然后他解开绳结,将绳子放在一旁,把折叠的信件放在膝头整理了一下。根据邮戳判断,这些信是按时间逆序排放的,最近的信在最上面。他从这摞信的后面挑出劳德巴克收到的第一封信,展开信纸,开始阅读。在接下来的时间里,他的心脏几乎跳到了嗓子眼儿里。

先生,虽然你不认识我,但你是我的兄弟。你的父亲有一个私生子，那个私生子就是我。我的名字叫克罗斯比·韦尔斯，用的是教区神父的姓氏，因为不知道我的父亲是谁，只知道自己是一个婊子养的。我在纽因顿妓院珠宝楼度过了童年。作为一个没有钱的人，我尽我所能一直过着下等人的生活。我算是没有遭罪。但是我总是很想看见我的父亲，只是为了知道他的长相和声音。我的祈祷终于得到了他本人的一封回信。信里写道，他一直知道我的存在。他估计自己很快就要离开人世了，他忏悔不能在遗嘱中认我，因为担心我玷污他的名字，但他随信附上了二十英镑和祝福。他没有签名，但我跟送信的仆人打听了一番，然后跟踪了他的马车，虽然是租赁车，但是一直追到幽谷居你父亲和你的房子。我买了一件外套，也刮了胡子，我租了一辆马车去你父亲家，但是先生，我无法按门铃；我回到家里，心烦意乱吓破了胆，然后在航运新闻中看见阿拉斯泰尔[①]·劳德巴克律师要乘下一趟船前往殖民地，我犯了一个大错。我相信那是我的父亲，因为我不知道他有一个儿子，我也不认为他的儿子会跟他同名。那条船已经离开了，我马上登上了后面一条船。我在达尼丁登陆了，之后在我手头财力允许的情况下开始打听消息。我参加了你的公共演讲，就是在马头山下雨时举行的那次，港务总监还送给你一只怀表做礼物，你看上去非常高兴。当我看见你的时候，我立刻明白我错了，因为你不是我的父亲，而是我的兄弟。当时我太痛苦了，没法面对你，而现在你在利特尔顿，我买不起到那里的船票。先生，我带

[①] 韦尔斯缺乏良好的教育，因此书写水平有限，在拼写劳德巴克的教名时出了一点拼写错误，将阿利斯泰尔（Alistair）写成了阿拉斯泰尔（Alastair）。

着一个请求一个祈祷写信。我已经把父亲的二十英镑花在了这趟旅行和其他必需品上,我没有办法回家了。我已经卖掉了我的外套,但只拿到我买衣服时价钱的一半多一点,因为小贩不相信那是一件好衣服。现在我只剩下几便士了。你是一位权贵先生,一个搞政治、哲学和法律方面的人,我不需要与你见面,但是我相信你是一个善良的基督徒。永远是——

您的兄弟

克罗斯比·韦尔斯

一八五二年三月

达尼丁

他的名字下面有一个转发地址,是达尼丁的一个邮政信箱。

穆迪怀着一颗狂跳的心,将这封信放下。原来劳德巴克和克罗斯比·韦尔斯是兄弟俩。这的确是个重大发现啊!虽然劳德巴克承认在克罗斯比·韦尔斯临终时曾经去过那里,但迟到了半小时,可他并没有向裁判官提到他们的这种关系,也没有向他的朋友船运商托马斯·鲍尔弗坦白这一点。到底是什么原因使他必须隐瞒他兄弟的私生子身份呢?也许是感到耻辱,还是另有原因?

穆迪拿起这一捆信,挪向窗口,那里的光线更充足些。他打开下一封信,朝玻璃窗倾斜着。

先生,自从我第一次写信以来已经过去了六个月,我担心你的沉默意味着冒犯了你。我不记得我具体是怎么写的,但我记得我在落款的时候自称你的兄弟,也许这让你感到不悦。可以想象你知道你的父亲不是一个完美的人会让你感到痛苦。我想象你希望事实不是如此。如果真的是这样，那么我哀求你的原谅。先生，在过去几个月里，我的命运越来越坎坷了。作为一个私生子，我并不陌生于乞讨的生活，但是第二次向一个人哀求的确是一种耻辱。不管怎么说，我是在绝望中写信的。你是一个有钱人，我只求你购买一张三等舱船票，此后你就不会再听到我的消息了。在达尼丁这里我尽可能省吃俭用。我尝试做过劳工，但发现自己不太适合这个行业。我被冻疮、高烧和其他与寒冷有关的疾病打垮了。我没有像我希望的那样稳定地工作。我想与我们的父亲阿拉斯泰尔·劳德巴克见面，这个愿望依然没有减少，同时我还意识到时间每一天都在流逝，因为我告诉过你他写信对我忏悔的时候说过，他已经是个快要入土的人了。我只想在那悲伤事件发生之前跟他说一次话，这样我们就可以互相看一眼，像男人一样交谈。拜托了先生，我跪求你为我买一张回家的船票。我发誓你以后再也不会听到我的声音。我只是——

您的感激不尽的朋友
克罗斯比·韦尔斯
一八五二年九月
达尼丁

穆迪几乎没有停顿便转向下一封信。他一边读着信，一边用另一只手摸索到一把椅子，一屁股坐下来。

先生，我应该如何理解你的这种沉默，这个问题一直在我脑子里打转。我相信你收到了我的信，但是出于某种原则性的原因，你不肯回信，不肯给你父亲的私生子施舍一点点慈悲。这些信不是口述的，都是我亲自用手写的。

先生，我也能看书写字。说句抬举自己的话，我的教区牧师韦尔斯神父不止一次夸赞说我是一个非常聪明的男孩。我讲这一切是为了澄清我不是一个无赖，虽然我的地位很低。也许你希望证实我是私生子的身份。也许你认为这是诈骗。但我以我的名誉说不是这样的。自从我上次写信给你，我的需求和愿望就一直没有改变。我不想待在这个国家，先生，我从未追求过这样的生活。只需二十英镑我就能够回到英格兰，并且永远不再提到你的名字。

敬上

克罗斯比·韦尔斯
一八五三年一月
达尼丁

先生，我从省报上得知你已经担任了高贵的坎特伯雷省的总督一位。你上任了，并且为慈善贡献了你的酬金，真是一位高尚的先生，但我心酸地看着这一切。不知道当你捐出那一百英镑的时候有没有想到我。我没有钱到利特尔顿去见你，更不用说回家了。在这个被遗弃的大陆上，我感到比以往任何时候都更孤独，我相信作为一个英国人，你肯定理解这一点。潮湿无孔不入，连屋子里都有霜冻，我早晨醒来大多时候腿上都会有一层薄薄的冰霜。我不适合做一个艰苦的拓荒人，每天都为自己的境况感到悲哀。先生，在过去的这一年时间里，我只存下两镑十先令四便士，现在已经花掉了四便士来买这封信的信纸和邮票。我乞求你的帮助。

一个需要帮助的人
克罗斯比·韦尔斯

一八五三年五月
达尼丁

先生，我带着极大的悲哀给你写信。我现在确信你肯定永远不会给我回信了，我即便是婊子养的也有自尊心，不能再乞求了。我和我们的父亲一样是个罪人，正如人们常说的，苹果只能落在苹果树下。但是当我年幼时，人们告诉我慈善是首要的美德，人人应该遵循，尤其是要对不配得到施舍的人行美德。而先生你的行为不像是一个基督徒。我真的相信如果我们的情形相反，我不会像你对待我这样保持残酷的沉默。请放心，我不会再向你乞求慈悲了，但是我希望将我的悲哀告诉你。我一直在《奥塔戈见证人》报纸上跟踪你的事业发展，我知道你是一位有着不少财富和见解的人，即使我没有特权而且地位卑贱，但我仍骄傲地称自己是一个基督徒，如果你有所需要，我一定会掏空我的腰包帮助你，像兄弟一样对待你。我不指望你会回信，也许我很快就会死掉，你永远也不会听到我的消息。即便可能发生这种情况，我依然骄傲我永远是

您的真诚的
克罗斯比·韦尔斯
一八五三年十月
达尼丁

先生，我必须为我上次给你写的信道歉，因为我写信的时候满心苦涩，带着侮辱你的意图。我的母亲警告过我绝不要在生气的时候摸笔，现在我明白她话里的智慧了。当然你从来没有听说过我的母亲，但是她年轻的时候是个

大美人。苏·布彻是她活着时的名字，愿上帝保佑她的灵魂。虽然她还有许多更适合她工作性质的其他名字，但她喜欢根据自己的爱好创造新名字。她是我们父亲特别钟爱的人，她说这是因为她眼睛的漂亮颜色。我长得根本不像她，除了某些细微之处。她总是说我长得像我父亲，虽然自从我出生后我父亲就再也没有回到这家妓院，你也知道我从来没有见过他。我一直被告知卖淫是由男人的淫荡和女人的堕落所组成的一种社会弊病。虽然我知道这是比我更有智慧的人的观点，但它并不能解释我在脑海中如何记得我的母亲。母亲有一副"好嗓门"，喜欢在早上唱各种类型的赞美诗，我也很喜欢这种习惯。我相信她很善良勤劳，虽然她是个出了名的调情高手，她是这方面的行家。我们有不同的母亲但有同一个父亲，这是多么奇怪啊！我想这意味着我们只有一半是相像的。但是请原谅这些徒劳的想法，请接受我的道歉。我依然是

　　　　　　　　　　　　　　您的
　　　　　　　　　　克罗斯比·韦尔斯
　　　　　　　　　　一八五四年一月
　　　　　　　　　　　　　　达尼丁

先生，也许你不回复是对的。你只是作为一个地位崇高的人来行事，而且你还要考虑自己的名誉。我觉得我已经对你的沉默感到满足了，虽然这听起来很奇怪。我找到了一份合适的工作和舒适的住所，正如他们所说的"安顿下来"了。我发现在夏季，达尼丁变化了很多。太阳照耀在山上和水面上，清新的空气让我非常愉悦。多么奇怪，我竟然来到了世界的另一端。你会惊讶地发现，我将不会

回国了。我已经决定让新西兰成为我的归宿。也许你想知道是什么促使我心愿的改变,所以我会告诉你。你看,在新西兰,每个人都把自己从前的生活抛在身后,每个人都是平等的。在奥塔戈的牧羊人就像在苏格兰高地一样是男爵,但对于像我这样的人来说,也有了一个上升的机会。我觉得这令人十分愉快。走在大街上的人,无论他们的地位如何,相互间脱帽致礼是很常见的。对你来说这也许不足为奇,但对我来说却是一件奇迹般的事情。我认为边疆使我们大家都成为兄弟。我将永远是

您的很真诚的

克罗斯比·韦尔斯

一八五四年六月

达尼丁

先生,我希望你能原谅这些信件,因为我没有其他人可以写信,我每天都在思念你。我自己一直从哲学的观点考虑,如果我们早点认识会发生些什么。我不知道你的年龄,所以我不知道是你年长一些还是我年长一些。在我的心里这种差别意味深远,因为我是私生子,我想象自己是年龄小的,当然实际情况也许并非如此。那个妓院里还有其他孩子,几个女孩子长大后都成为妓女了,还有一个男孩在我很小的时候死于天花,但我总是年龄最大的那个,我盼望有一个我可以崇拜的哥哥。我一直带着巨大的悲哀想一个事实,我不知道你是否有兄弟姐妹或还有其他私生子,或者你的父亲是否曾经对你提到过我。如果我在伦敦,我会利用每一次机会走到幽谷居,透过铁栅栏向里面张望窥探我的父亲,你记得他而我从来没有见过他。我

依然保存着他的信,他说他知道我并看见过我,我很奇怪他是如何评价我的,他会如何看待我在这里的生活。但也许他已经过世了。你不想做我的兄弟,你已经明确表示过了,但也许你可以作为我的神父将我们的通信当成忏悔。我为这个念头感到鼓舞,因为我骄傲地说,我已经接受了正式的成人洗礼。但我猜想你是英格兰教会的信徒。

您的

克罗斯比·韦尔斯

一八五四年八月

达尼丁

先生,你感觉你是否认识我或者可以从人群中把我认出来吗?最近这个念头折磨着我,因为我知道你的长相而你不知道我的。我认为我们的体形差别不是很大,尽管我觉得我比你瘦一点,我的头发颜色比你深一些,大家很可能会说你的面容更加慈善,因为我的表情经常很忧郁。我不知道当你走路的时候是否想到过我,是否从身旁路过的其他人脸上或身体上寻找我相貌中的某种特征。这是我当年还年轻的时候每天都做的事情,我总是梦想着我父亲,试图从认识的面孔中拼出他的模样来,想到将我们融为兄弟的那些人都生活在地球的另一头,这多么让人感到慰藉啊。今天,你是我反复思考的主题。

您诚挚的

克罗斯比·韦尔斯

一八五四年十一月

达尼丁

这一系列的下一封信要新得多，墨水颜色更深一些。穆迪看着日期，注意到距离克罗斯比·韦尔斯的最后一封信，几乎已经过去了十年的时间。

先生，我想再次写信告诉你，我非常骄傲地成为已婚男人。求爱过程是按照传统模式进行的，但是非常简短。最近几个月，我一直在劳伦斯壑谷中淘金，虽然我已经积攒了"一笔财力"，但还没有真正地发大财。韦尔斯太太，我现在必须这样称呼她了，是女人堆中标致的一位，我将非常骄傲地挎住她的胳膊，我想她现在算是你的妹妹了。我想知道你是否已经有了妹妹，或许韦尔斯太太是你的第一个妹妹。这封信之后可能会有一段时间你不会收到我的消息，因为我必须返回邓斯坦以给我的妻子提供经济保障。我不知道你对淘金潮有何看法。最近我听了一位政治家的演讲，他称黄金是一种道德灾难。在淘金场上，我看到了很多堕落，但堕落是免不了的。我想大部分政治家想到我这样的人变得富有会感到害怕。

您亲切的

克罗斯比·韦尔斯

一八六二年六月

达尼丁

先生，我在报纸上读到你最近结婚的消息了，对此我献上最诚心的祝贺。我还没有看见你的妻子卡罗琳·高夫的照片，但是报道上说她与你很般配。想到我们俩都将作为已婚男人度过圣诞节时我很高兴。我将从劳伦斯旅行回来，与我的妻子共同过这个季度，她住在达尼丁，不来矿区是因为她无法忍受泥泞。我从来没有在夏天过圣诞节的习惯，感觉这个传统节日最适合在寒冷的月份。也许我这样谈论圣诞节是一种亵渎，但我认为在新西兰，很多事情失去了它原本的意义，反而像是来自另外一个时代的沉渣旧物。我想着你收到这封信时会坐在炉火旁，也许会凑近灯光，以便能看清楚这些字迹。请允许我编造这些细节，想念你总是能给我带来极大的快乐，请相信我一直是，虽然遥远但真挚的——

您的忠实朋友

克罗斯比·韦尔斯

一八六二年十一月

卡瓦劳

先生，这个星期我在忧郁的状态中度过，想知道我们的父亲阿利斯泰尔[①]·劳德巴克是否已经去世了，我认为他已经去世了。伦敦现在对我来说似乎只是一场梦。我回想起烟和雾，我完全不能相信我自己的记忆。为了做个试验，我上个星期坐下来想在地上画出南华[②]的地图。我几乎不记得泰晤士河的形状，也想不起街道的名称。我想知道你也是同样的情况吗？我有点惊讶地在《奥塔戈见证人》上读到你现在把自己说成是骄傲的坎特伯雷人。我却感觉自己是个彻头彻尾的英国人。

您的

克罗斯比·韦尔斯

---

① 韦尔斯从现在起将其父亲的名字拼写正确。
② 南华（Southwark）是伦敦的中心区，最古老的部分之一。

一八六三年四月
邓斯坦

　　先生，我喜欢想象你能愉快地收到我的这些信件，但我估计更大的可能性是你根本没有读过它们。不管怎样，写信对于我来说是一种安慰，给我的生活赋予了一种形式。我很感兴趣地读到你已经辞去总督的职位。矿区这里谣传说奥塔戈大势已去，之后坎特伯雷很快就会迎来淘金热潮，我很想知道这是否会让你后悔放弃这个显赫的职位。赚钱金矿提供的丰厚利润已经让卡瓦劳矿区里的不少人感到非常激动。这里地势陡峭，天空亮得令人睁不开眼睛。我被晒伤了很多次，衣领的形状都像烙印一般打在我的脖子上，虽然这很痛苦，但我也不期待这个高地上的冬季会好过多少。如果在坎特伯雷发现了金子，你会再次竞选总督吗？我并不是真正意义上的质问，只是表达我对你的生活经历感到好奇。

您诚挚的
克罗斯比·韦尔斯
一八六三年十一月
卡瓦劳

　　先生，我有最重要并且千真万确的震惊消息写给你：我在邓斯坦这里撞上了某种奇迹般的大运，在那里我碰巧发掘到一条颜色极佳的矿脉，它闪闪发光！我现在是一个富人了，但我还没有花掉一个便士，因为我目睹过太多的人把他们的金子花在帽子和衣服上，而当他们运势改变时，又将这些东西拿到当铺去典当：我不能告诉你具体数额，因为担心这封信被他人截获，但是我会说，即便是与你阔气的工资相比，这也是庞大的一笔钱，我想现在至少从现金方面来说，我是咱们兄弟俩中更有钱的那一个了。这真是天大的玩笑。有了这一大笔钱，我可以回到伦敦开一家店铺，但是我将继续探矿，因为我相信自己的好运还没有结束。我还没有申报这些金子，而是选择将金子通过私人押送运出矿区，别人告诉我这是最安全的线路。虽然我的运势发生了改变，但我一如既往是——

您的

克罗斯比·韦尔斯

一八六四年三月

卡瓦劳

先生，从我的邮戳上你可以看出我已经不是奥塔戈省的居民了，正如俗话说的那样，我已经"连根拔起"。你很可能没有什么机会来山脉的西部，所以我告诉你，西坎特伯雷与南部草原相比完全是两个不同的世界。海岸线上的日出是奇迹般的猩红色，雪峰则呈现出天空的颜色。丛林潮湿，枝藤纠缠，水色非常清澈。这是一个孤独的地方却不安静，因为鸟儿的歌声不断，而不断的歌声令人愉快。你可能猜到了，我已经把过去的生活抛在身后。我与妻子分居了。我本来应该告诉你的，但是我在信中隐瞒了很多，唯恐你了解到我婚姻的苦涩真相之后可能会瞧不起我。我就不列举我逃避到这个地方的细节来打扰你了，因为这是一个悲哀的故事，每每回想起来都会令我感到寒心，真是一朝被蛇咬，十年怕井绳。比起其他可以夸耀的人来说算不上多么了不起，但我只想说这足以让我吸取教训了。关于这个话题就说到这里,我要谈论一下现在和未来。我不想再淘金了,虽然西坎特伯雷到处闪烁着金光,人们每一天都在发财。我不会再次探矿啦,不想让我的财富再次被偷走。相反我准备尝试一下木材贸易。我结识了一位名叫泰老·老居的毛利人朋友。这个名字在他当地语言中的意思是"百年居所"。与这个名字相比我们英国人的名字是多么差劲啊!我想这可能是一首诗歌里的一行。老居是一个血缘纯正的高贵的本土人,我们很快就结为朋友。不瞒你说,再次有人陪伴确实令我精神振奋起来。

您的
克罗斯比·韦尔斯
一八六五年六月
西坎特伯雷

先生,我在报纸上读到韦斯特兰将在国会获得一个席位,而你正在竞选该席位。我可以很骄傲地说,我现在是一个有选举权的人了,因为我在绿玉神舟谷的小屋不是租用的,而是真正属于我自己的,正如您所知,土地的所有权使我成为一个可以投票选举的人。我将为你投上一张赞成票,并为你的成功干杯。与此同时,每天我都会用我谦卑的斧头千万次地砍伐"桃柘罗汉松"。你是一个继承并拥有土地的人,你在伦敦拥有幽谷居,我想你在美丽的长港选民区也拥有住所。但我之前从来没有拥有过一点点土地。我与韦尔斯太太有名无实地一同生活了三年时间,但是这期间我一直在矿区,没有固定的住所,而她一直住在城里。虽然现在的孤独状态非常适合我,但已经习惯了流浪生活,定居生活对我来说还是不习惯。也许我们可以见见面，或许当你来霍基蒂卡搞竞选宣传时我们可以见到彼此。你千万不要担心我会伤害你，或者我会透露我们父亲当年出轨的秘密。我没有告诉过任何人，除了我那疏远了的妻子，而她的习惯是这样的：当她认为某个消息她不能从中渔利时，便会对它失去兴趣。你千万不要害怕我。你只需寄一封信，在上面画一个"×"给这个回执地址，只要你做了这种记号，我就知道你不希望我们见面，我将远离你，不再写信并停止我的幻想。我很高兴那样做，也愿意按照你提出的任何要求去做。因为我是——

您很真诚的

克罗斯比·韦尔斯

一八六五年八月

西坎特伯雷

先生，我还没有收到你的那封标有"×"的信，谢谢你。今天你的沉默让我感到高兴，虽然同样的情形曾在过去让我悲伤。我将一如既往地，谨致问候——

您的

克罗斯比·韦尔斯

一八六五年十月

西坎特伯雷

先生，我在《西海岸时报》上注意到你有意通过陆路前来霍基蒂卡，因此你将直接经过绿玉神舟谷，除非你故意迂回绕开这里。作为一个选举投票人，我很荣幸能在我的家中欢迎一位政治家，虽然我的住所寒酸。我将描述一下它的位置。房子的屋顶铺有铁皮，在绿玉神舟河的南岸从河岸向后三十码的地方。小屋两旁各有约三十码的空地,那个锯木厂在往东南方向约二十码的地方。房子很小,有一扇窗户和一个用黏土烧结砖建造的烟囱。外墙照常装饰。即便你不停下来,我也能看见你骑马路过。我不期盼也不指望这样的好事发生,但我依然希望你西行的旅程愉快,并在选举活动中大获全胜,我向你保证,我依然是——

怀着最深切崇敬的

克罗斯比·韦尔斯

一八六五年十二月

西坎特伯雷

这是最后一封信。它的日期比现在早两个月多一点——距离韦尔斯死亡的时间还不到一个月。

穆迪猛地放下信,一动不动地坐了一会儿。他没有独自一人吸烟的习惯,身上极少带着烟草。然而此时此刻,他很想让自己忙于某种强迫性和重复性的动作,一时间,他犹豫是否应该摇铃要一支香烟或雪茄。但是他无法忍受与别人说话,哪怕是发一声指令,他宁愿独自重新整理信件,还原它们的顺序,将时间最近的信放在最上面。

很显然,克罗斯比·韦尔斯反复指出劳德巴克一直在保持沉默,对于这个同父异母的私生兄弟——他父亲的娼妓养的孩子,这位政治家从来没有回过一封信。阿利斯泰尔·劳德巴克保持了十三年的沉默!穆迪摇了摇头。十三年!而克罗斯比·韦尔斯的信里充满了这样的渴望,完全是一颗赤子之心。这个私生子这样纯朴,渴望见到自己的兄弟,看他一眼,哪怕只是一次。提笔写几句回应的话,难道会给劳德巴克——尊敬的劳德巴克——带来什么危害吗?寄一张纸币，给可怜的人买一张回家的船票。绝不回应，这真是异常冷酷！然而（穆迪承认）劳德巴克一直收藏着韦尔斯的信——一直保存它们，阅读它们，重温它们，因为最早的信已经十分破旧，被反复折叠了许多次。他已经来到了绿玉神舟谷克罗斯比·韦尔斯的小屋——终于来了，只可惜晚了半个小时。

但穆迪随即想起另一件事，劳德巴克将莉迪娅·韦尔斯纳作了自己的情妇！他将兄弟的妻子纳作了自己的情妇！"太过分了。"穆迪大声地说。他跳起来，开始踱步。这真是异常冷酷！真是禽兽不如！他在脑子里盘算着。克罗斯比·韦尔斯一直在矿区，在邓斯坦，在卡瓦劳……与此同时，他如此渴望相见的兄弟却在达尼丁，给他戴绿帽子！劳德巴克难道真的不知道这层关系？这几乎不可能，因为莉迪娅·韦尔斯已经随了丈夫的姓！

穆迪顿了顿。不，他想，劳德巴克曾经明确地告诉过鲍尔弗，在他们恋情发生的整个过程中，他一直不知道莉迪娅·韦尔斯已婚。在两人的交往中，她一直用的是她娘家的姓：格林韦。直到弗朗西斯·卡弗从监狱返回——称自己是弗朗西斯·韦尔斯，劳德巴克才发现莉迪娅已经结婚，她的名字实际上应该是莉迪娅·韦尔斯，而他，劳德巴克，一直让莉迪娅的丈夫戴着绿帽子。穆迪快速翻阅这一堆信件，最后找到了那封日期为去年八月的信。是的，克罗斯比·韦尔斯明确地写到他告诉过妻子他私生子身份的细节，所以，莉迪娅·韦尔斯从他们恋情的一开始就知道劳德巴克是那个私生子的兄弟——她一直都知道。此外，对于这层关系，在劳德巴克内心一个秘密的角落里大概一直在隐隐作痛，因为他从来没有给克罗斯比回过信，一次都没有。也许，穆迪想，莉迪娅甚至主动勾引了劳德巴克，其目的就是想利用这一层关系。

啊——这个女人比奸商还要狡诈！同时利用了兄弟俩，同时摧毁他们俩！现在，另外一件事情已经明朗——用来敲诈劳德巴克的那笔财富，根本不是源自卡弗自己的认领区。那一笔财富是从克罗斯比·韦尔斯那里偷来的。正如克罗斯比·韦尔斯在信中承认的那样，他才是在邓斯坦金矿上发大财的人！所以，莉迪娅·韦尔斯把韦尔斯的秘密透露给弗朗西斯·卡弗，想利用他获得帮助。卡弗随后设计了一套计划，偷走了韦尔斯的金子，敲诈勒索劳德巴克，结果他们俩卷走了财富，并且成为三桅帆船"一帆风顺号"的骄傲的拥有者。劳德巴克显然为他的私生兄弟关系感到羞耻，而莉迪娅作为韦尔斯太太，作为他的情人，一定有着最直接的了解。显然，她正是利用这种耻辱做诱饵设计了一系列阴谋。

突然，穆迪的心咯噔一下。这就是那个闪光——弗朗西斯·卡弗用这个秘密信息来敲诈劳德巴克，确保他在"一帆风顺号"的销售方面保持沉默。卡弗声称自己是弗朗西斯·韦尔斯，使劳德巴克相信他和克罗斯比是兄弟：同是妓女养的，在同一家妓院长大……没准儿还是同一个母亲所生！克罗斯比·韦尔斯的姓是教会指定的，克罗斯比·韦尔斯可能还有那个母亲生的其他兄弟，如果他的母亲是一个娼妓，这种事情不是不可能。这是多么狡猾的伎俩，玩弄劳德巴克的同情心，同时逼他就范！

克罗斯比·劳德巴克，穆迪突然一闪念，心中涌起对这个男人的一阵同情。他想到韦尔斯死在绿玉神舟谷他的小屋里，一只手弯曲着绕在空酒瓶底部，脸颊靠在桌上，双眼紧闭。命运之轮是如何无情地转动着啊！劳德巴克该有怎样的一副铁石心肠，面对这些满腔激情的呼唤，居然一直保持沉默！多么可怜啊！克罗斯比·韦尔斯在十年多的时间里，眼巴巴地看着他的兄弟步步高升，跻身省议会的行列，进入国家议会这样的级别——与此同时，这个私生子却一直在潮湿和霜冻中挣扎，孑然一身。

然而，穆迪也不能说劳德巴克一无是处。最后，这位政治家还是来拜访他的兄弟了……但带着什么目的穆迪就不得而知了。也许政治家想补偿十三年的沉默。也许他想向他的同父异母的兄弟道歉，或仅仅是看他一眼，口中说出他的名字，握一握手。

穆迪的眼睛含着眼泪。他骂了一声，但并无所指，他用手背粗鲁地在脸上抹了一把——感觉自己对这位隐士，这个他从来没有见过的男人，一个永远不可能相识的人，怀有一种苦涩的亲情。克罗斯比·韦尔斯与他自己的情形有着惊人的相似之处。克罗斯比·韦尔斯被他的父亲遗弃，穆迪也是如此。克罗斯比·韦尔斯遭到手足兄弟的背叛，穆迪也是同样的遭遇。克罗斯比·韦尔斯搬迁到地球的南半球追寻他的兄弟，穆迪同样如此——他在那里被唾弃，被摧毁，只能孤苦伶仃地度过余生。

穆迪把手里的信规整好。他应该在一小时前就摇铃铛叫女仆来，请她把箱子从他的房间里拿走的。如果再耽搁下去，就可能招致怀疑。他不知道自己该怎么办，已经没有足够的时间把这些信全部抄下来了。他应该将它们放回箱子的内衬中吗？还是应该偷走它们呢？或者把它们交给霍基蒂卡这里的有关当局？这些信肯定与手头的案件相关，在最高法院法官传唤时，它们确实会非常有价值。

他走到房间的另一头，坐在床沿上，思考着。他可以将信送交洛温塔尔，指示把它们都发表在《西海岸时报》上，按时间顺序，全文发表。也可以将它们送交监狱监管人乔治·谢泼德，征求他的建议。还可以偷偷地将信件拿给他的朋友加斯科因看看。他可以召集皇冠旅馆会议的十二个男人，征询他们的意见。可以将信件送交金矿特派专员，或索性直接交给裁判官。但究竟能达到什么目的呢？会有什么结局呢？谁会从这些消息中获利呢？他双手指尖对指尖地相互敲打着，叹了一口气。

穆迪终于仔细地收好信件，捆起来，绑了个与原先一模一样的蝴蝶结，放回箱子的内衬里。他将横杆插入搭扣中，擦干净箱子盖，往后退了一步，确保一切都跟他发现时一模一样。然后，他戴上帽子，穿上外套——仿佛刚刚从麦克斯韦餐厅回来——他摇动了铃铛。女仆脚步沉重地上楼，穆迪用非常恼怒的语气告诉她，送到他房间里的箱子搞错了。他冒昧地打开箱子，看见了里面的标志：这只箱子是属于阿利斯泰尔·劳德巴克先生的，一个他从来没有见过的人，此人肯定不住在皇冠旅馆，他的名字与自己的毫无相似之处。他推测自己的箱子被送到了劳德巴克的旅馆——不知道那是个什么地方。他今天下午打算在斯塔福德街的台球厅度过，希望他不在这里的时候有人把这个错误纠正过来，因为尽早拿到私人物品对他来说至关重要，他计划参加寡妇当晚在游人好运楼举办的"预测酒会"，希望穿着合乎礼仪的衣服出席。他离开之前又补充了一句，他对此事感到极度不满。

一个没有月亮的月份

> 游人好运楼终于向公众开放。

游人好运楼外面挂的牌子已经被重新描画过了,原来挑着迪克·惠廷顿包裹的那个轻松活泼的剪影,现在走在了星空下。即使画中人头顶上的星星形成了某种星座,迪克·曼纳林也认不出来。他走上廊台的台阶时,只是瞟了一眼那个牌子,这时他注意到门环被擦亮了,窗户都被清洗了,门垫也被撤换了,门旁的名片框中插着一张崭新的名片:

莉迪娅·韦尔斯夫人,通灵人,招魂人
发现秘密,占卜运势

他敲门时听到了女人们的说话声,然后楼梯上响起快速的脚步声,有人在上楼。他等候着,希望是安娜来接待他。

门链钩子被打开时,链条发出哗啦啦的声音。曼纳林用手指摸了摸领带结,把身体挺得更直一些,看着自己在玻璃里淡淡的影像。

门开了。

"迪克·曼纳林!"

曼纳林失望了,但他没有表露出来。"韦尔斯夫人,"他惊叹道,"祝你晚上愉快。"

"我当然希望如此,可现在还没到晚上呢。"她微笑着,"我希望大家尤其是你都明白,提前光临聚会是一种十分令人讨厌的落伍做法。我母亲是怎么说这个来着?是一种野蛮主义。"

"我早了吗?"曼纳林说,假装惊讶地伸手掏他的怀表,他心里十分清楚自己到早了,他希望赶在别人之前,以便得到一个与安娜单独说话的机会,"嗨,真是的——你瞧瞧。"他补充道,眯眼看着怀表,他耸了耸肩,把怀表塞回马甲口袋里,"我今天早上一定是忘记给它上弦了。嗯,现在我既然来了,而你也在这里。穿戴妥当。非常漂亮。的确非常漂亮。"

韦尔斯夫人穿着寡妇的黑衣,但衣服已经被"改进"过了,用她可能采用的话来说,是利用各种各样的小花招,对整个暗淡的色调做了修改和掩饰。黑色的紧身胸衣上绣有藤蔓和玫瑰,用的是闪光的丝线,令她胸前的设计图案闪烁发光。一朵黑玫瑰镶嵌在袖口的黑带子上,箍住她丰满白嫩的前臂。第三朵黑玫瑰戴在头上,插在耳后的空心处。

她依然微笑着。"我现在该怎么办呢?"她说,"你把我逼到了进退两难的地步,曼纳林先生,我没法邀请你进来。如果这样做,就只能鼓励你在其他场合也早到。要不了多久,你就会给整个镇子的男人女人的社交生活添加麻烦,但我又不能把你丢在大街上,因为那样你和我都成了野蛮人。你是因为行为鲁莽,我是因为待客不周。"

"好像还有第三种选择,"曼纳林说,"我在门廊里站一整夜,你仔细琢磨琢磨——等你拿定主意的时候,我正好准时。"

"又是一个野蛮之处，"韦尔斯夫人说，"你的脾气。"

"你从来没有见过我的脾气，韦尔斯夫人。"

"我还没有吗？"

"从来没有。对您，我很文明。"

"那我不禁要问，你对谁不文明呢？"

"不是对谁的问题，"曼纳林说，"是什么程度的问题。"

一阵简短的沉默。

"当时一定感觉很伟大。"韦尔斯夫人随后说。

"什么时候？"

"刚才，"韦尔斯夫人说，"你刚才说的。一定感觉很伟大。"

"你有一种特定的风格，韦尔斯夫人。我都忘了。"

"是吗？"

"是的——一种特定的风格。"曼纳林把手伸到衣兜里，"这是你的苛捐杂税。顺便提一句，这真是光天化日下抢劫啊。在霍基蒂卡，你怎么能为一个晚上的娱乐收三先令的票钱——就算你能招来特洛伊的海伦的灵魂都不行。这里的家伙们不能容忍这么做。不过我不应该给你提忠告。至于今天晚上嘛，你和我是直接的竞争对手。别以为我不知道这个：当男孩子们为星期六晚上掏腰包时，要么是威尔士王子，要么是游人好运楼。我是一个很有竞争意识的人——今晚我来这里就是要注意你。"

"女人喜欢被注意。"韦尔斯夫人说，她接受了硬币，把门拉开，"不管怎么说，"她又接着说道，这时曼纳林步入了大厅，"你就是一个臭骗子。要是你忘记给你的表上弦，就不会早到了，你应该是晚到才对。"

她把身后的门关上，钩上门链。

"你穿的是黑衣服。"曼纳林发现。

"当然，"她回答，"我最近成了寡妇，因此在服丧。"

"有一个事情,"曼纳林说,"对于阴魂来说黑颜色是不可见的。我敢打赌你不知道这个——对不对,哈!这就是为什么我们在葬礼上穿黑衣服。如果穿其他颜色的衣服,我们就会吸引死人的注意。穿上黑色,他们就看不见我们。"

"多么迷人的一条小知识啊。"韦尔斯夫人说。

"你知道它的意义吗?这就意味着斯坦斯先生看不见你。因为你穿着这套衣服,你对他来说可是无形的。"

韦尔斯夫人大笑,"天哪。嗯,没有什么办法了,我想,事到如今也晚了。我不能取消整个晚上的活动。"

"那么安娜呢,"曼纳林说,"她今晚会穿什么颜色的衣服?"

"黑色,事实上,"韦尔斯夫人说,"因为她也在服丧。"

"全搞砸了,"曼纳林说,"整个这件事,就因为你们的衣服。这不是跟自己作对吗?全搞砸了——全怪你们自己的衣服!"

韦尔斯夫人不再微笑了。"你真粗暴,"她说,"拿丧亲之痛开玩笑。"

"你和我一路货色,韦尔斯夫人。"

他们对视了一会儿,每个人都在捕捉对方的表情。

"我对骗子有最深的敬意,"曼纳林随后说,"我本该如此——明白我自己就是其中的一员!可算命——这是最糟糕的骗术,韦尔斯夫人。很抱歉我说得这么露骨,但事实就是如此。"

韦尔斯夫人的表情依然小心谨慎,她轻描淡写地说:"怎么讲?"

"没有什么比弄虚作假更低级的了。"曼纳林说,口气非常坚决,"告诉我下一个跟我打赌的人叫什么名字。帮我在下次玩牌的时候下注。告诉我下星期的赛马哪一匹会赢。你说不出来吧?是的,你说不出来——因为你不能。"

"我看你生性多疑,曼纳林先生。"

"我是这种游戏的老手,这就是原因。"

"是的,"寡妇说,依然凝视着他,"你热衷于怀疑。"

"告诉我下星期的赛马哪一匹会赢,我就永远不再怀疑了。"

"我不能。"

曼纳林双手一摊,"这不就完了。"

"我不能,因为在要求我做这种事情时,你并不是要我给你算命,你是在要求我向你无可辩驳地证明我自己的能力。这种事情我是不能做的。我是一个占卜者,不是逻辑学家。"

"而且是个糟糕的占卜者,竟然连下星期天的事都无法预见。"

"在这个行当里,要学习的第一个教训就是,关于未来的一切都不是无可辩驳的。"韦尔斯夫人说,"其原因很简单:一个人的运势总是在说出预测的过程中发生变化。"

"你是在用这种论据自圆其说吧?"

韦尔斯夫人微微挺起下巴,"如果你是下星期马赛的骑师,你来问我是否会有好运——嗯,那就另当别论了。如果我断言你的运势非常暗淡,那么你的骑术可能会表现很差,因为你会感到心情沮丧;而如果我做出有利的预言,你可能会满怀信心地投入比赛,因此会有好成绩。"

"好吧——我不是骑师,"曼纳林说,"但我是一个兜里揣着五英镑的赌徒,要在一匹名叫爱尔兰人的母马身上下赌注——这是真的,我现在要你算一算我的运势,是好还是坏。对我的预言是什么?"

她微笑着说:"我怀疑你的运势不会因为输掉或赢得五英镑而有多大的改变,曼纳林先生。无论什么情形,你还是在寻求证据。快进会客厅里来吧。"

游人好运楼的室内装潢,几乎让人无法相信这里三星期前曾是韦尔斯夫人接待奥伯特·加斯科因时的那个晦暗寒酸的旅馆。寡妇定制了窗帘,买了一套新家具和十几卷有带刺玫瑰图案的醒目墙纸。

她在玻璃后面摆了好几张异国情调的版画，重新油漆了楼梯，清洗了窗户，前面的两个房间都贴上了墙纸。她还找来一个讲台，上面摆放了她的历书，几盏有穗饰灯罩的煤油灯营造了一种更加神秘的气氛，这些灯被她放置在从前旅馆第一排房间的门前各处。曼纳林张开嘴，刚想对这些脱胎换骨的变化发表评论，却突然顿住了。

"嘿——这不是苏先生嘛，"他说，感到十分惊讶，"还有桂先生！"

两个华人也瞪眼看着他。他们正盘腿分坐在壁炉两旁，两人的脸上都涂了厚厚的油彩。

"你认识这两个人？"莉迪娅·韦尔斯说。

曼纳林恢复了他的神态。"只是见面脸熟罢了。"他说，"我跟华人打过一些商业交道，你知道的——这些小伙子在卡尼里都是熟脸。你们好吗，伙计们？"

"晚上好。"阿苏说，阿桂什么都没说。他们的表情都被掩盖在油彩下面，脸谱夸张地强调了他们的容貌，眼角被拉得很长，突显了圆形的脸颊。

曼纳林转身朝着韦尔斯夫人，"怎么——他们要参与通灵会，是不是？听你的调遣？"

"这一位是今天下午来的。"韦尔斯夫人解释说，指着阿苏，"我有个念头，他的出现可能会为今晚的通灵会增添某种情调。他同意过来，与此同时，他还帮了我一个忙，把他的朋友也带来了。你不得不同意两个比一个要好得多。我喜欢室内有一个对称的轴心。"

"安娜在哪里？"曼纳林说。

"哦——在楼上。"韦尔斯夫人说，"曼纳林先生，事实上这个想法还是你给我的，你的'来自东方的风情'。没有什么能像东方韵味那么叫座！我看了两次表演——一次在顶层楼座，一次在包厢里。"

曼纳林皱着眉头，"安娜什么时候下来？"

"一直要等到通灵会。"韦尔斯夫人说。

曼纳林吃了一惊,"什么——不参加聚会?她不在聚会上露脸?"

韦尔斯夫人转身去整理餐具柜上的玻璃杯,"对。"

"为什么不呢?"曼纳林说,"你知道有一打男人争着要跟她说上一句话。他们吐血掏出一星期的工资只是为了进这道门——只是为了安娜。你疯了,把她关在楼上。"

"她需要为通灵会做准备。我不能让她的平衡受到干扰。"

"信口雌黄。"曼纳林说。

"你说什么?"韦尔斯夫人说着,转过身来。

"我说这是信口雌黄。你把她留在后面——肯定另有原因。"

"你含沙射影,意在何处?"

"我失去了我最得意的姑娘安娜·韦瑟雷尔。"曼纳林说,"我已经和她保持距离三个星期了,天知道是出于什么尊重,现在我需要一个跟她说话的机会。哪有什么平衡被打乱的说法,你我双方都心知肚明。"

"我感觉我不得不提醒你,在这个领域里,你缺乏专业知识。"

"专业知识!"曼纳林说,语气充满轻蔑,"三个星期前,安娜不知道平衡跟她的胳膊肘有什么不同。这真是信口雌黄。韦尔斯夫人,你叫她下来。"

韦尔斯夫人退缩了,"我不得不再次提醒你,曼纳林先生,你只是我家里的客人。"

"这不是家,这是商业场所。我付了你三先令,你跟我保证安娜会出现的。"

"事实上从来没有人做过这样的保证。"

"你给我听好喽!"曼纳林说——现在已经变得火冒三丈,"我要再给你一条忠告,韦尔斯夫人,而且白送给你,不要钱:在表演行当里,你要给观众看他们花钱想要看的东西,如果做不到,就得承担他们闹事的后果。报纸上明明说了安娜会在这里。"

"报纸上说了她会出席通灵会,作为我的助手。"

"你是怎么控制她的?"

"我真不明白你是什么意思。"

"她为什么会同意这样?待在楼上——独自一人,黑灯瞎火的?"

韦尔斯夫人对这个问题置之不理。"韦瑟雷尔小姐一直在学习塔罗牌的各种图案,"她说,"这是一门艺术,她已经证明自己对此颇有天赋,一旦我对她的精通程度感到满意,她就将在《西海岸时报》上宣传推广她的服务。到那时候,非常欢迎你,以及霍基蒂卡的所有公民,预约她的服务。"

"那我将会为这个特权付出高昂的代价,对不对?"

"那当然,"韦尔斯夫人说,"难道你还有其他奢望?"

阿苏看着韦尔斯夫人,阿桂看着曼纳林。

"这真是倒行逆施。"曼纳林说。

"也许你不希望参加聚会了,"韦尔斯夫人说,"如果那样的话,你只需打声招呼,我会退还你的全额票钱。"

"这到底是什么意思?让她待在楼上。"

寡妇大笑,"好啦,曼纳林先生!正如你已经指出的那样,我们都是同行,我无须跟你挑明。"

"不,要挑明。"曼纳林说,"来吧,挑明了吧。"

然而,韦尔斯夫人没有挑明。她冲着曼纳林凝视了一会儿,然后说:"你今晚到底为什么来参加这个聚会?"

"跟安娜说话,而且要摸清我的竞争对手——你。"

"你的第一个野心将无法实现,这点我已经讲清楚了,不过到目前为止,你肯定已经实现了第二个目标。如果是这样的话,我不明白你还有什么理由继续待在这里。"

"我要待着。"曼纳林说。

"为什么？"

"留意着你，这就是原因。"

"我明白了。"韦尔斯夫人盯着他说，"我认为，你决定参加今晚的聚会另有原因——一个你迄今尚未与我分享的原因。"

"哦？那会是什么呢？"曼纳林说。

"恐怕我只能猜测。"韦尔斯夫人说。

"好，接着说——做出你的预测。这是你的游戏，是不是？预告我的运势。"

韦尔斯夫人将头偏向一旁，端详着他，然后突然做出决定，她说："不，这一次我相信我会将我的预测秘而不宣。"

曼纳林迟疑了，片刻后，韦尔斯夫人发出一串清脆的笑声，挺直腰板，双手抱在胸前。她请求曼纳林允许她走开一下，解释说今晚从明星与吊袜带酒吧雇了两个女招待来服侍她的客人，两个女孩还没有得到工作指示，正在厨房里非常耐心地等着，她不愿让她们等太久。她邀请曼纳林去拿摆放在餐具柜上的斟酒瓶，给自己倒一杯酒喝，让自己感到舒适自在——说完，她飘然地快步离开了。曼纳林被晾在那里，看着她的背影，气得脸红脖子粗。

韦尔斯夫人刚出去关上了门，曼纳林就怒气冲冲地逼向阿苏，"你自己对此作何解释，嗯？"

"要见埃默里·斯坦斯。"阿苏说。

"我猜，你有些问题要问他。"

"是的。"

"不管是死是活，"曼纳林说，"不是死就是活，是不是，苏先生？不是死就是活，在这个阶段。"

他脚步沉重地走到餐具柜旁，给自己倒了一杯烈酒。

Φ

韦尔斯夫人雇了一支双人乐队,由一个小提琴手和一个长笛手组成,来自科林伍德街的天主教福利会。乐手们七点之前就到了,乐器用天鹅绒包裹着,韦尔斯夫人指引他们来到过道顶头,那里已经摆好了两张面朝门口的椅子。他们只会演奏吉格舞曲和水手舞曲,可是韦尔斯夫人突发奇想地要他们用四分拍演绎自己的曲目,或者尽量调整呼吸和节奏,越慢越好,以更贴近当晚的主题。缓慢的演奏使吉格舞曲变调为险恶,水手舞曲变味成忧伤。虽然有慷慨斟满的白兰地,有来自明星与吊袜带酒吧的女招待们的热情服侍,但曼纳林的坏脾气仍未得到充分的安抚。即便如此,他也不得不承认这种效果十分引人注目。当第一拨客人敲门时,"六便士钱"正在演奏中,听起来是一种令人痛苦的拖腔——让人觉得不是跳舞和庆祝,而是葬礼、疾病,以及非常糟糕的坏消息。

到了八点钟时,这家昔日的旅馆的容量已经达到了饱和,空气中弥漫着浓浓的烟雾。

"你有没有看过集市上的魔术师?你有没有看过杯球换位魔术的表演?哼,都是分散注意力的把戏,弗罗斯特先生。他们有办法让你扭头看别的地方,通过笑话,或噪声,或什么意外,当你转头时,杯子已在刹那间被换掉了,里面或有东西,或空荡荡,或是你看过的随便什么玩意儿。我不说你也知道,没有什么比一个女人更容易分散人的注意力,而且今晚,你会被两个女人分心。"

弗罗斯特特瞥了一眼普里查德,心中十分不快,扭过头去。他有点害怕这个药剂师,不喜欢普里查德用这种阴森逼人的方式对待自己——站得这么近,普里查德说话时,弗罗斯特能感觉到他呼出的热气。"你建议我如何保持注意力不被转移呢?"他说。

"你一直睁大双眼。"普里查德说,"尼尔森盯着安娜。你盯着寡妇。你们两人合作,就能把她们看紧了,你明白吗?你无论如何要盯牢莉迪娅·韦尔斯。如果她请你闭上眼睛,或看着别的地方——他们常常会这么干,你知道——哼,千万不要。"

弗罗斯特对此感到一阵烦躁。他想知道普里查德有什么权力分配通灵会的监控任务,他手里并没有邀请函。凭什么他被分配到寡妇,而尼尔森得到安娜?然而,他没有大声说出这些抱怨,因为一个女招待正用托盘端着一只玻璃斟酒瓶走近他们。两个男人都斟满了酒杯,谢过女招待,目视她在人群中穿梭消失。

女招待刚一离开,普里查德就带着同样强烈的语气说道:"斯坦斯一定在某个地方,"他一口咬定,"一个人不会就那么不留痕迹地消失。我们确切知道一些什么呢?让我们详细地列出来吧。我们知道安娜是最后一个看见他活着的人。我们知道安娜在鸦片问题上撒谎——说她自己吸掉了那一盎司,但我能肯定那完全是个弥天大谎。我们还知道安娜现在又要合伙把斯坦斯死后的阴魂召唤出来。"

弗罗斯特突然发现普里查德的外套很不合身,领带一直没有熨过,衬衫非常破旧。哼,他的刮胡刀肯定太钝了,弗罗斯特想,一张脸修得左右不均、坑坑洼洼。当然,这个批评是憋在肚子里的,却给了他一种突然的自信。他说:"你非常不信任安娜,是不是,普里查德先生?"

普里查德似乎对这种假定感到惊讶。"不信任她的原因多得很,"他冰冷地说,"比如我刚才跟你详细列举出来的那些。"

"但是从个人角度说,"弗罗斯特说,"把她作为一个女人来看,我断定你对她的诚信印象非常差。"

"一个妓女谈何诚信!"普里查德脱口而出,但没有继续说下去。

片刻之后,弗罗斯特补充道:"我想知道你对她的看法。仅此而已。"

普里查德表情茫然地望着弗罗斯特。"是的,"他终于说道,"我不信任安娜。我一丝一毫都不信任她。我甚至不爱她,但我希望我爱过。这不是一件怪事吗?我希望我爱过。"

弗罗斯特感到很不自在。"简直不值三先令,是不是?"他说,指的是这次聚会,"我必须说我的期望值比这个高。"

普里查德似乎也感到尴尬。"千万记住,"他说,"在通灵会期间,一双眼睛要紧盯着韦尔斯夫人。"

他们转身移开彼此的注视,假装扫视人群中的面孔,一时间,这两个人的表情十分相似:一个人将周围的一幕与其他场景相比,无论在任何地方,无论是真实的还是想象的,无论是已经发生过的,还是正在发生的,结果眼前的景象都显得很逊色,因此,不禁心生惆怅,有点垂头丧气的感觉。

Φ

"鲍尔弗先生,我能单独跟您说句话吗?"

鲍尔弗抬起头来,是哈拉尔德·尼尔森,身着帝王蓝马甲,是他那副典型的衣冠楚楚的模样。他看见尼尔森的面部表情像是要硬着头皮问出难以启齿的问题,心情不由得变得非常沉重。"当然——没问题,没问题,"他说,"你可以跟我说话——你当然可以跟我说话!没问题!"

他想,当人们明知自己马上就要遭到羞辱时,会变成怎样的傻瓜啊。他跟随尼尔森穿过人群。

离开会客厅,避开众人的耳目之后,尼尔森突然停住脚步,转过身来,"我有话直说。"

"好,"鲍尔弗说,"直说吧,开门见山总是上策。你是如何看待这场聚会的？"

客厅传来哄堂大笑,还有一个女人愤怒的尖叫声。

"我很喜欢。"尼尔森说。

"可是,没有安娜的影子。"

"没有。"

"而且要三先令,"鲍尔弗说,"这么贵的价钱！我们得把门票钱喝回来——对不对？"他看着自己的酒杯说。

"我就直说了吧。"尼尔森再次说。

"对,"鲍尔弗说,"说吧。"

"不知怎么,"尼尔森开始说道,"劳德巴克先生知道了我的佣金的事。他明天要在报纸上发表一篇关于这件事的公开信,揭露谢泼德的人格,等等。我还没有看见这封信。"

"天哪,"鲍尔弗说,"天哪——是的,我明白。我明白。"他拼命点头,但不是冲着尼尔森。他们几乎是肩并肩站着。尼尔森对着墙壁上一幅有镜框的版画说话,鲍尔弗面朝壁板。

"谢泼德监狱长写了一封回应信,"尼尔森继续说,依然冲着版画,"将直接发表在劳德巴克那封信的下面,在明天的报纸上。我已经看过了回应信,谢泼德今天下午给我送来一份副本。"

他简略描述了谢泼德的回应,使鲍尔弗的焦虑在瞬间消失,转变为纯粹的惊讶。

"啊,"他说,第一次正视着尼尔森,"我被惊呆了。真是浅水里的一条鲨鱼啊,没错。没想到谢泼德监狱长竟然想得出这种招数,说都是你唆使的——投资——作为一笔捐款！我被惊呆了！他已经把你逼进了死角,是不是？此人是个多么自信的魔鬼啊！是条怎样的毒蛇啊！"

"你有没有告诉过劳德巴克有关我的佣金的事？"尼尔森说。

"没有！"鲍尔弗说。

"连提也没有提过——随口提及？"

"没有！"鲍尔弗说，"绝对没有！"

"好吧，"尼尔森语气沉重地说，"谢谢。很抱歉打扰你了。我想只能是其他人中间的一个了。"

鲍尔弗感到惊讶，"其他人中间的一个？你的意思是——参加了皇冠旅馆会议的那些家伙中的一个？"

"是的，"尼尔森说，"必定有人打破了自己的誓言。我肯定没有告诉劳德巴克任何事情——我敢肯定，除了我们宣誓的十二个人之外，没有任何人知道这项投资。"

鲍尔弗看上去惊慌失措，"那你的那个小伙子呢？"

尼尔森摇了摇头，"他不知道。"

"也许是银行里的某人。"

"不，这是私人协议——谢泼德只有一份契约。"尼尔森叹了一口气，"听着，"他说，"我很抱歉这么唐突地对待你——这样质问你，怀疑你。可是我知道你是劳德巴克的人，所以，嗯，我不得不确定一下。"

"你当然应该这么做！当然！"

尼尔森沮丧地点了点头。他透过客厅的门看着房间里的人群——看着普里查德，他明显比房间里的其他人都高；看着德夫林，他站在那里与克林奇交谈；看着勒文塔尔，他正在跟弗罗斯特说话；看着曼纳林，他正在餐具柜旁一边拿起斟酒瓶往自己的酒杯里斟酒，一边为别人的笑话开怀大笑。

"慢着，"鲍尔弗突然说，"你刚才说谢泼德在信里提到了劳德巴克和莉迪娅·韦尔斯。"

"是的，"尼尔森说，感到有点不自在，"他将他们的恋情弄成了人尽皆知的事——说劳德巴克一定要把关于莉迪娅的事交代清楚，那是——"

鲍尔弗打断了他的话，"但是谢泼德究竟是从何处听说这段恋情的呢？我简直不能相信劳德巴克会——"

"我告诉他的，"尼尔森脱口而出，"我打破了我的誓言。唉，鲍尔弗先生——他把我逼到了角落里，而且他知道我隐瞒着什么——我撑不住了。我措手不及。你完全有权对我发怒。你完全有权，我不介意。"

"绝对不会。"鲍尔弗说——对方的这个忏悔倒似乎给他带来了莫名的安慰。

"现在劳德巴克已经知道你没有保住他的秘密，"尼尔森痛苦地继续说，"到明天早上，韦斯特兰的所有人都知道韦斯夫人曾经是他的情妇，也许他将失去国会议员的席位，这都是我的过错。我一直很难过——真的，很难过。"

"你还告诉了他什么别的吗？"鲍尔弗说，"关于安娜——敲诈勒索——还有衣服？"

"没有！"尼尔森说，看上去十分震惊，"也根本没有提到过卡弗。我就只说了韦尔斯夫人曾经是劳德巴克的情人，仅此而已。但是现在谢泼德监狱长一意孤行，全捅出去了——上了报纸。"

"好吧，这真的没关系，"鲍尔弗说，拍了拍尼尔森的肩膀，"这真的没关系！谢泼德监狱长可能会从别的地方发现这件事的。如果劳德巴克问起来，我会告诉他我这辈子都没跟谢泼德说过两句话，这是事实。"

"我太抱歉了。"尼尔森说。

"一点儿也没关系，"鲍尔弗说，拍了拍他，"绝对没事。"

"嗯，你这么说真是太善良了。"尼尔森说。

"很高兴能够帮上忙。"鲍尔弗说。

"我还是不知道究竟是谁先把我出卖给了劳德巴克。"尼尔森停顿片刻之后说,"我想,我不得不继续问一下。"

他叹了一口气,再次转身扫视人群中的面孔。

"我说,尼尔森先生,"鲍尔弗说,"我想起了一点事。是关于……关于……嗯,其实也没什么。是这样的,下一次我有佣金业务的时候——下一次我的桌上正好有了什么活儿,你知道,我完全可以不去找科克伦先生。你知道他为我打点生意已有很长时间了,但是,嗯,我在想是否该有些变化了。我敢打赌我们都会挨过这摊子事,寻找一个可以依靠的人,寻找一个可以信赖的人。我是说——在将来,你会得到,我的业务。"

他没有看着尼尔森,开始在夹克衣兜里摸索雪茄。

"你真是太善待我了。"尼尔森说。他又盯着鲍尔弗看了一会儿,然后,缓慢地点点头,转身而去。鲍尔弗找到了一支雪茄,咬掉一头,将雪茄咬在牙齿间,然后划着火柴,举着火苗对准雪茄的方头,歪着脑袋让雪茄碰上火苗。他对着火苗吸了三口烟,鼓起了腮帮子,然后,他摇灭火柴,把雪茄从嘴里拿出,翻转过来,确保烟叶被点燃。

Φ

"克林奇先生。"

"嗯,"克林奇说,"有什么事情?"

"我有一个问题。"老居说。

"嗯,那——问吧。"

"你为什么要买克罗斯比·韦尔斯的小屋?"

旅馆老板呻吟了一声,"别提这个,咱们别谈这事,今晚不行。"

"为什么?"

"就是别提这个,"克林奇没好气地说,"我烦着呢。我不想讨论该死的克罗斯比·韦尔斯。"

他正盯着寡妇看,寡妇穿梭于客人之间。她的裙撑太大,无论走到哪里,都必须分开人群,在她身后留下一条走廊般的空间。

"她有一副残酷的面相。"老居评论道。

"是的,"克林奇说,"我也这样认为。"

"不是毛利人的朋友。"

"我估计也不是。也不是华人的朋友——我们能看得很清楚。我相信也不是这个房间里任何人的朋友。"克林奇将他的酒一饮而尽,"我烦着呢,老居先生,"他再次说,"当我烦的时候,你知道我喜欢干什么吗?我喜欢喝酒。"

"那好。"老居说。

克林奇伸手拿起斟酒瓶,"你再来一杯?"

"好。"

他斟满了两人的酒杯。"无论如何,"他说,把斟酒瓶放回餐具柜上,"上诉会通过,销售会被撤销,我会拿回我的保证金,就是这样。小屋不再属于我,它将属于韦尔斯夫人。"

"你为什么要买?"老居追问。

克林奇深深地呼出一口气,"这甚至不是我的主意,这是查理·弗罗斯特的主意。他说,置办一些土地,就没有人会向你发难了。"

老居没有吭声,等着克林奇继续说下去。随后克林奇果真又开口了。

"他的想法是这样的,"他说,"如果土地是自己的,你就不必购买矿人权,对不对?如果你在自己的地里找到一块金子,那就是

你的，对不对？就是这样一个想法——这是他的主意，不是我想出来的。我不能把那些裙子拿到银行去——不能没有矿人权。他们会问这是从哪里来的，那么我就卡壳了。但是如果我自己有一片土地，那就没有人能问什么了。你知道，我从来都不知晓约翰尼·桂。我认为金子一直在裙子里——仍然是纯金，所以我就攒了一笔保证金。查理说，为了避免麻烦，可以等待某个死者的遗产或土地分割，随便哪种都行。所以当韦尔斯的土地被出售时，我第一时间就买了下来，以为——唉，怎么说呢？真是愚蠢。这交易，咋整的——我不知道。当然，就在第二天，安娜从监狱回来时穿着不同的衣裙——然后，在她离开旅馆之后，我发现另外几件裙子都已经被掏空了。我以前感觉到的都是补重的铅块。这整个计划都黄了。我得到一块我不想要的土地，没拿到属于我的钱，而安娜——唉，你是知道她的。"

老居皱起了眉头，说："绿玉神舟谷是一个非常神圣的地方——"

"是的。唉，"克林奇说，挥了一下手，让他闭嘴，"法律就是法律。如果你想把小屋买回去，敬请自便。但是去跟她谈话的应该是你，而不是我。"

他们的目光穿过房间，停留在韦尔斯夫人的身上。

"漂亮女人的问题是，"克林奇随后说，"她们总是知道自己漂亮，这种自知让她们感到骄傲。我喜欢一个不知道自己美丽的女人。"

"一个愚蠢的女人。"老居说。

"不是愚蠢，"克林奇说，"谦逊，不是张扬。"

"我听不懂这些字眼儿。"

克林奇挥了一下手，"她不絮絮叨叨，不谈论自己，知道什么时候闭嘴，什么时候开口。"

油。哦,洛温塔尔心怀怜悯地想,他把自己精心装扮了一番,是为了安娜。

"所以,安娜是在孩子死后才说出那个父亲的名字,"克林奇终于说,用一种十分刺耳的声音,"这是为娼之道——仅此而已。"

"也许你是对的。"洛温塔尔说,语气温和了些,"咱们不说这个了。"

Φ

"这位是沃尔特·穆迪先生,这位是莉迪娅·韦尔斯夫人。"加斯科因说,"韦尔斯夫人,穆迪先生从苏格兰来到霍基蒂卡,是到峡谷里来发大财的。穆迪先生,正如你将领略的这样,韦尔斯夫人是这家旅馆的女主人,也是很多领域的狂热痴迷者。"

莉迪娅非常妩媚地施了一个屈膝礼,穆迪致以简短而恭敬的鞠躬。然后穆迪对女东道主做了必要的恭维,非常热情地感谢她为当晚提供的娱乐,赞扬她对旧旅馆的改造翻修。虽然他尽了最大的努力,但说出来的溢美之词依然十分乏味。他看着韦尔斯夫人时,心里浮现出的只有劳德巴克,还有克罗斯比·韦尔斯。

穆迪说完后,韦尔斯夫人说:"你对神秘学感兴趣吗,穆迪先生?"

这个问题穆迪不能如实回答,唯恐冒犯他人。

然而,他只稍微停顿片刻便回答道:"对于我来说,还存在许多玄奥的事情,韦尔斯夫人,我希望我是个好奇的人。如果我对未知的真相感兴趣,那只是为了让它们能够及时地真相大白——或者,说得更明白些,我希望能够及时地知道其真相。"

"我注意到了，你非常随意地使用着一个动词。"寡妇回答，"穆迪先生，对于你来说，知道某件事到底意味着什么呢？根据你说话的方式判断，我猜想你会不懈努力地追求真相。"

穆迪微笑着说："啊，我认为要知道一件事情，就要从各个角度看问题。"

"从各个角度看问题。"寡妇跟着重复了一遍。

"但我承认你让我感到措手不及。我还没有花时间研究这个定义，不愿听见别人重复我的话——至少等到我花点时间思考一下怎么为自己辩护。"

"是的，"寡妇同意，"你的定义恐怕有待改进。这个规则会有太多的例外！比如说，一个人怎么可能从各个角度看一个幽灵呢？这个概念真是不可思议。"

穆迪再次微微鞠躬，"你说它是个例外，完全正确，韦尔斯夫人。但恐怕我根本不相信幽灵可以被任何人知道——谁都无法知道，我肯定不相信幽灵是能够被看见的。我丝毫没有抨击你的才华的意思，但事实是：笼统地说，我不相信幽灵。"

"然而你申请购买了今晚通灵会的门票。"寡妇指出。

"我的好奇心被激发了。"

"也许是被某个特殊的幽灵？"

"斯坦斯先生？"穆迪耸了耸肩，"我从来没有见过此人。我在他失踪两个星期后到达霍基蒂卡。当然，从那时起，我就多次听到他的名字。"

"加斯科因先生说你来霍基蒂卡是为了发大财的。"

"是的，但愿如此。"

"你打算怎么发财呢？"

"通过艰苦的工作和良好的计划，我期望。"

"当然，很多有钱人极少工作，而且根本没有计划。"

"这些人很幸运。"穆迪说。

"你不也希望幸运吗？"

"我希望我能够配得上我自己的命运，"穆迪谨慎地说，"而运气的本质是受之有愧。"

"多么高尚的答案。"莉迪娅·韦尔斯说。

"真相如此，我希望。"穆迪说。

"啊哈，"寡妇说，"我们又回到了'真相'。"

加斯科因一直观察着莉迪娅·韦尔斯。"你看见她的脑子是如何运转的吧？"他对穆迪说，"她会一刹那间冲过来，扼杀你的论点，你要有所准备。"

"我还不知道怎样做好被扼杀的准备。"穆迪说。

加斯科因是对的。寡妇抬起下巴颏，说："你是一个信仰宗教的人吗，穆迪先生？"

"我是一个崇尚哲学的人，"他回答，"宗教中可被称为哲学的那部分尤其令我感兴趣，其余的则不。"

"我明白了，"莉迪娅·韦尔斯说，"我的情形恐怕恰好相反：哲学中唯有可被称为宗教的那部分令我感兴趣。"

加斯科因听了爽朗地大笑。"非常精彩，"他说，摇晃着手指，"这真是非常精彩。"

穆迪情不自禁地被寡妇的敏锐逗笑了，但他打定主意不让她占上风。"我们的共同之处似乎少之又少，韦尔斯夫人，"他说，"我希望我们虽然缺乏共同的立场，但并不会妨碍建立友谊。"

"我们对幽灵的真伪性存在分歧，这点至少是明确了。"莉迪娅·韦尔斯说，"但是让我问你一个正好相反的问题。如何看待灵魂——一个活人的灵魂呢？如果你无法'了解'一个死了的人，你相信你能够'了解'一个活着的人吗？"

穆迪思考着，微笑着。

片刻后，寡妇继续说："比如说，你觉得你能真正地'了解'你的朋友加斯科因先生吗？你能够从各个角度看他吗？"

加斯科因被当作一个例子，他看上去很恼火，大声提出抗议。寡妇嘘了一声，让他闭嘴，第二次将问题呈现给穆迪。

穆迪看着加斯科因。事实上，在他们相识的这三个星期里，他已经非常仔细地剖析了加斯科因的个性。他觉得已经了解此人智力的深度和广度，他的感性特质，他的许多表达方式和习惯。他感到从整体上讲，他能够对此人的个性做出十分精确的总结。但他知道莉迪娅·韦尔斯的本意只是将他引入陷阱，因此他决定用轻描淡写的方式回答，再一次说他只是三个星期前刚到达霍基蒂卡，不能指望在这么短的时间内形成对加斯科因灵魂的精确评估。他补充道，这桩事情恐怕需要不止三个星期的观察。

"穆迪先生是卡弗先生的乘客，"加斯科因插话，"他是在'一帆风顺号'沉没的同一天晚上到达的。"

穆迪对披露这个消息感到一阵不安。他在购买"一帆风顺号"的船票时用的是假名，考虑到在那条船沉没数小时前他目睹的——或幻想自己目睹的——那一幕的性质，他不想公开地说他是乘这条船到达霍基蒂卡的。他看着寡妇，在她脸上寻找疑问或默认的蛛丝马迹，能够表明她也许知道"一帆风顺号"船舱里那个血腥的幽灵。

但是莉迪娅·韦尔斯只是微笑着。"是吗？"她盯着穆迪上下打量，"那么恐怕穆迪先生只能是芸芸众生中的一个凡人。"

"此话怎讲？"穆迪僵硬地说。

寡妇大笑。"你是一个蔑视运气这一概念的幸运儿，"她说，"穆迪先生，恐怕我已经见多了你这样的人呢。"

穆迪还没能想好如何回应，韦尔斯夫人已经拿起一只小银铃铛，摇出了清脆的铃声，她用沙哑低沉、穿透力不亚于铃铛的声音宣布，手里没票的人必须立刻退场，因为通灵会马上就要开始了。

金星在水瓶座

> 苏永盛忘记领取他的先令；莉迪娅·韦尔斯变得歇斯底里；我们从死者的时空境界中得到一个答案。

与三个星期前在皇冠旅馆举行的秘密会议相比，这是一次多么不同的聚会啊！在皇冠旅馆举行的是十二个人的团体会议，随着穆迪的到来，变成了十三个人。而这里，在游人好运楼的前厅，有十一个人聚在一起，寻求召唤出第十二个参会者。

查理·弗罗斯特听从约瑟夫·普里查德的指示，一直紧紧地盯着莉迪娅·韦尔斯夫人。寡妇将七个持票者引进客厅。阿苏和阿桂盘腿坐在客厅壁炉的两旁，脸上的油彩闪闪发亮。客厅里的窗帘全部被拉得严严实实，唯有一盏煤油灯没有被熄灭，房间里泛着粉红色的光芒。最后这盏煤油灯的上方有一个金属支架，上面摆放着一只装有玫瑰油的锡盘，里面的油被温暖的火焰微微加热，使房间里弥漫着玫瑰芳香。

韦尔斯夫人邀请男人们入座，在其他客人离开游人好运楼走向黑夜的这段时间里，房间的中央已经摆放好一圈座位。七个客人被安排入座时，房间里一阵扭捏和紧张的气氛。一个男人不停地发出尖声傻笑，其他人则露齿嬉笑，用胳膊肘捅着同伴的肋骨。韦尔斯夫人对这些干扰视而不见。她忙着把五支蜡烛在盘中摆出一颗星星的图案，然后将它们逐一点燃。当蜡烛被点燃，纸捻被熄灭后，莉迪娅·韦尔斯自己也终于坐了下来，她用一种突然压低的、神秘兮兮的声音说，在过去的数小时内，安娜·韦瑟雷尔一直在酝酿自己的思绪，为即将发生的与死者的交流做准备。当她进入会客厅时，任何人都不能跟她说话，因为哪怕最细小的干扰都会破坏她的心灵状态，进而打断寡妇自身的传导。在场的人是否同意不打扰她？

在场的人均表示同意。

在场的人是否同意进一步协助寡妇的传导，在整个过程中始终保持心理的接受状态？每个人是否同意一直做到头脑冷静而开放，四肢放松，呼吸深沉而均匀，注意力绝对集中，就像一个正在祷告的僧人？

以上愿望均获得了保证。

"我不能告诉你们今晚这个房间里会发生什么，"寡妇继续说，依然是一种鬼鬼祟祟的声音，"也许家具会飘移。当我们周围的幽灵被扰动时，也许我们会感到阴风飕飕——阴间的呼吸，有人可能会这么称呼它。也许死者会通过活人的嘴说话。也许他们会通过表现一个征兆来揭示他们的存在。"

"你说的是什么意思，一个征兆？"一个淘金汉说。

莉迪娅·韦尔斯将冷静的目光投向那个说话的人。"有时，"她小声地说，"出于我们未知的原因，死者无法说话。当这种情况发生时，他们会选择用其他的方式交流。我在悉尼时参加过一次通灵会，就发生了这样的事情。"

"发生了什么？"

韦尔斯夫人的眼睛变得呆滞无神。"一个女人在自己家中遇害毙命，"她说，"当时的情况有点儿神秘莫测——在她死亡几个月后，一伙经过精心挑选的招魂人在她家中聚会，与她接触。"

"她是怎么遇害的？"

"家里的狗疯了，"莉迪娅·韦尔斯说，"那畜生一反常态，袭击了她——撕开了她的喉咙。"

"骇人听闻。"

"阴森可怕。"

"她死亡的情形很可疑，"寡妇继续说，"尤其是在法律部门有机会验证那条狗的状态之前，狗就被击毙了。而案子就这么了结了，那个女人的丈夫，悲恸欲绝，扔下了房子，乘船一走了之。几个月后，一个曾经受雇于那家的仆人把这件事告诉一位通灵人，引起了他的注意。我们安排在这个女人遇害的那个房间里举行一次通灵会。

"我们组里的一个绅士——不是那个通灵人，而是另一位知名度很高的招魂人——那天晚上正好戴了一块怀表。怀表就揣在他的马甲兜里，表链别在胸前。他之前给表上好了弦，他后来向我们保证，在他到达那个房子之前，怀表走得非常精确。嗯，那天夜里——在通灵会期间，他的马甲里呼呼地传出一阵微弱的奇怪声音。我们都听见了，但不知道那究竟是什么。他掏出怀表，惊讶地发现怀表的指针显示一点过三分。他坚称他在六点钟时刚给表上好弦，而当时还不到九点。表的指针绝对不可能如此快速地自动移位，而他也几乎不可能意外地转动表的旋钮！他试了试旋钮——发现它卡壳了，旋钮坏了。事实上，那块怀表从此就失灵了。"

"可那是什么意思呢？"有人说，"一点过三分？"

寡妇把声音放得很低。"我们只能假设，"她说，"那个女死者的幽灵正在万分焦急地试图跟我们说点什么。也许是她死亡的时间？或者是在发出警告？预示着即将到来的血光之灾？"

查理·弗罗斯特发现自己的呼吸变浅了。

"接下来发生了什么？"尼尔森悄声地说。

"我们决定在会客厅里等到凌晨一点过三分。"莉迪娅·韦尔斯说，"我们想，也许那个幽灵是在邀请我们等到那个时刻——到时候会有什么事情发生。我们一直等到时钟敲响一点钟。大家在沉默中等候着，一分钟——两分钟——三分钟——然后，不早不晚就在那一瞬间，响起了可怕的轰隆声，一幅画从墙上的挂钩上落下来。我们全部转过身，看见画后面的墙壁上有一个洞。原来，那幅画一直挂在那里，就是为了掩饰那个洞。

"然后，组里的女人们都在大声尖叫，喧嚣四起，你们可以想象当时的骚动。有人找到一把小刀，剜出一块石膏墙壁——大家看吧，在那石膏里面，有一颗子弹头。"

弗罗斯特和尼尔森快速地交换了一下眼色。寡妇的故事让他们俩同时想起了安娜·韦瑟雷尔的卧室，在烤架旅馆楼上的那个房间里，那颗消失的子弹。

"那个案子最终告破了吗？"有人说。

"哦，是的，"寡妇说，"我就不必说得太细了——内容太多，但你们如果好奇的话，可以在报纸上查看到一切。原来，那个女人根本不是被狗咬死的。她是被自己的丈夫谋杀的，然后那丈夫开枪打死了那条狗，亲自割烂妻子的喉咙，以掩盖真相。"

房间里响起了一片痛苦的呻吟。

"是的，"莉迪娅·韦尔斯说，"整个故事是一场悲剧。那个女人的名字叫伊丽莎白什么的，我忘记了她的姓。嗯，好消息是这个案子被重新审理时，他们有了两条线索：其一，女人是被柯尔特陆军手枪发射的一颗子弹打死的……其二，她死亡的精确时间是一点过三分。"

寡妇沉默了片刻，然后大笑起来。"但是今晚你们在这里不是为了听我讲故事的！"她从椅子上站起来，参会男人中的几个出于礼貌，也作势要跟着站起来，但寡妇举起一只手，阻止他们起身，"我遗憾地说，这个世界上的怀疑论者很多，"她说，"因为有一个好心人，就有十几个坏心人。你们中间可能会有人企图抵赖今晚将发生的事情，或企图抹黑我的信誉。现在，我邀请你们所有的人都四处查看一番，亲自核实这个房间里没有诡计，没有欺骗，没有任何类型的拙劣花招。我跟你一样明白在算命这门艺术中有许多冒牌货，但你们尽可放宽心，我不是他们中间的一个。"她张开双臂，说，"你们可以看见我身上没有隐藏任何东西。不要担心——可以随便看。"

听到这话，有人嘻嘻窃笑，男人们四处查看，发出一阵忙乱的脚步声。他们检查天花板，椅子，桌子上的煤油灯、蜡烛，以及地板中央的地毯。查理·弗罗斯特的眼睛一直盯着莉迪娅·韦尔斯。她没有显出紧张的样子。她左右旋转，表示没有在衣裙中隐藏任何东西，然后她十分轻松自然地坐下，对着整个房间里的人微笑。她掐断袖子上的一根松散线头，等待所有的人都安静下来。

"好极了，"当大家的注意力再次回到她身上时，她说，"现在，我们都满意了，都准备好了，我将把灯全灭掉，等候着安娜的到来。"

她倾身把煤油灯闷熄，所有的人都陷入幽暗的蜡烛光中。在几秒钟的寂静后，他们身后的会客厅门上响起了三记敲门声，莉迪娅·韦尔斯仍然在摆弄煤油灯，她大喊一声："进来！"

门开了，七个男人转过身。弗罗斯特一时间忘记了普里查德的嘱咐，也回头看去。

安娜脸上带着幽灵般的空洞表情站在门口。她依然穿着奥伯特·加斯科因送给她的哀悼礼服，这套衣服本来就不合身，现在更是不堪目睹。礼服挂在她的肩膀上，仿佛是挂在架子上。腰部分明被收紧过，但依然显得松松垮垮，梭织领遮蔽着她的整个几乎是凹陷着的胸脯。她脸色苍白,表情阴郁。她没有看着聚会人群的脸,眼睛固定在中间的某个地方,她走上前,缓缓地坐进面对莉迪娅·韦尔斯的一张空椅子里。

她坐下来的时候,弗罗斯特心想,唉,她真是挨饿了!他瞥了一眼尼尔森,本想捕捉对方的眼神,但是尼尔森正冲着安娜皱眉头,一副极度困惑的表情。弗罗斯特这才想起指派给他的任务,赶紧转身看着寡妇——而她,在每个男人都转头看向门口的那个时间里,肯定已经干了什么事情。是的,她已经干了什么事情,这是毫无疑问的,因为她带着几分矜持,以及某种满足,正在平整她的衣服,表情已经突然变得活灵活现。她干了什么呢?她改变了什么呢?在晦暗的烛光中,弗罗斯特无法辨认。弗罗斯特暗骂自己转移了视线,这正是普里查德预测的那种诡计。他发誓绝对不会再有一秒钟的视线偏移。

房间的各个角落现在已经隐入黑暗之中。唯一的光线来自人群中央的那些摇曳不定的蜡烛火苗,围绕着它的十一张脸,带着幽灵般灰暗的色调。弗罗斯特的眼睛紧紧地盯着寡妇,但他注意到摆放一圈的椅子实际上不是一个完美的圆圈,而几乎是椭圆形的,最长的轴线指向门口,莉迪娅就坐在最远的一端。将座位安排成这种形状,她便能确保当安娜出现时——每个人的头都转向门口,也就是偏离了她。嗯,弗罗斯特想,至少那两个华人一定看见了当安娜出现在门口的瞬间寡妇变的那个戏法。他在心里记下了第二件要做的事:一旦通灵会结束,就向他们打听这件事情。

现在,在寡妇的指导下,参会者们全都牵起手来。然后在哆哆嗦嗦的烛光中,莉迪娅·韦尔斯深深地呼出一口气,微笑着,闭上了她的眼睛。

寡妇对幽灵的探视过了很长时间才开始实现。这组人在完全的沉默中坐了近二十分钟,每个人都一动不动地坐着,有节奏地呼吸着，等候着出现迹象。查理·弗罗斯特的眼睛一直盯着韦尔斯夫人。很久很久之后，她从喉咙的深处发出一阵嗡嗡的声音。这种嗡嗡声逐渐变得厚重，音量增高，很快就能听出一些字眼儿来，有的没头没脑，有的只能通过它们的长短、音节来识别。不一会儿，就演变成了句子，有恳求，有命令。终于，韦尔斯夫人向后拱起后背，向阴间发出要求：释放埃默里·斯坦斯的阴魂。

事后，弗罗斯特会用下面的话描述当时的情形，诸如"撒泼""癫痫"，以及"持续的抽搐"等字眼儿。他知道这些解释没有一个是恰如其分的，没有一个能够精确地表达莉迪娅·韦尔斯在表演中精心设计的舞台效果，也说不清弗罗斯特见证它们时感到的强烈的尴尬。韦尔斯夫人高呼斯坦斯的名字，一遍又一遍，以一个情人寻死觅活的深情吟诵着她的话——当没有回应时，她变得焦躁不安。她一阵阵发作。她重复着一些音节，像一个咿呀学语的孩子。她的头松弛地耷拉在胸前，向后仰起，再次耷拉在胸前。随后她的抽搐开始加剧，并接近高潮。她的呼吸越来越快，接着突然平息下来。她的眼睛猛地睁开。

查理·弗罗斯特感到一阵毛骨悚然的不安：莉迪娅·韦尔斯正直接盯着他看，脸上的表情是他从未在她脸上见过的那种：僵硬，毫无血色，凶悍。然而接着，随着蜡烛火苗的躲闪跳跃，他发现莉迪娅·韦尔斯不是看着他，而是穿过他，越过他的肩膀，看着以东方姿势打坐的阿苏的那个角落。弗罗斯特没有眨一下眼睛，也没有看向任何地方。这时，莉迪娅·韦尔斯发出一声奇怪的声音，两个眼白向上一翻，脖子上的肌肉开始跳动，嘴巴奇怪地嚅动着，仿佛她正在咀嚼空气。然后，她用一种不属于她的声音说道：

"你抹黑了我们家族的名声，损坏了我的声誉，我一定要找你算账。无论你在哪里，等我坐完牢出来，我一定会揾到你，我要揾你报仇——"①

她猛地颤抖，身子一歪倒在了地板上。说时迟那时快，就在同一时刻（弗罗斯特会在未来几星期里不断地与尼尔森讨论这件事）桌上的煤油灯猛地向一侧倾斜，掉进摆放在旁边的蜡烛盘子里。这应该是一个很容易纠正的事故，因为煤油灯的玻璃罩子没有打破，里面的煤油也没有洒出来，但是火焰发出呼啦一声巨响，围坐成一圈的人们突然被照亮了：整个桌面都在燃烧。

在接下来的瞬间，每个人都立刻醒过神来。有人大喊闷灭火焰。一个淘金汉把寡妇拖到安全地带，另外两个人把沙发搬开。人们用披肩和毛毯把火闷灭，煤油灯被推到一边；每个人都同时开口说话。在突然降临的黑暗中，查理·弗罗斯特转过身，看见安娜·韦瑟雷尔一直没有动，脸上的表情也没有丝毫改变，突然爆发的火情似乎一点都没有引起她的警觉。

有人点燃了煤油灯。

"应该是这样的吗？本来就应该发生这种事吗？"

"她说的什么？"

"拜托，让点地方出来好吗？"

"天哪——看我们都被那样照亮！"

"某种原始的——"

"要确保她在呼吸。"

"不得不承认，我没有预料到——"

"你认为有什么意义？她说的那番话或是——"

"那不是埃默里·斯坦斯，我太肯定了，就像——"

"另外一个幽灵？通过——"

---

① 原文为粤语。

"煤油灯那样自行运动！"

"我们应该问问那些约翰尼。你好！那是中国话吗？"

"他明白吗？"

"那是中国话吗，她刚才说的那番话？"

但是阿桂似乎听不懂这个问题。一个淘金汉倾身拍了拍他的肩膀。

"那到底是什么，呃？"他说，"她都说了些什么？她刚才说的那些是中国话，还是别的什么语言？"

阿桂茫然地对视着他的目光，没有开口说话。是阿苏回答了他。

"莉迪娅·韦尔斯说的是广东话。"他说。

"是吗？"尼尔森急切地说，快速转身凑了过来，"那她说的什么呢？"

阿苏打量着他。"'总有一天我要回来，要杀你。你杀了人。他死了——你偿命。我回来，要杀你，总有一天。'"

尼尔森的眼睛瞪得老大，他的下一个问题在嘴边溜走了。他转身看着安娜——安娜正看着阿苏，她的表情稍微有点迷惑不解。查理·弗罗斯特皱着眉头。

"这里面哪有斯坦斯的事儿呢？"一位淘金汉质问。

阿苏摇了摇头。"不是斯坦斯。"他悄声地说。他突然从坐垫上站起身来，走向窗口，双臂交叉抱在胸前。

"不是斯坦斯？"那个淘金汉说，"那是谁？"

"弗朗西斯·卡弗。"阿苏说。

房间里响起一阵愤怒的吼声。

"弗朗西斯·卡弗？这怎么会是通灵会呢——他又不是死人？嗨——我完全可以亲自找他说话，只需要敲敲他的门就行了！"

"可他在宫殿，"另外一位说，"离我们这里有五十码远呢。"

"关键不是这个。"

"我的意思是你没法否认有些事情很奇怪——"

"我完全可以亲自找卡弗说话,"那个淘金汉固执己见,又说了一遍,"我不必为这个找通灵人。"

"可是,那盏煤油灯是怎么回事?你怎么解释那盏煤油灯呢?"

"它跳起来穿过了房间!"

"它悬空飘了起来。"

阿苏的神情变得僵硬。"弗朗西斯·卡弗,"他说,对着哈拉尔德·尼尔森发问,"在宫殿旅馆?"

尼尔森皱起眉头——阿苏肯定已经知道这个了!"是的,卡弗一直住在宫殿,"他说,"在雷维尔街,那幢带蓝边的建筑,你知道的。隔壁是一家五金店。"

"有多久了?"阿苏说。

尼尔森看上去更糊涂了。"他在那里已经有三个星期了,"他说,把声音压低了,"自从那天夜里——我的意思是,自从'一帆风顺号'沉船的那时候起。"

其他人仍然在争论。

"除非是与死人通话,否则就不能算是通灵会。"

"不——当你跟卡弗说话时,你就会是那个死掉的人啦!"

他们听了哄堂大笑,然后那个淘金汉的伙伴说:"真是怪事,你不觉得吗?难道是某种骗局?"

那个固执的淘金汉似乎表示同意,然后他朝莉迪娅·韦尔斯瞥了一眼。寡妇依然处于昏迷状态,脸色十分苍白。她的嘴巴半张着,露出一颗闪亮的臼齿和干燥的舌头,眼睛在眼皮下微弱地抖动着。淘金汉心想,如果她是假装的话,那么装得也太惟妙惟肖了。但是他出钱是为了会见埃默里·斯坦斯的幽灵,而不是出钱来听一串叽里咕噜的中国话,然后看一个女人摔倒后昏死过去。哼,那些话到底是不是中国话还难说呢!没准儿她只是胡言乱语呢!那个华人可能是同谋,她可能出钱雇了他,为这个骗局当托儿。

但是淘金汉性格懦弱,没有大声说出自己的观点。"不好说。"他终于开口,但看上去依然一脸阴森。

"嗯,当她苏醒过来时,我们得问一问她。"

"弗朗西斯·卡弗说中国话?"其中一个人说,一副难以置信的腔调。

"他往返于广州,不是吗?"

"出生于香港。"

"是的,但要说那种语言——说得跟他们一样?"

"让你觉得换了个人似的。"

这个时候,那个被派去厨房的淘金汉已经拿来一杯水,并把水泼在莉迪娅的脸上。她张开嘴大声喘气,苏醒了。男人们围拢过来,七嘴八舌,焦急地问候她的健康与安全,因此好一阵子嘈杂之后,寡妇才有机会回答。莉迪娅·韦尔斯有些迷惘地逐一看着每个人的脸,片刻之后,她甚至勉强发出微弱的一声笑。但是她的笑声缺乏底气,当她接过身边那个男人递来的一杯安达卢西亚白兰地时,她的手明显地哆嗦着。

她喝完酒,在随后的时间里,各种各样的问题向她涌来——你看见了什么?你记得什么?你与谁通灵?你是否建立了与埃默里·斯坦斯的接触?

她的回答令人失望。自从进入精神恍惚的那一刻起,她就完全失去了记忆——这很不寻常,她说,通常她能够十分精确地回忆起自己"幻视"的场景。人们给了她一些提示,但毫无效果,她根本回忆不起任何东西。当人们告诉她,她曾经用外语说话,并且非常流利地说了一大串时,她看上去真的是一脸迷惑。

"可我连一个中国字都不会说。"她说,"你肯定吗?约翰尼们确认了吗?是真正的中国话?你真的确定?"

这一点被确认了，伴随着困惑与兴奋。

"这乱七八糟的都是怎么回事？"她虚弱地指着烧焦的桌子和灰烬说。

"煤油灯刚才翻倒了，"一个淘金汉说，"它就那么倒了，是自己倒下的。"

"它不仅仅是倒下，它悬空飘了起来！"

莉迪娅朝着煤油灯看了一眼，然后似乎振作了起来。"嗨！"她将身体在沙发上撑得更高一点，"这么说我唤醒了一个华人的幽灵？"

"我们花钱过来不是为了看冲突的。"那位固执的淘金汉说。

"没错，"莉迪娅·韦尔斯说，带着安慰的语气，"没错——当然不是。当然，我们必须给你们每个人全额退票……但是请告诉我，我究竟说了什么话？"

"与一个杀人犯有关，"弗罗斯特说，依然密切地注视着她，"与复仇有关。"

"真的！"韦尔斯夫人说。她似乎大为触动。

"阿苏说与弗朗西斯·卡弗有关。"弗罗斯特说。

韦尔斯夫人的脸色变得苍白，她吃惊地将身体前倾，"具体说的是什么——确切的字眼儿？"

淘金汉们四下张望，却只看见阿桂，他眼神冰冷地回视他们的目光，没有说话。

"他不会讲英语。"

"另外那个在哪里？"

"他去哪儿了？"

阿苏在几分钟前抽身离开了这群人，悄然从房间进入前厅，脚步如此之轻，没有任何人注意到他离开。阿苏发现弗朗西斯·卡弗已经回到霍基蒂卡——在过去三个星期一直在霍基蒂卡，这使阿苏内心最深处涌起一阵强烈的情感，突然间，他希望独自一人待着。

他靠在廊台的栏杆上向外看去，目光沿着雷维尔街的大道向下，望向码头。长长一排沿街悬挂的灯笼，形成了闪闪发亮的双行针脚图案，向南约两百码的大街，就被笼罩在这样黄澄澄的灯笼光辉中。光亮如此强烈，照在大街的凸起处，如同白天正午一般。相比之下，小巷里的阴影显得更加黑暗。两个醉汉踉跄着从他身旁路过，紧紧地抓住对方的腰。一个妓女从相反方向过来，裙子高高地提在手里，露出膝盖。她好奇地看着阿苏，阿苏在片刻的茫然后想起自己脸上依然涂着重重的油彩，眼角被黑色眼影粉拉长，脸颊被涂成白色的圆圈。妓女大声喊他，但阿苏摇了摇头，妓女便接着往前走。附近某处突然传出一阵哄堂大笑和掌声。

阿苏咬紧嘴唇。这么说弗朗西斯·卡弗已经再次回到了霍基蒂卡。他肯定没有想到他的老熟人就住在卡尼里的一间木棚里，离他不足五英里！卡弗不是一个容忍风险存在的人，一旦有机会就会完全铲除威胁他的危险。如果是这样的话，阿苏心想，也许自己就占据了优势。他再次咬紧牙关，然而，片刻后他摇了摇头：不对。莉迪娅·韦尔斯在这天上午已经把他认出来了。她肯定将这个消息立刻通知了卡弗。

在室内，谈话又回到了煤油灯这个主题——这个花招早被阿苏一眼识破。莉迪娅·韦尔斯只不过是在闷灭煤油灯的同时，把一根线套在煤油灯的旋钮上。那根线的颜色同她的衣服一样，线的另一头系在被袖口遮蔽的手腕上。她只要右手猛一抖动，煤油灯就会倒在蜡烛上。燃放蜡烛的小桌面上被事先抹上了石蜡，这种燃料的优点是无色无味，而且对于外人来说，桌子看上去只是干净明亮罢了。然而，一旦碰上明火，桌子表面就一定会被点燃。这一切都是一个把戏，一种骗局。韦尔斯夫人根本没有与死者的时空境界建立任何交流，她说的话也不是出自死人之口。阿苏知道这一点，因为这些话都是他亲口说过的。

那个妓女在大街上徘徊，此刻正在一边招呼街对面廊台上的男人，一边将裙摆提得更高一些。男人们应声回答，其中一个滑稽地大声欢呼着。阿苏漠然地看着他们。他惊叹女性歇斯底里时的奇异力量——莉迪娅·韦尔斯在这么多年过去后，居然完全记得他说过的话，一字不差，而且她并不会讲粤语。然而，她是怎么把他的话，包括他的腔调，记得如此准确的呢？这真是不可思议，阿苏心想。在她刚才的那番"幽灵探视"中，他完全可以相信她是一个土生土长的广东人。

在大街上，男人们开始凑钱，街头妓女站在一旁看着。附近码头传来刺耳的警哨声，随后是值班警官大声的警告，然后是奔跑的脚步声，越来越近。阿苏看着人们四处逃窜，他在心中打定了主意。

他要在当晚回到卡尼里，打理好棚屋里的一切财物，住进山里。他将在山里一心一意地翻地淘金。他要尽可能简单地生活，把自己能找到的每一粒金子都积攒下来，直到攒够五盎司。在手里握着五盎司金子之前，他一口鸦片也不吸，他要戒酒，戒赌，只吃最便宜、最简单的食物。一旦积攒够了，他就马上返回霍基蒂卡。他会到格雷与布勒银行把金子兑换成纸币。他会穿过大街走到泰格林五金杂货店。他会掏出纸币放在柜台上，他要买一颗子弹、一盒黑火药，还有一支枪。然后，他会走进宫殿旅馆，爬上楼梯，打开卡弗的门，结果他的性命。然后呢？阿苏呼出一口气。然后，一笔勾销。然后，他的生命将画成一个完整的圆，他便终于可以安息了。

第三章

自我毁灭宫

1866年3月20日

南纬42°43′0″／东经170°50′0″

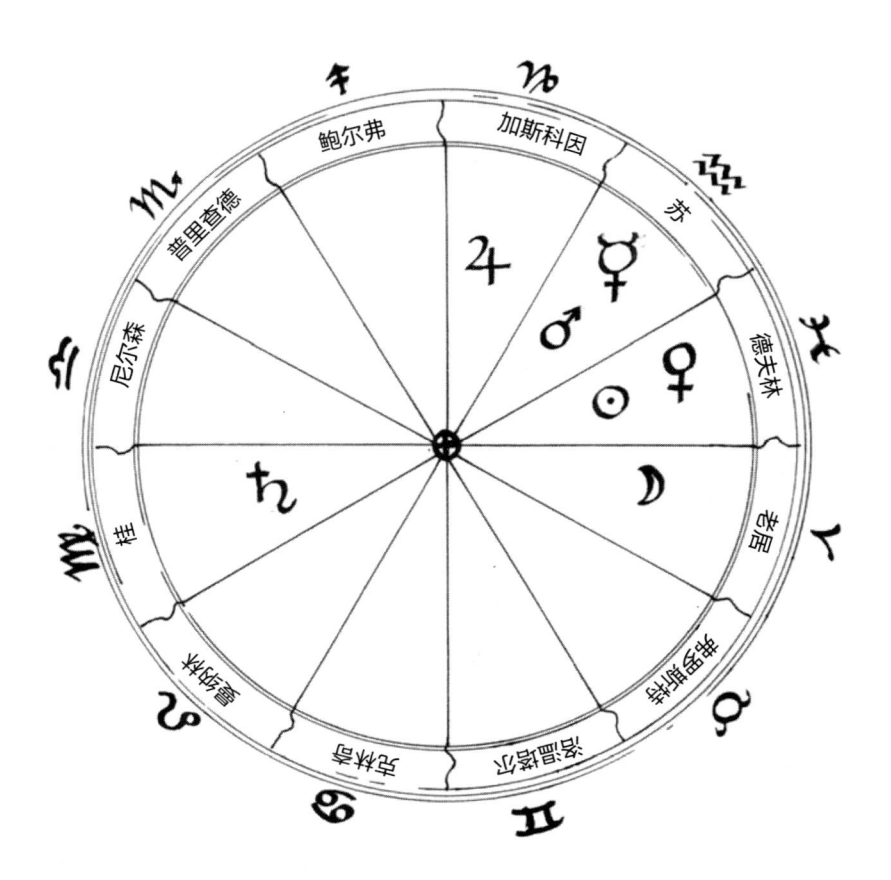

水星在水瓶座

穆迪传递一些重要信息，苏永盛呈献给他一份礼物。

三月二十日清晨，沃尔特·穆迪在黎明前起床，摇铃要来热水，站在窗前洗漱，越过屋顶眺望，看着黎明前海蓝色的天空褪成灰色，然后变成淡蓝色，再变成新鲜蛋黄一样灿烂的金辉——这时他已经穿好衣服，下了楼梯，叫人给他的烤面包涂上黄油，并把他的鸡蛋煮熟。去餐厅的途中，他在走廊里徘徊，耳朵贴在楼梯脚下一间锁着的房门上。听了一会儿之后，他辨别出一种粗犷而有节奏的声音，一直继续着，很显然里面的住客依然在呼呼大睡。

皇冠旅馆的餐厅空荡荡的，只有厨子偶尔出现，他给穆迪端上一壶茶时，捂着嘴打了一个哈欠，送上《西海岸时报》早报版时，又打了一个哈欠，报纸由于夜间的寒冷而微微潮湿。穆迪一边吃早餐，一边浏览着报纸。头版主要是一些重复性的广告。银行提供有竞争性的利息条款，每一家都承诺最诱人的黄金购价。旅馆老板们吹嘘自家各式各样的独特优势。杂货店店主和仓库老板刊登出所有产品的清单，航运新闻报告最近有哪些乘客离港，哪些乘客到港。报纸的第二版被一篇关于威尔士王子剧院最新剧目的评论占据，这篇文章冗长而尖酸刻薄（"质量之差令人瞠目结舌，甚至不配受到——批判"），这一版还有来自北方金矿投机者的几封嚼舌头的书信。穆迪快吃完第二个鸡蛋时，翻阅到社会公告部分，目光停留在他认出来的一对名字上面。一场低调的订婚仪式已经列入计划，但具体日期还没有确定。不度蜜月。贺卡和其他贺礼可以直接送往未来新郎的住所，他目前下榻于宫殿旅馆。

穆迪皱着眉头折叠好报纸，擦了擦嘴，从桌子旁站起来——他返回楼上取他的帽子和外套时，一直心事重重，但这既不是因为订婚，也不是因为订婚公告本身，而是因为那个转发地址。

因为穆迪十分清楚，弗朗西斯·卡弗并不住在宫殿旅馆。他在宫殿的房间一切如故，长礼服挂在衣柜里，木箱子放在床脚，床上用品堆得乱七八糟。他每天早晨依然在宫殿餐厅里吃早餐，每天晚上在宫殿会客厅里喝威士忌。他照常将每个星期的住宿费付给宫殿的老板——根据穆迪能够掌握的证据，宫殿的老板一直没有意识到，他的这个臭名昭著的客人每星期支付两英镑养着一个空房间。卡弗狡兔三窟的事鲜为人知，如果不是他们之间的种种巧合，穆迪可能也不知道自从寡妇通灵会之夜起，卡弗每晚都在皇冠旅馆过夜，那是厨房旁边的一间小客房，窗景是一览无余的车辙可辨的整条卡尼里路。

七点半时，穆迪已经沿着吉布森码头阔步向东疾行，头戴灰色的宽边软帽，身穿黄色的鼹鼠皮裤子，脚蹬齐膝的长皮靴，一件深色的羊毛外套罩在灰色哔叽衬衫外面。现在他每星期有六天都是这副装扮，令加斯科因感到好不有趣，不止一次地问过他为什么省略掉了海盗式的红色腰带，那可能会让这整套行头韵味十足。

穆迪认领的淘金地区距离霍基蒂卡很近，这样他便能继续住在皇冠旅馆。这种安排要花费他每星期的大部分收入，但他宁愿如此也不想睡在夜空下的帐篷里。他只尝试过一次野营，感觉非常不舒服。他从霍基蒂卡走到认领区要花一小时二十分钟的时间，就这样，每天上午九点之前，他就会站在小溪边的摇臂洗砂床旁，吹着口哨，提着水桶打水，铲着砂土。

说句老实话，穆迪不是一个技艺高超的探矿人：他总是希望找到大金块而不是碎小的金子。常见的情况是，夹杂在砂石中的金矿已经落入洗砂床的底网，却被他用水冲走了；有时他一连两次腾空了他的洗砂床，连一颗碎金粒子都没有找到。他只能赚到淘金汉们常说的"砂土费"，也就是说一星期的收入与支出基本上打了个平手，可这种停滞状态令他无法支撑下去。他知道应该听取大众建议，与一个同伴或一组人搭伙。与其他人合作发财的机会能加倍，而与五人、七人或九人组队，机会更是翻倍。但他的骄傲不允许他这么做。他独自一人硬挺着，每时每刻都在幻想金块将会为他购买的未来生活。夜里的梦想开始闪光，他会在最料想不到的地方看见金光闪烁，以至于不得不再看一眼，使劲儿眨眨眼睛，或者闭上眼睛。

穆迪跨过了他认领区北边地界的那条小溪，透过灌木丛，惊讶地发现一顶帐篷的淡淡轮廓，旁边还有一堆篝火的灰烬。他迷惑地停下脚步。霍基蒂卡的淘金汉们通常都是在镇子上过周末，最早也要等星期一中午时才回到矿区。为什么这个淘金汉没有和他的伙伴们在一起？他在别人的地界上干什么呢？

"喂，你好，"穆迪大喊，打算叫醒帐篷里的人，"你好。"

帐篷内立刻传来一声咕噜，还有一阵慌乱忙碌的声音。"抱歉，"有人说，"很抱歉——很抱歉——"

一个华人的面孔出现在帐篷的开口处，睡眼惺忪。

"没惹麻烦，"他说，"很抱歉。"

"苏先生？"穆迪说。

阿苏眯起眼睛看着他。

"我是沃尔特·穆迪。"穆迪说,将手捂在心口,"你还——呃——你还记得我吗?"

"记得,记得。"阿苏用拳头的指关节揉着眼睛。

"我很高兴。"穆迪说,"这是我的认领区,你看,从这条小溪开始,到南边那些黄色的楔子。"

"很抱歉,"阿苏说,"没惹麻烦。"

"当然没有。"穆迪说,"不管怎么说,阿苏,我很高兴见到你。很多人都注意到你已经不在卡尼里了,包括我自己。我非常高兴见到你——非常高兴,绝对没有生气。我们还担心你出什么事了。"

"没惹麻烦,"这个"单帽"说,"只是搭帐篷。没惹麻烦。"他从视线中消失了。

"我能看出你没有造成任何麻烦。"穆迪说,"没关系,苏先生,我不担心你在这里宿营!我根本不担心这个。"

阿苏慌忙地走出帐篷,一边走出来一边拉下穿了一半的长衫。"我这就走,"他说,"五分钟。"他举起五根手指。

"没关系,"穆迪说,"如果你愿意,可以在这里宿营,对我一点影响都没有。"

"只是昨晚。"阿苏说。

"好。要是你今晚也想在这里搭帐篷,我一点都不介意。"穆迪说。他的态度在虚张声势的欢喜和笨拙的屈尊之间摇摆,仿佛是在跟别人家的小孩子说话。

"今晚不了。"阿苏说。他开始拆除帐篷。他将帆布篷子从支撑它的拉绳上扯下来时,湿漉漉的帆布上依然挂着露水,一块方形的被平整过的土地就是他过夜的地方:一条羊毛毯,扭曲皱巴,被他的身体压得凸凹不平;一口锅,里面灌满了砂土;他的皮革钱包;一只淘金浅盘;一个网兜里装着茶叶、面粉,还有几个皱缩的土豆;一只标准的帆布背包。穆迪的眼光投向这些微薄的财物,心中升起一股莫名其妙的感动。

"我说,"他说,"你一直都在哪儿呢,苏先生,在过去这一个月里?通灵会已经过去整整一个月了——任何人都没有你的消息!"

"淘金。"阿苏说,将帐篷帆布放在胸前抚平。

"通灵会之后,你这么快就不见了,"穆迪继续说道,"我们还以为你和可怜的老兄斯坦斯先生一样消失了呢!谁都摸不着头脑,你就那么失踪了。"

阿苏已经将帆布叠成四折,此刻暂停下来。

"斯坦斯先生回来了?"

"恐怕还没有,"穆迪说,"仍然无影无踪。"

"那弗朗西斯·卡弗呢?"

"卡弗还在霍基蒂卡。"

阿苏点了点头,"在宫殿旅馆。"

"嗯,其实不然,不对。"穆迪说,很高兴能有机会暗中促成对方,"他已经开始在皇冠旅馆过夜。秘密行动。没有人知道他住在那里。他依然假装住在宫殿,照旧给宫殿老板付房费——保留他的房间,一如既往,但他每夜都睡在皇冠旅馆。他在夜幕降临之后才到,一大早就离开。我之所以知道,是因为我租了上面那个房间。"

阿苏目光犀利地死盯着他,"哪一间?"

"卡弗的房间,还是我的?"

"卡弗。"

"他睡在厨房旁边的那个房间里,在一楼,"穆迪说,"朝东的房间。离吸烟室很近——你和我第一次相见的地方。"

"一个寒酸的房间。"阿苏说。

"十分寒酸。"穆迪赞同道,"但有利条件是能看清一整条卡尼里路。他一直在望风呢,你看。他在提防着你呢。"

对于阿苏与卡弗之间的恩恩怨怨,沃尔特·穆迪实际上根本不清楚,因为阿苏在皇冠旅馆的那天,一直没有机会详细讲出自己的故事,除了一个月前他在游人好运楼露过一次面之外,穆迪就再没有见过他。穆迪非常希望知道详情,他尽了最大的努力去监视和调查,而且他擅长将随意的聊天谨慎地转化为抛砖引玉的话题,但他在这方面的了解,依然没有超越皇冠旅馆吸烟室会议上所知的那些内容,只知道那是一段关于鸦片、谋杀以及发誓复仇的历史。只有阿桂一个人听过阿苏的整个故事,真可惜,他没有足够的语言能力来把故事转述给其他会讲英语的人。

"每夜,在皇冠旅馆?"阿苏说,"今晚?"

"是的,他今晚会在那里,"穆迪说,"但一直要等到天黑透了以后,就像我刚才告诉你的那样。"

"不是宫殿。"

"不,不是宫殿,"穆迪说,"他换旅馆了。"

"是的,"阿苏严肃地说,"我明白。"他解开拴在树杈上的拉绳的绳结。

"他是谁?"穆迪说,"那个被杀害的人。"

"我的父亲。"阿苏说。

"你的父亲。"穆迪说,他沉吟片刻后说,"他是怎样被杀害的?我的意思是——恕我冒昧——到底发生了什么事呢?"

"很久以前,"阿苏说,"战争之前。"

"鸦片战争。"穆迪说,鼓励他说下去。

"是的。"阿苏说,却没有继续说下去。他开始收拾拉绳,用他的前臂当卷轴。

"发生了什么事呢?"

"利益。"阿苏说,断然地给出他的解释。

"什么样的利益?"

显然,阿苏认为这是一个很愚蠢的问题。穆迪察觉到这一点后,赶紧改问另外一个问题，"我的意思是——你的父亲，他是不是跟你一样，做鸦片生意？"

阿苏什么都没有说。他把当卷轴绕拉绳的胳膊抽出来，把拉绳扭成8字形，固定在帆布背包上。收好拉绳之后，他蹲在地上，冷静地盯着穆迪看了一会儿，然后身体前倾，刻意往地上啐了一口唾沫。

穆迪退缩一步。"请原谅，"他轻声地说，"我不该管闲事。"

沃尔特·穆迪没有告诉任何人克罗斯比·韦尔斯是政治家劳德巴克的同父异母兄弟。发现这个秘密之后，他决定不与任何人分享这条信息。他能够深切地感觉到这种保密背后的原因，却无法言之凿凿地表达出来。不应该逼迫别人回答关于他家庭的问题。不事先征得某人的同意就披露他的私人信件是不对的。穆迪不想亲自揭露这样的事情。但是，即便这些原因全部考虑在内，也没有构成所有的真相。在过去一个月里，穆迪多次将自己与那两个人进行比较，感觉与两人都有深厚的亲缘关系，只不过是截然不同的方式：与私生子，彼此有相同的绝望；与政治家，彼此有相同的骄傲。当他站在寒冷的溪水中，土和金属混合的土块从他的指缝间滑过时，这种双重对比成了他每天习惯性的冥想。

阿苏将最后一样东西塞进帆布背包里，然后坐下来系靴带。

穆迪无法再忍受下去。他脱口而出："你知道你会被处绞刑。如果你取了卡弗的命，你会被绞死的。他们会要你的命，苏先生，不管起因是什么，杀人是要偿命的。"

"是的，"阿苏说，"我明白。"

"不会有公平审讯——对你不会公平。"

"是的。"阿苏赞同。这种前景似乎并未让他感到烦恼。他跪在篝火坑旁，捡起一根树枝，摆弄着昨夜他压在余烬上的湿土。湿土下面的煤炭依然温暖，黑乎乎的像是凝固的血。

"你打算怎么办？"穆迪说，看着他，"开枪打死他吗？"

"是的。"阿苏说。

"什么时候?"穆迪说。

"今晚,"阿苏说,"在皇冠旅馆。"他显然是在挖掘煤炭下面埋的什么东西。随后树枝碰到一个硬东西,他用树枝的一端做撬杆,把一个东西挑到了草地上:一只装茶叶的小锡盒,被煤灰染黑。盒子显然还是热的,阿苏用衣袖裹着手,把盒子拿了出来。

"让咱们看看你的武器。"穆迪说。

阿苏抬起头来。

"来吧,让咱们看看你的武器。"穆迪说,突然满脸通红,"有手枪,要有手枪,苏先生。正如我父亲常说的,你必须熟悉你的火药。"

穆迪极少对别人引用他父亲的话,一般来说,阿德里安·穆迪的习惯用语不宜用在文明谈话中,而沃尔特·穆迪一如既往地不愿意提到他。

"我买手枪。"阿苏说。

"好,"穆迪说,"枪在哪里?"

"还没买。"阿苏说。

"你还没有买吗?"

"今天。"阿苏说。他打开茶叶盒,将一把金粒子倒入手掌。穆迪意识到他肯定是将盒子埋在篝火下的泥土里,以防夜里遭人打劫。

"你要买什么样的手枪?"

"到泰格林买。"阿苏用另一只手拿起他的钱包。

"我的意思是,哪家制造商?什么种类?"

"泰格林的。"阿苏又说了一遍。他用一只手打开钱包的口,把金子装入钱包。

"那是商店的名字。"穆迪说,"你想买什么种类的手枪?你在武器方面懂行吗?"

"打弗朗西斯·卡弗。"阿苏说。

"泰格林的对你没用。"穆迪说，摇了摇头，"你去那种地方只能买到鸟枪……或某种长枪……他们不会给你一把手枪。军用武器才是你需要的。不是每一种子弹都能打死人，你看，你最不愿意看见的结果就是功亏一篑。天哪，苏先生！手枪可不仅仅是一件五金器具——正如一匹马不仅仅是……一种形式的交通工具。"他说，十分牵强地做完这种比较。

阿苏没有回答。他选择泰格林五金杂货店有两个原因：首先，这家杂货店就在宫殿旅馆的隔壁；其次，这家店主同情华人。当然，第一个原因已经无所谓了，但第二个原因依然很重要：阿苏计划让泰格林先生在店里帮他给手枪上好膛，以便他当天执行自己的使命。他从来没有开过枪。他知道手枪设计的基本原理，但他猜想这是一种不需要太多练习的技巧。

"去营盘街的户外用品店吧，"穆迪说，"就在德意志旅馆的隔壁，装饰性门脸后面露出尖房顶的那幢房子。招牌没有写好，但店主是布伦顿、所罗门和巴恩斯，门应该是开着的。你到了那里，点名要克尔专利。那是英国军用手枪，很完善，绝对管用，不要让他们兜售给你其他型号。克尔专利的价格是五英镑整。如果价钱高于五英镑，他们就是在打劫你。"

"五英镑？"阿苏低头看着钱包里的金子。没想到能用这么合理的价格买到一把手枪！他得到的报价至少是这个数字的两倍。"克尔专利，"他重复道，牢牢记在心里，"营盘街。谢谢您，穆迪先生。"

"你打算怎么办，"穆迪说，"在你的使命完成之后？在卡弗死了之后？你会去自首吗？你会试图逃跑吗？"突然间，他感到一种荒谬的兴奋。

阿苏只是摇了摇头。他收拢钱包的口，把钱包紧紧地裹在一块方布里面。最后，他站起来，把帆布背包甩到后背上，同时把刚裹好的东西小心翼翼地放进口袋。

"这个认领区，"他说，打着手势，"只能打平手。很小的金子。"

穆迪挥了挥手，"是的，我知道。"

"这里没有大财。"阿苏说。

"没有衣锦还乡的大财。"穆迪说，点了点头，"你不必多说了，苏先生，我知道这个真相。"

阿苏凝视着他。"去北方，"他说，"黑沙子。北方好运气。这里没有金块，离镇子太近。"

"查尔斯顿，"穆迪说，"是的。到那里能够发大财，在查尔斯顿。"

阿苏点了点头，"黑沙子。"他向前走一步。穆迪看见他双手捧着沾满黑煤灰的茶叶盒。阿苏把盒子递过来。穆迪惊讶地伸出双手接住。阿苏没有立刻松手，捧着盒子深深地鞠了一躬。穆迪模仿他的做法，鞠躬还礼。

"祝你好运。"[①]阿苏说，但没有把这句话翻译成英语，穆迪也没有要求翻译。他挺直腰板，手里拿着锡盒，看着这位"单帽"转身离去。

[①] 原文为粤语。

太阳在双鱼座

> 安娜·韦瑟雷尔两次吃惊；考埃尔·德夫林愈加怀疑；馈赠契约获得新的意义。

在水瓶座被瞥见的——被设想、相信、预言、预测、怀疑的，以及被预先警告的东西——到了双鱼座，则原形毕露。这些孤立的幻象，在一个月前，只属于梦想家，眼下将在现实中获得形式与内容。我们造就了我们自己，也应承担最终后果。

而在双鱼座之后呢？是出自母腹的、血泊中的诞生。我们无法跟随：我无法从最后一个星座穿越到第一个。白羊座不会接受一个集体的观点，金牛座也不会放弃主观性。双子座的守则是独一无二的。巨蟹座寻根问源，狮子座胸怀目标，而室女座精心设计，但这些都是单独执行的计划。只有在黄道十二宫的第二幕，我们开始展现自己：在天秤座，作为一个概念；在天蝎座，作为一种气质；而在射手座，作为一种声音。在摩羯座，我们将获得记忆；而在水瓶座，我们将获得远见；只有在双鱼座，这个黄道十二宫中最后并且最古老的一个星座，我们才获得了一种自我，得到某种意义上的健全。但双鱼座的双鱼，是反映自我和自我意识的镜像子宫，是心灵的衔尾蛇——既是宿命的意志，又是意志的归宿——自我毁灭宫是一座由囚犯建造的监狱，密不透风，没有门窗，从内部封了泥浆。这些变更不可撤销地临到我们头上，如同钟表的指针指向钟点。

Φ

莉迪娅·韦尔斯一直没有举办第二次通灵会。她熟知江湖骗子的座右铭：永远不要在同一群人面前重复同样的伎俩——恰恰因为如此，当她被指责是一个骗子时，她只是一笑了之。她在给《西海岸时报》的一封公开信中坦承，她试图与斯坦斯先生的阴魂交流的做法没有获得成功。她汇报说，这样的失败在她的整个职业生涯中是史无前例的，这种异常向她揭示，阴间不是不愿意交出斯坦斯先生的灵魂，而是无法照办。因此，她写道，唯一的结论就是斯坦斯先生其实没有死。在这封信的最后，她自信地表达了对那个年轻人最终即将返回的期待。

这项声明令皇冠旅馆会议的男人们百思不解，然而，其效果（如同寡妇所有的策略一样）是大大地提高了韦尔斯夫人的商业价值。这封信发表后，游人好运楼的生意变得非常兴隆。每晚七点到十点之间都开张，提供打折售卖的白兰地，以及与预测有关的社交活动。下午专供个人预约的算命。而且延续以前的政策，安娜·韦瑟雷尔从不露面见人。

安娜只有在进行每天的锻炼时才离开游人好运楼，而且身旁总是陪伴着韦尔斯夫人。韦尔斯夫人非常明白每天散步的诸多好处，经常说她对散步的喜好胜于其他任何运动。每天早上，这两个女人手挽手，沿着雷维尔街走一个完整的来回，出门向北走到头，然后折返朝南。她们仔细查看路过的每一个橱窗摆设，当牛奶与糖有现货可卖时就买一些，可她们跟霍基蒂卡的常客们打招呼时非常冷淡，简直是面无表情。

这天早上，她们的散步要比平常早一些，因为九点钟莉迪娅·韦尔斯在霍基蒂卡法院有一个预约。她被传唤与裁判官见面，为了亡夫克罗斯比·韦尔斯的遗产的法律问题。传票的口气暗示这很可能是个好消息。差十分九点时，游人好运楼的前门打开了，莉迪娅·韦尔斯步入阳光中，她的红铜色头发在午夜蓝衣裙的衬托下闪亮生辉。

考埃尔·德夫林看着韦尔斯夫人离开旅馆，走下台阶，上了大街，她用披肩裹紧双肩，朝那些放下手头活计盯着她看的男人微笑。德夫林等候着，直到韦尔斯夫人消失在熙熙攘攘的人群中，为了保险起见，他又等了五分钟。然后，他穿过大街走向游人好运楼，踏上廊台前的台阶，回头朝没有修饰门面的法院瞥了一眼，才抬手敲门。他把破旧的《圣经》抱在胸前。

门几乎立刻被打开了。

"韦瑟雷尔小姐，"德夫林说，用另一只手摘掉帽子，"请允许我介绍自己。我名叫考埃尔·德夫林，是霍基蒂卡监狱的常驻牧师。这里有一份文件，我相信你会非常感兴趣。我希望能有机会跟你单独说话，谈谈这件事。"

"我记得你，"安娜说，"我在监狱里从昏迷中醒过来时，你也在场。"

"是的。"德夫林说。

"你为我祈祷过。"

"从那时起，我已经为你祈祷过多次。"

安娜惊讶地看着他，"是吗？"

"热切地祈祷。"牧师回答。

"你刚才说你要干什么来着?"

德夫林重复了他的意图。

"你是什么意思,一份文件?"

"我不想在这里拿出来。我能进屋吗?"

安娜犹豫了,"韦尔斯夫人出门去了。"

"是的,我知道。"德夫林说,"事实上,我刚才看见她进了法院,便赶紧来到这里,希望可以单独与你谈话。不瞒你说,这段时间我一直在等候这样一个机会。我能进屋吗?"

"她不在时,我不应该接待任何客人。"

"我只是想跟你谈一件事情。"德夫林平静地说,"我是一名神职人员,现在是光天化日之下。你的女主人会剥夺你这样微薄的权利吗?"

安娜的女主人肯定会剥夺她这样微薄的权利,以及许许多多的其他权利——寡妇可以随意发布规定,她的原则是任何时候都不许例外。但是刹那间,安娜决定将一切置之脑后。

"进屋到厨房来吧,"她说,"我给咱们沏一壶茶。"

"你真是太周到了。"

德夫林跟着安娜穿过走廊,来到位于房子后面的厨房,他一直站在那里,等着安娜给水壶灌上水,放在炉火上。安娜无疑已经变得非常瘦削。她脸颊塌陷,皮肤泛着蜡一般的光泽,枯萎的身材充分说明营养不良,当她移动时,身体带着一种颤抖的疲惫,仿佛她在几个星期内都没有吃过一顿像样的饭。德夫林快速地扫视厨房。洗好的早餐餐具摞在搓衣板上晾着,他数了数,每样都是两套,包括两只陶瓷蛋杯,上面印有凸起的黑莓图案。除非莉迪娅·韦尔斯今天早上是与一位客人一同用餐——这值得怀疑——可以肯定安娜至少是吃过早餐的。面包板上还有半块面包,包在亚麻布里,黄油盘还没有收起来。

"您就着饼干喝茶吗?"

"你真是太周到了。"德夫林又说了一遍,然后,他为自己重复这些陈词滥调而感到不好意思,连忙找补道,"韦瑟雷尔小姐,我欣慰地得知,你已经克服了对那种药物的依赖。"

"韦尔斯夫人不允许在这座房子里用它。"安娜说,将面前的一缕头发拨开。她从食品储藏柜的架子上取出饼干罐。

"她的严格是对的,"德夫林说,"但值得祝贺的还是你本人。你一定表现出了强大的毅力,摒弃那种依赖。我见过太多无法完成这种壮举的大男人。"

德夫林每次感到紧张时,言语就变得非常正式和精确。

"我只是停掉罢了。"安娜说。

"对,"德夫林说,点了点头,"突然戒断是唯一的出路,这是不用说的。但是你一定经历了与每一种诱惑的浴血奋战,长达数天和数星期之久。"

"没有,"安娜说,"我只是不再需要了。"

"你太谦虚了。"

"我不是在装腔作势。"安娜说,"我接着吸了一阵子——直到用光了那一块烟土,我把它都吸掉了。可后来,我对它就没有任何感觉了。"

德夫林用审视的目光端详着安娜,"自从戒断以后,你感觉你的健康状况有所改善吗?"

"希望如此,"安娜说,将饼干呈扇形摆放在盘子里,"我的身体够好的。"

"我抱歉地反驳你一句,韦瑟雷尔小姐,你看上去可是非常不健康。"

"你是说我太瘦了。"

"你是十分消瘦，亲爱的。"

"我感到冷，"安娜说，"这些日子里我总是感觉很冷。"

"我估计那是因为你过于瘦弱。"

"是的，"她说，"我也认为是这样。"

"我注意到，"德夫林片刻后说，"士气低落的人，特别是那些曾经考虑过自杀的人，食欲不振是一种常见的症状。"

"我有食欲，"她说，"我吃得下，似乎只是无法长肉。"

"你每天都吃饭吗？"

"一日三餐，"安娜说，"其中两顿是热餐。我负责为我们两个人做饭。"

"韦尔斯夫人一定非常感激。"德夫林说，但语气却十分明显地表明他不完全相信她的话。

"是的。"她说，意思含混不清。她转身去拿放在搓衣板上方架子上的茶杯和茶碟。

"韦尔斯夫人结婚以后，你打算继续眼下这种生活安排吗？"德夫林询问。

"我期望如此。"

"我想象卡弗先生会搬到这里来住。"

"是的，我相信他这样打算。"

"他们订婚的消息已经在今天早晨的《西海岸时报》上宣布了。公告十分低调，甚至可以说是毫不起眼，但婚礼总是喜事。"

"我喜欢婚礼。"安娜说。

"是的，"德夫林说，"总归是喜事——不管在什么样的情形下。"

一个月前，在乔治·谢泼德写给《西海岸时报》编辑的信揭露出那个丑闻之后，紧接着便有人建议，只有再婚才能弥补寡妇声誉遭受的损失。韦尔斯夫人认领克罗斯比·韦尔斯遗产的申诉，也随着她在亡夫死前数年就曾出轨这个事实的披露，而处于极其不利的位置。阿利斯泰尔·劳德巴克已经做出了充分而坦诚的供认,这使韦尔斯夫人的声誉遭到进一步的削弱。在答复乔治·谢泼德的公开信中,劳德巴克坦承他对公众选民隐瞒了这桩奸情,并向大家表达了真诚的歉意。他写道,他从未感到如此耻辱,并要为一切后果承担全部的责任,直到瞑目的那天,他都会为亲自前往韦尔斯小屋登门祈求原谅时晚到了半小时而抱憾终身。这个忏悔获得了理想的效果。是的,根据公众随即产生的恻隐之心和钦佩之情判断,有人甚至认为劳德巴克的声誉反而变得更好了。

安娜拿好茶具。"我们到客厅里去吧,"她说,"我能听得见水壶烧开时的声音。"

她留下托盘,脚步轻盈地走过走廊,进入会客厅,这里是寡妇下午接见预约访客的地方,两把最大的扶手椅靠得很近,窗帘紧闭。德夫林等到安娜坐下后,自己才入座,然后打开他的《圣经》,拿出夹在里面的那张烧焦的馈赠契约。他默默无言地将它递给安娜。

一八六五年十月十一日,现将一笔总额为两千英镑的款项赠予前新南威尔士人安娜·韦瑟雷尔小姐,捐赠人为前新南威尔士人埃默里·斯坦斯先生,见证人及主持人为克罗斯比·韦尔斯先生。

安娜带着十分淡漠茫然的神色接过契约。她实际上是个大文盲,不可能一眼就看出这些文字的意义。她认识字母表,如果在非常好的光线下,非常缓慢地读,勉强能够读出一行字的发音。但这是非常吃力的事情,而且她会出很多错。然而在接下来的一瞬间,她一把抓过纸条,发出一声惊叹,将它凑近眼前。

"我能读懂它。"她说,几乎是在说悄悄话。

德夫林不知道安娜从来没有学过识字,她的这个宣告对他来说并无特殊的意义。"在克罗斯比·韦尔斯死后的第二天,我在他的炉子下面发现了这个文件。"他说,"你也可以看见,这是一笔巨款,而且这笔款项的目的是馈赠——坦白地说,我不大明白该如何看待它。我必须开门见山地警告你,要论合法性,这份文件是无效的。斯坦斯先生没有签名,这也就使得韦尔斯的签名失去了它的有效性。见证人不能在委托人之前签名。"

安娜什么都没说,她依然在看那张纸条。

"你以前看见过这份文件吗?"

"没有。"安娜说。

"你以前知道它的存在吗?"

"不!"安娜几乎是在大声喊叫。

德夫林警觉起来,"怎么回事?"

"我只是——"安娜用手抚摩着脖子,"我可以问你点事情吗?"

"当然。"

"你曾经——我的意思是,在你的经历中——"安娜停顿下来,咬着嘴唇,然后再次开口,"你知道为什么我可以读懂它吗?"

他用打着问号的眼神看着安娜的眼睛,"恐怕我不理解你的意思。"

"我从来没有学习过识字,"安娜解释道,"没有好好儿地学过。我的意思是——我可以念出一行字母——能读标签和招牌,但那更多是记得而不是读懂,只因为是每天都能看见的事物。我从来不能读报纸,没有从头到尾地读过,那要花上我半天的工夫。可是这个——我能读懂,毫不费力,我的意思是,跟想的一样快。"

"请大声读一遍。"

她照办了,十分流利。

德夫林皱起眉头,"你能十分肯定从来没见过这份文件吗?"

"十分肯定。"安娜说。

"你是否已经知道斯坦斯先生有意赠送你两千英镑？"

"不知道。"她说。

"那么韦尔斯先生呢？你曾经跟韦尔斯先生谈起过这件事情吗？"

"没有，"她说，"我正想告诉你，我还是头一次看见这个。"

"也许，"德夫林说，"也许过去有人告诉过你，但是后来你忘记了……"

"我不会忘记一大笔肮脏的横财。"安娜说。

德夫林停顿下来，看着她，然后他说："人们听说过欧陆保姆照管的孩子的故事，某一天醒来，开口就是流利的荷兰语，或法语，或德语，或无论什么语言——"

"我从来没有过保姆。"

"但我从来没听说过一个人可以突然获得阅读能力，"他把刚才那句话说完，"这真是最奇怪的事情。"

他的声音里含有一种怀疑的口气。

"我从来没有过保姆。"安娜又说了一遍。

德夫林将坐着的身体朝前挪动了一下。"韦瑟雷尔小姐，"他说，"你的名字与很多悬案联系在一起，包括可能的谋杀案，我相信没有必要告诉你最高法院审判的严重性。让我们坦白地把话说清楚——并且互相保密。"他指着安娜手里的契约，"这笔馈赠是在斯坦斯先生失踪的三个月前写的。它恰好是韦尔斯遗产的一半。而在韦尔斯先生死亡的同一天，斯坦斯先生消失了，我在韦尔斯先生死亡后的第二天早上在他的炉子里发现了这张纸。所有这些事件显然都是相关的，即使我没弄明白，律师也会搞清楚其中的来龙去脉。如果你处境困难，我也许能够帮助你。但是如果你不信任我，我便爱莫能助了。我请求你与我之间建立信任，告诉我你所知道的一切。"

安娜皱起眉头。"这张纸与韦尔斯的遗产无关，"她说，"这是埃默里的钱,不是克罗斯比的。"

"你说得没错。在韦尔斯先生小屋发现的金子是否曾属于韦尔斯先生,这的确值得怀疑。"德夫林说,"你看,金子被发现时不是原始的金矿的,而是已经被金匠冶炼过,锻造成了金条。冶炼过的金条上面有印章,正是由于这种印章,银行得以追踪金子的来源,发现它们来自斯坦斯先生的一个金矿:极光金矿。"

"什么金矿?"安娜说。

"极光,"德夫林说,"这是那个金矿的名字。"

"哦。"她说。她显然被弄糊涂了。德夫林对她感到怜悯,把事情又解释了一遍,语速更加缓慢。这一次安娜明白了。"这么说,那笔财富是埃默里的,一直都是?"

"也许。"德夫林小心谨慎地说。

"而他打算将它的整整一半送给我!"

"从这份文件上看,斯坦斯先生肯定有意赠给你两千英镑——在十月十一日夜里,韦尔斯先生知道了这个意图,甚至可能赞同这种做法。但是正如我告诉你的,这份文件是无效的,因为斯坦斯先生一直没有签字。"

"如果他签字了呢?"

"除非找到斯坦斯先生,"德夫林说,"恐怕没有任何办法。"他看着安娜,片刻后又说,"我花了很长时间,才让这份文件得到你的关注,韦瑟雷尔小姐,对此我请求你的谅解。其原因很简单,我一直在等待与你单独谈话的机会,寻找这样的机会真是十分艰难。"

"还有谁知道这个?"安娜突然说,"除了你和我以外。"

德夫林犹豫了。"谢泼德监狱长。"他说,决定说出真相,但不是全部的真相,"也许是在一个月之前,我跟他说过这件事情。"

"他怎么说?"

"他认为这一定是某种恶作剧。"

"恶作剧？"她显得垂头丧气，"什么样的恶作剧？"

德夫林身体前倾，握住安娜的手，同情地微微捏着她的手指。"不要失望，亲爱的。因为虚心的人受到祝福，我们每个人都等待着天赐更丰厚的财富，胜过黄金所能赋予的。"

厨房里传来开水壶刺耳的叫声，还有开水溅到铸铁平板上的嘶嘶声。

"那是我们的水壶。"德夫林说，朝安娜露出微笑。

"尊敬的牧师，"安娜说，从他手里撤出自己的手，"如果我请求您倒茶，您不会介意吧？我感觉有点别扭，想自己待一会儿。"

"没问题。"考埃尔·德夫林礼貌地说，然后离开了房间。

他刚离开，安娜便立刻站起来，三步并作两步地穿过会客厅，手里依然攥着那张烧焦的馈赠契约。她的心怦怦地剧烈跳动着。她一动不动地站了一会儿，聚集起信心，然后，以一气呵成的流畅动作，走到寡妇的写字台前，将馈赠契约平放在桌面上，扭开墨水瓶盖子，拿起韦尔斯夫人的笔，将笔尖蘸上墨水，俯身向前，写道：

埃默里·斯坦斯

安娜从来没有见过埃默里·斯坦斯的签字，但她丝毫不怀疑，自己已精确地复制了斯坦斯的亲笔签名。斯坦斯姓氏中的字母随意地依次缩小，而他名字中的字母都写得龙飞凤舞，难以辨认，整个签名显得理直气壮、大大咧咧，在签名下面还有一条兴冲冲地随意勾画的横线，仿佛是说它的形状已经完成过无数次，任何轻微的变化都不足以证明它是伪造的。在字母E之前有一对花饰——极具个性化色彩——字母S略带扁平的特点。

"你搞了什么名堂？"

德夫林手里端着茶具托盘，站在门口，满脸令人生畏的谴责表情。他将托盘咣当一声放在餐具柜上，伸着他的手，朝安娜逼近。安娜默默无言地把文件递给他，他一把抓了过去。一时间，他愤怒得说不出话来。然后，他克制住自己，非常平静地开口说话：

"这是欺诈行为。"

"也许。"安娜说。

"什么？"德夫林大喊，勃然大怒地训斥她，"你刚才说的什么？"

他以为她会畏缩，但是她没有。"这是他的签字，"她说，"契约是有效的。"

"这不是他的签字。"德夫林说。

"这是。"安娜说。

"这是伪造，"德夫林断然地说，"你刚刚犯下了伪造罪。"

"也许我不知道你说的是什么。"安娜说。

"这份傲慢跟你不相配。"德夫林说，"你要在诈骗罪上再添一项做伪证罪吗？"

"也许我根本不知道什么是诈骗。"

"真相自然会水落石出，"德夫林说，"还有分析师，韦瑟雷尔小姐，他们可以凭视力辨别真伪。"

"这可不是伪造。"安娜说。

"不要自欺欺人，"德夫林说，"恬不知耻。"

然而安娜觉得这绝不是自欺欺人，而且她没有一点羞耻的感觉，事实上，这几个月来她的感觉从来没有如此敏锐过。现在埃默里·斯坦斯的签名已经被写在馈赠契约上，契约不再是无效的了。根据这个文件的权威性，埃默里·斯坦斯先生必须交出两千英镑，作为给安娜·韦瑟雷尔小姐的馈赠。这份契约有签名，有见证人，捐赠者的签名是有效的。两个签名者，一个消失，一个已死，还有谁能挑剔她的话？

"我能再看一眼吗？"安娜说。德夫林气得满脸通红，将契约交还给她。契约一拿到手，安娜猛然跑开，松开阿加特·加斯科因那套衣服的紧身胸衣，把那张纸从纽扣中间塞进怀里，贴着胸口的皮肤。她用手捂住紧身胸衣，站定片刻，大声喘气，用眼睛搜寻着德夫林的目光——他纹丝不动。他们两人之间约有十步之遥。

"耻辱啊，"德夫林平静地说，"请解释你的行为。"

"我想征求别人的意见，仅此而已。"

"你刚刚伪造了那份契约，韦瑟雷尔小姐。"

"这无法证明。"

"凭我的誓言就可以证明。"

"有什么能够阻止我发誓反驳你呢？"

"那是谎言。"德夫林说，"如果你在法庭上宣誓，这会是十分严重的做伪证，你肯定会被要求在法庭上宣誓的。别犯糊涂。"

"我要征求别人的意见，"她再次说道，"我要到法院去咨询一下。"

"韦瑟雷尔小姐，"德夫林说，"让自己镇定下来，思考一下。要知道一边是牧师在说话，一边是妓女在说话。"

"我不再是妓女。"

"曾经的妓女，"德夫林说，"请原谅。"

他朝安娜迈了一步，安娜后退一步。她的手依然稳稳地压在胸脯上。

"你要是再靠近一步，"她说，"我就尖叫，我就撕开我的胸衣，说是你干的。人们在大街上可以听见我的声音，他们会冲进来。"

德夫林从来没有被人以这种方式威胁过。"我不会再靠近，"他带着尊严说道，"事实上我会后退，立刻后退。"他回到刚才坐的那张椅子上，坐下，"我不希望跟你争吵，"他说，语气已恢复了平静，"然而，我的确希望问你几个问题。"

"说吧,"安娜说,依然大声地喘着气,"快问。"

德夫林决定开门见山:"你是否知道,你去年冬天购买的打捞的裙子曾经属于莉迪娅·韦尔斯?"

安娜目瞪口呆地看着他。

"请回答这个问题,"德夫林说,"我指的是韦尔斯夫人在卡弗的帮助下,用来敲诈阿利斯泰尔·劳德巴克先生的那五套裙子。"

"什么?"安娜说。

"裙子,"德夫林继续说,"每套裙子里面都隐藏着一笔不小的纯金矿,在紧身胸衣内、裙摆内,缝进衣服接缝里。其中一套裙子是橙色丝绸面料,另外四套都是细布,颜色分别是奶油色、灰色、淡蓝色和粉红色条纹。这四套裙子目前存放在烤架旅馆楼梯下的一个盒子里,橙色那套在奥伯特·加斯科因那里,藏在他的私人住宅里。"

他现在抓住了安娜的全部注意力。"你是怎么知道这些的?"她轻声地说。

"我已经把深入了解你当成了我刻不容缓的任务。"德夫林说,"现在,请回答问题。"

安娜脸色苍白。"只有橙色的裙子里有金子,"她说,"另外四套里面都是补重的东西——是铅块。"

"你是否知道它们曾经属于莉迪娅·韦尔斯呢?"

"不知道,"安娜说,"不敢肯定。"

"但是你怀疑过。"

"我——我听说过一些事情,"她说,"几个月前。"

"你第一次发现裙子里有东西是什么时候?"

"埃默里消失后的那天夜里。"

"当你因企图自杀被关进监狱之后?"

"是的。"

"加斯科因先生得到你的承诺后，为你支付了保释费，你们在雷维尔街他的小屋里，一同将橙色裙子拆开，然后，把金子连同残破的衣服都藏在他的床底下。"

"怎么——？"安娜悄声地说。她看上去非常害怕。

德夫林没有停顿，"假设，那天晚上你回到烤架旅馆之后，做的第一件事情就是检查衣柜中的另外四套裙子。"

"是的，"安娜说，"但是我没有把它们拆开，我只是沿着接缝摸索。我不知道摸到的都是铅块，还以为那些也是金子呢。"

"在那种情况下，"德夫林说，"你一定相信自己突然变得非常富有了。"

"是的。"

"但是你并没有拆开那些裙子的裙摆，用金子偿还你欠埃德加·克林奇的债务。"

"后来，我拆开了，"安娜说，"在第二个星期。就是那个时候我发现其实是铅块。"

"但即便是那时，"德夫林说，"你也没有把你的推测告诉加斯科因。相反，你假装无助与不知情，宣称没有钱，哀求他帮助你！"

"你是怎么知道这些的？"安娜说。

"我才是提问题的人，谢谢。"德夫林说，"你原本打算如何处置那些金子？"

"我本想留给自己，"安娜说，"作为救急的储蓄。我没有任何地方可以藏金子。本以为可以问一问埃默里该怎么办，我没有其他可以信任的人。可那时候，他已经走了。"

"那么莉迪娅·韦尔斯呢？"德夫林说，"莉迪娅·韦尔斯是否知情？她就在那天下午来到烤架旅馆——替你偿还了欠克林奇先生的债务，她从那时起就一直对你表示出善意的帮助。"

"不。"安娜的声音变得非常微弱。

"你从来没有告诉过她这些裙子的事情？"

"没有。"

"因为你怀疑它们曾经是属于她的。"

"我听说过一些事情，"安娜说，"我从来不知道——不能肯定，但我知道点儿什么，她希望把它们找回来。"

德夫林双臂交叉。安娜显然很害怕，不知道他对她的底细究竟知道多少，是如何知道的。这令德夫林感到痛苦，但是他想，根据目前的情形，最好是让她有所恐惧，这比她胆大冒险要好一些，不能让她到处显示那份伪造的签字。

"斯坦斯先生在哪里？"他接下来问。

"我不知道。"

"我认为你知道。"

"不知道。"她说。

"我要提醒你，你已经因伪造一个死人的签名而犯下了严重的欺诈罪。"

"他没有死。"

德夫林点了点头，他一直希望得到一个确切的答案。"你怎么知道这一点的？"

安娜没有回答，因此德夫林用更加尖锐的语气又问了一遍："你是怎么知道这一点的，韦瑟雷尔小姐？"

"我一直能接收到信息。"安娜终于说。

"来自斯坦斯先生的？"

"是的。"

"什么样的信息？"

"是私人性的。"

"他是如何给你传递信息的呢？"

"不是用语言。"安娜说。

"那是如何呢？"

"我只是感觉到他。"

"你感觉到他？"

"在我的脑海里。"

德夫林呼出一口气。

"我想你现在要怀疑我的话了。"安娜说。

"我当然会怀疑，"德夫林说，"不用说，这恐怕跟你是个骗子是一码事。"

安娜用一只手拍了拍藏在胸前衣服里的文件，说："你把这个攥在手里的时间可真够长的。"

德夫林瞪着她。他张开嘴想反驳，但是在找到要说的话之前，突然听见廊台上响起轻快的脚步声，接着是门把手的嘎嘎转动声，当前门被朝里推开时，随之涌进来的是街道上嘈杂的喧嚣声，有人走进屋来。安娜用恐惧的眼神看着德夫林。寡妇已经从法院回来了，她正在呼唤安娜的名字。

土星在室女座

> 乔治·谢泼德没有委任副手；桂龙被误认为是另一个人；迪克·曼纳林划清界限。

三月二十日，乔治·谢泼德整个上午都忙于监督把各种材料及硬件交付到海景的未来监狱建筑工地——经过两个月的施工建设，建筑每一天都变得更有气势。墙壁都竖立起来，烟囱也用砖块垒砌好，主要宿舍区的强化门均已各就各位地安装在钢架门框中。当然，仍有许多细节有待理顺——煤油灯还没有到货，监狱厨房还缺少炉子，狱守小屋的窗户还没有安装玻璃，绞刑架下面的坑还没有挖好。但总的来说，一切进展都迅速而出色，多亏了哈拉尔德·尼尔森四百英镑的"捐赠"，额外资金也终于到位，拨款来自韦斯特兰公共工程委员会、霍基蒂卡议会，以及市政委员会。谢泼德预计，在四月底之前，罪犯们便可以从警察营地搬迁过来，有几个犯人已经开始在海景工地上过夜，由谢泼德看管。如今监狱即将竣工，他宁愿也在这里睡觉，顿顿晚餐都吃冷饭。

当卫斯理教堂的钟敲响正午的钟点时，谢泼德正在为未来救济院的厕所挖备用粪坑。钟声从山下的镇子传过来，工头招呼罪犯们休息一会儿。谢泼德放下手里的铁锹，用衣袖擦了擦头上的汗，从坑洞里爬了上来——这时他看见一个红发的年轻小伙子正站在铁门最远的一端，透过栅栏往里窥视，显然是等候着被接见。

"艾胡拉先生。"谢泼德说，阔步走向前去。

"谢泼德监狱长。"

"今天上午是什么风把你吹到了海景来？我想，不单单是闲着好奇吧？"

"我希望得到您的接见，先生。"

"我希望你没有等太久。"

"完全没有。"

"你愿意进来吗？我可以叫人把门打开。"因为刚干了体力活，谢泼德依然满头大汗，他再次用衣袖擦了擦前额。

"没关系。"那个男人说，"我只是捎来一条消息。"

"说吧。"谢泼德说。他将双手叉在腰上。

"我是代表巴恩斯先生来的。他是布伦顿－所罗门－巴恩斯商店的。"

"这些人我都不认识。"

"他们是户外用品商。这是新开的一家店，"艾胡拉说，"在营盘街，只是招牌都还没有挂出来。先生——"他匆忙补充道。

"接着说。"谢泼德说，双手依然叉在腰上。

"几个月前您通知大家，如果将某个华人列入内部通告名单，您会非常感激。"

谢泼德的表情立刻变得犀利，"你记得真准。"

"我来这里向您汇报，今天上午一个华人购买了一支手枪。"年轻人说。

"我猜是从巴恩斯先生的店里吧？"

"是的，先生。"

"那个华人现在何处？"

"这个我不知道。"艾胡拉说，"我刚才见到巴恩斯，他说今天上午卖给华人一支克尔专利，我就直接来找您了。我不知道那个华人是不是您要找的人……但不管是不是，我认为最好还是通知您一下。"

谢泼德听了这番话，既没有道谢也没有祝贺。"这买卖是多久之前成交的？"

"至少两个小时之前，也许更久。巴恩斯说，那家伙一定是得到了某人透露的内部消息：五英镑买一支克尔。他一点儿都不肯多掏。五英镑整，他一直说，好像有人教过他。他知道不能被宰了高价。"

"他是如何支付的？"

"用了一张纸币。"

"还有别的吗？"

"有，"艾胡拉说，"他在店里当场给枪上好了膛。"

"谁上的膛？"

"巴恩斯，替那个华人上的。"

谢泼德点了点头。"很好，"他说，"现在，仔细听着。你回霍基蒂卡去，艾胡拉先生，告诉你碰见的每一个人，说乔治·谢泼德正在找一个姓苏的华人。让众人知道，今天如果有人在镇子上看见约翰尼·苏，无论他在哪里，在干什么，一定要立刻来通知我。"

"您会悬赏捉拿这个人吗？"

"不要说任何关于奖赏的事，但如果有人问起，也不要否认。"

年轻人挺直了腰板，"我能当您的副手①吗？"

谢泼德没有立刻回答。"如果你碰上了约翰尼·苏，"他终于说，

---

① 这里是指决斗当中当事人所携带的副手。

"而且能想办法不费吹灰之力就逮捕他,那么无论你可能采取什么手段,我都会睁一只眼闭一只眼。我只能说这些。"

"我明白您的意思,先生。"

"还有一件事情你可以帮我办。"谢泼德说,"你认得出一个叫卡弗的人吗?"

"那个脸上有伤疤的人。"

"对。"谢泼德说,"我要你帮我给他捎个口信。你会在宫殿旅馆找到他。"

"什么口信,先生?"

"把你刚才告诉我的话原封不动地告诉他,"谢泼德说,"然后叫他随身携带枪支。"

艾胡拉感到有点垂头丧气,"那么,他是您的副手喽?"

"我没有副手。"谢泼德说,"上路吧,我们以后再谈。"

"好吧。"

谢泼德抬起胳膊,将双手放在大门的铁栏杆上。他注视着年轻人走开的样子,然后,他大声喊道:"艾胡拉先生!"

年轻人停下来,转过身,"怎么,先生?"

"你想当一个执法者吗?"

年轻人脸上放出光彩,"我希望有这么一天,先生。"

"最好的执法者是无须徽章就能执法的人,"谢泼德说,透过铁栅栏冷冷地凝视着他,"牢记这个。"

Φ

至今,埃默里·斯坦斯已经人间蒸发八个多星期了,裁判官判定这么长的时间足以注销一切金矿土地的所有权。根据裁判官的该项裁决，斯坦斯拥有的所有矿区和认领区均被归还英帝国，这些财产充公在上个星期五便开始生效。很自然地，极光金矿也属于诸多弃权认领区之一，而作为这种弃权的结果是，桂龙终于得以解脱，无须在贫瘠的土地上继续从事毫无结果的劳作。星期一早晨，他做的第一件事情就是来到霍基蒂卡，询问接下来他将会被签到何处，为谁干活。

阿桂非常不喜欢到公司办公室，因为他在那里时从来没有得到过礼貌的待遇，那些人总是故意让他久等。然而，面对公务员们的嘲笑，他泰然处之，当初级文员朝他弹出吐了唾沫的小纸球，或当他们捏着鼻子经过他坐着的椅子时，他总是假装视而不见。等候了很久，他才被叫到前台，向官僚解释他来办事的目的。又耽搁了很长时间之后，对方根本没有向他做出任何解释，便把他分配到卡尼里的另一个认领区，给了他一张调动收据，就打发他上路了——这时，那个红头发的艾胡拉先生已经回到霍基蒂卡的镇上，四处传播乔治·谢泼德的口信。

阿桂手里紧紧攥着卖身契约，离开位于焊缝街的公司办公室时，突然听见有人大喊。他抬起头来，大感迷惑，惊慌地发现自己被左右夹击。他大喊一声，举起双手。还没有回过神来，他就已经倒在地上。

"手枪在哪里，约翰尼·苏？"

"手枪在哪里？"

"检查他的腰带。"

许多只手同时在他的身上拍打、捶击。有人瞄准他的肋骨猛踹一脚，他大声喘息。

"很可能藏起来了。"

"你拿的什么？苦力契约？"

他的卖身契被猛地从他手里抢走，被迅速瞄了一眼之后，抛弃一旁。

"现在该怎么办？"

"现在你还有什么要说的，约翰尼·苏？"

"阿桂。"阿桂说，终于勉强说出话来。

"嘴里长着舌头呢，是不是？"

"你要是张口，就得说英语。"

肋骨上又被踢了一脚。阿桂痛苦地呻吟了一声，蜷起腰来。

"他不是要抓的人。"其中一个袭击他的人说。

"有什么区别吗？"另一个回答，"他也是一个华人，照样臭气熏天。"

"他没有手枪。"第一个人指出。

"他会向我们交出苏。他们都是一丘之貉。"

阿桂又被踢了一脚，这一次踢在屁股上。那个男人的靴子头扎进他的尾骨，一阵剧痛从他的脊梁骨直蹿到他的下巴颏儿。

"你认识约翰尼·苏吗？"

"你认识约翰尼·苏吗？"

"你看见他了吗？"

"我们要找约翰尼·苏说话。"

阿桂哼了一声。他试图用手支撑着起来，却瘫倒在地。

"他不会吐出来的。"第一个人说。

"瞧我的，闪开一点——"

第二个人以轻快的脚步跳到一旁，然后冲着阿桂跑去，好像是踢球人希望做一个传球。阿桂在最后一刹那感觉到他冲过来，便快速向他滚动，以缓冲他的冲击。他的肋骨疼痛难忍。他的肺只能做最浅显的呼吸。此刻，那两个人在大笑。他们的声音渐渐消退，化为一团混杂着抽痛的模糊噪声。

然后，街上响起一个雷鸣般的声音：

"你们搞错人了，我的朋友们。"

攻击者们转过身。焊缝街咖啡店敞着的门口站着一个人，他双臂交叉抱在胸前，原来是大亨迪克·曼纳林。他庞大的身躯几乎填满了整个门框：即便没有携带武器，他的形象依然咄咄逼人。两个男人看见他后，立刻从桂龙身旁退开了。

"我们接到命令，捉拿一个名叫约翰尼·苏的华人。"第一个男人说，双手伸进衣兜里，像是一个孩子。

"这个人名叫约翰尼·桂。"曼纳林说。

"我们刚才不知道这个，对不对？"第二个男人说，也把双手悄悄插进了衣兜里。

"是狱守发出的指令。"第一个男人说。

"那个名叫约翰尼·苏的华人在逃。"第二个男人说。

"他有枪。"

"携带武器并且非常危险。"

"哼，你们抓错了人。"曼纳林一边说，一边走下台阶，来到大街上，"你们要知道这点，因为我正在告诉你们，而且我好话不说两遍。这个人的名字叫约翰尼·桂。"

曼纳林正在逼近他们，这个架势似乎更有威慑力，随着他越走越近，那两个男人终于被吓倒了。

"没有惹麻烦的意思，"第一个男人咕哝道，"只是为了保险起见。"

"黄佬迷心窍。"另外一个人悄声抱怨，但声音很轻，曼纳林根本听不见。

曼纳林等到他们都离开了，才低头看着阿桂，阿桂已经侧过身去，检查肋骨的断裂情况，然后他吃力地一边爬起来，一边捡起他的契约证书，拂去上面的灰土。他的喉咙发紧。

"谢谢您。"终于可以呼吸时,他说道。

曼纳林听到对方表示感谢,似乎感到很恼火。他皱起眉头,上上下下地打量着阿桂,说:"约翰尼·苏和手枪是怎么回事?"

"不知道。"阿桂说。

"他在哪里?"

"不知道。"

"你见过他吗?哪儿都没有他的影踪吗?"

自从一个月前寡妇的通灵会之后,阿桂就一直没有见过阿苏。那天晚上,他从游人好运楼返回卡尼里时已经很晚了,他去找阿苏时,发现阿苏已经打点起他的几样东西,冷峻而迅速地消失在夜幕下的窸窣声中。"没有。"他说。

曼纳林叹了口气。"我猜想你被重新分配了,现在极光已经被银行收回。"片刻后他说,"那么,把你的证书给我看一看,让咱们瞧瞧他们把你放在哪儿了。拿过来。"

他伸出手来要证书。文件很简单,是未经与阿桂协商就写出来的。上面写着他的"表观年龄",而不是实际年龄;写着他登陆时乘坐的船只的来龙去脉,而不是他在广东的实际出生地;还简要列出了他作为一名工人的工作能力。数字"五"非常醒目,表明契约的期限为五年,并已加盖公司公章。曼纳林的目光往文件的下面移动。在"目前受雇地点"一档中,极光的字样刚被划掉,取而代之的是英格兰之梦。

"你一点儿运气都碰不上,是不是?"曼纳林说,"这个认领区属于我!是我的认领区之一,是属于我的。"他拍了拍自己的胸脯,"你又为我干活了,约翰尼·桂。就像过去的好时光,又回到你胜我一筹的时候,用你那该死的坩埚跟我兜圈子,从安娜·玛格达莱纳的衣服里榨油放血。"

"你——"阿桂说,按摩着自己的肋骨。

"又搞到一起了,"曼纳林语气阴沉地说,"英格兰之梦,我的天哪!倒更像是英国噩梦。"

"坏运气。"阿桂说。

"你的坏运气还是我的坏运气?"

阿桂没有对此做出回答,因为他没有听懂这个问题,突然,曼纳林放声大笑,摇了摇头。"恐怕这就是卖身契的性质,你把你的运气都签掉了。每一次幸运的机会都被你签掉了。这就是任何一份合同的性质。是合同就得执行,你瞧,这是报应,迟早会来。我总是说,一个幸运的人,是只撞过一次大运的人,打那以后,他学了一点投资的知识。幸运只会发生一次,幸运的来临总是机缘巧合。而合同却是接二连三。是投资和责任,是文件和工作,是业务。我还要告诉你我的另外一个忠告:一个人如果想以任何方式发大财,绝不能在任何一份不是本人起草的合同上签字。我就是一贯如此,约翰尼·桂。我从来没有在不是我本人起草的合同上签过我的名字。"

"很好。"阿桂说。

曼纳林瞪着他,"我想,你这次不会愚蠢到再想玩什么把戏来蒙骗我吧。你已经企图耍过我两次了:一次在极光,一次在安娜身上。我是一个会数数的人。"

"很好。"阿桂再次说。

曼纳林把契约证书还给阿桂,说:"嗯,你离开极光会很高兴,对此我毫不怀疑——你不必担心英格兰之梦。它是一只能敲得响的鼓。"

"不是骗人货?"阿桂胆战心惊地说。

"这个不是,"曼纳林说,"我向你保证。你在英格兰之梦会干得不错。当然,它上面的大金块已经被梳理走了,但是废渣堆里还有很多金粒子。对于你这样的人来说算是很完美了,你是头上长着两只眼睛的人。你在那里发不了大财,约翰尼·桂,但是你们这样的人又有谁发过大财呢?"

阿桂点了点头。

"你赶紧回卡尼里吧。"曼纳林说完最后这一句,就返身走回屋里。

金星在双鱼座

牧师发脾气，寡妇败下阵来。

"可这位是谁呢？"莉迪娅·韦尔斯说，"一位神职人员？"

莉迪娅站在门口，似笑非笑，依次松动手套的每个手指尖，麻利地脱下手套。安娜和德夫林在沉默的恐惧中扭头看着她，仿佛正在淫乱时被抓了个正着——虽然安娜是站在窗口，手掌依然压在胸前，而德夫林坐在沙发上，此刻他从沙发上跳起来，脸红得可怕。

"我的天哪，"莉迪娅·韦尔斯说，一只奶白色的嫩手已经脱离了手套，她把那只手套掖在胳膊肘下，开始扯动另一只，"如此一对儿羔羊。"

"早上好，韦尔斯夫人，"德夫林说，终于找到了自己的舌头，"我叫考埃尔·德夫林，是未来海景的霍基蒂卡监狱的牧师。"

"一个富有魅力的介绍。"莉迪娅·韦尔斯说，"你们在我的会客厅里干什么？"

"我们正在一边进行——一场神学讨论，"德夫林说，"一边喝着茶。"

"你们似乎忘记了茶。"

"还在沏着呢。"安娜说。

"原来如此。"莉迪娅·韦尔斯说,并没有看一眼托盘,"哦,这么说,来得早不如来得巧!安娜,快去,再拿一只茶杯来,我跟你们一起喝。我对神学辩论极感兴趣。"

安娜绝望地瞥了一眼德夫林,点了点头,随即垂着脑袋,悄然离开了房间。

"韦尔斯夫人,"安娜的脚步声在走廊里消失后,德夫林快速地悄声说,"趁我们俩单独待着的时候,我可以问你一个非常奇怪的问题吗?"

莉迪娅·韦尔斯笑微微地看着他。"我是靠回答奇怪的问题谋生的。"她说,"其实你最应该知道,我们谈不上是单独待着。"

"嗯,是的。"德夫林说,感觉很不舒服,"但问题是这样:韦瑟雷尔小姐是否有阅读能力?"

莉迪娅·韦尔斯挑起眉毛。"这的确是一个非常奇怪的问题,"她回答,"虽然奇怪的不是答案。我很好奇,你为什么提出了这个问题?"

安娜拿着一套茶杯与茶碟回来,把它们放在托盘中其他茶具的旁边。

"答案是什么?"德夫林轻声地说。

"你扮演一下母亲的角色吧,安娜。"莉迪娅·韦尔斯说,嗓音如铃铛一般清脆,"尊敬的牧师,请坐,请吧。这就好。有一位牧师一同品茶,多么美好啊!令人感觉非常文明。我来一块饼干,我想,还要糖。"

德夫林坐下了。

"这个答案,据我一定程度地了解,是否定的。"寡妇说着,自己也坐了下来,"现在,我也有一个奇怪的问题。当神职牧师撒谎的时候，会是一种不同类型的谎言吗？"

德夫林陷入犹豫，"我不明白你的问题有何针对性。"

"可是尊敬的牧师，你的这种玩法不公平。"寡妇说，"我没有索要任何理由就回答了你的问题，难道你不能同样以礼相待吗？"

"他的问题是什么？"安娜说，环顾四周，但是没人理睬她。

"我问你，当撒谎人是一名神职牧师时，"寡妇继续说，"那是否属于另一种类型的谬误呢？"

德夫林叹了一口气，"只有当牧师恶意利用他的神职权威时，才会是一种不同类型的谎言。"他说，"只要谎言不涉及他的神职，就没有什么区别。在上帝眼里，我们都是平等的。"

"啊，"寡妇说，"好的，谢谢你。你刚才说你们正在谈论神学，尊敬的牧师。你不会介意我加入你们的辩论吧？"

德夫林脸红了。他张开嘴，却迟疑了：他的借口还没有准备好。

安娜过来解围。"当我在监狱里醒过来时，"她说，"尊敬的德夫林牧师也在场。他为我祈祷，从那时起他就一直为我祈祷。"

"那么你们一直在谈论祈祷？"寡妇说，依然冲着德夫林说话。

牧师恢复了神态。"还有其他事情。"他说，"我们还讨论了伟大的天意行为，还有意想不到的馈赠。"

"引人入胜。"莉迪娅·韦尔斯说，"尊敬的牧师，趁年轻女人的监护人另有要事，在她们没有陪伴的情况下随意来访，只为讨论神学问题，这是你一向的习惯吗？"

德夫林被这个指责激怒了，"你根本算不上是韦瑟雷尔小姐的监护人。在你来到霍基蒂卡之前，她已经独自生活了好几个月。她凭什么突然需要一个监护人？"

"一个极棒的监护人，"莉迪娅·韦尔斯说，"我有理由这么判断，考虑到她在这个镇上历来遭受剥削的程度。"

"我对你的用词感到奇怪，韦尔斯夫人！你是说她现在已不再遭受剥削了吗？"

莉迪娅·韦尔斯似乎变得僵硬起来。"也许你不认为这是一件值得欢喜的事情，"她冷冷地说，"这个年轻女人不再夜夜出卖肉体，冒着遭受各种暴力的危险，每天都用卑鄙的毒品来麻醉自己。也许你希望她退回到原来的生活方式中去。"

"不要跟我玩弄'也许'，"德夫林说，他怒火中烧，"这是廉价的词语游戏。这分明是欺负人，我不会向一个蛮霸妥协，我不会。"

"我为你的指责感到震惊，"莉迪娅·韦尔斯说，"我从哪个方面讲是蛮霸？"

"看在上天的分儿上，这个女人没有自由！她是在违背自己意愿的情况下被带到这里来的，你待她如同动物一样，最大限度地控制着她！"

"安娜，"莉迪娅·韦尔斯说，依然冲着德夫林说话，"你来游人好运楼是违背自己的意愿吗？"

"不是的，夫人。"安娜说。

"你为什么要来并且住在这里？"

"因为你向我提出一个建议，我接受了。"

"我的提议是什么？"

"你提议先替我偿还欠克林奇先生的债务，你说我可以过来和你同住，作为你的陪伴，只需帮助你打点生意就行。"

"我是不是恪守了我的契约？"

"是的。"安娜可怜巴巴地说。

"谢谢。"寡妇说，她的目光一直没有离开德夫林的眼睛，也没有碰一下自己的茶杯，"至于这个女子的自由限度嘛，我觉得非常奇妙，你居然会诋毁美德和勤俭的生活，主张什么——你是怎么称呼那个来着——'自由'？具体地讲，是干什么的自由？自由地与曾经玷污和虐待她的那些男人友好往来吗？自由地在鸦片窟里抽大烟，直到昏迷不醒的地步吗？"

德夫林忍不住要反击对方："但是你为什么会提出你的建议，韦尔斯夫人？你为什么要提出替韦瑟雷尔小姐偿还债务？"

"自然是出于对这位女子的关怀。"

"一派胡言。"德夫林说。

"请原谅，"莉迪娅·韦尔斯说，"我有足够的原因去关心安娜的利益。"

"看看她吧！这个可怜的女子跟一个月前比，瘦掉了一半，这点你是无法抵赖的。她在挨饿，你在让她挨饿。"

"安娜，"莉迪娅·韦尔斯说，吐出这个女人的名字，"我让你挨饿了吗？"

"没有。"安娜说。

"你，按你自己的观点说，是在挨饿吗？"

"没有。"安娜又说了一遍。

"这场哑剧可以给我省掉了。"德夫林说，他已经变得非常愤怒，"你根本不在乎这个女子。你对她根本谈不上什么特别的关心——从我听到的关于你的信息看，这种关心真是少得可怜。"

"另一项可怕的指控，"莉迪娅·韦尔斯说，"而且还是来自一位监狱牧师！我猜想我应该试图澄清我的名誉。安娜，告诉这位尊敬的好牧师，你在达尼丁的时候都干了些什么好事。"

一阵停顿。德夫林瞥了安娜一眼，他的自信开始动摇。

"告诉他你干了什么。"莉迪娅·韦尔斯再次说道。

"我在你家扮演了狐狸精的角色。"安娜说。

"具体地讲，是什么意思呢？具体地告诉他，你究竟干了什么。"

"我和你的丈夫睡觉。"

"是的，"莉迪娅·韦尔斯说，"你引诱了我的丈夫韦尔斯先生。现在告诉这位尊敬的好牧师，作为报复，我做了什么？"

"你把我送走了,"安娜说,"送到霍基蒂卡。"

"在什么状况下?"

"怀着孩子。"

"怀着谁的孩子,请讲?"

"怀着你丈夫的孩子,"安娜悄声细语地说,"克罗斯比的孩子。"

德夫林震惊了。

"所以我把你送走了,"寡妇一边说,一边点着头,"我依然坚称我当时的做法是正确的吗?"

"不,"安娜说,"你已经悔过了。你恳求我的原谅,不止一次。"

"你能十分肯定吗?"韦尔斯夫人假装震惊地说,"可是,据我们这里的这位尊敬的好牧师说,我根本不关心他人的利益,更别提关心在我的屋檐下扮演妖妇的人呢!你真的肯定我甚至还乞求了你的原谅吗?"

"够了。"德夫林说,他举起他的双手,"够了。"

"这是真的,"安娜说,"这是真的,她要我原谅她。"

"够了。"

"你已经以种种难以想象的方式侮辱了我的诚信,"寡妇说着,终于拿起了她的茶杯,"希望你能告诉我,这一次不能说谎,你究竟在我的会客厅里干什么?"

"我来给韦瑟雷尔小姐送一条私人信息,"德夫林说。

寡妇转身朝着安娜,"是什么呢?"

"如果你不愿意,就不必告诉她,"德夫林迅速地说,"一个字都不必对她说。"

"安娜,"莉迪娅·韦尔斯说,语气狠毒,"是什么样的信息?"

"尊敬的牧师给我看了一份文件,"安娜说,"根据它的授权,克罗斯比小屋里的财富有一半是属于我的。"

"是吗,"莉迪娅·韦尔斯说——虽然她说话的样子镇定自若，德夫林觉得他看见她的眼睛里闪过一丝惊慌，"另外一半属于谁呢？"

"埃默里·斯坦斯先生。"安娜说。

"这份文件在哪里？"

"我藏起来了。"安娜说。

"好，去给我取出来。"莉迪娅断然命令。

"别去。"德夫林迅速地说。

"我不会。"安娜说。她没有触摸自己的身体。

"你们至少可以行行好，对我说出全部真相，"莉迪娅说，"你们两个人。"

"恐怕我们不能这样做。"德夫林抢在安娜有机会开口之前说道，"你要知道，这条信息与一桩还没有完全侦破的罪案有关。它牵涉某个阿利斯泰尔·劳德巴克先生的敲诈案。"

"你再说一遍？"莉迪娅·韦尔斯说。

"什么？"安娜说。

"我恐怕不能再披露任何信息了。"德夫林说——他非常得意地注意到寡妇的脸色变得十分苍白，"安娜，如果你希望直接去法院，我会亲自护送你去。"

"你会吗？"安娜说，凝视着他。

"会的。"德夫林说。

"你以为你要到法院去干什么？"莉迪娅·韦尔斯说。

"寻求法律咨询，"安娜说，"因为这是我的公民权利。"

韦尔斯夫人用坚不可摧的目光死死盯着安娜。"我认为，这是以一种非常糟糕的方式来回报我的仁慈。"她终于开口，说话的声音非常细小。

安娜来到德夫林身旁，挽起他的胳膊。"韦尔斯夫人，"她说，"我打算回报的不是你的仁慈。"

木星在摩羯座

> 奥伯特·加斯科因感到非常滑稽可笑；考埃尔·德夫林放弃责任；安娜·韦瑟雷尔犯了一个错误。

霍基蒂卡法院是一家英国驻外法院，虽然有着强大的派头，但更多的是近似仪式般的场景。法庭被绳子封锁起来，很像是剪羊毛的院子。地区官员们坐在一排办公桌后面，这排桌子保护性地将他们与川流不息的人群隔开；当法庭开庭时，这排桌子又形成庭内人员与庭外公众之间的一道护栏，庭外的人需要保持站立。裁判官的宝座目前正空着，它只不过是一张船长用的椅子，摆放在凸起的台子上，但椅子上铺着羊皮，为的是增添更加尊严的气势。椅子旁边是一面超大的英国国旗，挂在一个与国旗相比过于矮小的支架上。多亏一个有创意的人在支架下面放了一只空葡萄酒桶，否则过长的国旗会堆落在灰尘满布的地板上，但这个细节没有加强反而削弱了国旗的效果。

小额索赔法庭整个上午都很繁忙。韦尔斯夫人要求撤销出售克罗斯比·韦尔斯房地产的上诉终于被批准了，这意味着之前一直由储备银行托管的韦尔斯的财富，现在已归还到了裁判官的腰包里。哈拉尔德·尼尔森的四百英镑佣金却没有被相应撤销，其原因有二：首先，这是一笔支付已完成服务的合法费用；其次，这份佣金已经被全部捐献了出来，帮助建设在海景的新监狱。裁判官宣布，撤销慈善捐赠是不可取的，尤其这份馈赠是如此丰厚而无私。他赞扬了此刻缺席的尼尔森的仁慈善举。

还有各式各样的其他法律费用有待逐项列出，其中大部分属于裁判法庭办公室寻找韦尔斯先生出生证明这个项目的花销。这些开支也将在韦尔斯夫人继承的遗产中刨除——减去了遗产税和相关费用，校正了诸如此类的众多数据之后，目前的总额略多于三千五百英镑。一旦储备银行准备就绪，这笔款项就将以寡妇韦尔斯夫人希望的任何一种形式，全额支付给她。韦尔斯夫人想要对此发表任何意见吗？不，她不想——当她得胜还朝，离开法院时，给了奥伯特·加斯科因一个灿烂的笑容，加斯科因看见她的眼睛闪闪发光。

"哎——加斯科因！"

加斯科因一直盯着一个不远不近的地方发呆。他眨了眨眼睛，"什么事？"

他的同事伯克站在门口，手里拿着一封厚厚的信，"吉米·肖告诉我，你对海洋保险独具天赋。"

"对啊。"加斯科因说。

"你不介意接手另一个项目吧？刚到了点儿东西。"

加斯科因冲着信封皱了皱眉头，"什么样的'东西'？"

"一封来自约翰·辛切尔·加里蒂的信，"对方举着信封说，"关于一条浅滩沉船。那条船的名字是'一帆风顺号'。"

加斯科因伸出一只手，"我研究一下。"

"好人。"

信已经开封了，上面的邮戳来自惠灵顿。加斯科因打开信封，抽出里面的内容。其中的第一份文件是一封短信，来自约翰·辛切尔·加里蒂，他是坎特伯雷的希思科特选区的国会议员。这位政治家授权霍基蒂卡法院的一个代表作为他的代理人，从新西兰银行的加里蒂社团的私人账户中支取资金。他相信所附文件可以充分解释此事，并且事先感谢该代理人所做的一切努力。加斯科因把这封信放在一旁，将注意力转向下一份文件。这也是一封信，由加里蒂转交过来的，是写给加里蒂社团的信。

先生们：

  我遗憾地写信通知你们三桅帆船"一帆风顺号"的沉船事件，我是该船最近的执行船长，船毁于霍基蒂卡阴险的浅滩。船主克罗斯比·F.韦尔斯先生已于不日前去世，我作为他的代理人负责处理有关事宜。据我所知，克罗斯比·F.韦尔斯先生在购买"一帆风顺号"时，继承了前主人加里蒂社团会员A.劳德巴克的所有现存保项，因此，"一帆风顺号"理应享有上述权威的保护与赔偿。我在此恳请动用由劳德巴克先生指定的一切资金用于沉船打捞。特此附上所有开销的全部记录、销售契约、收据、报价、库存清单，等等。

敬上，您的，
弗朗西斯·W. R. 卡弗
一八六六年二月二十五日
霍基蒂卡

加斯科因皱起眉头。卡弗这是什么意思呢？克罗斯比·韦尔斯肯定没有购买"一帆风顺号"，购买这条船的是卡弗本人，化名韦尔斯。加斯科因快速地翻阅剩余的卷宗，它们显然都是卡弗交给加里蒂先生的文件，作为索赔有效性的证据。卡弗递交了港长对沉船的评估、所有相关的资产债务表，以及各式各样的收据和证言。最后，加斯科因在卷宗的底部发现了一份副本，想必是卡弗的个人备份——"一帆风顺号"的销售票据。加斯科因拿起这最后一份文件，仔细查看签字。的确是弗朗西斯·韦尔斯的签名！卡弗到底在玩什么把戏呢？然而，盯着签名又看一会儿，加斯科因察觉F旁边的大圆圈很容易被看成C……嘿，真是！那里甚至还有一个墨水点，巧妙地点在C和F之间。加斯科因盯着看了很久，觉得它引起歧义的形状越来越明显：卡弗签这个假名的时候，心里一定是考虑到将来这种用途的。加斯科因摇了摇头，又过了一会儿，放声大笑起来。

"是什么把你逗成这样？"伯克说着，抬起头来。

"哦，"加斯科因说，"什么都没有。"

"你刚才大笑来着。"伯克说，"是什么笑话？"

"没有笑话，"加斯科因说，"我只是在表达我的欣赏，仅此而已。"

"欣赏？欣赏什么？"

"一件干得漂亮的事情。"加斯科因说。他把所有的文件放回信封，站起身来，打算把约翰·辛切尔·加里蒂的授权信立刻送到银行去。但是，他刚要离开，门厅的大门被打开了，阿利斯泰尔·劳德巴克走了进来，像影子一般紧跟在他身后的是乔克和奥古斯都·史密斯。

"啊，"劳德巴克说，注意到加斯科因手里的信件，"这么说我来得正是时候。是的，今天早上我本人也收到了来自加里蒂的信息。有些事搞混了，我到这里来澄清事实。"

"恕我冒昧，您是劳德巴克先生吧？"加斯科因干巴巴地说。

"我要与裁判官单独面谈，"劳德巴克说，"十分紧急。"

"裁判官眼下正在用午餐。"

"他在哪里用餐？"

"我恐怕不知道。"加斯科因说，"下午开庭的时间是两点钟，欢迎你等到那个时间。请原谅，绅士们。"

"慢着，"劳德巴克说，这时加斯科因已经鞠了一躬，向门口退去，"你打算拿着那封信去哪里？"

"去银行。"加斯科因说——他无法忍受劳德巴克刚才表现出的那种惹是生非的粗鲁，"我已经受加里蒂先生委托，代他处理一项交易。我请求你原谅我就此离开。"

他再次试图离开。

"等一会儿，"劳德巴克说，"只等一会儿！我到这里来正是要谈与此有关的事情。你先别急着往银行跑，先听我陈述一下我的事务！"

加斯科因冷冷地瞪着他。劳德巴克似乎刚意识到他没有给人留下一个好的第一印象，他说："听我说，好不好？你叫什么名字？"

"加斯科因。"

"加斯科因，是不是？是的，我想你是个法国人。"

劳德巴克把手伸出来，加斯科因与他握手。

"那么，我就跟你谈吧，"劳德巴克说，"如果找不到裁判官的话。"

"我相信你是宁愿私下交谈的。"加斯科因说，依然毫无热情。

"是的，很好。"劳德巴克转身对他的助手们说，"你们在这里等候，"他说，"我只需要十分钟。"

加斯科因带他走进裁判官的办公室，返身关上了门。他们在面对裁判官办公桌的温莎椅上落座。

"好吧，加斯科因先生，"劳德巴克身体前倾地坐着，立刻说道，"这个故事无论长说短说，都是地地道道的陷害。我从来没有将'一帆风顺号'卖给一个叫克罗斯比·韦尔斯的男人。我卖给了一个对我自称名叫弗朗西斯·韦尔斯的人。但那个名字是化名。我当时不知道这一点。这个人！弗朗西斯·卡弗，就是他，他用了化名——弗朗西斯·韦尔斯，我把船卖给了冒名顶替的他。你看他保留了他的教名，只是把姓给改了。关键是这个：他用假名字在契约上签了字，这是违法的！"

"让我看看我是不是理解对了。"加斯科因说，假装很感兴趣，"弗朗西斯·卡弗声称自己叫克罗斯比·韦尔斯，购买了'一帆风顺号'……而你声称这是一个谎言。"

"这就是谎言！"劳德巴克说，"是彻头彻尾的捏造！我的船卖给了一个名叫弗朗西斯·韦尔斯的人。"

"而这个人根本不存在。"

"这是一个化名，"劳德巴克说，"他的真名是卡弗，但他告诉我他的名字叫韦尔斯。"

"弗朗西斯·卡弗，"加斯科因指出，"而克罗斯比·韦尔斯的中间名是弗朗西斯，而且克罗斯比·韦尔斯确有其人——至少，他曾经存在过。所以，也许是你搞错了买船人的身份。我注意到，弗朗西斯·韦尔斯与C. 弗朗西斯·韦尔斯之间的差别不是很大。"

"这个C是怎么回事？"劳德巴克说。

"我验证过递交过来的销售契约副本，"加斯科因说，"签名是C. 弗朗西斯·韦尔斯。"

"肯定不是这样！"

"恐怕的确如此。"加斯科因说。

"那么一定是被篡改过了，"劳德巴克说，"被事后篡改过了。"

加斯科因打开手里的信封，抽出销售票据。"第一次检查，我还以为签名只是'弗朗西斯·韦尔斯'。可是凑近了细看，我才发现了另一个字母，潦草地与F连在一起。"

劳德巴克仔细看着签名，皱起眉头，又仔细看了看，然后，他的脸颊和脖子都变成了紫红色。"不管潦草不潦草,"他说,"有C还是没C,这份销售契约都是流氓弗朗西斯·卡弗签下的。我用自己的两只眼睛看着他签的!"

"有没有第三者见证这笔交易?"

劳德巴克什么都没有说。

"如果交易没有经过见证,那么你们对簿公堂时,将只是各执一词,劳德巴克先生。"

"这将是真相对谎言!"

加斯科因拒绝就此做出回答。他把合同放回信封里,在膝盖上抚平。

"这是陷害,"劳德巴克说,"我要把他送上法庭。我要剥他的皮。"

"以什么罪名指控呢?"

"当然是假冒,"劳德巴克说,"冒充他人,诈骗。"

"恐怕这些证据会对你不利。"

"哦——你担心这个,是不是?"

"法律没有理由怀疑这个签名,"加斯科因说着,又抚了抚信封,"因为克罗斯比·韦尔斯没有留下其他官方或非官方的文件,没有什么可以作为他签名的比对证据。"

劳德巴克张开嘴,似乎要说什么,但后来还是闭上了,摇了摇头。"这是陷害,"他说,"从头到尾都是陷害!"

"你为什么认为卡弗先生有必要跟你用化名?"

这位政治家的回答令人震惊。"我对卡弗的背景做了一些调查,"他说,"他父亲曾是英国一家商贸公司——邓特合作公司的知名人物。你可能听说过那个人,名叫威廉姆·罗奇福特·卡弗。没听说过?好吧,没关系。在五十年代初的某个时期,他给了他儿子一条飞剪式帆船——'帕麦斯顿号',这个儿子开始在邓特合作公司的大旗下面，往返于广州，做中国货物的交易。卡弗当时是个年轻人，一直养尊处优，没错，那么年轻就成为一船之主。嗯，这是我发现的故事。在一八五四年的春天，'帕麦斯顿号'在离开悉尼港之前遭到搜查——只是例行检查，但卡弗的几项违法行为被发现了。逃避纳税、拒不申报，还有一堆其他的轻罪。每一桩罪过都微不足道，裁判官完全可以睁一只眼闭一只眼，但是所有的罪过叠加在一起，罪上加罪之后，法律就不能不执行到他的头上。他被判到鹦鹉岛服刑十年，那是十年的苦役，毫不留情，真正的耻辱。卡弗的父亲气疯了，撤销船舶，剥夺了儿子的继承权，并且使出撒手锏，在整个南太平洋地区的每一个码头和每一个船厂都放出诋毁卡弗的话。等到弗朗西斯·卡弗终于出狱时，他已经变成了与基德船长[①]一样臭名昭著的人物——至少在航海这个圈子里如此。没有一个船东愿意租船给他，没有一组船员愿意让他加入。"

"所以他就用了化名。"

"正是如此。"劳德巴克说，身体向后靠在椅背上。

"我好奇的是，为什么他只跟你使用化名。"加斯科因语气随意地说，"除了购买这条船的时候，他似乎没有在其他场合用过韦尔斯这个名字。比如，他向我介绍他自己的时候，说的是弗朗西斯·卡弗先生。"

劳德巴克吹胡子瞪眼地看着他。"你去读报纸吧。"他说，"不要逼着我再给你说一遍。我已经在公开场合道歉，不会再说第二遍。"

加斯科因低下头。"哦，"他说，"卡弗采用弗朗西斯·韦尔斯这个化名，是为了从你与韦尔斯夫人之间曾经的纠葛中渔利。"

"正是如此，"劳德巴克说，"他说他是克罗斯比的兄弟。他告诉

[①] 指威廉·基德（William Kidd，1645—1701），常被称为基德船长，因海盗罪在英国遭处决，但至死不认罪，后来成为传奇人物。

我，他是代表克罗斯比跟我算账——我让他的妻子做了坏女人。这是威胁手段，而且得逞了。"

"我明白了。"加斯科因说，心下暗想，为什么两个月前劳德巴克没有如此明智地向托马斯·鲍尔弗解释这一切呢？

"你瞧，"劳德巴克说，"我跟你直来直去，加斯科因先生，而且我告诉你，法律是站在我这一边的。卡弗与他父亲的决裂众所周知。他有成千上万个理由采用化名。是啊，如果有必要的话，我可以调用他父亲的证词。卡弗会愿意这样？"

"可以想象，应该不会吧。"

"是的，"劳德巴克大声喊道，"绝对不会！"

加斯科因感到有些恼火。"嗯，祝你好运，劳德巴克先生，把卡弗绳之以法。"他说。

"别来这套，"劳德巴克断然地说，"有话直说。"

"好吧，"加斯科因说着，耸了耸肩，"其实不用我告诉你，你自己就知道，动机证明不是证据。一个人不能单单因为他有充分的理由犯下某项罪行而被定罪。"

劳德巴克勃然大怒，"你怀疑我的话吗？"

"真的没有。"加斯科因说。

"你只是认为我的案例没有说服力，认为我站不住脚。"

"是的。我认为把这件事情闹上法庭是很不明智的，"加斯科因说，"我为自己的直言不讳表示歉意。当然，我对你的麻烦深感同情。"

实际上加斯科因对阿利斯泰尔·劳德巴克没有丝毫同情。他往往将这种情绪保留给比自己弱势的人，虽然他承认劳德巴克目前的情形令人感到可怜，但他认为这位政治家的财富与显赫的地位足以抚平他在短期内可能遭遇的任何麻烦。事实上，让劳德巴克尝一点冤屈的滋味可能对他有好处！加斯科因想，作为一个政治家，他可能会有所改善——加斯科因是某种类型的独裁者，至少在他私下做裁决的时候是这样的。

"我要等候裁判官，"劳德巴克说，"他会看明白其中的道理。"

加斯科因将信封塞进自己的外套，紧靠着他揣香烟的地方。"我明白，卡弗现在企图从你的保护和赔偿中动用资金，帮助他支付处理沉船时所产生的债务。"

"确实如此。"

"而你不希望让他碰到这笔钱。"

"这也没错。"

"以何种理由呢？"

劳德巴克满脸涨得通红。"以何种理由？"他大喊道，"这个人欺骗了我，加斯科因先生！他从一开始就谋划了这一切！你要是以为我会坐以待毙，那你就是个傻瓜！这就是你要告诉我的吗？坐以待毙？"

"劳德巴克先生，"加斯科因说，"我相信我根本没有为你提供任何形式的建议。根据我的观察，似乎没有什么违法的地方。卡弗先生在给加里蒂先生的信中陈述得十分清楚，他是代表韦尔斯先生操作——你知道，韦尔斯先生已经死亡。从所有的表面现象来看，卡弗只是在做一件慈善的事情，作为船东的代理人处理后事，因为船东本人不能亲自做这项工作。我不明白你有什么证据反驳这个。"

"但是这不是真相！"劳德巴克暴跳如雷，"克罗斯比·韦尔斯从来没有买过那条船！弗朗西斯·卡弗用另一个人的名字签了那张该死的合同！这是一起伪造案件，纯粹而简单！"

"恐怕这是很难证明的。"加斯科因说。

"为什么？"劳德巴克说。

"因为我已经告诉过你，缺少克罗斯比·韦尔斯真实签名的证据。"加斯科因说，"他的小屋里没有任何文件，哪里都找不到他的出生证明和他的矿人权。"

劳德巴克张开嘴要反驳,但似乎再次改变了主意。

"哦,"加斯科因突然说道,"我刚想起一件事情。"

"什么?"劳德巴克说。

"他的结婚证书,"加斯科因说,"那上面会有他的签名,是不是?"

"啊,"劳德巴克说,"是啊。"

"可是不行,"加斯科因说,改变了主意,"那还是不充分,要想证明伪造某个死人的笔迹,必须有不止一个签名才行。"

"需要几个?"劳德巴克说。

加斯科因耸了耸肩。"我不熟悉这条法律,"他说,"但是我相信必须有几个真实签名作为例证,才能证明假冒签名中的变化。"

"几个例证。"劳德巴克回声道。

"嗯,"加斯科因说着,站起身来,"我希望你为了自己,能够发现一些什么,劳德巴克先生。同时,我恐怕有法律的约束,要执行加里蒂先生的指令,把这些文件送到银行去。"

Ф

离开游人好运楼之后,牧师没有直接护送安娜·韦瑟雷尔去法院。相反,他把她带到加里克之头旅馆,要了一份鱼肉馅饼——这里常年的午间特餐,和一杯柠檬甜酒。他安排安娜坐下,把餐盘摆放在她面前,叫她吃,安娜顺从地吃了起来,沉默不语。盘子里的东西吃光后,牧师把含糖的饮料推到安娜面前,说:

"斯坦斯先生在哪里?"

安娜似乎对这个问题并不感到惊讶。她拿起杯子，啜饮一口，甜得皱了皱眉，然后又坐了一会儿，看着他。

"在内陆，"她终于说，"在内陆的某个地方。我不知道具体是哪里。"

"是这里的北面还是南面？"

"我不知道。"

"他是被关押着的吗？"

"我不知道。"

"你知道。"德夫林说。

"我不知道，"安娜说，"从一月份起，我就没有见过他，根本不知道他会就这样消失了。我只知道他还活着，他在内陆的某个地方。"

"因为你一直收到他的消息，在你的脑子里。"

"'消息'这个词儿不准确，"安娜说，"不恰当，更像是……一种感觉。就像当你试图回忆你做过的某个梦时，只能记住一个大概，一种感觉，但没有具体细节，什么都不能肯定。你越是努力回忆，它越是变得更加模糊。"

德夫林皱起眉头来，"所以你有一种'感觉'。"

"是的。"安娜说。

"你有一种感觉，斯坦斯先生在内陆的某个地方，并且还活着。"

"是的，"安娜说，"我无法告诉你任何细节，只知道那是一个非常泥泞的地方，有很多树叶。是某个靠近水的地方，但不是沙滩。水流湍急。石头上……你看，一旦我尝试着要把它描述出来，它就从我这里溜走了。"

"这一切听上去都太渺茫了，亲爱的。"

"并不渺茫，我敢肯定。"安娜说，"就像你确定自己真的做了个梦……你知道自己做过梦……但是无法回忆起任何细节。"

"你有这些'感觉'多长时间了?这些梦?"

"自从我停止为娼时开始有的,"安娜说,"从我昏迷的那时候起。"

"换句话说,是从斯坦斯失踪以后。"

"一月十四日,"安娜说,"就是这个日子。"

"是不是总是一样——水,泥泞?同样的梦?"

"不是。"

安娜没有详细说明,德夫林为了提示她,说道:"嗯,还有什么?"

"哦,"她说,感到有些尴尬,"其实只是一些感觉、片段、印象。"

"什么印象?"

她避开他的目光。"关于我的印象。"她说。

"我恐怕不明白你的意思。"

她将手掌翻转过来,"他是如何看待我的,我指的是斯坦斯先生。当他想象到我的时候,他做梦的内容。"

"你看见你自己,但是通过他的眼睛。"

"是的,"安娜说,"正是这样。"

"我是否应该推断,斯坦斯先生对你的评价很高?"

"他爱我。"安娜说,又过了一会儿,她再次说道,"他爱我。"

德夫林审慎地端详着她。"我明白。"他说,"他有没有公开表白过他的爱?"

"没有,"安娜说,"他没必要那样。反正我知道。"

"这样的感觉频繁出现吗?"

"非常频繁,"她说,"他总是在想我。"

德夫林点了点头。对他来说,这个情形终于变得清晰起来,随着这种云开日出的明朗，他的心也在胸腔中变得沉重起来。"你爱上斯坦斯先生了吗，韦瑟雷尔小姐？"

"我们谈到了这个，"她说，"在他消失的那个夜晚。我们一直在胡言乱语，我说了一些关于单相思的蠢话，他变得很严肃，打住了我的话，说单相思是不可能的，那不是爱。他说爱一定是自由给予，并且自由接受，就像一对情人，完美结合，平等的两半构成一个整体。"

"充满激情的感悟。"德夫林说。

安娜听了这话似乎感到很高兴。"是的。"她说。

"可是在这一切之后，他并没有表白对你的爱。"

"他没有发誓什么的，我说过了。"

"而且你也没有。"

"我再也没有得到第二次机会，"她说，"他就在那一夜失踪了。"

考埃尔·德夫林叹了一口气。是的，他终于理解了安娜·韦瑟雷尔，但却不是一种令人愉快的理解。德夫林知道许多前景黯淡与生活拮据的女人，她们逃离悲惨不幸的生活牢笼的唯一办法，就是张开梦幻的翅膀。这一类的梦幻无疑都是神奇的魔术——得到天使般的惠顾，被邀请进入天堂，而安娜的故事，虽然感人，但呈现出同样异想天开的色彩。唉，明白了这一点，着实令人感到痛苦！安娜认识的人里面最王牌的单身汉，竟怀有如此深厚而纯洁的爱，以至于他们之间所有的差异都变得无关紧要了吗？他没有死——只是失踪了吗？他在给她发送证明他深挚爱情的"消息"，而这些消息只有她能够听得见吗？这分明是幻想，德夫林认为。这是一个姑娘自己设计的幻想，那个小伙子只能是已经死了。

"你希望斯坦斯先生非常爱你，是不是，韦瑟雷尔小姐？"

安娜似乎被这句话里的暗示惹恼了，"他真的爱我。"

"这不是我要问的问题。"

她眯着眼睛看着他,"每个人都想被人爱。"

"这话一点不错,"德夫林语气悲哀地说,"我们都希望被人爱——我认为谁都需要被人爱。没有爱,我们就不能成为我们自己。"

"你与斯坦斯先生所见略同。"

"是吗?"

"是的,"安娜说,"这正是他会说的话。"

"你的斯坦斯先生是个很高明的哲学家呢,韦瑟雷尔小姐。"

"呃,尊敬的牧师,"安娜说着,突然笑起来,"我觉得你刚才是在表扬你自己呢。"

一时间内,两人都没有说话。安娜再次啜吸着甜饮料,德夫林则陷入了沉思,看着旅馆餐厅的窗外。片刻后,安娜伸手抚摩胸前,被篡改过的馈赠签约安然地贴着她那里的皮肤。

德夫林严厉地看着她。"你有充分的时间重新考虑。"他说。

"我只是想听一听法律方面的意见。"

"你已经有了我的神职方面的意见。"

"是的,"安娜说,"'温顺的人有福了'①。"

她似乎立刻为自己的无礼感到后悔,脸和脖子一下子红透了,她转过身去。突然间,德夫林不想再参与她的事情。他把椅子推离餐桌,把一双手放在膝盖上。

"我会陪你走到法院门口,到那儿为止。"他说,"至于你想拿着手里的文件做什么,与我全然无关。你知道我不会为了保护你而撒谎。我肯定不会在法院里做伪证。如果有人问起来,我会毫不犹豫地告诉他们真相,那就是你亲手伪造了签字。"

"好吧,"安娜说着,站起身来,"非常感谢你的馅饼,还有甜饮

---

① 《圣经·新约·马太福音》。

料。谢谢你对韦尔斯夫人说的一切。"

德夫林也站起来。"你不应该为了那个感谢我。"他说,"恐怕我当时没有控制住自己的脾气。有失礼貌。"

"你很了不起。"安娜说,她走上前,将双手放在德夫林的肩膀上,非常温柔地吻了一下他的脸颊。

Φ

安娜·韦瑟雷尔来到霍基蒂卡法院时,奥伯特·加斯科因已经离开那里,前往储备银行,那封来自约翰·辛切尔·加里蒂的信安然躺在他的外套内兜里。阿利斯泰尔·劳德巴克也已离开法院。接待安娜的是一个名叫费罗斯的红脸律师,安娜不认识他。费罗斯将安娜引到大厅中的最后一个凹形的办公场所,两人在一张简易的松木板桌的两旁坐下。安娜一声不响地把那张烧焦的纸交给律师。律师把纸放在面前的桌上,参照桌子边缘,把纸张摆正,然后张开双手,捂住脸和眼睛的两侧,开始阅读。

"这是你从哪里弄到的?"费罗斯终于抬起头来,说道。

"有人给我的,"安娜说,"匿名。"

"什么时候?"

"今天早上。"

"怎么给你的?"

"当韦尔斯夫人到法院来的时候,"安娜撒谎道,"有人把它从门缝底下塞了进来。"

"韦尔斯夫人到法院来,听取她的上诉终于被撤销的消息。"费罗斯说,语气里强调着他的怀疑,他把视线转回到文件上,"克罗斯比·韦尔斯……斯坦斯就是那个再也没有任何音信的家伙……韦瑟雷尔小姐就是你。奇怪,知道这究竟是谁给的吗?"

"不知道。"

"为什么要给你?"

"不知道,"安娜说,"我猜可能有人想帮我一把。"

"会是谁呢?愿意猜测一下吗?"

"不想猜,"安娜说,"我只想知道它是否有效。"

"看上去没问题,"费罗斯说,凝视着那份契约,"但它不完全是一张现金支票,是不是?从目前的情况无法判断——已经八个星期了,斯坦斯先生依然下落不明。"

"我不明白。"

"嗯,即便这份签约有效,我们的好朋友斯坦斯先生也拿不出两千英镑来送人。因为他的失踪,他的所有资产都被充公了,上个星期五生效的。他要是能从剩下的家底里搜罗出一百英镑就算是幸运的啦。"

"可即便如此,这份契约也是有约束力的。"安娜说。

律师摇了摇头,"我的姑娘,我现在要告诉你的是,我们的斯坦斯先生拿不出两千英镑——除非出现某种奇迹,有人发现他还活着,身上揣着大把的现金。他的认领区已经被收回,被别人买走了。"

"但这份签约是有约束力的,"安娜又说了一遍,"必须是的。"

费罗斯先生笑了,"恐怕法律并不是完全这样运作的。这么设想一下吧。我马上就可以给你写一张一百万英镑的支票,但这并不意味着你就能拿到一百万英镑,是不是?如果我口袋里一无所有,又没有人充当我的担保人,钱总得出自某个人的口袋,如果每个人的口袋都是空的……嗯,那就完了,不管别人言之凿凿地说些什么。"

"斯坦斯先生有两千英镑。"安娜说。

"是吗——嗯,如果他有,那情况就完全不同了。"

"是的,"安娜说,"我告诉你,斯坦斯先生有两千英镑。"

"从何说起?"

"克罗斯比·韦尔斯小屋里的金子属于他。"

费罗斯停顿了一下。他瞪着安娜看了几秒钟,然后,他换了一种完全不同的声音说道:"这能够得到证实吗?"

安娜把德夫林那天上午告诉她的话说了一遍:"被发现的金子曾被冶炼过,加盖了鉴定金子来源的印章。"

"哪一家矿?"

"我记不清名字了。"安娜说。

"你的消息来自何处?"

安娜犹豫了,"我不想说。"

费罗斯看上去很感兴趣,"我们要核实这一点。这笔财富究竟是不是属于韦尔斯遗产的一部分,银行里应该有所记录。我奇怪之前为什么没有人提到过。也许,银行里有人故意隐瞒了此事。"

"如果这是真的,"安娜说,"这就意味着这笔财富是我的,对不对?两千英镑属于我,根据这张字条的约定。"

"韦瑟雷尔小姐,"费罗斯说,"这么一大笔财富的转手谈何容易,恐怕绝不是兑现一张支票那么简单。但我还是要说,你今天来这里的时间十分凑巧。韦尔斯夫人的申诉已被批准,属于她的一部分资金正在办理转交。我很容易就可以让她暂时停止认领,这段时间我们可以研究研究如何对待你的这份文件。"

"好的,"安娜说,"你会这么办吗?"

"如果你同意请我做你的律师,我将尽我的全力帮助你办理一切事务。"费罗斯说完,身体向后靠在椅背上,"我的预付聘用金是每周两英镑,额外费用另加。当然,我是要收预付金的。"

安娜摇了摇头,"我没法预付给你,我身上一点钱都没有。"

"也许你可以通过某种方式贷款,"费罗斯微妙地说,眼神飘移到其他地方,"恐怕我在财务方面是非常严格的。我拒不接受任何空口无凭的承诺,绝无例外。这不是针对某个人,只是一种职业训练,仅此而已。"

"我没法预付给你,"安娜又说了一遍,"但是如果你为我办事,等钱到手的时候,我会付给你三倍的费用。"

"三倍?"费罗斯温柔地笑了,"法律程序通常要花很长时间,韦瑟雷尔小姐,有时是竹篮打水一场空,什么都不能担保这些钱最终能拿到手。韦尔斯夫人的申诉花了两个月才落到实处,这还没有走到尽头呢,这个局面你非常清楚!"

"三倍,一百英镑封顶。"安娜坚定地说,"但如果你能给我在两个星期内兑现资金,我会付给你两百英镑,现金。"

费罗斯挑起他的眉毛。"我的天哪,"他说,"真是很有气魄啊!"

"职业训练而已。"安娜说。

然而,安娜·韦瑟雷尔失策了。费罗斯瞪大了眼睛,他退缩了。哎呀,她该不会就是那个妓女吧?他想——然后,一切都在他的心里变得明朗起来。这就是那个在卡尼里路上企图结束自己生命的妓女,就在斯坦斯失踪、韦尔斯死亡的那一天!费罗斯在霍基蒂卡是初来乍到,既没有见过安娜·韦瑟雷尔的面,也没有立刻认出她的名字。只是听了她这番狂妄之言,他才突然对上了号。

安娜看到对方神色狼狈,以为只是单纯地犹豫。"你是否同意我的条件,费罗斯先生?"

费罗斯从上到下地打量着她。"我到储备银行查询一下所谓冶炼的事。"他说,声音冷冰冰的,"如果你听到的谣言是确凿的消息,那么我们就起草一份合同;如果不是,恐怕我就无能为力了。"

"你真是太热心了。"安娜说。

"谈不上。"费罗斯说,语气十分粗鲁,"估计三个小时之后见面,我怎么联系你?"

安娜犹豫了。她今天下午不能返回游人好运楼，身上又没有钱，但也许可以找一个老相识带她到雷维尔街上的某家酒吧，给她买一杯饮料。

"干脆我回来，"她说，"干脆我回来吧，在这里见你。"

"如果你愿意，没问题。"费罗斯说，"保险起见，我们最好把时间留足一些，那就说好五点钟吧。"

"五点钟。"安娜说。她伸手要取回烧焦的文件，但是费罗斯已经打开钱包，将那张纸塞了进去。

"我想先替你保管着，"他说，"只是暂时的。"

月亮在白羊座，新月

> 泰老·老居有了惊人的发现。

泰老·老居满心欢喜地踩着石头，跳跃着穿过绿玉神舟河的浅水区，沿着河谷向海滩方向走去。在过去一个月里，他一直随着一队测量员在山羊谷里工作，所以他的钱包鼓鼓囊囊。更美的是，今天早晨他碰到了一块美妙的天玉[1]，此刻每走一步，挎包里的玉石都会沉甸甸地拍打一下他的后背。

在亮水河地区，现在是从地里挖红薯的时节。老居看天象就能知道节气，北方天空的织女星[2]低垂在地平线的上方，午夜过后很久才渐放光辉，黎明之前很早就已降落。他的部落称这个月为擎天柱[3]——撑起天空的栋梁，因为在夜里银河[4]形成一道牛奶色的拱

---

[1] 天玉（kahurangi pounamu，毛利语）是透明度极高、鲜绿色的新西兰玉石，这种玉石名字的意思是清澈的天空，是新西兰玉石中最稀有的一种。
[2] 原文为毛利语（whanui）。
[3] 原文为毛利语（pou-tu-te-rangi）。
[4] 原文为毛利语（te Ikaroa）。

门，从北向南横跨天穹的黑色圆顶。拱门北起织女星，南至南极老人星[1]，横穿心宿二[2]的红宝石，直接罩在头顶上空。每天晚上都有一段时间，天空变成一只完美的指南针，其指针是由星星构成的一条银粉色条纹。随着织女星渐放光辉，块茎类的农作物就可以从地里挖出来了。过了这个节气便是四月，这时候挖出的块茎都堆在田野的边缘，等待着分类和计数，然后被运到坑窖和仓库里，垒放储存，为即将来临的冬季做准备。过了四月，这一年就结束了——或者，正如大师[3]所说的，这一年便"濒临死亡"。

老居转过一道河湾，离开浅滩，登上了河岸。随着日子的流逝，克罗斯比·韦尔斯的小屋显得日益凄凉。铁皮屋顶已经因为生锈而变成了火焰般的橙色，砂浆从白色转变成生机勃勃的绿色。韦尔斯种植的小菜园子早已荒废。老居阔步踏上小径，将这些令人忧伤的衰败景象看在眼里，记在心上——然后，他突然停在原地不动了。

房间里有一个人。

老居慢慢地靠得更近一些，通过敞着的门朝幽暗的屋内张望，只见那个人蜷曲着躺在地板上，可能死了，也可能在睡觉。他侧身躺着，弯曲的膝盖贴近胸口，后背朝着门。老居凑得更近一些。他看见这个男人穿着夹克衫和裤子，而不是淘金汉的鼹鼠皮行头，老居注意到男人肋骨部位的衣服十分轻微地随着呼吸上下起伏。这么说，他是在睡觉。

老居走过门口，十分小心地进了屋，不让自己的影子直接落在那人身上，以免把他弄醒。他背靠墙壁轻轻地移动，转到那个人的面前，低头看着那张熟睡的脸。这个人非常年轻。深色的头发黏糊

---

[1] 原文为毛利语（autahi）。
[2] 原文为毛利语（rehua）。
[3] 原文为毛利语（tohunga）。

糊的，沾满了灰尘和油脂，相比之下，他的脸色苍白得几乎毫无血色。如果不是这样一副饥寒交迫、备受蹂躏的状况，他的脸应该是很英俊的。他的眼睑是斑驳的紫色，凹陷的眼袋带着深深的阴影。他的呼吸艰难而不均匀。老居将目光转向这个小伙子的身体。他衣衫褴褛，几乎成了烂布片，显然好几个星期没有换过衣服，浑身覆盖着厚厚一层各种各样的泥土。然而，他的外套曾经质地优良——这点显而易见，就连因沾上泥浆而发硬的领巾也曾经是时髦的式样。

"斯坦斯先生？"老居轻声道。

小伙子的眼睛睁开了。

"你好，"他说，"你好，你好。"

"斯坦斯先生？"

"是的，是我。"小伙子说，声音响亮清脆，他抬起头来，"请原谅，请原谅。这里是毛利人的领地吗？"

"不是。"老居说，"你在这里已经有多久了？"

"这里不是毛利人的领地吗？"

"不是。"

"我得去毛利人的领地。"小伙子说，挣扎着坐了起来。他的左手臂非常奇怪地放在胸前。

"为什么？"老居说。

"我埋了些东西，"斯坦斯说，"在一棵树旁。可是所有的树在我看来都长得一样，我恐怕被自己搞糊涂了。感谢苍天，你来了——我真是不胜感激。"

"你失踪了。"老居说。

"也许有三天了吧，"小伙子说着，又瘫倒在地，"我想是三天前。我已经把日子搞混了，好像已经记不清日子的顺序。独自一人的时候，就忘记了时间。我说，你能给我看看这个吗，拜托？"

他把衣服领子往下扯了扯，老居发现他领巾上黏糊糊的深色污物原来是凝固的血。锁骨的正上方有一个伤口，虽然老居与他相距数英尺，也能看出伤势十分严重。伤口已经开始化脓。伤口的中心呈黑色，手指般的红色条纹放射状地从中间散开。老居能看见火药烧伤的斑点，黑乎乎的，被他苍白的胸膛衬托着，他推测这只能是枪伤。显然，在很早一段时间之前，某人在很近的距离内击中了埃默里·斯坦斯先生。

"你需要医药。"老居说。

"正是，"斯坦斯说，"完全正确。你能给我找来吗？我不胜感激。可是我恐怕还不知道你的名字。"

"我的名字叫泰老·老居。"

"你是个毛利小伙子！"斯坦斯说，眨了眨眼睛，仿佛第一次看见他一样，他的眼睛涣散无神，然后又重新聚焦，"这里是毛利人的领地吗？"

老居指着东方。"那上面才是毛利人的领地。"他说。

"那上面？"斯坦斯朝老居指的方向看，"既然你的地盘在那上面，你为什么在这下面呢？"

"这是我的朋友的房子，"老居说，"克罗斯比·韦尔斯。"

"克罗斯比，克罗斯比，"斯坦斯说着，闭上了眼睛，"他被尤克[①]了，是不是？上帝啊，这人真能喝啊！无底洞似的，海量啊！他在哪里，呃？找金子去了？"

"他死了。"老居说。

"我太遗憾了，听到这个消息，"斯坦斯咕哝道，"多么沉重的打击。那你是他的朋友——他要好的朋友！还有安娜……请接受我的慰问，我希望……可我又忘记了你的名字。"

"我是泰老。"老居说。

---

① 尤克（euchre）原是一种扑克牌游戏，作为动词意思是欺骗。

"原来如此，"斯坦斯说，"原来如此。"他停顿片刻，疲惫不堪，然后说，"你不会反对带我去，是不是，老朋友？你不会反对吧？"

"去哪里？"

"去毛利人的领地。"斯坦斯说着，再次闭上了眼睛，"你瞧，我在毛利人的土地里埋藏了大量金子，如果你帮助我，我必然会愿意给你一些。你会得到你喜欢的东西，不管你喜欢什么。我对那个地方记得清清楚楚：那里有一棵树，金子就埋在树下。"他再次睁开眼睛，朝老居投去哀求的、模糊的眼神。

老居再次提问："你都在什么地方来着，斯坦斯先生？"

"我一直在寻找我的财宝，"斯坦斯说，"我知道是在毛利人的领地上……可是毛利人的地盘没有任何标志，不是吗？没有栅栏之类的做标记。人们总是说一个人绝不会在西海岸迷路，因为总是有高山在一边，大海在另一边……可是我好像把自己给搞糊涂了，泰老。你是泰老，是不是？是的。是的。我迷路了。"

老居走上前，跪在地上，凑近了看，这个人的伤势显得更加严重了。黑色的伤口中心已经结出厚厚的痂，渗透出亮晶晶的黄色脓液。他伸手摸了摸斯坦斯的脸颊，感觉他的体温。"你发着高烧，"他说，"伤口很糟糕。"

"真没想到会是这样，"斯坦斯说，瞪着他看，"我是初来乍到的新移民，太嫩了。在男人身上，没有什么比稚嫩更明显的了。真没想到会是这样。苍天啊，你的出现好比及时雨啊！我为这个烂摊子感到非常抱歉。我为你的朋友克罗斯比感到非常难过，真的非常难过。你说你有什么药来着？"

"我会给你取来，"老居说，"你在这里等着。"老居觉得情况很不乐观。这个小伙子一直在胡言乱语，他伤势太严重了，自己无法走到霍基蒂卡，需要用担架或者车辆运送。老居看够了霍基蒂卡医院的情况，知道人到那里是去送死，而不是得到治疗。所谓医院的四壁只是最简单的隔板，上面是一张帆布顶篷。塔斯曼苦涩的海风从墙板的缝隙钻进来，每一阵疾风都会掀起新的一轮咳嗽和喘息的刺耳杂音。那里肮脏恶臭，疾病蔓延。既没有干净的水源，也没有清洁的床上用品，只有一间病房。病人们不得不拥挤地住在一起，有时甚至睡在同一张床上。

"对半分，"小伙子此刻说道，"我看够公平的了。一半归你，一半归我，怎么样？咱们搭伙。"

老居在心里估算着距离。他能快速赶到霍基蒂卡，向吉利斯医生告急，雇一辆板车或双轮马车之类，然后返回，最快的话，需要三个小时……但是三个小时还来得及吗？小伙子能够活下来吗？老居的妹妹就是死于高烧，她临终时的状况，跟此刻的斯坦斯完全一样——眼睛炯炯发光，既机警又毫无生气，语无伦次，满嘴胡话。如果他离开，小伙子就有死亡的危险。但如果他留下来，又能为小伙子做什么呢？他突然打定主意，低下头为小伙子的恢复念愈合咒语[①]。

"愈合骨头。"他念道，"愈合血。愈合肉身。愈合筋腱。愈合使之强壮。愈合使之坚固。苍天为一。苍天守护。大地给予加强和支撑。苍天哪，拥抱我们。大地啊，拥抱我们。你拥抱的，接受拥抱。你珍惜的，值得珍惜。"[②]

他抬起头来。

"这是一首诗吗？"斯坦斯说，盯着他看，"是什么意思呢？"

"我请求让你的伤口愈合。"老居说，"现在我去取药。"他取下挎包，拿出他的水瓶，塞进小伙子的手里。

"这是大烟吗？"小伙子微微颤抖着说，"我自己从来没有碰过

[①] 愈合咒语（karakia，毛利语）是毛利人的咒语和祈祷，用于调集精神指导和保护。

[②] 原文为毛利语。

这玩意儿，它会怎样攫住你啊……好像你的每根手指里都有一根刺，心被一根线捆绑着……时时刻刻感觉到它的存在。挥之不去，挥之不去。你会给我买一口大烟抽抽吧，我相信你会的。你是个体面的家伙。"

老居脱下他的羊毛外套，盖在小伙子的双腿上。

"只等我找到毛利人领地上的那棵树，"小伙子继续说，"你随便想要多少盎司都可以。只是我想要的东西必须地道才行。你要去药房吗？普里查德的店里有我的户头。普里查德不错，问他要。我从前根本没有碰过烟枪。"

"这是水，"老居说，指着水瓶，"喝水。"

"真是太仁慈了。"小伙子说着，又闭上了眼睛。

"你待在这里，"老居一边坚定地说，一边站了起来，"我去霍基蒂卡，告诉别人你在这里。我很快就会回来。"

"只要一点好东西。"老居离开小屋时，斯坦斯说道，眼睛依然紧闭着，"你回来以后，我们就去，把那些金子都找出来。或者，我们先吸口大烟再说——是的，行动要正确。这是怎样的一种单相思啊，这份饥渴！但如果是单相思，还算是爱吗？上帝啊。去取药，他说。他是个毛利小伙子！"

火星在水瓶座

> 苏永盛拜访一个非常熟悉的老相识；弗朗西斯·卡弗给予忠告。

这天上午，苏永盛在布伦顿–所罗门–巴恩斯的店里做了五英镑的交易之后，便立刻隐藏起来。那个给他手枪上好膛的店主，显然一直在怀疑他的意图，但他毫无怨言地接受了阿苏的纸币。他跟随着阿苏来到店门口，看着阿苏离开。阿苏两次回头，都看见他站在那里，双手抱在胸前，面色阴沉地朝他看。一个华人用现金购买了一支左轮手枪，一次性地拍出全款，用整整五英镑买下这种枪，一个子儿也不肯多付，并要求在店里就给枪上好膛？这种怀疑，是很难憋在心里不吐出来的。阿苏很清楚，等到他转过焊缝街和坦克雷德街的街角时，流言就会迅速地四处扩散。他需要找一个藏身的地方，一直躲到日落时分，然后就可以在夜幕的掩护下，潜入皇冠旅馆一楼最后面的那间卧室。

阿苏在霍基蒂卡没有值得信任的人可以寻求帮助。安娜肯定不行，今非昔比。曼纳林不行。普里查德也不行。他与皇冠旅馆会议的其他人都说不上话，当然，除了阿桂，可是阿桂在卡尼里，挖着砂土淘金。一时间内，阿苏考虑过在镇东一家不大体面的旅馆找一个房间，也许预付一个星期的房租，掩饰他的动机……但即便在那里，他也不担保能隐姓埋名，无法确定店主会守口如瓶。即便没有人嚼舌头，他星期一上午出现在霍基蒂卡已经够令人怀疑的了。最好不要相信他人的判断，他想。他决定拿着手枪进入与雷维尔街和坦克雷德街平行的那条后院小巷。这条后院小巷是一条有车辙的通道，一边是朝西的雷维尔街仓库和酒店后院，另一边是朝东的坦克雷德街小屋区的后院。这条后院小巷有充足的地方可以藏身，位置也很靠中心，提供了朝各个方向的诸多进出口。最有利的是，只有在旅馆干活的工匠和便士邮递员偶尔在这样的地方出没。

阿苏在一家葡萄酒和烈酒铺的后院找到了一个藏身之地。一块瓦楞铁皮斜靠在厕所旁，形成一个简易的斜三角形小屋，两端都敞着口。一大片剑麻丛挡住了小巷里人们的视线，而厕所的水泵则挡住了来自商家仓库的视线。阿苏爬进三角空间内，坐下来，盘起双腿。三个小时后，当艾胡拉先生跑在雷维尔街上，朝街头听差们大声喊叫着乔治·谢泼德颁布缉拿华人的告示时，阿苏依然盘腿坐在里面。

听到艾胡拉先生的喊话，一阵兴奋传遍阿苏的全身。现在他可以肯定，弗朗西斯·卡弗已经得到了警告。但是，阿苏有一个优势是卡弗没有也不会料想到的：多亏沃尔特·穆迪透露的机密，阿苏知道具体在哪里、在什么时间能找到卡弗。不管有没有缉拿令，乔治·谢泼德还没有逮捕他！阿苏倾听着，直到雷维尔街上上下下的叫喊声渐渐消失，然后，他微笑着闭上了眼睛。

"你在这里干什么？"

阿苏吃了一惊。站在他面前，一只手扶着厕所门的，是一个年约二十五岁的脏兮兮的年轻人，穿着宽松的直筒外套和无领衬衫。

"你不许蹲在这里，知道不，"年轻人说，皱着眉头，"这是私人地盘，这里属于切斯尼先生。你不能随便猫在你喜欢的地方。"

另一个声音从仓库传来："你在跟谁说话呢，艾德？"

"有一个华人——干坐在这里，在厕所旁边。"

"一个什么？"

"华人。"

"他在用厕所？"

"不是，"年轻人大喊，"他只是坐在厕所旁边。"

"哦，叫他走开。"

"你快走吧，"年轻人说，用靴子头轻轻踢了一下阿苏，"快走吧，你不能待在这里。"

仓库里的声音又喊起来："你刚才说他在那里干什么来着，艾德？"

"什么都没干，"年轻人大声回话，"只是坐着。他有一支手枪。"

"一支什么？"

"他有一支手枪，我说。"

"他拿着手枪干什么？"

"什么都没干。他没有制造什么麻烦，至少在我看来是这样。"

一阵停顿，然后阿苏问："他走了吗？"

"你快走吧，"艾德一边对阿苏说，一边打着手势，"走吧。"

阿苏终于振作起精神，从瓦楞铁皮下面溜出来，匆匆而去。他离开时，感觉到年轻人一双迷惑的眼睛盯着他的背后。他弯腰躲到一排晾晒的衣服后面，钻进帝国旅馆后面散发着燕麦味儿的马厩，低着头，把手枪紧紧抱在胸前。在马儿喘息和跺蹄的噪声中，能听见那两个人依然在大声交谈、议论着他。他知道过不了多久，自己就会遭到追逐。必须躲藏起来，而且要迅速，赶在有人报警之前。阿苏跑到马厩的一头，朝一道荷兰式两截门的里面窥视。他顺着一排房子的后院看过去,又看了看房后的斜屋厨房、工匠们用的羊毛毯门、厕所,以及废物坑。哪里是他最安全的藏身之地呢?他的目光停留在警察营地的那一小簇房子上,其中有乔治·谢泼德居住的一所木头小屋。阿苏心里忽地动了一下。嗯,为什么不呢?他想,突然大胆起来。在整个霍基蒂卡,这是那些要找我的人最料想不到的地方。

他穿越马厩和警察营地栅栏之间的小径,走到乔治·谢泼德家的厨房门前,潇洒地敲响了门。等待回音时,他鬼鬼祟祟地四处张望,小巷里空空荡荡,从他站立的地方看两旁的院子,也都空无一人。除非有人正从其中一家旅馆里向外看——这很有可能,毛玻璃使外面无法看清室内的情况,否则没有人能看见他,站在乔治·谢泼德家披屋的阴影里,手里拿着一支手枪。

"是谁啊?"门里传来一个女人的声音,"是谁啊?"

"找玛格丽特。"苏永盛说,把嘴唇靠近木门。

"谁?"

"找玛格丽特·谢泼德。"

"可你是谁?来访者是谁?"

他感觉到女人的嘴也靠木门很近,也许她在门的那头正凑过来。

"苏永盛。拜托。"阿苏说。然后,便是沉默。

门开了,女人站在那里。

"玛格丽特。"阿苏说,满怀激情。他鞠躬致礼。

阿苏从低垂的鞠躬姿态直起身来后,才允许自己打量女人。她和莉迪娅·韦尔斯一样,自从他们在悉尼法院最后一次见面之后,她似乎也没有丝毫改变,当时,她走上前做证——做伪证!——才救了他一命。现在,她的头顶上添了一缕白发,发质已变得粗糙,有几缕头发从发网里露出来,看上去像一层薄雾。除了这点岁月的痕迹之外,她的脸似乎没变:同样一双担惊受怕的、湿润的眼睛,同样的龅牙，同样的断鼻子，伤痕横跨鼻梁，同样轮廓模糊的嘴唇，同样恐惧、震惊和忧虑的神情。一张熟悉的面孔是怎样激起心中记忆的啊！刹那间，阿苏仿佛看见她坐在证人席上，戴着手套的双手对称地交叉放在腿上，她朝检察官眨着眼睛，用一块薄麻纱捂着嘴咳嗽两声，将它塞进衣袖里，再次交叉起双手，讲了一个救他一命的谎言。

此刻，女人瞪着眼看着他。然后她压着嗓子耳语道："这究竟是怎么——"她几乎像打嗝一样笑了一声，"苏先生——这——这究竟是怎么回事？刚发布了逮捕你的通缉令——你难道不知道？乔治发布了通缉令！"

"我可以进来吗？"阿苏说。他把手里的手枪贴在臀部，侧身遮掩着，女人还没有看见枪。

他说话时，一阵疾风透过敞开的门吹进屋里，使小屋内墙战栗抖动，可以清楚地看到风在墙上钉的白棉布的表面波动。

"赶快，"她说，"赶快，进来。"

女人慌张地把他让进小屋，关上了门。

"你为什么要来？"她悄声地说。

"你真是个非常善良的女人，玛格丽特。"

她的脸皱起来。"不，"她说，"不。"

阿苏点了点头，"你非常善良。"

"你把我置于一个可怕的境地，"她悄声道，"谁说我不会给乔治送信呢？我应该那么做！通缉令已经下了——我真没想到，苏先生。在今天早上之前，我压根儿没想到你居然在这里。你为什么要来？"

阿苏从身后拿出手枪来，动作十分缓慢。

女人用手捂着嘴。

"你要把我藏起来。"他说。

"我不能。"谢泼德夫人说，依然用手捂着嘴，她盯着左轮手枪看,"你知不知道你在说什么,苏先生?"

"你得把我藏起来,直到天黑,"阿苏说,"拜托啦。"

女人嘴唇嚅动着,仿佛在咀嚼她的手掌,然后她快速地把手移开,说:"等天黑以后你要去哪里?"

"去要卡弗的命。"阿苏说。

"卡弗——"

女人一边呻吟着快步退离他,一边摆动着她的手,仿佛示意阿苏把枪拿开,别让她看见。

阿苏没有动。"拜托啦,玛格丽特。"

"我做梦都没想到还能再见到你,"女人说,"我做梦都没想到——"

她的话被打断了,门上响起清脆的敲门声,这次是前门,在小屋的尽头。

玛格丽特·谢泼德一口气堵在嗓子眼儿,刹那间,阿苏担心她要呕吐。然后,她飞快地朝他扑过来,用双手推着他的胸膛。"走,"她悄声地不顾一切地说,"去卧室,藏到床底下。别让人看见。走。走。快走。"

女人把他推进她与狱守同住的卧室。房间收拾得非常整洁,两个带抽屉的小衣柜,一张铁架子床,一条孤零零的刺绣装饰钉在床头板的上方。阿苏来不及环顾四周。他双膝跪地,钻进了床底下,手里依然握着手枪。卧室门关上了,房间里暗了下来。阿苏听见过道里的脚步声,然后是门闩被抬起来的声音。他侧过身去躺着。光影投射在身旁绷着白棉布的墙上,上面的一片光亮变宽了,一道黑影侵入光亮,乌云般遮住了中心部位。阿苏突然感觉到一阵刺骨的凉风。

"下午好,谢泼德夫人。我来找你的丈夫,他在家吗?"

阿苏浑身僵硬,他听出了这个声音。

玛格丽特·谢泼德一定是摇了摇头,因为弗朗西斯·卡弗说:"你能告诉我在哪里能找到他吗?"

"在建筑工地上,先生。"女人细声细气,声音只比耳语略高一点。

"在海景上面,是不是?"

"是的,先生。"

阿苏双手握着克尔专利手枪。最简单的做法就是从床底下钻出来,站起身,把枪口抵在墙壁上,子弹会轻轻松松地穿透白棉布墙。可他怎能确保不会误伤谢泼德夫人呢?他看着那团黑乎乎的阴影,试图看清楚卡弗的影子在哪儿结束,谢泼德夫人的从哪儿开始。

"警报发出来了,"卡弗在说话,"谢泼德刚刚发布了通缉令。我们的老朋友苏在镇子里,携带武器,逃窜在外。"

狱守的妻子什么都没有说。卧室里,阿苏开始慢慢地从床底下爬出来。

"他是冲着我来的。"卡弗说。

没有回答,也许女人只是点了点头。

"嗯,你丈夫为我做了件好事,提醒我有危险。"卡弗继续说,"你转告他,我领情了。"

"我会的。"

卡弗似乎还不肯离开,"有谣言说,他从去年底就一直在霍基蒂卡,"他说,"他是我们共同的朋友。你一定已经见过他了。"

"没有。"女人悄声地说。

"你从来没有见过他还是你根本不知道?"

"我根本不知道,"女人说,"不知道——直到今天上午。"

卧室里,阿苏将枪口始终瞄准白棉布墙壁上的阴影,他跪在地上,然后站了起来,开始靠近墙壁。如果将手枪偏一个角度,如果斜射,而不是直射——

"嗯,乔治早就知道了,"卡弗还在说话,"到现在已经知道一段时间了,他一直在跟踪观察苏,还没有告诉过你吗?"

"没有。"乔治夫人悄声说。

又是停顿。

"我想这也说得过去。"卡弗说。

阿苏来到卧室门口的木框处。这里距离前门的那方亮光估计只有六英尺,两层白棉布是他与弗朗西斯·卡弗之间的唯一障碍。卡弗带着武器吗?他无法判断,除非打开门,面对面地攻击对方——但是如果这样,他会失去宝贵的几秒钟,也就失去了出其不意的优势。然而他还是不敢开枪,因为害怕误伤谢泼德夫人。他凝视着白棉布上的两个人影,试图分辨女人站立的位置。门是朝左开还是朝右开?

白棉布上的影子似乎变得更黑了一点。

"你在用你的一辈子还债,"卡弗说,"是不是?"

沉默。

"一辈子都还不清。"

沉默。

"他不要你的忏悔,"卡弗说,"记住我的话,谢泼德夫人。你的忏悔不是他想要的。他想要的东西,他能够为自己办到。乔治·谢泼德想复仇。"

谢泼德夫人终于开口说话了。"乔治憎恨复仇这种念头,"她说,"他称之为野蛮。他说复仇是嫉妒的行为,不是正义。"

"他是对的,"卡弗说,"但是每个人都有自己嫉妒的东西。"

门口那一团黑影渐渐地退去、消隐,阿苏听见卡弗离开的脚步声。小屋的门关上了,谢泼德夫人插上门闩时,传来螺栓和铁链的嘎吱声。然后是较为轻盈的脚步声,越来越近,卧室的门被打开了。谢泼德夫人看着阿苏,吃了一惊,然后看着他手里的手枪。

"你这个傻瓜，"她说，"光天化日之下！警官离你只有五步远！"

阿苏没有说什么。乔治夫人似乎又打起嗝来。她的声音提高了，变成一半耳语一半尖叫的腔调。"你这不是疯了吗？也不想想会给我造成什么后果——给我，如果你在我家门口要了那个人的命。你怎么能——也不想一想，值班警官就在五步之外，而且——还有乔治——！究竟怎么回事？"

阿苏感到耻辱。"对不起。"他说，垂下了他的双手。

"我会被绞死的，"玛格丽特·谢泼德说，"我会被绞死的。乔治一定能做得出来。"

"没有造成伤害。"阿苏说。

女人的歇斯底里立刻化为苦涩。"没有造成伤害。"她说。

"非常抱歉，玛格丽特。"

阿苏的确感到抱歉。也许，他已经失去了自己的机会。也许，现在她会把他赶到大街上，或者摇铃叫来她的丈夫，或叫来警官……他会被抓起来，卡弗则逍遥自在。

女人走上前，把左轮手枪从阿苏手里轻轻取下来。她让自己拿枪的时间尽量短，小心翼翼地把枪在宝塔架上放好，确保枪口朝着没有人的地方。然后，她徘徊了一会儿，不看他。她深深地呼吸了几次。他等待着。"你待在这里，直到天黑。"她终于说，语气十分平静，她依然躲着不看他，"你待在床底下，直到天黑，能够安全离开的时候。"

"玛格丽特。"阿苏说。

"怎么？"她悄声说，躲避着，目光快速扫了一下灯的支架，然后又看着床头板，"怎么？"

"谢谢你。"阿苏说。

她凝视着他，然后迅速将目光移到他的胸口和肚子上。"你穿着这身大褂,三里地之外都能被认出来,"她咕哝道,"你是个彻头彻尾的华人。等在这里。"

十分钟后,她回来了,胳膊上搭着夹克衫和裤子,手里拿着一顶软帽。"穿上试试,"她说,"我会把裤腿按你的长度收一下,你可以从监狱借一件夹克衫。你离开这里时要像一个英国人,苏先生,否则休想走得掉。"

心宿二的儿童①

> 斯坦斯先生服用药物；韦瑟雷尔小姐摔倒在地。

泰老·老居在三点半之前赶到了普里查德的药店，四点钟的钟声敲响时，他和普里查德已经坐在一辆出租的双轮马车上，赶着两匹马，以马车可达到的最快速度向北飞驰。普里查德一副半坐半站的姿势，没戴帽子，不顾一切地鞭打着已经汗流浃背的马。他的夹克衫兜里鼓鼓囊囊，揣着一玻璃罐鸦片酊，浓浓的液体晃荡着，在玻璃瓶内壁留下油状的铁锈色，每次车轮碰到石头颠簸一下，都会使玻璃瓶上的深浅颜色交替变化。老居双手紧紧抓住椅背，尽最大努力不让自己呕吐出来。

"他说他要找的人是我，"普里查德对自己说，兴奋不已，"不要医生——要我！"

---

① 原文为毛利语，心宿二是天蝎座中最亮的恒星，又称"蝎子的心脏"，毛利人认为心宿二是所有恒星的首领，心宿二的儿童代表一个节气，表示欢歌笑语的时刻到了。

Φ

查理·弗罗斯特在律师费罗斯的询问下，讲出了真相。是的，在克罗斯比·韦尔斯地产上发现的金子已被熔铸过。是中国金匠桂龙亲手冶炼的，在这天早上之前，阿桂一直受雇于斯坦斯先生的金矿——极光金矿，是那里唯一的淘金汉。费罗斯先生在笔记本上记下这一切，非常礼貌地感谢了年轻的银行经理的帮助。然后，他拿出安娜·韦瑟雷尔给他的那份烧焦的馈赠契约，默默地从桌子上面递给弗罗斯特。

弗罗斯特瞟了一眼纸条，震惊不已，"已经签过字了。"他说。

"再说一遍？"费罗斯说。

"埃默里·斯坦斯在过去两个月的某个时间在这份文件上签了名，"弗罗斯特语气坚定地说，"当然，除非这个签名是伪造的……但是我熟悉此人的手迹：这确实是他的笔迹。我最后一次看见这张纸条时，此人的名字旁边是空白的，并没有签名。"

"这么说他还活着？"律师说。

Φ

本杰明·洛温塔尔拐上了科林伍德街，惊讶地发现普里查德的药店关着门，上了锁，窗户里有一张卡片说明药店已经打烊。他绕到房子后面，发现普里查德的助手，一个名叫贾尔斯的男孩，正坐在房子后面的台阶上读报纸。

"普里查德先生在哪儿？"他说。

"出去了，"男孩说，"您需要什么？"

"肝丸。"

"按原方取药？"

"是的。"

"这个我能办。从后面进来吧。"

男孩把报纸放在一旁，洛温塔尔跟着他进了屋，穿过普里查德的实验室，进入药店。

"这不像是乔的一贯作风，星期一下午离开自己的办公室。"洛温塔尔说，男孩开始给他抓药。

"他跟一个土著家伙走了。"

"老居？"

"我不知道他的名字。"男孩说，"他火急火燎地闯来，就在不到两小时前。给普里查德先生送信，然后普里查德先生派我去给他们俩租了一辆双轮马车，再后来，他们像一对黑夜骑马大盗一般，朝着绿玉神舟谷飞奔而去。"

"真的？"洛温塔尔感到好奇，"你没有弄明白是怎么回事吗？"

"没有。"男孩说，"但是普里查德先生带了整整一罐鸦片酊，外加一口袋药粉。那个土著人说'他需要药'——我听见他说的，但是他没说是谁。普里查德先生不断地说着一些我根本不明白的话。"

"说的什么话？"洛温塔尔说。

"'妓女的子弹'。"男孩说。

Φ

"啊——安娜·韦瑟雷尔！"

克林奇的声音与其说是诧异，不如说是震惊。

"你好，埃德加。"

"可是你怎么会来这里的呢？当然你太受欢迎啦！可是你怎么会来这里的呢？"他从办公桌后面走出来。

"我需要一个地方待一会儿，"她说，"待到五点钟。我可以打扰你，借贵地待几个小时吗？"

"打扰——绝对谈不上打扰！"克林奇大声说，走上前来把安娜的两只手握在自己的双手里，"哎哟——好的——没问题，没问题！你一定要到我的办公室里来！我们喝杯茶吧？就着饼干？见到你多令人高兴啊！多可爱啊！你的女主人在哪里？你五点钟要去哪里？"

"我在法院有个预约。"安娜·韦瑟雷尔说，礼貌地抽出她的双手，后退几步离开克林奇。

克林奇的笑容立刻消失了。"你被传唤了吗？"他焦虑地说，"你要接受审讯吗？"

"不是那么回事儿。我找了一位律师，仅此而已，是我自愿找的。"

"一位律师！"

"是的，"安娜说，"我要跟寡妇争夺那份权益。"

克林奇惊讶不已。"哇！"他说，脸上再次露出微笑，以掩饰内心的迷惑，"哇！你一定要好好跟我说说，安娜——我们必须一起喝茶。你来了，我真是太开心啦。"

"听你这么说，我很高兴。"安娜说，"我还担心你会怨恨我。"

"我永远不会怨恨你！"克林奇大声说，"永远不会——可是为什么呢？"片刻之后，他明白了，"你要跟寡妇争夺，去认领——认领那笔横财。"

安娜点了点头，"有一份文件，把我的名字列为继承人之一。"

"是吗？"克林奇说，面带沮丧，"有签名，一切齐全？"

"在他的炉子里发现的。在克罗斯比·韦尔斯的炉子里。有人试图烧掉它。"

"可是上面有签名吗?"

"两千英镑。"安娜说,"哦——你一直待我如慈父,埃德加——我愿意都告诉你。他打算把它作为一份礼物!两千英镑,作为一份礼物,一下子送给我。他爱我。他一直爱着我!"

"谁?"埃德加·克林奇酸溜溜地问,其实他已经知道了。

Φ

洛温塔尔返回焊缝街的报社办公室时,听见有人叫他的名字。他转过身,看见迪克·曼纳林正阔步向他走来,胳膊底下夹着一份报纸。

"我给你带来一条爆炸性的新闻,本,"曼纳林说,"虽然你可能已经听说了。你想听一条有爆炸性的新闻吗?"

洛温塔尔皱着眉头,心烦意乱,"什么新闻?"

"有谣言说,谢泼德监狱长发布了捉拿苏先生的通缉令。显然,苏先生今天上午出现在霍基蒂卡,拍下现金买了军用武器!你觉得怎么样?"

"他打算使用武器吗?"

"一个人为什么要买枪,"曼纳林兴高采烈地说,"当然是想用它!我敢说我们可以期待在大街上看一场枪战。一场枪战——美国风格的!"

"我也有一些新闻。"洛温塔尔说,他们转上了雷维尔街,开始向南走,"另外一条谣言——不比你的滋味差。"

"有关我们的苏先生?"

"有关我们的斯坦斯先生。"洛温塔尔说。

Φ

桂龙在中国城他的小棚屋里切菜做汤时,听见马蹄声越来越近,然后有人高声向他打招呼。那人来到门口,一手撩起了麻布门帘。

"就是你,"出现在门口的那个人说,他刚下马,"你被法院召见,我来带你去霍基蒂卡法院。"

桂龙举起双手。"不是阿苏,"他说,"阿桂。"

"我太清楚该死的你是谁,"那人说,"我要找的就是你。快走,越快越好,轻便马车等着呢。快。"

"阿桂。"阿桂再次说道。

"我知道你是谁。这跟你在极光挖出来的金子有关。"

"绿玉神舟?"阿桂说,没有听清对方的话。

"对了。"那人说,"现在,赶紧动身。你被一位名叫约翰·费罗斯的先生传唤,他代表裁判法庭。"

Φ

离开储备银行后,费罗斯先生到尼尔森合作公司拜访了哈拉尔德·尼尔森。他在代理商的办公室里见到尼尔森,后者正在为乔治·谢泼德制定出纳表格。这项工作十分枯燥乏味,尼尔森很高兴有人来打打岔——确切地说，他本来很高兴，直到这位律师递给他那份烧焦的合同，上面有埃默里·斯坦斯和克罗斯比·韦尔斯两个人的签名。尼尔森的脸顿时失去了血色。

"你以前见过这份文件吗？"费罗斯说。

但尼尔森是个吃一堑长一智的人。

"在回答你的问题之前，"他谨慎地说，"我想知道是谁派你来的，找我的目的是什么。"

律师点了点头。"公平合理。"他说，"那个姓韦瑟雷尔的女人，今天早上从匿名人士处得到这份文件。是趁她女主人外出时，从门底下塞进屋的。这么可观的一大笔钱，根据所有的现象来看，势必要溜进她的腰包里，这点你也看得出来。但是这里面散发着阴谋的气息，我们不知道是谁送去的——也不知道是为什么。"

尼尔森已经背叛过考埃尔·德夫林一次，不愿第二次背叛他。"我明白，"他说，表面仍是不动声色，"这么说你是为韦瑟雷尔小姐工作喽？"

"我跟任何妓女都没有关系，"费罗斯尖刻地说，"只是在做一点研究，仅此而已。摸底调查罢了。"

"当然，"尼尔森轻声地说，"请原谅。"

"你是清理克罗斯比·韦尔斯房地产的人，"费罗斯继续说道，"我想知道的就是，当你被叫去清理他的房子时，这张字条是否包括在他的财物中？"

"不，没有包括。"尼尔森说，这是实话，"我们将小屋从上到下清理了一遍。我的话句句属实。"

"好的，"费罗斯说，"谢谢。"

他站起身，尼尔森也站了起来。两人都起身时，卫斯理教堂的钟报响了时辰：差一刻五点。

"顺便提一下，你的捐赠十分慷慨，"费罗斯说着，动身离开，

"你对海景新监狱的支持,十分令人钦佩。"

"谢谢。"尼尔森说,口气刻薄。

"这是这个时代难得一见的事情,遇见一位真正慈善的人。"律师说,"我对你赞赏有加。"

Φ

"斯坦斯先生?"

小伙子的眼睛扑闪着睁开了,眼前模糊一片,聚焦后,他把目光停留在约瑟夫·普里查德身上,普里查德正蹲在地上俯视着他。

"哟,这不是普里查德吗?"小伙子说,"药剂师。"

普里查德温柔地伸出一只手,拨开斯坦斯的衬衫领子,露出底下发黑的伤口。小伙子没有反抗。当药剂师检查伤口时,他的眼睛一直在普里查德的脸上寻求着什么。

"你没想法子刮一块吗?"他耳语道。

普里查德的脸色阴沉着,"一块什么?"

"一块大烟,"小伙子说,"你说过会给我一块的。"

"我带来了减缓疼痛的东西。"普里查德没好气地说,"你染上了大烟瘾,是不是?你这个伤口很严重。"

"上瘾,"小伙子说,"我说它像是一根刺。我根本没有听见枪声,你知道,我当时躺在棺材里。"

"你在这里有多久了?你最后一次吃东西是什么时候?"

"三天,"小伙子说,"不是三天吗?你真是太好了,太客气啦!我想当时是深更半夜。我要出去走一走。"

"他语无伦次。"普里查德说。

"没错。"老居说,"他会死吗?"

"他看上去不是很消瘦,"普里查德说,用手背触摸着斯坦斯的脸颊和前额,"至少,有人一直在给他东西吃……或者说,不管他去过哪里,都设法找到吃的。上帝啊!八个星期。光靠祷告是不会出现这样的奇迹的。"

斯坦斯的目光越过普里查德的肩膀,落在他身后的老居身上。"毛利人是最棒的向导,"他说,脸上微笑着,"你会干得漂亮。"

"听着,"普里查德对斯坦斯说,再次把他的衣领从伤口处拨开,"我们得把你搬到马车上,得把你带回霍基蒂卡,好让吉利斯医生取出你肩膀上的子弹。你上了车以后,我就会给你减缓疼痛的东西。好吧?"

小伙子的头低垂在胸前。"霍基蒂卡,"他咕哝着,"安娜·玛格达莱纳。"

"安娜在霍基蒂卡等着你呢。"普里查德说,"来吧,好,越快越好。天黑之前我们就能把你带回镇子。"

"他为她写了一首咏叹调,"小伙子说,"作为信物。我没有说过爱的誓言。"

普里查德抬起斯坦斯那只没有受伤的胳膊,搭在自己的肩膀上,站了起来。老居搂住小伙子的腰,两个人将他架出小屋,抬上马车。小伙子依然咕哝着。他的皮肤因为汗水而变得湿滑,摸上去滚烫。他们将他摆在双轮马车座位的正中间,这样普里查德和老居可以各坐在他两边,防止他向前扑倒,老居把自己的羊毛外套盖在小伙子腿上。最后,普里查德从衣兜里拿出那罐鸦片酊,打开了瓶塞。

"恐怕很苦,但它会减缓你的疼痛。"他说,一只手托着斯坦斯的颈背,一只手把瓶子喂到他嘴边,"喝一口,"他说,"喝一口。不难咽下去,是不是?再咽一口。喝一口。再来一口。好,坐稳喽,斯坦斯先生,闭上眼睛吧,你马上就会入睡的。"

Φ

阿利斯泰尔·劳德巴克离开霍基蒂卡法院后，立刻前往船运商托马斯·鲍尔弗的办公室。他将"一帆风顺号"销售票据的个人备份扔在鲍尔弗的办公桌上，未经邀请就坐了下来，大喊大叫道："他还是不依不饶，汤姆！弗朗西斯·卡弗还是不依不饶！他要榨干我的血，直到我他妈的一命呜呼那天！"

鲍尔弗花了很长时间才搞清楚这段戏剧性声明的来龙去脉，明白了"一帆风顺号"保护与赔偿保险条款被利用的阴谋，他终于大胆发表了自己的意见，也许劳德巴克应该认输，至少在这一回合上。弗朗西斯·卡弗似乎已经击败了他。模棱两可的签名是一个高明的伎俩，不是那么容易质疑的。至于"一帆风顺号"的保险政策，卡弗在法律上享有动用这笔资金的权利，加里蒂先生已经核实并批准了提款动议。但是政治家不愿接受理智的劝导，固执己见地叹息着，抓着自己的头发，嘴里咒骂着弗朗西斯·卡弗。到五点钟时，鲍尔弗的耐心早就耗光了。

"你不应该来找我谈，"鲍尔弗终于说，"我对法律的门道一窍不通。你不应该跟我谈这个。"

"那我跟谁谈？"

"去找特派专员谈。"

"他不在镇上。"

"那么裁判官呢？"

"这是选举前夕！你疯了吗？"

"那么就找谢泼德吧。把这个拿给乔治·谢泼德看，听一听他的意见。"

"我和谢泼德先生关系不好。"劳德巴克说。

"嗯，好吧，"鲍尔弗说，恼火了，"可是别忘了，谢泼德与卡弗关系也不好！他可能会在这方面给你一些帮助。"

"谢泼德跟卡弗有什么过节？"劳德巴克问。

鲍尔弗皱起眉头看着他，"卡弗曾经在谢泼德的看守下劳改过，"他说，"作为一名囚犯。谢泼德曾经是杰克逊港的鹦鹉岛监狱里的警官，卡弗曾在那里服刑。"

"哦。"劳德巴克说。

"你不知道这个吗？"

"不知道，"劳德巴克说，"我怎么会知道呢？"

"我只是以为你可能已经知道了。"鲍尔弗说。

"我哪里知道乔治·谢泼德是只什么鸟。"劳德巴克说，语气十分固执。

Φ

奥伯特·加斯科因午后到储备银行办完公事，当时钟敲响五点时，他已经回到了法院，为《西海岸时报》整理小额索赔法庭这一整天的开庭记录。突然，门厅的门被打开，他惊讶地看见安娜·韦瑟雷尔走了进来。

然而，安娜经过他的身旁去跟费罗斯先生握手，只是敷衍了事地跟他打了个招呼。她和费罗斯先生交谈了几句，加斯科因听不清说的是什么，然后那位律师便示意安娜进入个人办公室，关上了门。

"安娜跟费罗斯在干什么？"加斯科因问他的同事伯克。

"一点儿都不知道，"伯克说，"她早些时候来过，在你去银行的时候，想跟律师说点什么私事。"

"你刚才为什么不告诉我?"

"因为这不是什么该死的新闻。"伯克说,"你好,这不是谢泼德监狱长吗?"

乔治·谢泼德阔步穿过大厅向他们走来。

"加斯科因先生、伯克先生,"他说,"下午好。"

"下午好。"

"我来拿逮捕华人的通缉令。"

"已经给您准备好了,先生。"

伯克去取通缉令。谢泼德等待着,克制着自己的急躁,双手叉在腰上,手指头连续地敲打着。加斯科因盯着费罗斯办公室的门。突然,门后面传来"扑通"一声闷响——很像一个人的身体摔下楼梯时的动静,片刻之后,费罗斯大声地喊叫着:"帮我们一把——快来帮我们一把!"

加斯科因穿过大厅来到办公室,打开了门。安娜·韦瑟雷尔匍匐在地上,双眼紧闭,嘴巴半张,律师费罗斯跪在她身旁,摇着她的胳膊。

"一倒地就昏了过去,"费罗斯说,"就这么瘫倒在地!身子往前一扑,摔倒在桌子那边!"他转身向加斯科因,恳求地说,"跟我没关系!我没有碰她一根汗毛!"

狱守从他们身后走上前来,"怎么回事?"

加斯科因跪下去,弯身靠近安娜。"还有呼吸,"他说,"我们把她扶起来。"他扶安娜坐起,暗自感叹她多么瘦削,四肢萎缩成干柴一般。她脑袋向后耷拉着,加斯科因用胳膊肘的弯曲处支撑着她。

"她磕碰着脑袋了吗?"

"完全不是那样,"费罗斯说,脸上一副惊惶的表情,"她只是身子一歪,倒了下去,就像喝醉了一样。可是当她进来的时候,好像并没有喝醉。我发誓我没有碰她一下。"

"也许她昏过去了。"

"动动你们的脑袋瓜，你们两个，"谢泼德说，"我从这里都能闻到鸦片酊的气味。"

加斯科因也能闻到，浓厚而苦涩。他把一根手指塞进安娜嘴里，把嘴撬开。"没有染色的痕迹，"他说，"如果是鸦片酊，她的舌头会变成棕色，对不对？牙齿也会染上颜色。"

"把她带到监狱去。"谢泼德说。

加斯科因皱起眉头，"也许医院——"

"监狱。"谢泼德说，"我已经受够了这个妓女和她的鬼把戏。把她带到警察营地，铐在栏杆上。让她保持坐姿，可以呼吸。"

费罗斯摇了摇头。"我不知道是怎么回事，"他说，"她刚才还完全清醒，说着就昏昏欲睡，紧接着——"

门厅的门再次被打开。"费罗斯先生，有一位桂先生找。"有人喊道。

伯克从他们身后走上前。"请原谅，谢泼德先生，"他说，"这是你逮捕苏先生的通缉令。"

"桂先生？"加斯科因说着，转过身来，"他来这里干什么？"

"把妓女带走。"狱守说。

Φ

苏永盛躺在乔治·谢泼德床底下的光地板上，听着卫斯理教堂的钟敲响了五点半，这时小屋门上再次响起了敲门声。他将头转向一旁，听着玛格丽特·谢泼德的脚步声。她步履轻盈地走下过道，拔出门闩，解开铁链，白棉布墙壁上的一块影子被再次拉宽，阿苏感觉到屋外空气的凉爽。现在光线没有那么强烈了，微微有点泛蓝，门口的影子是柔和的灰色。

"我想，你是谢泼德夫人吧？"

"是的。"

"我想知道能否跟你的丈夫说句话。他有空吗？"

"不。"玛格丽特·谢泼德说，这是她在一天里第二次这么回答，"他到法院办事去了。"

"真可惜。我可以等他吗？"

"你最好提前预约。"她说。

"我猜你是说他不大可能回来了。"

"他经常在海景过夜，"她说，"有时在镇上打台球。"

"明白了。"

苏永盛没有听过阿利斯泰尔·劳德巴克的声音，但是能从声调和音量上判断说话者是一个有权有势的人物。

"请原谅我打扰你，"劳德巴克继续说，"也许你可以帮我一个忙，告诉你丈夫我来过了。"

"好的，没问题。"

"你知道我是谁，是不是？"

"您是劳德巴克先生。"她小声地说。

"很好。告诉他，我想跟他谈谈一个共同的老相识。那个人的名字是弗朗西斯·卡弗。"

"我会告诉他的。"

那个人会在明天早上之前死掉，苏永盛想。

门再次被关上，卧室里暗了下来。

Φ

考埃尔·德夫林在警察营地的监狱一角为安娜·韦瑟雷尔腾出一块地方，他忙于这件事情时，心里想着，安娜现在的模样比两个月前企图结束自己生命时更加悲惨。她这次没有发烧，而上次一直在发烧，此刻她在睡眠中没有说胡话，也没有骚动不安——她穿着黑色的哀悼服，就这样安详地沉睡，这一切似乎更令人感到难过。她多么瘦削啊！德夫林非常遗憾地给她戴上手铐，尽可能戴得很松。他请谢泼德夫人拿一条毛毯来垫在安娜头下。他的指令被沉默地执行了。

"这到底是什么意思呢？"他一边对加斯科因说，一边在膝头折叠着毛毯，"我今天早上刚见过安娜。我亲自陪她去的法院！难道她直接去了普里查德的药店，买了一瓶那玩意儿？"

"普里查德的药店关门了，"加斯科因说，"整个下午都关着门。"

德夫林把手掌伸到安娜的脑袋下面，把叠好的毛毯塞进去。"那么，看在上天的分儿上，她究竟在哪儿弄到一瓶鸦片酊的呢？"

"也许她身上一直揣着一瓶。"

"不，"德夫林说，"今天上午她离开游人好运楼的时候，并没有拿手提袋或钱包之类的。据我所知，她身上甚至一点钱也没有。一定是有人给她的，但是为什么呢？"

加斯科因很想知道考埃尔·德夫林今天上午为什么去了游人好运楼，那里发生了什么事情。就在他琢磨着如何礼貌地发问时，门外响起一辆双轮马车不断逼近的嘎吱声和马蹄声，然后是普里查德的声音：

"喂，里面的人！我是乔·普里查德，还有埃默里·斯坦斯！"

德夫林的表情大为惊讶，几乎成了一副滑稽相。加斯科因立刻跳起来，眨眼间就冲到了门外，牧师匆忙地跟了出去。在院子里，他们看见约瑟夫·普里查德从马车的驾驶座上爬下来，牵着马，把它们拴在监狱的马桩上。泰老·老居坐在马车的座位上，双臂搂着一个脸色苍白、眼圈深陷的小伙子。德夫林瞪眼看着这个小伙子。这就是埃默里·斯坦斯——这么一个四肢瘫软、毫不起眼的家伙？这小伙子比他想象的年轻得多。是啊，他年仅二十一岁——也许还要更年轻，简直比一个孩子大不了多少。

"老居发现他藏在克罗斯比的小屋里，"普里查德简略地说，"你们看得出来，他病得很厉害。给我们搭把手，把他搬下来。"

"你不能把他往监狱里送！"德夫林说。

"当然不能，"普里查德说，"他需要去医院。他需要立刻找吉利斯医生看看。"

"别。"加斯科因说。

"什么？"普里查德说。

"如果你把他送到医院，他熬不过一个小时就会完蛋。"加斯科因说。

"可是，确切地说，我们也不能把他送回他自己家里。"普里查德说。

"那就给他在旅馆开一个房间。给他在某个地方找间屋子，随便什么地方都比医院强。"

"帮我们一把，"普里查德又说了一遍，"我们忙这些的时候，派个人去把吉利斯医生找来，让他拍板决定。"

他们帮着把埃默里·斯坦斯从马车上抬下来。

"斯坦斯先生，"普里查德说，"你知道你在哪儿吗？"

"安娜·玛格达莱纳，"小伙子喃喃地说，"安娜在哪儿？"

"安娜就在这里，"考埃尔·德夫林说，"她就在里面。"

小伙子的眼睛睁开了，"我要见她。"

"他在胡言乱语，"普里查德说，"不知道自己在说什么。"

"我要见安娜，"小伙子说，突然清醒过来，"她在哪儿？我要见她。"

"依我看，他头脑清醒着呢。"加斯科因说。

"带他进去，"德夫林说，"趁医生还没来。快，这才是他需要的。把他带进监狱里来。"

大凶星

> 苏永盛无意中听到一段谈话的开头。

阿苏蹲在皇冠旅馆的后院里,后背靠在房屋的木柱上,膝盖弯曲着,双手轻轻地握着克尔专利左轮手枪。他看上去与当天上午购买手枪时判若两人。玛格丽特·谢泼德剪掉了他的辫子,在他的下巴和脖颈前部涂了黑鞋油,并用鞋油描浓了他的眉毛。她给他找来一件破旧的夹克衫,一件监狱统发的斜纹衬衫,一条系在脖子上的红色围巾。他的帽檐翻下来,夹克衫领子翻上去,看上去一点都不像华人。他走完警察营地到皇冠旅馆的三百码距离,丝毫没有引起任何人的注意。现在,他蹲在后院里,被夜幕笼罩着,完全像个隐身人。

旅馆里有两个人正在交谈,一个男人和一个女人。他们的声音透过百叶窗和窗框之间的缝隙,十分清晰地传到他的耳朵里。

"看上去大功告成了,"那个男人说,"保护与赔偿。"

"你听上去还是焦虑不安。"那个女人说。

"是的。"

"你还怀疑什么呢？钱差不多已经到你手里了！"

"你知道，我不信任没有来头的家伙。我没法挖出这个加斯科因的任何历史。他在圣诞节前期来到霍基蒂卡，不费吹灰之力就在法院找到了一份差事。独自生活。没有什么朋友。你说他只是个花花公子。要我说，我怎么知道他不是那个劳德巴克安插在这里的？"

"他的确是有关系的。我想起来了，在游人好运楼开张的那天，他带来一个朋友，像是一个贵族。"

"他是怎么称呼自己的？那个朋友。"

"他名叫沃尔特·穆迪。"

"他不会是阿德里安·穆迪的儿子吧？"

"我首先也想到了这点，他口音里确实带着苏格兰腔。"

"嗯，你说中了，他们肯定是一家人。"

里面响起碰杯的声音。

"我在离开达尼丁之前还看见过他，"那个男人继续说，"我说的是阿德里安。烂醉如泥。"

"到处惹是生非，毫无疑问。"女人说。

"我不喜欢失控的男人。"

"是的，"那个女人同意，"而且穆迪是最糟糕的一类——是喜欢接受挑衅的那种男人，趁机发泄他的脾气——否则他不知道往哪儿发泄。他清醒的时候还是个体面人。"

"但不管怎么说，"男人说，"如果这个加斯科因跟一个穆迪家的人关系不错，应该对我们有好处。他的建议应该是好的。"

"这家父子彼此的相貌太不相像了，母亲的基因一定很强。"

男人大笑起来，"你总是少不了品头论足，格林韦。你从来没有不去评论别人的时候。"

又是片刻的停顿，然后女人说："事实上，他是乘'一帆风顺号'来的。"

"穆迪？"

"是的。"

"不。他不可能。"

"弗朗西斯！不要反驳我。他亲口告诉我的，那天晚上。"

"不，"男人说，"没有一个叫穆迪的人。只有八个乘客，我看过乘客名单，我会记得那个名字的。"

"也许你没注意。"女人说，"你知道我讨厌被反驳，咱们别争论了。"

"我怎么会忽略穆迪这样的名字？哎呀，那简直就像忽略汉诺威，或者——或者金雀花①一样啊！"

女人大笑，"我很难把阿德里安·穆迪与王室相提并论！"

阿苏听见椅子吱呀一响，还有重物在地板上移动的声音。"我只是说，我会认出那个名字。你能忽略卡弗这个名字吗？"

女人喉咙里发出一点响声。"他绝对说过他是乘'一帆风顺号'来的。"她说，"我记得一清二楚，我们别在这个话题上纠缠了。"

"有什么地方不对劲儿。"那个男人说。

"嗯，你有乘客名单吗？你肯定有一张《西海岸时报》——船到港那天的，为什么不查看一下呢？"

"对，你说得对。等一下，我这就到吸烟室里找一找。他们在写字台上存着一摞过去的大报。"

门被打开，又被关上。

---

① 金雀花（Plantagenet）指的是耳熟能详的金雀花王朝（1154—1399）。

Φ
.

隔壁房间的煤油灯亮了起来,把后院的一角笼罩在柔和的黄光中。卡弗在皇冠旅馆的吸烟室里——终于与莉迪娅·韦尔斯分开了。阿苏微微地挺直身体。透过窗户,他看见卡弗背对门口,正在快速地浏览写字台上的报纸。根据阿苏的观察,房间里没有别人。卧室里,莉迪娅·韦尔斯开始为自己哼唱一首小曲。

阿苏站起身来。他把克尔专利贴在大腿上,让穿着淘金汉靴子的脚步尽量放得轻柔,从房子后面潜行到工匠专用的门旁。他转身朝着小巷,却突然愣住了。

"放下你的武器。"

一个人站在小巷最远端,脸在暗处,手里握着长柄手枪,正是监狱长乔治·谢泼德。阿苏没有动。他的目光转向谢泼德的手枪,然后回到谢泼德的脸上。

"放下它,"谢泼德说,"不然我会开枪打你,立刻放下武器。"

阿苏还是什么都没说,依然纹丝不动。

"跪下,把你的左轮手枪放在地上。"谢泼德说,"立刻服从命令,否则死路一条。跪下。"

阿苏跪下,但是并没有放开克尔专利。他的手指将扳机扣得更紧了些。

"我会在你打开保险瞄准之前就打死你。"谢泼德说,"不要胡来。放下你的武器。"

"玛格丽特?"阿苏说。

"是的。"谢泼德说,"她给我报了信。"

阿苏摇了摇头,他无法相信这一点。

"她是我的妻子,"谢泼德情绪暴烈地说,"在我之前,她是我哥哥的妻子。我相信,你还记得我哥哥吧,你应该记得。"

"不。"阿苏的手指在扳机上又扣紧了一些。

"你不记得他了?还是认为应该忘记他?"

"不。"阿苏固执地说。

"让我刷新你的记忆吧。"谢泼德说,"他死在达令港的白马酒吧,在近距离内被子弹射穿了太阳穴。你现在想起他来了吗?他的名字是杰里米·谢泼德。"

"我记得。"

"好,"谢泼德说,"我也记得。"

"我没有杀他。"

"还是以前的那老一套,我明白。"

"玛格丽特。"苏永盛又说了一遍,依然跪着。

Φ

"弗朗西斯!"

"别作声。嘘——"

"……你在听什么?"

"嘘——"

"我没听到什么。"

"我也没有。那就好。"

"离这儿真近啊!"

"可怜的羔羊。吓着你了吗?"

"只是一点点。我还以为——"

"别在意,很可能只是一次意外。有人在给自己擦枪。"

"我不由自主地以为是那个可怕的华人。"

"他不会得手的。他会直奔宫殿旅馆,天不亮就会被围剿掉。"

"你一直那么害怕他,弗朗西斯。"

"过来。"

"好的,好的。我现在已经缓过劲儿来了,让咱们看看你找到了什么。"

"这里,"一阵沙沙的声音,"看,麦克基成、莫雷利、帕里什。看见了吗?总共八个——哪里都没有提到沃尔特·穆迪。"

女人查看报纸、核对日子的时候,有一阵短暂的安静。随后男人说:"奇怪的是竟然在这方面说谎。尤其是他的伙伴,在几个星期后,如同从天而降似的,开始跟我唠叨保险的事情。说他自己只是一个喜欢把漏洞告诉他人的人。"

"其中一个名字肯定是假的。如果你的乘客确实是八个,沃尔特·穆迪真是其中一位的话。"

"八个——而且全都下了船。那天下午他们被平底船摆渡到海滩上——在我们翻船之前六小时,也许七小时。"

"那么他一定是用了假名。"

"他为什么要这样做呢?"

"嗯,那么他也许是在撒谎,谎称是乘'一帆风顺号'来的。"

"他为什么要这样做呢?"

显然,莉迪娅·韦尔斯也没有找出这个问题的答案,片刻后她说:"你在想什么呢,弗朗西斯?"

"我在想给我的老朋友阿德里安写一封信。"

"对,你写吧,"韦尔斯夫人说,"我自己也会去打听打听。"

"保险款项的确已经批准,加斯科因的话果然不错。"

她随后说:"咱们上床吧。"

"你这一天够难熬的。"

"特别难熬的一天。"

"到头来,一切都会好起来的。"

"她会得到她应得的,"韦尔斯夫人说,"我也想得到我应得的,弗朗西斯。"

"等待,对你来说很郁闷。"

"度日如年。"

"嗯。"

"你也感到厌倦了吗?"

"唉……我不能如我所愿,在大街上炫耀你。"

"那你想怎么炫耀我呢?"

卡弗没有回答这个问题。简短的沉默之后,他声音很小地说:"你很快会成为卡弗夫人。"

"我已经在展望这个目标了。"莉迪娅·韦尔斯说,然后很长一段时间没有人说话。

春分

> 一对情人在骚动中安睡。

乔治·谢泼德指挥将苏永盛的尸体搬到警察营地他的私人书房里,放在地板上。死亡之后,这个男人下巴和颈前涂黑之处显得更加可怕。尸体被抬进来时,乔治夫人深深地呼吸,仿佛是让自己坚强起来,抵御体内的疾风。考埃尔·德夫林从警察营地的监狱过来,震惊地低头看着尸体。这个"单帽"唤起了他对隐士克罗斯比·韦尔斯的鲜活记忆,就在两个月前,隐士就是以完全相同的方式被停放在这里——事实上是躺在同一张细纱床单上,嘴唇微微张开,一只眼皮底下露出一丝白色微光,因为他的眼睛没有完全闭上。过了好一会儿,德夫林才反应过来这个死者到底是谁。

"这一枪是我打的,"谢泼德说,神情十分平静,"当时他冲着卡弗举起了手枪,打算从窗户朝卡弗的后背开枪。我及时阻止了他。"

德夫林终于能够说出话来,"你就不能——缴了他的械?"

"不行,"谢泼德说,"当时不行。不是他送命,就是卡弗送命。"

玛格丽特·谢泼德发出一阵呜咽。

"但是我不明白，"德夫林说，瞥了她一眼，然后回头看着谢泼德，"他当时在干什么，掏出一支手枪对准卡弗？"

"玛格丽特，也许你可以澄清牧师的疑惑。"乔治·谢泼德冲着他的妻子说，而她又一次呜咽起来，"尊敬的牧师，我需要你再挖一个墓穴。"

"他的尸体当然应该送回家去给他的亲人。"德夫林说着，皱起了眉头。

"这个人没有任何亲人。"谢泼德说。

"你怎么知道的呢？"德夫林说。

"同样，"谢泼德说，"也许你还是应该问问我妻子。"

"谢泼德夫人？"德夫林说，左右为难地等待着。

玛格丽特·谢泼德喘息着，用双手捂着脸。

谢泼德转身朝着她。"镇静下来，"他说，"别像个孩子。"

女人立刻把捂在脸上的手拿下来。"请原谅我，尊敬的牧师。"她细声细气地说，却没有抬头看着对方。她的脸色十分苍白。

"一点儿都没关系，"德夫林说，眉头紧锁，"你处于震惊之中，仅此而已。也许你应该躺下休息。"

"乔治。"她轻声地说。

"我认为你今天做了一件合乎道德的事情，"狱守眼睛瞪着她说道，"我要表扬你。"

听到这话，谢泼德夫人的脸扭曲起来。她握起双手放在嘴上，跑着离开了房间。

"很抱歉，"她走了以后，狱守对德夫林说，"你也看到了，我妻子的情绪很容易波动。"

"我不怪她。"德夫林说。谢泼德与妻子之间的关系令他百思不解，但他知道最好不要说出内心的担忧。"在死亡面前情绪失控是非常自然的事情。如果与死者有过交往，那么感情就会更加强烈。"

谢泼德低头盯着苏永盛的尸体。"德夫林,"片刻后他说,抬起头来,"你愿意跟我一起喝杯酒吗?"

德夫林吃了一惊,狱守以前从来没有提出过这样的邀请。"我不胜荣幸,"他说,语气依然是谨慎的,"但也许我们应该去会客厅……或者到外面的廊台上,到不会打扰谢泼德夫人休息的地方去。"

"好。"谢泼德走到他的酒柜前,"你想要白兰地还是威士忌?我两种都有。"

"哦。"德夫林说,再次吃了一惊,"我已经太长时间没有沾一滴威士忌了,来点儿威士忌就好。"

"我只有柯克利斯敦[①],"谢泼德说着,抽出酒瓶,举了起来,"这东西还算凑合。"他攥起两只酒杯,用他的大手抄起来,示意德夫林为他开门。

警察营地的院子里空无一人,黑暗中透着寒冷。对面房子的窗户都关闭了,里面住着的人已上床安寝。风早在日落时停息了,现在几乎完全宁静,万籁俱寂,如同一池没有涟漪的水面。唯一的声音是飞蛾扑向小屋门旁支架上挂的油灯玻璃罩时发出的碰撞声。每次飞蛾盘旋落入灯罩中时,都会传来火焰窜动的嘶嘶声,随后是飞蛾身体被烧焦后灰烬飞扬的刺鼻气味儿。

谢泼德把酒杯放在栏杆上,给两人各斟一杯酒。

"玛格丽特曾经是我哥哥的妻子,"他说,递给德夫林一杯酒,将另一杯一饮而尽,"我哥哥杰里米。杰里米死后,我娶了她。"

"谢谢。"德夫林轻声说,接过酒杯,端起来凑近鼻子。狱守太谦虚了,这威士忌要比他说的"凑合"高级多了。在霍基蒂卡,一

---

① 柯克利斯敦(Kirkliston)是苏格兰爱丁堡以西的一个小镇,是19世纪大规模工业化制造威士忌的产地之一。

瓶柯克利斯敦的价钱是十八先令,而当烈酒紧缺时,价格还要翻倍。

"白马酒吧,"狱守说,"是那个地方的名字,达令港的一个码头酒馆。他的太阳穴被子弹打穿。"

德夫林啜饮他的威士忌。带有一点熏腊味儿,略为陈旧,使他联想起腌制的肉类、新书、农仓院子,还有丁香的气味。

"所以我娶了他的妻子,"谢泼德继续说,给自己又斟了一杯酒,"这是一件符合道德的事情。尊敬的牧师,我不像我的哥哥,无论是性格还是品位。他是一个道德沦丧的人。我没有通过对比抬高自己的意思,但是我们之间的差别经常引起别人的议论。从孩提时代起,我们就有天壤之别。我对他与玛格丽特的婚姻几乎一无所知。玛格丽特曾是个女招待。如你所知,不算是个美人,但我娶了她。我做的是负责任的事。我娶了她,保障她的生活,补偿她的损失,我们一同等候着案件的庭审。"

德夫林默默点头,盯着自己的威士忌,把小酒杯在手里转动着。他一直在想苏永盛,躺在屋里冰冷的地板上——下巴和脖颈前部都被黑鞋油涂黑了,眉毛也被描浓,像一个小丑。

"可怜的、野蛮的杰里米,"谢泼德说,"我从来没有欣赏过他,据我所知,他也从来没有欣赏过我。他是个可怕的打架斗殴之徒。我预料到总有那么一场打斗会是致命的,那是迟早的事情,打架斗殴是他的家常便饭。我刚听说他被杀害时,并没有感到太惊讶。"

他再次干掉了他的那杯酒,又斟满一杯。德夫林等待他继续说下去。

"是那个约翰尼华人干的。杰里米在大街上踢过他,很可能还羞辱了他。那个华人回来找他算账。发现我哥哥在酒吧楼上租用的房间里酩酊大醉地睡觉。从他床边拿起玛格丽特的手枪,把枪口戳在他的太阳穴上,结果就是这样。然后他企图逃跑,但是他够愚蠢的。他没有跑出码头的边缘,被一名警官绊倒,当夜就被投入大狱。审判定在六个星期之后。"

谢泼德又一次喝干了杯中的酒。德夫林感到惊讶,他以前从没见过狱守喝酒,除非在吃饭的时候,或者作为药用。也许阿苏之死令他内心感到不安。

"审判本应该直截了当,"狱守继续说着,给自己斟满了第四杯酒,他的脸变得很红,"第一,不用说,嫌疑人是个窄眼佬。第二,他有足够的动机想要加害我的哥哥。第三,他一个英文字都听不懂,无法为自己辩护。在任何人看来,那个窄眼佬毫无疑问是有罪的。他们都听见了枪声。他们都看见了他逃跑。但后来,轮到玛格丽特·谢泼德坐在证人席上。别忘了,她是我的新婚妻子,我们结婚还不到一个月。她坐下来,下面就是她说的话。'我丈夫不是被这个华人杀害的,'她说,'我丈夫死于他自己的手,我知道这点,因为我目睹了他的自杀。'"

德夫林不知道玛格丽特·谢泼德是否正在房间里倾听他们谈话。

"这里面一句真话都没有,"狱守说,"全是捏造。她撒了谎,而且还在宣誓的情况下。她声称自己的亡夫是个自杀者,玷污了他生前的形象——我哥哥生前的形象,而这一切都是为了保护那个一文不值的窄眼佬,使他不受应得的惩罚。毫无疑问他应该被绞死,他早就该被绞死了。他犯下了罪,但罪恶没有得到惩罚。"

"你怎能肯定你妻子说的不是真相呢?"德夫林说。

"我怎能肯定?"谢泼德再次伸手去拿酒瓶,"我哥哥不是一个会自杀的人,"他说,"就这么简单。你再来一杯?"

"劳驾。"德夫林说,伸出他的酒杯。他尝到威士忌的机会太少了。

"我能看出你心存怀疑,尊敬的牧师,"谢泼德一边说,一边斟酒,"但是这根本没有别的解释。杰里米不是自杀的类型,并不比我更有自杀倾向。"

"但是谢泼德夫人会有什么理由——要撒谎呢,在宣誓的情况下?"

"她喜欢他。"谢泼德断然地说。

"这个华人?"德夫林说。

"是的,"谢泼德说,"已故的苏先生。他们之间有一段往事。你可以相信,我绝对没有料到这一招。然而,等到我发现时,她已经是我妻子了。"

德夫林再次啜饮他的威士忌。两人沉默良久,看着对面房子的阴影轮廓。

德夫林随后说:"你还没有提到弗朗西斯·卡弗。"

"哦——卡弗,"谢泼德说,旋转着他的酒杯,"是的。"

"他与苏先生是什么关系?"德夫林说,给他提示。

"他们有一段恩怨,"谢泼德说,"某种家族仇恨、贸易争端。"

这些德夫林已经知道了,"是吗?"

"我从达令港就一直盯着苏。我今天早上得到消息,说他在营盘街户外用品店购买了一支手枪,我立刻就申请了逮捕他的通缉令。"

"就因为买了手枪,你就会逮捕一个人吗?"

"是的,如果我知道他打算用它。苏已经发誓要取卡弗的性命。他已经发过誓。我知道他一旦追上卡弗,除了谋杀没别的。我一听说手枪的事情,立刻就发出了警报,把宫殿旅馆监视起来,事先给卡弗报了信,让他知道,还给街头公告员都发了通知,让他们沿街传呼。可我总是比他慢半拍——直到这最后一步。"

"最后一步?"片刻之后,德夫林说。

谢泼德冷冷地盯着他看,"我已经告诉你发生了什么。"

"不是他送命就是卡弗送命。"德夫林说。

"我是在法律范围内行动的。"谢泼德说。

"我相信是的。"德夫林说。

"我有逮捕他的通缉令。"

"我并不怀疑这一点。"

"复仇，"谢泼德坚定地说，"是一种嫉妒行为，不是正义，是自私地曲解了法律。"

"复仇肯定是自私的，"德夫林同意，"但是我怀疑它与法律会有多大关系。"

他喝完他的威士忌，而谢泼德在停顿很久之后，也喝干了自己的酒。

"我深切同情你哥哥的遭遇，谢泼德先生。"德夫林说，把他的酒杯放在栏杆上。

"是的，唉，"谢泼德说着，给威士忌酒瓶塞上了瓶塞，"多年前的事了，过去的就让它过去吧。"

"有些事情是过不去的，"牧师说，"我们无法忘记自己爱过的人。我们无法忘记他们。"

谢泼德瞥了他一眼，"你仿佛有切身体验，有感而发。"

德夫林没有立刻回答。片刻之后，他说："如果我根据切身经历悟出了一个道理，那就是：从别人的视角来理解某种情形，比登天还难，千万不要低估这种难度。"

狱守听罢只是咕噜了一声。他看着德夫林走下台阶，进入院子。走到拴马桩那儿，牧师扭过头，说道："我早上的第一件事就是去海景，开始挖墓穴。"

谢泼德一直没有动，"晚安，考埃尔。"

"晚安，谢泼德先生。"

狱守一直看着，直到德夫林绕过监狱的一边，然后，他用食指与拇指捏住两只酒杯，拿起酒瓶，进屋去了。

Φ

　　监狱的门一直半开着，值班警官坐在门内，来复枪横放在膝头。他挑起眉头，无言地询问牧师是否想进屋。

　　"恐怕他们都上床了。"他说，声音很低。

　　"没事，"德夫林说，也非常小声地说话，"我只待一小会儿。"

　　斯坦斯肩膀上的子弹已经被取出来了，伤口缝了针。脏衣服已经从他身上剪开脱掉，脸上和头发里的尘土都洗掉了。给他穿上了一条鼹鼠皮裤子，一件宽松的斜纹衬衫，这套衣服是在保证第二天付款的前提下，从泰格林五金店得到的。在这所有的护理过程中，小伙子的意识恍惚不定，嘴里咕哝着安娜的名字。然而，当他意识到医生打算将他安置在警察营地对面的规范旅馆时，他的眼睛立刻睁开了。他不愿离开安娜。他不愿意去任何安娜不去的地方。他大惊小怪地闹腾，达到了自己的目的，医生为了安抚他，终于同意让他留下。为他在监狱里摆放了一张床，紧靠在安娜躺着的地方，为了防止出现不和谐，他们决定让斯坦斯也像其他人那样戴上手铐。小伙子并未提出抗议，欣然接受了绑束，他躺下来，伸出一只手触摸安娜的脸颊。过了一段时间，他闭上眼睛，睡着了。

　　从那以后，他就一直没有醒过。他和安娜面对面躺着，斯坦斯向左侧躺，安娜向右侧躺，两人的膝盖都弯到胸口，斯坦斯的一只手插在裹着绷带的肩膀下面，安娜的一只手也掖在脸颊下。在夜里的某个时间，她一定朝着他转了身，她的左臂向外伸展，手指张开，手掌朝下。

　　德夫林靠得更近些。他感到情不自禁——究竟是被什么感动的呢？他却说不清楚。乔治·谢泼德的威士忌温暖了他的胸膛和胃——他的颅骨感觉到一种模糊的压力，眼睛后面隐约有发热感，但是狱守的故事让人感到凄惨，甚至寒心。也许他马上就会哭出来，如果能哭出来会感觉好一些。这是多么不同寻常的一天啊！他的心情十分沉重，四肢筋疲力尽。他低头看着安娜和斯坦斯，他们面对面，身体如同镜像一般对称。两人的呼吸都是相通的。

原来他们是情人，他想，低头看着他们。他们竟然是情人，他从他们的睡姿知道了这一点。

第四章

四月

1865年4月27日

南纬42°52′0″／东经170°30′0″

达尼丁

1866年4月27日

南纬42°43′0″／东经170°58′0″

霍基蒂卡

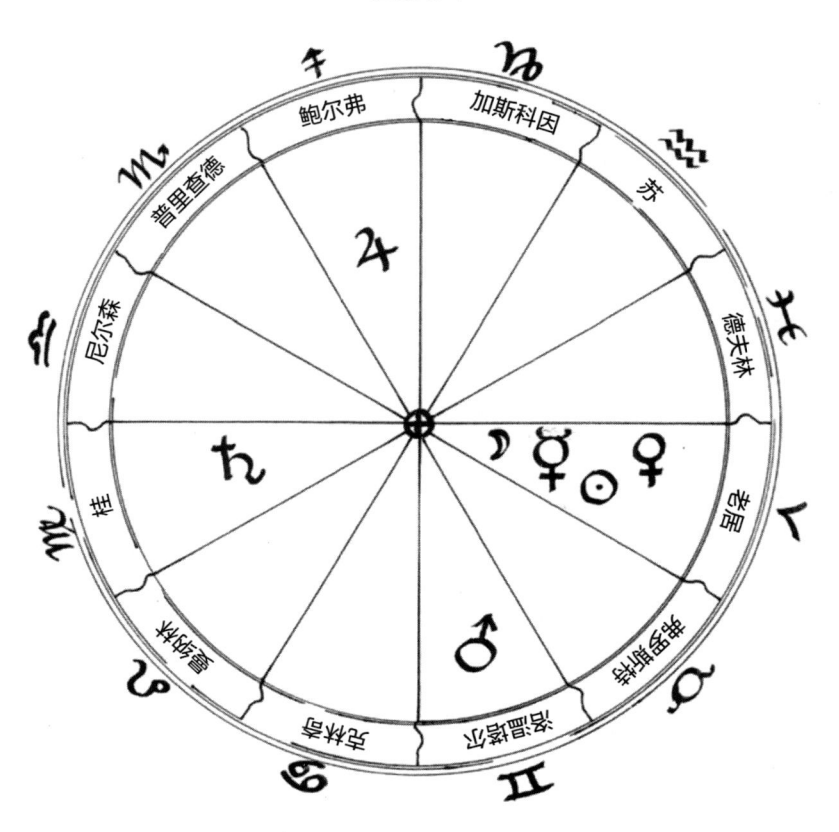

白羊座第一点

> 从悉尼启航的一条蒸汽船到达查默斯港,两个乘客比其他人先起床。

安娜·韦瑟雷尔在新西兰的第一眼看到的是奥塔戈半岛的岩石矶头:斑驳的崖壁急剧下降,坠入翻滚着白色泡沫的海水中,而在崖顶上,草皮如同皱巴巴的披风,被风吹得倾斜飘晃。此时黎明刚过,一层薄雾正从海面升起,遮蔽了海港最远的一端,那儿的山峦变成蓝色,然后转成紫色,而小港变得越来越狭窄,逐渐缩小成一个小点。太阳依然低挂在东方,在海面上洒下一片润润的黄色光辉,给西面海岸的岩石染上了橘红的色调。达尼丁城还没有在视野里出现,它仿佛被掖藏在海港胳膊肘的后面,而这一带的海岸线上没有人烟和牲畜的痕迹。安娜的第一印象这里是一片孤独的水域,晴朗的天空,还有未经过人类生活或工业触及的崎岖大地。

第一道可以用肉眼看见的景色,出现在黎明前的朦胧时光,所以安娜并没有看见地平线上的半岛轮廓,随着蒸汽船越来越接近海岸,那轮廓逐渐变大、颜色加深地显现出来。数小时后,安娜被吵醒，那是一种陌生的鸟叫声形成的奇怪噪声，安娜由此推断，他们肯定是终于靠近陆地了。她缓慢地从铺位上爬起来，小心翼翼地不吵醒其他女人，在黑暗中整理好她的头发和丝袜。当她肩膀裹着披肩，爬上铁梯子来到甲板上时，"幸运之风号"正绕到海港外圈的矶头处，半岛已经环绕在她的四周——经过海上数星期漫长的漂泊之后，这种慰藉来得太突然了，令人难以置信。

"它们真壮丽啊！是不是？"

安娜转身。一个戴着圆顶毡帽的金发小伙子靠在左舷栏杆上。他朝悬崖指点着，安娜看到了将她从沉睡中惊醒的叫声怪异的鸟群，它们云集在崖面处，随心所欲地盘旋着，身体反射着亮光。她向前走到栏杆旁。它们在她的眼里看来像是巨大的海鸥，翅膀上面是黑的，下面呈白色，雪白的鸟头，粗壮而苍白的喙。就在她盯着它们看的时候，其中一只鸟在船前低飞掠过，翅膀尖儿擦过水面。

"美丽啊！"她说，"它们是海燕——还是塘鹅？"

"是信天翁！"小伙子一副喜气洋洋的神色，"是真正的信天翁！你就等着那个家伙回来吧。过一会儿会回来的，它已经绕船盘旋了好一阵子了。天哪，这该是什么样的感觉啊——飞翔！你能想象得出来吗？"

安娜笑了。她看着那只信天翁从他们身旁滑翔而过，掉转方向，然后开始顺风上升。

"信天翁，它们是极佳的吉祥鸟，"小伙子说，"而且是令人最不可思议的飞翔能手。故事里说，它们可以长期跟随船只，一跟就是好几个月，饱经各种各样的气候锤炼——有时候，甚至绕过半个地球。只有老天知道这些家伙曾去过哪里，而且在游历中到底见证过什么。"

那只信天翁侧身一转，几乎变得无影无形，如同一根白色的针，在天空的衬托下是那么苍白的一抹。

"真正有神话意义的鸟太罕见啦！"小伙子继续说，依然看着信天翁，"我的意思是，虽然有渡鸦，而且我想你也许会说鸽子也有特殊的意义……但它并不比猫头鹰或老鹰更特殊。信天翁则不同，它具有如此重要的分量，如此的象征意义。它几乎像天使一般，甚至只要说出这个名字，都会感觉到一阵激动。我很高兴终于见到它了。我简直怦然心动了。多么美好啊，它们这样保护着海港口！对于一座黄金小镇来说——这是多棒的一个吉兆啊！我听见了它们的召唤——就是这个唤醒了我，我不知道声音是从哪儿传来的，就来到了甲板上，刚开始我还以为是猪叫呢。"

安娜从侧面瞟了他一眼。这个小伙子是在谱写友谊的序曲吗？他说话的口气，仿佛他们俩是亲密的知交，然而事实上，自从离开悉尼之后，他们在旅途上除了敷衍的问候，还没有说过一句话——安娜大部分时间都待在女人区，而小伙子则在男人区。她不知道他的名字。当然，她曾远远地看见过他，但他并没有给她留下什么特别的印象，无论好坏。她现在发现他像是某种离群之马。

"它们的叫声也唤醒了我。"安娜说，接着又说，"我想我们应该去叫醒其他人了，这么美妙的景观不容错过。"

"不要，"小伙子说，"啊，还是不要吧。你不介意吧？我无法忍受熙熙攘攘的人群。别破坏了这样的时刻。肯定有人会说'不背十字架，而挂信天翁'，或者'三个人中拦一个'①，那么剩下的旅途就会完全陷于争论中——我是说，每个人都企图拼凑起那首诗，为哪一句放在哪里而争个喋喋不休，人人都想胜人一筹，炫耀自己的

---

① 以上两节诗歌均引自长诗《古舟子咏》(the Rime of the Ancient Mariner, 1798)，故事中象征吉祥的信天翁被一个水手打死，他遭受其他水手的指责后，为了赎罪，将死掉的信天翁挂在脖子上，因此信天翁又被用来比喻心理上的沉重负担。这是一个家喻户晓、脍炙人口的故事，其作者是英国诗人、哲学家、评论家塞缪尔·泰勒·柯勒律治（Samuel Taylor Coleridge, 1772—1834）。

记忆力。我们还是独自享受它吧。黎明是多么私密的时辰啊，你不这么认为吗？多么寂静的时辰啊！虽然人们经常说午夜寂静，可我认为午夜是特别适合他人陪伴的时辰——大家都在一起，在黑暗中沉睡。"

"我恐怕打扰了你的寂静。"安娜说。

"没有，没有，"小伙子说，"啊，没有。寂静最好是与人共同享受。"他立刻朝她露齿而笑，安娜也对他报以微笑，"尤其是在另一个人的陪伴下。"他补充道，回头看着大海，"孤独的感觉很可怕，真正的孤独一人。当我不是孤身一人时，才喜欢享受孤寂的感觉。看——何其美哉！它过一会儿就会盘旋而过。"

"鸟总是让我想起船。"安娜说。

小伙子转身看着她，眼睛瞪得大大的。"是吗？"他说。

在小伙子的直视下，安娜脸红了。小伙子的眼睛是深棕色的。眉毛浓密，嘴唇丰满。他戴着一顶平边的圆顶毡帽，帽子下面暗金色的头发乱而不羁，卷发披落在鬓角处，盖住了耳朵。他的头发显然是几个月前修剪的，此后再也没去过理发店。

"这只是幻想。"她说，变得害羞起来。

"你必须接着讲下去，"小伙子说，"你必须！请继续。"

"沉重的船舶在水里是那么优雅，"安娜终于说，眼睛看着别处，"我是说，与较轻的船相比。如果一只船太轻——就会随着海浪起伏摇摆，它的运动就谈不上优雅。我相信这跟鸟是同样的道理。体大的鸟不会被风摇撼，它们在空中总是安然尊贵。这个家伙，看着它飞翔，就如同看见一条沉重的大船乘风破浪。"

他们看着那只信天翁再次盘旋而过。安娜偷偷瞟了一眼小伙子的鞋子。一双棕色皮鞋，鞋带系得紧紧的，既不是崭新锃亮，也不是太破旧——使她摸不到有关他来历的任何线索。最有可能的就是他如同船上每个人一样，都是来奥塔戈金矿发财的。

"你说得太对了,"小伙子大声说,"没错,确实如此!这跟看一只麻雀完全不同,对不对?信天翁有重量——正像一条船,确实如此!"

"我倒想看到它在暴风雨中飞翔。"安娜说。

"这是多么独特的愿望啊。"小伙子说,欣喜万分,"现在经你一说,我相信我也有一样的感觉了。我也想看看它在暴风雨中的样子。"

两人陷入了沉默。安娜等待小伙子介绍自己的名字,但他没有再开口说话,随后,其他人来到甲板上,打破了他们的寂静。小伙子脱帽致礼,安娜屈膝回礼。接着,一转眼间,他便不见了。安娜转身朝着大海。现在鸟群已经落在他们身后,信天翁的呢喃声和尖叫声渐渐消遁——被蒸汽船连续的轰鸣声和大海威严的咆哮声吞噬。

水星在双鱼座；土星与月亮合相

> 考埃尔·德夫林提出要求；沃尔特·穆迪显示英雄本色；乔治·谢泼德感到惊讶和不悦。

自秋分之夜起，安娜·韦瑟雷尔和埃默里·斯坦斯就一直被监禁在警察营地监狱里。安娜的保释金定为八英镑，一个大得出奇的数目，如果没有别人帮助，她绝对不敢奢望负担得起。当然，这一次她没有缝在衣服里的财富可做担保，没有一个雇主会替她支付这笔债务。埃默里·斯坦斯如果不是自己也被指控在押，可能已经为她出了这笔钱。斯坦斯在重新露面的第二天早晨就被捕了，被指控诈骗、贪污，以及渎职。他的保释金是一英镑一先令——标准收费，但是他选择拒不付费，他宁愿与安娜待在一起，等候裁判法院的传票。

他们重逢后，安娜的健康几乎立刻开始恢复。她的手腕和胳膊都丰满起来了，挨饿的、愁容不展的脸色也有了变化，脸颊开始红润起来。这些改善都被吉利斯医生满意地看在眼里，他在秋分后的几个星期里，几乎每天都来警察营地监狱出诊。他非常严厉地对安娜讲解鸦片的危险性，表达他的热切希望，安娜这次昏厥应该引以为戒，再也不能碰烟枪了。到目前为止，她已经侥幸逃脱了两次，不能指望第三次依然幸运。"幸运，"他说，"很快就会用光的，亲爱的。"医生为安娜开了逐步减量的鸦片酊处方，作为戒毒手段，逐渐戒除她的毒瘾。

对埃默里·斯坦斯，吉利斯医生也开出同样的处方：每天五打兰鸦片酊，每两个星期减一打兰，直到他的肩伤完全愈合。伤口经过缝合与包扎后，看上去他已经好多了，虽然肩关节还很僵硬，胳膊还不能举过头的高度，但是他身体的其他方面都在十分迅速地恢复。每天晚上，当考埃尔·德夫林将鸦片酊罐子拿进警察营地监狱时，斯坦斯急切地看着牧师将铁锈色的液体倒入两只锡杯。他无法解释自己对这种药物产生的突如其来、无法慰藉的渴求，而安娜似乎对她的每日剂量根本不感兴趣，甚至闻到它的气味都会皱起鼻子。德夫林在鸦片酊中加入糖，有时掺入一些甜雪利酒，以降低酊剂的苦味，然后，遵照医生的严格指示，他站在两个犯人面前，瞪眼看着他们喝掉各自的药量。总是无须多久，鸦片就开始生效，几分钟内，他们随着一声叹息，都变得昏昏欲睡，然后进入一种奇异的、带着鲜红色调的睡眠，如同沐浴着月光的水下风景。

在接下来的几个星期，他们在沉睡中度过，浑然不觉霍基蒂卡的诸多重大变化。四月的第一天，阿利斯泰尔·劳德巴克当选新成立的韦斯特兰选举区的首届国会议员，以三百张选票的悬殊差额获得了大多数支持。他在获胜感言中赞扬了霍基蒂卡，称这个镇子是"新西兰的金块"。接着，他表达了自己因为这么快就要离开这里而感到的巨大悲哀，并向选民们保证，下个月他将本着一个普通淘金汉的最大利益到新首府走马上任，作为一名忠实的韦斯特兰人在国会服务。劳德巴克发表讲话之后，裁判官非常热情地与他握手，特派专员带领众人高呼三次"好啊"。

四月十二日，乔治·谢泼德的监狱和救济院的围墙终于竣工。包括安娜和埃默里在内的罪犯们从警察营地的临时住房搬到了海景高坡上的新建筑里，乔治夫人已经被任命为那里的女总管。阿苏死了以后，她一直埋头忙于给毛毯锁边、缝制制服、烹调、盘查货物，以及分配每周定量供应的香烟和盐。即使有人看见她，这种可能性也比原先更罕见了。每晚她都在海景墓地度过，每夜则是孤守卧房。

十六日，弗朗西斯·卡弗和莉迪娅·韦尔斯终于结婚了，据《西海岸时报》社会栏目报道，出席的客人"在着装、数量和风度上，均与一个寡妇新娘的婚礼十分相称"。婚礼的第二天，新郎收到了加里蒂社团的一大笔现金付款，他用这笔款子一次付清了他欠债主们的钱，"一帆风顺号"船壳上的最后一块镀铜被撬了下来，被回收榨干后的船骨终遭抛弃。卡弗结束了在宫殿旅馆的居住，与他的妻子在游人好运楼安了家。

这一段时期内，很多人攀登上崎岖的小径来到海景高坡，想要采访埃默里·斯坦斯。考埃尔·德夫林根据狱守的严格指示，谢绝了每个人——他向他们保证：是的，斯坦斯还活着；是的，他患了重病，仍在休养中；是的，他会在适当的时候结束拘留，被释放出来，这有待于裁判法院的判决。只有一个人例外，牧师没有拒绝泰老·老居，在过去一个月里，斯坦斯变得格外依赖老居。虽然老居极少在监狱里停留太久，但是他的来访给斯坦斯的情绪和健康带来这么大的益处，就连德夫林也很快习惯于期待他的到来。

德夫林发现，斯坦斯是一个性格和蔼、容易轻信别人的小伙子，喜欢见人就笑，对他周围世界的缺陷充满天真的情感。他很少谈及他失踪时的那些漫长日子，只反复说他曾经病得厉害，很高兴已经回来了。当德夫林小心谨慎地询问，他是否记得在"一帆风顺号"上遇见过沃尔特·穆迪时，他只是皱起眉头，摇了摇头。他那段时期的记忆支离破碎，东拼西凑，根据德夫林的判断，是由梦幻般的印象、感觉以及光影片段组成的。他既想不起登船，也记不得沉船，然而似乎回想起自己被冲到沙滩上，咳出海水，两只胳膊搂着一只咸牛肉木桶。他记得走向克罗斯比·韦尔斯的小屋；他记得路过一群坐在篝火旁的淘金汉；他记得树叶和流动的水；他记得一条被遗弃的独木舟的烂船帮，一条崖壁陡峭的峡谷，一只毛利秧鸡①的红眼睛；他记得夜夜有梦，梦到塔罗牌的格局，接缝中缝入金子的紧身胸衣，还有一只装有金子的面粉口袋，藏在床底下。

"都是非常模糊的一片，"他说，"我一定是走进夜里，不知怎么迷失在了丛林中……无法找到回来的路。泰老这个老家伙就那样找到了我，真是太棒啦！"

"可要是他能早三天发现你，那就更好了。"德夫林说，依然非常谨慎地说话，"要是你能早三天回来，你的认领区就不会被没收了。你已经失去了你的所有资产，斯坦斯先生。"

斯坦斯似乎对此毫不关心。"人总是可以找到更多的金子的。"他说，"钱只是钱，偶尔兜里缺钱是一件好事。反正，我在绿玉神舟谷里有一笔积蓄，被藏匿起来了，好几千镑呢。一旦我身体恢复了，就去把它挖出来。"

这一点，自然花了很长时间才澄清。

四月的第三个星期，小额索赔法庭的开庭日程登在了《西海岸时报》上。

对埃默里·斯坦斯先生的指控如下：其一，伪造一八六六年一月的季度报告；其二，偷窃约翰·龙·桂先生依法上交的来自极光金矿的金子，这批金子随后在已故克罗斯比·韦尔斯先生的领地绿玉神舟谷中被发现；其三，未能履行认领区、矿山以及其他方面的

---

① 毛利秧鸡（weka，毛利语）是新西兰特有的一种不会飞的鸟。

职责，缺席长达八个星期有余。审讯时间定于四月二十七日星期四下午一点，地点为常驻裁判法庭，法官坎普先生主持裁判。

德夫林在星期六早晨喝咖啡时阅读了这条消息，即刻前往皇冠旅馆。

"是的，我看见了。"穆迪说，他正在吃红鲱鱼和烤面包早餐。

"你一定明白这些指控的意义。"

"当然。我希望会是快速听审——就跟许多其他人的案例一样，我料想。"穆迪给客人倒了一杯咖啡，背靠椅背坐着，礼貌地等候德夫林宣布他造访的原因。

牧师把一只手放在桌面上，手掌朝上。"你接受过法律训练，穆迪先生，"他说，"我了解你的人品，你有一个讲究公道的头脑，也就是说，你不片面，不偏不倚。你像一个律师应该的那样，掌握了这个案子的事实——我是说从各个方面来讲。"

穆迪皱起眉头。"是的，的确，我非常清楚韦尔斯先生小屋里的金子根本就不是来自极光。无论从哪个方面看，它都不属于斯坦斯先生。你不会是要求我到法庭上去论证吧，尊敬的牧师？"

"这正是我要拜托你的。"德夫林说，"霍基蒂卡缺少事务律师，你的头脑胜过大多数人。"

穆迪感觉不可思议。"这是民事法庭，"他说，"你能想象我把整个故事公之于众——把你们每一个人都牵扯进去，更不用说劳德巴克、谢泼德、卡弗，还有莉迪娅·韦尔斯？"

"莉迪娅·卡弗，你现在应该这么称呼她。"

"请原谅，是莉迪娅·卡弗。"穆迪说，"尊敬的牧师，我不明白在一个小额索赔法庭上，我能够派上什么用场。我也不明白当整个事件被无情曝光后，谁能够获利——整个事件，衣裙里的金子，敲诈勒索，劳德巴克的身世，等等。"

他心里想着那个私生子,克罗斯比·韦尔斯。

"我不是提倡无情曝光,"牧师说,"而是请求你考虑担任韦瑟雷尔小姐的辩护律师。"

穆迪吃了一惊,"我记得韦瑟雷尔小姐已经请了一位律师。"

"恐怕费罗斯先生并不像他的名字昭示得那么友善①。"德夫林说,"上个月安娜在法院发生了鸦片酊昏厥之难以后,他就拒绝安娜作为他的客户了。"

"援引了什么理由呢?"

"显然他担心因腐败而被罚款。安娜表示愿意用她在法庭上争夺的那笔财富来支付他的律师费,考虑到事情的方方面面,这是相当不明智的。"

穆迪皱起了眉头,"法院不是有责任律师吗?"

"有——一位哈灵顿先生,但是治安法院得出高价雇用他,这是众所周知的。如果我们想让安娜免受最高法院的庭审,靠他是不行的。"

"最高法院的庭审?你一定是在开玩笑吧?"穆迪说,"这个案件将在小额索赔法庭中全盘解决,而且我相信在很短时间内。我没有藐视你知识能力的意思,尊敬的牧师,但是民事法与刑事法之间存在巨大的差别。"

德夫林奇怪地看了他一眼,"你没有阅读今天早晨报纸上的法院日程吗?"

"当然读了。"

"从头到尾?"

"我相信如此。"

"也许你应该再仔细地查看一遍。"

---

① 费罗斯(Fellowes)这个名字有合伙人或同伴的意思。

穆迪皱着眉头，抖开他的报纸，翻到第三版，摊开，第二次将目光投在那些日程上。在栏目的底端写着：

对安娜·韦瑟雷尔小姐的指控如下：其一，伪造罪；其二，在公众场合吸毒构成扰乱秩序罪；其三，严重人身伤害罪。审讯时间定于四月二十七日星期四上午九点，地点为常驻裁判法庭，法官坎普先生主持裁判。

穆迪吃了一惊，"严重人身伤害罪？"

"吉利斯医生已经确认，斯坦斯肩膀内的子弹来自一支女士手枪。"德夫林说，"恐怕他是在烤架旅馆看门人在场的情形下，不慎走漏了这条消息，看门人想起早在一月份时，安娜房间里的开枪事件，就把那段故事和盘托出。他们立刻派了一个人到烤架旅馆，克林奇先生不得不交出安娜的手枪作为证据，从而证明了枪与子弹是吻合的。"

"但是，斯坦斯先生不会指控安娜犯有这项罪名。"穆迪说。

"对。"德夫林同意。

"那么是谁在幕后操纵呢？"

德夫林咳嗽了一下，"不幸的是，费罗斯先生依然掌握着那张倒霉的馈赠契约，就是斯坦斯赠予安娜两千英镑，由克罗斯比·韦尔斯做证人的那张。费罗斯在那之后把契约拿给谢泼德监狱长看了，你还记得，他第一次见到契约时是没有签名的。谢泼德要我说实话……我不得不承认斯坦斯的签名事实上是伪造的——由安娜本人伪造。"

"真糟糕。"

"他们已经把安娜逼上了绝路，"德夫林说，"如果她承认犯有人身攻击罪，他们将宣布这是企图谋杀罪，并用那份馈赠契约来证明她有足够的动机希望斯坦斯死,你明白。"

"如果她不认罪呢?"

"他们仍然会指控她诈骗。如果她抵赖这一点,他们就会指控她精神失常,而我们都知道,谢泼德长期以来一直唱着这个调子,恐怕他和费罗斯是串通一气地对付安娜。"

"斯坦斯先生会做证为安娜辩护,这是不用说的。"

德夫林摇头叹气。"是的,"他说,"但是,我担心他还没有真正理解目前局势的严峻性。他性情和蔼,但他的想法有时候太过愚蠢。比如,当我提到韦瑟雷尔小姐精神失常的问题时,他竟然为这个说法感到开心。他说他不希望安娜是别的什么状态。"

"你的观点如何?这个女孩子头脑健全吗?"

"精神健全与否不是由观点决定的。"德夫林狡猾地说。

"恐怕正好相反,"穆迪说,"精神是否健全,取决于证人的证言。你有没有要医生开一份报告单?"

"我希望做这项工作的人是你。"德夫林说。

"嗯,"穆迪说,把目光转向报纸,"如果我为韦瑟雷尔小姐提供法律咨询,就同样需要与斯坦斯先生谈话。"

"这很容易安排,他们俩形影不离。"

"需要私下交谈,而且要大量时间。"

"你会得到你需要的一切方便。"

穆迪敲着自己的手指,片刻之后,他说:"首要的是,我们必须确保双方统一口径。"

Φ

　　四月二十七日早晨，霍基蒂卡的天色变得清澈而明亮起来。沃尔特·穆迪黎明即起，花了很长时间梳洗。他修面，梳头，并且抹了发油，在耳根涂上香水。皇冠旅馆的女仆已经将他的皮靴放在门口，刚刚擦得漆黑锃亮。女仆早就在宝塔架上摆放了一件勃艮第酒红色马甲、一条灰色领巾、一件领尖外翻的立领衬衫。她把他的长礼服刷干净，熨烫好，挂在窗户上，以免在夜里压出皱纹。穆迪仔仔细细地穿戴整齐，终于下楼吃早餐时，教堂的钟正在敲响八点，他拍打了一下马甲口袋，确保他的怀表固定完好。半个小时后，他沿着雷维尔街阔步向北走去，大礼帽端正地戴在头上，皮革手提箱拎在手里。

　　穆迪走近法院，感觉似乎整个霍基蒂卡的人都来出席今天上午的开庭了。排队进入法院的队伍有一半蜿蜒到大街上，柱廊里的人群似乎都屏住呼吸，面带急切的表情。他加入慢慢移动的长队，后来及时被两个面目狰狞的值班警官唤出来，引进法院里面，他们粗暴无礼地指示他不要乱动手脚，没有被点到时不许开口说话，当宣布法官到来时要摘掉帽子。穆迪摩被推挤着走过通道，将手提箱紧紧地抱在胸前，然后跨过绳索，来到处于控方律师旁边的大律师板凳的既定位置。

　　作为辩护律师，穆迪已经在庭审前三天收到原告递交的证人名单。名字按照被传呼的顺序依次列出：考埃尔·德夫林牧师、乔治·谢泼德监狱长、约瑟夫·普里查德先生，还有奥伯特·加斯科因先生——这个顺序使穆迪对原告律师在安娜案件中可能采取的攻击角度有了很好的了解。下午开庭的证人名单则要长得多：在韦斯特兰区诉埃默里·斯坦斯先生的案件中，原告传呼的证人有理查德·曼纳林先生、约翰·龙·桂先生、本杰明·洛温塔尔先生、埃德加·克林奇先生、哈拉尔德·尼尔森先生、查尔斯·弗罗斯特先生、莉迪娅·卡弗夫人，还有弗朗西斯·卡弗船长。在预先收到这些文件时，穆迪就立刻确定了他的两部分战略——他非常清楚地明白，上午产生的印象将为下午发表的判决书定下雏形。

时钟终于敲响了九点，有座位的人都被要求起立。人群因为坎普法官阁下的到来而变得肃穆。法官走上法官席位的台阶，身躯沉重地坐下来，对法庭成员挥了一下手，示意他们都坐下，干脆利落地完成了必要的程序。他是个脸色潮红、手指粗粗的人，胡子刮得干干净净，一头卷发粗而浓密，发型剪得怪异，像气球一样膨胀在耳朵上方，平端端地扣在头顶。

"沃尔特·穆迪先生为被告辩护，"他说，阅读他面前备忘录上的名字，"劳伦斯·布罗汉先生为控方检控人，助手为裁判法院的罗杰斯·哈灵顿先生和约翰·费罗斯先生。"

"穆迪先生，布罗汉先生，"法官从眼镜上方朝大律师的长板凳处投去凝视的目光，"在我们开始之前，我要说两件事情。第一件是这样：我很清楚地知道，今天大家聚集在这个法庭上，不是出于对法律的热爱。无论谁站在被告席上，无论是什么样的指控，我们到这里来是为了满足公义，不是迷恋淫欲。我拜托你们二位在盘问韦瑟雷尔小姐，以及与她相关的人员时，将内容范围限制在适当的主题上。在描述韦瑟雷尔小姐从前的职业时，你们可以选择以下术语：'街头女郎''夜女郎'或'旧职业一员'。我在这一点上讲得够明白了吧？"

律师们咕哝着表示同意。

"好。"法官坎普说，"我要提到的第二件事，是我已经与你们每个人私下讨论过的；为了公众的利益，我在这里重复一遍。我们今天将审讯六条指控——伪造罪、麻醉罪以及人身伤害罪，这是今天上午韦瑟雷尔小姐的案子；诈骗罪、盗窃罪，还有渎职罪，这是今天下午斯坦斯先生的案子——以上指控，在许多方面都是相互关联的，我相信每一个有阅读能力的韦斯特兰人都已意识到这一点。鉴于这种相互关系，我认为审慎的做法是推迟韦瑟雷尔小姐的判决，直到斯坦斯先生的案件审理完毕之后，以确保两个案件可以相互借鉴。都清楚了吧？很好。"他对法警点了点头，"传被告。"

当安娜从关押室里被带上来时，场内一片交头接耳声。穆迪转身注视着安娜的步态，对他的委托人给大家的印象感到满意。她纤细的身材已经摆脱饥饿和病态的特征，现在只呈现女性的娇柔，诠释的是玲珑精巧而不是营养不良。她依然穿着属于加斯科因已故妻子的那套黑裙，头发梳理得非常整洁，在颈背处绾起一个发髻。法警将她带入临时搭起的证人席，她走上前，将一只手放在法院的《圣经》上。她平静地宣誓，面无表情，然后转身面向法官，神情淡漠，双手松弛地交叉着。

"安娜·韦瑟雷尔小姐，"法官说，"你将在该法庭上回应三项指控。首先，在一份馈赠契约上伪造签名。你如何辩解？"

"无罪，先生。"

"其次，今年三月二十日下午，在公共场所吸毒，造成扰乱秩序的行为。你如何辩解？"

"无罪，先生。"

"再次，对埃默里·斯坦斯先生造成严重人身伤害。你如何辩解？"

"无罪，先生。"

法官记下了这些诉求，然后说："韦瑟雷尔小姐，毫无疑问你将会意识到，本法庭无权受理刑事案件。"

"是的，先生。"

"你的第三条诉状，可能会被裁决为交付上级法院审理。如果这种情况成立，你将被在押拘留，直到最高法院的法官与陪审团召开庭审为止。你明白吗？"

"是的，先生，我明白。"

"好。坐下。"

安娜坐了下来。

"布罗汉先生，"法官坎普说，"本法庭现在听取你的开案陈述。"

"谢谢您，先生。"布罗汉是个身材修长的男人，留着姜黄色的小胡子，一双眼睛锐利而水汪汪的。他站起来，将他的文件与桌子边缘对齐，摆正。

"法官坎普先生、法庭同人们、女士们、先生们，"他开始说道，"吸食鸦片这种毒品，具有野蛮性诱惑和破坏性效果，不难理解它在社会和历史上均应受到所有体面公民的普遍谴责。今天，我们将审查一个可悲的例证：一个年轻女子面对这种毒品表现出的软弱，不仅败坏了霍基蒂卡的公共形象，而且破坏了我们新成立的韦斯特兰区的整体形象……"

布罗汉的陈述冗长不堪。他提醒法庭的同人们，安娜之前曾企图结束自己的生命，把她三月二十日下午的虚脱与自杀未遂之间画了等号——"这两个事件，"他补充道，带着嘲讽的腔调，"很好地唤起了公众的关注。"他花了大量时间，不遗余力地阐述安娜在斯坦斯馈赠契约上伪造签名的事件，质疑那份文件的有效性，强调安娜通过作假将获得巨额利益。讲到人身伤害罪的指控时，他泛泛地谈及鸦片成瘾者危险而难以预测的性格特点，然后描述了斯坦斯的枪伤，说得那样详细、露骨，以至走廊里一位女士不得不被护送到法庭外面去。在结束语中，他请在场所有的人思考一下两千英镑的钱能购买多少鸦片，然后他问，市民们是否能容忍将如此大量的鸦片置于安娜·韦瑟雷尔小姐手中，她是曾经的夜女郎，是一个名声扫地、遇人不淑的人。

"穆迪先生，"布罗汉坐下时，法官说，"请为被告陈述。"

穆迪立刻站起来。"谢谢您，先生，"他对法官说，"我会尽量简略。"他的双手在颤抖，因此他张开十指，双手紧紧按在面前的桌子上，以保持稳健的体态，然后用听上去比他个人感觉更加自信的声音，说道：

"我首先需要提醒布罗汉先生：其实韦瑟雷尔小姐已经摆脱了她对麻醉品的依赖，她的这个成就赢得了我的无比钦佩与尊重。当然，正如布罗汉先生以极大的快感为你们描述的那样，韦瑟雷尔小姐的天性使她容易沦为种种诱惑的牺牲品。我本人从未接触过鸦片烟，布罗汉先生也像他对你们保证的那样，从未碰过鸦片，我斗胆猜测我们远离毒品的共同原因之一就是恐惧：担心毒品主宰我们可能的力量，担心它的成瘾性，担心我们一旦屈从于它的影响，可能会看到的东西或可能会做的事情。我说这席话是为了强调这样一个事实：韦瑟雷尔小姐在这方面的弱点不是唯她独有的，我再次表明，她如此全心全意进行自我改造的行动赢得了我的称许。

"但是——无论布罗汉先生让你们相信了什么——我们来这里不是为了审理韦瑟雷尔小姐的性情，也不是为了给她的个性下判决书，我们来这里是为了以最可能的公正，审理有关的三项指控：一是伪造，二是行为不检，三是人身伤害。我不会不同意布罗汉先生所持的论点：伪造是一种严重的犯罪。我也不会挑剔他的断言：严重的人身伤害是杀人的近亲。然而，正如我的案例很快就会显示的那样，韦瑟雷尔小姐在这三项罪名上皆清白无辜。她没有犯下伪造罪；她没有以任何方式企图攻击埃默里·斯坦斯先生；她在三月二十日下午的昏厥称不上是行为不检，与十分钟前该法庭护送出去的那位女士相比，韦瑟雷尔小姐并不更应该受到指责。我毫不怀疑证人们的证词将表明我的委托人清白无辜，他们会在极短时间内证明这一点。在期待这个圆满的结局的同时，法官先生、尊敬的法院同人们、女士们、先生们，我毫不犹豫地将此案交至法律的公正之手。"

穆迪坐下，心怦怦地剧烈跳动着。他抬头看着法官，希望得到某种首肯的表示，但是法官坎普正俯身在他的备忘录上做笔记。布罗汉轻蔑地看着穆迪，一脸恶毒的表情。费罗斯坐在布罗汉的身旁，斜着身体对他耳语着什么，片刻后布罗汉一脸微笑，转而悄声回答对方。

"谢谢你，穆迪先生。"法官终于说，大手一挥，在刚才记的笔记上画了一条线以示强调，然后放下手里的笔，"被告人现在起立，布罗汉先生，请你发言。"

布罗汉站起来，第二次感谢法官。

"韦瑟雷尔小姐，"他说，向安娜转过身，"在一月十四日夜晚之前，你是如何谋生的？"

"布罗汉先生！"法官立刻打断他，"我刚才说什么来着？韦瑟雷尔小姐是旧职业的一员，这足够了。"

"是的，先生。"布罗汉说，重新开始，"韦瑟雷尔小姐，在一月十四日的夜里，你就你的前职业做出了一个决定，这是事实吗？"

"是的。"

"这个决定是什么？"

"我不干了。"

"你说你'不干了'，具体指的是什么呢？"

"我不为娼了。"

法官叹了一口气。"继续。"一副无可奈何的口气。

"你有没有立刻从事其他行业？"布罗汉继续问话。

"不是立刻，"安娜说，"但是当韦尔斯夫人到镇上时，她收容我到游人好运楼。我开始学习塔罗牌，还有星体图，为了协助她算命。我以为自己可以当她的助手，赚钱谋生。"

"在你放弃你的前职业时，脑子里是否想到这个未来目标呢？"

"没有,"安娜说,"在韦尔斯夫人到来之前,我不知道她要来。"

"在韦尔斯夫人到达霍基蒂卡之前的那段时间,你期望如何维持自己的生活呢?"

"我那时还没有计划。"安娜说。

"根本没有计划?"

"没有,先生。"

"也许你有积蓄什么的?或者另一种形式的保障?"

"没有,先生。"

"在那种情况下,你这一步走得非常冒失。"布罗汉语气愉快地说。

"布罗汉先生!"法官打断他。

"怎么,先生?"

"点明你的观点。"

"当然。这份馈赠契约,"布罗汉将它拿出来,"提名你,韦瑟雷尔小姐,为两千英镑的幸运继承人。契约日期为去年十月十一日,捐赠人为埃默里·斯坦斯先生,他于一月十四日消失得无影无踪。而就在同一天,你,作为这笔巨款的幸运受惠人,决定不再游走街头,改邪归正,在没有诱因,而且没有未来计划的情况下,做了一个决定。现在——"

"我反对,"穆迪说着,站了起来,"布罗汉先生尚未能够确定韦瑟雷尔小姐不存在改变就业状况的诱因。"

法官默许了这次干预,布罗汉看上去十分恼怒,不得不询问安娜:"韦瑟雷尔小姐,在你决定终止卖淫生计时,是否有什么诱因?"

"有。"安娜说,她再次看着穆迪,穆迪微微点头,鼓励她说下去,她深深地吸了一口气,说道,"我恋爱了,与斯坦斯先生。一月十四日那夜是我们在一起的第一夜,然后——嗯,从那以后,我不想继续为娼了。"

布罗汉皱起眉头，"就是你因为自杀未遂而被逮捕的那天夜里，是不是？"

"是的，"安娜说，"我以为他不爱我——他不可能爱我，我无法忍受，就干了一件可怕的事情。"

"这么说，你承认你企图结束自己的生命，在那天夜里？"

"我打算麻醉自己，"安娜说，"但绝对没想给自己造成真正的伤害。"

"当你因自杀未遂受审时——就在这个法院，你拒绝为自己辩护。你为什么会在这方面改变了态度呢？"

这个问题是穆迪和安娜没有事先准备过的，一时间穆迪担心安娜会感觉难以应答，没想到安娜平静地做出回答，说的是真相。"当时斯坦斯先生依然失踪，"她说，"我以为他只是去了河上，或进了峡谷，那样的话他必定会读到霍基蒂卡报纸上的新闻。我不想说什么话，怕他读了以后对我产生不良看法。"

布罗汉用手背的指关节捂住嘴，干咳了几声。"请描述一月十四日晚上发生了什么，"他说，"按照时间顺序，用你自己的话说。"

安娜点了点头，"大约七点钟，我与斯坦斯先生在金粉与金块酒吧见面。我们一起喝酒，然后他带我回到他在雷维尔街的住所。大约十点钟，我回到烤架旅馆，点燃我的烟枪。我当时感觉很奇怪，我已经说过，我抽得比平时多一点。我想我一定是在麻醉状态下离开了烤架旅馆，因为我记得的第一件事情就是在监狱中醒过来。"

"你说你当时感觉很奇怪，这到底是什么意思呢？"

"哦，"她说，"只是说我感觉忧郁——非常幸福——惆怅，百感交集。我无法确切地描述清楚。"

"就在那一夜的某个时刻，斯坦斯先生也失踪了。"布罗汉说，"你知道他去了哪里吗？"

"不知道，"安娜说，"我最后看见他是在雷维尔街他的住所里，他正在睡觉。他一定是在我离开之后失踪的。"

"换句话说，是在十点钟之后的某个时间。"

"对，"安娜说，"我等着他回来，他却没有——日子一天一天过去，没有他的踪影。当韦尔斯夫人向我提供在游人好运楼的住所时，我认为最好接受，至少暂时接受。每个人都在议论斯坦斯肯定是死了。"

"在一月十四日到三月二十日之间的任何时候，你是否见过斯坦斯先生？"

"没有，先生。"

"你与他有没有任何通信联络？"

"没有，先生。"

"你认为他去了哪里，在那期间？"

安娜张开嘴刚要回答，穆迪迅速站起来，说道："反对，不能强迫被告人做出猜测。"

法官再次批准了这项反对提议，并请布罗汉继续询问。

"三月二十日下午，斯坦斯先生被救回来后，他的肩膀里有一颗子弹。"他说，"在你们约会的一月十四日那天，斯坦斯先生是否已经负伤？"

"没有。"安娜说。

"那天晚上，他是否受伤？"

"据我所知没有，"安娜说，"我最后见到他的时候，他好好的，正在睡觉。"

布罗汉从大律师的桌子上拿起一支女士小手枪，"你认得这件武器吗，韦瑟雷尔小姐？"

"认得，"安娜说，眯眼看着那支枪，"那是我的。"

"你随身携带这件武器吗？"

"当我工作的时候通常会带,我会把它放在我的衣服前胸里面。"

"你在一月十四日那天夜里有没有携带它?"

"没有,我把它留在了烤架旅馆,放在我枕头下面。"

"但是一月十四日那天夜里你在工作,不是吗?"

"我和斯坦斯先生在一起。"安娜说。

"这不是我的问题。"布罗汉说,"一月十四日那天夜里你是不是在工作?"

"是的。"安娜说。

"然而,正如你宣称的,你却把手枪留在了家里。"

"是的。"

"为什么?"

"我认为我不会需要它。"安娜说。

"但这违反常规,按理说你会一直随身携带。"

"是的。"

"那天晚上你的手枪在什么地方,有谁能为你担保吗?"

"没有,"安娜说,"除非有人看过我的枕头底下。"

"从斯坦斯先生肩膀里取出的子弹与这种类型的手枪吻合,"布罗汉说,"你是否朝他开过枪?"

"没有。"

"你知道那一枪是谁打的吗?"

"不知道,先生。"

布罗汉再次用手背的指关节遮着嘴咳嗽。"在一月十四日的晚上,你是否知道,斯坦斯先生作为探矿者的净资产是多少?"

"我知道他很富有,"她说,"这是众所周知的。"

"那天晚上,或者其他任何晚上,你们是否谈论过在克罗斯比·韦尔斯先生小屋里发现的那笔财富?"

"没有。我们从来没有谈论过钱的事情。"

"从来没有?"布罗汉说,挑了一下眉毛。

"布罗汉先生。"法官厌烦地说。

布罗汉低下了头,"你是什么时候首次得知他写下了刚才提到的这张馈赠契约的?"

"三月二十日的早上,"安娜说,她放松了一点,这些话是她已经记得很熟的,"监狱牧师把这张纸拿到游人好运楼给我看,我拿着它直接去了法院,想弄清它到底是什么意思。我与费罗斯先生坐下来,他确认这份馈赠契约是合法的,并且是有效的。他说这里面可能有点名堂——我的意思是,他说我有可能认领这笔财富。然后,他同意代表我把契约拿到银行去。"

"之后发生了什么?"

"他要我五点钟回法院面谈,所以我就在五点钟回来了,我们跟早些时候一样坐下来,可是后来我就晕倒了。"

"是什么引起的昏厥?"

"我不知道。"

"你当时是否受到任何毒品或酒精的影响?"

"没有,"安娜说,"我是完全清醒的。"

"是否有人可以担保你当天的清醒状态?"

"那天上午尊敬的德夫林牧师跟我在一起,"安娜说,"那天下午我是与克林奇先生共同度过的,在烤架旅馆。"

"在谢泼德监狱长给裁判官的报告中,描述当你昏厥时,空气中有强烈的鸦片酊气味。"布罗汉说。

"也许他弄错了。"安娜说。

"你对鸦片有依赖,不是吗?"

"自从我搬去与韦尔斯夫人同住后,就再也没有碰过一次烟枪。"安娜坚决地说,"自从监狱被释放的那天起,我就进入了哀悼期，放弃了鸦片。"

"请允许我澄清：你声称自从一月十四日你服药过量之后，就一直没有碰过鸦片，无论何种剂型？"

"对，"安娜说，"确实如此。"

"卡弗夫人可以担保这一点？"

"是的。"

"你能告诉法庭，在一月二十七日下午，卡弗夫人到达烤架旅馆前的几个小时里发生了什么事吗？"

"我在我的房间里，跟普里查德先生说话，"安娜背诵道，"我的手枪跟平常一样，掖在胸前的衣服里面。加斯科因先生突然闯入房间，我吃了一惊，就掏出了手枪，结果枪走火了。我们谁都搞不清楚到底哪里出了问题。加斯科因先生认为可能是枪坏了，就让我重新装上子弹，然后他朝我的枕头开了第二枪，检查那支枪是否功能正常。接着，他把枪还给了我，我把它放回我的抽屉里，那是我最后一次碰它。"

"换句话说，那天下午开了两枪。"

"是的。"

"第二颗子弹卡在你的枕头里，"这位律师说，"第一颗发生了什么情况？"

"它消失了。"安娜说。

"它消失了？"布罗汉说，两道眉毛都扬了起来。

"是的，"安娜说，"它没有卡在任何地方。"

"有没有可能当时窗户是开着的？"

"没有，"安娜说，"天正下着雨，我不知道子弹到哪儿去了。我们中间没有人能弄清是怎么回事。"

"它只是——消失了。"布罗汉说。

"确实如此。"安娜说。

布罗汉没有继续提问。他坐了下来，脸上露出淡淡的狞笑，法官邀请穆迪做盘诘。

"谢谢法官先生。"穆迪说，"韦瑟雷尔小姐，今天所有三项指控的提交者是乔治·谢泼德先生，霍基蒂卡监狱的监狱长，你与此人有私交吗？"

这段谈话他们已经练习过许多次，安娜毫不犹豫地回答："完全没有。"

"然而，谢泼德监狱长除了今天对你提出诸项指控外，还无数次就你的神志是否健全发出断言，是吗？"

"是的，他说我精神失常。"

"你是否与谢泼德监狱长有过长时间的谈话？"

"没有。"

"你们是否曾做过任何类型的交易？"

"没有。"

"据你所知，谢泼德监狱长是否有任何理由对你怀有恶意？"

"没有。"她说，"我没有对他做过任何事情。"

"然而，我知道你们有一个共同的熟人，"穆迪说，"这是否属实？"

"是的，"安娜说，"阿苏，一个华人，曾在卡尼里经营鸦片窟，他是我非常亲密的朋友。他于三月二十日被枪杀——被谢泼德监狱长所杀。"

布罗汉跳起来反对。"谢泼德监狱长有逮捕此人的通缉令，"他说，"在当时的情况下，他是以警局成员的身份行使他的正当职权。穆迪先生是在诽谤中伤。"

"我知道通缉令的存在，布罗汉先生。"穆迪说，"我之所以提出这个争议，是因为我相信这个共同的熟人在原告与被告的关系上至关重要。"

"继续，穆迪先生。"法官说，皱起了眉头。

布罗汉坐下来。

"谢泼德监狱长与苏先生关系如何？"穆迪问安娜。

"阿苏被指控杀害了谢泼德监狱长的哥哥，"安娜说，口齿清晰，"十五年前，在悉尼。"

顿时，法庭内变得鸦雀无声。

"那次审判的结果是什么？"穆迪说。

"阿苏在最后时刻被无罪释放，"安娜说，"他获得自由，离开法庭。"

"苏先生是否对你说过此事？"穆迪说。

"他的英语不是很好，"安娜说，"但是他经常提到的字眼儿是'复仇'，还有'谋杀'，有时他说梦话。我当时不理解这一点。"

"在你提到的那些场合，"穆迪说，"苏先生在你看来是什么状态？"

"苦恼，"安娜说，"也许恐惧。我当时没有想太多，事后才意识到。我当时不知道谢泼德监狱长哥哥的事情，直到阿苏被杀之后。"

穆迪转向法官，举起一张纸，"被告向本法庭指出的是这项庭审记录，发表于一八五四年七月九日的《悉尼先驱报》上。原件可在码头街的对跖点档案馆找到，这是它目前的存档地址。同时，我将这份公证的副本上交本法庭。"

他将副本从长凳那头递交给法官，然后转身朝着安娜，"谢泼德监狱长知道你与苏先生是非常亲密的朋友吗？"

"这并不是什么秘密，"安娜说，"我大部分的日子里都会去鸦片窟，那是卡尼里唯一的鸦片窟。可以说这几乎是众所皆知的。"

"你的造访使你获得一个绰号，是不是？"

"是的，"安娜说，"每个人都叫我'中国安'。"

"谢谢你，韦瑟雷尔小姐。"穆迪说，"我的问话完了。"他向法官鞠躬，然后坐下。法官一直在快速浏览《悉尼先驱报》上的庭审记录。

对于布罗汉来说，这个含沙射影令他感到非常意外和惊讶，他请求在原告刚刚引入的这个主题上盘问安娜。然而，法官坎普驳回了他的要求。

"今天上午我们在这里是为了审讯三项指控，"法官说，将阿苏无罪释放的那篇报道小心翼翼地放在一旁，交叉起十指，"一是伪造，二是吸毒与扰乱秩序，三是人身伤害。我已经记录了这个事实，韦瑟雷尔小姐与苏先生的关系对原告具有个人意义，但是我并不判定这些新的情况值得重新审核。毕竟，我们来这里不是考虑原告的动机，而是要考虑韦瑟雷尔小姐的动机。"

布罗汉看上去垂头丧气，穆迪捕捉住安娜的眼神，给了她一个淡淡的笑容，安娜也报以一个类似的微笑。初战告捷。

第一个被传的证人是约瑟夫·普里查德，布罗汉询问他时，他对一月二十七日烤架旅馆发生事情的表述基本上与安娜如出一辙：手枪走火，第一颗子弹消失了，奥伯特·加斯科因作为试验发射了第二颗子弹，是朝着安娜的枕头开的枪。

"普里查德先生，"穆迪被许可盘诘时说，"一月二十七日下午，你是出于什么目的拜访韦瑟雷尔小姐的呢？"

"我估计，在她自杀未遂的故事后面还有另一个故事，"普里查德说，"我认为她的那块鸦片也许被人下过毒，或是被别的什么东西毒化了，我想化验一下。"

"你是否如你打算的那样，检查了韦瑟雷尔小姐的存货？"

"是的。"

"你发现了什么呢？"

"我一看她的烟枪就知道有人刚刚用过它，"普里查德说，"但不管那个人是谁，都不会是她。因为她那天下午清醒得如同修女一般。

我从她的眼睛也能看出，她有许多日子没有碰过毒品了，甚至从她用量过度那天起就没沾过毒。"

"那么鸦片本身呢？你是否检查了她的存货？"

"我没找到，"普里查德说，"我把她的抽屉翻了个遍，寻找那块烟土，但是它已经不见了。"

穆迪挑起他的两道眉毛，"烟土不见了？"

"是的。"普里查德说。

"谢谢您，普里查德先生。"穆迪说，"我的问题完了。"

哈灵顿俯身在笔记本上奋笔疾书。这时，他把刚写完的那张纸撕下来，从桌子底下传给其他人阅读。穆迪看见，布罗汉已经不再狞笑。

"传下一位证人。"法官说，他也在写着什么。

下一位证人是奥伯特·加斯科因，他的证词证实了手枪走火、子弹消失、第二枪没出事故，射中了安娜的枕头。布罗汉讯问时，加斯科因承认在一月二十七日的那天下午，他丝毫没有想到埃默里·斯坦斯会在烤架旅馆；穆迪讯问时，他同意这种想法完全有可能。加斯科因返回法官平台下的座位上，他入座后，法官传唤监狱牧师考埃尔·德夫林。

"尊敬的德夫林牧师，"牧师刚刚宣誓完毕，布罗汉马上就开口说道，并举起那张馈赠契约，"这份文件第一次是怎么到你手中的？"

"是克罗斯比·韦尔斯死亡后的第二天早上，我在他小屋里发现的。"德夫林说，"劳德巴克先生把韦尔斯先生的噩耗带到霍基蒂卡，我受谢泼德监狱长的差遣，前往那个小屋，协助打理死者的遗体。"

"具体是在什么地方发现这份文件的？"

"在炉子底部的炉灰匣子里发现的，"德夫林说，"那天非常潮湿，那地方有一种很凄凉的气氛，我决定生火。我打开炉子的炉灰抽屉,看见这份文件躺在炉算子上。"

"你接下来做了什么?"

"我没收了它。"德夫林说。

"为什么?"

"这份文件牵涉一大笔钱,"牧师平静地说,"我认为慎重的做法是不向公众披露消息,等韦瑟雷尔小姐的健康得到改善后再说。她头一天深夜被带入警察营地,涉嫌自杀,很显然她的状况不适合再受任何惊扰。"

"这是你没收它的唯一原因吗?"

"不是,"德夫林说,"我后来向谢泼德监狱长解释了,这份文件似乎不值得交给警察,因为它在当时属于无效文件。"

"为什么当时是无效的?"

"斯坦斯先生并没有签名授权该捐赠。"德夫林说。

"但我现在拿着的这份文件,确实有斯坦斯先生的签名。"布罗汉说,"请向本法庭解释这份文件是如何获得签名的。"

"我恐怕无法解释,"德夫林说,"我没有亲自见证签名过程。"

布罗汉迟疑道:"你是什么时候最早发现该契约已被签名的呢?"

"在三月二十日的上午,当我把契约拿到游人好运楼给韦瑟雷尔小姐看的时候。我们一直在讨论其他事情,在谈话过程中,我首次注意到这份文件已经有了签名。"

"你是否看见韦瑟雷尔小姐在这份契约上签了字?"

"不,我没有。"

布罗汉显然被这个回答弄得仓皇失措,为了恢复镇定,他说:"你们当时在讨论什么?"

"我作为一名牧师,应该对我们那天早上讨论的内容保密。"德夫林说,"我不能按照要求把它说出来,或以此作为对她的指证。"

布罗汉感到惊讶。然而，德夫林的做法无可非议，经过大量的抗议与争论之后，布罗汉看上去非常恼火，只好将他的证人交给穆迪。穆迪花了片刻时间整理他的文件，才开始提问。

"尊敬的德夫林牧师，"他说，"您在发现这份馈赠契约之后，是否立刻将它拿给谢泼德监狱长看了？"

"不，我没有。"德夫林说。

"那么，谢泼德监狱长是如何发现它的存在的呢？"

"非常偶然，"德夫林回答，"我把契约夹在我的《圣经》里，想让它保持平整，谢泼德监狱长在翻阅我的《圣经》时，碰巧看见了。这大约是在韦尔斯先生死亡的一个月之后。"

穆迪点了点头，"当这件事偶然发生的时候，谢泼德先生是独自一人吗？"

"是的。"

"他当时做了什么？"

"他建议我把这份契约拿给韦瑟雷尔小姐看，我照办了。"

"立刻？"

"不是的，我等了几个星期。我想单独跟韦瑟雷尔小姐谈话，不让卡弗夫人知道，这样的机会很难得，因为这两个女人在一起生活，几乎总是形影不离。"

"为什么你想跟韦瑟雷尔小姐单独谈话，不让卡弗夫人知道？"

"当时我相信卡弗夫人是韦尔斯小屋里那笔财富的合法继承人，"德夫林说，"我不想在她和韦瑟雷尔小姐之间制造矛盾和争端，因为据我所知，这份文件很可能是别人开的一个玩笑。在三月二十日上午，你可能还记得，卡弗夫人被传唤到法院。我在晨报上读到法院的传唤，便立刻前往游人好运楼。"

穆迪点了点头，"在这期间，契约一直夹在您的《圣经》里吗？"

"是的。"德夫林说。

"在谢泼德监狱长首次发现馈赠契约之后，他是否还有什么机会单独与你的《圣经》在一起呢？"

"机会很多，"德夫林说，"我每天早上都带着《圣经》去警察营地，在执行其他任务的时候，经常把它留在监狱办公室里。"

穆迪停顿了片刻，让大家领会这句话里的暗示。然后他改变了话题，说道："您认识韦瑟雷尔小姐有多久了，尊敬的牧师？"

"在三月二十日上午我到游人好运楼拜访她之前，我们之间素未谋面。但自从那天起，她一直在警察营地监狱里受到我的监护，我每天都能见到她。"

"在此期间，你是否有机会观察她，并且与她谈话？"

"有大量的机会。"

"你能描述一下你对她品行的总体印象吗？"

"我对她的印象是好的，"德夫林说，"当然她一直受到剥削，当然她的经历错综复杂，但是一个人要改造自己的品行是需要极大勇气的，我对她所做的努力感到满意。她已经摒弃了对毒品的依赖，这是良好的开端，而且她决心永远不再卖身。对她的这些行动，我赞赏有加。"

"你对她的精神状态是什么观点？"

"啊，她的理智完全健全，"德夫林说，眨了眨眼睛，"对此我毫不怀疑。"

"谢谢，尊敬的牧师。"穆迪说，然后朝着法官，"谢谢，法官阁下。"

接下来是吉利斯医学博士的专家证词；一位从红薯镇请来的桑德斯医学博士，从医学角度提供了第二套有关安娜精神状态的论点；一位来自格雷茅斯监察局的沃尔沙姆先生作为警务督察出席做证。

最后，原告乔治·谢泼德被传唤。

正如穆迪预料的那样，谢泼德就安娜品行不良方面发表了长篇大论，为了证明安娜的伤风败俗，他援引了安娜对鸦片的依赖，她的不堪的职业，还有她先前的自杀未遂。他详细列举了安娜的行为如何浪费了警察资源，并且触犯了道德礼仪的标准，强烈建议将安娜关进海景新落成的救济院。但是穆迪把他的辩护方案制订得非常完善，在阿苏这个人物的曝光和德夫林的证词之后，谢泼德的告诫听上去只是充满敌意的抱怨，显得很小家子气。穆迪暗暗庆幸自己在原告得到机会之前提出了安娜精神失常的话题。

布罗汉终于坐下后，法官俯视着大律师的长桌子，说："穆迪先生，轮到你问了。"

"谢谢您，先生。"穆迪说，他转身朝着狱守，"谢泼德监狱长，凭你的眼光判断，这份馈赠契约上埃默里·斯坦斯签名是否属于伪造？"

谢泼德挺起下巴，"我会说它是十分逼真的复制品。"

"请原谅，先生，为什么是'十分逼真'呢？"

谢泼德看上去一副恼火的模样。"这是一个质量很高的复制品。"他修正道。

"可以称它是与斯坦斯先生签名一模一样的复制品吗？"

"那得由专家们说了算，"谢泼德说着，耸了耸肩，"我不是研究赝品的专家。"

"谢泼德监狱长，"穆迪说，"您是否能够辨别这份签名与斯坦斯先生在其他文件上的签名有任何不同之处？储备银行里有他签名的大量文件，可以作为实证。"

"不，我不能。"谢泼德说。

"那么您是根据什么证据，宣称这个签名是伪造的呢？"

"我在二月份见过这份契约，当时它是没有签名的。"谢泼德说，"韦瑟雷尔小姐在三月二十日下午将这份文件拿到法院，它已有了签名。这只能有两种解释：要么是她自己伪造了签名，我相信是这种情况；要么就是在斯坦斯先生失踪的那段时间内，她与斯坦斯先生串通舞弊——如果那样的话，韦瑟雷尔小姐在法庭上做的都是伪证。"

"事实上还有第三种解释，"穆迪说，"如果正如您这样强烈证明的那样，这个签名真是伪造的，那么有可能是除安娜之外的某个人做的签名。那个人知道这份文件在牧师手中，非常希望——不管出于什么原因——看到韦瑟雷尔小姐受到指控。"

谢泼德的表情冰冷，"我讨厌你的含沙射影，穆迪先生。"

穆迪摸出钱包，拿出一张小纸条。"我这里有一张承诺付款的票据，"他说，"日期是去年六月份，是由理查德·曼纳林先生提供的，上面有韦瑟雷尔小姐自己的手迹。您能看见韦瑟雷尔小姐在上面的签名是什么样吗，监狱长？"

谢泼德查看了那张票据。"她的签名是一个X。"他终于说。

"一点没错，她的签名是一个X。"穆迪说，"谢泼德监狱长，如果韦瑟雷尔小姐连自己的名字都不能签，您凭什么认为她可以完美地伪造他人的签名呢？"

所有的眼睛都注视着谢泼德。他依然盯着那张承诺付款票据。

"谢谢您，先生，"穆迪对法官说，"我没有其他问题了。"

"好吧，穆迪先生，"法官说，他的声音含糊地表明他觉得有趣或反感，"你可以结束了。"

金星是颗启明星

> 在一番乔装打扮下,诱惑呈现在面前。

"幸运之风号"刚在查默斯港的泊位上停靠,舷梯就被放到码头上,安娜按照规定加入女子队列,接受医疗人员的检查。从检疫所出来后,接着走入海关,使她的入境文件得到盖章与审批。这些过程完成之后,她被引到仓库,提取箱子(她的箱子非常小,不比一个帽子盒大多少,几乎可以夹在胳膊下面携带),她在行李提取处又遭到延误,因为她的箱子被误装上了另外一位女士的马车。当这个错误被纠正,她寻回自己的行李时,时间已经过了正午。安娜终于从仓库走出来,四下张望,希望能看见早上在甲板上令她感到非常愉快的那个金发小伙子,然而没有看见任何她觉得脸熟的人。同船的乘客早已分散到这座城市的拥挤人群中。她把箱子放在码头上,花了片刻时间整理她的手套。

"打扰一下,小姐。"一个声音飘然而至。安娜转过身,见说话的人是一个棕红色头发的女人,体态丰满,皮肤润滑,身着一套非常精致的绿色锦缎衣裙。"打扰啦,"她再次说道,"你不是碰巧刚进城的吧?"

"确实如此,夫人,"安娜说,"我刚刚到——今天早上。"

"请问,乘的是哪一条船?"

"'幸运之风号',夫人。"

"好呀,"女人说,"好呀。嗯,如果这样的话,你也许能够帮助我。我在等一个名叫伊丽莎白·麦凯的年轻姑娘。她年龄跟你差不多,朴朴实实的,身材苗条,穿着打扮如同家庭教师,只身旅行……"

"恐怕我没有见过她。"安娜说。

"她今年八月就要满十九岁了,"女人继续说,"她是我表妹的表妹,我跟她从来没有见过面,但人人都说她干净利落,模样不差。她的名字是伊丽莎白·麦凯,你没有看见她吗?"

"很抱歉,夫人。"

"你那条船叫什么名字来着——'幸运之风号'?"

"是的。"

"你在哪里上的船?"

"杰克逊港。"

"没错,"女人说,"就是它。'幸运之风号',从悉尼来的船。"

"非常抱歉,'幸运之风号'上没有年轻姑娘,夫人。"安娜说着,把眼睛微微眯起,"有一位与丈夫同行的帕特森夫人,一位马德尔夫人,一位尤尔思夫人,一位库克夫人,但我估计她们都是四十多岁的年龄,没有哪位看上去是十九岁的样子。"

"哦,天哪,"女人说,咬着嘴唇,"天哪,天哪,天哪。"

"出什么问题了,夫人?"

"哦,"女人说着,伸出手压在安娜的手上,"你是多么温柔的羔羊啊,多亏你问起。你瞧,我在达尼丁这里经营一家女子招待所。几个星期前,我收到一封来自麦凯小姐的信,她做了自我介绍,并且预付了房租,承诺将于今天抵达!信在这儿。"女人拿出一封皱巴巴的信,"你能看见,她没有把日子写错。"

安娜没有接过那封信。"我很抱歉,"她一边说,一边摇了摇头,"我相信没有错。"

"哦,实在是对不起,"女人说,"你不识字。"

安娜脸红了,"识字不多。"

"没关系,没关系。"女人说,把那封信塞回衣袖里,"唉,我真为我可怜的伊丽莎白·麦凯感到担心啊!真是太担心啦!这到底是怎么回事呢?她保证会在今天到达——乘这一趟船,可是,就像你说的,她根本没有上船!你真的十分肯定吗?你真的肯定船上没有年轻姑娘吗?"

"我相信这件事一定很容易解释,"安娜说,"也许她在最后时刻生病了。或者她寄过一封道歉的信,被投错了地方。"

"你这么安慰我真是好心。"女人说着,再次按住安娜的手,"你说得对,我应该理智一些,不让自己胡思乱想。我一想到她可能会受到某种伤害,就会担心起来。"

"我相信一切都会平安无事的。"安娜说。

"可爱的孩子,"女人说,拍了拍安娜,"我很高兴认识这么一个可爱又漂亮的女孩子。我是韦尔斯夫人,莉迪娅·韦尔斯夫人。"

"我是安娜·韦瑟雷尔小姐。"安娜说,行了一个屈膝礼。

"你看我这人,担心一个独自旅行的女孩子,面前说话的这位不也是同样情况嘛。"韦尔斯夫人说,此刻脸上露出了微笑,"你为什么在没有伴护的情况下旅行呢,韦瑟雷尔小姐?也许,你和这里的某个淘金汉有婚约?"

"我没有婚约。"安娜说。

"也许你在响应某种感召!你的父亲——或别的亲戚——已经先到了这里,写信要你过来——"

安娜摇了摇头,"我来这里只是为了开始新生活。"

"啊,如果是这样,那你算是选了一个完美的地方。"韦尔斯夫人说,"在这个国家,每个人都要重新开始。绝对无一例外!你就孤身一人吗?"

"孤身一人。"

"你真是很勇敢,韦瑟雷尔小姐——真是太勇敢了!你在漂洋过海的时候不要女性陪伴,着实令人感到鼓舞,但现在我想马上知道你在这里,在达尼丁,是否已经预订了住所。这座城市有太多声名狼藉的旅馆,你这么漂亮,必须得到可靠之人的指点。"

"感谢您善意的关心。"安娜说,"我打算下榻在彭尼斯顿夫人的招待所,我今天下午就去那儿。"

对面的女人好像被吓呆了,"彭尼斯顿夫人!"

"事先有人向我推荐的,"安娜说着,皱起了眉头,"您不赞成这个推荐吗?"

"哎呀——当然不能。"韦尔斯夫人说,"你可以回答说这座城市的任何一家旅馆,只要不是彭尼斯顿的!彭尼斯顿是个非常下贱的女人,韦瑟雷尔小姐。一个非常下贱的女人,你必须与她这一类人保持距离。"

"哦。"安娜说,感到迷惑不解。

"再告诉我一遍,你为什么要来达尼丁?"韦尔斯夫人说,口气变得非常热情。

"我来是因为淘金潮,"安娜说,"每个人都说营地里的金子比矿区还多。我想当一名跟营客。"

"你的意思是想找一份工作——也许做一名女招待?"

"我会在酒吧干活,"安娜说,"我曾经做过旅馆工作。我手脚稳当,而且人很诚实。"

"你有推荐信吗?"

"很棒的推荐信，夫人，是悉尼联盟街的帝国旅馆提供的。"

"棒极了。"韦尔斯夫人说。她上上下下地打量着安娜，脸上笑眯眯的。

"您为什么不赞成住彭尼斯顿夫人的旅馆——"安娜开口说，但是韦尔斯夫人打断了她。

"啊！"她大声地说，"我有一个两全其美的办法——一箭双雕，同时解决你的和我的困境！我刚想出来的办法！我的麦凯小姐预付了一个星期的房费，却没来住她已经付过费的房间，你一定要代替她。你一定要来，做我的麦凯小姐，直到我们给你找到一份工作，让你安稳落脚为止。"

"这真是太友善了，韦尔斯夫人，"安娜说，往后退缩着，"但是我不能接受这样慷慨的好意……不能强求您的慈善。"

"哦，快别说客气话了，"韦尔斯夫人说，拉着安娜的胳膊肘，"韦瑟雷尔小姐，当我们成为最好的朋友时，再回头来看今天，就会称之为机缘巧合——以这种方式巧遇对方。我特别相信机缘巧合！相信种种无巧不成书的事情。但是，瞧我这唠唠叨叨地浪费什么时间呢？你一定饿了吧——巴不得洗个热水澡。快来吧，我会好好照顾你的，等你休息好了，我就给你找份工作。"

"我没有乞求的意思，"安娜说，"我不会乞求的。"

"你根本没有乞求任何东西，"莉迪娅·韦尔斯说，"你是一个多么可爱的孩子啊！上这儿来——挑夫！"

一个扁平鼻子的少年跑了过来。

"将韦瑟雷尔小姐的箱子送到坎伯兰街三十五号。"韦尔斯夫人说。

扁平鼻子的少年听到这个命令，龇牙咧嘴地笑笑。他转身朝着安娜，上上下下地打量她，然后夸张地触摸自己的前额，向安娜行礼。

莉迪娅·韦尔斯没有对这个鲁莽的行为做出评价,但是当她从钱包里掏出一枚六便士硬币递给少年时,用眼睛狠狠地瞪了他一下。然后她用胳膊搂住安娜的肩膀,微笑着,把安娜带走了。

在白羊座的强势

> 被告关于哲学的高谈阔论；穆迪先生占据上风；劳德巴克朗读一封信；卡弗的谎言被当众揭穿。

下午的审讯于一点钟准时开庭。

"斯坦斯先生，"小伙子宣誓后坐定，法官说道，"你因三项指控而受到起诉。首先，你伪造了一八六六年一月份的季度收入报告。对此你有何申辩？"

"认罪，先生。"

"其次，你侵吞了你的雇员约翰·龙·桂先生从极光金矿依法上交的金矿石，那些金子后来在绿玉神舟谷中已故克罗斯比·韦尔斯先生的小屋中被发现。对此你有何申辩？"

"认罪，先生。"

"最后，你失踪超过八个星期，这段时间内，在需要日常管理的认领区和矿区渎职无为。对此你有何申辩？"

"认罪，先生。"

"全面认罪。"法官说，靠着椅背放松地坐着，"好吧，你可以暂时坐下,斯坦斯先生。我们还是这样,由穆迪先生代表被告一方,布罗汉先生代表原告一方,裁判法院的费罗斯先生和哈灵顿先生负责协助。布罗汉先生,请发表你的陈述。"

与先前一样,布罗汉陈述的目的是诋毁被告的名誉,而且与先前一样,他的发言过分冗长。他逐项列举斯坦斯失踪期间造成的诸多麻烦,并以韦尔斯的寡妇作为特例,把她塑造成一个悲剧人物,她得到虚假的承诺,一直错误地认为(却是合理的假设)一大笔横财应是她已故丈夫遗产的一部分。布罗汉谈到财富固有的腐败性,把诈骗与贪污两者都称为"睿智而冷血的罪行"。穆迪得到陈述的机会时,简明而有力地表明,斯坦斯十分清楚他的长期失踪会造成什么麻烦,非常愿意弥补与偿还因此造成的一切损失与债务。

"布罗汉先生,"穆迪的话音刚落,法官坎普说,"轮到你问了。"

布罗汉起身。"斯坦斯先生,"他举起一张纸,如同挥舞一张逮捕通缉令,说道,"我这里有一份文件,由代理商尼尔森合作公司提供,是已故克罗斯比·韦尔斯先生遗产的盘点清单。根据尼尔森先生的记录,该遗产包括一大笔纯金矿石,银行评估其价值为四千零九十六英镑。你能告诉我们这笔横财的来由吗?"

斯坦斯毫不犹豫地给出答案。"这些金矿石,是在名为极光的认领区上发现的,"他说,"在这之前,该认领区曾属于我。金矿石是我的雇员桂先生于去年年中几个月中开采的。桂先生根据他的个人习惯,将金子冶炼成金条,然后将金条作为合法收入交给我。我收到这笔巨大的财富后,没有依照法律将它作为极光的收入上缴银行。相反,我把它揣入私囊,拿进绿玉神舟谷埋藏起来。"

他平静地说话,没有一点自负。

"为什么选择绿玉神舟谷?请具体说明。"布罗汉说。

"因为毛利人的领地里不允许探矿,而绿玉神舟谷的大部分都属于毛利人。"斯坦斯说,"我以为那是最安全的地方——至少在一段时期内，然后我再回去，把它挖出来。"

"你打算如何处置这一大笔财富？"

"我计划将它们一分两半，"斯坦斯说，"一半留给自己，另一半我本打算送给韦瑟雷尔小姐，作为礼物。"

"你为什么希望做这样一件事？"

斯坦斯看上去迷惑不解，"恐怕我不明白您的问题，先生。"

"斯坦斯先生，你送给韦瑟雷尔小姐这一大笔钱，打算达到何种目的呢？"

"什么目的都没有。"小伙子说。

"你根本不打算实现任何目的？"

"对，完全正确，"斯坦斯说着，情绪振奋了一点，"否则就不是礼物了，对不对？"

"那笔财富，"布罗汉说，不得不提高嗓门儿以盖过零星的笑声，"后来在属于已故克罗斯比·韦尔斯的小屋里被发现。这种地点的转移是如何发生的呢？"

"我不能肯定。我估计他把它挖出来，据为己有了。"

"如果真是这样的话，你认为韦尔斯先生为何没有把它拿到银行去呢？"

"这难道不是显而易见吗？"斯坦斯说。

"恐怕不是。"布罗汉说。

"当然是因为那些金矿石已被冶炼过，"斯坦斯说，"每一块金条上都刻着'极光'的字样——被我的桂先生刻在金条上！克罗斯比·韦尔斯总不能假装是他从地上捡的吧。"

"你为什么没有如你必须依法遵守的那样，把这笔财富作为极光的收入拿到银行申报？"

"极光股份的百分之五十属于弗朗西斯·卡弗先生，"斯坦斯说，"我对这个人看法不佳，不想看见他获得利润。"

布罗汉皱起眉头,"你将那一大笔财富从极光转移,只因为不想支付属于卡弗先生的百分之五十的合法股息。然而,你打算将这笔财富的百分之五十赠送给安娜·韦瑟雷尔小姐,是这样吗?"

"完全正确。"

"请原谅,我认为你的意图有些不合逻辑,斯坦斯先生。"

"有什么不合逻辑的呢?"小伙子说,"我希望安娜得到卡弗的股息。"

"出于什么原因呢?"

"因为安娜有资格得到它,而卡弗活该失去它。"埃默里·斯坦斯说。

法庭上又响起笑声,这一次范围更大。穆迪开始感到焦虑,他已经警告过斯坦斯说话不要太夸张,也不要太冒失。

全场再次安静下来后,法官说:"斯坦斯先生,我相信你没有权利裁决一个人有没有资格得到什么。敬请你接下来克制自己,只做事实陈述。"

斯坦斯立刻清醒过来,"我明白,先生。"

法官点了点头,"继续,布罗汉先生。"

布罗汉突然改变了话题。"你有两个多月的时间不在霍基蒂卡,"他说,"是什么造成你的失踪呢?"

"说来惭愧,我一直处于鸦片毒瘾的控制下,先生。"斯坦斯说,"当我回来时,震惊地发现时间已经过去两个多月了。"

"你去过哪里?"

"我相信我大部分时间都在卡尼里中国城的鸦片窟里,"斯坦斯说,"但是我无法确切地告诉你。"

布罗汉停顿了一下。"鸦片窟。"他跟着说了一遍。

"是的,先生,"斯坦斯说,"店主是一个姓苏的家伙,阿苏。"

布罗汉不想在阿苏这个话题上纠缠。"三月二十日,"他说,

"你在曾经属于克罗斯比·韦尔斯的小屋里被人发现。你在那里干什么?"

"我相信是在寻找我的那一大笔金子,"斯坦斯说,"只是我变得神志恍惚起来——感到身体不适,记不清我把它埋在哪里了。"

"你首次鸦片成瘾是在什么时候,斯坦斯先生?"

"我第一次接触鸦片是在一月十四日夜里。"

"换句话说,就是克罗斯比·韦尔斯死亡的那天夜里。"

"他们是这样告诉我的。"

"有点巧合,难道你不觉得吗?"

穆迪对此提出反对。"韦尔斯先生死于自然原因,"他说,"我看不出与某个自然事件的巧合会显示什么重大的意义。"

"事实上,"布罗汉说,"验尸结果表明,韦尔斯先生的胃里存在少量的鸦片酊。"

"少量。"穆迪重复道。

"继续你的审问,布罗汉先生,"法官说,"穆迪先生,坐下。"

"谢谢您,先生。"布罗汉对法官说,他转回身朝着斯坦斯,"斯坦斯先生,你能想出一种原因,解释为什么韦尔斯先生会在饮用大量威士忌的时间服用任何剂量的鸦片酊吗?"

"也许他感到疼痛。"

"什么样的疼痛呢?"

"我是猜测,"斯坦斯说,"恐怕我只能猜测:我本人并不知道这个人的习惯,那天晚上我没有跟他在一起。我只是说鸦片酊经常被当作镇痛剂或者催眠药服用。"

"但是不会再加一瓶威士忌,不会。"

"我本人当然不会尝试这样的组合。但是我不能替韦尔斯先生回答。"

"你服用鸦片酊吗,斯坦斯先生?"

"只是根据医生的处方服用,不是因为习惯。"

"你目前有处方吗?"

"目前我有,"斯坦斯说,"但这是最近的处方。"

"最近是什么时候,请讲?"

"首次给我开处方时是三月二十日,"斯坦斯说,"作为镇痛剂,同时作为戒断毒瘾的手段。"

"在三月二十日之前,你是否曾从普里查德在科林伍德街的药店购买,或通过其他方式获得过一瓶鸦片酊?"

"没有。"

"克罗斯比·韦尔斯死亡的几天之后,有人在他的小屋里发现一瓶鸦片酊。"布罗汉说,"你知道它是怎么到那里去的吗?"

"不知道。"

"据你了解,韦尔斯先生是否对鸦片类毒品有依赖呢?"

"他是个酒鬼,"斯坦斯说,"我只知道这个。"

布罗汉仔细地打量他,"请你告诉本法庭,一月十四日那个夜晚你是如何度过的,请用你自己的话,按照顺序说。"

"大约七点钟的时候,我与安娜·韦瑟雷尔在金粉与金块酒吧见面,"斯坦斯说,"我们一起喝了一杯酒,之后回到我在雷维尔街的公寓房。我睡着了,当我醒来时——大约是十点三十分——安娜不见了。我不明白她为什么会如此突然地离开,所以就去找她。我到了烤架旅馆,前台空无一人,楼梯口也空无一人,她楼上房间的门没有锁。我进去后,看见她躺在地上,身旁摆放着她的烟枪、烟土和酒精灯。唉,我没法叫醒她,我等着她醒来的时候,跪下来仔细看着烟具。我之前从来没有碰过鸦片,但是总渴望尝试一下。它具有那样一种神秘感,你知道,那烟雾是多么可爱、浓郁。安娜的烟枪还有点温热,酒精灯还在燃烧,一切似乎都是——机缘巧合,难以言喻。我认为我可以只尝一口。她看上去这样幸福无比,她甚至在微笑着。"

"接下来发生了什么？"斯坦斯没有接着说下去，布罗汉便催问道。

"我被麻醉了，当然，"斯坦斯说，"真是欲仙欲死。"

布罗汉看上去有些烦躁，"那以后呢？"

"嗯，我用她的烟枪好好享受了一番，然后我在她的床上躺下，睡了一会儿——或者做了一会儿梦，确切地说不是睡觉。当我醒来时，酒精灯已经凉了，烟枪的烟锅也空了，安娜不见踪影。说来惭愧，我当时根本没有考虑到安娜。我心心念念只想再吸一口。多么强烈的渴望啊！从第一口开始，我就被迷得神魂颠倒。我知道必须再次尝到这种毒品，否则无法罢休。"

"这一切都发生在初次品尝之后。"布罗汉说，心生怀疑。

"是的。"斯坦斯说。

"你做了什么呢？"

"我立刻前往中国城的鸦片窟。天还很早——黎明刚过，我在路上一个人也没有碰到。"

"你在卡尼里的中国城待了多久？"

"大概两个星期吧，但是很难记得精确，每一天都浑浑噩噩，一天接着一天。阿苏对我那么好，他收容了我，给我吃的，确保我绝不吸食过量。他在一块小黑板上记下我欠的账。"

"在那段时间里，你见过其他人吗？"

"没有，"斯坦斯说，"可是说实在的，我根本记不清了。"

"你接下来记得的一件事情是什么？"

"我有一天醒来，阿苏不在那里。我顿时非常生气。他把鸦片带走了——他离开鸦片窟时，总是把鸦片随身带走，我把那里翻了个底儿朝天，寻找鸦片，我变得越来越绝望。后来我想起了韦瑟雷尔小姐的存货。

"我立刻前往霍基蒂卡——像疯了一样。那天早上的雨下得很大,外面没有多少人,我来霍基蒂卡的途中没有碰上一个我认识的人。我从后门进入烤架旅馆,然后顺着后面的仆人楼梯上楼。我等到安娜下楼吃午饭时,悄悄溜进她的房间,找到她的烟土,还有她的所有烟具,都在她的抽屉里。可后来我被困住了——有人在楼道里说话,就在门外——我没法离开。后来,安娜吃完午饭回来了,我听见她进来的声音,再次恐慌起来,就躲到了布帘背后。"

"布帘?"

"是的,"斯坦斯说,"当我被安娜手枪的那颗子弹射中时,就是藏在那里。"

布罗汉的脸变得通红,"你藏在布帘后面有多久?"

"几个小时吧,"斯坦斯说,"如果要我猜测,我会说大约从十二点到三点,但这只是估计。"

"韦瑟雷尔小姐那天知道你在她的房间里吗?"

"不知道。"

"那么,加斯科因先生呢,还有普里查德先生?"

"不知道,"斯坦斯再次声明,"我一声不吭,一动不动地站着。我敢肯定他们中间没有一个人知道我在那里。"

费罗斯正在专心地冲着哈灵顿的耳朵说悄悄话。

"你被枪击中后发生了什么?"布罗汉说。

"我一声没吭。"斯坦斯又说了一遍。

"你一声没吭?"

"对。"

"斯坦斯先生,"布罗汉说,以一种假装责骂他的语气,"你是想告诉本法庭,你被枪击中,而且是在毫无预警、距离很近的情况下,居然没有发出喊叫,或者动一动,就没有发出一点点声音,足以引起这三位证人中的任何一位的警觉,注意到你的在场吗?"

"是的。"斯坦斯说。

"你究竟为什么没有喊叫呢?"

"我不愿意放弃那块烟土。"斯坦斯说。

布罗汉仔细地打量着他。在接下来的停顿中,哈灵顿递给他一张字条,布罗汉迅速瞄了一眼,然后抬起头来,说:"斯坦斯先生,在一月二十七日的那天下午,你认为韦瑟雷尔小姐是否有可能知道你在场,将她的手枪故意对准布帘方向,目的明确地要对你造成伤害呢?"

"不,"斯坦斯说,"我认为那是不可能的。"

法庭变得鸦雀无声。

"为什么呢?"

"因为我信任她。"斯坦斯说。

"我问你是否认为有那种可能,"布罗汉说,"而不是问你认为她会不会。"

"我明白你的问题,我的答案不会改变。"

"是什么诱导你信任韦瑟雷尔小姐的呢?"

"信任不是诱导出来的,"他大声高喊,"信任只能是给予的——自愿给予的!我怎么可能回答这个问题呢?"

"我简化一下我的问题,"律师说,"你为什么信任韦瑟雷尔小姐?"

"我信任她,因为我爱她。"斯坦斯说。

"你是怎么爱上她的呢?"

"当然是通过信任她!"

"你在做循环辩护。"

"是的,"小伙子大声喊道,"因为我必须这样!真实的感情总是循环的——要么是循环的,要么是矛盾的,因为其原因和表达是组成同一样东西的两半!爱情不能沦为一份原因清单,而一条条原因也不能拼凑出爱情。任何反对我的人都从来没有恋爱过——没有真正恋爱过。"

这个声明之后，全场鸦雀无声。从法庭远处的角落里传出一声轻轻的口哨声，响应它的是一阵没有憋住的笑声。

布罗汉显然很恼火，"恕我直言不讳，斯坦斯先生，从自称所爱的人那里偷走鸦片类药物，这真是非同寻常。"

"我知道这很不好，"斯坦斯说，"我对自己干的事情感到非常羞愧。"

"有谁能够确保你在过去两个多月里的行踪呢？"

"阿苏可以为我担保。"

"阿苏已经去世了，还有什么人呢？"

斯坦斯想了一会儿，然后摇了摇头，"我想不出其他人了。"

"我没有更多的问题了。"布罗汉简略地说，"谢谢您，法官先生。"

"轮到你询问证人了，穆迪先生。"法官说。

穆迪也感谢了法官。他花了一点时间把他的笔记放整齐，等待房间里交头接耳的声音平息下来，然后他说："斯坦斯先生，你表明你对卡弗先生的看法很糟糕，你的这个不佳看法是怎么形成的呢？"

"他殴打了安娜，"斯坦斯说，"他毒打她——非常残忍，当时她怀着身孕。那个孩子夭折了。"

法庭立刻安静下来。

"那一次人身伤害是什么时候发生的？"穆迪说。

"去年十月十一日的下午。"

"十月十一日，"穆迪回声道，"你见证了那一次人身伤害吗？"

"不，我没有。"

"你是怎么知道发生了这件事呢？"

"那天下午的晚些时候，从洛温塔尔先生那里得知的，是他在路上发现了安娜——惨遭毒打,血肉模糊。他可以证明他发现安娜时的状态。"

"你那天下午找洛温塔尔有什么事情?"

"一件无关的事情,"斯坦斯说,"我去见他,是想在报纸上登一条启事。"

"关于——?"

"我想购买一箱长臂洗砂床。"

"当你听到韦瑟雷尔小姐被殴打的消息时,"穆迪说,"你感到惊讶吗?"

"不,"斯坦斯说,"我已经知道卡弗是个畜生——已经为我们的合伙关系后悔了无数次。我刚到达尼丁的时候,他提出做我的赞助人——我就是这样认识他的,就在我刚下船的当天。我丝毫没有怀疑其中的猫腻。我非常缺乏经验。我们在诚恳的气氛中握手成交,就是这样,然而没过多久,我就开始听到有关他的种种传闻——还有关于卡弗夫人的事情,当然是他们狼狈为奸的传闻。当我听说他们对韦尔斯先生干的那些勾当时,我感到很恐怖。我想,我竟然跟一个地地道道的骗子合伙做生意了。"

小伙子说话的顺序开始跳跃。穆迪咳嗽了一下,提醒他注意他们事先商定的陈述顺序,他说:"让我们回到十月十一日那天晚上。当洛温塔尔告诉你韦瑟雷尔小姐被殴打之后,你做出了什么反应呢?"

"我直接前往绿玉神舟谷,去给韦尔斯先生报信。"

"你为什么认为这条信息对韦尔斯先生很重要呢?"

"因为他是韦瑟雷尔小姐肚子里孩子的父亲,"斯坦斯说,"我认为他应该知道他的孩子遇害了。"

此时法庭里一片寂静,穆迪甚至能听见远处大街上的嘈杂声。"韦尔斯先生是如何对待他未出生孩子夭折这条消息的呢?"

"他很平静,"斯坦斯说,"根本没说什么。我们一起喝酒,坐了一会儿。我待到很晚。"

"那天晚上,你是否与韦尔斯先生讨论过其他事情?"

"我告诉他,我在他的小屋附近埋了一大笔金子。我说如果安娜能熬过那一夜——她被打得很惨,我就会把卡弗的股息送给她。"

"你是否在当晚记录下了你的意向呢?"

"韦尔斯起草了一份文件,"斯坦斯说,"但是我没有签名。"

"为什么没有?"

"我记不清到底为什么没有签,"斯坦斯说,"我一直在喝酒,那时已经很晚了。也许我们把话题转到了其他方向,也许我打算签名,却忘记了。反正,我睡了一会儿,然后一大早就返回了霍基蒂卡,去查看韦瑟雷尔小姐的恢复情况。此后我再也没有见过韦尔斯先生。"

"你是否告诉过韦尔斯先生金子被埋的地点?"

"是的,"斯坦斯说,"我大致描述过那个地点。"

接下来,裁判法庭听取了以下证人的证词:曼纳林、桂、洛温塔尔、克林奇、尼尔森,以及弗罗斯特。对于克罗斯比·韦尔斯小屋里发现的那一大笔财富,他们每人都描述了它的发现和后续发展,仿佛这些被冶炼过的金子真是在极光发现的。曼纳林证实了极光被卖掉时的情况,桂陈述了金条冶炼的事实。洛温塔尔详细说明一月十四日夜里他对阿利斯泰尔·劳德巴克的采访,并在采访中得知了克罗斯比·韦尔斯死亡的消息。克林奇证明他在第二天购买了那处房地产。尼尔森描述了在克罗斯比·韦尔斯小屋里的金子是如何隐藏的,弗罗斯特确认了它们的价值。他们丝毫没有提及安娜的衣裙,也没有说到沉没的三桅帆船"一帆风顺号",更是只字未提三个月前促成皇冠旅馆秘密会议的那些想法与发现。对他们的讯问顺顺当当通过了,似乎只花了很短的时间,法官已经在传唤莉迪娅·卡弗夫人上庭了。

她身穿条纹图案的炭灰色衣裙，外面套着一件时髦的羊腿形泡泡袖式样的黑色骑马外套。一头红发油光锃亮，高高地盘在头顶，发髻上系着一条黑色天鹅绒飘带。当她在大律师的长桌前飘然经过时，穆迪闻到一股樟脑、柠檬和茴芹的气味——一种高调的气味，一时间使他回想起在游人好运楼通灵会之前的聚会。

卡弗夫人几乎是神采飞扬地登上证人席的台阶，但是当她看见埃默里·斯坦斯坐在栅栏后的台子上时，瞬间露出了惊慌的神色。但她的恍惚转瞬即逝，很快就恢复了镇定。她将后背朝着斯坦斯，冲着法警微笑，举起她奶白色的嫩手宣誓入庭。

"卡弗夫人，"布罗汉说，这时法警已经走下了证人席的台阶，"你是否熟悉被告埃默里·斯坦斯先生？"

"恐怕我从未有幸结识过一位叫埃默里·斯坦斯的先生。"卡弗夫人说。

穆迪瞥了一眼小伙子，惊讶地发现他开始脸红。

"然而，我知道在二月十八日晚上，你办了一场通灵会，想要与他的亡魂取得联系。"布罗汉说。

"确实如此。"

"你为什么偏偏选择斯坦斯先生作为你通灵会的主宾呢？"

"恐怕实际上完全是从利益的角度考虑，"卡弗夫人说，脸上微微笑着，"当时，他的失踪是整个镇子的热门话题，我认为他的名字有助于提升人气。仅此而已。"

"你是否知道，当你为这次通灵会做广告时，你亡夫小屋里发现的那些金子是源自极光金矿？"

"不，我不知道。"卡弗夫人说。

"你是否有任何理由将斯坦斯先生与你亡夫联系在一起？"

"完全没有任何理由。他对于我来说仅仅是一个名字，我只知道他在峡谷中消失了,身后留下了许许多多的资产。"

"你是否知道你的丈夫卡弗先生在斯坦斯先生的金矿中拥有股份?"

"哦,"她说,"我跟弗朗西斯从不谈论投资。"

"你是什么时候首次获知这一大笔财富的真实来源的?"

"储备银行于三月下旬在报纸上发表公告,宣称实际上这些金子在被发现时已被冶炼过,因此可以追踪其来源。"

布罗汉转身朝向法官,"请法庭记录这份发表在今年三月二十三日《西海岸时报》上的公告。"

"记录完毕,布罗汉先生。"

布罗汉转回身朝着卡弗夫人,"你是一八六六年一月二十五日星期四乘坐蒸汽船'怀卡托①号'初次到达霍基蒂卡的。"他说,"登陆后,你即刻前往法庭,预约商讨你已故丈夫的小屋与地产的销售事宜。这是否属实?"

"属实。"

"你是如何得知韦尔斯先生死亡消息的?"

"卡弗先生亲自将这个消息带给我,"卡弗夫人说,"不用说,我尽快赶往霍基蒂卡。我本愿意出席葬礼的,遗憾的是我来得太晚了。"

"在你离开达尼丁时,是否知道韦尔斯遗产中包含了一大笔来源不明的财富呢?"

"不知道,我是在到达霍基蒂卡,读了《西海岸时报》上的报道后才获知的。"

"然而,我知道你在离开达尼丁之前卖掉了你的房子和生意。"

---

① 怀卡托(Waikato,毛利语)是新西兰北岛的一个行政区,得名于新西兰最长的河流怀卡托河,毛利语的意思是活水河。

"是的，确实如此，"卡弗夫人说，"但这次搬家并不像您想象的那样激进过分。我是从事娱乐行业的，达尼丁的人口已经今非昔比。我几个月里一直在考虑搬到西海岸来，一直热切地阅读《西海岸时报》，心里抱着这种对未来的打算。当我读到克罗斯比死亡的消息时，觉得这是一个绝好的机会。我可以在一个生意注定会红火起来的地方重新开始，而且可以靠近他的墓地，这是我强烈希望的。我已经说过，在他去世之前，我们没有机会化解两人之间的隔阂，分居生活深深地伤害了我。"

"在韦尔斯先生去世时，你与他正处于分居阶段，是不是？"

"是的。"

"你们分居已经多久了？"

"我想大约九个月吧。"

"你们疏远的原因是什么？"

"韦尔斯先生辜负了我的信任。"卡弗夫人说。

她没有继续说下去，布罗汉紧张地瞥了一眼法官后，说道："你能详细说明吗？"

卡弗夫人猛地扬了一下头。"有一个年轻姑娘由我监护，"她说，"韦尔斯先生对她做了非常可恶的事情。我和克罗斯比为此吵翻了天，在我们闹纠纷后不久，他就离开了达尼丁。我不知道他去了哪里，没有他的任何消息。当我读到《西海岸时报》上他的讣告时，才发现他当时去了哪里。"

"你所说的那个年轻姑娘……"

"安娜·韦瑟雷尔小姐，"卡弗夫人斩钉截铁地说，"我为她做了一件善事，收容了她，她为此口口声声感恩戴德。韦尔斯先生玷污了这份慈善，韦瑟雷尔小姐滥用了它。"

"在韦瑟雷尔小姐和韦尔斯先生搬到霍基蒂卡来之后，他们之间是否继续保持联络？"

"这个我就不得而知了。"卡弗夫人说。

"谢谢你,卡弗夫人。我没有更多的问题了。"

"谢谢您,布罗汉先生。"她非常平静地说。

穆迪将他的椅子向后推开,等待法官请他起立。"卡弗夫人,"法官发出邀请后,他立刻开口道,"一八六四年三月,你已故的丈夫克罗斯比·韦尔斯先生在邓斯坦峡谷发现了富矿带,这是事实吗?"

卡弗夫人显然对这个问题感到吃惊,但是她只短暂地停顿一下,便说:"是的,这是事实。"

"但是韦尔斯先生没有向银行申报这一大笔财富,这也是事实吗?"

"也是事实。"卡弗夫人说。

"相反,他雇了一支私人护卫队,把金矿石从邓斯坦运输到达尼丁——你作为他的妻子,在那里做了验收。"

卡弗夫人脸上闪过一丝惊慌。"是的。"她语气谨慎地说。

"你能描述一下那些金矿石是怎么包装,怎么从矿区运输出来的吗?"

她犹豫了一下,穆迪的提问方向显然使她猝不及防,没有足够的时间编造不在场证明。

"装在办公室的一只保险箱里,"她终于说道,"保险箱被装上一辆马车,一支护卫队押送那辆马车来到达尼丁——当然,是武装押送。我在达尼丁验收了保险箱,给搬运工付了工钱,立刻写信给韦尔斯先生,告诉他保险箱已经安全到达,他见信后便寄来了钥匙。"

"那支黄金护卫队,是由你还是由韦尔斯先生委托的?"

"是韦尔斯先生指定的,"卡弗夫人说,"他们很有能力,从来没有给我们带来一丝一毫的麻烦。那是一家私人公司,格雷斯伍德父子公司,好像是叫这个名字。"

"格雷斯伍德-斯皮尔斯,"穆迪纠正道,"那家公司后来已经迁到了卡尼里。"

"确实如此。"卡弗夫人说。

"那一大笔财富被安全交付给你之后，你是如何处置的呢？"

"金矿石一直存在保险箱里。我把保险箱安置在我们在坎伯兰街的住所里，一直放在那儿。"

"你为什么没有把那些金子拿到银行去？"

"黄金价格每天都在浮动，黄金市场难以预测。"卡弗夫人说，"我们认为最好等一个好时机再脱手。"

"你们这样谨慎，我斗胆猜测那笔金子的价值相当可观。"

"是的，"她说，"估计有数千英镑，但我们从来没有拿去估价。"

"在碰到那条富矿带之后，韦尔斯先生是否依然待在矿区？"

"是的，他接着又探了一年的矿，直到第二年春天。他的成功使他备受鼓舞，以为还能再获得一次好运，但是没有。"

"现在那一笔财富在哪里？"穆迪问。

卡弗夫人再次犹豫了，然后说："被盗窃了。"

"我谨致以我的安慰，"穆迪说，"你们一定为这笔损失感到十分痛苦。"

"是的。"卡弗夫人说。

"你是代表你自己和韦尔斯先生说这话的吧？"

"当然。"

穆迪停顿了一下，然后说："假设，那个盗贼以某种方式获得了接触钥匙的机会。"

"有可能，"卡弗夫人说，"或许那把锁不牢靠。那只保险箱是现代款式，我们大家都知道，现代技术从来都不是绝对可靠的。也可能在我们不知道的情况下，有人复制了第二把钥匙。"

"你是否知道谁有可能偷走了那一大笔财富？"

"毫不知晓。"

"你是否同意这可能是你的一个熟人呢？"

"未必，"卡弗夫人说着，扬了扬头，"黄金护卫队里的任何一个成员都有可能背叛我们。他们知道这样一个事实，那就是坎伯兰街三十五号有一大笔金子，而且，他们知道保险箱的位置。谁都有可能。"

"你经常打开保险箱，检查里面的东西吗？"

"并不是经常。"

"你是什么时候首次发现那一大笔财富不见了？"

"克罗斯比第二年回来的时候。"

"你能否描述一下你们发现此事时的情形？"

"韦尔斯先生从矿区返回后，我们坐下来一同清点财务。他打开保险箱，看见里面是空的。不用说，他绝对暴跳如雷——跟我一样。"

"这是几月份？"

"哦，我不知道，"卡弗夫人说，突然心慌意乱，"也许是四月，或者五月。"

"四月或五月——一八六五年。去年。"

"是的。"她说。

"谢谢你，卡弗夫人。"穆迪说，然后他朝着法官，"谢谢您，先生。"

他坐下来的时候，感觉法庭里的气氛变得紧张起来。哈灵顿和费罗斯停止了交头接耳，法官也不再记笔记。卡弗夫人离开证人席，走下台阶，坐下来时，房间里的每一双眼睛都在注视着她。

"本法庭传唤弗朗西斯·卡弗先生。"

卡弗潇洒地穿着一套深绿色夹克，领巾用别针固定好。他以一贯简洁的口气宣誓，然后转身，面对着大律师的长桌子，表情严肃庄重。

布罗汉从笔记本上抬起头来。"卡弗先生,"他说,"请为本法庭描述你是如何与斯坦斯先生首次相识的。"

"大约就是去年的这个时候,"卡弗说,"我在达尼丁遇到他。他刚下了从悉尼开来的船,寻找机会当一位探矿者。我提出做他的赞助人,他接受了。"

"这种赞助需要你们各自做些什么呢?"

"我借给他足够的钱,使他能够开始在矿区探矿;反过来,他有责任将他首次创业的一半股份归我,股息永久对半分享。"

"你的赞助资金具体价值多少?"

"我给他买了帆布背包和一系列必需品,还出钱给他买了去西海岸的船票。他当时在达尼丁欠下了一笔赌债,我也替他还清了。"

"你能估计一下总价值吗?"

"我估计我为他花了八英镑。大约是八英镑吧。他得到短期救助,我得到长期盈利。就是这个意思。"

"斯坦斯先生的首次创业是什么?"

"他在距卡尼里一英里处购买了一块两英亩的土地,"卡弗说,"名叫极光。买下之后,他就从霍基蒂卡写信告诉我,并附上从银行开出的所有证件。"

"极光的股息是如何支付给你的?"

"通过汇票,由储备银行转交。"

"这些支付的频率如何?"

"每季度一次。"

"你在一八六五年十月收到的股息,具体是什么数额?"

"八英镑加点零头。"

"那你在一八六六年一月收到的股息具体是什么数额?"

"六英镑整。"

"那么,在去年的最后两个季度里,你收到了总额约为十四英镑的股息。"

"确实如此。"

"在这种情况下,在那六个月内,极光记录的净利润一定是二十八英镑左右。"

"对。"

"斯坦斯先生是否曾对你提到华人约翰·桂在极光发现的那一大笔财富?"

"没有。"

"你是否当时就意识到,斯坦斯先生伪造了极光的季度报告?"

"没有。"

"你是什么时候最早意识到,在已故韦尔斯先生小屋里发现的那一大笔财富源于极光金矿的?"

"和其他人一样,"卡弗说,"当银行在报纸上公布了记录我才知道,报上说那些金子已被冶炼过,不是纯金矿石,冶炼过的金条上有印章。"

布罗汉点了点头,然后轻轻咳嗽一声,改变了话题,"斯坦斯先生在证词中说,他对你评价很低,卡弗先生。"

"也许确实如此,"卡弗说,"但他从来没跟我提过一个字。"

"你是否像斯坦斯先生指控的那样,在十月十一日伤害了韦瑟雷尔小姐?"

"我抽了她耳光,"卡弗说,"仅此而已。"

穆迪听见走廊那儿传来一声抗议的低吼。

"是什么刺激你抽了她耳光?"布罗汉说。

"她傲慢无礼。"卡弗说。

"你能够详细说明吗?"

"我向她问路,没想到她却嘲笑我,所以我就抽了她一耳光。那是我第一次,也是唯一一次对她动手。"

"你能够根据记忆描述你们冲突的经过吗？"

"我因为生意上的事情来霍基蒂卡，"卡弗说，"想骑马到卡尼里看一看极光，季度报告刚下来，我看到那个认领区收益不佳，所以想去探一探究竟。我在路旁碰见了韦瑟雷尔小姐。她完全被鸦片弄迷糊了，满口胡言乱语。我无法从她嘴里得到任何有用的消息，于是我就上马继续赶路了。"

"斯坦斯先生做证说，韦瑟雷尔小姐在那一天流产了。"

"我对此一概不知，"卡弗说，"我最后看见她的时候，她还在大笑，脚步趔趄。也许是我离开以后，她才碰上了麻烦。"

"你还能记得那天下午你都问了她什么吗？"

"记得。我想找韦尔斯。"卡弗说。

"你为什么要打听韦尔斯先生的消息？"

"我有一件私事要与他商量，"卡弗说，"自从五月份我就没有见过他，不知道在哪里能找到他，也不知道向谁打听。正如莉迪娅说过的，他在夜里突然溜走。没有告诉任何人要去哪里。"

"韦瑟雷尔小姐当时是否向你透露了韦尔斯先生的去向呢？"

"没有，"卡弗说，"她只是大笑，所以我才抽了她耳光。"

"你认为韦瑟雷尔小姐知道韦尔斯先生的住处，却为了某种特殊的原因对你隐瞒信息，是吗？"

卡弗思忖片刻，摇了摇头，"不知道。不想说。"

"你希望与韦尔斯先生讨论的业务是什么性质？"

"保险。"卡弗说。

"哪些方面？"

他耸了耸肩，表明这个答案无关紧要。"三桅帆船'一帆风顺号'是他的船，"他说，"我是船的执行主人。不是什么要紧的事情，我只是想谈谈。"

"你与韦尔斯先生的关系是否良好？"

"还行,"卡弗说,"可以说不好不坏吧。我喜欢他的妻子,这不是什么秘密,他一死我就立刻向他妻子表白,但我从来没有插足他们之间。我对韦尔斯有分寸,韦尔斯待我也得体。"

"谢谢您,先生。"布罗汉对法官说,"谢谢你,卡弗先生。"

"轮到你询问证人了,穆迪先生。"

穆迪立刻起立。"卡弗先生,"他说,"你是什么时候与卡弗夫人初次相识的?"

"我们相识差不多有二十年了。"卡弗说。

"换句话说,包括了她与已故韦尔斯先生的整个婚姻期间。"

"是的。"

"我想知道你能否描述一下你与卡弗夫人订婚的情形。"

"我从年轻时候起就认识莉迪娅,"卡弗说,"我们总是认为我俩会结婚的。但后来我在鹦鹉岛待了十年,在那期间她爱上了韦尔斯。等我拿着船票离开那里时,他们已经结婚。我无法怪莉迪娅,十年的等待太漫长了。我也无法责怪韦尔斯,我知道莉迪娅这个女人有什么样的才干。但是我对自己说,如果他们的婚姻有走到尽头的那天,我就是排在最前头的那个。"

"你们在韦尔斯去世之后很快就结婚了,是这样吗?"

卡弗瞪着他。"这没有什么不合礼仪的。"他说。

穆迪低下头。"是的,这我相信。"他说,"如果我的话听上去带着其他暗示,我表示抱歉。请允许我退回去问一句,你是什么时候从监狱被放出来的?"

"一八六四年的六月,"卡弗说,"差不多是两年前。"

"你从鹦鹉岛被释放之后,做了什么?"

"我去了达尼丁,"卡弗说,"在一条横跨塔斯曼海的船上找了份工作,那条船就是'一帆风顺号'。"

"你当时是那条船的船长吗?"

"船员，"卡弗说，"但在第二年成了船长。"

"韦尔斯先生当时在邓斯坦矿区淘金，是这样吗？"

卡弗犹豫了，"是的。"

"而卡弗夫人——彼时是韦尔斯先生的妻子——当时住在达尼丁。"

"是的。"

"在那段时期，你是否经常见到韦尔斯夫人？"

"我偶尔会在她那儿喝一杯。"卡弗说，"她在坎伯兰街上开了一家小酒馆。但我大部分时间都在海上。"

"一八六五年的五月，克罗斯比·韦尔斯回到了达尼丁。"穆迪说，"我知道他在那个时候完成了一项购置。"

卡弗很清楚自己被引入了一个圈套，但却无力挽回。"是的，"他生硬地说，"他购买了'一帆风顺号'。"

"一项很可观的购置，"穆迪说着，点了点头，"其中最让人感到不可思议的是它购买得这么突然。明明面临诸多选择，他却决定在一条船上投资，这也令人感到非常蹊跷。我想知道，韦尔斯先生之前对航海有过兴趣吗？"

"无可奉告。"卡弗说，"他既然购置那条船，那一定是有兴趣的。"

穆迪停顿了一下，然后说道："我知道那份销售票据目前在你手里。"

"是的。"

"请问，它是如何到你手里的呢？"

"韦尔斯先生交给我的。"卡弗说。

"他在什么时候将契约交给你的呢？"

"在购船的时候。"卡弗说。

"也就是？"

"五月，"卡弗说，"去年五月。"

"换句话说，正好是在韦尔斯先生离开达尼丁，迁到绿玉神舟谷之前。"

对此卡弗无法抵赖。"是的。"他说。

"韦尔斯先生将这份销售契约交予你的原因是什么？"穆迪说。

"我可以为他行使代理权。"卡弗说。

"你的意思是，在他万一受伤，"穆迪说，"或者死亡的情况下。"

"是的。"卡弗说。

"啊，"穆迪说，"现在，让我看看我是否理解正确了，卡弗先生。在去年初，韦尔斯先生是价值数千英镑的金矿石的合法拥有者，金矿石是在邓斯坦峡谷的一个认领区被开采到的。之后金矿被储藏于他在达尼丁住所的一只保险箱里，那是他的妻子——你喜欢的老相识——居住的地方。在五月份，韦尔斯先生从邓斯坦矿区返回达尼丁家中，没有通知他妻子，就清光了保险箱。他旋即把这一大笔财富用于购置一条名叫'一帆风顺号'的三桅帆船，并委托你负责那条船的运作，他没有告诉任何人他的企图和目的地，便立刻逃往霍基蒂卡。"

"当然，"穆迪补充道，"我提出的只是假设，假定是韦尔斯先生，而不是另外一方，将金矿石从保险箱里取走……否则他怎么购买'一帆风顺号'呢？他不拥有任何形式的股份或债券——对此我们十分肯定，因为当年五月十四日的《奥塔戈见证人》上刊登了所有权的变更，明确指出那条船是用黄金购买的。"

卡弗皱着眉头。"你忽略了那个妓女，"他说，"她是韦尔斯离开达尼丁的原因。她是韦尔斯跟莉迪娅翻脸的原因。"

"也许怪她，但是我会纠正你的说法，指出在那个时候，韦瑟雷尔小姐不是旧职业的一员。"穆迪说，"理查德·曼纳林先生起草的承诺付款票据，我今天上午已递交给该法庭，上面清楚地列出韦瑟雷尔小姐需要配备合适的衣裙、一支女士小手枪、香水、衬裙，以及所有'她目前缺乏的'物品。日期是去年的六月。"

卡弗什么也没说。

"请你原谅，"片刻后穆迪说，"我的解释是，韦尔斯先生似乎没有在去年五月开展的这一系列事件中获得任何利益。而你，似乎获得了极大的利益。"

法官坎普等卡弗在他妻子身旁坐下后，便严厉地要求法庭恢复秩序。"好吧，穆迪先生，"他说，十指交叉，"我明白你有一个明确的方向，我会允许你继续你眼下的论证，但我注意到我们似乎偏离了今早公告预定的日程。好吧，你为被告递交了两位证人的名字。"

穆迪鞠了一躬，"是的，先生。"

"对于被告的证人，穆迪先生提出讯问，布罗汉先生盘诘。"法官说，他查看了一下备忘录，然后抬起头来，从眼镜上方看过去，"托马斯·鲍尔弗先生。"

托马斯·鲍尔弗立刻从等候室被传唤出庭。

"鲍尔弗先生，"他宣誓入座后，穆迪说，"你从事船运行业，对吗？"

"快十二年了，穆迪先生。"

"据我所知，你有劳德巴克先生的私人账户。"

"确实如此，"鲍尔弗心情愉快地说，"从一八六一年冬天起，我就一直打点他的业务。"

"你能否描述一下劳德巴克先生与鲍尔弗船运公司之间的最近一次交易？"

"没问题。"鲍尔弗说，"你可能记得，劳德巴克先生一月份首次到达霍基蒂卡，是翻越阿尔卑斯山脉过来的。他的箱子和各类私人物品则是通过海运寄过来的。他从利特尔顿寄了一只货运板条箱到查默斯港，板条箱刚一到达查默斯港，我便安排了我的一条货运船'美德号'把它提取出来，并运到西海岸来。嗯，船顺利地到了这儿——'美德号'，板条箱就在船上。于一月十二日到达，比劳德巴克先生本人早了两天。第二天，板条箱从船上卸下——与其他货物一起摞在搬运码头上，我签收了，只待把它转运到我的仓库，劳德巴克先生到达后，就会到那儿去提货。但是事不如意，板条箱不翼而飞了，根本没有进入仓库。"

"板条箱外面是否有标志，说明它属于劳德巴克先生？"

"嗯，有的，"鲍尔弗说，"您一定见过货运码头上堆放的那些板条箱——您知道的，如果没有提货单的话，它们都没有什么区别。提货单会告诉你货物属于谁，货运商是谁，你有哪些货物，等等。"

"当你发现板条箱不见了时，又怎么样了呢？"

"你可以想象，我把我的头皮都抓破了，四处寻找。我对箱子的去向毫无线索。嗯，两个星期后'一帆风顺号'在浅滩翻船了，在清理沉船的货物时，劳德巴克的板条箱居然从那里面冒了出来！看来，当'一帆风顺号'最后一次从霍基蒂卡港起锚时，箱子被装了上去。"

"换句话说，是在一月十五日上午很早的时候。"

"正是。"

"当劳德巴克的箱子最终被追回来后，又发生了什么呢？"

"我四处打听，"鲍尔弗说，"问船员们一些问题，他们告诉我那个错误是怎么发生的。嗯，事情是这样的：有人看见了提货单——'货主：劳德巴克先生'——记得他们的船长也就是卡弗，去年一直在寻找这样的一只板条箱。十四日晚上，他们在码头上看见了这只板条箱，心想，这是赢得主子一点欢心的机会。

"所以他们就把板条箱打开——只是出于好奇。那里面只有一个木箱子和一对毛毡旅行袋，没有别的东西。看上去不是什么特别值钱的玩意儿，可是他们想，这可说不定呢。他们去找船长卡弗，可是哪儿都找不到他。不在他的旅馆房间里，也不在酒吧，不在任何地方。他们决定把这件事放到早上再说，就都上床睡觉去了。后来卡弗火急火燎地匆匆回到码头，把他们所有人都从吊床上弄起来，说'一帆风顺号'要在拂晓时起锚，也就是几个小时之后。他不肯说为什么。总之，那帮家伙做了个决定。他们把板条箱的盖子钉上，干净利落地把它搬上了船，当'一帆风顺号'随着第一道曙光起锚时，板条箱已经被放在船舱里了。"

"船长卡弗随后得知船舱中有了新货物吗？"

"哦，知道，"鲍尔弗微笑着说，"那帮家伙快活得跟喝了潘趣酒似的——他们以为肯定能得到奖赏，所以一直等到'一帆风顺号'稳稳当当地航行时，他们才把他叫了下来。卡弗看了一眼提货单，明白他们把事情搞砸了。'鲍尔弗船运公司？'他说，'应该是丹福斯船运公司，那才是我丢失的箱子。该死的你们搬上来一个搞错的东西——现在我们船上有了偷来的赃物。'"

"我们是否可以由此推断，"穆迪说，"卡弗船长丢失过一只货运板条箱，上面贴有阿利斯泰尔·劳德巴克的标签，发货方为丹福斯船运公司，里面装着对他有极大价值的东西？"

"看上去绝对是这样。"鲍尔弗说。

"非常感谢您的宝贵时间，鲍尔弗先生。"

"我很荣幸，穆迪先生。"

布罗汉显然摸不清穆迪这番讯问的来龙去脉，于是他放弃了盘问被告证人的权利。法官对此做了记录后，传唤上来第二位证人。

"尊敬的阿利斯泰尔·劳德巴克先生阁下。"

阿利斯泰尔·劳德巴克五大步就穿越了整个法庭。

"劳德巴克先生，"当他宣誓入座后，穆迪说，"你是三桅帆船'一帆风顺号'的前任拥有者，这是事实吗？"

"是的，"劳德巴克说，"这是事实。"

"根据这份销售契约,你于一八六五年五月十二日售出该船。"

"是的。"

"你将该船出售给谁?那个人今天在本法庭里吗?"

"在。"劳德巴克说。

"你能辨认出他来吗?"穆迪说。

劳德巴克伸出胳膊,用食指不偏不倚地指着卡弗的脸。"这个人,"他说,回答穆迪的问话,"就是这个人,就在眼前。"

"会不会是弄错了?"穆迪说,"我注意到这份由卡弗先生本人提供给本法庭的销售契约,是一个名叫'C.弗朗西斯·韦尔斯'的人签名的。"

"这是彻头彻尾的伪造,"劳德巴克说,手指依然指着卡弗,"他告诉我,他叫克罗斯比·韦尔斯,他在这份契约上签的名字是克罗斯比·韦尔斯,我卖船给他的时候,一直相信我是把船卖给了一个叫克罗斯比·韦尔斯的人。直到八九个月之后,我才意识到自己被当成傻瓜耍了。"

穆迪不敢看卡弗的眼神——面对劳德巴克的虚假陈述,卡弗的身体变得僵硬起来,虽然只是很微妙的变化。穆迪用眼睛的余光瞥见卡弗夫人伸出一只白嫩的手制止了丈夫,用手指捏住他的手腕。"你能够描述当时的情景吗?"穆迪说。

"他假装自己是个被甩的丈夫,"劳德巴克说,"他已经知道我与莉迪娅出双入对——在座的每个人都知道:我在《西海岸时报》上做了忏悔——他瞅准了获利的机会。他告诉我,他的名字是克罗斯比·韦尔斯,我与他的妻子出双入对。我做梦都没想到他会对我厚颜无耻地说谎。当时我想,我对这个人的所作所为,我把他的妻子拉下了水。"

卡弗一动也没动。穆迪依然没有看他们,他说:"他究竟想问你要什么呢?"

"他想要那条船,"劳德巴克说,"他想要那条船,他得到了那条船。但我是被敲诈勒索,受到威胁才卖掉它的——并不是自愿的。"

"你能解释一下遭到敲诈勒索的情形吗?"

"在我们恋爱过程中,我一直给莉迪娅提供时髦穿着,"劳德巴克说,"每个月都把她的旧衣服寄到墨尔本加工改造,寄回来时都带着最时兴的花边、装饰,如此等等。我名下有一趟往返塔斯曼海的货运,当然我用'一帆风顺号'给我运货。结果,他截获了那只箱子,是卡弗干的好事。他打开箱子,拿出那些衣服,在底下藏进一笔金子。别忘了,箱子上写的是我的名字,墨尔本的那家裁缝店也是我安排的。那笔金子一旦离岸,我就死定了,白纸黑字,我将犯下盗窃、逃税等违法行为。当我看清他设下的圈套时,知道自己回天无力,我不得不把那条船给了他。所以我们像大男人那样握手,我再次道歉。然后,他继续行骗,在合同上签名'韦尔斯'。"

"那次遭遇之后,你是否又得到过卡弗先生——化名韦尔斯的任何信息?"

"音讯杳无。"

"你是否又见过那只箱子?"

"再也没有。"

"顺便提一下,"穆迪说,"你选用的运输卡弗夫人衣裙往返于墨尔本裁缝店的船运公司是什么名称?"

"丹福斯船运公司,"劳德巴克说,"我用的那个人叫杰姆·丹福斯。"

穆迪停顿了一下,让观众席里的人们理解其中的全部含义,然后说:"你是什么时候意识到卡弗先生的真实身份的呢?"

"在十二月份,"劳德巴克说,"韦尔斯先生——我应该说真正的韦尔斯先生——过世前给我写了封信,只是作为一个选民,把自己介绍给一个搞政治的人,仅此而已。但是我从他信中立刻看出他根本不知道我与莉迪娅的往事——我就在那时搞清楚了来龙去脉，意识到我被骗了。"

"你是否带来了韦尔斯先生的信？"

"是的。"劳德巴克伸手从胸兜里掏出一封折叠的信。

"请本法庭记录劳德巴克先生手里这封信的邮戳是一八六五年十二月十七日。"穆迪说。

"记录完毕，穆迪先生。"

穆迪转身朝着劳德巴克，"请问你能否朗读这封信？"

"当然。"劳德巴克举起那张纸，咳嗽了一下，然后朗读道：

先生，我在《西海岸时报》上注意到你有意通过陆路前来霍基蒂卡，因此你将直接经过绿玉神舟谷，除非你故意迂回绕开这里。作为一个选举投票人，我很荣幸能在我的家中欢迎一位政治家，虽然我的住所寒酸。我将描述一下它的位置。房子的屋顶铺有铁皮，在绿玉神舟河的南岸从河岸向后三十码的地方。小屋两旁各有约三十码的空地，那个锯木厂在往东南方向约二十码的地方。房子很小，有一个窗户和一个用黏土烧结砖建造的烟囱，外墙照常装饰。即便你不停下来，我也能看见你骑马路过。我不期盼也不指望这样的好事发生，但我依然希望你西行的旅程愉快，并在选举活动中大获全胜，我向你保证，我依然是——

怀着最深切的崇敬
克罗斯比·韦尔斯
一八六五年十二月
西坎特伯雷

穆迪谢过了他，转身对着法官。"本法庭会注意到，劳德巴克私人信件上的签名与克罗斯比·韦尔斯先生于一八六五年十月十一日起草的馈赠契约上的签名相似，该契约写到埃默里·斯坦斯先生将总值两千英镑的财富赠予安娜·韦瑟雷尔小姐，见证人是克罗斯比·韦尔斯。而且，这个签名还与莉迪娅·卡弗夫人，亦即前韦尔斯夫人，两个月前递交给裁判法庭的韦尔斯先生结婚证书上的签名相似。本法庭进一步注意到，这些签名与弗朗西斯·卡弗先生递交给本法庭的三桅帆船'一帆风顺号'销售票据上的签名毫无相似之处。因此，足以证明这张销售票据上的签名确属伪造。"

布罗汉目瞪口呆地看着穆迪。

"这究竟是什么意思，穆迪先生？"法官说。

"显然，卡弗先生通过敲诈、假冒和欺诈的方法获得了三桅帆船'一帆风顺号'，"穆迪说，"并利用同样的手段于去年五月盗窃了韦尔斯先生数千英镑的财富——可以假定他是在卡弗夫人的协助下得手的，因为她现在是他的妻子。"

布罗汉依然绞尽脑汁，挣扎着将刚才五分钟里发生的事情整理出头绪来，他请求休庭，但是观众席内一片骚动，他的要求几乎被噪声淹没。法官坎普将嗓门儿提高到嘶喊的地步，要求布罗汉先生和穆迪先生立刻到裁判官的办公室去。然后，他指示将所有的证人监护起来，暂时休庭。

众愿楼

> 莉迪娅·韦尔斯信守诺言；安娜·韦瑟雷尔接待一个不速之客；我们得知了伊丽莎白·麦凯的真相。

坎伯兰街三十五号面朝大街的门脸空无一物，护墙板的外墙十分苍白，直棂橱窗被糊上了一层屠夫用的牛皮纸，二楼有一对拉上窗帘的推拉窗。房子左右两旁的邻居——三十七号是一家制靴商，三十三号是一家船运公司——房子之间靠得很近，相互遮掩，从大街上看不出室内的规模。如果只是路过，人们甚至猜测这栋房子没有人住，因为门框上没有招牌和标识，门环上方的牌子上没有名片，门廊上什么也没有。

韦尔斯夫人用她自己的钥匙打开前门。她领着安娜走过沉寂的通道，来到房子后面，一条狭窄的楼梯通往楼上。二楼的楼梯口也和楼下一样干净而空旷，韦尔斯夫人从手提袋里掏出第二把钥匙，打开第二道门，微笑着，示意安娜步入房间。

比安娜更懂人情世故的人，可能会从面前这个场景立刻得出结论：繁复的花边窗帘，冗赘的室内装潢，烈酒和香水的浓烈而醉人的气味，串珠门帘此刻收拢着系在门框上，展现出里面朦胧光线下的卧房。但安娜不是一个懂人情世故的人，面对这般气味芳香、软垫豪华的女子宿舍，她即使备感惊讶，也不会大声表达出来。从码头走到坎伯兰街的一路上，韦尔斯夫人表现出了涉猎广泛的高雅品位和独特见解，当她们到达目的地时，安娜感觉十分乐意听从对方的意见——相比之下，她自己的意见似乎突然间变得苍白无力。

"你看，我把我的女孩子们照顾得非常好。"她的女东道主说。安娜回答说这个房间绝顶漂亮，韦尔斯夫人受到鼓舞，提议在室内参观一番，她们踱步时，她为安娜指点出几个别出心裁的装饰和布置，使安娜的恭维具体地落到实处。

安娜的箱子已经按承诺送到，摆放在床脚处——她把这当成一个信号，表明这张床是给她安排的。这张床有一块漂亮的床头板，木床架被一大堆白色的枕头掩盖，三个枕头堆摞在一起，跟她平时在家睡的那张床比起来，要宽得多、高得多。安娜不知道是否需要与别人共用一张床，这张床一个人睡似乎太大了。床的对面放着一只高大的铜浴缸，毛巾搭在浴缸边缘，浴缸旁边是一根末端有穗须的、粗粗的铃铛拉绳。此刻，韦尔斯夫人拉动拉绳，楼下某处传来沉闷的叮当声。当女仆出现时，韦尔斯夫人命令她从厨房端热水上来，随后再送一盘午餐。女仆几乎没有瞥一眼安娜，安娜非常庆幸自己没有受到女仆的关注。当女仆离开这里，到厨房炉台去烧水时，安娜松了一口气。

女仆刚走，莉迪娅·韦尔斯就转身冲着安娜，再次微笑，请求告辞。

"我必须去镇子外面赴约，但会回来吃晚餐，希望我们能共同进餐。不管你想要什么，只管问露茜要。只要她能找到，都会给你找来。你想在浴缸里待多久就待多久，盥洗台上的任何东西，只要你看中的都可以尽情享用。你要就像在自己家里一样。"

安娜·韦瑟雷尔照办了。她用薰衣草香味的乳液洗头发，用商店买来的肥皂把全身每个地方都搓洗一遍，在浴缸里泡了将近一个小时。她穿好衣服——将长筒袜翻过来，露出干净的一面，在镜子面前花了大量时间整理头发。盥洗台上有几瓶香水，她挨个儿闻了一遍后，回过头拿起第一瓶，蘸了一点在自己的手腕和耳根上。

女仆在窗户下的桌子上留下一盘午餐，盘子上盖着一块布。安娜把布掀到一旁，看见一堆火腿，被切成很漂亮的薄片，一块厚厚的豌豆布丁，一只黄色的甜饼，显然是油炸过的，已经抹好了黄油与果酱，还有两个腌蛋。她坐下来，抓起为她摆放好的刀叉，大吃起来——在海上吃过那么多顿味同嚼蜡的饭菜后，她开始津津有味地享受这些美味。

一盘食物吃干净后，她坐着犹豫了几分钟，拿不准是否应该摇响铃要求将餐具撤走。摇铃，还是不摇铃，哪种做法更傲慢无礼呢？最后，她决定不摇铃。她从桌旁站起来，走到窗口，拉开窗帘，站了一会儿，观看街上的车水马龙，感觉非常满足。楼下没有任何动静，时钟已经敲响三点。突然，走廊里响起了声音，接着是上楼梯的脚步声，随后门上响起两个指关节轻快的敲门声。

她几乎没来得及转过身，门就被猛地推开，一个身材很高、浑身脏兮兮的男人大步走了进来，他穿着黄色的鼹鼠皮裤子，一件褪色的外套。他看见安娜，突然停了下来。

"哦，"他说，"请原谅。"

"下午好。"安娜说。

"你是莉迪娅的一个姑娘？"

"是的。"

"新来的姑娘？"

"我今天刚到。"

"跟我一样。"男人说，他的头发是浅棕色的，微微有些斑白，

"下午好。"

"有什么需要帮忙吗？"

男人咧嘴一笑，"咱们走着瞧。我找女主人，她在吗？"

"她去镇子外赴约了。"

"什么时候回来？"

"她说晚餐前。"安娜说。

"嗯，在那之前，你有预约吗？"

"没有。"安娜说。

"好，"男人说，"介意我预约下一支舞曲吗？"

安娜不知道该如何回答，"韦尔斯夫人不在，我不知道我是否应该接待客人。"

"韦尔斯夫人，"男人说着，大笑起来，"听你这样称呼，听起来简直蛮令人尊重的呢。"他伸出手，将身后的门关上，"我是克罗斯比，你叫什么名字？"

"安娜·韦瑟雷尔小姐。"安娜说，心里警惕起来。

男人已经走向餐具柜，"想来点儿喝的吗，安娜·韦瑟雷尔小姐？"

"不，谢谢你。"

男人拿起一只酒瓶，朝她倾斜着，"说'不'是因为你不喜欢烈酒，还是因为你要摆出礼貌来？"

"我只是初来乍到。"

"这你已经告诉过我了，我的姑娘，总之，这还是没有回答我的问题。"

"我不愿滥用韦尔斯夫人的款待。"安娜说，微微强调一下反感的态度——似乎想表达他也不该如此。

克罗斯比拔出瓶塞，闻了闻，又塞上了瓶塞。"哼，根本不存在款待一说。"他说，把那瓶酒放回托盘，又选择了另一瓶，"你会为你在这个房间里触摸过的一切付钱,账单像盗贼一样说来就来。你记住我的话吧。"

"不,"安娜说,"这已经付过钱了。韦尔斯夫人一直盛情款待我,我在这里是受到她本人的邀请。"

男人觉得这很有意思,"哦,是吗?你们成了最亲最近的,是不是?老朋友?"

安娜皱起眉头,"我们今天下午在码头相遇。"

"我想那是凑巧吧。"

"是的。有一个年轻姑娘——一位麦凯小姐——她没有上船,那是她表妹的表妹。韦尔斯夫人没有接到麦凯小姐,就邀请我代替她。食宿都是预付过的。"

"唉嗨。"男人说着,倒了一杯酒。

"你是刚从矿区回来的吗?"为了拖延时间,安娜说道。

"是的,"男人说,"在高原山区,今天刚回来。"他喝了一口酒,长舒一口气,然后又说,"不成。如果我不告诉你,那就不对了。你已经被尤克了。"

"我被什么了?"

"被尤克了。"

"我不知道那是什么意思,克罗斯比尔先生。"

他对她的错误称呼一笑了之,没有纠正她。"永远有这么一位麦凯小姐,"他解释道,"这是她惯用的谎言。于是你相信了她,跟着她回了家,没等你回过神来,已经欠下了一屁股债。是不是,啊?她给了你一顿好饭,一个热水澡,都是善良的乳汁[①],可你有什么可以给她的呢?啊——"他挥着手指,"但总会有某些东西,安娜·韦

[①] 这个典故来自莎士比亚的《麦克白》,善良的乳汁表示人类对他人天生的善良与同情。

瑟雷尔小姐,总会有某些你能给的东西。"他似乎看出安娜的焦虑,用较为柔和的语气补充道,"这是你应该知道的事情,在黄金镇上没有慈善。如果看上去像是慈善,必须再仔细看一眼。"

"哦。"安娜说。

男人干了一杯,放下酒杯,"你想来一杯吗,还是不来?"

"今天不了,谢谢你。"

男人把手伸进衣兜,掏出点什么,握在手心里。"你能猜出我拿的是什么吗?"他说。

"猜不出。"

"来吧。猜一次。"

"一枚硬币?"

"比硬币还好。再猜。"

"我想不出。"她说,内心有了恐慌。

男人张开手掌,露出一块形状和大小都如同板栗的金块,看见安娜的表情,他再次大笑,然后将金块抛给了她。安娜用双手的掌跟接住金块。"这块黄金足够买下这个托盘上的每一瓶酒,绰绰有余。"他说,"如果你能陪伴我直到女主人回来,它就归你了。怎么样?等债台高筑的时候,你就会变机灵了。"

"我从来没有摸过金子。"安娜说,将金块在手里翻转着。它比她想象的更重,更有金属性。金块似乎在她手里失去光泽。

"过来。"克罗斯比说,他把白兰地酒瓶拿到小沙发上,坐下来,拍了拍身旁的空位,"陪我这个伙伴喝一杯吧,我的姑娘。我已经走了两星期的路,渴得要命,我想看着养眼的东西。过来,我会跟你说说你需要知道的关于莉迪娅·韦尔斯的一切。"

南十字座

宣布两项法庭判决；天道正义，罪有应得。

两次庭审，泰老·老居都没有得到出庭做证的邀请。他一直在法庭后面旁听这一整天的进程，后背倚靠着墙，表情阴沉。当法官坎普命令将当天所有的证人都收留监护，并宣布法庭进行当天的最后一次休庭后，老居随着人流离开了法庭。在外面，他看见一辆武装的四轮载人马车等着把罪犯运回监狱，便前去与站在马车旁的值班警官打招呼。

"你好，老居先生。"警官说。

"你好。"

"你的朋友斯坦斯怎么样啦？在那里面大出风头了吧？"

"是的。"老居说。

"我朝里面探了探头，听不清多少。演了一场好戏，是不是？"

"很好。"老居说。

"谢泼德监狱长今天上午被教训了一通，是不是？"

"是的。"

"我倒很想看一看那一幕。"警官说。

正在这时,法院的后门打开了,法警出现在门口。"德雷克!"他大喊。

"是,先生。"警官立正说道。

"法官要把弗朗西斯·卡弗押送到海景。"法警说,"特殊命令。你把他送上山,然后立刻返回。"

德雷克跑过去打开马车的门,"只是卡弗?"

"只是卡弗。"法警说,"注意,你必须在宣判结果时赶回来。直接去海景,直接赶回来。"

"没问题。"

"快点——他现在出来了。"

弗朗西斯·卡弗被带到院子里,塞进了马车的车厢。他双手被铐在背后。在车厢里,德雷克从皮带上取下第二副手铐,用它把弗朗西斯手腕上的手铐固定在驾驶员座位车厢壁上的一个索具圆环上。

"这下子可是哪里都跑不了啦,"德雷克兴高采烈地说,摇了摇那个圆环来证明他的观点,"在你和这个世界之间隔着一英寸厚的铁呢。嚯!你都干了些什么,他们为什么偏偏不信任你?刚才我还看见你是个该死的证人呢,没过一分钟,你就戴上了铁铐!"

卡弗什么都没说。

"一小时就回来。"法警说,然后返回了法庭。

德雷克跳出车厢,关上了门。"嗨,老居先生,"他插上门闩的时候说,"愿意跟着冲上山再回来吗?你会及时赶回来听宣判结果的。"

老居犹豫了。

"你说怎么样?"那位警官说,"兜风的好天气——下山的时候,咱们可以玩点儿速度。"

老居依然在犹豫。他盯着车厢门上的门闩。

"怎么样啊？"

"不。"老居终于说。

"随你便吧。"德雷克说着，耸了耸肩。他爬上驾驶座，拿起缰绳，催促马儿，马车嘎吱嘎吱上路了。

Φ

"埃默里·斯坦斯先生，你承认伪造极光金矿的收入记录，以逃避支付欠弗朗西斯·卡弗先生的股息，其价值为每年净利润的百分之五十，逃避支付欠约翰·龙·桂的奖金，其价值尚未确定。你承认贪污了约翰·龙·桂在极光采集到的大量生金，其价值已被确定为四千零九十六英镑。你承认从极光偷窃了这笔黄金，将它埋藏在绿玉神舟谷，以达到隐瞒的目的。你还对渎职供认不讳，承认因过量和长期食用鸦片而丧失工作能力达两个月之久。"

法官将文件放在一旁，交叉起十指。

"斯坦斯先生，"他说，"你的辩护律师今天下午出色地揭露了卡弗先生的劣行。尽管有这番出色的辩护，然而，受到违法的挑衅，并不等于就拿到了违法的许可证，你对卡弗心存不满，并不能授权你去裁决他该不该受到惩罚，受到怎样的惩罚。

"你没有亲眼看到韦瑟雷尔小姐受到攻击，似乎也没有其他直接证人，因此，你无法毫无疑问地确认卡弗先生是那次人身伤害的真正肇事者，或者，断定那场攻击真正发生过。当然，失去任何一个孩子都是悲剧，而且悲剧不能因具体情形而得到减轻。但是，斯坦斯先生，在裁判你的罪行时，我们必须暂不考虑这个事件的悲剧性，只考虑一个单纯的起因——应该说，是一个非直接的起因，你为了报复，犯下了更加冷血的贪污和欺诈罪行。是的，你有理由不喜欢卡弗先生，憎恨卡弗先生，甚至蔑视他，但是我觉得有必要指出一个十分明显的观点，我要告诉你，你本可以向霍基蒂卡警察申述，那会省下我们大家诸多的麻烦。

"你的认罪答辩为你赢得了信用。我对你今天下午的回应中表现出的礼貌与谦让也表示赞许。这一切都表明了你的痛悔，以及对法律正确执行的尊重。然而，你的罪行，表现在自私地无视合同义务，反复无常，性情颓废，不仅对自己的认领区，而且对自己的同胞的渎职。你对卡弗的不满，无论有着多么正当的理由，却在不止一种场合、不止一个方面，引导你将法律捏在自己手心里。鉴于这一点，我认为你应该暂时撇开你的堂皇哲学，学会换位思考，这样会对你大有好处。

"卡弗先生是极光股份长达九个月的持有者。他履行了对你的合同职责，却没有得到恰当的回报。埃默里·斯坦斯，我在此判你九个月的奴役与劳动。"

斯坦斯的脸上没有流露丝毫表情，"是，先生。"

法官转身朝着安娜。

"安娜·韦瑟雷尔小姐，"他说，"你拒不承认受指控的所有罪状，在民事法庭上，我们坚持的原则是一个人在被证明有罪之前是清白的。我意识到，穆迪先生对谢泼德监狱长的谤议，只是谤议而已，它们已被本法庭充分记录下来，可能会在未来有实际价值，这有待于对谢泼德监狱长及其他人再做进一步调查。目前，我没有足够的证据证明你有罪。你将被解除所有控告，从狱中释放，立刻执行。我相信从此你将沿着清醒、贞洁以及其他文明美德的道路继续前进。当然，我不希望在这个法庭再看见你，无论受什么指控，更不用说在公共场合吸毒和扰乱秩序。我讲得够清楚的吧？"

"是的，先生。"

"好，"法官转身朝着大律师的长桌，"现在——"他沉重地说，但是话没说完，大街上传来一阵喊叫，一声可怕的碰撞，还有马儿惊慌的高声嘶鸣，然后，法院大门上响起可怕的扑通一声，似乎有人用身体的重量撞击大门。

"出什么事啦？"法官皱着眉头说。

穆迪吃惊地站起来，他听见门廊传来的喊声，还有大量的嘈杂声。

"谁去把门打开，看看出了什么事。"法官说。

大门被猛地打开。

"德雷克警官，"法官惊呼，"什么事？"

警官一副惊慌失措的眼神，大喊："是卡弗！"

"他怎么啦？"

"他死了！"

"什么？"

"从这里到海景途中的某个时刻——一定是有人打开了车厢门，我一直没有注意到。我在驾驶马车。我打开门让他下车，不料他——他已经死了！"

穆迪快速地张望四周，认为卡弗夫人多半已经昏厥，但是她没有。她看着德雷克，脸色苍白。穆迪迅速地扫视她周围的人的脸。所有的证人在休庭期间都被要求留下来，包括今天上午已经做证的那些人，他们中间没有一个离开法庭。谢泼德在那里，还有劳德巴克——弗罗斯特——洛温塔尔、克林奇、曼纳林、桂、尼尔森、普里查德、鲍尔弗、加斯科因以及德夫林，缺了谁呢？

"他就在外面！"德雷克举起胳膊大喊，"他的尸体——我立刻返回来了——我不能——不是——"

法官提高嗓门儿以盖过骚动声，"他结束了自己的生命？"

"不可能，"德雷克大喊，声音快劈了，带有哭腔，"不可能！"

人群开始拥挤着出门,从他身旁拥了过去。

"德雷克警官,"法官大喝,"弗朗西斯·卡弗到底如何丧命的?"

德雷克已经陷入人群的包围。他的声音在上空飘浮着:"有人砸碎了他的头!"

法官的脸涨成了紫色。"谁?"他咆哮着,"谁干的?"

"我告诉你我不知道!"

街上传来一声可怕的尖叫,然后是大喊大叫的声音,法庭里的人都走光了。卡弗夫人看着最后一群人争先恐后地走过门口,用双手捂住了嘴。

消耗

> 韦尔斯夫人得到错误印象；弗朗西斯·卡弗传达重要消息。

当安娜·韦瑟雷尔在坎伯兰街的众愿楼陪伴"克罗斯比先生"消遣时，莉迪娅·韦尔斯也在从事她的某种娱乐活动。她习惯于在下午带着她的历书和星图到乔治街的山楂旅馆，她在那里的餐厅一角开了个买卖，为淘金汉们和初来乍到的旅行者们算命。这天下午，她唯一的顾客是个戴圆顶毡帽的金发小伙子，后来发现，他也是乘蒸汽船"幸运之风号"到达的。他是个健谈的好客户，韦尔斯夫人与神秘事物的密切关系令他既兴奋又沉醉，而他的热情也让莉迪娅感到快慰，令她做预言时表现得比较慷慨大度。等到小伙子的出生星图被绘制好，他的过去和现在都被详细讨论过，他的未来也被做了预言时，已经快四点钟了。

莉迪娅抬起头，看见弗朗西斯·卡弗正穿过餐厅朝她走来。

"爱德华，"她对金发小伙子说，"讨喜的人儿，劳驾啦，去让招待给打包一只烫面酥皮馅饼好吗？告诉他记在我的账上，我要带回家当晚餐。"

小伙子去照办了。

"我刚得到好消息。"小伙子走了以后,卡弗说。

"什么消息?"

"劳德巴克已经在路上了。"

"啊。"莉迪娅·韦尔斯说。

"他一定是终于看见了来自丹福斯的船运收据。我听比利·布鲁斯说,他已经买了从长港起航的'积极号'的船票。他将于五月十二日到达,而且他提前送信给'一帆风顺号',不得在那之前离开。"

"还有三个星期。"

"我们搞定他了,格林韦。他就像一条落网的鱼,被我们搞定了。"

"可怜的劳德巴克先生。"韦尔斯夫人含义暧昧地说。

"你这个星期可能要到海军俱乐部去,给小伙子们发个邀请。免费玩一夜花旗骰,或让头奖额翻倍,或每次摇动轮盘都得有个姑娘。想一个花招,那天晚上把拉沃斯从船上引开,让我有机会单独对付劳德巴克。"

"我明天上午就去俱乐部。"韦尔斯夫人说。她开始收拾她的那些书和图片。"可怜的劳德巴克先生。"她又说了一遍。

"他这是自己铺床给自己睡。"卡弗看着她说道。

"是的,是的,可是你和我都帮他暖好了床。"

"不要对一个懦夫心生歉意,"卡弗说,"尤其是一个有钱乱扔的懦夫。"

"我可怜他。"

"为什么?因为那个私生子?我倒是很快就会为那个私生子感到抱歉呢。劳德巴克从头到尾除了好运没别的,他是一个成功人士。"

"没错，可他还是令人怜悯，"韦尔斯夫人说，"他感到那么羞愧，弗朗西斯。为克罗斯比，为他父亲，为他自己。我禁不住可怜一个为自己感到羞愧的人。"

"韦尔斯不会碰巧突然冒出来吧，会不会？"

"听你说话的口气，好像我和他还很亲密似的。"韦尔斯夫人贸然地说，"我可不能替他回答，我当然无法掌控他的一举一动。"

"他最后一次回城已经有多久了？"

"几个月。"

"他回来之前会写信吗？"

"天哪，"韦尔斯夫人说，"不，他不写信。"

"你有什么办法能确定他不在这里碍手碍脚吗？他要是跟劳德巴克碰上就糟了——可别功亏一篑。"

"酒总是能把他引开的——不管什么时候。"

卡弗露齿一笑，"给他送一箱各种各样的酒？给他在淘金汉枪械酒吧开一个户头？"

"这倒真是个很好的主意。"她看见小伙子拿着用纸包裹的馅饼从厨房回来，便站起了身，"现在我必须回去了。我明天会来看你。"

"我会等着。"卡弗说。

"谢谢你，爱德华。"韦尔斯夫人接过馅饼，对小伙子说，"再见了。我可以祝愿好运降临于你，但你的命用不着我浪费一次许愿，对不对？"

小伙子大笑。

卡弗也微笑着，"这么说，你已经给他算过运势了？"

"啊，是的，"韦尔斯夫人说，"他将变得极度富有。"

"是吗，啊？像所有其他人一样？"

"不像所有其他人那样，"韦尔斯夫人说，"他是异常富有。再见，弗朗西斯。"

"我会等着你的。"卡弗说。

"再见,韦尔斯夫人。"小伙子说。

韦尔斯夫人飘然离开了房间,两个男人凝视着她的背影。她走了以后,卡弗偏着头打量那个小伙子,"你的名字叫爱德华?"

"其实——不,不是的,"小伙子说,看上去有点惭愧,"旅行时我选择隐姓埋名,可以这么说吧。我父亲总是告诉我,跟妓女和算命人打交道时,永远不要给出你的真实姓名。"

卡弗点了点头,"有道理。"

"妓女这方面我不知道,"小伙子继续说,"想到父亲会找妓女就令我伤心——我对此有一种厌恶感,可能是出于对我母亲的忠诚吧。但算命这方面我很喜欢。用另一个人的名字,给人一种强烈的刺激。不知怎的,使我感到自己变得隐身了,或者翻倍了——似乎自己分裂成了两个人。"

卡弗瞥了他一眼,又过了片刻,伸出手去,"我叫弗朗西斯·卡弗。"

"我叫埃默里·斯坦斯。"小伙子说。

水星落下

> 一个陌生人踏上霍基蒂卡的海滩；横财被分配；沃尔特·穆迪终于离开皇冠旅馆。

即便穿着最好的礼服，头发梳得整整齐齐，抹了头油，靴子擦得漆黑，手绢喷了香水，阿德里安·穆迪也远远不如他的小儿子英俊。他脸上带着一辈子酗酒成瘾的特征——眼袋浮肿，鼻子膨胀，脸色永远是酒糟潮红，行为举止没有丝毫风度或舒展性。他走起路来臀部僵硬，外形笨重；他目光焦躁不安，心存戒备，双手被香烟熏得发黄，总是悄悄插在衣兜里，或是焦躁地拉扯他的衣服翻领。

一条小船将老穆迪从蒸汽船摆渡到海边，他从小船里爬出来后，花了一点时间伸展腰板，抖掉身上的酸痛和痉挛，上上下下地拍了拍身子。他指挥人将他的行李搬到营盘街的一家旅馆，跟站在一旁的海关官员握手，粗声粗气地谢过了桨手们，最后，双手交叉在背后，走上了雷维尔街。他走完整条大街，从这一边走过去，又从那一边走回来，皱着眉头使劲儿打量他经过的每一个橱窗，凑得很近地扫视大街上的每张面孔，对谁都没有笑脸。这个时候，聚集在法院外面的人群已经散去，运载弗朗西斯·卡弗尸体的武装马车返回了海景，法院的两扇大门已经关闭并上了锁。老穆迪路过这座建筑时，几乎没有瞥它一眼。

最后，他踏上了霍基蒂卡邮局的台阶，走进邮局后，他在邮政管理员的窗口前排队。他一边等候，一边从钱包里拿出一张纸，用一只手靠着胸口将纸展开。

"我要把它寄给沃尔特·穆迪先生。"他排到队伍前头时，说道。

"没问题，"邮政管理员说，"知道他住在哪儿吗？"

他说话时，卫斯理教堂的钟敲响了五点钟。

"我只知道他过去几个月一直在霍基蒂卡。"老穆迪说。

"在镇上，还是在峡谷里？"

"在镇上。"

"住旅馆，还是搭帐篷？"

"我猜是一家旅馆，但我无法确定。他的名字是沃尔特·穆迪。"

"是你的搭档，对吗？"

"他是我儿子。"

"我会派一个小伙子去做调查，一旦找到他，我们就会向您收费。"邮政管理员说，记下他的名字，"您需要交一先令的订金，但如果明天就能找到他，我们可能会退您六便士。"

"那好。"

"您是选择信封，还是蜡封？"

"信封。"对方说，"但等一等，我想再仔细读一遍。"

"那么请站在一边，等准备好了再过来。我将在半小时后关闭窗口。"

阿德里安·穆迪照办了。他在台面上铺开那封信，用手指推了一下，离光线更近些。

沃尔特:

我请求你从头到尾阅读这封信,等读完信后再对我做出评价。你从我的邮戳能看出我在霍基蒂卡,跟你一样。我暂住在营盘街的禁欲旅馆,这个地址肯定会让你感到惊讶。你早就知道我有享乐主义的气质。现在却成了一个禁欲主义者。我已经发誓终生滴酒不沾,自从发誓以来,从未打破承诺。我正是在忏悔的精神下,简要写下我的真实心愿,而这些年来,我因为被酒精奴役,一直糊涂闭塞,甚至思维扭曲。

我离开英伦三岛是因为债务问题,债务是唯一的原因。你的哥哥弗雷德里克有一个朋友在奥塔戈劳伦斯的金矿上,根据他的报告,那里的前景似乎非常好;弗雷德里克决心去找他。你当时在罗马,打算在欧洲大陆过冬。我决定秘密前行,希望年底之前就能衣锦还乡。坦白地说,我这个决定是在可耻的动机下做出的,因为在伦敦和利物浦有几个我很想逃离的人。我离开前,给妻子留下二十英镑——那是我最后的积蓄。我后来才得知这笔钱根本没有到它的受益人手中,它被偷走了,偷窃者正是送信者本人(那个流氓皮尔斯·霍兰德,愿他在耻辱中活着,在贫穷中死去)。我发现这件事情的时候,已经到了奥塔戈,离家乡半个地球之遥,而且,我不能冒着被追踪甚至被定罪的危险与家人接触,因为我有罪在身,并欠有债务。我什么都没有做。我只当我的妻子被遗弃了,继续与弗雷德里克待在金矿上,愿上帝原谅我。

在奥塔戈的第一年,我们只是勉强维持。我听说家境优渥的人在金矿上的运气最糟糕,因为他们不像底层的人那样善于忍受穷困。这种说法对于我们的情况肯定是一点不假。我们艰难地挣扎着，经常陷入绝望。但是我们坚持下来了，七个月前，你的哥哥碰上一块鼻烟壶大小的金块，卡在一条小溪拐弯处的两块大石头之间。正是靠着这块金子，我们终于开始创建我们的财富生活。

你可能会问，我们为什么没有把这块金子连同我们的道歉与祝福一同寄回家。这个问题问得好。长期以来，你的哥哥弗雷德里克一直主张给你写信。他催促我与被抛弃的妻子联系，甚至请她来这里与我们团聚，但我都予以反对。他还暗示我，要我远离酗酒的恶魔，改邪归正，我也未予理会。我们在这个问题上多次争执，最终以不够文明的方式分道扬镳。说来遗憾，我不知道现在弗雷德里克究竟在哪里。

沃尔特，你一直是这个家庭里的学者。我为我生活中的许多方面感到非常惭愧，但是从来没有为你感到过羞愧。我已经发誓戒酒，正视自己的真实灵魂。我看到自己确实是一个胆怯懦弱的人，容易成为各类恶习和罪恶的牺牲品。如果说我有一件值得骄傲的事情，那就是我的两个儿子都没有像我一样堕落。当一个父亲评价他的儿子时说"这个男人比我强"，这真是一种痛苦的喜悦。我向你保证，我已经感受到这种痛苦的喜悦两次了。

我只能真诚地乞求你的原谅，我也乞求弗雷德里克的原谅，如果你开恩与我见面，我承诺在我们相聚时，我将"不举杯"地庆祝。祝你好运，沃尔特。你要知道我已经正视了自己的真实灵魂，我是作为一个清醒的人写这封信的。你要知道哪怕是最简短的回信都将极大地鼓舞这颗心，它属于

你的父亲

阿德里安·穆迪
一八六六年四月二十七日
霍基蒂卡

他把信仔细地读了两遍，然后折叠起来，放入信封，用大字体在信封上写下儿子的名字。盖上笔帽时，他的手在颤抖。

Φ

"一位弗罗斯特先生来见斯坦斯先生。"

"请他进来。"德夫林说。

查理·弗罗斯特手里拿着一张纸。"财政支出。"他说，面露歉意。

"请坐。"德夫林说。

"损失如何，弗罗斯特先生？"斯坦斯说。他看上去非常疲倦。

"恐怕损失面很大。"弗罗斯特说，拉过来一张椅子，"法官坎普裁决，必须承兑弗朗西斯·卡弗两千零四十八英镑的股息。这里面有个条件——加里蒂社团对'一帆风顺号'的索赔需要全额返还。但其余部分将归卡弗夫人，她是卡弗的遗孀。"

"她情况如何？"德夫林说。

"服了镇静剂，"弗罗斯特说，"我相信吉利斯医生和普里查德先生正在照看她。我最后一次看见她时，她正被护送回游人好运楼。"他转身朝着斯坦斯，将那张纸在桌上捋了一下，"我可以简略地逐项清点支出吗？"

"好的。"

"作为被判有罪的一方,你要承担所有的法律费用,包括过去几个月里费罗斯先生列举的费用,还包括尼尔森先生的佣金,因为这笔佣金已被投资在海景监狱上——你可能还记得,它作为善款被捐赠出来,因此裁判官裁决不予退回。这一切的总和是五百英镑多一点。"

"折半了,再折半。"斯坦斯说。

"是的,恐怕你会发现这是关于法律费用的常见话题。不只这些,你还被来自卡尼里和霍基蒂卡峡谷两个地区的许多淘金汉起诉。我还没有给你拿到具体数额,但恐怕会有几十英镑,或几百英镑。"

"全部就这些吗?"

"就正式开支而言,是的,"弗罗斯特说,"但是还有几项非正式的开支需要讨论。我们有时间吗?"

"我们有时间吗?"斯坦斯对德夫林说。

"还有时间,在马车到达这里之前。"德夫林说。

"我很快就完。"弗罗斯特说,"你可能意识到,从安娜的橙色衣服里抽取出来的黄金,依然放在加斯科因先生的床底下。安娜欠了曼纳林先生约一百二十英镑的债务,她已经考虑用橙色衣服里取出的黄金矿石支付这笔款项。但我有一个主意,那就是你如果愿意承担她欠曼纳林先生的债务,利用属于你的这笔财富偿还曼纳林先生,将它列为一笔分项费用,这样,在你坐牢期间,安娜便有了某种生活来源。"

"好,"斯坦斯说,"没问题——就这么办,照你说的。"

弗罗斯特把这点记录下来。"第二项事宜,"他说,"是欠桂先生的奖金。我们必须继续假装这笔财富源自极光,这样,每个接触到这笔财富的人都应得到一份奖赏。"

"当然,"斯坦斯说,"发奖金。"

"我的理解是,"弗罗斯特继续说,"桂先生希望,一旦他的国有公司契约到期，他就返回中国，而且，他希望回去时衣兜里揣着整整七百六十八先令。据曼纳林先生说，他早就在心里设定了这个精确的数字。我相信这对他来说有某种个人或精神上的意义。"

在通常情况下，埃默里·斯坦斯的好奇心会让他对此兴趣盎然，但他连笑也没笑一下，倒是德夫林惊叹道："七百六十八先令？"

"对。"弗罗斯特说。

"多么特定的一个数字啊！"德夫林说，"也许是个吉利数字——你知道吗？"

"我恐怕不知道，"弗罗斯特说，"但是我不妨提个建议，"他朝斯坦斯转过身，"你支付桂先生的奖金应该足以帮他实现这个理想。"

"总共多少，以英镑算？"

"三十八英镑八先令，"弗罗斯特说，"大约是四千的百分之一。百分之一对于金矿奖金来说是个合理的利率，尤其考虑到桂先生是华人。为了表示善意，你还可以考虑买断他的契约，帮他购买回家的船票。"

斯坦斯摇了摇头，"我从来没有想到过他，是不是？"

"谁？"

"桂先生，"斯坦斯说，"我根本没有想到过他。"

"嗯，他今天下午为我们保密，给我们大家提供了巨大的支持，现在我们有了一个机会回报他。我已经跟曼纳林先生谈过了。曼纳林先生愿意提前终止桂先生的合同，并已在我的要求下计算了成本。你只要支付桂先生六十四英镑的奖金，所有的费用就都应该被充分覆盖了。"

斯坦斯把肩膀耸到脸颊那儿，叹了一口气。"是的，"他说，"好吧。"

"好，第三项财政事宜。"弗罗斯特轻轻地咳嗽了一声，"回到一月份，当我们首次——呃——发现这笔财富的时候，克林奇先生给了我三十英镑作为馈赠。我恐怕已经把它花光了,而我没有一分钱的偿还能力。我不知道是否可以强迫你慷慨大度,将这三十英镑列为银行费用。"他语速很快地一口气说完这番话,然后补充道,"当然是作为贷款,我会在你被释放之前还清。"

"马车到了。"德夫林说,站了起来。

"好的,"斯坦斯对弗罗斯特说,"付吧——就照你说的。没关系。"

弗罗斯特吐出一口气,感到彻底放松了。"非常感谢你,斯坦斯先生。"他看着德夫林护送斯坦斯走出拘留室。他们走到门口时,他略微提高嗓门儿,说:"明天一早,我会给你送一份明细的收据。"

Φ

沃尔特·穆迪将他最后一件精致的衣服叠起来,放入箱子,关上箱盖,扣好搭扣,这时教堂正在鸣响七点钟的钟声。他站起身,检查了身上那条黄色鼷鼠皮裤子的裆扣,系紧腰带,触摸了一下系在脖子上的红领巾,最后,伸手拿起外套和帽子——外套是一件朴素的羊毛外衣,几乎长至膝盖,帽子是一顶厚实的软顶阔檐帽。他穿戴好后,将帆布背包甩在后背上,离开了房间,顺手将钥匙从门锁上取下来。

他不在的这段时间,他的箱子将被送到吉布森码头的克拉克仓库里储存,如果他有任何私人信件,也会被交送到上述地址。为了支付搬迁费用,他在皇冠旅馆前台留下三枚银先令,还有他的钥匙。他将第四枚先令塞进皇冠女仆手中,将她蜡黄的小手握在自己的双手里,非常热情地感谢她在过去三个月对他的服务与款待。离开皇冠旅馆之后，他走上通向海滨的狭窄小径，立刻朝北方徒步而去，帆布背包在后背上咣当作响，每走一步，帐篷卷都会碰到他的后腿。

离开霍基蒂卡不超过两英里时，他察觉到另一个男人在他身后约十步的距离内走着，穿着相似的淘金汉行头。穆迪朝身后瞥了一眼，他们相互点头致意。

"嗨，你好，"那个人说，"你是朝北走吗？"

"是的。"

"朝海滩，是不是？去查尔斯顿？"

"我希望如此。我们是去同一个地方吗？"

"看来是的，"那个人说，"我可以跟你一起走吗？"

"当然可以，"穆迪说，"我很高兴有人同行。我叫沃尔特·穆迪，沃尔特。"

"我叫帕迪·瑞安。"那个人说，"你有苏格兰乡音，沃尔特·穆迪。"

"这我无法否认。"穆迪说。

"我跟苏格兰人从来没有什么过节。"

"我也从来没有跟爱尔兰人闹过别扭。"

"你们中间有好人。"帕迪·瑞安说，露齿一笑，"但我的话不假：我从来没有跟苏格兰人有过任何过节。"

"对此我很高兴。"

他们默默地走了一会儿。

"我猜想我们都是背井离乡。"帕迪·瑞安随后说。

"我是远离了我的出生地。"穆迪说，眯起眼睛看着辽阔海面上的浪花。

"嗯，"帕迪·瑞安说，"如果家不是你出生的地方，那么家就是你要去的地方。"

"这是一句很好的格言。"穆迪说。

帕迪·瑞安点了点头，似乎很得意。"那么，你打算在这个国家待下去了，沃尔特？在你给自己找到一片矿区，淘了一桶金之后？"

"我期待我的运气能为我回答这个问题。"

"你是说有运气待下来，还是有运气离开呢？"

"我会说是有运气去选择。"穆迪说。他为自己感到惊讶，若是三个月前，他是给不出这样的答案的。

帕迪·瑞安从侧面瞥了他一眼，"我们说说自己的故事如何？使我们的路程显得短一些。"

"我们的故事？你是说我们的历史？"

"对——或者你听说过的其他故事，或者你喜欢的任何故事。"

"好吧，"穆迪说，有一点勉强，"是你先说还是我先说？"

"你先说吧，"帕迪·瑞安说，"给咱讲个故事，敞开来说，好让咱忘记自己的脚，不再留意自己在走路。"

穆迪沉默了一会儿，心想从何说起呢。"我在考虑是说出全部的真相呢，还是纯粹的真相，"他随后说，"恐怕我的历史无法两者兼顾。"

"嗨——根本没必要讲出真相。"帕迪·瑞安说，"谁说要讲真相来着？你在这个国家是个自由人，沃尔特·穆迪。你可以告诉我任何你想说的陈芝麻烂谷子，只要在我们走到红薯镇的交叉口前，你能编出一大箩筐的话，我就算它是个很好的故事。"

太阳和月亮合相（新月）

> 韦尔斯夫人有了两个十分有趣的发现。

七点钟刚过，莉迪娅·韦尔斯回到众愿楼时，女仆告知她，安娜·韦瑟雷尔在她不在家时接待了一位到访者——克罗斯比·韦尔斯先生，他离家几个月后出人意料地从奥塔戈高原回来了。女仆报告说，韦尔斯先生晚上在乔治街有预约，但他保证第二天早上回来，希望能与妻子见面。

韦尔斯夫人若有所思地听着这条消息。

"你说他待了多久，露茜？"

"两个小时，夫人。"

"从什么时候到什么时候？"

"三点到五点。"

"那韦瑟雷尔小姐……"

"我还没有打扰过她，"露茜说，"韦尔斯先生走后，她没有摇过铃铛，先生在这里的时候，我没有去打扰他们。"

"好姑娘。"韦尔斯夫人说，"好，如果克罗斯比明天真的回来，如果我出于某种原因不在这里,你要照样带他去韦瑟雷尔小姐的房间。"

"是,夫人。"

"你明天要办的第一件事就是去葡萄酒和烈酒商那里,订一批货。要一箱各种品种的就可以。"

"是,夫人。"

"这里有一个晚餐吃的馅饼,一定要把它热透,然后送上来。我们八点开饭。"

"好的,夫人。"

莉迪娅·韦尔斯将怀里的历书和星图整理了一下,审慎地凝视着大厅镜子里面的身影,然后走上楼梯,去了安娜的房间。她轻快地敲门,没有等回答就把门推开了。

"是不是舒服多了——吃饱了,烘干了,洗净了?"她说,代替了问候。

安娜一直坐在窗前的长座上。韦尔斯夫人大步走进屋时,她跳了起来,满脸通红,她说:"好多了,夫人。你太好了。"

"哪有太好了这么一说呢。"韦尔斯夫人大声说,把书放在长靠背椅旁边的桌子上。她快速地瞟了一眼餐具柜,在心里清点了一下那些酒瓶,然后转向安娜,微笑着,"我们今晚将会多么开心啊!我要为你画一张星图。"

安娜点了点头,她的脸依然绯红。

"我每次认识一个新人,都会画一张星图。"韦尔斯夫人继续说,"我们会过得很开心,看看未来为你准备了什么。我带回一张馅饼给我们当晚餐,这是达尼丁全城能找到的最好的馅饼。好不好?"

"很好。"安娜说,垂下目光,看着地板。

韦尔斯夫人似乎没有注意到她的不安。"好。"她说,坐在长靠背椅上,将最大的那本书拉到自己面前,"你的生日是哪天,我亲爱的?"

安娜告诉了她。

韦尔斯夫人往后一退,用手捂住心口,说:"不可能!"

"什么?"

"多么奇怪啊!"

"奇怪什么?"安娜说,看上去很害怕。

"你的生日与一个年轻小伙子的一样,我刚才……"莉迪娅·韦尔斯的声音渐渐低了下去,然后突然说,"你多大了,韦瑟雷尔小姐?"

"二十一岁。"

"二十一岁!而且你出生在悉尼?"

"是的,夫人。"

"就在城里?"

"是的。"

莉迪娅·韦尔斯脸上的表情非常奇妙。"你不会碰巧知道你出生的具体时间吧?"

"我相信我是在夜里出生的,"安娜说,再次红了脸,"我母亲是这么说的。但我不知道具体的时辰。"

"真是令人震惊,"韦尔斯夫人大声说,"我感到震惊!一模一样的生日!甚至有可能是在完全相同的天空下!"

"我不明白。"安娜说。

莉迪娅·韦尔斯压低了声音,神秘兮兮地做了解释。她下午是在乔治街一家旅馆度过的,收点小钱帮别人做星象预测。她的顾客大部分是要在金矿上发大财的年轻人。那天下午——当安娜正在享受盆浴时——她正在给这样一个人算命。这个求卜者(她这样描述他)同样是二十一岁,同样是出生于悉尼,恰好与安娜出生在同一天!

安娜不理解韦尔斯夫人的兴奋。"这能意味着什么呢?"她说。

"意味着什么?"莉迪娅·韦尔斯的声音降低到轻声的耳语,"这意味着你们可能有同样的命运,韦瑟雷尔小姐,你与另一个人!"

"哦。"安娜说。

"你可能有一个星界中的灵魂伴侣,他的人生轨迹与你自己的如同照镜子一样吻合!"

安娜的感觉没有韦尔斯夫人希望的那样强烈。"哦。"她又说了一遍。

"这种现象太罕见了。"韦尔斯夫人说。

"可是我有一个表亲跟我同一天生日,"安娜说,"我们的命运并不相同,因为他已经死了。"

"同一天出生还不够,"韦尔斯夫人说,"必须出生在同一分钟——完全一样的经纬度,也就是说,在完全相同的星空下。只有这样你们的星图才是一模一样的。哪怕是双胞胎,出生时间相差几分钟,在这期间星空可能移动了一点点,星图就已经改变了。"

"我不知道我出生的具体时间。"安娜说,皱着眉头。

"他也不知道,"韦尔斯夫人说,"但是我敢打赌,你们的星图是一模一样的,因为我们已经知道你们俩有一个共同之处。"

"什么?"

"我,"韦尔斯夫人得意扬扬地说,"在一八六五年四月二十七日,你们俩都到达了达尼丁,你们俩都由克罗斯比·韦尔斯夫人绘制了你们的生日星图!"

安娜用一只手捂住喉咙。"什么?"她悄声地说,"姓什么的——夫人?"

莉迪娅·韦尔斯热忱不减地继续说:"还有其他的相同性!他独自旅行,跟你一样;他今天上午到达,跟你一样。或许,他也在某种偶然的情况下交了一个朋友——就像你遇到了我！"

安娜看上去仿佛要呕吐了。

"他的名字是爱德华，爱德华·沙利文。哦，多么希望我把他带回来呀——多么希望我早点儿知道这个！难道你不渴望做他的朋友吗？"

"是的，夫人。"安娜轻声说。

"多么不同寻常的一件事啊，"莉迪娅·韦尔斯说，凝视着安娜，"真是极不寻常。我真想知道，你们如果见面，会发生什么呢？"

第五章

重量与钱财

1865年5月12日

南纬45° 52′ 0″ ／东经170° 30′ 0″

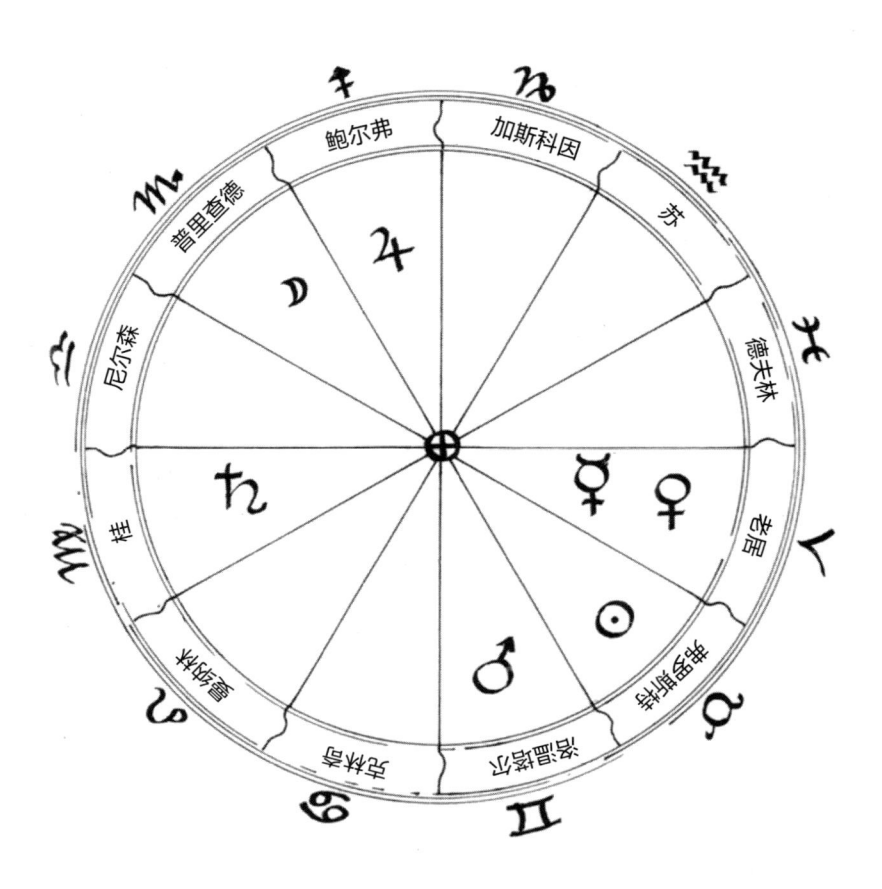

银

> 克罗斯比·韦尔斯提出要求；莉迪娅·韦尔斯考虑欠周；安娜·韦瑟雷尔在一个十分丑陋的场合中充当见证人。

安娜·韦瑟雷尔发现，她刚到达尼丁的当天下午招待的那个男人，事实上就是这里的一家之主，在接下来的几个星期，她蒙受的屈辱只是变本加厉了。克罗斯比·韦尔斯已在坎伯兰街三十五号的后卧室里安顿下来，其结果是他们每天见面。

安娜·韦瑟雷尔时刻痛苦地意识到自己给别人留下的印象，而如此强烈的自我意识，使她对自己的自尊心苛刻到了疯狂的地步。她察觉到自己性格中似乎有一些她自己看不到的东西，对此她感到非常痛苦，这种焦虑无法通过说服、证明或赞美而得到安抚。她确信在谈话的时候，周围的人会形成无声的结论，虽然都是吹毛求疵，但完全贴切。这些臆想的责难所产生的羞辱感是十分真实的，所以她加倍努力地追求别人的好感，但是当她这样做的时候，她能感觉到自己的这个意图未免也太明显了。

安娜以为自己会遭到别人一致的批评，却非常惊讶地发现，她给别人造成的印象千差万别。她说话时总是带着天真烂漫的质朴，在某些人眼里，这表明她拥有许多令人震惊的个人看法，其坦率的表达更是不像女性到令人吃惊；而在另外一些人眼里，她说话时毫不矫揉造作，正是这点令人感到清新自然。同样，她喜欢眯起眼睛来看世界，某些人认为是害怕的表现，而其他人则认为是老谋深算。而在克罗斯比·韦尔斯看来，她只是非常纯朴和温柔：他觉得她经常性的尴尬十分有趣，并不止一次这样告诉她。

"你在营地里会干得不错的，我的姑娘，"他说，"你就是一股新鲜空气，未受污染。没有什么比事事皆有答案的女人更糟糕。没有什么比一个忘记怎么脸红的女人更糟糕。"

莉迪娅·韦尔斯——是一个事事皆有答案的女人，而且极少脸红，她丈夫出乎意料地回来之后，就一直难得在坎伯兰街三十五号看见她。她在上午十点左右离开家，经常要到黄昏才回来，这时客厅的赌场便开始夜间营业。她不在家的时候，韦尔斯大部分时间都待在一楼自己的卧室里，那里餐具柜上的玻璃酒樽每天都会重新斟满。酒精使他变得温和。安娜发现她最喜欢他的时候是下午四五点钟，三四杯威士忌使他变得忧郁，但还没有感到悲哀。

韦尔斯已经公开表明，他不想再返回邓斯坦矿区。安娜得知他去年碰到了一条高品位富矿带，现在希望将那笔财富派上某种用场，正在考虑各种各样的投资，投在达尼丁和其他地方，他花大量时间研究当地报纸，比较黄金价格，跟踪各种股票的涨落。"韦瑟雷尔小姐，依你看，我更像是牧场主呢，还是木材主？"他说，瞪眼看着她脸红起来，便轻松地开怀大笑。

韦尔斯夫人是否理解安娜的尴尬，是否知晓其中原因，安娜不得而知。与她们首次见面的情景相比，这个年长些的女人的热情并没有削弱，说话时还是那样神秘兮兮，但是安娜感觉她的态度似乎多了一层隔阂——仿佛她在内心深处做好准备,以坚强地面对她们即将破裂的关系。对她的丈夫,她也同样保持距离。每当韦尔斯开口说话,她只是呆望着他,面无笑容,然后将谈话转换成无关的话题。安娜难以承受这些令人不悦的微妙信号,便加倍地去讨好女主人。到目前为止,她完全明白自己被"尤克了"——这是克罗斯比·韦尔斯的说法,但是她没有找女主人对质那个虚构的伊丽莎白·麦凯(这个名字再也没有被提起过),而是将这种力量转为恶心的自我谴责。她在内心深处相信,她要独自为她与克罗斯比·韦尔斯做的事情承担后果。

众愿楼的运行被慢慢地、一步步地展示给安娜。她到达达尼丁的第二天早晨,韦尔斯夫人向她展示了楼下的客厅,安娜立刻就喜欢上了那里:天鹅绒的小隔间,酒吧后面的绿色玻璃瓶,牌桌,赌博轮盘,有酒吧风格小门的小告解室,韦尔斯夫人偶尔在里面给人收费算命。在日光下,这个房间似乎莫名其妙地凝固了:细细的灰尘被困在透过高高窗户照射进来的光柱中,给人一种耐心而有力的感觉。安娜感到十分震撼。在女主人的邀请下,她走上平台,转动赌博轮盘——看着橡皮指针咔嗒、咔嗒、咔嗒地朝着头奖转去,然而随着最后咔嗒的一声,落在了错过头奖的地方。

韦尔斯夫人没有立刻邀请安娜出席晚间的聚会。安娜从她的卧室窗口看着到来的人们从马车上下来,摘下手套,阔步踏上台阶后敲门。无须多久,雪茄的烟雾就开始从地板渗透上来,钻入她的房间里,使空气中带上一丝辛辣、刺鼻的气味儿,将煤油灯的光线变成灰色。到九点钟时,谈话的嗡嗡声已经发展成一片喧哗,时而被笑声和掌声打破。安娜只能听见隔着地板传上来的声音,每次有人打开楼梯过道的门,噪声就变得更响,她能够分辨出某个人的声音。她的好奇心被刺激着,简直到了焦虑的地步,几天后,她试探性地、满怀歉意地询问韦尔斯夫人,是否能让她到酒吧里干活。现在每天晚上她都在酒吧服侍，但韦尔斯夫人定下两条规矩：不许任何顾客直接跟她说话，不许她跳舞。

"她是在哄抬你的价值呢。"韦尔斯解释道，"等候的时间越长，你上市时的价格就越高。"

"唉，克罗斯比，"韦尔斯夫人断然地说，"没有人要上市。不要胡说。"

"务农，"韦尔斯说，"也是一项事业。我可以做个农民——你可以做我的农妇老婆。"他对安娜说，"一点也没关系。我老妈过去就是妓女，愿上帝保佑她安息。"

"他只是在吓唬你，"韦尔斯夫人说，"别听他的。"

"我没有被吓唬住。"安娜说。

"她没有被吓唬住。"韦尔斯说。

"没有什么可害怕的。"韦尔斯夫人说。

实际上，安娜认为跳舞的姑娘们很了不起。她们对安娜没有什么好奇心，如果不得不叫她，便称呼她为"悉尼"或"杰克逊港"。安娜没有什么傲气，并不觉得受了冒犯。总之，她们那副厌倦而冷漠的气质，在她心中是值得崇拜的聪明世故。她们从玩牌的男人那里拿来酒水订单，等着安娜摆好酒杯，斟酒。她们说"美酒四溅"，要的是兑水的威士忌；说"干魂"，要的是纯威士忌。酒水倒好后，她们将托盘卡在腰上，或者举过头顶，迈着轻盈的舞步穿梭在人群中，在身后留下化妆油彩与香水的雾霾般呛人的气味。

五月十二日，坎伯兰街三十五号的居民都起了个大早。众愿楼将于当晚举办一场晚会，款待那些海军军官和"与海洋有关的绅士"，这样盛大的活动有许多准备工作要做。韦尔斯夫人已经雇了一个小提琴手，在商店里预订了柠檬、云杉酒、朗姆酒，还有几百码绳子，计划将它们剪成一定长度，编成辫子，制成打结的花环，作为每张桌子的中央装饰。

"我做好第一个花环，作为样本，"她对安娜说，"其余的你今天下午可以做。我会手把手地教你，给你看怎么把绳子的两头藏在花环里面。"

"浪费好端端的马尼拉麻绳。"韦尔斯说。

韦尔斯夫人继续说话，仿佛他根本没说什么，"我认为，花环看上去十分引人注目。主题仪式的装饰怎么做都绝对不会过分。如果绳子有剩余，可以别在酒吧的后面。"

他们正在一起吃早餐——这种情况比较罕见，因为韦尔斯极少在中午前起床，而韦尔斯夫人通常在安娜醒来时就已离开。韦尔斯夫人似乎神情紧张，也许在为晚会能否成功感到担心。

"它们看上去会很漂亮的。"安娜说。

"接下来搞什么？"韦尔斯说，他心情烦躁，"为淘金汉举办聚会——每张桌上放个分离器，从酒吧借一套放水管？'向普通人致敬。'你可能会说，'为无名小卒举办聚会。没有任何关系和后台的绅士。'选这个主题吧。"

"你的烤面包片够了吗，安娜？"韦尔斯夫人说。

"够了，夫人。"安娜说。

"今晚的一位客人是获过勋章的。"韦尔斯夫人继续说，改变了话题，"怎么样？我想我还是第一次招待海军英雄呢。我们必须好好地问一问他——是不是，安娜？"

"是的。"安娜说。

"拉沃斯船长，有一枚维多利亚勋章，真希望他会佩戴着它来。把黄油递给我，劳驾。"

韦尔斯递给她黄油。片刻后，他说："你有今天的《奥塔戈见证人》吗？"

"有，我已经读过了，没有什么值得一谈的内容。"韦尔斯夫人说，"星期五的报纸总是没什么新闻。"

"在哪里？"韦尔斯说，"报纸。"

"哦——我把它烧掉了。"韦尔斯夫人说。

韦尔斯瞪着她看。"这还是早上啊。"他说。

"我很清楚地知道这还是早上，克罗斯比！"韦尔斯夫人说，发出一声短促的笑，"我用那份报纸给我的卧室生火用了，就这样。"

"这才九点钟，"韦尔斯抱怨道，"你不能在九点钟就烧掉当天的报纸。我还没有看完呢，我还得出去再买一份。"

"省下你的六便士吧，"韦尔斯夫人说，"报上除了嚼舌头没别的，没有值得一谈的内容——我已经告诉过你了。"她瞥了一眼座钟——安娜观察到，在几分钟内，她是第二次做这个动作了。

"我喜欢看点嚼舌头。"韦尔斯说，"不管怎么说，你知道我正在找一个投资项目。没有报纸，我怎么跟踪股票市场？"

"是的，嗯，既然已经这样了，等着看明天的也无大碍。你的烤面包片够了吗，安娜？"

安娜微微皱了一下眉头，这个问题韦尔斯夫人已经问过她一次了。"够了，夫人。"

"好。"韦尔斯夫人说，她用脚打着节拍，"我们会过得多么开心啊，今晚！我喜欢期待晚会。海军总是那么意气风发，而且是精彩的说书高手。他们的故事从来都不枯燥乏味。"

韦尔斯闷闷不乐地说："你明明知道我上午都在看报纸。天天如此。"

"你可以用《社论版》来弥补，"韦尔斯夫人说，"或者上个星期的《利特尔顿时报》，就在我的写字台上。"

"那么，你为什么没有烧掉它们呢？"

"哦，我哪知道，克罗斯比！"韦尔斯夫人口气强硬地说，"我相信你有很多事情可以让自己忙碌起来，那对你只有好处。读一读移民小手册，楼下的桌子上有的是。"

韦尔斯一口喝干咖啡,将空杯子重重地摔在桌上。"我需要保险箱的钥匙。"他大声说。

安娜似乎看见韦尔斯夫人的身体微微僵硬了一下。她没有看着丈夫,只是全神贯注地给她的烤面包片抹黄油。片刻之后,她说:"为什么呢?"

"你这是什么意思,为什么?我想看看我的黄金。"

"我们已经商量好了,等有了更加合适的机会再出手。"韦尔斯夫人说。

"我没说要卖,我只是想清点一下我的财物。仅此而已。整理我的文件。"

"我认为它们很难算是什么'文件'。"韦尔斯夫人说,微微一笑。

"那叫什么?"

"哦——听你的口气,好像那是很了不起似的。"

"我的矿人权。那是文件。"

"你要你的矿人权到底做什么用呢?"

他皱着眉头,"这是干什么——皇家审判?"

"当然不是。"

"我觉得就是。"韦尔斯说,"文件,那里面还有一封信,我想再读一遍。"

"唉,够了。"韦尔斯夫人说,"那玩意儿你准是读过不下千万次了,克罗斯比。我甚至可以背出每一句话!'亲爱的孩子——你不认识我——'"

韦尔斯将拳头重重地捶在桌上,震得所有的瓶瓶罐罐都跳动起来。"闭上你的嘴。"他说。

"克罗斯比!"韦尔斯夫人说,惊呆了。

"玩笑归玩笑,玩笑也有原则。"韦尔斯说,"你刚才越界了。"

一时间，韦尔斯夫人似乎要反驳，但想了想最好还是不要。她用餐巾擦了擦嘴，恢复了常态。"请原谅。"她说。

"原谅有什么用，我要钥匙。"

韦尔斯夫人又试图笑了笑，"真的，克罗斯比，今天不是时候。今天晚上有海军晚会，实在不行——要组织的事情太多了，推迟到明天吧。我们可以一起坐下来，你和我——"

"我不要推迟到明天。"韦尔斯说，"给我钥匙。"

韦尔斯夫人从桌旁站起来。"你应该听见了我在这件事情上的最后决定。"她说，"原谅我。"

"原谅我——你恐怕没有听见我的话。"韦尔斯说，他将椅子从桌旁推开，也站了起来，"在哪里——在你的项链上？"

韦尔斯夫人绕过桌子，离他而去。"事实上，钥匙在银行的一个保险盒里。"她说，"家里一把也没留。你只要等到——"

"胡说，"韦尔斯说，"它就挂在你的脖子上。"

韦尔斯夫人又远离他一步，似乎第一次显得惊慌起来，"拜托，克罗斯比，不要大吵大闹。"

他朝她走去，"交出来。"

韦尔斯夫人试图微笑，但嘴唇在颤抖。"克罗斯比，"她又说了一遍，"要讲道理。我们已经——"

"把它交给我。"

"你在无理取闹。"

"我要比这闹得更凶呢。交出来。"

韦尔斯夫人试图朝门口跑，但是韦尔斯动作太快了。他迅速地伸出手抓住了她。韦尔斯夫人扭动身体要挣脱——他们扭打了一会儿，然后韦尔斯一只手在她紧身胸衣上乱抓，找到了他想要的东西：一条细细的银项链，上面挂着一把粗粗的银钥匙。他猛地把钥匙拉出来，攥在手里，试图扯断项链。链子在韦尔斯夫人的脖子上吃着劲儿，就是不断，她大声喊叫。韦尔斯又扯了一次，动作更猛。韦尔斯夫人用双拳捶打他的胸口。他咕哝着，拼命地遏制她，项链依然绕在他拳头上。他再次拉扯项链。"克罗斯比，"韦尔斯夫人上气不接下气，"克罗斯比。"终于，项链断了，钥匙落入他的手里，韦尔斯夫人发出一声抽泣。韦尔斯立刻转身，微微气喘地走向保险箱。他将钥匙插进锁眼儿，摇动几下把手，最后机关咔嚓一声，沉重的门被打开了。

保险箱里空空荡荡。

"我的钱在哪里？"克罗斯比·韦尔斯说。

韦尔斯夫人摇摇晃晃，双手抚摩着脖子。她眼里噙着泪水。"如果你安静下来一会儿，"她说，"我可以解释。"

"谁需要安静？"韦尔斯说，"我只是问了一个简单的问题，就一个问题。我的财宝在哪儿？"

"好，克罗斯比，你听我说，"韦尔斯夫人说，"我可以给你拿回来——财宝。我只是把它们存起来了，一个安全的地方。我可以给你拿回来，但要等到明天，好吗？今晚有很多尊贵的绅士到家里来，我没有时间去——去——去我藏它们的地方，只是因为要做的事情太多了。"

"我的文件在哪儿？"韦尔斯说，"我的采矿权，我的出生证明，我父亲的来信。"

"它们都和财宝在一起。"

"是吗，啊，究竟在哪儿呢？"

"我不能告诉你。"

"为什么不呢，韦尔斯夫人？"

"这很复杂。"她说。

"可以想象。"

"我会给你找回来的。"

"会吗?"

"明天。晚会之后。"

"为什么不是今天?为什么不是今天早上?"

"你别再吓唬我啦,"韦尔斯夫人怒气冲冲地说,"我今天就是做不到。你必须等到明天。"

"你在争取时间。"韦尔斯说,"我不明白为什么。"

"克罗斯比,晚会。"她说。

韦尔斯盯着她看了很久,然后他穿过房间,猛地拉响铃铛。女仆露茜片刻后出现了。

"露茜,"韦尔斯说,"到乔治街去,给我买一份今天的《奥塔戈见证人》。韦尔斯夫人似乎不小心把我们的报纸烧掉了。"

金

> 弗朗西斯·卡弗收到一条消息；斯坦斯独自留守。

一阵突如其来的好心情，使埃默里·斯坦斯在抵达达尼丁的当天下午，便花钱让通灵人、招魂人莉迪娅·韦尔斯夫人给他绘制了本命盘，其预测结果令他更加开心，这种一边倒的天赐恩惠，使他情绪高涨得一发不可收拾，因此他想要庆祝一番。第二天早晨，他在剧烈的头痛和负债的内疚感中醒来。在与旅馆老板办手续时，他才惊恐地发现他欠了旅馆大约八英镑的债务，他将两个星期的生活费押在一场扑克牌的赌博上，结果输了个精光，接着又输掉了五英镑。他是怎么陷入这般负债累累的落魄境地的，具体情形在记忆中变得一片模糊，他哀求旅馆老板赊给他一杯咖啡，让他坐一会儿，考虑下一步该怎么办。这个要求被恩准了，四十五分钟过去了，他依然坐在酒吧里，直到弗朗西斯·卡弗出现，手里拿着赞助合同。

卡弗简洁明快、开门见山地提出他的建议。他将提供足够的资金为斯坦斯购置矿人权、帆布背包，以及前往最近的可赚钱的矿区的船票。他还随意地补充道，愿意偿还斯坦斯从昨天抵达达尼丁后可能欠下的一切债务。反过来，斯坦斯必须同意交出他的第一个认领区的一半股份，股息永久对半分享，这笔收入将通过私人账号打到卡弗在达尼丁的一个账户上。

埃默里·斯坦斯立刻明白自己被当傻瓜玩弄了。他清楚地记得，头天晚上的早些时候，卡弗一直对他过分殷勤，保证他的赌注总是匹配到位，他的周围总是有人愉快相伴，他的酒杯总是满着。同时他隐约感觉自己的赌债是通过某种方式强加于他的，因为他对扑克牌的嗜好只是非常普通，偶尔开开心之类的，之前从未在一个晚上扔掉这么一大笔钱。令他感到好笑的是，他的冒险历程刚刚开始，这么快就被骗了，他的惊愕使他对卡弗产生了一种特殊的情感，如同棋手在下棋时对老谋深算的对手怀有的那种感觉。他决定将整桩事情当成经验，以他特有的好心情接受了卡弗资助的条款。但他暗暗打定主意，在未来的日子里要提高警惕。被击败一次可以说是误入歧途，但他发誓不会再次受骗上当。

斯坦斯不太善于分辨人格的善恶。他喜欢陶醉于仙境中，经常被具有悲剧性、浪漫性或神话性的人物吸引。即便他怀疑卡弗身上有一系列的卑鄙劣迹，这些素质也是透过他那荒诞的、海盗式的幻想演绎过的，如果进一步把玩这种印象，只会发现这令他感到十分有趣罢了。卡弗比他年长二十多岁，一个典型的皮肤黝黑的壮汉，恰与斯坦斯的白净秀气相反。他的举止好像随时可能对人造成伤害，说话粗声粗气，不苟言笑。斯坦斯认为他很了不起。

合同签好后，卡弗的态度变得更加粗暴。他说奥塔戈的矿区已是明日黄花。斯坦斯到西海岸新建立的霍基蒂卡镇会干得更漂亮，根据谣传，那里一个人可以在一天之内就发大财。然而，霍基蒂卡码头之险峻早已臭名远扬，已有两条蒸汽船在港口浅滩遇难。出于这个原因，卡弗坚持斯坦斯乘帆船而不是蒸汽船前往西海岸。如果斯坦斯愿意与他一同办手续，先去海关，再去王子街的户外用品商店,最后去储备银行,那么中午之前他们就能完成一切安排。斯坦斯同意了,三个小时之内,他就拥有了一份矿人权、一只帆布背包,还有一张船票,将乘水上飞帆船"布兰奇号"前往霍基蒂卡,预定于五月十三日上午离开查默斯港。

在接下来的两个星期,斯坦斯和卡弗经常见面。卡弗工作的那条三桅帆船正在整修和重新铆接,他因此获得了一个月的上岸休假。他和斯坦斯一样,住在乔治街的山楂旅馆。他们经常一起吃早餐,斯坦斯偶尔陪卡弗在城里四处跑,办琐事,谈业务,两人没完没了地聊天。卡弗并没有劝阻他,虽然卡弗在交谈时总是一种沉闷的、心事重重的状态,斯坦斯却沾沾自喜地觉得,自己的陪伴是对方急需的一种开心解闷的方式。

埃默里·斯坦斯非常清楚,自己给遇见的每个人都留下一种与众不同的印象。随着时间的推移,这种自我认识已经成为自然而然的期望,结果使他的与众不同变得更加明显。他的风格是一种渴望与热情的奇怪混合,也就是说,他的热情中总是充满渴望,而他的渴望总是热情的。他会为不可能或不实际的东西感到开心,并且带着孩童游戏般的欢心去追求。他说话时非常有创意,带着一种理想主义者的苦恼,足以令最严格的批评家哑然失笑。当他沉默时,看着他的人便可感觉到他的想象力无疑正在飞翔和遨游,因为他时而叹气,时而点头,仿佛正在与一个别人看不见的对话者达成协议。

他天性中的阳光似乎是坚不可摧的,然而,这种态度是在未与任何道德准则磨合的情况下形成的。总的来说,他的信念是本能的而不是审慎的,他对社会阶层没有选择倾向——他本能地相信,每个有思想的人都有责任将自己展示于形形色色的人物、环境以及观点中。他读书万卷,但最钟爱的是浪漫主义,他不厌其烦地讨论崇高境界的属性,但严格地说,他并非这一学派的弟子,或者实际上,根本不属于任何学派。孤单而不受拘束的童年,大部分时间都是在父亲的图书馆里度过的,这使埃默里·斯坦斯有准备面对各式各样的前途,而不必刻意选择某一种。他可能穿着晨礼服,侃侃而谈西塞罗与塞内卡,也可能马上换成靴子和羊毛裤登山寻景,无论是哪一种情形,他都真心感受,其乐无穷。

在二十一岁生日那天,他被问及希望去全世界的什么地方,他不假思索地回答"奥塔戈",因为他知道维多利亚的淘金热潮已经降温,而他一直迷恋探矿的生活理念,这都是他以堂吉诃德和炼金术士之类的模式幻想出来的。他看见这种特殊的金属闪亮发光,不为人见,未被发现,沉睡在未知的寂寞海滩上。他看见圆月高升,黄色的光芒洒满无垠的海面。他看见自己骑在马背上穿越小溪的浅水滩,直接在大地上卧眠,让水在木质洗砂床上流淌,将淘金汉面团缠绕在一根木棍上,架在篝火的余烬上烘烤。他想,黄金这种财富的来历要比人类及其历史还要悠久,一个人要是能发现它,仅凭自己的双手就将它从地里淘出来,这该是多么惬意啊!

他的要求被恩准后,如期购买了蒸汽船"幸运之风号"的船票,前往查默斯港。出发的那天,父亲建议他保持警醒,待人友善,一旦看够了世界,知道自己在其中的位置就回家。异乡旅行,父亲说,是最好的教育,亲眼见识并理解世界是一位绅士的责任。两人握完手,父亲交给年轻的斯坦斯一只装着纸币的信封,嘱咐他不要立刻把钱花光,然后跟他道了早安,仿佛这个男孩只是出门散步,会按时回家吃晚餐一般。

"他以什么职业为生?"卡弗说。

"他是一位裁判官。"斯坦斯说。

"清官?"

小伙子叹了口气,将头稍微向后一扬,"嗯……是的,我想他是个清官。我该怎么描述我的父亲呢?他是个读书人,在职场中备受尊重,但他看事情有一些奇怪的观念。比如,他告诉我,我将得到的遗产只有他的小提琴和他的剃须刀——他说如果一个人要闯世界，需要的只是一张刮得干干净净的脸和某种制造音乐的乐器。我相信他的遗嘱真是这么写的，将其余的一切都给我的母亲。他是有一点奇怪。"

"噢。"卡弗说。

他们这是最后一次在山楂旅馆共进早餐。第二天早上，水上飞帆船"布兰奇号"将按时起航，前往霍基蒂卡，而三桅帆船"一帆风顺号"刚刚铆接装配好，也将在同一天中数小时后驶向墨尔本。

"你知道吗？"斯坦斯敲破他的鸡蛋时，又说道，"自从我在达尼丁登陆后，这还是第一次有人问我父亲是做什么职业的，但已经不下十几次被人问到要去哪儿发大财，我得到过各式各样的赞助提议，我说不清有多少次被问到，在积累了一定财力之后，我要拿钱做什么！多么奇怪的字眼儿啊——'财力'，好像太低估这个概念了。"

"是。"卡弗说，眼睛依然盯着《奥塔戈见证人》。

"你在等什么人吗？"斯坦斯说。

"什么？"卡弗说，没有抬起头来。

"在刚才这十分钟里，你一直在读航运新闻，"斯坦斯说，"几乎没有碰一下你的早餐。"

"我没有等任何人。"卡弗说。他翻过一页报纸，开始读矿区通信。

他们陷入一阵沉默。卡弗的眼睛一直盯着报纸，斯坦斯吃完了他的鸡蛋。斯坦斯刚要站起来告别时，前门被打开了，走进来一个便士邮递员。"弗朗西斯·卡弗先生。"他大声说。

"是我。"卡弗说着，举起了手。

他撕开信封，草草地扫视纸条。斯坦斯透过薄薄的纸张看见这封信只有一行字。

"希望这不是坏消息。"他说。

卡弗久久没有动弹一下,然后将信在手里揉成一团,侧身扔进火炉里。他伸手从衣兜里掏出一便士,等邮递员匆匆转身而去后,他转身朝着斯坦斯说:"你会对一个金币说什么?"

"我好像从来没跟金币说过话。"斯坦斯说。

卡弗瞪着他。

"你需要帮助吗?"斯坦斯说。

"是。跟我来。"

斯坦斯跟着他的赞助人走上楼梯。他等着卡弗打开他私人房间的门锁,然后跟在卡弗身后进了房间。他之前从来没有进过卡弗的房间。这比他自己的房间大得多,但是家具摆设大致相似。房间里依然弥漫着昨夜睡觉的体味儿,卡弗的床单皱皱巴巴地堆在床垫中间。房间中央有一只铁皮加固的木箱。箱盖上有一张黄色的提货单:

货主:阿利斯泰尔·劳德巴克
船运商:丹福斯船运公司
载运船:一帆风顺号

"我需要你看管这个。"卡弗说。

"里面是什么?"

"别管里面是什么,我只需要你看管它,直到我回来。也许两个小时或三个小时,我要到城外办点事。完事后给你一个金币。"

斯坦斯挑起眉毛,"整整一个金币——就看三个小时箱子?可这是为什么呢?"

"你这是帮我一个忙。"卡弗说,"我不会忘记别人帮的忙。"

"它一定非常有价值。"斯坦斯说。

"对我来说是的。"卡弗说,"你愿意接下这个活儿吗?"

"嗯——好吧。"斯坦斯笑微微地说,"作为帮忙,我很乐意。"

"你最好有一支手枪。"卡弗说,走向办公桌。

斯坦斯吃惊得大笑起来,"手枪?"

卡弗找到一支单发的左轮手枪,打开枪膛,朝里面瞄了一眼。然后他点了点头,关上枪膛,把枪递给斯坦斯。

"我会用得上它吗?"斯坦斯说,将枪翻转过来。

"不,"卡弗说,"只是如果有人进来的话,拿在手里挥一挥。"

"挥一挥?"

"对。"

"谁会进来呢?"

"没人,"卡弗说,"没人会进来。"

"箱子里有什么?"斯坦斯又问了一遍,"我真的觉得我应该知道。我能保密。"

卡弗摇了摇头,"你知道得越少越好。"

"这不是知道多少的问题,而是根本不知道!我是同谋犯吗?这是某种抢劫吗?真的,卡弗先生,我能保密。"

"还有一件事,"卡弗说,"今天我的名字暂时不叫卡弗,叫韦尔斯,弗朗西斯·韦尔斯。如果有人来问,就说我是弗朗西斯·韦尔斯,别管为什么。"

"天哪。"小伙子说。

"什么?"

"你搞得那么神秘兮兮的。"

卡弗突然逼近他,"如果你逃跑,就是撕毁我们的合同。我将有理由以我认为合适的方式寻求赔偿。"

"我不会逃跑的。"小伙子说。

"你看管着这个箱子,直到我回来,然后就拿着一个金币走人。我的名字叫什么?"

"韦尔斯先生。"小伙子说。

"你好好地记住它。我需要三个小时。"

卡弗离开后,斯坦斯就将手枪放在办公桌上,枪口朝外,跪下来查看箱子。箱子的搭扣上有一把挂锁。他托起挂锁,检查锁眼的轮廓——研究着,令他满意的是锁的设计非常简单。他突然微笑起来,拿出他的折叠刀,展开刀片,将刀尖插入锁孔。他花了将近一分钟,巧妙地拨动了挂锁的机关。

铜

> 韦尔斯的怀疑加深；安娜变得警觉起来；一个包裹被送到众愿楼，收件人是韦尔斯夫人。

在绝对的沉默中，克罗斯比·韦尔斯从头到尾读着《奥塔戈见证人》。他读完后，将报纸抖开，沿着折缝干净利落地叠好，从椅子上站起身。韦尔斯夫人坐在对面，她的表情冰冷。韦尔斯朝她走去，将报纸扔在她腿上——她微微退缩了一下，然后，韦尔斯双手叉腰，打量着她。

"到港名单吸引了我。"他说。

她什么都没说。

"特别是一个名字，名叫'积极号'的蒸汽船，潮水最高时到达。那是什么时候呢？日落时分。"

她依然什么都没有说。

"真奇怪你没有告诉我，"韦尔斯说，"我已经等了——多久——十二年？整整十二年啊，没有回音。这些年来，我一直在高原上淘金。现在这个人要到城里来了，你明明知道，却只字不提。不，比闭口不提更严重。你狠下心来骗我。你在该死的炉子里把报纸烧掉了。这是黑心欺骗啊,韦尔斯夫人。这是冷酷的欺骗。"

她不动声色。"你说得很对,"她说,"我根本不该欺骗你。"

"你为什么烧掉它?"

"我不想让这条消息破坏了聚会。"她说,"如果你发现他在今晚到达,你就可能会去码头——他可能对你不屑一顾,你可能会变得非常苦恼。"

"而这正是我一直困惑的,韦尔斯夫人。"

"什么?"她说。

"这次聚会。"

"只是一场聚会而已。"

"是吗?"

"克罗斯比,"韦尔斯夫人说,"别傻了。如果你硬说有阴谋,就会找到阴谋。这只是一场聚会,仅此而已。"

"与海洋有关的绅士,"韦尔斯说,"海军之类。你怎么会关心起海军来了?"

"我看重他们都是相当有地位和影响力的人,因为我在乎我的生意,聚会对我的生意有好处。每个人都喜欢主题,给夜晚增添一点趣味。"

"我想知道阿利斯泰尔·劳德巴克先生是否得到了邀请。"

"当然没有,"韦尔斯夫人说,"我怎么会邀请他呢?我这辈子都没见过他一眼。不管怎么说——我已经告诉你了,确切地说,是因为我不想让你感到苦恼,所以把今天早上的报纸烧掉了。你说得很对,我不该这么做,我为欺骗了你而感到非常抱歉。但是这次聚会,我向你保证,仅仅是一场聚会。"

"那么那笔财宝呢?"韦尔斯说,"还有我的文件呢?它们是棋盘中的哪一颗棋子呢?"

"恐怕它们什么都不是。"韦尔斯夫人说。

"我没准儿要到查默斯港去散散步，"韦尔斯说，"大约日落时分。适合散步的美好夜晚，也许略带凉意。"

"只管去吧。"韦尔斯夫人说。

"不用说，我会错过聚会。"

"那该多么可惜啊！"

"是吗？"

韦尔斯夫人叹了口气。"克罗斯比，"她说，"你这是在做蠢事。"

他凑近她，"我的钱在哪儿，韦尔斯夫人？"

"在储备银行的金库里。"

"骗子。在哪儿？"

"在储备银行的金库里。"

"在哪儿？"

"在储备银行的金库里。"

"骗子。"

"这么侮辱我，"韦尔斯夫人说，"也不会——"

他抽了她一记耳光，狠狠地、不偏不倚地打在脸颊上。"你这个卑鄙的骗子，"他说，"一个烂贼，我还会用更难听的话骂你，直到跟你算完账。"

接下来一片寂静。韦尔斯夫人没有伸手触摸被打的脸颊。她一动不动地坐着，而韦尔斯突然恼怒起来，转身离开她，穿过房间来到摆着斟酒瓶和酒瓶的银托盘旁。他给自己倒了一杯，一口喝干，然后又倒了一杯。安娜目不转睛地盯着绳子编结的花环，在她颤抖的手指下，花环已经变了形。她不敢看韦尔斯夫人一眼。

正在这时，前门响起快速的敲门声，然后一个声音冲着邮件插槽喊道："莉迪娅·韦尔斯夫人的包裹。"

韦尔斯夫人刚要站起来，但听克罗斯比·韦尔斯大喊："不！"

他满脸涨得通红,"你休想动一步。"他用拿酒杯的手指着安娜,"你,"他说,"去,看一看。"

安娜照办了。原来是一个裹在牛皮纸里的一品脱容量的瓶子,盖有乔治街药剂师的印章。

"那是什么?"韦尔斯从楼上大喊。

"是药剂师递来的一个包裹。"安娜大声回答。

片刻停顿之后,韦尔斯夫人吐字十分清晰地说:"哦,我知道那是什么,是护发素。我上个星期预订的。"

安娜回到楼上,手里拿着那个包裹。

"护发素。"韦尔斯说。

"真的,克罗斯比,"韦尔斯夫人说,"你变得偏执了。"她冲着安娜说,"你可以把它放在我的房间里,放在床头柜上,拜托。"

韦尔斯依然朝妻子吹胡子瞪眼。"你哪儿都不许去,"他说,"直到跟我坦白交代。你老老实实待在这里——我要看守着你。"

"如果这样的话,这肯定是一个非常枯燥乏味的下午。"韦尔斯夫人说。

克罗斯比·韦尔斯听了,怒气冲冲地还嘴,他们继续争吵。安娜很高兴有了离开的理由,拿着纸包的瓶子穿过楼道,走进韦尔斯夫人寂静而昏暗的卧室。她准备把瓶子放在床头柜上,却发现有什么地方不对劲儿:护发素的瓶子只有她手里这只瓶子的一半大,而且根本不是这种形状。她皱着眉头,看着手里的包裹,然后,在突然的冲动下,她用一根手指在包装纸下轻轻滑动,褪掉包装纸。瓶子没有标签,塞着软木塞子,有蜡封口。安娜冲着光线举起瓶子,里面是黏稠的糖浆般的液体,呈铁锈色。

"鸦片酊。"她喃喃自语。

五行

> 埃默里·斯坦斯执行卡弗的指令，阿苏被成功地蒙骗。

斯坦斯冲着光线举起女式礼服，心中纳闷。总共五套礼服——一套橙色丝绸的，其余都是细纱的，但除了这些衣服外，箱子里别无他物。这到底说明了什么呢？也许这些衣服对卡弗有某种情感价值……可即便如此，为什么在斯坦斯看管它们时，要给他配备一支手枪呢？也许是偷来的赃物，虽然它们看上去根本没有什么价值……也或许，斯坦斯想，卡弗精神不正常了。这个想法令他感到快活。他哈哈大笑，然后摇了摇头，将衣服放回箱子里。

突然响起急速的敲门声。

"是谁？"斯坦斯说。

没有回答。片刻后，来访者再次敲门。

"是谁？"斯坦斯再次问道。

来访者第三次敲响了门，更加急切。斯坦斯感觉他的心跳加快了。他走到办公桌旁，拿起手枪，将它平贴在大腿上。他走到门口，打开门闩，推开一道门缝。

"干什么？"他说。

楼道里站着一个三十来岁的华人，穿着长衫，披着羊毛披风。

"弗朗西斯·卡弗。"他说。

斯坦斯记得卡弗的指示。"恐怕这里没有叫这个名字的人。"他说，"你不是说韦尔斯先生——弗朗西斯·韦尔斯先生吧？"

华人摇了摇头，"卡弗。"他从胸兜里掏出一张纸，递过来。斯坦斯好奇地接过那张纸，是来自鹦鹉岛监狱的一封信，信中感谢永盛先生的询问，并且通知他弗朗西斯·卡弗先生已从监狱刑满释放，乘坐蒸汽船"斯巴达号"前往新西兰的达尼丁了。这封信的底部——是墨水颜色深了许多的不同笔迹——有人写下了山楂旅馆。斯坦斯盯着那张纸看了很久。他不知道卡弗曾经是个囚犯，对他来说这是个惊人的消息，但是仔细想想，他发现这并不完全出乎意料。最终，他虽然极不情愿，但还是摇了摇头。"很抱歉，"他将那张纸还给了华人，满含歉意地微笑着，"这里没有叫弗朗西斯·卡弗的人。"

铁

> 克罗斯比·韦尔斯拼起了碎片。

在坎伯兰街三十五号,一个度日如年的下午总算过去了。安娜与韦尔斯夫人一同用绳子编织了十五个花环,将花环布置在楼下的客厅中。韦尔斯一直虎视眈眈,他只是不停地喝酒,并不说话。在讲台的背后,用一根船桨和一张白床单制成一张"主帆",照着麻绳的长度将风帆收缩折叠;在酒吧柜台的后面,悬挂着一串海军旗帜。花环布置好以后,她们就开始摆放柠檬和云杉酒,修剪蜡烛,擦亮玻璃杯,给酒精灯添满燃料,然后掸除灰尘——尽量拖延做每件事的时间,并找一切借口上楼或去厨房,以躲避那个满腹怨恨的人制造的可怕寂静。

四点刚过,前门响起的轻快敲门声打破了沉寂。

"会是谁呢?"韦尔斯夫人皱着眉头说,"姑娘们要七点才来。我从来没在这个钟点接待过客人。"

"我去看一看。"韦尔斯说。

门口站着一个穿长衫、披羊毛披风的华人。

"瞧瞧谁来咱们这儿了？"韦尔斯说，"你又不是一位海军人士。"

"午安。"对方说，"我找弗朗西斯·卡弗。"

"什么？"克罗斯比·韦尔斯说。

"我找弗朗西斯·卡弗。"

"你是说卡弗？"

"是。"

"从来没听说过他。"

"他住在这里。"华人说。

"恐怕不对，伙计。这地方属于莉迪娅·韦尔斯夫人。我是她幸运的丈夫。我叫克罗斯比。"

"没有卡弗？"

"我不认识叫卡弗的人。"韦尔斯说。

"弗朗西斯·卡弗。"那个男人提示道。

"恐怕没法帮助你。"

华人皱起眉头。他伸手从衣兜里掏出约两个小时前交给埃默里·斯坦斯看过的那封信。他把信递给韦尔斯。"山楂旅馆"的字样已被划掉，在它下面，有人用不同的笔迹写着：坎伯兰街，众愿楼。

"有人给了你这个地址？"韦尔斯说。

"是。"华人说。

"谁？"韦尔斯说。

"港长。"华人说。

"恐怕港长搞错了，伙计。"韦尔斯说，把信还给华人，"这个地址没有叫这个名字的人。你找他有什么事呢？"

"讨还公道。"华人说。

"公道，"韦尔斯说，露齿一笑，"好吧。嗯，我希望他罪有应得。祝你好运。"

他关上了门——接着，突然怔住了，手还扶着门框。他猛然转身，三步并作两步直奔楼上的闺房，折叠的《奥塔戈见证人》放在那里的办公桌上。他一把抓起报纸，经过几分钟快速扫描栏目，他看见"次日离港名单预告"中有如下一段：

四号码头："一帆风顺号"。目的地：菲利普港。船员包括J.拉沃斯（船长），P.洛根（大副），H.彼得森（二副），J.德拉芬（后勤），M.杜威（厨师），W.科林斯（水手长），E.科尔，M.杰里森，C.索伯格，F.卡弗（水手）。

"刚才是谁在门口？"

安娜来到他身后。她双手各拿着一支黄铜烛台，"是露茜吗？刚从商店回来？韦尔斯夫人正找她。"

"是一个华人。"韦尔斯说。

"他想干什么？"

"他在找人。"

"找谁？"

韦尔斯仔细地打量她，"你知道谁在鹦鹉岛蹲过监狱吗？"

"不知道。"

"我也不知道。"

"那是苦役，"安娜说，"鹦鹉岛是苦役。"

"不是懦弱之辈能承受的，我早该想到。"

"他在找谁呢？"

韦尔斯迟疑了，随后说道："你有没有听说过一个叫弗朗西斯·卡弗的人？"

"没有。"

"见过有前科的人吗？"

"我怎么看得出来呢？"

"我估计你也看不出来。"韦尔斯说。

停顿片刻后，安娜说："我应该告诉韦尔斯夫人吗？"

"不，"韦尔斯说，"等一等。"

"我只是上来拿这些东西。"安娜说，举起手里的烛台，"我真的该回去了。"

韦尔斯将《奥塔戈见证人》卷成一个圆筒，说："她是个没有心肝的女人。莉迪娅·韦尔斯夫人的骨子里没有一点点人情味儿：无利可图，就置人于死地。她已经拿走了我的钱，还会拿走你的，我们都会被毁掉——我们俩。我们都会被毁掉。"

"是的，"安娜悲哀地说，"我知道。"

韦尔斯挥舞着那卷报纸，"你知道这里说了什么吗？一个名叫卡弗的人在一条私营包租船的船员名单上。明天涨潮时离港。换句话说，他是一位与海洋有关的绅士。"

"我想这意味着他要来参加聚会。"安娜说。

"还有另外一件事，那条船的船长——拉沃斯。"

"韦尔斯夫人在早餐时提到过他。"安娜说。

"她的确提到过。"韦尔斯说，用报纸拍打着腿，"一切都开始明朗起来，只是我还看不太清楚整个画面。"

"什么开始明朗起来？"

"这一整天，"韦尔斯解释道，"我都在琢磨一件事：她拿走我的证件到底会去干什么呢？我的矿人权，我的出生证明，我可以肯定是她偷的，因为那笔财宝也是她偷的。但是除非能派上用场，否则她是不会劳神的，那么，她拿着一个老头子的证件到底要干什么呢？根本没有用，我想。因此，她一定是把它送到某个地方，给了别人。但是会给谁呢？什么样的人会需要别人的证件呢？就在这个时候，我回过神来。我认为，是一个想摆脱前科的人，一个名声扫地、想重新开始更美好生活的人,一个想把某些往事抛在身后的人。"

安娜皱起眉头,等待着。

"有一件该死的事是可以肯定的,"韦尔斯说,如同举起王杖一般举起那卷报纸,"我不知道所为何来,我不知道前因后果,但是此时此刻我告诉你,小安娜,今晚我要见识见识这位弗朗西斯·卡弗先生。"

锡

> 卡弗采用化名，劳德巴克签下自己的名字。

"韦尔斯。"劳德巴克说，突然停下脚步。

"晚安。"弗朗西斯·卡弗说。他面朝舷梯坐在一张椅子上，手里握着一支手枪。

"这是干什么？"劳德巴克说。

"请进来。"

"这是干什么？"他又问道。

"谈话。"卡弗说。

"谈什么呢？"

"我建议你进入船舱里，劳德巴克先生。"

"为什么？"

卡弗没有说话，但是枪口抖动了一下。

"自从我们上次说话之后，我就再也没有看她一眼，"劳德巴克说，"以我的名誉保证。你告诉我靠边站，韦尔斯先生，我就靠边站了。过去这九个月里，我一直在长港。我今晚刚进城——事实上是刚到，就是刚才。我一直在回避——完全按照你的要求。"

"这是你说的。"卡弗说。

"是，是我说的！你怀疑我的话吗？"

"不。"

"那你是什么意思——是我说的？"

"只是跟白纸黑字的说法不符。"

劳德巴克迟疑了。"我丝毫不明白你说的什么白纸黑字。"片刻后又说，"我若大胆猜测，你是以某种方式暗指丹福斯收据吧？"

"是的。"卡弗说。

劳德巴克迅速回头张望了一下，踏进船舱，将身后的舱门拉上。"好吧。"进入船舱后，他说，"有阴谋，或者阴谋已经得逞。"

"是的。"卡弗说。

"是关于克罗斯比吗？"劳德巴克说，"这跟克罗斯比有关吗？"

"你知道，"卡弗说，"我为老克罗斯比担忧。"

他没有继续说下去。片刻后，劳德巴克以一种恐惧的声音说："是吗？"

"是的，是的。"卡弗说，"总有一天，那个可怜的人会把自己喝死。"

劳德巴克开始出汗，"拉沃斯在哪儿？"

"在坎伯兰街一醉方休呢，我相信。"

"那丹福斯呢？"

"同样。"卡弗说。

"他们都是被你捏在手心里的，是不是？"

"不，"卡弗说，"你是。"

焦油

> 卡弗回来搞定一切；克罗斯比·韦尔斯做出反击；鸦片酊开始生效。

约两个小时之后，当弗朗西斯·卡弗轻轻敲响坎伯兰街三十五号的大门时，海军聚会正进行得如火如荼，他可以听到有节奏的拍手和跺脚声，还有喧闹的笑声。他再次敲门，声音更响亮些。女仆露茜在他第四次敲门后才出现，她一看清楚是卡弗，就立刻请他进屋，飞也似的跑过走廊去叫韦尔斯夫人。

"啊，弗朗西斯，"韦尔斯夫人看见他，说道，"谢天谢地。"

"办妥了。"卡弗说，他拍了拍胸脯，销售契约就叠放在衣服内兜里，"一切都签订了，即刻生效。我派了个男孩监视他——劳德巴克——直到早晨，但我不相信他会开口说什么。"

"你没有伤害他吧，有没有？"

"没有。他为自己感到很伤心，仅此而已。这里情况如何？"

韦尔斯夫人将声音压低成耳语："嗯，经过今天早上那场可怕的争吵，再加上极不痛快的白天之后，我们碰上了最不可思议的好运气。克罗斯比勾搭上了我那新来的姑娘。也许他是想伤我的心,把那姑娘给弄上了床……今晚没有什么比扫除这两个障碍更符合我的心愿了。一发现他们俩单独在一起,我就派露茜给他们送去了一樽新鲜的。"

"掺上了?"

"当然。"

"多强?"

"用了半瓶。"

"有什么效果?"

"我还没听到什么动静,"她说,"一点动静都没有。"

"好吧,"他说,"我上去。我需要十五分钟。"

"他已经气急败坏。他知道了金子的事情——我告诉过你,他还发现了劳德巴克要来。你一定要小心啊!"

"他要是烂醉如泥,哪还用得着我小心。"

"你不会向他开枪吧——会不会,弗朗西斯?"

"不用劳神去担心这个。"

"我想知道。"

"我只会敲一下他的脑袋,"卡弗说,"仅此而已。"

"不能在这里!"

"不——不在这里,我会把他带到别的地方去。"

"那个姑娘还在上面,你知道。她有可能已经跟着他下楼了。我不清楚。"

"我会对付那姑娘的。我会在事情发生之前让她走开,千万不要担心。"

"我该做什么呢?"

"接着去搞聚会,给拉沃斯再倒杯酒。"

Φ

卡弗把耳朵贴在门上,没有听见任何动静,他灵活地转动门把手,小心翼翼地不弄出声响。门被悄然无声地打开了。房间里很暗,但是在里间的卧室内,燃着一盏小煤油灯。有人躺在床上,铺盖下面鼓鼓囊囊的,他能看见枕头上散落着深色的头发。他把手一直放在臀部后面,慢慢地移动着,进了房间。

他听见某个沉重的东西飞速划破空气产生的哨声,刚要转身——就在他能够转身之前,后脑勺上吃了一记闷棍,他跌撞着跪在地上,头晕目眩地摇晃着,将按着手枪的手攥紧,但是克罗斯比·韦尔斯再次挥动拨火棍,打得他指关节皮开肉绽,再一下,打在他的下巴颏上。卡弗痛苦地缩成一团。他本能地举起双手保护自己的脸。第四下打在他胳膊肘上,第五下啪的一声打在他太阳穴上方。他突然浑身发软,侧身瘫倒在地板上。

韦尔斯冲上前,试图用他的另一只手从男子的腰带里抽出手枪。卡弗抓住他的胳膊,他们剧烈地搏斗了一会儿,直到韦尔斯再次用拨火棍猛击了一下卡弗的头部一侧。卡弗的手失去了力量,身体瘫倒在地。韦尔斯最终抓住手枪,猛地夺了下来。他把枪拿在手里,打开保险,用枪口对准卡弗的脸,气喘吁吁地站了一会儿。卡弗呻吟着,将双臂举到面前。他感到天旋地转,仿佛房间里的灯光开始有节奏地闪烁。

"你是谁?"

卡弗凝视着他,满嘴鲜血。

韦尔斯左手握着手枪,右手持着拨火棍。他将拨火棍举得高一点,威胁要再次出击。"你是弗朗西斯·卡弗吗?说话,否则我开枪打死你。你的名字是卡弗吗?"

"过去是。"卡弗说。

"现在是什么？"

卡弗冲着他咧嘴一笑，露出血淋淋的牙齿，说："克罗斯比·韦尔斯。"

韦尔斯靠得更近一些，"我要杀了你。"

"杀吧。"卡弗说，然后闭上了眼睛。

韦尔斯再次举起拨火棍，问："我的财宝都在哪儿？"

"没了。"

"在哪儿？说！"

"海运走了。"

"谁运走的，你？"

卡弗睁开眼睛，"不，是你。"

韦尔斯将拨火棍向下一击，拨火棍打在对方太阳穴上被反弹回来——卡弗昏了过去。韦尔斯观察了一会儿，看他是否在假装。昏迷显然是真实的，卡弗的眼白翻了出来，一只手在抽搐。

韦尔斯放下拨火棍，放在卡弗够不着的地方。他把手枪换到右手里，试着把枪口戳在卡弗的脸颊上，推了推他。男人的头向后滚了一下。

"他死了吗？"安娜说，站在门口，脸色苍白。

"没有，他还在呼吸。"

韦尔斯用左手从靴子里抽出鲍伊猎刀，拔刀出鞘。

"你会杀了他吗？"安娜耳语道。

"不。"

"你要怎么办？"

韦尔斯没有回答。他用枪顶着卡弗的脑袋，不让它滚动，将刀尖插入卡弗左眼外角的正下方。血瞬间涌出，黏稠地顺着脸颊往下流。韦尔斯手腕猛然一抖动，扭转刀刃，从眼角一刀划到下巴颏处。

他跳起来退回一步，但是卡弗没有醒来，只是喉咙里发出咯咯声。他的脸颊已经鲜血淋漓，血流淌过下颏，浸透了他的衣领。

"C代表卡弗。"韦尔斯盯着他，平静地说，"你现在是个让人记住的人了，弗朗西斯·卡弗，你是一个带着伤疤的人。"

他抬起头，碰到了安娜的目光。安娜用双手捂住嘴，看上去吓坏了。韦尔斯用下巴颏朝餐具柜上的斟酒瓶指了一下。"喝一杯，"他说，"过一分钟，你就会睡着，只是动作最好快点。"

安娜瞥了一眼那只斟酒瓶。鸦片酊已使威士忌的颜色微微变深了些，给这种液体平添了一丝铜色光辉。"喝多少？"她说。

"能承受多少就喝多少，"韦尔斯说，"然后侧身躺下——不要仰着。否则，你会让自己窒息。"

"要多久生效？"

"几乎立刻生效。"克罗斯比·韦尔斯说。他在地毯上把刀擦干净，放回刀鞘，然后站起来，准备离开。

"等一等。"安娜跑进卧室。片刻后，她手里拿着一块金块回来，这是他们第一次相遇那天下午他给她的。"给，"她说，把金块塞进他手里，"拿着。你逃跑时用得上。"

补重

> 克罗斯比·韦尔斯寻求帮助；一位海关官员变得恼怒；一张提货单被撤销。

"嘘——比尔！"

低头看报纸的官员抬起头来，"是谁？"

"是韦尔斯，克罗斯比·韦尔斯。"

"出来，让我能看得清你。"

"在这儿。"他出现在光亮中，手心向上。

"你在干什么——在黑暗里偷偷摸摸的？"

韦尔斯又朝前迈了一步，依然手心向上，说："我需要请你帮个忙。"

"哦？"

"我需要在黎明第一时间上船离开。"

官员的眼睛眯了起来，"你去哪儿？"

"无所谓，"韦尔斯说，"随便什么地方，只是需要悄悄地走。"

"我能有什么好处？"

韦尔斯张开他的左拳，掌心里是安娜还给他的那个金块。那位官员看着它，默默估算着它的价值，然后说："犯法没有？"

"我站在法律一边。"韦尔斯说。

"那么是谁在追你？"

"一个名叫卡弗的人。"韦尔斯说。

"他把你怎么着啦？"

"我的证件，"韦尔斯说，"还有一大笔金子。他从我的保险箱里偷走了一大笔金子。"

"你什么时候发的大财？"

"在邓斯坦，"韦尔斯说，"大约一年前，十五个月前。"

"你他妈的倒是守口如瓶呢。"

"那是当然。除了莉迪娅，我谁都没有告诉。"

那人大笑起来，"这么说，这是你犯的第一个错误。"

"不，"韦尔斯说，"我的最后一个。"

他们对视，随后比尔说："也许不值当，对我来说。"

"我今晚上船，藏起来，一大早就起航。你得块金子，我保条命。仅此而已。你不必带我上船——只需告诉我哪条船要离港，我过去时，你睁一只眼闭一只眼。"

官员犹豫了。他放下报纸，身体前倾，检查钉在他桌上的时刻表。"有一条水上飞帆船明天一大早前往霍基蒂卡。"片刻后他说，"'布兰奇号'。"

"告诉我它的泊位，"韦尔斯说，"给我一些指点，我就拜托你这些，比尔。"

官员噘起嘴唇，思忖着。他又低头看时刻表，似乎最佳方案会在不知不觉中以书写的方式自动呈现出来。然后，他目光变得犀利，说道："等一等——韦尔斯！"

"什么？"

"这款货运说是经你授权的。"

韦尔斯皱着眉头，上前一步，"让我看看。"

可是比尔将日志朝自己面前一拉，不让韦尔斯够到。"这里有一只板条箱前往墨尔本，"他浏览着记录，说道，"已经装上了'一帆风顺号'，而且是你签的字。"他抬起头，顿时怒气冲冲，"这究竟是怎么回事？"

"我不知道，"韦尔斯说，"我能看一看吗？"

"你在给我编瞎话。"比尔说。

"没有，"韦尔斯说，"我从来没签过那个该死的东西。"

"你的钱在那只板条箱里，"比尔说，"你正在把你的金子运到海外，与此同时你还想跑到霍基蒂卡以掩盖罪行，一旦金子安然无恙地到达，你再悠然地穿越塔斯曼海，让自己过去，免纳税。"

"不，"韦尔斯说，"那不是我。"

官员厌恶地挥着手，"去吧，留着你这该死的金块。我不想参与任何阴谋诡计。"

韦尔斯一时间什么话都没说。他盯着那艘泊船的黑影，水面上断针一般的灯光，在风中吱吱作响地悬挂着的灯笼。然后，他认真地说："那不是我签的字。"

比尔怒视着他。"好了，"他说，"别来这套。不要把我当傻瓜。"

"我的出生证明，"韦尔斯说，"我的矿人权——我的文件——所有的一切，都放在坎伯兰街的保险箱里。我向你发誓。这个叫卡弗的人，他是个有前科的人，在鹦鹉岛蹲过监狱，他把这些都偷走了。除了这身衣服，我一无所有，比尔。弗朗西斯·卡弗正在冒用我的名字。"

比尔摇了摇头。"不，"他说，"那只板条箱不能运到海外。明天一大早，我就要把它从出货单上追回来。"

"现在就撤下来，"韦尔斯说，"我会把板条箱带走——去霍基蒂卡。这样就不会有任何东西流往海外了,对不对?这样就一切都合法了。"

官员看着货单,然后看着韦尔斯,"我不愿参与任何骗局。"

"你一点都没有做错什么,"韦尔斯说,"绝对没有。如果你把它发往海外,那才是逃税,我甚至可以签字。我会照你说的任何方式签字。"

比尔沉默良久,韦尔斯知道他在考虑。"我没法把它调到'布兰奇号'上,"他终于开口道,"那条船天一亮就起航,而且帕里什已经签毕所有的货物,没有时间了。"

"那就之后再发送,我现在可以签转运单。求你了。"

"没必要求我。"比尔说着,皱起眉头。

韦尔斯走上前,将那个金块放在桌上。一时间,那东西似乎在颤动,像罗盘的指针。

比尔盯着金块看了很长时间。然后,他抬起头来,说:"不。你留着你的金块,克罗斯比·韦尔斯,我不愿参与任何阴谋诡计。"

第六章

寡妇与黑衣

1865年6月18日

南纬42°43′0″/东经170°58′0″

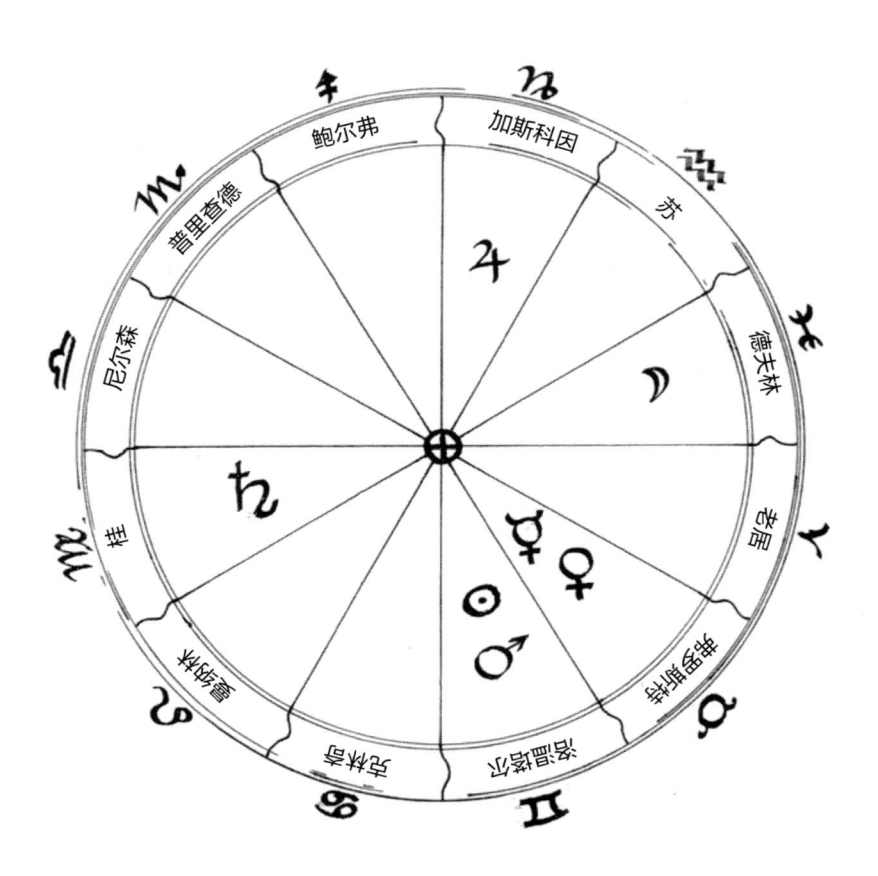

固定宫土象

> 埃默里·斯坦斯拿着金矿石去银行；克罗斯比·韦尔斯提议蒙骗；斯坦斯开始怀疑他的第一印象，但为时已晚。

埃默里·斯坦斯在霍基蒂卡还没有发现金矿。他至今都没有发现一个令人满意的投资矿区，确切地说，还没有找到足够合意的加盟伙伴。他已经积累了一小笔"财富"，是小金粒子，但都是在河流北部与南部的沙滩上，以及霍基蒂卡峡谷深处的小冲沟里采集到的，产量不稳定，而且大部分已被花掉了。斯坦斯天性好挥霍，只要花的都是自己的时间与金钱就行，他非常喜欢在社交圈里与他人一起吃饭、睡觉，而不愿独自一人躺在星光下的帐篷里，他发现，宿营的浪漫在初次体验后便消失殆尽了。他没有为西坎特伯雷艰辛的冬天做好准备，经常被雨驱赶到室内。他以恶劣气候为借口，每天晚上都喝葡萄酒、吃咸牛肉、玩扑克牌，第二天早上又出去冒险，让他的手帕重新包上金子。如果不是因为与弗朗西斯·卡弗有协议在先，他可能会无限期地继续这种随意的生活方式，也就是说，重复这种放纵和休整的循环模式，好在他还没有忘记对方的资助条件，因此，他不久将被迫"下锚"，这是淘金汉的说法，意思是去投资。

在六月十八日的早晨，斯坦斯早早醒来。他在卡尼里的一家廉价旅馆里过了一夜，一间低矮的长条隔板棚屋，带着一个披屋厨房，绑成串的上下铺吊床。空气中弥漫着潮湿和阴冷，他穿衣服时呼出的气都是白色的。在外面，他花半个便士买了一盘麦片粥，用长柄勺从热气腾腾的大桶里舀出来，一边站着吃，一边凝视着东方。阿尔卑斯山脉的群峰高耸，在冬日天空的衬托下，轮廓清晰。把盘子里的东西吃干净后，他将它还到厨房的小窗口里，向伙计们点帽致礼，然后朝霍基蒂卡走去，在那里，他打算约见一位黄金买家，准备购买一块认领区。

他来到河口附近的沙嘴，注意到一条船正在庄严地进入港口的峡道。它滑动着驶入锚地，似乎在徘徊，在浅滩外的深水区里，船舷对着河边。斯坦斯沿着码头的长曲线行走时，钦佩地欣赏着那条船。那是一条漂亮的三桅帆船，个头不算太大，船头的破浪神雕刻成鹰的形状，尖叫的宽喙，张开的翅膀。有一个女人站在船左舷的栏杆旁，从这个距离，斯坦斯无法看清她的脸庞，更看不清她的表情，但他猜想她此刻正沉浸在遐想中，因为她一动不动地站着，双手紧握住栏杆，裙子抽打着她的腿，那顶室外软帽的飘带拍打着她的胸脯。他想知道是什么占据了她的心神——她是否陷入回忆，是想起了过去的一幕，还是在展望未来，是在希望什么，还是在害怕什么。

在储备银行里，斯坦斯拿出装着碎金粒子的小羊皮袋子，在银行经理的要求下，将里面的东西交出检查并称重。估价用了一些时间，好在最终的报价很不错，斯坦斯离开银行时，在贴着心脏的马甲兜里揣着一张折叠好的二十英镑纸币。

"停下你的脚步，小伙子。"

斯坦斯转身。在银行的台阶上，刚站起来一个金棕色头发的男人，年龄约五十岁。他的皮肤饱经风霜，鼻子很红。他留着因一个星期没有刮脸而长出的斑片状胡子，胡子茬雪白。

"有什么事吗？"斯坦斯问。

"你可以回答我几个问题，"男人说，"第一个，你是国有公司的人吗？"

"我不是国有公司的人。"

"好吧。第二个，诚实与忠诚？"

"什么？"

"诚实与忠诚，"男人说，"哪个价值更高？"

"这是在搞恶作剧吗？"

"是诚恳的咨询。希望你别介意。"

"嗯，"斯坦斯说，稍微皱起眉头，"这个很难说——哪个价值更高，诚实还是忠诚？从某种角度上讲，一个人可以说诚实就是一种忠诚——忠诚于事实……然而很难说忠诚是一种诚实！我猜想归根结底——如果必须在忠诚但不诚实与诚实但不忠诚之间做出选择的话——我宁愿站在我的人民、我的国家或我的家庭一边，而不是站在真相一边，所以我猜想我会选择忠诚……这是说我自己。但是要说别人……如果是别人，我会有完全不同的感觉。我宁愿要一个诚实的朋友，而不是一个仅仅忠诚于我的朋友；而我宁愿忠诚于一个诚实的朋友，而不是一个阿谀奉承的人。也就是说，我的回答是有附加条件的：对于我自己，我重视忠诚；对于他人，诚实最要紧。"

"好，"男人说，"这很好。"

"是吗？"斯坦斯说，脸上露出笑意，"我是否通过了某种测试？"

"差不多吧。"男人说，"我寻求帮忙，诚信至上——条件你开。看看这个——"

他伸手从衣兜里掏出一个金块,大约一支短雪茄那么大。他举起金块,好让它在阳光下闪亮。"漂亮,是不是?"

"非常漂亮。"斯坦斯说,但已经不再微笑。

男人继续说:"在克鲁萨峡谷里捡到的,奥塔戈方向。一直揣着它有一个来月了——两个月吧,但我打算把它变成土地,你看——我看好了一块地——地产经纪人除了纸币之外,不愿碰任何东西。这就是问题。我遭到了抢劫,没有任何身份证明。我的证件,我的矿人权,通通都没了,所以我不能亲自去银行兑换这块金子。"

"噢。"斯坦斯说。

"我要找人帮个忙。你拿着这块金子去银行,说它是你自己的——你找到的,在英帝国的土地上,帮我把它兑换成纸币。不会占用你超过半小时的时间,就能完事。你可以开个价钱。"

"我明白了。"斯坦斯说,他左右为难,犹豫了片刻,说,"当然,你可以直接跟里面的家伙解释你的情况,可以告诉他们你遭到了抢劫——就像你刚才告诉我的那样。"

"我不能这样做。"男人说。

"那里总会有档案记录。"斯坦斯说,"即便你没有证件,他们也有其他办法查到你的身份、航运新闻等等。"

男人摇了摇头,"我持的是奥塔戈的证件,我来的时候,根本没有经过海关。我在这里没有记录。"

"哦。"斯坦斯说,开始感觉很不自在。

男人走上前一步,"我告诉你的是一个真实的故事,小伙子。这金块是我的,在克鲁萨峡谷里捡到的。我会给你画出那个地点。我会画出一份该死的地图。我说的都是实话。"

斯坦斯再次看着金块,"有人能为你担保吗?"

"我没有拿着它四处招摇。"男人厉声说,晃了晃他的拳头,"这是什么道理?我已经遭到一次打劫,不想再被打劫了。在地球上除了我,只有另一个人触摸过这块东西,一个名叫安娜·韦瑟雷尔的年轻女人。她可以担保我告诉你的都是实话,但她在达尼丁,是不是?而我无法闲待着等候邮件。"

安娜·韦瑟雷尔这个名字对斯坦斯来说毫无意义,当他考虑如何全身而退时,不由自主模糊地记住了这个名字。这个男人的故事根本不可信(在斯坦斯看来很明显,这块金子是偷来的,那个贼担心被抓,正企图利用一个无辜的第三者把赃物兑换成难以追查的现金,掩盖自己的罪行),而且他的面容也令人不安。他双眼布满血丝,一副早就被酒精毁掉的疲惫相,即使隔着几步远,斯坦斯也能闻到他衣服上和呼吸中散发的隔夜的酒气。为了拖延时间,他说:"你刚才提到地产经纪人?"

男人点了点头,"有一个地方我很感兴趣,绿玉神舟那边。木材,这是个营生,我已经不再追逐金子了。我发过一笔财,现在全没了,对我来说,这个游戏结束了。木材——是一份实在的工作。"

"你叫什么名字?"

"克罗斯比·韦尔斯。"那个男人说。

斯坦斯顿住了,"韦尔斯?"

"是的。"男人刚说完,突然怒目圆睁,"这让你想起了什么?"

斯坦斯想起一个月前弗朗西斯·卡弗在乔治街的山楂旅馆给他的奇怪命令:"只是今天,"当时他说,"我的名字叫韦尔斯,弗朗西斯·韦尔斯。"

"克罗斯比·韦尔斯。"斯坦斯此刻又说了一遍。

"就是这个,"韦尔斯说,依然吹胡子瞪眼,"没有中间名,没有小名,没有化名,只有简单的老克罗斯比·韦尔斯,自从我出生的那天起就是这样。当然,这没法证明。该死的什么都没法证明,我的证件没了。"

斯坦斯再次犹豫了。片刻后,他伸出手,说:"我叫埃默里·斯坦斯。"

韦尔斯把金块换到另一只手里，他们握手。"愿意报个价吗，斯坦斯先生？我会不胜感激。"

"听着，"斯坦斯突然说，"你不会碰巧认识——我的意思是，请原谅，但是——你不会碰巧认识一个叫弗朗西斯·卡弗的人吧？"

斯坦斯依然不知道自己离开达尼丁的头一天发生的整个故事——卡弗那天下午去了哪里，卡弗为什么采用化名，卡弗为什么对装有五套毫不起眼的衣服的小箱子如此重视。

韦尔斯的身体变得僵硬起来，声音里也添了几分生硬，说："为什么？"

"我非常抱歉，"斯坦斯说，"也许没什么要紧的。我只是问问，因为——嗯，大约一个月前，一个名叫卡弗的人用了你的姓——只用了一下午，从来没告诉我为什么或干什么。"

韦尔斯的双手握成了拳头，"卡弗与你是什么关系？"

"我跟他不是很熟悉，"斯坦斯说着，往后退了一步，"他给我垫过一些钱，仅此而已。"

"什么类型的钱？多少钱？"

"八英镑。"斯坦斯说。

"什么？"

"八……"斯坦斯说，"八英镑。"

韦尔斯朝他逼近，"你们是朋友，对吗？"

"绝对不是，"斯坦斯说，再次后退一步，"我后来才发现他是有前科的——在监狱里蹲了十年，苦役，但为时已晚，我已经签了字。"

"签了什么？"

"资助协议。"斯坦斯说。

"他用我的名字签的。"

"不，"斯坦斯说，举起双手，"他只是用过它——我是指你的名字，但我不知道有什么目的。瞧，我很抱歉给你带来了苦恼——"

"就是他，"克罗斯比·韦尔斯说，"就是他拿走了我的文件，骗走了我的一大笔纯金矿石，勾结我的妻子对抗我。他夺走了我的名字，我的钱，还想要我的命——只是没有得手，我逃了出来。我还在这里，挣点小钱，勉强糊口，埋头提防着，每时每刻都要回头张望，都快把我逼疯了。这个——"他挥舞着那个金块，"就是我剩下的一切。"

"为什么你不去告他？"斯坦斯说，"所有这些听上去都证据充分。"

韦尔斯没有立刻回答，片刻之后，他问："他在哪儿？"

"我相信他仍在达尼丁。"

"你敢肯定这一点吗？"

"十分肯定。"斯坦斯说，"我有他的地址。我一旦开始第一个探矿项目，就马上给他写信。"

"你是他的搭档。"韦尔斯吐出这句话。

"不，我和他有约定，仅此而已。他给我垫了八英镑的钱，反过来，我要为他做一项投资。"

"你是他的搭档。你是他的人。"

"你瞧，"斯坦斯说，再次警觉起来，"不管卡弗对你做了什么，韦尔斯先生——不管他出于什么原因——我对此一概不知。真的。是啊——如果我知道什么事，我刚才就绝对不会对你提到他的名字了，是不是？我就会闭上我的嘴了。"

韦尔斯没有说什么。他们盯着对方看了一会儿，各自都在探究对方的表情，然后，斯坦斯说："我去办。我会把你的金块拿到银行去。"

火星在巨蟹座

> 卡弗开始寻找克罗斯比·韦尔斯；埃德加·克林奇提供服务；安娜·韦瑟雷尔下定决心。

"一帆风顺号"在潮水最高的时候驶过霍基蒂卡的浅滩。船长卡弗在河口航道上折腾了将近一个小时，因为有好几条船离港，而他在船驶入装运码头之前，必须等候来自吉布森码头的信号。安娜·韦瑟雷尔独自站在甲板上，有足够的时间审视眼前的景色。霍基蒂卡比她预想中的更小，更无遮拦。达尼丁那座城市被奥塔戈港的长臂呵护着，被群山环抱着。相比之下，霍基蒂卡如此临近海洋，看上去几乎令人生畏。在安娜看来，这里的建筑都是死气沉沉、遭人遗弃的样子，那些挂在海滨旅馆屋顶和檐篷上的纵横交错的红、黄色彩旗，不知怎么使它们显得更加凄惨。

突然，一阵叮当声将她的注意力吸引到码头上，一个留着小胡子的红发男人站在码头上，摇动着手中的铜手铃，迎风呼唤。他显然是在兜揽某种生意，可他那连珠炮一般的介绍因铃铛声变得模糊不清，那只铜手铃的口大得足以放进一个圆面包，铃锤如同一块金锭，又粗又沉。铜铃发出忧伤而倔强的声音，因距离和大风而变得发闷。

由达尼丁出发的这次航程，是"一帆风顺号"在弗朗西斯·卡弗指挥下的第一次出航，他在五月十二日夜晚的多处受伤使他丧失了工作能力，未能在第二天下午按照"一帆风顺号"的预订计划启程前往墨尔本，因此错过了通知船长拉沃斯轮船已易主的机会。而拉沃斯生性守时，不会因为一个迟到的水手而延误这条三桅帆船的起航。他尽管自己头痛欲裂，但还是按期出发了。当"一帆风顺号"在查默斯港起锚之后，卡弗除了等候它回来，别无他法。他利用接下来的四个星期疗养，韦尔斯夫人忧心忡忡地照料他，她每次看见他被毁的面容，都深感绝望。伤口缝过针，然后拆了线，现在形成了一条丑陋的粉红色疤痕，厚如剑麻叶片，两端起着褶皱。卡弗经常用指尖触摸伤疤，并且习惯于在说话的时候用自己的手掩盖它。

当"一帆风顺号"于六月十四日从菲利普港返回时，卡弗会见了詹姆斯·拉沃斯，通知他船长任期就此结束。根据新船主韦尔斯先生的命令，这条三桅帆船已由卡弗经手售出，他本人已晋升为船长，这份荣誉赋予他解散拉沃斯的船员、组建他自己队伍的权利。卡弗与他的前船长的会面时间很长，毫无亲切友好的气氛。当卡弗发现一个月前"一帆风顺号"货运物品中的某样东西被召下船时，两人的关系进一步紧张起来。他向拉沃斯申诉，可对方只是耸了耸肩，在他看来，那只箱子被召回并没有违反任何规定或协议。卡弗的愤怒变成了极度痛苦。他奔走于海关，查遍了码头一带的各家航运公司，询问过水手区的每家廉价客栈。他的调查一无所获。后来查阅那天晚上《奥塔戈见证人》的航运新闻时，他发现在五月十三日离开查默斯港的船舶中，除了"一帆风顺号"之外还有一条船——水上飞"布兰奇号"，目的地是霍基蒂卡。

"这很难算是一条线索，"他对韦尔斯夫人说，"但我无法忍受无所作为。如果袖手旁观，我会疯掉的。毕竟，我手里还捏着他的出生证明——还有矿人权。我就说我的名字叫克罗斯比·韦尔斯，我就说我丢了一只板条箱，我要悬赏把它找回。"

"可你怎么对付克罗斯比本人？"韦尔斯夫人说，"很有可能——"

"如果我看见他，"卡弗说，"我就杀了他。"

"弗朗西斯——"

"我会杀掉他。"

"他会预料到你去追杀他，他不会不设防——没有第二次。"

"我也不会掉以轻心。"

"一帆风顺号"离开的头一天，安娜·韦瑟雷尔被叫到楼下的客厅里，她发现韦尔斯夫人在等着她。

"现在卡弗先生已经恢复了健康，"韦尔斯夫人说，"我有心思考虑一些不是很紧急的事了，比如说你的未来。你在我的家里一刻都不能久留了，韦瑟雷尔小姐，你知道原因是什么。"

"是，夫人。"安娜低声道。

"我对你的背叛可能会视而不见，"韦尔斯夫人继续说，"在沉默中忍受，因为这是女人的命运。但是，对卡弗先生施以暴力，我无法听之任之。你与我的丈夫狼狈为奸，已经超越了道德沦丧的界限，达到了邪恶的地步。卡弗先生已经被永久毁容。伤得那么严重，他能捡回一条命就算幸运了。他脸上将永远带着那道伤疤。"

"我睡着了，"安娜说，"什么都没看见。"

"韦尔斯先生在哪儿？"

"我不知道。"

"你在跟我说实话吗，韦瑟雷尔小姐？"

"是的，"安娜说，"我发誓。"

韦尔斯夫人挺直身体。"卡弗先生明天就要启程，前往西海岸，这你是知道的。"她改变了话题,"我碰巧认识一个霍基蒂卡人,他的名字是迪克·曼纳林。他会以他认为合适的方式将你安置在霍基蒂卡,你将成为一名跟营客,因为那是你最初的志向,你和我的生活轨迹不会再交叉了。我已经自作主张,计算了你过去两个多月的全部花销,将你欠下的债务转给了他。我看得出你感到惊讶,也许你相信酒是从树上长出来的。你相信酒是从树上长出来的吗?"

"不,夫人。"安娜低声道。

"那么你就不应该感到惊讶,在过去这一个月,单是你酗酒这一个习惯就花了我不少的钱。"

"是,夫人。"

"看来,你虽然邪恶,倒还不算愚蠢。"韦尔斯夫人说,"但是从你邪恶的范围和程度来说,很难把它看成一项智力上的成就。我应该告知你,曼纳林先生未婚,所以你没有令他的家庭蒙羞的危险,不会像给我的家庭蒙羞那样。"

安娜哽咽了,她说不出话来。当韦尔斯夫人允许她离开时,她飞跑到闺房里,走到桌子前,拔出掺有鸦片酊的那只威士忌斟酒瓶的瓶塞,用嘴直接对着酒樽,在绝望与痛苦中喝了两口。然后,她扑倒在自己的床上,抽泣着,直到鸦片开始起效。

安娜十分清楚在霍基蒂卡等待她的是什么,可她的内疚和自责使她强硬起来,准备面对任何即将到来的命运,就如同用身躯抵御疾风一般。她可以抗议韦尔斯夫人的任何安排或全部方案,她可以乘夜幕逃离,她可以想出自己的计划,但是她对自己的身体状况已不再有任何疑问,知道用不了多久,她的肚子就会显露出来。她需要尽快离开韦尔斯夫人的家,在这个女人猜出她的秘密之前,她要采取任何可行的办法达到这个目的。

一只海鸥在吉布森码头上进行了一次低空而漫长的飞行,刚飞到沙嘴便立刻转身,顺着上升的气流高飞,盘旋而过,然后再次低空掠过。安娜用披肩把肩膀裹得更紧一些,这时"一帆风顺号"已经得到了抛锚的许可。一条缆绳被抛到岸上,风帆已在卡弗的指挥下被收拢和折叠起来,慢慢地,这条三桅帆船朝着码头滑行。一小群码头工人已经聚集起来,协助装卸。安娜猛地一眨眼,发现他们中间的几位正指点着她,绘声绘色地谈论着。当发现她也在朝他们看时,工人们便摘掉帽子,鞠躬行礼,大笑,抓住皮带扣把裤子提高。安娜脸红了。她突然一阵心酸,越过甲板,走到右舷栏杆旁,双手紧紧地抓住栏杆,深深地呼吸,眺望沙嘴之外的海洋,那里翻滚的大浪拍出一层淡淡的白雾,使地平线变得模糊。她一直站在那里,直到卡弗用严厉的声音喊她的名字,让她下船到码头去。一位叫埃德加·克林奇的先生作为烤架旅馆的执行业主,为她的住宿提出了报价,卡弗已经代替她接受了。

神舟之帆[1]

> 克罗斯比·韦尔斯前往绿玉神舟谷；蒸汽船"仙后号"在浅滩失事。

韦尔斯的金块被斯坦斯送到银行兑换后，拿到了一百多英镑的现金。当买方完成估价，银行经理进行记录时，斯坦斯受到来自四面八方的询问，打听金块的来源。他回答这些询问时语焉不详，朝着东边的方向挥挥手，泛泛地描述一些地标，比如"一条山沟"和"一座丘陵"，但他试图淡化产量的努力均告失败。当那块金子的价值被写在买家桌子上方的黑板上时，银行经理带头给了他一阵雷鸣般的掌声，淘金汉们高呼着他的名字。

"如果你愿意，在金子被冶炼前，我们可以给你拓印一份副本。"斯坦斯要离开时，银行经理弗罗斯特说，"你可以将副本涂成金色，以资纪念——或者可以把它寄回家，送给你的心上人，作为

---

[1] 神舟之帆（Te-Ra-O-Tainui，毛利语）是毛利人根据自己的天文知识命名的星座，包括猎户座、毕星团、昴宿星团等，与六月有关。

一个信物。它是非常漂亮的一块金子。"

"我不需要复制品。"斯坦斯说,"不管怎么说,谢谢啦。"

"你也许想做个纪念,"弗罗斯特说,"这是你最幸运的一天。"

"我希望我最幸运的日子还在后头。"斯坦斯说——再次引发一阵雷鸣般的掌声,以及更多的钦佩之情,有六七个人提议"入伙"。等斯坦斯从人群中脱身,回到外面时,已经感觉十分烦躁。

"他们宣称我是霍基蒂卡最幸运的人。"他说,将那个信封交给了克罗斯比·韦尔斯,"他们建议我抓住好运和大家分享我的好运,坦白我交好运的秘密,不知道还会有什么。我猜你告诉我的故事不是全部的真相,韦尔斯先生。你完全明白,一个人傻乎乎地拿着这么大一块金子,在大白天这个时候大摇大摆地走进储备银行,会遭遇到什么样的情况。"

韦尔斯嘻嘻笑着,"霍基蒂卡最幸运的人,这么大的期望,我相信你能承担起来。"

"我会尽一切努力。"这位小伙子说。

"嗯,我对你感激不尽。"韦尔斯一边说,一边迅速用手指翻数着纸币,然后将信封塞进他的马甲里,"我打算购买的地方在绿玉神舟谷,大约向北十英里处。那条河横穿沙滩——你肯定会看到它的。不管什么时候,不管什么原因,你都会受到欢迎。"

"我会记住。"斯坦斯说。

韦尔斯停顿下来,"你还是不怎么相信我的故事,对吗,斯坦斯先生?"

"恐怕是这样,韦尔斯先生。"

"也许你会向你的同伙卡弗告密。"

"卡弗不是我的同伙。"

"但你也许会提到我的名字,随便提到,只是试探。"

"我不会。"

"那就等于谋杀，斯坦斯先生。他要找我算账，他要置我于死地。"

"我能保密，"斯坦斯说，"我不会告诉任何人。"

"我相信。"韦尔斯说，他伸出他的手，"祝你好运。"

"是的——祝你好运。"

"也许我会再见到你。"

"也许会的。"

克罗斯比·韦尔斯走下储备银行的台阶走上大街后，斯坦斯依然在台阶上站了很久。他看着那个男人在人群中穿梭，走向地产经纪人的办公室。他走上台阶，摘掉帽子，没有回头张望，步入室内。十五分钟过去了，斯坦斯将胳膊肘靠在栏杆上，继续观察。

"沉船了——沉船了——浅滩沉船了！"

斯坦斯看着那位街头公告员走过来。"沉船的名字叫什么？"他说。

"'仙后号'。"街头公告员说，"一艘蒸汽船，搁浅了。"

斯坦斯从来没有听说过"仙后号"。"它是从哪儿来的？"

"达尼丁，经过奥克兰。"街头公告员回答。斯坦斯点了点头，放他离开。

他继续喊叫着："沉船了——沉船了——浅滩沉船了！"

地产经纪人办公室的门总算打开了，两个人走了出来：克罗斯比·韦尔斯和另一个男人——想必是那位地产经纪人，他正在把胳膊伸进外套里。他们花了几分钟的时间站在廊台上说话，随后，伴着一阵马蹄声，一辆两匹马的小出租马车从房子的另一边绕过来，停下来，让韦尔斯和地产经纪人爬了上去。他们坐定后，车门被关上，赶车人向马发出命令，小马车咔嗒咔嗒地向北行驶而去。

得势尊贵

> 两位曾经偶遇的相识重逢；埃德加·克林奇心中不爽。

埃德加·克林奇先生既热心又周到。从吉布森码头走过来的那点距离里，他不停地对他们路过的一切进行丰富而详细的评论：每个店面，每间仓库，每家供应商，每匹马，每辆轻便马车，以及张贴的每张告示。安娜没有多少反应，几乎没怎么说话。然而，当他们快要走到储备银行时，她突然一声惊呼，打断了克林奇的唠叨。

"怎么回事？"克林奇说，神情张皇。

靠在门廊栏杆上的正是"幸运之风号"上的那个金发小伙子——他同样带着难以置信的表情看着安娜。

"是你啊！"他大喊。

"是的，"安娜说，"是的。"

"信天翁！"

"我记得。"

他们彼此羞涩地注视着对方。

"多好啊，又见到你了。"安娜片刻后说。

"真是太巧了。"小伙子说着,走下台阶,来到大街上,"真奇怪呀——我们第二次相遇!当然我一直盼望如此,朝思暮想,但都是徒劳的愿望,是那种在朦胧幻梦中做出的幻想,你知道,镜花水月。我清楚地记得我们绕过港口岬湾时你说的话——在曙光中,你说:'我想看到它在暴风雨中飞翔。'从那以后,我多次想起这句话,这是最令人愉快的独到见解。"

安娜脸红了,她从未听别人把自己说成是一个有独到见解的人,而且绝不会认为自己的话可以被定性为"见解"。"那只是一个幻想。"她说。

克林奇正等着被引见,他清了清嗓子。

"你到霍基蒂卡很长时间了吗?"小伙子问。

"我今天上午到的。事实上,刚刚到——不到一小时之前船刚抛下锚。"

"刚到啊!"小伙子似乎更惊讶了,仿佛安娜的刚刚到来,使他们的偶然团聚对他来说显得更加意义非凡。

"你呢?"安娜说,"你到这里有多久了?"

"我到这里一个多月了。"小伙子说,他突然变得喜形于色,"看见你是多么美好——多么美妙啊!我已经很长时间没有看到一张熟悉的面孔了。"

"你是一个——一个跟营客吗?"安娜说着,再次脸红起来。

"是的。我要在这里发大财,或至少碰碰运气,坦白地说,我不大清楚其中的差别。啊!"他猛然摘掉帽子,"我真是太冒昧无礼啦!我还没有介绍自己。我叫斯坦斯,埃默里·斯坦斯。"

克林奇抓住这个机会插嘴:"你认为霍基蒂卡怎么样呢,斯坦斯先生?"

"我真的非常喜欢这里,"小伙子回答,"这里真是一个充满矛盾的闹市区!有一份报纸,却没有可以坐下来看报的咖啡店;有一位药剂师给你配药，却永远找不到一位医生，或一家名副其实的医院。商店里要么缺靴子，要么缺袜子，从来没有两样齐全的时候；雷维尔街边的所有旅馆都只提供早餐，而且一整天都是早餐！"

安娜微微笑着。她刚张开嘴想回答，克林奇打断了她。

"烤架旅馆提供热晚餐，"他说，"我们有三便士套餐和六便士套餐——六便士的包括啤酒。"

"哪一家是烤架旅馆？"斯坦斯说。

"在雷维尔街。"克林奇说，似乎这就足以说清旅馆地址。

斯坦斯转身朝着安娜，问："是什么把你带到了西海岸的？你是应某人的邀请来的吗？你要在这里开创新生活吗？你会留下来吗？"

安娜不想提曼纳林的名字。"我打算住下来。"她谨慎地说，"我会应克林奇先生的善意要求，下榻在烤架旅馆。"

"就是鄙人，"克林奇说着，伸出了手，"克林奇。我的教名是埃德加。"

"很高兴见到您。"斯坦斯说，草草地与克林奇握了握手，然后，他转身朝着安娜，"我还不知道你的名字……但也许我不该问这个问题，暂时不问。你是否想保密——这样一来我就得四下打听，把你给找出来呢？"

"她的名字叫安娜·韦瑟雷尔。"克林奇说。

"哦。"小伙子说，表情突然变得惊讶。他非常好奇地打量着安娜，仿佛她的名字含有深刻意义，但出于某种原因他不能说出来。

"我们最好接着赶路。"克林奇说。

小伙子闪到一旁，"哦——是啊，当然，你们最好接着赶路。祝你们二位早安。"

"再次见到你真是非常高兴。"安娜说。

"我可以去看你吗？"斯坦斯说，"等你安顿下来之后？"

安娜感到惊讶,她谢了斯坦斯。克林奇抓住安娜已经被夹在他胳膊肘下的那只手,坚定地拉扯着,使它更贴近自己的胸膛。安娜本想多说几句,但是克林奇已经领着她走开了。

白羊座，被火星主宰

> 弗朗西斯·卡弗向泰老·老居打听消息，但老居此时还不认识克罗斯比·韦尔斯先生，所以无法帮他。

那个毛利人腰间携带着一把绿玉棍器[①]，它穿过腰带挂着，就像人们携带猎鞭或手枪那样。棍棒雕刻成船桨的形状，打磨得闪闪发亮。这块玉石呈橄榄绿色，带着波纹，散射着一丝丝浓郁的黄色，仿佛细细的四翅槐树花束被熔化，然后被压入玻璃中一般。

卡弗说完了他的要求，正要与对方道别，这时候玉石反射出一道光芒，似乎突然在他眼前一亮。出于好奇，他指着玉石，说："这是什么——船桨？"

"绿玉棍器。"老居说。

"让我看看。"卡弗说着，伸出手去，"让我拿着。"

老居把棍器从腰带上取下来，但并没有递给对方。他站着一动不动，凝视着卡弗，棍器松垮地握在他的手里，然后，他突然一跃

---

① 绿玉棍器（patu pounamu，毛利语）。

向前,像哑剧表演般用棍器猛地刺向卡弗的喉咙,接着是他的胸膛。最后,他将棍器高高举过肩膀,然后劈下来,动作十分缓慢,在武器刚要与卡弗太阳穴接触的一刹那停了下来。"比钢还硬。"他说。

"是吗?"卡弗说,他丝毫没有退缩,"比钢还硬?"

老居耸了耸肩。他退后一步,将棍器插回腰带里。他审视了卡弗很长时间,下巴高抬,牙关紧咬。然后,他冷冷地微笑着,转身离去。

太阳在双子座

> 本杰明·洛温塔尔察觉到一个错误,斯坦斯心血来潮采取行动。

"讨厌。"洛温塔尔说,他眉头紧锁地看着报纸的印版——从右向左,反向地阅读那段文字,因为活字排版既是镜像的,又是反向的,"多了个寡妇。"

"一个什么?"斯坦斯说,他刚走进工作室。

"这叫单字成行,一种排版术语。多出一个词,无法排进那一行文字里。当有一个词剩下来时,就叫单字。讨厌,讨厌,讨厌。我今天早上忙得焦头烂额——没有数清那个人的字数,就让他预付了两英寸广告的钱,结果他的启事根本塞不进两英寸的版面。唉!我只能把它放在一边,回头再好好看看,琢磨一下。当一个人头脑犯糊涂时,也只能这么办了。我能帮你做些什么,斯坦斯先生?"洛温塔尔将那个印版推到一旁,微笑着伸手拿起一块抹布,擦掉手指上的墨水。

斯坦斯解释道,他那天上午在银行把他的资产兑换成了纸币。

"我本来打算投资一个认领区,"他说,"但是又不想那么做——暂时不想。我仍然——嗯,仍然对许多事情拿不定主意。我倒是很想知道营地里有什么机会,旅馆、食堂、仓库、商店……随便什么转让的生意。"

"没问题。"洛温塔尔说。他走向文件柜,打开顶上的抽屉,开始翻阅里面的档案。随后他抽出一张纸,递给斯坦斯,"这个。"

斯坦斯快速浏览这份文件。读到列表的底部时,他的表情稍微迟疑了一下。他惊讶地抬起头来。

"烤架旅馆。"他说。

洛温塔尔摊开双手。"这个生意不错,不比任何项目差。"他说,"目前的业主是麦克斯韦先生,克林奇先生是执行业主。他们俩都是好人。"

"我要了。"斯坦斯说。

"哦?"洛温塔尔说,"我是否应该通知麦克斯韦先生,你想先去看一看?"

"我不想去看。"斯坦斯说,"我想一次付款买断——说办就办。"

天蝎座，被火星主宰

> 弗朗西斯·卡弗在帝国旅馆结识了一个人。

那天上午在《西海岸时报》刊登的启事能否带来好的结果，卡弗不抱什么希望。他不相信有人会傻乎乎地未加开封就把一只悬赏的箱子交回来，寻物启事里提出的五十英镑悬赏使箱子不被开封的希望变得更加渺茫。他能期待的最好结果就是那个人打开箱子后，把里面的东西匆匆翻一遍，以为那些衣服只有情感价值，在那种情况下——如果他或她读了《西海岸时报》，发现了那笔悬赏——才有可能归还箱子。但这种偶然性本身就不大可能，而且还取决于另一个更不可能的偶然性，那就是在大千世界的诸多目的地中，那只箱子偏偏被送到了西坎特伯雷！不，五月十二日夜里箱子被从"一帆风顺号"货舱中撤出，这只能意味着一件事情：一定有人已经意识到箱子里装着巨大财富。箱子在最后时刻被召回，很难说只是为了胡乱运到其他地方。如果是克罗斯比·韦尔斯在最后时刻召回了那只箱子——目前这是最有可能的猜测，那么他肯定会尽快离开这个国家，用金子贿赂海关官员，或花钱购买另一个人的证件和名字。

那笔财富永远消失了。卡弗大声地咒骂，以发泄他的无奈，将酒杯重重地摔在酒吧台面上。

"阿门。"靠他最近的那个男人说。

卡弗转身瞪着他，男人正在朝酒保招手。

"给这位老兄再倒一杯。"他说，"我们俩都再来一杯，记在我的账上。"

酒保拔开白兰地酒瓶的塞子，斟满了卡弗的酒杯。

"我叫普里查德。"男人说，看着酒保倒酒。

卡弗瞥了他一眼，"我叫卡弗。"

"看你像是个水手，"普里查德说，"外套上有盐。"

"船长。"卡弗说。

"船长，"普里查德说，"嗯，你是好样的。我从来不喜欢航海，否则可能早就回家了。我一想到航海就不得不打消念头，宁愿死在这里也不想再受那种罪了。这里是世界的屁股尖儿，是不是？"

卡弗哼了一声，两人默默喝酒。

"不过，船长是不错的。"普里查德随后说。

"那你呢？"卡弗说。

"药剂师。"

卡弗惊讶了，"药剂师？"

"镇上唯一的一个，"普里查德说，"我是真正的首创者。"

他们在沉默中坐了一会儿。酒杯空了以后，普里查德再次朝酒保做手势，酒保和先前一样给他们俩斟满了酒杯。突然，卡弗逼近普里查德，说："你通过什么方式弄鸦片呢？有现货吗？"

"恐怕我帮不上忙。"普里查德说，摇了摇头，"只有鸦片酊，我只有这个，效力很差，还不如威士忌强，倒会引起双倍的头疼。你在格雷之南不会找到什么的。如果你真有需求，这里不行，要到北方去。"

"我不是要买。"卡弗说。

第七章

守护宫

1865年7月28日

南纬42°43′0″／东经170°58′0″

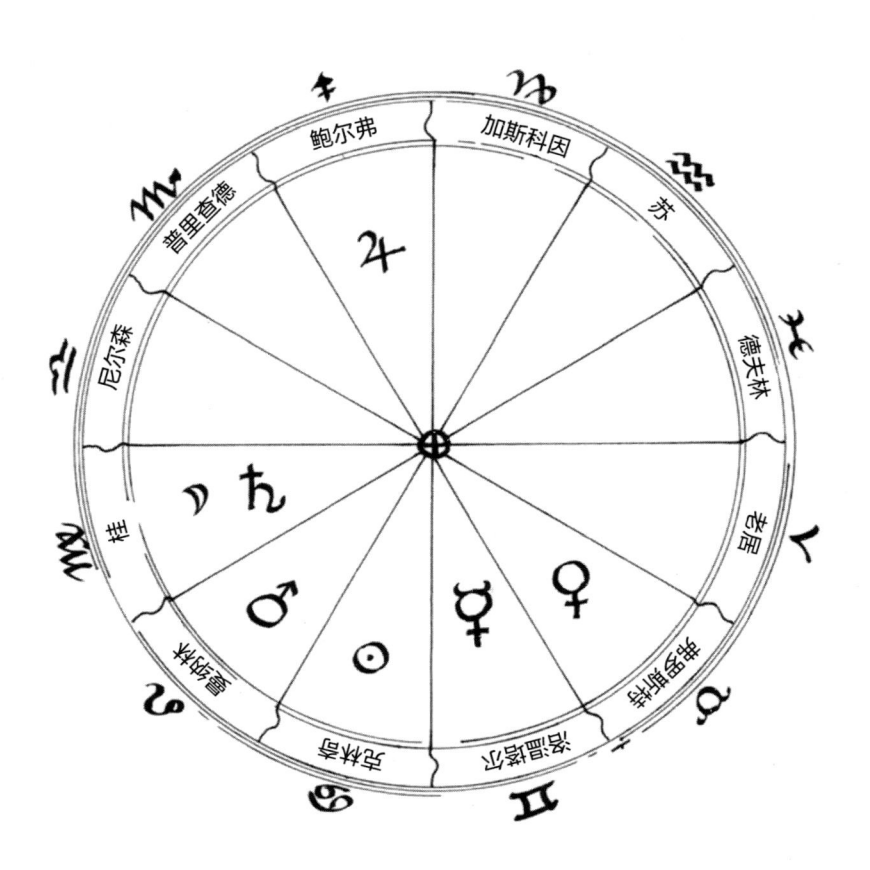

巨蟹座和月亮

> 埃德加·克林奇试图行使权威,因为他推断安娜近期的健康不佳主要归咎于一种新的依赖,这种依赖得到了她的雇主曼纳林的帮助与怂恿;安娜·韦瑟雷尔的固执不亚于克林奇,对他并非言听计从。

"我并没有什么跟华人过不去的,"克林奇说,"只是不喜欢他们的长相,仅此而已。"

"他们长什么样又有什么关系呢?"

"我就是不喜欢那种感觉,这是我的意思,不喜欢这个现状。"

安娜向下抚平她的衣裙——这套薄纱质地、奶油色的长裙,胸衣配有钩花装饰,是五套衣服中的一套,都是几个星期前"仙后号"失事后,她从打捞商手里购买的。其中两套衣服已经染上黑色的霉点,无论怎样清洗都洗不掉的那种。这些衣裙都沉甸甸的,紧身胸衣十分坚固,她认为这说明衣服的款式属于更加守旧、古板的时代。打捞商用纸把卖出的货物包裹起来时,他告诉安娜,非常奇怪的是,"仙后号"搁浅那天,船上并没有任何女乘客。更加奇怪的是,当所有的货物都被打捞上来后,唯独这一只箱子没有人来认领,没有任何航运公司知道有关它的任何消息。提货单上的字迹已被海水浸泡,无法辨认,而货物清单上也没有主人的名字。这里面肯定有蹊跷。打捞者最后说,他希望安娜穿用它们时不会遇到任何尴尬或困难。

克林奇越说越来劲儿,"在麻醉的情况下,如何保持你的头脑清醒?你怎么保护你自己,如果——如果——哎,如果你遇到什么——不测?"

安娜叹了一口气,"这事跟你无关。"

"当我清楚地看到他占你便宜,并且恶意利用你的时候,这事就跟我有关。"

"他会永远占你便宜,克林奇先生。"

克林奇变得非常恼火,"这都是怎么造成的呢——你的烟瘾?回答我!难道你就是拿起烟枪,就这么简单吗?要不是被曼纳林先生本人逼迫,你为什么要那样做呢?他知道该如何控制你:让你没有任何回旋的余地,就是这样。你以为我没见识过这种伎俩?别的女孩子都不碰那玩意儿。他知道这一点,但他在你身上试用。他给你设了圈套,把你逼到了这一步。"

"埃德加——"

"怎么?"克林奇说,"怎么?"

"请别管我,"安娜说,"我受用不起。"

狮子座的太阳

> 埃默里·斯坦斯与大亨曼纳林享用一顿漫长的午餐，在过去一个月里，曼纳林一直在做全方位的努力以获得对方的友谊。他摆出一镇之主的架势，因为他喜欢这种姿态，仿佛所有金矿的得失都由他来裁决，由他来评价。

"你是一个佩戴成功勋章的男人，斯坦斯先生，"曼纳林说，"这是我喜欢的制服。"

"恐怕，"斯坦斯说，"我的运气是被十分可怕地夸大了。"

"这是谦虚的话。找到它真是绝对的好运气，你知道，那块金子。我看见银行经理的报告了，它换了多少——一百英镑？"

"差不多吧。"斯坦斯不自在地说。

"你说你是在峡谷里捡到它的！"

"靠近峡谷。"斯坦斯纠正道，"具体位置我记不清了。"

"嗯，那真是好运气，不管是从哪儿来的。"曼纳林说，"你是想吃完这些贻贝呢，还是这就开始吃奶酪？"

"我们吃下一道吧。"

"一百英镑！"曼纳林说着，把侍者招呼过来，清走他们的盘子，"好家伙，它的价值绝对超过烤架旅馆的价钱，不管你为那份不动产付的是什么价。你付了多少钱？"

斯坦斯不由自主地摇头叹气，"烤架旅馆？"

"二十英镑，是不是？"

他几乎无法掩饰，"二十五英镑。"

曼纳林拍了一下桌子，"关键就在这里。你坐在一堆闲钱上，在四个星期内，竟然一分钱没花。为什么？你如何解释？"

斯坦斯没有立刻回答。"我一直认为，"他终于说，"在为自己保密和替别人保密之间，存在巨大的差别。这两种保密的内涵差距之大，令我希望有两个不同的专用名词来表达。也就是说，一种保密是保住自己的秘密，另一种保密是保住他人的秘密，也许根本不是出于自己的愿望，却最终选择了保密，反正都是一样。我对爱情的感觉也是如此：一个人给予或想给予的爱情和他渴望或接受的爱情，这之间有着天壤之别。"

他们默默地坐了一会儿。然后，曼纳林粗声粗气地说："你这是在告诉我，这不是全部实情。"

"运气从来就不是全部实情。"斯坦斯说。

水瓶座和土星

> 苏永盛最近落户于卡尼里的中国城；来到霍基蒂卡镇上为自己购买各类五金器具，在那里被狱守乔治·谢泼德监视。此人正是苏永盛曾被指控谋杀的那名男子的弟弟，也是谋杀那名男子的真正凶手——玛格丽特——的丈夫。

玛格丽特·谢泼德站在五金店门口，等候丈夫买完东西并结账。苏永盛离她虽然不足八英尺的距离，但她的视线却被干货柜台挡住了。谢泼德转过柜台的一边，首先看见了苏永盛。他立刻停下来，表情变得冷酷起来，但却以十分平淡的声音说："玛格丽特。"

"是，先生。"她细声细气地说。

"回营地去，"谢泼德说，眼睛依然死死地盯着苏永盛，"立刻。"

玛格丽特没有问为什么。她无言地转身，逃离。当门在她身后砰的一声关上时，谢泼德的右手十分缓慢地移动着，落在他的枪套上。他的左手拿着一个纸袋子，里面装着一卷纸、两只铰链、一团麻线和一盒喇叭头钉子。苏永盛跪在石蜡罐旁边，掰着手指在计算什么；他自己的包裹就搁在身旁的地板上。

谢泼德隐约意识到商店里的气氛变得凝重起来。他身后某个地方有人问:"有什么问题吗,先生?"

谢泼德没有立刻回答。片刻之后,他说:"我要这些东西。"他举起那只纸袋子,等待着。过了一会儿,他听见窃窃私语,然后是战战兢兢的接近他的脚步声,接着他手里的袋子被拿走了。差不多一分钟过去了,苏永盛继续掰着手指计算,没有抬起头来。随即,那个声音又说话了,几乎是悄声耳语地对他说:"总共一先令六便士,先生。"

"记在监狱的账上。"谢泼德说。

常占优势的木星

> 阿利斯泰尔·劳德巴克相信，他的同父异母兄弟克罗斯比·韦尔斯，也是流氓弗朗西斯·卡弗的同母异父兄弟，因此，他相信克罗斯比·韦尔斯以某种方式参与了对他的敲诈勒索，害得他交出了心爱的三桅帆船"一帆风顺号"。但是当他收到一封盖着霍基蒂卡邮戳的信后，他感到困惑，信的内容显然表明他之前的理解是完全错误的，明白这点之后，他经过反复深思，亲自写了一封信。

如果说克罗斯比·韦尔斯先生再次来信是阿利斯泰尔·劳德巴克决定竞选韦斯特兰议会席位的唯一原因，未免有些夸张，然而，这封信确实影响了选择的天平，使这个特区受到青睐。劳德巴克将这封信读了六遍，然后，叹了一口气，将它抛在办公桌上，点燃了烟斗。

先生，从我的邮戳上你可以看出我已经不是奥塔戈省的居民了，正如俗话说的那样，我已经"连根拔起"。你很可能没有什么原因会来山脉的西部，所以我告诉你，西坎特伯雷与南部草原相比完全是两个不同的世界。海岸线上的日出是奇迹般的猩红色，雪峰则呈现出天空的颜色。丛林潮湿，枝藤纠缠，水色非常清澈。这是一个孤独的地方却不安静，因为鸟儿的歌声不断，而不断的歌声令人愉快。你可能猜到了，我已经把过去的生活抛在身后。我和妻子分居了。我本来应该告诉你的，但是我在信中隐瞒了很多，唯恐你了解到我婚姻的苦涩真相后可能会瞧不起我。我就不具体讲述我逃避到这个地方的细节来打扰你了，因为这是一个悲哀的故事，回想起来都会令我感到寒心。真是一朝被蛇咬，十年怕井绳，比起其他人来算不上一个值得夸耀的经历，但我可以说我是吸取教训了。关于这个话题就说到这里，我要谈论一下现在和未来。我不想再淘金了，虽然西坎特伯雷到处闪烁着金光，人们每一天都在发财。我不会再次探矿啦，不想让我的财富再被盗偷走。相反我准备尝试一下木材贸易。我结识了一个名叫泰老·老居的毛利人朋友。这个名字在他的当地语言中是"百年居所"的意思。与这个名字相比我们英国人的名字多么差劲啊！我想这可能是一首诗歌里的一句。老居是一个血缘纯正的高贵的本土人，我们很快就结为了朋友。坦白地说再次有人陪伴的确令我的精神振奋起来。

您的

克罗斯比·韦尔斯

一八六五年六月

西坎特伯雷

先天尊贵

> 埃默里·斯坦斯到烤架旅馆拜访安娜·韦瑟雷尔，稍作寒暄之后，他乞求安娜从她的角度讲述克罗斯比·韦尔斯逃生的故事；而安娜为他恳求时的那份迫切和坦诚感到好奇，认为没有理由不重述整个故事。

埃默里·斯坦斯没有认出安娜现在穿的这套衣服，就是他于五月十二日下午在山楂旅馆，手持手枪，负责看守的那五套衣服中的一套。但是，他打量安娜第一眼时就的确注意到，这套衣服穿在她身上因为不合体而显得有点奇怪——它分明是为一个比她丰满得多的女人定制的，不过他很快就将这个念头放在一旁。他们热情地招呼对方，但双方都带着共同的迟疑，在片刻的尴尬之后，安娜邀请他进入客厅，他们在面对壁炉的两张直背椅上坐了下来。

"韦瑟雷尔小姐，"斯坦斯立刻说，"我有一件事情要问你，要向你提一个很不恰当的问题——如果——如果你不愿给出答案——如果你不愿意纵容我，我应该说——无论出于什么原因，你一定要立刻制止我。"

"哦。"安娜说,她深深地吸了口气,仿佛是让自己坚强起来,然后,将头扭向一边。

"怎么啦?"斯坦斯问,把身子缩了回来。

安娜突然从椅子上站起来,穿过房间。她站了一会儿,深深地呼吸着,脸朝墙壁扭转。"太傻了,"她含混不清地说,"太傻了。不用管我,过一会儿我就好了。"

惊讶之中,斯坦斯也站起来。"我是否已经冒犯你了?"他说,"如果是这样,我感到万分抱歉,但这是怎么回事呢?可能会是怎么回事呢?"

安娜用手抹了一下脸颊。"没什么,"她说,依然没有转过身来,"这来得太突然了,仅此而已——可是我太傻了,竟然以为不会是这样。这不怪你。"

"什么来得突然?"斯坦斯说,"什么不会是这样?"

"只是你——"

"什么?快告诉我吧——让我弄个明白。拜托了。"

安娜终于恢复了常态,转过身来。"你可以问你的问题了。"她说,勉强微笑着。

"你真的没事了吗?"

"真的。"安娜说,"请问吧。"

"嗯,好吧。"斯坦斯说,"是这样,是关于一个名叫克罗斯比·韦尔斯的人。"

安娜楚楚可怜的表情变为震惊,"克罗斯比·韦尔斯?"

"我认为,他是我们共同的朋友。至少——也就是说——我对他忠诚;同时我有一个印象,你对他也是忠诚的。"

安娜没有回答。她眯眼凝视他片刻,说道:"你是怎么认识他的?"

"我不能具体告诉你,"斯坦斯说,"他责令我为此保密,我指的是他的去向，还有我们相见的情形。但是他说到一块金子，一个名叫弗朗西斯·卡弗的人，还有某种盗窃时，提到了你的名字。如果你不认为我太无礼——确实无礼，我知道很无礼，那么我很想听一听整个故事。我不能说这关系到生与死，因为它不是；也不能说我知晓与否有多么重要，因为说真的，那其实无关紧要，只不过是我和卡弗先生成了某种合作伙伴——我这样做真是个傻瓜，我现在知道了，我有一种感觉，可怕的感觉，我错看了他。他果然是个坏蛋。"

"他在这里吗？"她说，"克罗斯比，他在霍基蒂卡吗？"

"我恐怕也不能告诉你这个。"斯坦斯说。

她的双手移向自己的肚子。"你不必告诉我他在哪里，"她说，"但是我需要你给他捎个信。一条重要的信息——我给他的。"

升点星座

> 泰老·老居没有向克罗斯比·韦尔斯提起弗朗西斯·卡弗的名字,更没有描述一个月前他们之间简短接触的情形。他之所以没说,一是由于某种隐秘的天性,二是由于在金钱利益方面的某种精明算计。老居想,下次再见到弗朗西斯·卡弗时,可以轻而易举地赚一先令,也许更多。

克罗斯比·韦尔斯购买了四块玻璃,要做一扇有四个框格的窗户,但他还没有在墙上开口,设置窗台。目前,这些玻璃靠墙放着,隐约映射着闪烁的煤油灯灯光,还有炉子的方形炉栅。

"我曾经认识一个在邓斯坦洪水中失去一只手臂的男人。"韦尔斯说。他躺在他的长垫枕上,胸口放着一瓶烈酒。老居坐在对面,慢慢地饮着自己手里的一瓶酒。"碰上了急流,你看,手臂被卡住了,谁都救不了。他有一个简单的名字。史密斯,也许是斯通,诸如此类的名字。不管怎么说——关键是,他事后说起来,说起那场事故,他说,他真正感到悲哀的,是他失去的那只手臂上有文身。

图案是一条扬帆的帆船——是他过了合恩角之后给自己的礼物,丢失了它令他感到非常难过。不知怎的,我记住了这件事——这个故事,丢失文身。我问过他,是否要在另一只手臂上再刺个文身,可是他对此反应十分奇怪。他说,我绝对不干喽,绝对不干喽。"

"那是很痛苦的,"老居说,"文身①。"

韦尔斯仔细地看着他。"有时,你看见自己是否会感到吃惊?"他说,"我的意思是,在很久都没有照镜子之后。你会忘记吗?"

"不,"老居说,"绝不。"他的脸在阴影中,煤油灯的灯光突显了他嘴巴的轮廓,给他的表情平添了一分严肃和迫人的气势。

"我想我会的。"

"我们有一种说法,"老居说,"将你的文身当成终生的朋友②。"

"我用刀划破了一个人的脸,"韦尔斯说,依然凝视着他,"给他留下一道伤疤。就在这儿,从眼睛到嘴,那血流得啊!你文身时,血流得厉害吗?"

"是。"

"你有没有杀过人,老居?"

"没有。"

"没有,"韦尔斯说,扭头朝着他的酒瓶,"我也没有。"

---

① 文身(ta moko,毛利语),毛利人的文身具有深刻的文化意义和上千年的悠久历史,是家谱和历史的反映,也象征着毛利人的身份,记录人生个性以及旅程中的重要里程碑,如美丽、力量,以及婚姻,等等。
② 原文为毛利语。

第八章

极光的真相

1865年8月22日

南纬42°43′0″／东经170°58′0″

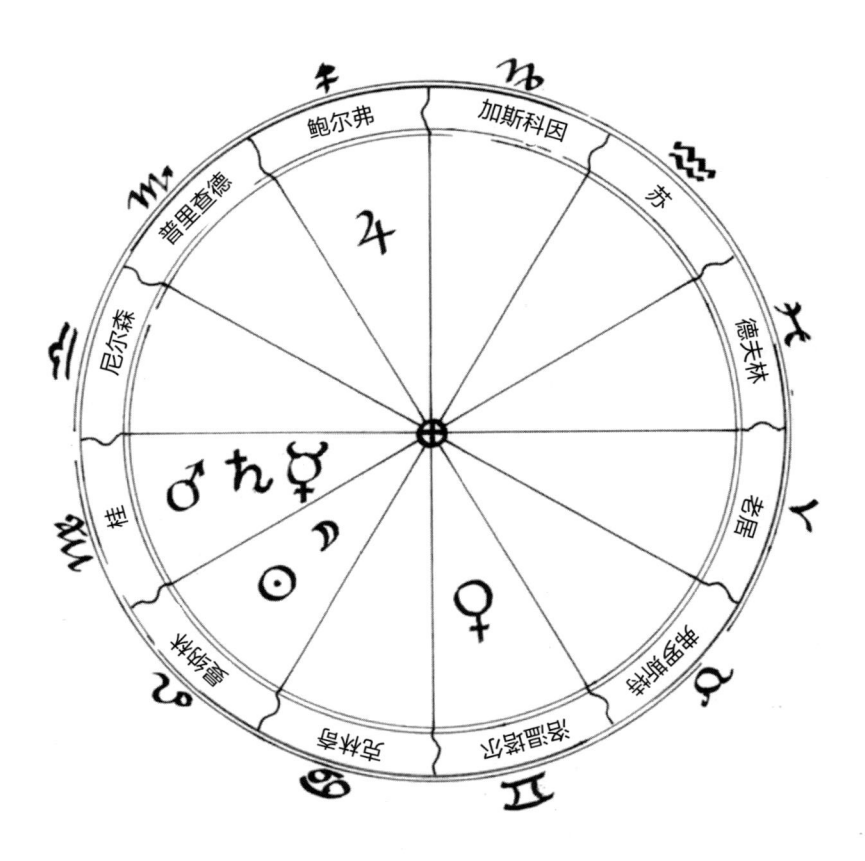

土星在室女座

> 桂龙提出法律诉讼；随着时间的推移，乔治·谢泼德对苏永盛的私仇，已经发展成对所有华人的仇恨，因此他拒绝审理此案。面对这样的不公平，无论是当时还是后来，谢泼德都没有感到丝毫内疚。

"我不明白你在说什么。"

阿桂叹了口气。他第三次指着他的契约证书，证书此刻放在他们俩之间的谢泼德的办公桌上。在证书的"就业现址"一栏中，写着"极光"二字。

"骗人货，"他解释道，"极光是个骗人货认领区。"

"极光是个骗人货认领区，而你为极光工作，是的。这些我已经明白了。"

"曼纳林，"阿桂说，"曼纳林变骗人货不是真的骗人货。"

"曼纳林变骗人货不是真的骗人货。"谢泼德跟着说了一遍。

"很好，"阿桂说，点了点头，"很坏的人。"

"他究竟怎样——很好还是很坏？"

阿桂皱起眉头,然后说:"很坏的人。"

"他是怎么将骗人货变成不是骗人货的?怎么做的?怎么做的?"

阿桂拿出钱包,举起来。他的动作一板一眼,让谢泼德能够看懂他的表演,他从钱包里拿出一枚银便士,把它转移到他左边的衣兜里。稍等片刻后,他从衣兜里拿出那一枚便士,像刚才一样放回钱包里。

谢泼德叹了口气。"桂先生,"他说,"我明白你的契约还要几年才能期满,但我的耐心在几分钟前就已经达到了极限。我既没有能力,也没有心思,去根据某人口齿不清的告密对曼纳林先生的财务展开调查。我建议你回到极光去,你好歹有份工作,这就算够幸运的了。"

木星在射手座

> 阿利斯泰尔·劳德巴克正式宣布竞选第四届新西兰国会韦斯特兰席位的意图,这个野心不仅会使他已然显赫的政治生涯更上一层楼,而且还会在未来几个月里带他翻越阿尔卑斯山脉,进入韦斯特兰地区,从而使他的同父异母兄弟得到长期渴望的见面机会。现在他把心思转到实际问题上,更准确地说,是恳求一位老熟人,代表他,劳德巴克,把心思放在实际问题上。

我亲爱的汤姆:

我想你已经得知我竞选韦斯特兰席位的雄心壮志。这个消息对你来说也许是个惊喜,因此我特意附上一篇来自《利特尔顿时报》的文章,以解释我为何宣布这项决定,以及我竞选的理由,因为其中的更多细节我没有时间在这里赘述。你可以相信,我十分渴望亲眼看到西坎特伯雷的美好风光。我计划在一月十五日前到达霍基蒂卡,具体时间取决于气候状况,因为我将在陆地旅行,而不是走海路，为的是沿途考察未来的基督城路。你也知道，我喜欢轻装上路。我已经安排好，将一只装有个人物品的箱子在十二月最后几天从利特尔顿转运出来。"美德号"是否可在一月十日离开达尼丁之前将箱子验收，并运到西海岸来？作为西坎特伯雷的异乡人，我将听从你这位行家在处理霍基蒂卡的住宿、餐饮、租车、俱乐部会员资格等事宜的意见。我完全信任你的品位与能力。

你的

劳德巴克

八月二十二日

长港

月亮在狮子座，新月

> 曼纳林在让安娜·韦瑟雷尔搭车去卡尼里的路上，察觉到安娜身上有了一种新的特质，一种强硬，一种疏离；他发现这点后深受触动，在内心产生了怜悯。然而，当他开口说话时，已经自他最初察觉这点之后又走出了约三英里路程，他没有说安慰她的话，其间这段路程已经使他自己也变得硬下心来。

"痛苦是没有用的。痛苦对生意不利，不管是什么生意。别人不会相信你的痛苦，也不会不相信你的痛苦——你看，在我们这一行里，不是前者就是后者。你明白吗？"

"是的，"安娜说，"我明白。"

他要驾车带她去中国城，阿苏准备好了烟土和烟枪，在那里等候着她。

"我手下的姑娘们，从来没有一个被杀害的，也从来没有一个被殴打过。"他说。

"我知道。"安娜说。

"所以你可以信任我。"他说。

太阳在狮子座

> 斯坦斯向曼纳林透露,他在与弗朗西斯·卡弗先生签了赞助协议后感到万分懊悔,并解释说,他,斯坦斯,对卡弗的性格和经历所形成的最初判断,一直是一个重大的错误,现在他认为卡弗是一个地地道道的坏蛋,根本不配得到什么好运。听到这里,曼纳林轻声笑着,提出了一个因为卑鄙而令人感到刺激的解决方案。

"在矿区只有一种真正的犯罪。"曼纳林对斯坦斯说,此时他们正步履艰难地穿过大树下的小灌木丛,朝极光认领区的南部边缘走去,"不要自寻烦恼地考虑什么谋杀、偷窃或叛逆。不,欺骗才是罪恶中的罪恶。玩弄淘金汉的希望,你明白吧,因为希望是淘金汉所拥有的一切。淘金汉一般有两种骗局:一种是在认领区里埋金矿,一种是谎称废矿。"

"哪一种被认为更严重?"

"取决于你指的严重性是什么。"曼纳林说着,用力拉开一条藤蔓,"埋金矿骗人被抓住,你可能会在睡觉时遇害;谎称废矿被抓住，你多半会遭受私刑绞死。冷血，热血，由你自己选择。"

斯坦斯微笑了，"我这是在与冷血男人做生意吗？"

"你可以自己做决定。"曼纳林说，张开他的手臂，"这就是：极光。"

"啊！"斯坦斯说，也停下了脚步。两人都因为步行而有点气喘吁吁，"嗯——很好。"

他们一起视察这片土地。斯坦斯发觉一个华人蹲在约三十码远的地方，手里灵活地拿着他的淘金浅盘。

"衣锦还乡发大财的反义词是什么？"曼纳林随后说，"永远回不了家？甩不脱卡弗？"

"那是谁？"斯坦斯说。

"那是桂，"曼纳林说，"他会留下来。"

斯坦斯压低了声音，"他知道吗？"

曼纳林大笑，"'他知道吗？'我刚才怎么告诉你来着？我可不盼着让别人把我打死在自己床上，拜托。"

"他肯定认为这是一份糟糕透顶的产业。"

"我丝毫不在意那个人会想什么。"曼纳林轻蔑地说。

另一种破晓

> 阿桂将手放在安娜紧身胸衣那盔甲般的曲线上,感觉很奇怪,他也不明白这到底意味着什么,直到八天以后,当安娜的四套薄纱衣服全都轮流穿过来之后,他才在心里估算了它们含有的巨额财富价值。当然,这还没有包括那套橙色丝绸衣服里的金子,因为安娜从来没有穿着它到卡尼里来过。

安娜纹丝不动地躺着,当阿桂用双手抚摩着她的衣服时,她闭着眼睛。阿桂用手指轻轻叩击着安娜紧身胸衣的每一个部分,抚摩着每一条花边;抬起沉重的裙摆,让布料掠过他的双手。他有条不紊地触摸着,似乎将安娜定格在时间与空间中。在触摸安娜之前,他首先要触摸她衣服的每一部分,她以为这是必要的步骤,这种必然性使她心中充满了一种明朗的以及强烈的宁静感。当阿桂把手伸到她肩膀下面,将她翻转成侧身时,她一声不响地顺从着,绵软的双手放在嘴前,好像是个婴儿,她把脸转向阿桂的胸膛。

第九章

变动宫土象

1865年9月20日

南纬42°43′0″ / 东经170°58′0″

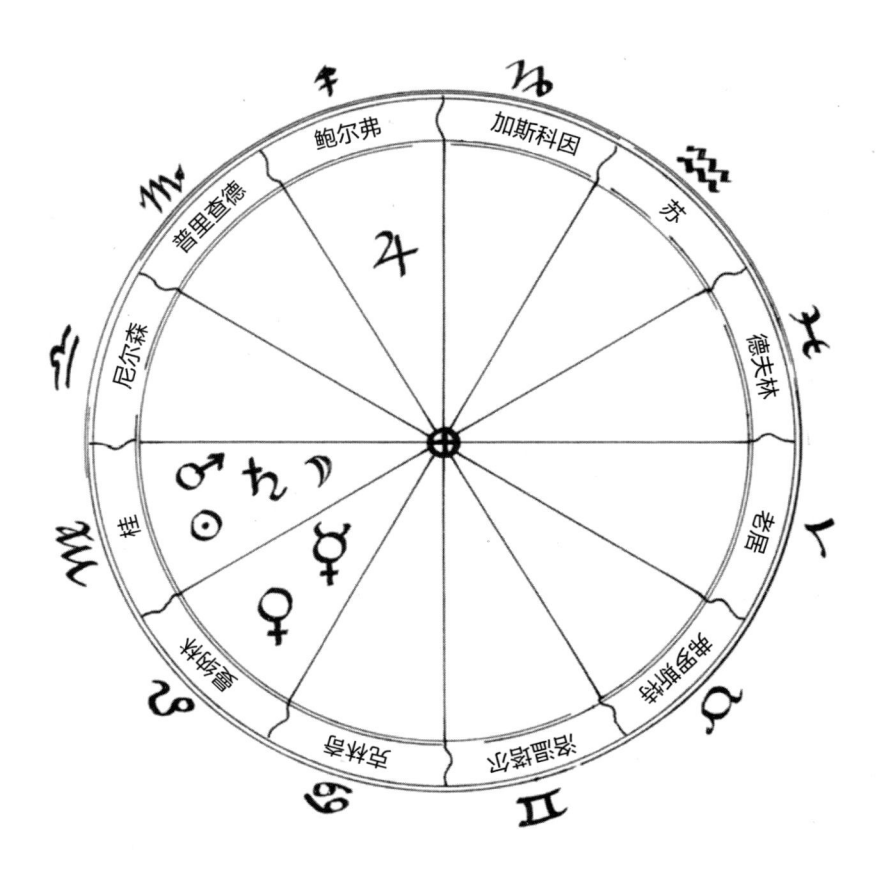

月亮在室女座，新月

> 阿桂在燃烧室里放上木炭，打算冶炼从安娜衣服里发掘出的最后一批金矿石，并在熔炼过的金条上刻上他签约的金矿的名字：极光。安娜在睡梦中痛苦地喃喃自语，手移到了脸颊上，仿佛有意抚摩伤口一般。

安娜醒来时，已经是早上。阿桂将她转移到了棚屋的角落里。他将叠好的毛毯放在她的脸颊下面，把自己的羊毛披风盖在她身上。安娜醒来时知道自己一直说梦话，因为她感觉自己脸发烫，情绪不安，热得要命；她头发湿漉漉的。阿桂没有注意到她已经醒来。安娜静静地躺着，注视着他，而他一直在精心地做早餐，检查他的手指甲，然后点点头，低声哼唱着，弯腰去耙煤炭。

太阳在室女座

> 埃默里·斯坦斯听了克罗斯比·韦尔斯叙述他遭受弗朗西斯·卡弗背叛的完整故事之后,两人互相赢得了对方的信任和忠诚,一时决定伪造季度收入报告,从金矿记录中删除发现富矿带的所有证据。他这样做的时候,完全忘记了那个意志坚定的工人桂,根据协议,桂虽然签了卖身契,仍应得到一份奖金。

埃默里·斯坦斯来到营地分行,惊讶地发现极光的保险箱上插了小旗,表明有金矿上交。他要求黄金护卫打开保险箱的锁,里面整整齐齐地摞着冶炼过的金条。斯坦斯拿起一块金条。"如果我要你背过身去一会儿,"他随后说,"让我把这个箱子里的东西转移到别的地方,你想开个什么价?"

那个护卫想了一会儿,用手指上上下下抚摸着来复枪的枪筒。"二十英镑我干。"他说,"英镑,不要金矿石。"

"我给你五十。"斯坦斯说。

日偏食

> 埃默里·斯坦斯进入绿玉神舟谷，手里提着一只口袋，打算把一大笔金子埋在毛利人的专用保留地里，在那里藏一段时间。他没有考虑到一种可能性，那就是弗朗西斯·卡弗很快就会返回霍基蒂卡，调查为什么极光金矿这样一个有前途的投资竟然变成了名副其实的废矿。

斯坦斯的肩膀上方有一簇剑麻，一只蜜雀在上面点点头，发出轻快的叫声——在他听来，这声音就像一根木棍在板条栅栏上拖过，同时混杂着芦苇哨的乐声。这种奇怪的声音是多么美妙啊！他张开手掌，抚摩剑麻光亮的叶片，满心欢喜地注意到鲜艳夺目的色彩。叶片边缘的紫色，在叶子正中心变为泛着白光的绿色。

那只蜜雀拍打着翅膀飞走了，四下里寂静下来。斯坦斯伸出手，拿出冶炼过的金条。他小心翼翼地将金条摆放在他挖的地洞里。埋好之后，他把几块平顶石头按一定的顺序摆放，以便日后能准确地辨认出来，然后抹去自己的脚印。

大地母亲[1]

> 在河下游距离刚才掩埋黄金的地点约半英里的地方，克罗斯比·韦尔斯和老居坐在窖炉前，将食物用土埋在火坑里烹制，熟后挖掘出来，打开裹肉的叶子，里面是肉质鲜嫩的美餐，散发着烟熏和鞣酸的丰富味道，以及肥沃土壤的浓郁香气。

"我是说这实际上没什么。你们有你们的绿玉，我们有我们的黄金。反过来可能也是一样。我们可以称它为绿玉热，也可以称它为淘绿潮。"

老居想了想，依然咀嚼着。片刻后，他把食物咽下，摇了摇头，"不。"

"没有区别。"韦尔斯坚持他的说法，又伸手拿了一块肉，"你可能不喜欢，但你不得不承认——没有区别，只是一种矿物质或另一种矿石，一种石头或另一种石头。"

"不。"老居说，他看上去很生气，"根本不一样。"

---

[1] 大地母亲，papa-tu-a-nuku，毛利语。

第十章

演替事宜

1865年10月11日

南纬42°43′0″／东经170°58′0″

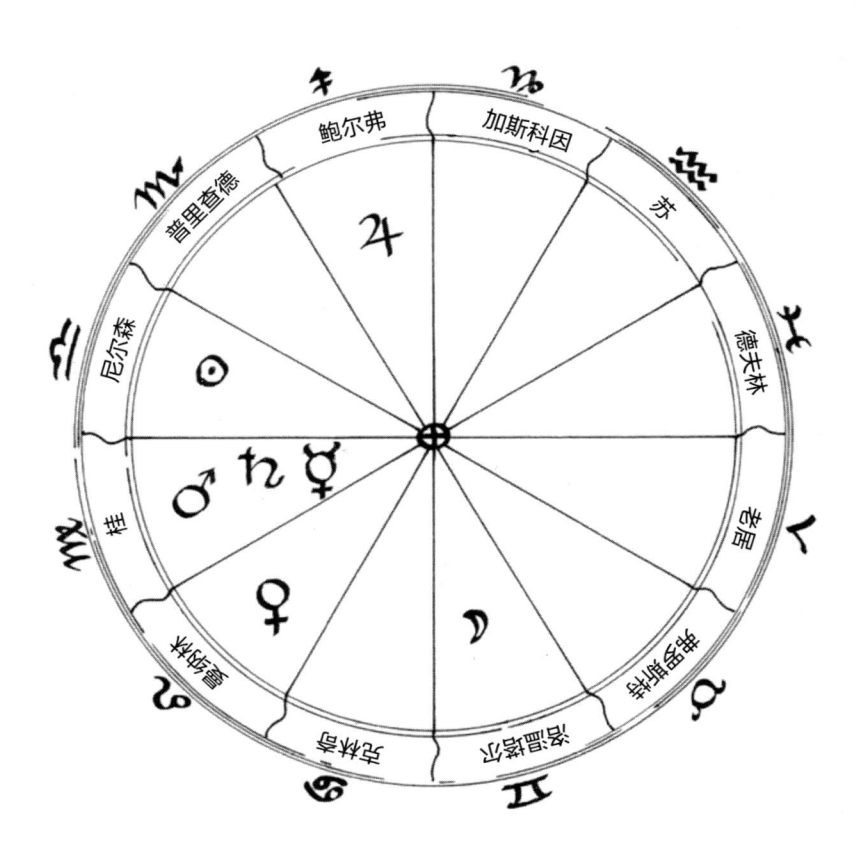

失势星运

> 安娜·韦瑟雷尔记得五月十二日夜里在达尼丁众愿楼闺房中发生的袭击事件，那记忆栩栩如生，令她感到惊恐与恶心。日复一日，她被那记忆折磨得痛苦不堪，即便她承认多亏自己的配合与默契才帮助一个无辜的人逃过一劫，但她的悲哀仍得不到慰藉。当她看见那个被毁容的人出现在眼前时，她大为惊讶，一时软弱，失魂落魄。

弗朗西斯·卡弗骑马行进在内陆的卡尼里路上，突然看见路旁一个熟悉的身影。他勒住缰绳，下了马，朝她走近，看见她步履蹒跚，面颊绯红。她在微笑。

"他逃掉了，"她咕哝道，"是我帮了他。"

卡弗靠得更近些。他将手指放在她的下巴颏下面，托起她的脸庞，"谁？"

"克罗斯比。"

卡弗立刻变得严厉了。"韦尔斯，"他说，"他在哪儿？"

她打了个嗝，突然显得害怕起来。

"在哪儿？"他扬起手，捆了她一巴掌，狠狠地打在她脸上，"回答我。他在这里吗？"

"不！"

"在奥塔戈？坎特伯雷？在哪儿？"

绝望中，她转身就跑。卡弗抓住她的肩膀，猛地拉住她，可就在这时，附近传来一声枪响——

"嘘——"卡弗喊道，猛地转过身体——

那匹马惊了！

弱势星运

> 安娜·韦瑟雷尔为保护克罗斯比·韦尔斯撒了一个谎，试图以这个迟到的忠诚为先前的背叛赎罪，那段不完整的记忆在她脑中不断变化，渐渐淡去，充满不确定性。因为她脑子曾受到三次冲击，首先是大烟，然后是暴力，最后是吉利斯医生给予的麻醉剂，为一项不幸的手术做准备。手术期间，安娜抽泣、呻吟、抓挠自己，她是那样痛不欲生。吉利斯医生不得不找人帮忙把她摁住。在面对伤痛与变乱时，洛温塔尔平时是个刚毅的汉子，但当他将安娜的手撬开时，他竟然泪流满面。

安娜睁开眼睛时，洛温塔尔站在她面前，一只手拿着一块白布，另一只手拿着一瓶鸦片酊，站在他身旁的是脸色苍白的埃德加·克林奇。

"她醒过来了。"克林奇说。

"安娜，"洛温塔尔说，"安娜，亲爱的。"

"嗯。"她说。

"告诉我们发生了什么。告诉我们是谁干的。"

"卡弗。"她口齿不清地说。

"什么?"洛温塔尔说,身体前倾。

她绝不能出卖克罗斯比·韦尔斯。她已经发誓不会出卖他。她绝不能提到他的名字。

"卡弗……"她又说了一遍,脑子一阵清醒,一阵迷糊。

"是吗?"

"……是父亲。"安娜说。

降点星座

  埃默里·斯坦斯从本杰明·洛温塔尔那里得知安娜被袭击的消息后，立刻给马套上鞍，策马前往绿玉神舟谷。他紧咬牙关，热泪模糊了双眼，而这只是感情饱受折磨的外部表现。在向北旅行的过程中，他不敢承认其中的真正原因，更无法试图用言语阐明，因为遭受强烈情感刺激的人都不可能立刻说清或理解自己的情绪。他听着洛温塔尔对受伤情况的直白叙述，看见那条从胸部到臀部被鲜血湿透的印刷工围裙，感到如此撕心裂肺，以至于他在骑马冲出来的时候把钱包和帽子都忘在了马厩里，还差点撞倒了刚从泰格林五金店出来，胳膊底下夹着一个纸袋的哈拉尔德·尼尔森。

  韦尔斯打开门。门口那个人弯腰捂着肚子，他正是埃默里·斯坦斯。

  "孩子没了，"他泣不成声，"你的孩子没了。"

  韦尔斯扶他进屋，听完了整个故事。然后，他拿出一瓶白兰地，给两人各斟一杯，一饮而尽，接着再为每人斟满一杯，又一饮而尽，随后倒了第三杯。

那只酒瓶被喝空了后，斯坦斯说："我要给她一半。我要跟她分享。我有一大笔黄金——是保密的——埋藏在地里。我要把它挖出来。"

韦尔斯盯着他看。片刻后，他说："一半是多少？"

"啊，"斯坦斯咕哝道，"我猜想大概有两千吧。"他把头靠在桌上，闭上了眼睛。

韦尔斯从他的架子上取了一只锡盒，打开盒子，拿出一张白纸和一支钢笔。他写道：

一八六五年十月十一日，现将一笔总额为两千英镑的款项赠予前新南威尔士人安娜·韦瑟雷尔小姐，捐赠人为前新南威尔士人埃默里·斯坦斯先生，见证人及主持人为克罗斯比·韦尔斯先生。

"好，"韦尔斯说，他签好自己的名字，将那张纸推给斯坦斯，"签名吧。"但是小伙子睡着了。

第十一章
猎户座落于天蝎座升起时

1865年12月3日

南纬42°43′0″/东经170°58′0″

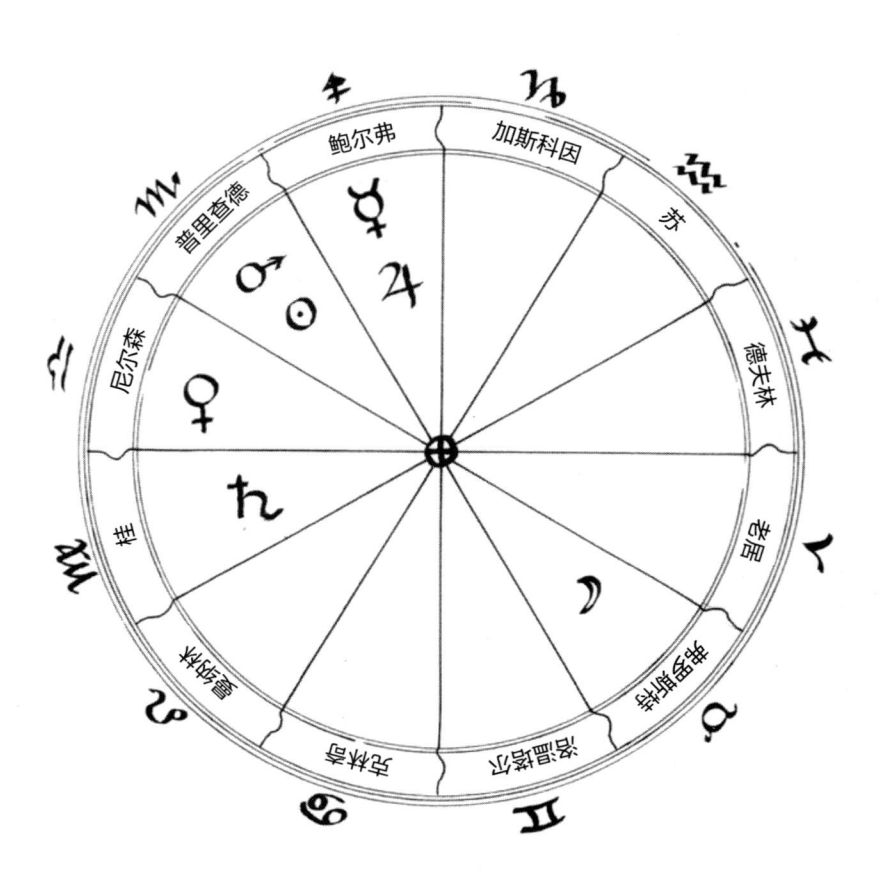

月亮在金牛座（猎户座的触角）

安娜·韦瑟雷尔陷入沉思，计算她欠下的债务，这件事令她感到如此郁闷，她不得不将思绪转向另一个稍微轻松些的主题，不可避免地想到了面带微笑、眼睛明亮的埃默里·斯坦斯。在安娜认识的所有人中，他曾是她最希望获得好感的人，然而这种频繁流露的渴望都被压制了下去，因为安娜知道他的境况与自己有天壤之别，他的前途一片光明，而她的却黯淡无望。也许他对她的看法同样矛盾，也就是说，正好与她对他的看法相反，她相信是这样。尽管事实上，自从她痊愈后，他已经来看过她三次，最近还送给她一瓶安达卢西亚白兰地做礼物。这是整个霍基蒂卡最后一瓶这种酒，然而当她从他手里接过那瓶酒时，他突然变得惊慌失措，并恳求收回它，另带一件更合适的礼物来。对此，她诚实地回答说，得到一件不是刻意为了合适而挑选的礼物，她很荣幸，而且，它是整个霍基蒂卡最后一瓶这种酒。正因为如此，它比她以前收到过的任何小礼物或饰品都更稀罕、更珍奇。

安娜欠曼纳林的债务在过去一个月翻了一番,达到了一百英镑!这个数目她要花十年才能还清,如果考虑到高利贷的利率,还有鸦片的价格,还债时间甚至会更长,而事实上她自己的价值,不可避免地会随着年龄增长而逐渐下跌。她的呼吸把窗户的一角蒙上了一层雾气,她伸手去触摸。脑海里突然想起一段话,一句格言:堕落的女人没有前途,发迹的男人没有过去。她是在哪儿听说过这句话吗,还是自己刚刚想出来的呢?

太阳在天蝎座

埃默里·斯坦斯陷入沉思，开始怀疑自己的意图，虽然率真的天性使他非常爽快地接受自己真实的欲望、喜悦，以及轻松获得的愉悦和并不令他脸红的表白，但他仍停下来反思。因为他觉得，无论他与安娜·韦瑟雷尔的处境有多大差异，他们之间始终存在着某种纽带、某种关联，这使他感到自己不是更加完整，而是更有缺失。因为安娜的天性与他自己的既是对立的，又是相辅相成的，似乎照亮了他性格中的内在特质，而这些特质是他的外在态度没有也不能流露的。因而他感觉既是减半，又是增倍，换句话说，没有安娜的时候减少了一半，有安娜的时候增加了一倍。其结果是，他突然开始怀疑自己的坦率和善意的好奇等诸多特性，这些都是他行事的一贯作风，没有疑问和犹豫。他的这些思绪被约瑟夫·普里查德的一句话频频打断——"如果不是因为她欠了债，染上了毒瘾，早就有十几个男人向她求婚了"——这句话一成不变地在他脑海里反复回响，令他深感不安。

也许他可以包她一夜。第二天早上，他可以带她到绿玉神舟谷，给她看他埋在那里的财富。他可以解释说，他打算把整整一半送给她。如果他为她的愉快陪伴付出了金钱，那会使这份礼物失去意义吗？也许会的。但是别的男人以那种方式了解她，而他，斯坦斯，却没有，对此他能忍受吗？他不知道。他用手捻碎一片树叶，然后把掌心伸到鼻子前，嗅吸叶浆的气味。

第十二章

残月在新月的怀抱里

1866年1月14日

南纬42°43′0″/东经170°58′0″

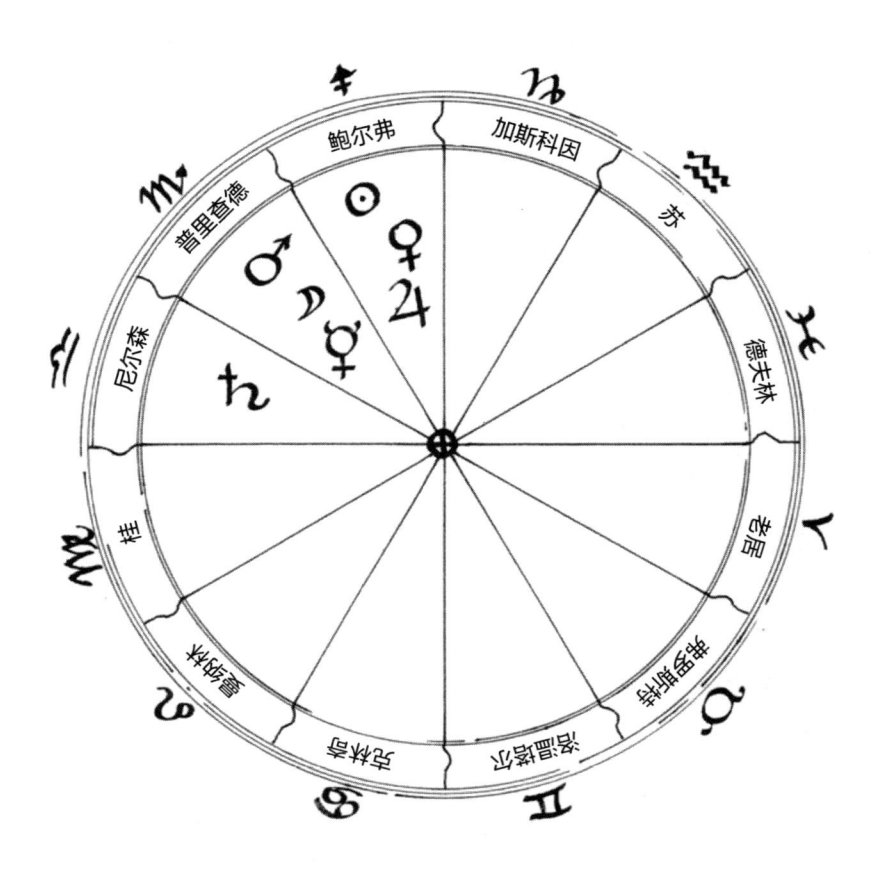

明

安娜·韦瑟雷尔被包了一夜；阿利斯泰尔·劳德巴克骑马前去会见他同父异母的兄弟；弗朗西斯·卡弗买通消息后，前往绿玉神龛谷；沃尔特·穆迪踏上新西兰的土地；莉迪娅·韦尔斯转动命运之轮；乔治·谢泼德坐在监狱里，来复枪横在膝头；在吉布森码头，一只货运板条箱被打开；一对情人躺在一起；卡弗打开一小瓶鸦片酊的瓶塞；穆迪仰望不熟悉的夜空；一对情人睡着了；劳德巴克练习道歉的话；卡弗偶然碰到被挖掘的财富；莉迪娅·韦尔斯再次转动命运之轮；埃默里·斯坦斯醒来时发现身旁空无一人；安娜·韦瑟雷尔需要安慰，点燃烟枪；斯坦斯摔倒，磕坏了脑袋；安娜得了脑震荡；在鸦片麻醉的懵懂中，斯坦斯进入夜幕中；在遭受脑震荡的懵懂中，安娜进入夜幕中；劳德巴克在山脊上窥探他兄弟的小屋；克罗斯比·韦尔斯喝掉半瓶鸦片酊；穆迪登记入住一家旅馆；斯坦斯在吉布森码头失足，昏厥过去；安娜在基督城路上失足，昏厥过去；一只货运板条箱的盖子被钉上；卡弗把一

> 张纸扔进炉膛；莉迪娅·韦尔斯欢快地纵情大笑；谢泼德吹灭他的手提灯；隐士的灵魂从他的肉体中分离，多么轻柔啊！它向上开始了孤独的旅程，在群星中寻找它最终的安息之地。

"今晚将是真正的开始。"

"不是吗？"

"今晚才是，对我来说。"

"我的开始是信天翁。"

"那个开端不错，我很高兴那是你的。今晚将是我的。"

"我们应该有不同的开端吗？"

"不同的开端？我认为必须。"

"还会有更多的开端吗？"

"很多很多。你的眼睛是闭着的吗？"

"是的。你的呢？"

"也是闭着的。但这么黑，几乎没有任何区别。"

"我感觉——自己升华了。"

"我感觉——仿佛我心中有一个新的密室被打开了。"

"听。"

"什么？"

"雨。"

/ **感谢** /

卡顿历经五年耕耘，三次延期，完成了《黄道十二宫杀人事件》这部气势磅礴的巨著。她在2013年布克奖获奖感言中认真地说，这部小说是"出版社的噩梦"，以如此谦虚的口气，赞扬了出版社以及编辑们对她的信任、支持、帮助，以及付出的大量工作。2016年8月，英国广播公司宣布将《黄道十二宫杀人事件》拍摄成六集电视剧，卡顿亲自执笔编剧，将一切格局打破，从头开始。该剧直到2020年才完成上映。最近她再次表白，这项工作是"巨大挑战""十足的噩梦"。这番话就是定心丸，我们得以欣赏这部惊心动魄的艺术佳作。我一口气看完这部电视剧，再次全感官地享受了一场盛宴，收到了一份厚厚的私人礼物。

八年前的五月，我毫不犹豫地接受了《黄道十二宫杀人事件》的翻译任务，因为这是一部非同寻常的伟大作品，我很荣幸地与长期并肩工作的爱农合作。《黄道十二宫杀人事件》就这样成为爱农和我的"噩梦"宝贝，当然也是出版社的"噩梦"。要翻译好一部作品是没有捷径的，《黄道十二宫杀人事件》是一块试金石，一场考验。我对爱农的感谢是无法用语言表达的，她聪颖而有毅力，几十年如一日，有着深厚的沉淀，是翻译界的典范，读者的福音。我们感谢出版社的眼光、信任与坚持，还有我未曾谋面的编辑们，我知道你们的辛酸，谢谢你们。对我个人而言，这是我的翻译生涯的挂靴之作，我已经不遗余力地将一切奉献给你。我们希望这部小说如同一块精美的新西兰绿玉，是个只能用来馈赠的无价的宝贝，是我们献给你的私人礼物。

　　亲爱的读者，当你手捧这份私人礼物，在阅读的时候，你已经成为《黄道十二宫杀人事件》的一部分，在愉悦的同时，完成了挑战。当你合上书的时候，你还在思索着。因为你注意到，最后一章其实仅仅是开始，就好像是霍基蒂卡这个地名的意思那样，"周而复始"。作者埋下很多伏笔，如同生活一般，需要你自己去寻找答案。

作者简介

埃莉诺·卡顿（1985年10月24日— ），新西兰女作家，2013年以气势磅礴的巨著《黄道十二宫杀人事件》获得了布克奖，这位时年刚满28岁的年轻作家打破了该奖项的两项纪录：最年轻的获奖者，篇幅最长的获奖小说。《黄道十二宫杀人事件》是卡顿的第二部小说，同年还获得了加拿大总督文学奖等多项大奖。

卡顿出生于加拿大，在她6岁时，父亲在加拿大完成博士学业，携家人返回新西兰。卡顿的母亲是儿童图书馆馆员。家里不要电视，书香浓厚，思想自由，充满活跃讨论的气氛，她9岁就立志写作。她毕业于惠灵顿维多利亚大学的硕士论文就是于2008年发表的处女作《彩排》，这部作品一出炉，就展现了卡顿的非凡才华，获得读者的喜爱以及评论界的青睐，并于2016年被搬上了银幕。卡顿游历丰富，喜欢户外活动，睿智大气，敢于批评，有社会责任感。

卡顿说过一个故事，她在新西兰徒步数天，风餐露宿，终于到达一个不可言喻的高山景观，这时身旁响起了直升机的噪声，有几个人走下直升机，观赏数分钟，又匆匆离去。她觉得对美景的充分享受是要付出艰辛的，收获和付出要配得上，才觉得甜美，收获是种私人体验。她说她就是要把这部巨作献给读者,要你去体验,看一看你得到一份什么样的私人礼物。

于晓红

2022年11月12日

峡谷镇,加拿大